스핑크스의 수수께끼는 인간의 존재를 위협했다.
지혜로운 오이디푸스는 이 위협을 물리쳤지만
그 결과는 운명의 비극을 뱃속까지 겪어 내는 것이었다.

존재의 근거가 되는 생각, 코기토는 앎에 근거를 둔 생각이다.
생각으로 엮어지지 않는 단순한 앎은 인식의 주체로서 사람을 키워주지 못하고
앎의 뒷받침을 받지 않는 생각은 세상과의 연결을 맺어주지 못한다.
코기토는 오늘을 열심히 살며 내일을 차분히 준비하려는 사람들과
합리적이고 진지한 생각을 나누고자 한다.
스핑크스의 질문에 정답을 서두르기보다,
왜 그런 질문을 하는 것인지 이해하고자 하는 책들이 코기토다.

잠 못 이루는 행성

어네스트 지브로스키 2세 Ernest Zebrowski, Jr.
물리학 박사로서 지금까지 여러 차례의 자연재해 대비 컴퓨터 모의실험 프로젝트에 참여한 바 있다. 그는 1997년 12월 『잠 못 이루는 행성 *Perils of a Restless Planet: Scientific Perspectives on Natural Disasters*』을 쓸 때 펜실바니아 공과대학의 물리학 교수로 재직, '자연재해와 문명'이라는 과목을 강의했다. 그 외 저서로는 『*Practical Optics*』가 있으며, 최근에는 역사적으로 인류가 완전한 원의 개념을 추구해나간 과정을 평이하게 서술한 『*A History of the Circle: A Mathematical Reasoning & the Physical Universe*』를 출판한 바 있다.

옮긴이 : 이전희
서울대학교 자연대학 지질과학과 졸업
서울대학교 지질과학과 대학원 지구물리학 전공(석사 및 박사)
한국원자력연구소 종합안전평가팀 박사 후 연수
현재 기상청 지진담당관실 기상연구사

Perils of a Restless Planet : Scientific Perspectives on Natural Disasters
by Ernest Zebrowski, Jr.

잠 못 이루는 행성

인간은 자연재해로부터 자유로울 수 있는가

어네스트 지브로스키 Jr. | 이전희 옮김

코기토 COGITO

잠 못 이루는 행성

ⓒ 들녘 2002

초판 1쇄 발행일 · 2002년 2월 5일

지은이 · 어네스트 지브로스키 2세
옮긴이 · 이전희
펴낸이 · 이정원
코기토 편집인 · 김기협

펴낸곳 · 도서출판 들녘
등록일자 · 1987년 12월 12일 / 등록번호 · 10–156
주소 · 서울시 마포구 합정동 366–2 삼주빌딩 3층
전화 · 마케팅부(02)323–7849 편집부(02)323–7366 팩시밀리(02)338–9640
홈페이지 · www.ddd21.co.kr

값은 뒤표지에 있습니다. 잘못된 책은 구입하신 곳에서 바꿔드립니다.
ISBN 89–7527–290–7 (03840)

• 코기토는 도서출판 들녘의 디비전입니다.

나의 아들 데이비드와 나의 딸 엔젤에게
그리고 그들 세대의 모든 남녀들에게

추천의 글

"잠 못 이루는 행성"은 두 가지 의미를 갖는다. 하나는 태양계에 속한 행성인 지구가 계속 요동치는 불안정한 물체라는 점이다. 둘째는 이 행성에 붙어사는 소종족인 인간이 그 요동침 때문에 불안에 떨고 있다는 점이다. 지구의 요동과 인간의 불안은 반드시 같이 논의해야 한다. 이 행성이 제아무리 거대한 불을 뿜고 몸을 비튼다 해도 그곳에 우리 인간의 존재가 없다면 그것은 우리에게 아무런 문제가 되지 않는다. 혜성이 놀라운 속도로 하늘을 가르고 별똥별이 무수히 작열한다 해도 우리에게 별 영향을 끼치지 않는 한, 그것은 한 폭의 아름다운 에어쇼가 될 것이다. 그러나 자연과 우주의 어떤 일들이 인간의 생명을 위협한다면 문제는 달라진다. 넓은 지역에 걸쳐 대규모의 거주민을 덮친다면 상황은 악화된다. 게다가 예측할 수 없고 피할 시간이 없다면 최악이다. 자연재해란 이런 끔직한 부류를 말한다.

우리는 이 자연재해에 대해 잘 알지 못한다. 일반 시민은 늘 자연의 재난을 겪지만, 하늘을 원망하거나 정부를 욕하는 수준을 넘어서지 못한다. 과학자와 공학자 다수는 자신의 전공 분야에 대해서는 해박한 지식과 정보를 가지고 있지만, 그것을 꿰는 안목을 가지고 있지 못하다. 정책자들은 부지런히 어떤 일을 하고 있으나, 대다수가 최선의 결정을 내리는 데 필요한 과학·공학적 지식은 물론 좀더 근본적인 역사적·철학적 통찰력을 갖추고 있지 못하다. 지브로스키는 이 세 부류 모두를 독자층으로 삼는다. 그는 독자와 함께 자연재해에 대한 역사적 경험, 과학적 토대, 철학적 통찰을 나누고자 한다.

일반 시민을 독자층으로 삼았다는 얘기는 곧 글쓰기가 남달라야 함을 뜻한다. 지브로스키는 무엇보다도 일반 독자의 흥미를 자극하는 수많은 사례를 활용한다. 그것은 두 부류로, 하나는 역사에서 끌어오고, 또 하나는 기억이 가시지 않은 현장에서 끌어온다. 1755년 11월 1일 아침 포르투갈 리스본을 덮친 쓰나미(津波海溢)의 위용과 피해에 대한 상세한 묘사로 책을 연다. 계속해서 그리스 에게 해의 테라 문명의 멸망, 아틀란티스의 전설, 크레타 섬 미노스 문명의 멸절, 고대 영국 스톤헨지의 석조 건축물, 1906년 샌프란시스코와 1908년 메시나 대지진의 비교, 1889년 펜실베이니아 존스타운의 대홍수, 1985년 1만 명의 사망자와 25만 명의 가옥 피해자를 낸 멕시코 대지진, 폴리네시아 이스터 섬의 거석문명의 멸절, 페루의 화산 활동, 시베리아에 떨어진 운석, 미국 플로리다 지역의 토네이도 등 극적인 사례가 이어진다. 극적인 사례에 대한 그의 서술태도는 결코 선정적이지 않다. 오히려 생생한 묘사, 꼼꼼한 과학적 분석, 치밀한 서술 논리를 무기로 한다. 그는 각 사례로부터 자연재난의 근본적 원인, 피해 규모에 영향을 끼친 각종 요인, 재난의 사회적 영향, 효과적인 대응 방식과 그렇지 못한 것, 재난의 예측가능성 등을 차근차근 풀어낸다.

과학적 분석이 깊지 않고, 설명이 친절하지 않았다면 이 책은 자연재난을 다룬 괜찮은 서적에 그쳤을 것이다. 지브로스키는 고등학교 정도를 졸업했다면 이해할 수 있을 정도로 난해한 과학적 원리를 쉽게 풀어낸다. 주택을 다룬 장(3장)에서는 재난 때 어떤 집이 무너지고, 어떤 집이 무너지지 않는가에 대한 구조역학을 설명한다. 죽음과 생명을 다룬 장(4장)에서는 진화의 메커니즘, 인구 증가에 대한 과학적 추론, 인간과 전염병의 상호 관련성에 대해 설명한다. 파도와 해일(5장)을 다룬 장에서는 피해의 규모를 결정하는 파동, 파속, 파고 등의 파장이론과 에너지학을 설명한다. 지진(6장)을 다룬 장에서는 지진파의 속성과 지진계의 원리, 지구의 판구조이론, 지진예측학을 설명한다. 화산과 소행성의 충돌을 다룬 장(7장)에서는 화산의 유형과 메커니즘, 분화의 효과로서 쓰나미, 화산재의 대기순환과 함께 소행성의 충돌의 가능성과 피해 규모에 대해 설명한다. 치명적인 바람(8장)을 다룬 장에서는 열대성 사이클론과 허리케인, 태풍, 토네이도의 발생과 발전, 소멸에 관한 대기의 동역학을 설명한다.

　지브로스키의 과학사적 안목은 쓰나미, 전염병, 지진, 화산과 소행성, 사이클론과 토네이도 등을 포괄하는 자연재난과 그를 설명하는 과학에 통일성을 부여한다. 그는 가장 간단한 역학적 원리에서 시작하여 더욱 복잡한 유체 파동이론의 설명, 통계열역학, 카오스 이론(9장)으로 나아간다. 그는 이런 각각의 이론을 과학사의 일반적인 흐름, 즉 뉴턴의 결정론적 과학관에서부터 덜 결정론적인 과학관으로 진화하는 흐름 안에 녹여낸다. 그 효과는 분명하다. 단순한 재난 사례에 암기가 아니라 그 사례에 깃든 수학, 물리학, 생물학의 핵심 내용을 공부할 수 있게 되며, 더 나아가 과학의 성격 그 자체를 통찰할 수 있게 된다. 각종 재난에 관한 지식과 정보를 얻고, 흥미로운 사례를 통해 과학적 원리를 배우고, 각 원리에 놓인 계단을 건너뛰면서 과학 그 자체를 이해하게 되니, 이는 일석삼조다! 펜실베이니아 주립대학에서 과학교육을 가르치는 학자답게, 그는 자신이 삼은 주제의 교육적 효과를 잊지 않는다.

과학의 성격 그 자체를 논하는 것은 단지 현학을 자랑하기 위해서가 아니다. 그것을 논하지 않고 재난의 근본 문제를 캐물을 수 없기 때문이다. "지진이나 기상이변은 왜 생기며, 인간은 그것을 얼마만큼 예측할 수 있고, 막을 수 있을까?" 물론 우리의 과학은 자연재해에 피해를 덜 입는 구조물의 건축을 어느 정도 가능하게 하며, 재난의 피해를 줄일 수 있는 인공 시설물을 만들게 해주며, 부정확하기는 하지만 어느 정도 기상 예측을 가능케 해준다. 하지만 재현 불가능, 불규칙성을 특징으로 하는 지진, 쓰나미, 기상이상의 생성과 진전을 예측하는 수준의 과학은 아직 없다. 과학혁명 이후 인류가 발전시켜온 뉴턴의 과학이나 이후의 통계학, 통계역학적 이론도 언제,

어떤 시각에 어느 지역에 어떤 허리케인이 등장하여 강한 놈으로 발전해나 갈지를 완벽하게 예측하지 못한다. 흔히 태평양 건너 나비의 날갯짓이 한국에 태풍을 일으킬 수도 있다는 '나비 효과'로 불리는 이론에 따르면, 매우 사소한 계기가 매우 큰 동기를 만들어낼 수 있다. 그 사소한 계기란 너무나도 널리 깔려 있기 때문에 현재로서는 예측불가능하며, 현대의 가장 성능이 좋은 슈퍼컴퓨터로도 이런 바람의 진전 과정에 영향을 끼치는 수억 개도 넘는 변수를 효과적으로 처리하지 못한다. 이쯤에서 지브로스키는 기상이변이나 전염병 발생과 같은 재난을 예측하기 위해서는 고전적인 과학 개념으로는 불가능하고 새로운 과학관의 모색이 필요하다고 본다. 그는 가장 비결정론적인 과학이론인 카오스 이론을 받아들였다. 하지만 그가 보기에도 비선형적인 복잡계 현상을 다룬 과학이론인 카오스 이론은 아직 걸음마 수준에 있다.

이 책은 관념적인 책이 아니라 현실적인 책이다. 모든 논의가 더 나은 재난 대책을 지향하고 있다. 과학과 공학적 지식은 피해를 줄이는 방법을 제시한다. 그것을 활용한 정책은 피해를 예방하거나 피해 규모를 대폭 줄일 수 있다. 과학에 입각한 각종 예측 방법은 피해를 완전히 막지는 못해도 피할 수 있는 시간이라도 벌게 해준다. 새로운 과학이론의 모색도 자연재난을 예측하여 효과적인 대책을 세우기 위해서다.

현재 지구상의 재난 대책에는 몇 가지 문제가 도사리고 있다. 첫째는 사회·경제학적인 문제다. 댐을 쌓아 홍수를 막을 수 있는 지식을 갖추고 있다 한들 댐을 쌓을 수 있는 돈이 없다면 그 지식은 무용지물이다. 아프리카와 아시아 빈국은 이런 문제를 안고 있다. 둘째는 자연과 환경의 관계를 살피지 않는 정책가의 무지다. 그들은 생태계 파괴로 생기는 위험을 잘 모르는 채 정책 결정을 하기 일쑤다. 셋째는 과학자 자신이 근본적인 물음에 도전하기를 꺼려하는 침묵이다. 과학이 너무 세분화된 결과 과학자는 자신이 다루는 조그만 주제에만 매달리며 과학 전체를 보려고 하지 않는다. 마지막은 일반 시민의 정보 부족과 사안에 대한 둔감함이다. 이 책의 각종 재난에 대한 포괄성, 과학적 원리에 관한 친절한 설명, 과학과 재난을 보는 통찰력은 궁극적으로 이 둔감함을 일깨우기 위한 것이다.

  사족 하나. 사물을 보는 '작용과 반작용'의 관점이 인상적이다. 생태적인 관점에서 볼 때, 피아의 구별은 상대적이며 모두 의미가 있다. 인간의 처지에서 보면 쓰나미와 허리케인은 악한 존재다. 그렇지만 쓰나미와 허리케인은 인간의 구조물 때문에 늦춰지거나 멈춰지기도 한다. 허리케인의 존재는 더욱 예민해서 인간의 집 한 채가 '나비 효과'를 불러일으켜 허리케인의 발전을 변화시킬 수도 있다. 전염병의 경우도 비슷하다. 인간에게 세균성 병원균은 혐오스러운 적이지만, 세균성 병원균에게 인간은 자신이 살기 위해 반드시 필요한 존재다. 그들은 진화의 방식을 통해 효율적으로 인체를 관리하는 방법을 배운다. 이처럼 재난과 인간집단은 상호 작용하는 관계에 있다. 인간의 작용에 대한 자연의 반작용인 셈이다. 인구 규모가 커질수록 자연재난의 발생 가능성과 피해 강도가 높아지는 것은 당연하다. 심지어는 이스터섬의 역사가 말해주듯, 인류의 절멸로 치달을 수도 있다. 이 논리를 더 밀고 나가면 자연재난의 극복은 인간 외적 요인의 제어에서 그칠 수 없으며, 인간 내적인 요인의 개선을 수반함으로써 달성될 수 있다.

사족 둘. 사례 중에 우리에게 익숙한 것이 드물다. 대부분의 한국인은 겨우 1995년 5천 명의 사상자를 낸 고베의 지진과 일본 학자가 제기한 '메기학설'(메기가 지진을 과연 예보할 수 있는가)에 관한 논쟁 정도를 발견할 수 있을 뿐이다. 그렇지만 우리는 다른 지역의 대홍수를 보면서 한강이나 임진강, 낙동강의 홍수를 자연스럽게 떠올릴 것이다. 마찬가지로 화산 폭발을 보면서 백두산과 한라산을, 지진 발생을 보면서 가끔 우리 몸을 떨게 하는 지진을 연상하게 된다.

사족 셋. 한국 영토에 사는 우리로서는 직접적으로 우리에게 절실한 자연재난에 관한 정보가 없다. 그것은 이 책의 결함이 아니다. 그러나 우리 학계에서도 호우와 가뭄 등 기상이변, 지진, 화산 등에 관해 역사와 과학을 아우르는 연구 업적을 내야 할 것이다. 기상이변이 생기면, 슈퍼컴퓨터만 들여놓으면 해결할 수 있다는 맹목적인 '신앙'의 극복을 위해서 반드시 필요하다. 한국 역시 지진과 화산 같은 재난의 안전지대가 아니기 때문에 이 분야에 대한 연구와 정책 배려, 대중의 관심이 필요하다.

신 동 원

(코기토 기획위원, KAIST 인문사회과학부 초빙교수)

들어가는 글

자연재해는 우리 인간들의 마음을 끌어당기는 힘을 갖고 있다. 어떤 이는 구조요원으로, 어떤 이는 대재난을 막기 위한 장기계획을 세우는 공무원이나 기술자로, 또 많은 사람들은 단순한 방관자로서 지적 호기심으로 이에 관심을 갖는다. 최근의 자연재해에 대해 수백만 명의 사람들은 텔레비전 방송을 보면서 두려움과 함께 자신이 희생자 명단에 포함되지 않은 것에 개인적인 안도감이 섞인 불편한 마음을 갖는다. 그 와중에 과학자들은 이용할 수 있는 자료를 통하여 조사를 하고 다음과 같은 근본적인 질문을 던진다. 1) 대자연은 무엇 때문에 이같은 활동을 하는 것인가? 2) 우리 인간들은 이같은 사건을 더 잘 예측할 수 있기 위해 어떻게 해야 할 것인가? 이러한 질문들과 이에 대답하기 위한 현재 및 과거의 모든 시도들, 그리고 아직도 우리 앞에 놓여 있는 과학적인 도전들이 이 책 전반을 통하여 일관된 주제이다.

분명히 재해에 대한 과학적 연구는 순수하게 지적인 훈련에 그치지는 않는다. 지진·홍수·태풍 및 전염병에 대한 과학적 모델이 만들어지고 이것이 현실에서 인정받음에 따라 이들이 공학·의학이나 다른 분야로 급속하게 확산되는 길이 열린다. 또한 과학에 대한 이해는 공공정책의 장에서, 예를 들어 개정된 건축법령이나 개선된 대피 계획을 입안할 수 있도록 한다. 이 책에서는 재해과학의 유익한 파급 효과에 대한 설명을 자세하게 종합해 이를 독자들에게 제공하고자 한다.

현대의 과학 연구는 다른 사회활동으로부터 결코 독립되어 있는 것이 아닙니다. 과학과 현대의 사회체제 사이에는 수많은 피드백 회로가 있어서 이들이 서로 긴밀한 공생을 이루도록 한다. 과학은 재단과 정부의 재정 지원에 의존하며, 또한 관련 자료를 수집하고 처리하는 더 나은 방법을 개발하는 데 공학 공동체에도 의존한다. 예를 들어 기상 연구를 하는 과학자들은 도플러 레이더(Doppler rader)나 위성 계측 등의 원격탐사 기술을 개발한 공학자들에게 빚을 지고 있으며, 지진학자들은 최근의 미소전류 가속도계나 이와 관련된 감지 시설의 발전을 통하여 새로운 영역을 탐구할 수 있었다. 현대의 과학 연구는 인간의 감각기관에만 의존할 수 있는 영역을 넘어선 지 오래다. 대자연이 우리의 끈질긴 질문에 대답하는 목소리는 너무나 작고 희미하기 때문에 과학이 인간의 미약한 감각의 폭과 영역을 확장시켜야만 한다.

그렇지만 과학은 공학이 아니다. 과학은 질문에 대한 답을 찾아가는 과정이다. 때로는 그 질문에 답이 없다고 밝혀질 수도 있고, 그 답변 가운데 몇몇은 일반인들에게 엉뚱하다고 느껴질 수도 있다. 공학은 인간의 직접적인 필요와 목적에 맞추어 우리의 자연환경을 개선한다는 더 실질적인 목표를 갖는다. 때로는 두 가지 활동이 겹치거나 서로를 강화하기도 하지만 어느 때는 그렇지 않다. 과학적 탐구 가운데 어떤 것이 결과적으로 사회에 유용한 것으로 밝혀지는지 미리 결정하는 방법을 알고 있는 사람은 아무도 없다. 과학을 한다는 것은 어두운 골목길을 운에 맡기고 달려가는 것과도 같다. 아무것도 발견하지 못할 수도 있으며, 쓸모 없는 돌멩이만 발견할 수도 있다.

예를 들어 최근에 폐기된 연구 계획 가운데 일본에서 메기의 행동과 임박한 지진과의 상호관계를 찾는 것이 있었다. 이들의 관련 현상은 결국 드물게 나타나는 것으로 밝혀져, 이러한 과학적 발견은 지진예보 기술을 개발하기 위한 믿을 만한 과학적 원리를 찾는 공학자에게는 전혀 가치가 없었다. 그렇다면 처음부터 이 메기에 관련된 연구를 해서는 안 되는 것이었을까? 그 반대로 이는 반드시 필요한 작업이었다. 그렇지 않다면 우리가 어떻게 이 특정 연구과제가 비생산적이라는 것을 알 수 있단 말인가?

과학은 항상 무지로부터 시작된다. 필자가 이 책을 쓰는 것도 이러한 생각에서이다. 항상 인간의 생명과 재산을 노리며, 어떤 방식으로 일어날지 알 수 없는 자연재해를 우리가 이해하고자 하므로, 미래의 대재난을 예측하고 완화시키는 일에 대하여 과학자들에게 어느 정도까지 기대를 하는 것이 합리적인지 묻는 것은 정당하다. 필자는 최종적이고 결정적인 해답을 갖고 있지 않으며 이는 다른 사람들도 마찬가지일 것이다. 그 대신에 필자가 제공하고자 하는 것은 역사적인 자연재해 가운데 일부(합당한 선택이었기를 바란다)를 조망하고 이를 이해하는 과정에서 지금까지 이루어진 과학의 진보와 아직도 도전을 기다리고 있는 과학 분야, 앞으로 제기될 과학적 질문에 영향을 미치는 사회·경제적 요인, 그리고 우리들이 자연재해를 예측하고 이상적으로 예방할 수 있는 과학적 이해 수준에 언제 도달할 것인가에 대한 전망 등이다.

필자는 재해 전문가들을 위해 이 책을 쓴 것은 아니다. 오히려 이 책은 현재와 미래의 정책 결정자, 학생들 그리고 독자적인 사상가 등 더 넓은 직업군을 대상으로 한다. 그들이 중요한 때 결단을 내리느냐 못 내리느냐 하는 문제가 미래의 재해에 의하여 위협받는 인간들의 생명에 중대한 영향을 미치기 때문이다. 필자는 이 책을 읽는 독자들 가운데 일부라도 그들의 어휘에서 '상식'이라는 단어를 지워버리고 대신 그들 자신의 것까지 포함해서 모든 선입견을 엄밀하게 재평가하기를 진정으로 바라며 이 책을 썼다. 또한 이를 넘어서서 필자는 우리가 '과학'이라고 부르는 인간의 활동—오류에 빠지기 쉽지만 스스로 이를 고쳐나가는—을 통하여 대자연의 깊은 비밀을 벗기려는 인류의 투쟁이 일종의 지적 감동으로 독자들에게 성공적으로 전달될 수 있기를 바란다.

어네스트 지브로스키 2세

차 례

1

지각 위의 생명

리스본의 가장 긴 하루

1755년 11월 1일 토요일은 눈부신 아침으로 시작되어 죽음과 파멸로 끝난 하루였다. 이 파괴의 규모는 전체 포르투갈 식민체제 국력의 균형을 영구적으로 혼란시켜버릴 정도였다. 이 사건은 전쟁도, 정치 혁명도 아니었다. 다만 평범한 자연현상, 즉 지구의 진동과 이로 인한 해일이 보통 때보다 좀더 격렬하게 일어났을 뿐이다. 지구 행성의 규모로 보면 이는 단지 딸꾹질 한 번 한 정도에 불과했다. 그러나 인간의 기준으로 보면 이는 엄청난 국가적 재난으로, 서구 세계의 인구 분포에 가장 큰 영향을 미친 사건 중 하나였다.

동이 틀 무렵, 리스본에는 항구 어디에서나 쉽게 발견되는 여행자들과 뱃사람들을 제외하고도 총 275,000명이 거주하고 있었다. 하루 후, 그곳에 남은 사람들은 불과 수백 명뿐이었다. 이들은 죽어가는 사람들에게 마지막 의식을 거행하는 사제들, 무너진 건물의 잔해에서 값진 물건들을 훔치려는 도둑들, 그리고 가족들을 찾아 헤매거나 불길이 다가오기 전에 자기 재산을 일부라도 건지려는 몇몇 용감한 생존자들이었다.

그 무서운 아침에 수백 년간 견디도록 설계된(수천 년까지는 몰라도) 수백 채의 웅장한 석조 건물들이 땅에 넘어지고 부서져 수천 명을 그 자리에서 매장시켰다. 몇몇 생존자들이 가까운 언덕으로 달아나는 동안 운이 없는 사람들은 강가의 부두에 모여 있다가 쓰나미*에 의해 휩쓸려 가버렸다. 그러고 나서 화재가 일어났다. 그후 이어지는 겨울 동안의 추위, 부상, 굶주림으로 사망자들이 잇달아 추가되었다. 사망자의 총계는? 아무도 모른다. 직접적인 재해로 인한 사망자는 5,000명에서 70,000명 정도로 평가되고 있다.[1, 2] 동시대의 프랑스 철학자 볼테르Voltaire는 이를 30,000명으로 평가한 바 있다.[3] 대부분의 현대 참고문헌들은 1755년 11월의 첫 며칠 동안 30,000명에서

---

* 해일과 쓰나미(tsunami)는 그 의미가 다소 다르다. 해일은 바닷물이 갑자기 크게 일어나서 육지로 넘쳐 들어오는 것을 말하는데, 이는 바다 속의 지각 변동에 의한 것일 수도 있고, 해상의 기상 변화에 의한 것일 수도 있다. 쓰나미는 이 가운데 지각 변동에 의한 해일을 말한다. 나중에 본문에도 나오지만 이는 기상 변화에 의한 해일보다 훨씬 더 큰 피해를 낳는다. 따라서 이를 지진해일이라고 번역하는 경우도 있지만 이것도 문제가 있는데 왜냐하면 쓰나미는 지진에 의해서만이 아니라 지진, 해저 화산 또는 해저의 산사태 등 전반적인 해저 지각의 변동으로도 발생할 수 있기 때문이다. 원래 진파(津波)의 일본식 발음인 쓰나미가 현재는 사전에도 올라 공식적으로 인정받고 있어서 국제어로 보아 그냥 쓰나미로 번역했다.

1) J. J. Moreira de Mendonca ……Historica Universal dos Teremotos…… com uma narracam individual do Terremoto do primeiro de Novembro de 1755…… em Lisboa(Lisbon, 1758)에서의 평가에 따랐다. 그러나 이 책의 저자는 멀리 있는 포르투갈 식민지 통치자들의 걱정을 덜기 위해서 사망자들의 수를 축소했을 가능성이 있다.

2) Jose de Oliveira Trovao e Sousa, Carta em que hum amigo da noticia a outro do lamentavel successo de Lisboa(Coimbra, 1755, 12월 20일), 팜플렛. 이 출판물의 여러 가지 부정확성 때문에 이 사망자 수 70,000명의 신빙성에 대해서 여러 의문이 제기된다. 이 책의 주제는 리스본이 그의 사악함으로 인해 천벌을 받았다는 것으로, 그는 이 논지를 지지하기 위해 사망자 수를 과장했을 수 있다.

3) 볼테르의 풍자 작품 『캉디드 Candide』는 1759년에 처음 출판되었다. 캉디드는 리스본의 파괴를 목격하자 마자 난파되어 해안으로 밀려온다. 그후 그는 하느님이 이 도시를 징계한 이유를 설명할 희생양을 찾고 있던 조사관에 의해 체포되어 태형에 처해진다. 캉디드의 여행 동료이자 철학 교사가 이 사건이 초자연적인 원인보다 자연적인 원인에 의한 것이라는 의견을 말하다가 이단혐의로 교수형에 처해진다. 돌무더기로 변한 법정에서 조사관은 그러한 판결이 미래의 지진을 막을 것으로 기대했다.

40,000명의 사망자가 발생했고 그 다음달까지 약 20,000명의 사망자가 추가되었다고 밝히고 있다.

그 당시 인구 기록은 교회 교구에 보관되고 있었다. 1755년 리스본의 40개 교구 가운데 20개는 완전히 파괴되었고 나머지 모두도 손실을 입었다. 많은 리스본 주민들이 급히 도시를 떠났고 다시는 돌아오지 않으리라 결심했다. 설령 돌아온다고 해도 다니던 교회에 다시 나가지는 않았을 것이다. 시체를 일일이 세는 것은 화재와 지진해일 때문에 가능하지도 않았으며 이러한 끔찍한 방법으로 계산하는 것을 아무도 신뢰하지 않았다. 사망자를 통계 내고자 하는 사람들이 할 수 있는 방법은 한 가지뿐이었다. 원래의 인구에서 재난이 일어난 이후 살아남은 사람의 숫자를 뺀 나머지는 모두 사망했다고 보는 것이다. 수학 법칙은 정확한 답을 제공한다. 이 정확한 값이 잘못되었는지를 판별하는 것은 인식론적 법칙이다.

그 무서운 날에 포르투갈의 수도에서 실제로 어떠한 일이 벌어졌는지에 대해선 기록이 어느 정도 일치한다.[4] 11월 1일은 모든 성인들의 날(만성절)이다. 이는 가톨릭 신자들이 꼭 지켜야 하는 성스러운 날이어서 1755년의 토요일 아침 리스본의 모든 교회들은 만원이었다. 오전 9시 40분경에 중앙 대성당의 신자들은 바닥으로부터 울려오는 천둥 같은 소리에 깜짝 놀랐다. 불길한 소음이 급격히 확산되어 파이프오르간 소리와 합창소리를 삼켜버릴 지경이었다. 건물 자체가 그에 응답하듯이 떨리더니 잠시 모든 것이 조용해졌다. 출구 가까이 있던 사람들 몇몇은 거리로 뛰쳐나갔고 잠시 후 그들은 땅이 융기하는 지표면의 파동이 세 차례 연속적으로 다가오는 것을 목격했다. 평평했던 도로가 수직 및 수평 방향으로 동시에 흔들렸으며 먼 곳에서

---

4) 다음에 나오는 대부분의 기록들은 T.D. Kendrick의 The Lisbon earthquake(Philadelphia: Lippincott, 1956)에 근거한다. 이는 1755년의 재난에 관하여 영어로 쓰여진 문헌 중 가장 포괄적인 설명을 하고 있다.

관찰했던 사람들은 도시 전체가 마치 바람을 맞은 곡식밭처럼 흔들렸다고 이 사건을 묘사했다. 석조 건물은 휘는 힘에 취약했기 때문에 도시 전체의 석조 교회들은 즉시 무너졌으며 수천 명의 신앙심 깊은 사람들을 매장해버렸다. 건물 잔해로부터 작은 먼지들이 거대한 구름을 만들어 마을을 햇빛으로부터 가렸다. 순식간에 무덤으로 변해버린 건물들의 잔해에서 부상당하고 죽어가는 사람들의 고통의 울부짖음이 쏟아져나왔다. 첫 번째, 두 번째의 지진을 버텨냈던 작은 집과 건물들도 세 번째 지진에는 대부분 무너지고 말았다. 모두 합하여 약 3분이 조금 넘는 시간에 유럽에서 가장 화려한 도시 가운데 하나가 잿더미가 되고 말았다.

대항할 수 없는 힘에 의해 위협을 받는다면 달아나는 것이 인류의 자연스러운 반응일 것이다. 지진에서 살아남은 사람들 가운데 적어도 그럴 힘이 있는 사람들은 즉시 달아났다. 도시 주변 언덕의 반원형 지역으로 달려간 사람들은 운이 좋았다. 좀더 불운한 사람들은 타구스의 강변지대를 택했다.

리스본은 타구스 강 입구로부터 12km(8mi) 상류에 위치하며 이 지류의 폭은 평균 3km(2mi)이다. 도시에서 강은 마르 데 팔하라는 거대한 내륙의 만을 향하며 이곳에서 폭이 약 11km로 넓어진다. 기원전 12세기부터 포에니 사람들은 이미 대양에 쉽게 접근할 수 있으면서도 성난 파도로부터 항구를 안전하게 지킬 수 있는 이곳이 항구를 짓기에 안성맞춤임을 알고 있었다. 이 독특한 지리학적 지형은 리스본이 18세기에 그토록 번영한 원인 가운데 적지 않은 부분을 차지하고 있었다. 그러나 불행히도 이는 1755년 11월 1일 도시의 파괴에도 중요한 영향을 미쳤다.

쓰나미를 예측한 사람은 아무도 없었다. 11시경, 첫 번째 지진이 있은 후 약 80분 후에 거대한 파도가 바다로부터 상류지역으로 밀려왔다. 이는 이날 있었던 세 번의 거대한 해일 가운데 첫 번째 해일이었다. 이것은 배를 닻줄로부터 끊어냈으며 서로 충돌시키고 그들의 잔해를 해안과 선창으로 밀어붙였다. 바닷물이 다시 밀려날 때 해일은 지진에도 불구하고 부분적으로나마 남아 있던 모든 바닷가의 창고 및 건물과 함께 엄청난 인명을 휩쓸고 가버렸다. 이 재난에 대해 발표한 모든 기록들은 거대한 파도가 밀려와 파괴적인 영향을 끼친 상황을 공포스럽게 묘사하고 있다.

쓰나미의 높이와 관련해서는 다양한 의견이 나오고 있다.[5] 가장 충실한 정보에 바탕한 의견[6]은 주된 3개의 파도의 높이가 4.6m(15ft)에서 12.2m(40ft) 사이라는 것이다. 이들은 관찰자가 어느 해일을 말하고 있는지, 그리고 강변 어느 곳에서 관측했는가에 따라 정확한 수치는 달라진다. 이 수치는 남쪽으로 약 350km에 있는 카디즈에서 5.5m의 해일이 보고된 결과와 맞아떨어진다.(그림 1-1). 12m의 파도는 4층 건물의 높이와 같다는 것을 명심하라!

그러나 높이만이 쓰나미의 전부가 아니다. 쓰나미가 해안을 강타할 때 이것은 거대한 높이만이 아니라 거대한 파장을 지니고 있으며 그 길이는 보통 수백 킬로미터이다. 쓰나미는 15분 혹은 30분 정도(때로는 더 길게) 해안지역을 계속 물에 잠기게 한다. 그리고 난 다음 15분 내지 30분 동안 물이 전부 빠져나간다. 쓰나미는 하나의 파도가 아니기 때문에 다시 다음 물결의 봉

---

5) Kendrick의 Lisbon earthquake에서는 15~20ft로 평가되는 데 비해 C.Morris의 The destruction of St. Pierre and St. Vincent and the world's greatest disasters······ (Philadelphia: American Book and Bible House, 1902)에서는 50ft가 제시된다. 그러나 후자에서는 방파제가 갈라진 틈으로 빨려들어가고 정박된 수많은 선박들과 함께 엄청난 수의 사람들이 파도 속으로 빠진 후 파편이나 옷조각 하나도 수면으로 다시 떠오르지 않았다는 등, 재난 이후에 바로 도착한 포르투갈의 공학자들이 믿지 않은 이야기를 반복하고 있는 것으로 보아 저자가 과장했을 가능성이 있다. 이 보고는 계속하여 이후의 측정 결과 이 지점의 깊이가 약 100파톰(180m, 또는 600ft)임이 밝혀졌다고 말하고 있다. 그 당시에는 이 정도의 수치가 전혀 기록되지 않았던 것으로 보인다. 재난은 종종 이와 같이 확실하지도 않은 '자료' 들을 만들어낸다.

6) T.S.Murty, Seismic Sea Waves; Tsunamis, Fisheries and Marine Service, 회보 no.198(Ottawa,Can.: Fisheries and Marine Service, 1977).

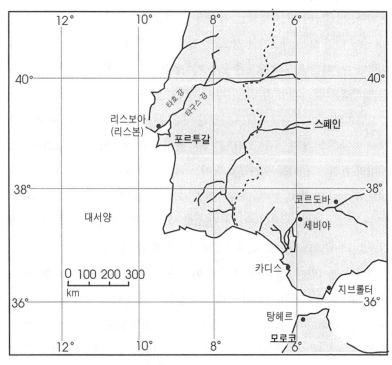

그림 1-1 1755년 11월 1일 지진과 쓰나미에 의해 영향을 받은 지리학적 지역

우리가 따라온다. 쓰나미에 희생된 사람들은 대부분 바다로 끌려들어가 시체는 거의 발견되지 않는다. 사실 역사적으로 세계적인 거대한 쓰나미들을 직접 목격한 증인은 비교적 적은데, 이는 대형 쓰나미를 목격한 사람 중에 살아남은 이가 거의 없다는 단순한 이유 때문이다.

쓰나미는 상업 및 일반 건물에 대해 파괴적이었지만 이 거대한 파도는 대부분의 주민들이 사는 건물들이 있는 고지대까지 그 손길을 미치지는 않았다. 이른 오후까지의 지진과 해일로부터 살아남은 이들 리스본 주민들은 이번 시련 가운데 최악의 상황은 지나갔다고 생각했을 것이다. 그랬다면 그들은 잘못 생각한 것이다. 몇 시간 이내에 뒤집혀진 난로와 램프로부터 점화된 여러 작은 불길들이 강풍을 타고 대화재로 타올랐다. 도시 건물들의 잔해로부터 연료를 공급받은 불길은 도시를 완전히 파괴시켰다. 1902년, 당시의 사건을 토론하던 작가는 다음과 같은 대담한 말을 하기도 했다.

> "나흘 동안 타올랐던 불길이 전적으로 불행한 것만은 아니었다. 불길은 수천 구의 시체를 소각시켜버렸는데 이들이 그냥 남아 있었으면 공기를 오염시켜 생존자들에게 전염병의 재난을 더했을 것이다."[7]

사실 리스본에서는 1723년까지 전염병이 돈 바 있으며 많은 생존자들도 그때를 기억하고 있었다. 그러나 산 채로 건물 잔해 속에 갇혀 있던 사람들도 그 화재를 축복으로 생각했을지는 의문스럽다.

마지막 불길의 잔해가 꺼졌을 때 생존자들은 도시 대부분의 식량들이 타버렸거나 물에 휩쓸려버렸다는 참혹한 현실과 마주쳐야 했다. 겨울이 다가오고 있었다. 도둑질이 만연하고(초기 지진의 와중에 감옥이 무너졌다는 사실도 일조했을 것이다) 살인도 여럿 기록되었다. 재난 바로 다음날부터 빵 1파운드에 금 1온스의 가격이 매겨졌다. 리스본의 왕궁도 많이 파괴되었지만 왕족들은 그때 다행히 벨렘으로 은거해 있었다. 37세의 호세José 왕은 리스본으로 돌아오자마자 정부가 구입할 수 있는 모든 곡식을 사들여서 식량 구호체계 및 의료 공급체계를 갖추라고 지시했다. 11월 4일, 계엄령이 내려졌다. 구호체계의 조직과 평화 유지, 경제 안정, 재건에 대한 책임이 폼발Pombal 장관에게 내려졌으며 그는 이를 22년간의 독재자로서의 경력을 시작할 기회로 삼았다.

초기의 지진은 전 이베리아 반도, 프랑스와 이탈리아 일부, 그리고 북아프

---

7) Morris, Destruction, 408.

리카 일부에서 감지되었다.[8] 그리고 모로코에서는 인구 8,000명의 마을이 통째로 땅의 갈라진 틈으로 삼켜져버렸다는 믿기 힘든 기록마저 있었다.[9] 해일은 영국, 아일랜드, 서인도에서도 기록되었다(물론 그렇게 먼 거리를 진행한 이후에는 더이상 위협적인 존재가 아니었지만). 이 지진의 규모는 리히터 규모(Richter scale) 8.75로 평가되었는데, 만일 이것이 정확하다면 이는 최근 250년 동안 이 행성에서 일어난 가장 큰 3∼4개의 지진 가운데 하나다.

리스본의 많은 생존자들은 다음해나 그 다음해까지 언덕 위에 설치된 텐트 도시에서 살았다. 여진이 끈질기게 계속되었기 때문에 대부분은 도시의 잔해로 서둘러 돌아갈 특별한 이유가 없었다. 재난 발생 이후 첫주에 30회의 여진이 있었으며, 11월 8일에 한 차례의 격진(激震)이, 12월 11일에도 상당한 규모의 지진이 있었다. 1756년 8월에는 전년도 11월 이래 약 500번의 여진이 발생했다는 기록이 있다. 물론 이들 중 어느 것도 현대 과학의 기준에 따라서 그 크기를 정량적으로 분류할 수는 없다. 과학으로서의 지진학과 이를 뒷받침해줄 관측기구들은 19세기 후반에야 나타나기 시작했기 때문이다.

리스본은 결국 포르투갈의 식민지(대부분 브라질)에서 걷어온 재산과 외국의 원조(주로 영국에서 온)에 의하여 재건되었다. 그러나 많은 문화재들은 영원히 소실되었다. 티치아노, 루벤스, 코레지오 등의 거장이 그린 수백 점의 그림들이 재로 변해버렸다. 초기 포르투갈인들이 발견한, 항해와 관련된 원본 지도와 해도 등도 파괴되었다. 카를 5세가 직접 쓴 역사기록 등을 포함

---

8) H.F. Reid, The Lisbon earthquake of November 1, 1755, Bulletin of the Seismological Society of America, 4(2), (June 1914), 53∼80.

9) 이 진술은 여러 2차 문헌에서 발견된다. 그러나 누구도 원 출처를 밝히지 않고 있으며(있다는 가정 아래), 아무도 모로코 시의 정확한 위치나 이름을 제시하지 않는다. 이 이야기는 지구물리학적 현상에 대해서보다는 인간의 본성에 대하여 말하고 있는 것 같다.

한 수천 점 혹은 그 이상의 필사본 원고들도 없어졌다. 모든 국립 및 사립 도서관이 수십만의 원본 작품들 및 고문서들과 함께 완전히 사라졌다. 단 한 번의 사건으로 포르투갈은 자신의 문화유산 가운데 중요한 부분을 잃어버렸으며 그 피해는 복구할 길이 없었다.

오늘날 주요한 자연재해를 들어보라고 할 때 이 리스본 지진을 생각하는 사람들은 별로 없다. 이 사건은 오랫동안 사람들에게 잊혀져서 가끔씩 연감에서나 인용되는 사건들의 목록 가운데 하나로 격하되었으며, 심지어는 날짜마저 잘못 인용되고 있다.[10] 인간의 시간으로 보면 1755년에 일어난 사건과 직접적으로 관련 있는 사람은 없을 것이다. 그러나 지구물리학적 시간 단위로 보면 240년은 절대로 긴 시간이 아니다. 리스본에서 일어난 사건은 인간이라는 종족이 이 위험한 행성과 맺고 있는 아슬아슬한 관계를 이해하는 데 매우 적절한 것이다.

문명화된 섬의 죽음

아테네에서 남동쪽으로 220km(140mi), 그리고 크레타에서 북쪽으로 110km(70mi) 떨어진 곳에 에게 해를 빛내고 있는 아름다운 작은 섬 하나가 있다. 지도상에 분명한 초승달 모양으로 나타나는 이 형체를 공중에서는 누구나 볼 수가 있다(그림 1-2). 옛날에는 이곳을 '테라'라고 불렀으나 오늘날에는 '산토린' 또는 '산토리니'라는 이름으로 더 잘 알려져 있다. 현재 이 섬의 바다 위로 튀어나온 75km²(30mi²)는 기원전 1626년의 원래 섬 표면 지역의 절반보다 조금 더 남아 있을 뿐이다. 과거 화산의 폭발로 인해 바다 밑

---

10) 수많은 출판물들에는 리스본 재해의 날짜가 1755년 11월 1일이 아니라 1775년 11월 1일로 잘못 기재되어 있다.

그림 1-2 에게 해의 섬 산토리니(테라)와 크레타

300m(1000ft)까지의 지역은 대기로 날아가버렸다. 정확한 폭발 날짜는 물리학자들과 고고학자들 간에 논쟁의 주제가 되고 있다. 앞에 언급한 기원전 1626년은 물리학자들의 견해를 인용한 것이다(표 1-1).[11]

불명확성은 모든 과학적 자료들의 본질적 특성이다. 그러나 이 말은 과학에서 서술을 애매모호하게 한다는 의미가 아니다. 실제로 불명확한 추정이

---

11) M. K. Hughes, Ice layer dating of eruption at Santorini(Thera), Nature, 335(1988), 211~212; C. U. Hammer, H.B. Clausen, & W.F. Friedrich, The Minoan eruption of Santorini in Greece dated to 1645 B.C., Nature, 328(1987), 517~519.

라도 학계에서 받아들여지기 위해서는 엄밀한 논리적 기준에 의하여 검증되어야 한다. 그럼에도 과학자들의 연구에서 원 자료에 서로 다른 견본과 서로 다른 방법을 적용하여 얻어진 결과들이 일치하지 않는다는 것은 전혀 놀라운 일이 아니다. 오히려 놀라운 것은 결과가 일치하는 경우이다. 이러한 일이 일어난다면 과학자들은 모든 추상적인 숫자와 계산의 이면에 기본적인 진리 요소가 깔려 있지 않나 짐작하기 시작한다.

오늘날 어느 고고학자도 사건의 기본적인 정황에 대해선 의심하지 않는다. 즉 청동기 시대에 상당히 발달된 도시가 있었다. 수도가 흐르고 고층건물이 서 있었으며, 그 예술품들로 판단하건대 사회적으로 남녀 평등이 이루어졌던 도시가 화산재에 파묻혀 36세기 후에 재발견될 때까지 그곳의 신비를 감추고 있었다. 화산 폭발과 동시에 이 작은 섬의 절반 이상이 대기 중으로 날아가버렸으며 그 빈 곳은 바닷물로 채워졌다. 그곳의 많은 부분이 아직 발견되지 않고 있지만 현재 고고학계의 주요 쟁점은 기원전 약 1600년 전의 이 파괴적인 대폭발이 그후 더 어렵고 난해한 사건인 크레타 섬 북쪽 해안에서 번영하던 미노아 문명의 완전한 멸망과 관련이 있는가 하는 점이다. 많은 작가들(본인을 포함하여)은 여기에 본질적인 연관이 있다고 확신하고 있

날짜(기원전)	불확실성(연도)	기술	견본
1640	30	탄소-14	초기 화산재에 의해 타버린 나무
1626	1	나이테	미국의 강털소나무(성장이 억제됨)
1626	1	나이테	아일랜드 습지 토탄 속의 참나무(견본이 중복됨)
1643	20	화학	그린란드 빙하 내의 빙핵(氷核)(산성눈)
1617	~20	문헌 조사	고대 중국의 원고
1500	~50	예술 기법	미노아 도기
1500	~50	예술 기법	이집트 도기 및 무덤의 그림

표 1-1 청동기 시대 테라 화산 폭발의 연대 결정
출전 : 1장의 원주 11)에 인용된 출전 참조

다. 그러나 테라의 파멸이 1세기 후에 일어났다면 오늘날 이 관점을 반박할 수 없도록 지지하는 논리를 펼치기가 훨씬 쉬웠을 것이다. 과학자들이란 결국 의심하는 직업을 가진 사람들이고 오늘날 많은 과학자들은 테라의 청동기 시대 폭발이 이 작은 섬을 훨씬 넘어서까지 영향을 미쳤다는 사실에 대해서 여전히 회의적이다. 그러나 이 폭발이 적어도 테라의 문명을 완전히 파괴시켰다는 사실은 아무도 의심하지 않는다.

현재 테라 시는 바다 바로 위 수직으로 300m(1,000ft) 솟은 절벽 위에 하얗게 씻긴 가옥들과 돔으로 세워져 있다. 테라의 풍경은 매우 아름다워서 어디에서 찍어도 좋은 사진이 나오며 이들 중 많은 장소들은 그리스의 여행 관련 포스터들에 소개되고 있다. 비록 테라의 건물들 중 대부분이 수 세기에 걸친 오래된 것이지만 이들 중 어느 것도 실제로 고대 도시의 것이었다는 증거는 없다. 15년 전까지만 해도 도시와 바다를 잇는 유일한 방법은 매우 가파르고 구불구불한 계단길을 당나귀를 타고 내려가는 것이었다. 물론 현재는 모험을 덜 좋아하는 사람들을 위하여 케이블카가 가동 중이다.

이곳은 바다가 너무나 깊어서 정박하는 배들이 닻을 내리지 못하므로 이들을 위하여 특별한 정박 장치들이 지어졌다. 깊고 푸른 만(灣)의 중심 근방에 조그맣고 실제로는 무인도 화산 섬인 네아 카메니(New Burnt : 새로 불탄 곳)가 있다. 비록 이 화산은 자신을 둘러싸고 있는 바다 위로 단지 30m정도 솟았을 뿐이지만 이는 화산이 대폭발을 일으킨 후 3,000년 동안 해양저로부터 450m 높이로 재형성된 것이다. 호기심 많은 관광객들은 보트를 타고 쉽게 화산으로 가서 주위가 수평방 킬로미터 정도 되는 뾰족뾰족한 용암지대를 돌아다니거나 아직도 계속적으로 유황 냄새를 뿜어내는 6~7개 정도의 분화구를 살펴볼 수 있다. 네아 카메니에 서서 도시를 돌아보면 섬에서 잘려나간 절벽을 통하여 약 36세기 이전의 대폭발 때문에 사라진 섬의 극적인 장관을 볼 수 있다. 물론 이곳이 기원전 1626년에 있었던 그 장소는 아니다.

그림 1-3 아크로티리의 고고학적 발굴 전망도

　본 섬의 남쪽 및 동쪽 해안에는 몇 군데의 검은색 해변이 있는데 이는 하와이 섬의 동쪽 해안에서 발견되는 것과 비슷하다. 이 해변의 성분은 대체로 모래와 비슷하나 사실 이는 화산 용암이 자체의 내부 응력으로 인하여 분쇄되고 바닷물과의 접촉으로 급격히 식은 후 파도의 작용에 의하여 더욱 잘게 갈려진 것이다. 이와 인접한 지역에 수십 채의 작지만 무성한 포도밭과 가내 양조장이 있다. 이에 필요한 농업용수는 모두 깊은 우물로부터 나온다. 이 지역의 두꺼운 화산 토양은 충분한 양의 지표수가 흐르기에는 너무 다공질(多孔質)이기 때문이다.

　섬의 남쪽 지역인 아크로티리라는 도시 근처에서 주목할 만한 고고학적 발굴이 이루어졌다. 1967년 이래 헌신적인 연구자들이 테라에 재난이 일어나기 이전의 문명의 증거를 복구하기 위하여 매우 조금씩 작업해온 결과 현재 유리섬유로 된 지붕 아래 수 헥타르가 발굴되었다(그림 1-3). 한때 이 지역을 모두 덮었던 20m(65ft) 두께의 화산재 가운데 대부분은 수세기 동안 자연적으로 침식되어 나갔고 1940년대까지 흙 속에서 가끔씩 인공유물이 돌출되어 나왔다. 그후 계획적인 탐사로 인해 총 직경이 적어도 1.5km(1mi)에 달하는, 도시의 두 블록 정도에 해당하는 지역이 발굴되었다. 지금까지 발굴된 구조물은 주택들이다. 우리는 공공건물이나 궁전(만일 존재한다면)에 대해 전혀 모른다. 현재의 발굴 속도로 볼 때, 아직 남아 있는 고고학적 작업은 적어도 300년 이상 걸릴 것으로 보인다.

그리스의 전 고대 유물 탐사관 스피리돈 마리나토스Spyridon Marinatos는 1932년 테라의 옛 멸망에 관한 증거를 연구하기 시작하여 1988년 아크로티리 발굴 도중 사망할 때까지 이 작업을 계속하였다.[12] 그는 이 고대 건물 중 하나의 유해에 매장되었다. 그가 발견한 청동기 시대의 도시는 역사책에 언급되지 않으며 심지어 이 도시의 원래 이름을 암시하는 어떠한 기록조차 아직까지 발견되지 않았다. 현재 이 도시는 바로 언덕 너머 있는 마을의 이름을 따서 때때로 아크로티리라고 불린다. 현대의 문헌에서 더 자주 사용되는 이름은 '테라'인데 이는 이 섬의 옛 이름이면서 현재 이 섬의 주요 도시의 이름이기도 하다.

한 가지 사실은 분명하다. 고대 아크로티리는 굉장한 도시였다! 이는 우리가 알고 있는 어떤 다른 도시보다도 천 년 이상 앞서서 상수도 시설을 가지고 있었다. 이 물 가운데 일부는 도시를 가로지르는 넓은 석조 도관(導管)을 통해 흐르지만 일부는 주택 내부의 화장실과 목욕탕을 통과한다(아직 확실하지 않은 추측이지만 수도관 가운데 일부는 온천을 이용하여 더운 물을 공급했을지 모른다). 2층, 3층, 또는 4층 높이의 주택들이 세워졌다. 이 건축물을

---

12) S. Marinatos, On the chronological sequence of Thera's catastrophes, Acta(1971), 403~406; Marinatos, Thera: Key to the riddle of Minos, National Geographic(June 1972), 702~706.

그림 1-4 아크로티리에서 발견된 청동기 시대 벽화 중 하나(사진 제공, 아테네의 국립 고고학 박물관)

보면 이들이 내진설계에 대하여 적어도 어느 정도 이해를 하고 있었음을 보여준다. 벽들은 직각이 아닌 약간 기울어진 각도로 세워졌으며 문틀 및 격자는 벽돌이 아닌 목재로 만들어졌다(나무는 돌보다 재료에 걸리는 동적 긴장을 훨씬 잘 견딘다). 내부는 잘 만들어진 도자기로 가득 차 있고 청동으로 된 도구와 심지어 렌즈처럼 생긴 유리조각도 발견되었다.

그러나 더 의미가 있는 것은 그들의 예술품들이다. 발굴된 개인주택들은 모두 정교한 프레스코 벽화로 장식된 내부 벽들을 지니고 있었다. 그들의 질은 여타 고대 발굴품의 최고 수준의 **대중예술**과 비견할 만하다.[13] 이들 벽화에 묘사된 식물과 동물의 모양으로 판단할 때 이 고대 문명은 북아프리카 및 동아프리카와도 교역을 했음이 분명하다. 남성과 여성은 동등하게 표현

---

13) 복원된 프레스코 벽화 가운데 많은 것들은 아테네의 그리스 국립고고학박물관에 전시되어 있다.

되어 있다. 그림에 선박이 보이는데(그림 1-4), 이들은 전함이 아니라 무역선으로 보인다. 사실 발굴된 벽화 가운데 어느 것을 보아도 군국주의적·정치적·호전적인 주제를 전혀 담고 있지 않다. 이들은 그 이후 2000년 동안 계속되어온 여타 고대 문명에서 발굴된 군국주의적 예술과 극적인 대조를 이룬다.

사람들은 보다 근본적인 인간적 욕구가 충족되지 않는 한, 그들의 재원을 예술에 투자하지 않는다는 사실을 우리는 기억해야 한다. 물론 때때로 강압적인 정권은 국민들의 기본 욕구가 결핍된 상태에서도 대규모 **대중예술**을 추진하기도 한다. 그러나 이런 일을 하게 될 때, 그런 종류의 예술은 당시 국가가 추천하는 정치철학을 지지하는 주제들을 묘사한다. 아크로티리에서는 고고학자들이 벽화 등의 개인적 예술품을 많이 발견했다. 그러나 이들 중 어느 것도 정치 및 군사력의 주제를 반영하지 않는다. 그리고 적어도 아직까지 그들은 **대중예술**을 발견하지 못했다.

결론은, 분명 그들은 세련되고 번영했으며 서로 평등하고 평화주의적인 사람들이었다는 것이다(물론 여기서 그들이 민주주의를 했다는 결론이 도출되는 것은 아니다. 어쩌면 그들은 플라톤의 신화에 나오는 완전한 전제군주제, 즉 철인왕의 통치를 받고 있었을지도 모른다). 한편, 예술작품과 복구된 얼마 안 되는 문서들은 고대 아크로티리와 동시대의 크레타가 공통언어를 가졌으며 서로 긴밀히 연관된 문화를 가졌음을 뚜렷이 보여준다. 고대에도 순풍을 받을 경우 테라에서 크레타까지 하루도 안 걸려 여행할 수 있었다. 그리고 아크로티리의 주민들은 더 넓은 크레타 섬에 거주하던 친척 뻘인 미노스인들과 마찬가지로 숙련된 선원들이었던 것으로 보인다.

아크로티리에서 동물들의 골격이 일부 발견되었다. 그러나 (이 책을 쓸 때까지는) 인간 희생자들의 어떤 잔해도 발견하지 못했으며 실제로 동전이나 보석 등 쉽게 운반할 수 있는 귀중품은 없었다. 이는 화산이 충분한 경고를 보냈으며 사람들은 이를 알아차릴 만큼 영리했음을 의미한다. 사실 발굴된 화산재를 조사해본 결과 아크로티리가 유기(遺棄)된 시점과 이 도시를 36세기 동안 묻어버린 엄청난 화산 폭발 사이에 1~2년 정도의 시간 간격이 존재하는 것 같다.

그러나 사람들은 모두 어디로 갔을까? 비록 명백한 증거는 없지만 최소한 초기에는 대부분의 주민들이 크레타로 이주했던 것 같다. 성서는 그들 중 일부가 팔레스타인 지방으로 이주했음을 시사한다(유대교 경전에 블레셋인들은 'Caphtor' 또는 '크레타 섬에서 온 사람들'이라고 불렸다). 다른 고대 문헌들을 비교 조사해본 결과 일부 이주민들은 이탈리아 서해안과 아프리카 북쪽 해안에 정착했을 가능성을 시사한다. 그러나 그들이 어디로 갔건 간에 비극적인 사실은 그들 고향의 영화가 그 이후 수십 년 동안 재현되지 못했다는 점이다. 그후 기술이나 예술의 발전보다 더 직접적인 인간의 욕구가 우선시되었다. 또한 전문 장인들이 자신들의 특별한 기술을 전수하지 못한 채 나이들어 죽게 되어 전체 사회는 크게 퇴화했을 것이다.

어째서 그들은 자신들이 떠나야 한다고 생각했을까? 또한 어떻게 그들이

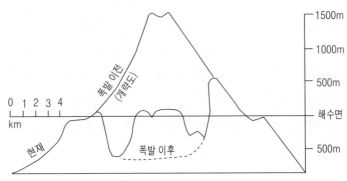

그림 1-5 남서쪽에서 북동쪽으로 지나는 테라의 횡단면도. 수평의 축적은 압축되었음에 유의하라.(J.V. Luce의 *The end of Atlantis*에서 작성(Athens : Efstathiadis & Sons, 1982))

이 사실에 모두 동의할 수 있었을까? 나중에 보는 자의 이점으로 오늘날 우리는 그들의 대피가 올바른 결정이었다고 평가할 수 있다. 그러나 의사 결정의 혼잡한 과정을 고려할 때 그 당시 무엇이 고대의 아크로티리인들에게 의견 통일을 하도록 만들었을까? 강력한 정치력이나 군사력의 문화적 증거가 없는 것으로 보아 이들의 대피가 계엄령 같은 조치에 의해 강제된 것 같지는 않다. 한편, 아크로티리가 기원전 약 1630년에 테라 섬의 유일한 개척지였던 것 같지도 않다. 즉 그 당시에 소수의 주민들로 구성된 도시가 하나 이상 있었을 가능성이 높다. 발굴된 벽화에서 보이는 교역의 수준은 지금까지 발견된 단일 도시의 규모를 훨씬 능가한다. 사실 기원전 1600년대에 해당하는 유물과 함께 인체 골격 몇 점이 섬 북쪽에서 화산재에 파묻힌 채로 발굴되었는데, 이곳은 조직적인 발굴작업이 이루어지지 않은 곳이다. 이들 고대 도시들도 역시 발견될 수 있을까? 그럴 가능성이 매우 높다(비록 36세기 전에 섬의 절반이 대기 중으로 날아가버림으로써 인간 활동의 모든 증거는 복구 불가능하게 되어버렸지만).

테라의 옛 화산은 해면 위로 약 1500m(5000ft) 솟아 있었으나 이 화산의 중심은 현재의 네아 카메니 근처에 있었다. 만일 여러분이 이 섬을 관광 중일 때 네아 카메니가 폭발한다면 살아남을 가능성이 가장 높은 행동은 바로 아크로티리 고대 유적에서 맥주를 홀짝거리고 있는 것이다!

따라서 이때 합리적인 추측은 다음과 같다. 고대의 아크로티리는 기원전 1628년 테라 섬의 많은 도시들 가운데 하나에 불과했다. 2000년 동안 화산 활동이 휴지기였기 때문에,[14] 주민들은 이를 위협으로 생각하지 않았다(현재 나폴리에 사는 사람들이 베수비오 화산을 위험하게 생각하지 않는 것처럼).

---

14) 아크로티리 유적 아래에는 또 다른 도시가 있는 것같이 보인다. 이것도 마찬가지로 화산재에 의해 파묻혔는데 2000년 정도 더 이전의 것으로 보인다.

화산이 다시 깨어나기 시작했을 때 초기의 폭발과 쏟아지는 화산재는 섬의 북쪽과 서쪽의 가장 무방비상태의 도시를 파괴했다. 충격을 받은 아크로티리인들은 이제 화산을 심각하게 생각하기 시작했고, 언젠가 돌아올 날을 기약하면서 대피하기 시작했다. 기원전 1626년, 화산이 그곳의 정상을 날려버리지 않았다면 이들은 다시 돌아와서 자신들의 도시를 복구하고 그들의 사회는 문화적·기술적 발전을 계속했을 것이다.

아틀란티스의 전설

고대에 기록된 문헌들은 시간이 지나면서 대부분 사라져버린다. 일부는 썩어 없어지고 일부는 재난에 의하여 없어지며 많은 부분은 고의적으로 파괴된다(서기 415년 알렉산드리아에서 거대한 도서관이 군중들에 의해 불타버렸듯이). 고대의 문헌들 가운데 극히 일부만이 현재 남아 있으며 그들 대부분은 다른 언어로 번역된 형태로만 남아 있다. 이들 남아 있는 문헌 가운데 일부는 과거의 대재앙에 대한 이야기를 들려주는데, 이는 우리들에게 결코 완벽한 대답을 들을 수 없는 질문을 하도록 만든다.

그리스의 철학자 플라톤Platon은 기원전 360년 자신이 '아틀란티스'[15]라고 칭한 섬에 대하여 언급했다. 그보다 1000년 전부터 구전되어온 역사에 따르면 항해자들의 이 거대한 도시는 지브롤터 해협을 넘어 대서양에 있었다. 아틀란티스는 한 번의 대격변에 의하여 "재난이 일어난 하루 낮과 밤 사이에" 자취도 남기지 않고 사라져버렸다고 알려져 있다. 가설의 신뢰도는 변화되어왔지만 적어도 지난 50년 동안 테라가 바로 아틀란티스일 가능성

---

15) 플라톤은 『티마이오스Timaios』에서 아틀란티스에 대해 간단한 설명을 했으며 『크리티아스Critias』에서 이에 대해 더 자세한 설명을 했다.

이 몇몇 작가들에 의하여 조사되고 있다.[16] 이 가설에서 성가신 문제는 플라톤이 아틀란티스를 에게 해가 아닌 대서양에 놓인 것처럼 보았다는 것이다. 당시 알려진 세계가 매우 작았음을 감안할 때, 짧은 기간 동안 특정한 곳의 지리가 그 정도로 혼동될 수 있을까? 이는 쉽게 해결할 수 있는 주제가 아니지만, 아틀란티스에 관한 플라톤의 묘사와 최근 발굴된 아크로티리의 많은 유사점은 사람들을 경이롭게 한다. …… 테라 섬이 전부 바다 밑으로 가라앉은 것은 아니지만 적어도 절반이 실제로 사라져버렸다. 어쩌면 사라진 부분은 섬에서 가장 웅대한 부분이었을 것이며 고대의 항해자들은 이 섬이 사라진 것을 알고는 큰 충격을 받아 이에 대한 이야기를 만들어냈을 것이고 이는 결국 플라톤이 글을 쓰도록 영감을 주었을 수도 있다.

이 의견 대신에, 플라톤의 글을 문자 그대로 받아들여 고대 아틀란티스가 리스본의 해안에서 수백 마일 떨어진 대서양에 있었다고 볼 수도 있다. 이는 1755년 리스본의 대재난이 수장된 아틀란티스의 흔들림으로부터 촉발되었다고 볼 수 있다는 점에서 매력 있는 견해이다. 그러나 이 추측은 현재까지 지구물리학을 이용한 대서양 해양저 부분의 지도 제작 결과와 모순된다. 비록 실제로 화산이 바다 밑으로 가라앉은 증거가 있다고 해도 이는 매우 느리게, 즉 수백만 년에 걸쳐 일어났을 것이다. 화산섬은 대기 중으로 용암이 폭발하여 형성되기 때문에 갑자기 출현하는 반면, 이같은 섬의 침강은 인간의 시간 기준으로 알 수 있을 만큼 빠르게 일어나는 것이 아니다.

그러나 플라톤의 아틀란티스로부터 우리가 결론내릴 수 있는 것이 있다. 즉 자연재해의 위험성은 아주, 아주 오래 전부터 공상가들의 마음속을 차지해왔다는 점이다.

---

16) 특히 충실하게 연구된 설득력 있는 논의로는 J.V. Luce의 The End of Atlantis를 참조하라 (Athens: Efstathiadis & Sons, 1982).

미노스 문명의 멸절

고고학자들의 중론에 따라 청동기 시대 테라 섬의 폭발과, 그후 150년 이내에 미노스 문명이 완전히 사라진 사실 사이에 관련이 있을 가능성으로 돌아가자. 기원전 1650년 크레타 섬은 약 25만 명의 미노스인들의 고향이었다. 그들 중 약 4만 명이 수도인 크노소스에 살고 있었다(이는 오늘날 부분적으로 재건되어 관광이 가능하다). 청동기 시대의 크레타는 위대한 항해자들의 도시였다. 이들은 지중해의 무역을 지배했으며 적어도 영국까지 탐사했다. 이집트인들이 다른 민족들을 야만인들로 평가할 때에도 미노스 문명만은 동시대의 이집트인들에게 높은 평가를 받고 있었다. 그리스 신화인 테세우스와 미노타우로스, 이카로스와 다이달로스 이야기는 분명 크레타 섬의 미노스 문명을 배경으로 하고 있다(비록 이 이야기들은 여러 세기가 지나서야 글로 쓰여졌지만).

그리고 기원전 16세기, 불과 몇 세대 안에 미노스 언어는 전혀 다른 언어로 바뀌었다. 예술도 달라졌다. 일반 건물들은 쓰러져 폐허로 바뀌었고 해상무역도 끝장이 났다. 그리스 본토의 미케네인들이 크레타로 이주하며 그들 자신의 관습과 예술 양식을 가지고 왔다. 그들 종족 사이에 적대행위가 있었다는 증거는 아직 발견되지 않았다. 번영하던 미노스 문명은 완전히 사라졌고, 더 발전되었다고 볼 수 없는(어느 면에서는 더 퇴보한) 미케네 문명이 그 자리를 대체했다.

문화란 전체적으로 사라지기가 쉽지 않다는 점을 기억할 필요가 있다. 유대인들은 고향이 없는 채로 자신의 문화를 2000여 년간 매우 효과적으로 유지해왔다. 폴란드 민족은 제1차 세계대전 이전까지 150년 동안 국가도 없었고 언어와 문화는 억압받아왔으나 결국 폴란드 국가를 건국했다. 서기 1066년 해럴드 2세는 정복자 윌리엄에게 영국을 빼앗겼으나 노르만족이 된 정복당한 영국인보다 침입자들이 더 영국인이 되고 말았다. 오늘날 아메리카 원주민들은 자신들의 땅에 유입된 유럽인들과 수 세기간의 충돌에도 자신들의 토착 문화를 오늘날까지 대부분 보존하고 있다. 사실 아직도 라틴아메리카의 많은 지역에서 아메리카 인디언의 문화는 지배적이다.

그러면 미노스에서 무슨 일이 일어난 것일까? 전쟁이 일어나 그들이 전멸했을 가능성은 거의 없다. 전염병이 돌았다면 그에 대한 기록이 있었을 것이다. 반면에 우리는 몇 세대 이전에 북쪽으로 불과 110km 떨어진 테라에서 비극적인 대폭발이 있었음을 확실하게 알고 있다. 또한 우리는 해수면에서의 화산 폭발이 인근의 해안을 얼마나 파괴시킬 수 있는지에 관해서도 알고 있다.

1883년 동인도 제도의 크라카타우 화산이 폭발하여 36,000명이 비극적으로 사망했다. 빅토리아 시대의 과학자들은 이 사건에 대해 깊이 있는 연구를 할 기회가 많았다. 다음 장에서 크라카타우 화산에 대해 상세히 설명하겠지만 여기서는 크라카타우의 폭발이 청동기 시대 테라의 폭발 이후에 무슨 일이 일어났는지를 상상하는 데 도움이 된다는 점만을 언급하겠다. 이 둘은 매우 비슷한 사건이다. 해수면 높이의 화산이 폭발하여 엄청난 양의 물질이 대기로 배출되었고 그후 화산의 내벽은 함몰되었으며 빈 공간에 바닷물이 밀려들어갔다. 끝으로 '쓰나미'라고 불리는 엄청난 해일이 일어났다.

테라에서 대기로 내뿜어진 먼지와 암석들의 부피는 크라카타우의 4~10배나 되었다(우리는 이를 두 지역 분화구의 깊이를 측정하는 탐사법으로 알 수 있다). 초기의 폭발로 각 섬들에 살고 있는 모든 생명체들이 죽었음은 분명하다. 테라의 새로 생긴 분화구에 바닷물이 쏟아져들어갈 때의 파도와 소용돌이로 청동기 시대의 모든 선박들이 뒤집혔을 것이다. 남쪽으로 110km 떨어진 크레타 해안에서 초기의 진동과 소리에 주의를 기울였던 사람은 거의 없었을 것이다. 그들에게는 이것이 멀리서 천둥이 치는 소리 정도로밖에는 들리지 않았을 것이다. 그러나 테라의 마지막 폭발음에는 모든 사람들이 펄쩍

뛰었을 것이 분명하다(우리는 크라카타우의 마지막 폭발이 3000km 밖에서도 들렸음을 알고 있다). 수학적으로 이 사건을 재구성해보면 약 15분 후에 바다가 갑자기 크레타 북쪽의 항구 및 해안으로부터 밀려나가 수평선까지 바닥을 드러냈다. 그리고 그후 15~20분 후에 해수가 시속 300km(시속 200mi)의 속력과 30~90m(100~300ft)까지 추정되는 높이로 맹렬하게 다시 밀려왔다.[17] 어떤 과학자들은 이 파도의 높이가 200m(600~700ft)에까지 달했을지 모른다고 추정하기도 한다! 그러나 가장 낮은 값을 취한다고 해도 이 연속적인 거대한 파도는 내륙으로 적어도 수 킬로미터까지 밀려왔을 것이며 이는 해상무역과 관련된 모든 건물들을 쓸어버리기에 충분했다. 그때 거대한 파도가 다시 뒤로 물러나면서(파도 하나가 지나가는 데 15~30분 정도 걸린다는 것을 유의하라) 이들은 건물의 잔해들을 거의 모두 쓸어가버렸다. 사실 고대 크노소스의 항구 도시 암니소스의 고고학적 잔해에서 기초부로부터 떨어져 바다로 쓸려나간 거대한 돌덩어리들이 발견되었다. 이는 거대한 쓰나미가 밀려날 때 볼 수 있는 현상과 일치한다.

이렇게 강력한 쓰나미를 일으키는 원동력을 밝히는 문제는 분명 과학적 논쟁의 영역에 해당한다. 문제는 수학 공식들은 쓰나미의 높이가 수십 미터일 경우까지만 증명되어 이제까지 관측되었던 것보다 몇 배나 높은 파고를 예측할 때에는 더이상 신뢰할 수 없다는 점이다. 한편 우리가 여기서 확실히 알 필요가 있는 것은 연속된 40m(130ft) 높이의 파도다. 1956년에 테라의 화산이 폭발했을 때(해수면 아래로부터는 아무것도 분출되지 않았다) 36m 높

---

17) 물론 지금 우리에게 이 파도의 높이를 말해줄 수 있는 목격자는 없다. 여기서 인용된 예상 치는 방출된 지구물리학적 에너지의 총량, 이중 해수와 관련 있는 에너지의 비율, 해저의 윤곽, 그리고 파도의 발달 형태를 기술하는 것으로 알려진 공식 등을 고려하여 작성된 수학적 모델에 의거한다. 이와 같은 계산에는 불확실한 근거가 많다. 종합적인 수학적 이론을 보기 위해서는 Murty의 Seismic Sea Waves를 참조하라.

이의 쓰나미가 북동쪽 약 80km의 아모르고스와 아스티팔레아에서 기록되었다. 우리가 이미 리스본의 재난을 고찰해본 바와 같이, 이보다 작은 해일이라도 부두·창고·조선 시설 등 해상무역을 유지하는 데 필요한 해안 건물들을 모두 파괴하는 데에는 충분하다. 그러나 더 심각한 것은 기원전 1626년 크레타 북쪽 연안의 해일로 쓸려나간 사람들이다. 생계를 바다에 의존하는 사람들보다 해안 가까이에 살 가능성이 높은 사람들이 어디 있겠는가? 조선공, 돛 정비하는 사람, 선원 및 항해사, 지도 제작자, 대장장이 등은 당연히 해안지역에 거주했을 것인데 이 지역은 쓰나미에 아주 취약하다.

모든 함선들과 부두까지 한꺼번에 손실된 사건이 크레타 섬의 미노스 문명에 심각한 영향을 끼친 것은 아니라는 학설이 제기되고 있다. 당시는 목조선의 시대였고 이는 사용 기간이 비교적 짧아 쓰나미가 있건 없건 간에 목조선은 10년쯤마다 한 번씩은 교체해야 한다. 필자의 개인적인 생각도 선박과 물리적 기반시설의 손실이 결코 최악의 피해는 아니었다는 것이다. 항해 기술 및 기능들이, 출판된 책을 통해서가 아니라 개인적인 도제관계를 통하여 전수되었던 그 시대에, 모든 지식을 잃어버린 것이 미노스 문명이 결코 회복할 수 없었던 엄청난 타격이었을 것이다. 방법을 아는 사람들이 모두 쓰나미로 인하여 익사해버렸기 때문에 새로운 함대를 건설할 길이 없었다. 물론 그 당시 깊은 바다 위에 있었던 덕택에 거대한 해일에서 살아남았던 배들은 그후 수십 년이 지나 썩기 시작할 때까지 항해를 계속했다. 그러나 그들의 시대가 끝난 후 그들과 같은 항해 기능을 지닌 새로운 배들로 교체할 방법이 없었다. 지식의 손실은 항상 물질의 손실보다 문화에 파괴적인 영향을 끼친다.

따라서 미노스의 해상무역이 기원전 1626년 대해일과 함께 갑작스럽게 끝나버린 것 같지는 않다. 오히려 이 대재난의 영향은 수십 년이 넘는 기간에 걸쳐서 점차적인 쇠퇴로 나타났을 것이다. 결국 미노스의 함대는 질적 ·

양적으로 약화되어 더이상 미케네인들을 위협하지 못했고 마침내 그리스 본토인들이 크레타 해안에 상륙할 수 있었다.

보통 사람들은 이와 같은 외지인들의 상륙이 전쟁으로 이어졌을 것으로 예상할 것이다. 이 경우에는 그보다 더한 것이 있었던 것으로 보인다. 다시 한번 우리는 기원전 1626년 테라의 화산 폭발에서 그 설명을 찾을 수 있다.

아크로티리는 원래 20m(65ft)의 화산재에 파묻혔다. 분명 이 화산재는 이 섬 주변에만 떨어지지는 않았다. 재의 일부는 성층권까지 올라가서 전 지구의 기후에 영향을 미치고 산성눈을 만들어서 빙하에 그 자취를 남겨 우리가 그 사건의 연대를 파악할 수 있게 했다(표 1-1). 이 재의 더 무거운 성분은 바다와 육지에 떨어졌다. 과학자들은 이들을 수집하여 테라에서 날려온 화산재가 크레타의 대부분과 터키의 일부 지역을 뒤덮은 사건들로 재구성할 수 있었다. 식물 잎의 광합성을 중지시키기 위해서는 아주 조금의 재만 있으면 된다(1mm 두께면 충분하다). 재가 수 센티미터 쌓이면 땅에서 자라는 식물들은 바로 죽는다. 이보다 더 많이 쌓인 재는 그 산성분이 여과되어 없어질 때까지 수 년간 토양을 오염시킬 것이다. 수십 센티미터의(1ft보다 적은) 재는 수십 년간 그 지역에서 어떤 작물도 재배할 수 없게 만든다. 충분한 물이 공급되면 1~2세기 후에 화산 토양은 농부들에게 매우 좋은 땅이 된다. 그러나 최근에 화산재가 떨어진 땅을 구입하여 당신의 생애에 그 땅을 이용할 수 있으리라는 기대는 하지 말아야 한다.

농업의 중요성은 누구나 알고 있다. 크레타는 기원전 1628년 테라로부터 피난민들이 몰려왔을 때 이미 75만 명 정도의 인구를 부양하고 있었다. 그리고 1~2년 후에 농업 기반과 해상무역 시설이 동시에 황폐화되었다. 우리는 아마도 그후 일어난 일련의 슬픈 일들을 확실하게 알 수는 없을 것이다. 우리가 확실히 아는 것은 미노스 문명이 사라졌으며 미케네 문명으로 바뀌었다는 것이다. 그러나 과학적인 증거는 번영하던 문명이 한 번의 지구물리

학적 사건—해안지역 화산의 폭발적 분화—으로 붕괴되었음을 분명하게
말해주고 있다.

이와 같은 일이 다시 일어날 것인가? 애석하게도 답은 "그렇다"이다. 일
어날 가능성이 있는 정도가 아니라 아마도 틀림없이 일어날 것이다.

수명과 재해

우리가 사는 행성 지구의 지각은 끈적거리는 행성 내부 물질 위에 떠다니
는 단단한 물질의 얇은 판에 불과하다. 지각의 조각들은 지하 유체의 운동력
에 대응하여 끊임없이 표류하며 상하로 움직인다. 지구의 어느 곳에서도 완
전히 안정된 고체 표면은 없다. 행성의 척도로 보면 바다는 지각이 움직이는
데 따라 밀려나가는 작은 웅덩이일 뿐이다. 지구는 축에 따라 회전하므로 적
도는 동쪽으로 시속 1600km 이상의 속도로 움직이는데 이때 대기는 거대
한 회오리와 소용돌이를 일으키면서 지구를 휘돌며 증발과 응결을 통하여
지구의 수증기를 재분배한다. 때로는 너무 빠르게 회전하기 때문에 우리가
거주하기 위하여 지은 건축물을 무너뜨리기도 한다. 한편, 지구에는 떼지어
다니는 생물들이 있는데 그들은 대부분 크기가 아주 작고 일부는 인체의 살
아 있는 기관을 먹어치우는 데 대단한 식욕을 보인다. 때때로 이들 미생물
종족이 사람에게서 사람에게로 옮아가는 매우 효율적인 방법을 발견해 그
들의 집단이 엄청나게 늘어나는 경우가 있다. 이는 대다수 인구에게 상당한
해를 끼친다. 이것으로도 걱정이 충분하지 않다면 우주에서 지구의 궤도는
수천 개 소행성의 궤도를 가로지른다. 그들 가운데 다수는 행성과 충돌했을
때 상당한 파괴를 일으킬 만한 크기다(지질학적 기록은 이런 일이 과거에도
여러 번 일어났음을 시사한다).

그러나 이 모든 위협에도 인간 종족은 살아남았고 번영해왔다. 오늘날 인

간의 존재는 자연의 두 가지 시간 단위 사이의 차이 덕분이라 할 수 있다. 하나는 거대한 재해들 사이의 평균기간이고 다른 하나는 인간 한 세대의 수명이다. 천문학적인 시간 척도에서는 눈깜짝할 새에 우리는 태어난 후 자손을 만든다. 그러고 나서 우리는 생물학적으로 쇠진하여 죽고 우리를 구성하는 화학성분은 자연으로 돌아가서 먼저와 다른, 때로는 더 복잡한 성분으로 재생된다. 아마도 거대한 소행성의 충돌이 대규모의 절멸을 일으켜서 모든 종족을 죽게 할 수도 있지만, 이러한 사건은 평균적으로 수백만 년의 시간 간격을 두고 일어난다. 비록 진화가 느리게 진행된다고 해도 최근 거대한 소행성의 충돌 이후에 놀라운 생물학적 세계가 창조되기에는 충분하다.

지진과 화산 활동은 각 사건들 사이의 시간 간격이 이보다 많이 짧다. 그러나 지진학적으로 활발한 지역이라 해도 한 사람이 일생에 한 번 이상의 대규모 지진을 경험하기는 어려우며, 화산의 경우에도 대폭발과 대폭발 사이에는 종종 수 세기에 걸친 휴지기가 있게 마련이다. 대부분의 지역에서 사람들의 생명을 위협하는 폭풍과 홍수가 한 세대에 한 번 이상 발생하는 것은 비정상이다. 역사적으로 대규모의 전염병은 약 2~3세대의 시간 간격을 두고 발생해왔다.

오늘날 인간 종족의 존재는 이들 상대적 시간 척도를 반영하는 통계학적 확률에 대한 증거이다. 어떤 종이 살아남기 위해서는 사춘기에 이를 때까지 성장하고, 번식하고, 세대 교체를 할 확률이 어려서 죽을 확률보다 높아야만 한다. 만일 인류의 수명이 1000년이고 성숙기까지 300년이 걸린다면 우리의 생체 주기와 자연의 대재앙의 주기가 더 가까워짐으로 해서 도구를 사용하기 한참 전에 인류는 멸종했을 것이다. 의심할 바 없이 이것이 더 작은 생명체들이 더 짧은 번식 주기를 갖는 이유이다. 예를 들어 개미가 아주 오래 산다면 눌려 죽거나 물방울에 쓸려버릴 가능성이 매우 높아질 것이다. 만일 한 생물의 번식이 늦어진다면 살아가면서 그가 마주치는 위협들은 그가 자신의 유전자를 다음 세대에 물려주기 전에 자연으로 돌아가도록 강요한다. 우리의 수명은 자연의 거대한 격변 사이의 평균 간격과 잘 조화되어 있다. 우리들 대부분은 자연재해에 의해 육체가 손상되기 훨씬 이전에 다른 이유로 죽게 될 것이다.

그러나 여기서 필자는 확률적인 이야기를 하고 있는 것임에 유의하라. 만일 충분한 시간과 충분한 지리학적 공간, 충분한 인원이 주어지면 일어날 것 같지 않은 사건들도 발생 가능성이 커진다. 전 세계에서 우리는 올해나 내년에 몇몇 자연재해로 인하여 심각한 피해와 인명 손실이 발생했다는 소식을 틀림없이 들을 수 있을 것이다. 우리 개인이 희생자가 될 확률은 낮지만 인류 전체에서 희생자가 나올 가능성은 100%이다.

인간으로서 우리는 통계 이상의 것에 신경을 쓴다. 즉 우리가 고려하는 것은 개개인이다. 또한 우리는 사랑하는 사람들을 일차적으로 고려한다. 우리들 가운데 뉴스에서 보도된 여러 재난 장면을 보고 어떻게 하면 이같은 불행을 효과적으로 제어할 수 있을지 알고 싶어하지 않을 사람이 있을까? 우리들 가운데 살인적인 홍수나 회오리바람, 태풍, 지진, 화산, 산사태 등의 형태로 나타나는 신의 분노가 묘사될 때 두려움을 갖지 않을 사람이 있을까? 그리고 우리들 가운데 대재앙의 와중에서 주위 사람들이 죽어갈 때 홀로 살아남는 데 성공한 사람들의 흥미진진한 모험담을 듣고 감동하지 않을 사람이 있을까? 자연의 힘이 고삐가 풀려 날뛸 때 우리들 가운데 누구도 그 위협에 서 안전하지 않다는 것을 알면서도 우리는 최악의 경우에도 희망은 있다고 위로를 삼는다. 죽음보다 삶을 선택하는 것은 일종의 인간 본성이다.

이 책에서 다루는 영역을 제한하기 위하여, 필자는 자연재해와 정치·사회적이거나 그밖의 인위적인 재해를 구분하고자 한다. 현실적으로는 분명 이들이 겹치는 부분이 있다. 전쟁은 보통 무기에 의한 피해보다 질병이나 굶주림으로 인한 피해가 더 크게 나타난다. 일부 전기작가들이 주장한 대로 나폴레옹이 홍역으로 잃은 병사들의 수는 다른 어떤 단일 원인에 의하여 잃은 수에 못지않다. 그러나 대부분의 경우 이 구분이 경험과학적 연구 방법론에 따르는 사건들의 분류와 동일하다는 점에서 필자의 구분은 아직 유효하다. 이 목표에 도달하기 위하여 필자는 다음과 같은 정의를 사용하겠다.

> 자연재해란 자연의 힘이 인간의 생명을 빼앗거나, 거대한 규모로 인간 노동력의 산물을 파괴하는 사건이다.

예를 들면 격렬한 물살에 의해 다리의 교각이 손상되어 다리가 붕괴되었다고 해도 이 사건의 규모는 '재해'라는 말을 쓰기에는 자격 미달이다(일반인들의 관심의 지속 기간이 훨씬 지난 뒤에 공학 전문가들이 이런 파괴를 조사하기는 하지만). 한편, 만일 엄청난 폭풍으로 많은 구조물들이 파괴되었으며 무너진 다리가 그 가운데 하나라면 이 폭풍은 재난으로 간주되는데, 이때 다리의 붕괴는 폭풍의 영향력 아래 놓여 있는 지역 내 시설물의 전체 지도에 포함되는 여러 세부사항들 중의 하나이다.

또한 사건의 규모를 따지는 것은 더욱 실용적인 이유와 관련이 있다. 대형 사건은 많은 사람들의 주의를 끌어 이는 과학 분야에 대한 투자와 관련된 자금을 끌어들이게 된다. 결과적으로 우리는 시골에서 골프를 치던 사촌 찰리를 죽게 한 낙뢰에 대해서보다는 살인적 태풍에 대하여 더 많은 것을 배울 가능성이 높다. 사촌 찰리의 죽음은 그를 사랑하는 사람에게 충분히 비극적인 일이지만 이 사건의 규모는 과학 연구자들의 무리를 끌어들이기에는 크게 부족하다.

그러나 규모에 관계 없이 인간들 사이의 관계는 근본적이다. 인간관계에서 완전히 독립되어 객관적인 진리만을 추구하는 과학은 거의 없다. 과학은 인간의 활동이며 이는 학회를 통한 사회의 지원에 의하여 이루어진다. 이 지원은 일반적으로 새로운 과학지식이 사회적, 경제적으로 이득을 줄 것이라는 기대 때문에 이루어진다. 우리는 자신에게 가장 큰 영향을 끼치는 것에 대하여 알기를 원한다. 따라서 우리는 제기되는 여러 가지 의문 가운데에서 당장 과학자들이 돈을 써가면서 알아내야 하는 의문이 어느 선까지인지를 결정해야 한다. 만일 지진이 남극 대륙에서만 일어난다면, 지진 예측에 관련된 연구는 크게 줄어들 것이다.

과학적 탐구의 영역에서, 자연재해들은 이를 공부하는 사람들에게 엄청난 문제를 제공한다. 필자는 이 책의 대부분을 이들 다양한 문제들에 대한 토론에 할애하고 있으므로 여기에선 한 가지만 언급하겠다. 바로 재현 불가능성이다. 만일 여러분이 새로운 유기 화합물의 특성을 연구하고 있다면 여러분은 실험실에서 여러 가지 실험을 반복함으로써 이를 쉽게 검사할 수 있다. 사실 여러분이 훌륭한 과학자라면 여러 재료들을 이용해서 이 실험을 여러 번 반복할 것이다. 한편 화산의 폭발과 같은 현상은 한 장면만을 보여준다. 아무도 실험실에서 화산을 만들어낼 수는 없으며 이를 반복해서 실험하는 것은 말할 것도 없다. 자료를 추가하기 위해서는 새로운 화산이 폭발할 때까지 기다려야만 하고 측정 도구가 정확한 시간에 정확한 장소에 있는 행운이 있어야 한다. 그렇기에 이런 분야의 지식은 그다지 빠른 속도로 진보해나갈 것 같지 않다.

상당한 정도로, 그리고 일반인들이 생각하는 것보다 더, 과학은 역사적 기반에 의존한다. 광견병 백신을 발명한 파스퇴르Pasteur의 실험이나 움직이는 유체 내에서 광속을 측정한 피조*의 실험을 반복하려는 과학도는 없다. 과

---

* 피조 Armand Hippolyte Louis Fizeau(1819~1896). 프랑스의 물리학자, 파리 출생. 1849년 회전하는 톱니바퀴를 이용하여 지상의 실험실에서 광속도를 측정했다. 1851년에는 흐르는 물 속에서 광속도를 측정했는데(피조의 간섭실험), 이것이 후에 마이컬슨Michelson과 몰리 Morley의 실험으로 이어져 에테르의 존재에 대한 부정을 이끌어냈다. −옮긴이

학자들은 역사적 참고문헌의 권위에 따라 과거에 이 실험들이 실제로 행해졌다는 사실을 인정하며, 그 실험들이 보고된 바와 같은 결과를 낳았다는 사실과, 이 방법론들이 이미 비판적으로 재조사되고 분석되었다는 사실을 받아들인다. 어떤 과학도도 직접 실험을 통하여 오늘날의 과학적 지식 전체를 건설해낼 시간은 없다. 그 대신에, 학생들은 이 분야의 지적 지도자들의 일치된 의견을 반영하는 교과서에 의존하며 이 교과서의 전문적 판단들은 역으로 역사적 경험이나 문서들에 의존한다. 과학을 전공하는 학생들이 배우는 것 가운데 많은 부분은 역사다.

필자가 이것을 언급하는 것은 역사적 문헌에 대한 의존을 일종의 '비과학적' 개념이라는 의견에 반박하기 위해서다. 자연재해들을 이해하기 위하여 역사적 문헌들을 통해 자료를 발굴하는 것은 과학에서 일반적으로 행해지는 절차와 전적으로 일치한다. 물론, 자연재해들을 연구하는 데 우리에게 다른 선택의 여지가 거의 없는 것 또한 사실이다. 주요한 재해들은 긴 시간 간격을 두고 발생하기 때문에, 각각의 사건들을 현상에 따라 분류하기 위해서는 역사적 자료들을 이용하는 것이 유일한 방법이다. 개별 사건의 기록은 과학이 아니다. 개별 사건들은 우리에게 자연에서 일어나는 더 큰 패턴에 대한 실마리를 줄 수 있을 경우에만 과학과 관계가 있다.

그 다음 재난과학이 해야 할 일은 지리적으로 흩어져 분포할 뿐 아니라 시간적으로 각 관찰자들의 수명을 넘어서는 사건들의 분류에서 나타나는 패턴을 확인하는 것이다. 역설적으로 자연 선택이 우리에게 자연의 주요한 격변에 비하여 짧은 수명을 부여하지 않았다면 우리 종족은 이런 질문을 할 수 있을 때까지 이 험한 행성에서 진화되고 살아남을 수도 없었다. 그러나 우리의 수명이 그렇게 짧기 때문에 개별 과학자는 그의 생애에 자연재해를 예측하는 과학에 접근할 만한 무언가를 개발하는 데 필요한 직접적인 관측을 충분히 할 수가 없다. 우리의 과학적 이해는 단지 오래 전에 사망한 다른 사람들의 문화적인 유산들을 통하여, 그리고 험한 행성에서 짧은 수명 동안 새로운 것을 아주 조금씩 개별적으로 배워나갈 수 있었던 현재의 수많은 과학자들의 학제적인 협력을 통하여 진보할 수 있을 뿐이다. 다음에 이어지는 장에서 필자는 이같은 협력적이고 학제적인 지적 노력을 반영하는 자연재해에 대한 현재 우리 이해의 개요를 독자들과 나누고자 한다. 또한 필자는 자연재해와 관련하여 오늘날 우리를 괴롭히는 많은 문제와 질문들 가운데 몇 가지를 지적할 것이다.

2

과학의 진화

뉴턴의 시계태엽 우주

1666년 영국 케임브리지에서 전염성 선페스트가 발생했을 때 그 도시의 대학 관리자는 현명하게도 1년간의 휴교를 결정했다. 젊은 아이작 뉴턴 (Isaac Newton, 1642~1727)은 가족의 농장으로 귀향한 후, 나무 밑에 누워 달을 쳐다보고 있었다. 그때 나무에서 사과가 떨어졌을 수도 있고, 그렇지 않았을 수도 있다. 그건 중요하지 않다. 왜냐하면 역사 이전부터 물체가 땅으로 떨어진다는 것은 비밀이 아니기 때문이다. 나무 위의 사과건, 날아가던 화살이건, 절벽으로 몰려가는 들소떼건 마찬가지다. 그러나 뉴턴의 생각은 사과나 화살, 들소떼에 있지 않았다. 그는 공중에 떠 있는 달을 생각하고 있었다. 어째서 저 달은 다른 모든 것들처럼 하늘에서 떨어지지 않는 것일까? 어쩌면 저것은 다른 모든 것들처럼 하늘에서 떨어지는 중일 수도 있는 것일까? 흠……

그 다음에 무슨 일이 일어났는가는 지난 3세기 동안 수백 종의 책에서 여러 차례 되풀이해서 이야기되고 여러 형태로 아름답게 각색되어온 긴 이야기가 되겠다. 간단히 말하자면 젊은 뉴턴은 전체 우주의 운동법칙을 단 하나의 이론으로 공식화하는 데 성공한 것이다. 뉴턴의 법칙은 요하네스 케플러 Johannes Kepler가 이전에 공식화한 행성의 특수한 경우로부터 갈릴레오 Galileo의 가속도 운동법칙까지를 포괄한다. 이들은 또한 더한층 나아가서 조수를 예측하고 달이 행성을 도는 궤도, 풍차의 운동, 그리고 복잡한 구조 물의 각 부품에서 전개되는 힘들까지 예측한다. 이들 예측은 숫자값으로 나 타나며 측정을 통해 검증된다. 뉴턴의 공식은 너무나 잘 맞아들어가기 때문 에 우리는 오늘날 이를 뉴턴이 꿈꾸지도 못했을 여러 분야 — 자동차를 설 계하고 우주 탐사선을 조종하며 지구물리학 및 기상학 현상을 분석하는 등 — 에서 사용하고 있다.

이 성공담에서 중요한 열쇠는 다음과 같은 말로 표현할 수 있는 뉴턴의 통 찰력이었다.

자연의 법칙은 지상과 우주, 모든 시간과 모든 공간에서 전체적으로 동일 하다. 특정한 사건의 내용은 다를 수 있어도 그 밑에 놓인 법칙은 항상 근본 적으로 같다.

물론 이것은 증명할 수 없으며 아무도 우주가 **어째서** 동일한 형태에 따라 운동하는지 설명할 수 없다. 어쩌면 이 우주는 비교적 짧은 기간, 즉 수백만 년이나 수십억 년 동안만(인간에게는 긴 시간이지만 우주의 척도로 보면 짧 다) 동일하게 운동하는지도 모른다. 그러나 우주가 동일하다는 이 가정은 모든 현대 과학의 바탕에 놓여 있다. 여러분은 실험실에서 과학적인 연구를 하고 그 실험 결과가 실험실 밖의 모든 세계에서도 반복된다는 기대를 할 수 있다. 반대로 외부세계에서 나타나는 결과는 실험실 안에서도 일어난다 고 기대할 수도 있다. 같은 방식으로, 오늘날의 실험이 100년 전에 한 같은 실험과 동일한 결과가 나올 것으로 기대할 수 있다. 또는 책에서 100년 전의 과학에 대한 설명을 읽고 그때의 현상을 지배하던 자연법칙이 오늘날에도 똑같이 작동하리라고 기대할 수 있다. 자연법칙이 시공간적으로 보편적이라는 사실을 믿지 않는 사람은 과학자가 될 수 없다. 물론 각각의 사건들은 시공간에 따라 다양한 모습으로 일어난다(그렇지 않다면 매우 단조로운 세계가 될 것이다). 그러나 변화를 지배하는 원리는 뉴턴의 관점에서 보면 절대적이고 보편적이다.

이러한 보편성의 전제 아래, 뉴턴은 아름다운 수학적 세계를 건설했는데 이는 300년이 지난 후에도 현재의 독자들, 특히 대학생들에게 만만찮은 도전이 되고 있다. 이에 대한 자세한 설명은 많은 책들[1] — 뉴턴 자신의 것[2]을 포함하여 — 에서 볼 수 있다. 거칠게 정리하면, 뉴턴의 가장 중요한 과학적 공헌은 다음과 같이 요약될 수 있다.

1. 날마다 일어나는 수많은 사건들은 수학적으로 정확하게 예측 가능하다.
2. 두 관측 가능한 계(界)가 상호 작용할 때, 이 상호 작용은 항상 양 방향으로 작용한다. 하나의 계가 다른 계로부터 영향을 받을 때는 반드시 관찰과 예측이 가능한 반작용을 원래의 계에 전달한다.

이로부터 결과된 뉴턴 혁명은 우리들이 자연을 이해하는 데 인상적인 공헌을 했다. 유체·화학·열 연구가 빠르게 발전했으며 이후 미생물학과 전

---

1) 뉴턴의 원래 공식을 현대적 언어와 기호로 개편한 대표적인 책들은 다음과 같다. G.R. Fowles, Analytical mechanics, 4th ed.(Philadelphia: Saunders, 1986); A.Pytel & J.Kiusalaas, Engineering mechanics: Statics and dynamics(Gelenview, IL: HarperCollins, 1994).

2) Isaac Newton, 『자연철학의 수학적 원리Philosophiae naturalis principia mathematica』 (Mathematical principles of natural philosophy) (1687; reprint, Berkeley and Los Angeles: University of California Press, 1962).

기학 역시 같은 전통을 따라 발전했다. 이 사실이 함축하는 것은 우주는 분명 고도로 조직화된 장소이며 혼란은 단지 인간이 이를 파악하지 못해서 나타난다는 점이다. 충분한 인내심을 가지고 노력하면 인간은 궁극적으로 대자연의 모든 비밀을 알아낼 수 있으며, 이 만물의 거대한 그림이 완전히 파악되면 앞으로 일어날 모든 일들은 예측 가능하다. 우주는 거대한 태엽시계 조립품에 비유될 수 있다. 이것의 모든 톱니바퀴는 서로 맞물려 있고 진자는 정확하게 조정되어 서로 동일하게 진동한다. 이러한 뉴턴의 관점은 교육받은 사회인들로 하여금 자연의 힘이 변덕스럽게 전개되어 통제할 수 없게 되는 사태로부터 곧 해방될 수 있을 것으로 전망하게 했다.

그런데 뉴턴 사후 30년이 안 되어 그 재난의 11월 아침에 대도시 리스본은 갑자기 흔들려 무너졌고 쓰나미에 의해 휩쓸려갔으며 일부는 불에 타버렸다. 이 사건은 누구의 기억에도 존재하지 않았고, 지금까지 어디에서도 일어나지 않았던 대재앙이며, 이전에 자연에서 관측된 어떤 현상과도 연관되지 않는다. 이 무서운 재난은 어떠한 현대 과학의 이론이나 법칙으로도 설명될 수 없으며 더구나 예측하는 것은 말할 것도 없다. 이때 약 4만 명의 인명이 희생되었는데 이들이 한 시간 후의 미래만 알 수 있었으면 살아남았을 것이다. 하루 정도의 앞날만 예측할 수 있었다면 음식물 창고나 선박들은 파괴되지 않았을 것이며 화재도 막을 수 있었을 것이다. 뉴턴 역학이 행성들의 정확한 위치를 성공적으로 예측할 수 있다는 것이 별 위안이 되지 않았다.

사실, 이미 몇 세기 전에(1531) 리스본을 강타한 지진이 있었으며 당시 수천 명이 목숨을 잃었다. 그러나 이는 계몽주의 시대 이전의 일이며 사람들이 자연의 법칙에 대하여 아직 무지할 때였다. 이 사건에 대한 기록은 드물기 때문에 18세기의 사상가들은 16세기 재난이 일어나기 전에 자연의 신호가 선행되었는데 과학을 모르던 당시 주민들이 이를 무시해버렸다고 간주하고 있었다. 그런데 1755년의 대재앙은 사건 발생 전에 경고가 반드시 나타나는 것은 아니라는 사실을 보여주었다. 자연은 실제로 사전 통지를 하는 예의도 없이 한 문명을 뒤엎어놓을 수 있다. 이는 우주의 신비를 푼 뉴턴의 성공을 지나치게 폄하하는 것은 아니다.[3]

우주라는 시계 안에는 분명 태엽이 들어 있다. 그리고 그 안에 호랑이도 들어 있는 것이다. 만일 정교한 톱니바퀴가 맞물리는 장소에 호랑이의 꼬리가 낀다면 뉴턴 법칙은 그 다음 어떤 일이 일어날지를 예측할 수 있을까? 아니면 더 정밀한 다른 법칙이 언젠가 이같은 예측을 할 수 있을까?

고대의 예언

약간 앞으로 돌아가서 예측 가능성이라는 개념이 어디서 기원되었는지를 고찰해보자. 어원학자들은 '재해(disaster)'라는 단어가 dis-(불길한)와 astro(별)의 합성어로부터 나왔다고 본다. 고대인들에게는 재난이란 문자 그대로 나쁜 별로부터 나온 사건이었다. 이러한 어원은 사소한 문제가 아니다. 이는 우리에게 왜 고대인들이 별 — 우리가 도달할 수 없는 멀리 떨어진 빛의 점들 — 에서 지상의 인간들에게 영향을 주는 사건들과의 연관을 찾으려 했는지 밝혀낼 것을 요구하고 있다.

영국 스톤헨지의 잔해는 하늘과 지상의 일 사이에 연관이 있다는 믿음에 대한 선사시대 인류의 많은 증거 가운데 하나일 뿐이다. 이 거대한 천문학적 달력은 건축 시기가 대략 기원전 1500년경인 직경 91m(300ft)의 거대한 원형 직립 석조 건축물이다. 이들 중 많은 부분이 원 위치에서 수십 킬로미터 이동된 상태로 발견되었다. 분명히 스톤헨지나 유카탄 반도의 마야 천문대,

---

3) 프랑스의 철학자 볼테르도 부분적으로 이러한 논점으로 어려움을 겪었다. 1장의 필자의 주석을 참조하라.

또는 이보다는 덜 알려진 미국 남서부의 아나사지 천문대 규모의 노동력을 투자하기 위해서는 이들 선사시대의 지도자들은 별들이 인간과 무언가 관련되어 있다는 확신이 있어야 했을 것이다.

사실 그 증거는 더할 수 없이 분명한 것이었다. 이집트에서 나일강의 홍수는 경작지를 비옥하게 해줌으로써 새로운 경작지를 찾아 옮겨다닐 필요가 없는 안정된 도시의 발전을 뒷받침해주었다. 수 세기 동안 해마다 특정한 별자리가 지평선 위에 나타날 때 사람들은 이 범람의 시점을 알아볼 수 있었다. 사실 '1년'이라는 개념은 아마도 이같은 관찰로부터 도출되었을 것이다. 그동안 더 북쪽 지역의, 사냥과 채집에 의존하던 사회에서는 야생 조류의 무리가 이동하는 것이 하늘에서 특정한 별들의 모양이 나타나는 때와 관계가 있다는 것을 발견했다. 여러 선사시대 사회들은 독자적으로 그들의 생존이 천문학적 주기에 달려 있다는 사실을 발견했다. 의심할 바 없이 고대의 인간들이 아무리 혹독한 겨울도 한계가 있고, 그 기간을 예측할 수 있어 겨울 동안에도 그 지역에 자신 있게 정착할 수 있었던 것은 1년이라는 주기의 불변성을 믿었기 때문이다.

그러나 필자는 우주와 지구 주기의 상관관계가 그리 명백하다고 생각하지는 않는다. 목동자리의 악투루스가 해질 무렵에 떠오르면 며칠 후에 기러기들이 돌아온다. 그 일에 대해서는 아무것도 기록되지 않는다. 두 가지 사건이 약 365일 후에 다시 일어난다. 보통 사람들이 별이 뜨는 것과 기러기가 날아가는 것과의 관계를 즉각 연관지을 수 있을까? 필자는 그렇다고 생각하지 않는다.

그러나 선사시대의 수천 년이 흘렀고 해마다 수십만 명의 관찰자가 있었다. 결국 누군가가 그런 기묘한 상호관계를 알아차리고야 말았다. 문자가 퍼져나가면서 필연적으로 어떤 호기심 많은 사람이 단순한 관찰을 넘어서서 다음번 기러기떼나 홍수가 언제 오는지 예측하는 법을 계산했다. 그는 인류의 첫 번째 과학자였다. 과학의 본질은 예측하는 것이다.

이와 같은 성공적인 예측을 통하여 '1년'이라는 개념이 탄생되었다. 만일 옛 인류가 막대기에 날마다 참을성 있게 금을 새겼거나 자갈을 모았다면 그는 한 번의 1년이라는 주기 안에는 항상 365번의 하루 주기가 들어 있다는 것을 발견할 수 있었을 것이다. 그러나 실제로 날짜를 셀 필요는 없었다. 사실 천문학에서 기록을 이용하는 더 쉬운 방법이 있다. 매일 같은 관측점에서 일출을 주목하면 태양이 항상 지평선의 같은 지점에서 떠오르지는 않는다는 것을 알 수 있다. 북반구에서 봄 동안 태양은 가장 북쪽의 일출 장소에 도달할 때까지 매일 조금씩 북쪽에서 떠오른다. 가장 북쪽으로 옮겨가서 해가 뜨는 날이 바로 하지인데 이는 일 년 중 낮이 가장 긴 날이다. 그날 이후 일출 장소는 점차 동쪽 지평선을 따라서 남쪽으로 이동하며 가장 남쪽 지점에 도달할 때까지 계속된다. 이때가 동지이며 이날은 일 년 중 낮이 가장 짧은 날이다. 이러한 패턴을 처음 이해한 사람들은 의심할 바 없이 사회로부터 가치를 인정받았으며 미래를 예견하는 능력으로 존경받았다.

또 한 가지, 지구와 관련 있는 더 짧은 천문학적 주기가 있다. 바다에 생계를 의존하는 사회에서는 밀물과 썰물이 대단한 중요성을 가지고 있다. 배들은 썰물 때 항구를 떠나고 밀물 때 정박을 한다. 만일 폭풍이 높은 밀물과 겹쳐지면 해안에 사는 주민들은 홍수에 대비해야 한다. 고대로부터 밀물은 달의 위치와 관련이 있다는 것이 관측되었다. 만일 여러분이 밀물 때 지평선 위에서 달의 특정한 위치를 보았다면 달이 다시 같은 위치에 나타났을 때보다 하루가 약간 넘어서 다시 높은 밀물이 나타날 것으로 확신할 수 있을 것이다. 여기까지의 과정은 아주 간단하다. 그러나 이 두 시점 사이에 또 다른 높은 조수가 있는데 이를 전후하여 자체의 낮은 조수가 또한 존재한다. 따라서 달의 위치는 교대해서 일어나는 높은 조수 가운데 하나의 시간만을 말해 준다. 매달 15일에는 이런 방식이 중첩되어 조수는 특히 높아진다(그리고 그

것이 물러갈 때는 특히 낮아진다). 이러한 후자의 조수는 달이 만월에서 그 다음 만월에 이르기까지 약 29.5일 동안에 그 주기가 완전한 위상을 이룬다는 관찰과 일치한다. 가장 높은 조수는 달이 만월이고 새로운 위상일 때 관측된다(비록 바로 머리 위에 있을 필요는 없지만). 이러한 패턴은 그리 단순한 것은 아니지만 증거가 명백하여 하늘이 바다에 모종의 영향을 준다는 것을 적어도 부분적으로는 예측할 수 있다.

이 지점까지는 천문과학의 맹아가 탄탄한 기반 위에 섰다. 고대 선사시대의 자연에 대한 이해를 전제하면, 지구상에서 일어나는 사건들의 주기가 모두 천체의 주기와 연관되어 있다는 가정은 아주 합리적이었다. 가정을 하는 것은 좋다. 그것은 과학이 발전되어가는 과정이다.

그밖에 또 어떤 천체의 주기가 관심의 대상이 되는가? 남아 있는 것은 주기가 1년 이상 걸리는 것들, 즉 특별한 별자리에 나타나는 행성, 행성의 정렬(삭망), 일식, 혜성의 주기적인 출현 등의 사건뿐이다. 비록 이러한 사건들이 우주 규모에서는 매우 자주 일어나는 일이라 해도 인간의 생애에서 보면 비교적 드물다. 따라서 만일 어떤 제국이 멸망할 때 거대한 혜성이 하늘에 나타났다면(서기 1066년에 나타났듯이), 관찰자가 혜성이 나타날 때 제국이 몰락할 것이라고 가정하는 것은 자연스럽다. 이는 관찰에 기초를 두었으므로 완전히 공론(空論)은 아니다. 문제는 이 가정에 추가 확인이 필요하다는 점이고 원래의 관찰자는 혜성이 76년 후에 다시 나타날 때에는 이미 죽었을 가능성이 매우 높다는 점이다. 대체로 인간의 본성은 다소 성급하여 기다리기보다는 엉뚱한 결론으로 비약하는 경우가 많다.

그밖의 관심의 대상이 되는 천문학적 주기는 너무 길어서 인간의 생애 동안에 누구라도 그 예언적 가설을 증명하거나 반증할 수 없기 때문에 막 싹이 돋은 천문학이라는 과학은 부득이 신비주의적 사이비 과학인 점성술을 낳게 되었다. 비록 점성술의 별점에서 마음을 안정시키는 신비한 가치를 찾는 사람도 있지만 우주의 원리를 이해하고자 하는 사람들에게는 막힌 골목임이 분명하다. 왜냐하면 별점이 예언의 효과를 지닐 수 있던 근거로부터 격리된 지 오래이기 때문이다. 재해에 대해 성공적으로 설명하기 위해서 우리는 '불길한 별'에 대해서 생각하는 일 이상을 해야 한다.

숫자와 자연

숫자 자체는 추상적 개념이다. 이는 자연에 존재하지 않는, 인간의 마음속에서 만들어낸 개념이다. 그러나 우리는 종종 자연적인 물체에 숫자를 붙이는 것이 의미 있고 유용한 작업이라는 사실을 발견한다.

수를 세는 것은 쉬운 일이다. 이는 관찰된 물체의 집합과 일 대 일 대응을 하는 우리의 정수 체계(전체 수)를 배치하는 문제이다. 따라서 우리는 연못에 있는 14마리의 오리를 셀 수 있고 방 안에 있는 56명의 사람을 셀 수 있다. 절반의 사람이나 1/3마리의 오리는 없다. 우리가 미터법을 쓰건 미국식 체계를 쓰건 달라지는 것은 없다. 14마리의 오리는 어떤 식으로 세든지 14마리의 오리다.

그러나 대자연이 보여주는 양적 현상은 정수에 한정되지 않는다. 기원전 510년 그리스의 섬 사모스에서 철학자 피타고라스Pythagoras는 현악기에 관련된 몇 가지 색다른 실험을 했다.[4] 피타고라스는 여러 개의 현을 지닌 악기의 긴장도를 조정하여 모든 현이 동일한 음 높이를 지니도록 만들었다. 그리고 그는 한 현의 가운데 위치에 기러기발을 놓고 이를 튕기면 그 소리가

---

4) 사냥용 활의 자연적인 부산물로서(화살을 쏠 때 특징적인 시윗소리가 난다) 서로 다른 여러 문화권에서 독립적으로 현악기가 발전되었다. 피타고라스의 실험은 J. Bronowski의 「인간 등정의 발자취The ascent of man」(Boston: Little, Brown, 1976), 155~157에서 잘 재구성했다.

기러기발을 놓지 않은 다른 현과 화음을 이루는 것을 발견했다. 그러나 그가 기러기발의 위치를 중간지점에서 조금이라도 움직이면 소리는 불협화음이 된다는 것을 발견했다. 연구를 계속하면서 그는 기러기발이 현 길이의 3분의 1, 4분의 1, 5분의 1, 그리고 6분의 1에 위치했을 때 화음이 일어나는 것을 발견했다. 그 이전에는 정수만이 자연계의 물체와 관련 있다고 믿어져왔으나 이제 처음으로 피타고라스가 물리적 현상(소리)과 분수(인간의 마음속에서 수학적으로 만들어낸 추상명사)와의 관계를 발견해낸 것이다. 한 덩어리의 빵을 3분의 1로 자를 때, 이 심리적으로 만들어낸 패턴을 빵이라는 외부 현실에 부과하게 된다. 우리들이 3분의 1, 2분의 1, 또는 4분의 1 위치에 기러기발을 놓지 않으면 현악기의 소리가 끔찍하게 들린다는 것은 이보다 훨씬 더 의미 있는 사건이었다.

그러나 이 기러기발이 어느 특정 위치에 있을 때 나오는 소리가 기러기발 없는 현과 완전히 불협화음을 이룬다고 가정해보자. 이 지점이 어디에 있건 간에 현 길이의 비율로 나타나는 어떤 분수값으로 표시될 수 있는 것일까? 피타고라스는 이러한 생각으로 고심했다. 어느 두 개의 현의 길이의 비율이 정수의 분수 형식으로 나타나지 못하는 경우도 있는 것일까? 대답은 그렇다고 판명되었다. 누군가 현에 기러기발을 둘 때 그곳에는 정수의 비율로 정확하게 나누어지지 않는 수많은(사실은 무한한) 장소가 있다. 정수와 분수는 자연계를 설명하기 위해 사람들이 이용하고자 하는 모든 숫자를 설명하지 못한다. 기러기발의 위치가 끔찍한 소리를 내는 것을 설명하기 위해서는 다른 이유가 없는 한 π나 $\sqrt{2}$ 같은 숫자도 필요하다.

피타고라스와 그의 제자들은 자연계에서 수학적 패턴을 찾아내려는 전통을 설립했다. 이것도 중요한데, 그는 이러한 패턴을 완전하게 구사하기 위해서는 단지 숫자(정수)를 세는 데만 의존해서는 안 된다는 것을 보여주었다. 만일 우리가 자연현상을 정량으로 기술하기를 원한다면 종종 새로운 수학적 추상개념을 만들어내야 할 필요가 있다.

피타고라스는 또한 우리가 숫자를 세는 데서만 그친다면 자연을 이해하는 것은 기대할 수 없다는 것을 분명히 했다. 기본적으로 다른 과정이 또한 필요한데 우리는 이것을 측정이라고 부른다. 측정에 의해서 우리는 물리적 양을 어떤 기준과 비교할 수 있다. 이 비교치의 수적인 결과는 사용되는 기준에 달려 있다. 따라서 어떤 사람의 키는 동시에 67.5인치, 171센티미터, 5.63피트, 0.001063마일일 수 있다. 우리는 목적에 맞추어 기준을 사용한다. 그러나 우리는 이들 중 어떤 대표값도 정확하지 않다는 것을 명심해야 한다. 이는 두 가지 값을 비교할 때, 정확한 숫자 관계의 비를 얻을 확률은 실제로는 0이기 때문이다. '정확한' 측정이란 언제나 개념적으로 모순이다.

피타고라스적 전통으로 현대 과학자들은 자연계에서 수학적인 패턴을 찾아내는 데 많은 시간을 쏟는다. 그러나 과학자들은 이 숫자 자체는 매우 인공적이며 우주의 기본적인 어떤 진실을 기술하기에는 아주 부족하다는 점을 깨닫는다. 과학에서 중요한 것은 관계된 숫자들을 해석하는 방법과 이 해석이 미래 사건의 전개 과정과 관련하여 무엇을 의미하는가 하는 것이다.

거대한 퇴보

현대 과학적 사고의 전통은 종종 그리스의 철학자 플라톤의 제자이며 알렉산드로스 대왕의 가정교사인 아리스토텔레스Aristoteles(기원전 384~322)로부터 시작된다고 잘못 믿어져왔다. 일반적으로 사람들은 학생을 그릇된 야심으로 이끈 교사에 대해 책임을 묻지 않는다. 우리는 역사에서 가장 과대망상적인 정복자 중의 한 사람을 가르쳤다는 사실로부터 아리스토텔레스를 유감스러워할 수 있을 것이다. 알렉산드로스의 제국은 그가 요절한 후에 급속하게 무너져 결국 그의 생애는 거의 무의미한 것이었다. 아리스토텔레스는 전 세계에 알렉산드로스보다 더 지속적인 충격을 주었다. 그의 저서 중 일부는 그후 1800년 동안 과학의 발전을 방해했다.

지금까지 남아 있는 아리스토텔레스의 저서들은 과학이 순수한 지적 과정이라고 기술하고 있다. 그의 목적은 우주의 절대적 진리를 밝혀내는 것이다. 이 과정은 '특정한' 개개의 것을 관찰하는 데서부터 시작된다. 이 개개의 사건은 우리 생애의 경험에서 일어난다. 여기서부터 아리스토텔레스는 '보편적'인 것, 즉 특정한 것의 일반적 유형에 대한 추상적 특성을 밝혀낸다. 보편적인 것이 충분히 확인되면 그것은 더한층 보편적인 것으로 묶인다. 궁극적으로 이 과정은 우리를 '첫 번째 원리', 즉 다른 어떠한 개념으로도 설명될 수 없는 진리로 인도한다. 현대의 과학자들 중 아리스토텔레스의 이러한 개념적 도식에 동의하는 사람은 거의 없다.

아리스토텔레스는 우리가 지식의 피라미드에 올라가기 전에 먼저 사물을 그의 '범주'에 따라 분류해야 한다고 말한다. 이때 우리는 아리스토텔레스의 논리적 규칙을 적용한다. 그 규칙은 세부적으로는 다소 복잡하나 기본적으로 "하나의 사물은 동일한 시간에 동일한 양상으로 존재하면서 동시에 존재하지 않을 수는 없다"는 공리(公理)에 의존한다. 예를 들면 어떤 사람은 대머리이거나 대머리가 아니다(퍼지 논리[fuzzy logic]는 여기서 고려되지 않으며 대머리가 되어가는 사람도 제외된다). 점진적 변화의 패러다임은 근본적인 수준에서 선험적으로 부정된다. 자연적인 진화는 아리스토텔레스의 과학에서 도저히 이끌어낼 수 없는 결론이 된다.

그러나 문제점은 이보다 훨씬 더 심각하다. 아리스토텔레스가 '특정한' 사물을 관찰한 일은 매우 드물다. 그는 피타고라스적 전통에서의 실험이나 측정을 주창하지 않았다. 아리스토텔레스의 과학은 사물의 조작과는 관계없으며 오직 마음으로 하는 것이다. 예를 들어 그는 무거운 물체가 가벼운 물체보다 빨리 낙하한다고 저술했다. 물체의 자유낙하 속도에 무게가 중요한 변수가 되지 않는다는 것을 매우 간단한 실험으로 증명할 수 있다.* 사실 아리스토텔레스 자신의 논리 체계로도 이것을 알 수 있다. 귀류법(歸謬法) 논리는 다음과 같이 전개된다.

만일 10파운드의 물체가 5파운드의 물체보다 빨리 떨어진다고 가정하자. 10파운드의 물체는 5파운드 물체 두 개가 같이 붙어 있는 것과 같다. 따라서 10파운드의 물체는 이 각각의 절반보다 더 빨리 떨어진다. 그러나 이것은 자체로 모순이다. 따라서 초기의 전제는 반박된다.

아니다. 아리스토텔레스 자신은 이 논증을 전개하지 않았다. 이것이 나의 논점이다. 그는 이미 옳다고 생각한 전제를 유지하는 방향으로만 증명을 사용했으며, 비교적 사소한 생물학적 관찰 몇 가지를 제외하고 그의 저서는 새로운 중요한 과학적 통찰을 하나도 생산해내지 못했다. 그가 실험 조작의 중요성을 인식하는 데 실패한 것은 그 자신의 사회적 지위를 반영한다. 그 시대 아테네의 엘리트 계층은 수작업을 손수 하지 않았다. 이를 넘어서 실험을 해야만 한다는 생각은 정신생활만이 사람을 최고의 진리로 이끈다는 자신

---

* 이 점에 대해서는 논란의 여지가 있다. 분명 깃털은 쇳덩이보다 느리게 떨어진다. 실제로 실험을 할 때 우리는 대기 중에서 물체를 낙하시킬 수밖에 없으며 이 경우에 모든 물체는 어느 정도의 가속도 운동 이후에 공기의 마찰에 의해 종단 속도에 도달한 다음 등속도 운동을 하게 된다. 물체의 종단 속도는 여러 가지 변수에 좌우되며 그중 물체의 무게도 중요한 변수가 된다. 이 경우 물체 운동의 본질이 종단 속도에 도달하기 전의 가속도 운동인지, 그 이후의 등속 종단 속도인지를 객관적으로 알아내는 방법은 없으며 이는 관찰자의 판단에 맡기는 수밖에 없다. 갈릴레오의 위대함은 그 이전까지 종단 속도에만 머물렀던 관찰에서 가속도 운동으로 눈을 돌렸다는 점에 있다. 관찰에서의 이론 의존성에 대해서는 토머스 쿤Thomas kuhn의 『과학혁명의 구조The Structure of Scientific Revolutions』와 파이어아벤트Paul Feyerabend의 『방법에의 도전Against Method』에 잘 나타나 있다. ─옮긴이

의 세계관과 모순되는 것이었다.

실험적 확인에 대한 아리스토텔레스의 거부는 그의 과학적 방법론에서 가장 심각한 문제점으로 남아 있다. 왜냐하면 일단 누군가 보편적인 진리에 도달했다면 거기에 어떤 실험이 필요할 것인가? 아리스토텔레스의 진리는 일단 성취되면 절대적이고 어떤 실험도 필요하지 않다. 이같은 진리의 관찰적 기반을 묻는 사람은 단지 열등한 지적 능력을 과시하고 있을 뿐이므로 진지하게 다룰 필요가 없다. 아리스토텔레스가 우주의 중심이 지구라고 결정했을 때 그와 그의 많은 추종자들에게 이 진리는 절대적이며 이 문제는 영원히 해결된 것으로 간주되었다. 그래서 실제로 그의 방법은 18세기 동안 과학의 새로운 길이 출현하는 것을 막았을 뿐이다.

과학과 권위

서기 1250년경, 아리스토텔레스 저서의 복사본이 도미니쿠스회의 수도사 토마스 아퀴나스Thomas Aquinas의 손에 들어왔다. 순수한 논리를 통하여 전 세계의 진리를 증명한다는 생각은, 더이상 도전이 영영 불가능할 정도로 엄청난 호소력을 지니고 있었다. 아퀴나스는 아리스토텔레스의 논리학을 로마 가톨릭 교회의 모든 교리를 증명하기 위해 사용했으며, 이 논리가 다 떨어지자 그는 이전에 아무도 생각하지 못했던 새로운 신학적 진리의 방대한 해설을 증명하는 일을 계속했다. 그가 49세의 나이로 사망할 때까지『신학대전Summa Theologica』의 분량은 두꺼운 책으로 수십 권에 달했다. 교황청은 이 작품 전체에 서명했으며 그와 함께『신학대전』의 기초가 된 아리스토텔레스의 모든 저술도 함께 서명되었다. 과학적인 진리의 탐색으로 시작된 것이 이제 도그마가 되었으며 파문이나 그보다 더 심한 처벌의 위협 때문에 강제로 믿어지게 되었다.

그러나 아퀴나스와 교회 당국도 인류가 그후 발전시켜나갈 생각들을 모두 예측할 수는 없어 교회의 교리에는 빈틈이 생겨 몇 가지 새로운 발견을 허락할 수밖에 없었는데, 특히 생리학·화학 그리고 좀더 실용적 분야인 역학과 구조 설계에서 그러했다. 약 1340년경에 영국에서 오컴의 윌리엄William of Occam은 같은 현상을 설명하는 두 가지 대안적 설명 가운데 하나를 선택하는 데 도움이 되는 한 가지 기준을 제시했다. 이 기준은 몇 가지 알 수 없는 이유 때문에 아직까지 '오컴의 면도날Occam's Razor'이라고 불리는데 이는 다음과 같이 진술할 수 있다.

동일한 관측 결과에 서로 상반되는 복수의 설명이 주어졌을 때 그중 최선의 설명은 최소의 독립된 가정을 갖는 것이다.

오컴의 면도날은 '진리'가 아니라 다만 '최선의' 설명을 언급하고 있다는 점을 주목하라. 이 기준을 얻은 것은 우리에게 커다란 진보였다.

간단한 예로 리스본의 재난으로 다시 한 번 돌아가자. 한 가지 가설은 3개의 독립된 사건이 있었다는 것이다. (1) 대서양 어딘가에서 어마어마한 폭풍우가 일어나 거대한 파도를 포르투갈 해변으로 보냈다. (2) 그와 거의 동시에 거대한 지진이 리스본을 강타했다. (3) 도시에서 화재가 발생했다. 두 번째 가설은 포르투갈 해안의 해저에서 거대한 지진이 있었으며 이것이 세 가지 사건 모두를 일으킨 원인이었다는 것이다. 분명히 지진파와 해일, 화재를 하나의 기원으로 묶는 두 번째 가설이 더 낫고 더 그럴듯한 설명이다. 그러나 두 번째 가설이 진리일까? 이는 확실하게 말할 수 없다. 우리가 할 수 있는 일은 우리가 이용할 수 있는 증거를 바탕으로 '최선의' 것을 정하는 것뿐이다.

현대 과학은 절대적 진리를 밝혀내는 시도조차 하지 않는다. 대신 가설들을 만들어내고 이들을 걸러내어 가장 단순한 것만이 살아남도록 한다. 여기서 '가장 단순한'을 가장 이해하기 쉽다는 뜻으로 해석할 필요는 없다. 그보다 우리는 단순하다는 것을 가장 적은 독립된 가정에 의지한다는 뜻으로 사용한다. 예를 들면 아인슈타인의 특수 상대성이론은 2개의 기본적인 가정만으로 시작되어, 아원자(亞原子)에서 우주의 규모까지 다양한 스케일에서 발생하는 엄청나게 다양한 사건들을 설명한다. 이와 경쟁관계에 있는 어떤 이론도 이처럼 적은 가정으로 이렇게 많은 것을 설명할 수 없으므로 이러한 점에서 이 이론은 놀랍게 단순하다. 그러나 상대성이론이 지적(知的)으로 이해하기 쉽다고 생각하는 사람은 거의 없을 것이다.

니콜라스 코페르니쿠스Nicolaus Copernicus는 오컴에 대해서는 들어보지 못했을지도 모른다. 그러나 1500년대 초에 이 폴란드 성직자는 아리스토텔레스 전통교리의 성우(聖牛) 가운데 하나인 천동설을 도살하는 데 이 면도날을 사용했다. 서기 200년까지 지구가 고정되어 있다는 가정 아래 관측된 행성의 운동을 설명하기 위하여 거대한 수학적 구조물이 건설되었으며, 그후 수 세기간의 개량을 거치면서 이 수학적 모델 작업은 서로 독립된 수십, 수백 가지의 가정에 의존해왔다. 코페르닉(Kopernik. 그는 저서에 자신의 이름을 라틴어 식으로 '코페르니쿠스Copernicus'라고 적었다)은 지구는 행성 가운데 하나이고 이들 행성 모두가 태양을 선회하고 있다고 가정하면 동일한 행성의 관측이 아주 쉽게 설명될 수 있다고 발표했다. 오컴의 전통에 따라서 코페르니쿠스는 이 설명이 반드시 '진리'가 아니라 사물을 관찰하는 매우, 매우 쉬운 방법일 뿐이라고 조심스럽게 말했다. 교회 당국의 비위를 거스르지 않도록 주의에 주의를 거듭하면서, 코페르니쿠스는 1543년까지 그의 논문의 출판을 늦추다가 결국 죽음을 앞두고 발표했다.

코페르니쿠스는 이탈리아에서 공부하고 동부 유럽에 거주했는데 이곳은 가톨릭 교회의 권위가 신성불가침적이었다. 그러나 북유럽과 영국에서는 교황의 권위에서 벗어난 분위기가 많이 있었다. 독일과 덴마크에서 활동한 요하네스 케플러Johannes Kepler(1571~1630)는 아리스토텔레스를 계속 믿으라는 당국의 종교적 강요를 겪지는 않았다.

케플러는 모든 과거의 사건들과 미래에 일어날 사건들은 우주가 창조되는 순간에 예정된 것이라고 믿었다. 따라서 만일 어떤 사건에 대한 누군가의 이해가 타당한 것이라면 그는 미래에 그 특정한 사건의 전개 상황을 예측할 수 있어야 한다. 만일 그런 예측이 실제로 사건 과정에 의해 증명되면, 그가 이 사건을 이해했다는 것이 증명된다. 그러나 예측한 사건이 일어나지 않을 때에는 그는 자신의 설명을 폐기하고 새로운 것을 만들어내 이러한 과정을 되풀이할 준비를 해야 한다. 수십 년 동안 이 기준을 사용하면서 케플러는 마침내 누구든지 육안에 의해 제한되는 정확도 내에서 행성의 위치를 미래 어느 시점에서도 정확하게 예측할 수 있도록 하는 세 가지 규칙(또는 물리법칙)을 공식화하는 데 성공했다. 케플러가 자금 확보를 위해 귀족들에게 천궁도(天宮圖)를 만들어준 것은 흥미로운 일이다. 이런 사업에서는 그의 예측이 그다지 정밀할 수가 없었다. 그럼에도 그는 죽을 때까지 인간의 미래를 포함하여 모든 사건이 원리적으로 예측 가능하다고 믿었다.

그동안에 이탈리아에서는 갈릴레오 갈릴레이Galileo Galilei(1564~1642)가 과학적 탐구 과정의 또 다른 차원 ― 제어된 실험 ― 의 문을 열고 있었다. 그 이전 18세기 동안 교사와 교수들은 학생들에게 아리스토텔레스의 권위를 빌려 무거운 물체는 가벼운 물체보다 빨리 떨어진다고 가르쳤다. 그러나 그동안 실험을 통해 그 이론을 검증한 사람은 없었던 것 같다(아니면 실험은 했지만 결과를 발표할 용기가 있는 사람이 없었거나). 갈릴레오는 피사의 사탑 정상에 올라가 난간에 기대어 무게가 다른 두 개의 공을 동시에 낙하시켰다.* 이 일을 할 때 그는 물체가 분명히 그 무게만 다르도록 주의를 기울였다. 예를 들어 그는 대포알과 깃털을 비교하지는 않았다. 이러한 물체들은 무게만이 아니라 분명히 다른 여러 가지 특징을 가지고 있기 때문이다. 갈릴레오는 만일 관심의 대상이 되는 변수가 무게라면 바로 그 변수만을 다르게 해야 한다는 점을 깨달았다. 그 실험의 유명한 결과는 다음과 같다. 모든 다른 변수들이 같다면 무거운 물체는 가벼운 물체와 같은 속도로 떨어진다.

갈릴레오는 이 제어된 실험 개념에서 한발 더 나아가 줄 끝에 매달려 흔들리는 진자 등을 포함하여 다양한 운동에 대하여 연구했다. 그는 진자운동의 주기가 줄의 길이에만 관련되어 있고 무게와는 관계가 없다는 사실을 발견했으며 이 발견의 기술적인 부산물로 곧 정확한 시계가 발명되었다. 그러고 나서 갈릴레오는 천문학으로 전향했는데 이때부터 교회 당국과 심각한 문제에 휘말리게 되었다. 네덜란드에서 발명된 망원경을 개량한 후에 그는 이 기구를 하늘로 향해 금성의 위상 변화와 목성에 딸린 네 개의 위성을 발견했다. 이 사실은 지구의 궤도를 돌지 않는 천체도 있다는 것을 의미했으며 이는 지구중심 이론과 분명 상반되는 것이었다. 갈릴레오는 조금이라도 관심을 보이는 모든 사람에게 지구가 모든 것의 중심이라는 이론을 틀림없이 반증했다고 자랑스럽게 선언했다. 그러나 이는 자신들의 권위가 손상당하고 있다고 판단한 교회 당국으로부터 엄한 경고를 불러일으켰다. 그에 대한 대응으로 갈릴레오는 『2개의 주된 우주체계-프톨레마이오스와 코페르니쿠스-에 관한 대화 Dialogo sopra i due massimi sistemi del mondo, ptolemaico e copernicaon』를 썼는데 여기서 교황 우르바누스Urbanus 8세가 모델임이 분명한 풍자적 인물 심플리키우스Simplicius는 지구중심 이론을 옹호하기 위해 무력한(그리고 어리석은) 시도를 한다. 이로써 갈릴레오는 재판에 소환되었

---

* 실제로는 이러한 일은 없었다고 알려져 있다. 갈릴레오가 실제로 한 실험은 기울어진 대에서 공을 굴린 것이다. 사실 이 편이 갈릴레오의 '제어된 실험' 이라는 개념에 잘 어울린다.- 옮긴이

고 자신의 이교적인 강의를 공식적으로 취소하도록 강요받았으며 1642년 그
가 78세의 나이로 사망할 때까지 9년 동안 집에 연금되었다. 1992년이 되어
서야 교황청은 공식적으로 그를 사면했다. 그러나 갈릴레오의 처벌은 그의
동료인 이탈리아의 과학자 조르다노 부르노Giordano Bruno가 비슷한 과학
적 이단 혐의로 1600년 화형에 처해진 것에 비하면 가벼운 편이라고 할 수 있다.

교황청의 명예를 위해 말하자면, 이들은 이 어두운 에피소드로부터 이미
교훈을 얻었으며, 그들이 1992년에 갈릴레오를 공식적으로 사면하기 오래
전부터 교회 당국은 이를 암묵적으로 인정하고 있었다. 19세기 중반에 이르
러 과학은 더이상 「창세기」에 나오는 창조 이야기가 역사적인 진리임을 주
장하는 기독교적 도그마의 주된 교리를 지원하지 않게 되었으며 이에 따라
로마 가톨릭 당국은 공적인 위치에서 물러나게 되었다. 가톨릭 교도들은 그
들 스스로의 지적 조건에 따라 진화론을 받아들이거나 거부하도록 방임되
었다. 그러나 불행히도 더 최근에 나타난 기독교 내 여러 종파의 수뇌부들은
생물학적 진화론의 교육을 금지시키기 위해 그들이 할 수 있는 모든 짓을
다했다. 개신교는 당시 보편화되어 있던 기독교 당국의 관점보다 그들 자신
의 판단을 더 높이 평가했던 사람들로부터 기원했음을 생각할 때 이는 매우
아이러니컬한 일이다. 어쩌면 언젠가는 이른바 '창조론자' 들도 다음과 같은
역사적 교훈을 배우게 될지도 모른다. 대자연은 인간의 기대를 만족시켜주
기 위해 노력하지는 않는다. 그는 자신이 하는 일을 그대로 할 뿐이다. 또한
우리가 이를 이해하기 위해선, 특정의 권위자나 절대적 진리의 제도화된 해
석 따위가 아니라 자연 그 자체에 주의를 기울여야 한다.

원인과 결과

우리에게 아직까지 광범위하게 남아 있는 아리스토텔레스의 유산 가운데

하나는 원인과 결과의 개념이다. 우리는 한 사건을 목격하면 이것이 어떤 다른 사건 때문에(be-cause) 일어났다고 가정한다.[5] 아리스토텔레스에 따르면 원인과 결과는 공간상의 동일한 지점에서 나타나며 원인은 결과에 비해 아주 짧은 시간만 앞서서 일어나야 한다. 이 임시 변통의(ad hoc) 시간과 장소가 일치해야 하는 필요를 둘러댄 것은 낮이 밤의 '원인'이며 밤이 낮의 '원인'이라는 따위의 말을 막기 위해서였다.

그러나 인과율의 개념은 갈릴레오의 저서에는 등장하지 않으며 뉴턴의 주제도 아니다. 뉴턴에 따르면 분명 바닷물의 조수와 달 사이에는 **관련**이 있으나 이 관계는 양쪽으로 작용하고 있다. 하나의 사물이 다른 사물에게 영향을 전혀 받지 않으면서 주기만 하는 경우는 없다. 이 경우 어느 것이 원인이고 어느 것이 결과일까? 이는 관찰자가 정하는 것이다. 만일 여러분이 조수에 관심이 있다면 여러분은 달이 조수 주기의 **원인**이라고 말할 수 있을 것이다. 그러나 만일 여러분이 달에 관심이 있다면 조수가 달의 궤도가 점차 달라지는 것의 **원인**이라고 말할 것이다. '원인-결과'라는 딱지는 단지 보는 사람의 관점을 나타낼 뿐이다. 또한 뉴턴 역학이 원인과 그 결과 사이에 국소적 접근을 필요로 하는 것도 아니다. 결국 태양과 지구는 1억 5천만km의 거의 빈 공간을 떨어져서도 중력을 통하여 상호 작용을 하고 있는 것이다. 한 장소의 사건이 멀리 떨어진 곳의 다른 사건과 강하게 연관되어 있을 수도 있고, 또한 한참 후에 발생한 사건과 연관될 수도 있다.

그럼에도 원인과 결과라는 개념은 살아남는다. 실용적인 편리함과 이들 개념이 우리 언어 구조와 복잡하게 맞물려 있기 때문이다. 뉴턴적 사건의 짝을

---

5) 아리스토텔레스는 4종류의 원인을 정의했는데 여기서 우리는 그중 '동력인(動力因)'에만 관심을 가질 필요가 있다. 아리스토텔레스의 원래 논리 체계에 대해서는 그의 다른 저서들과 함께 The complete works of Aristotle : The revised Oxford translation, ed. J. Barnes 2 vols.(Princeton: Princeton University Press, 1984)을 보라.

구성하는 사건들은 동등한 중요성을 갖는 경우가 드물다. 만일 한 지진파가 오고 한 도시가 붕괴된다면 우리는 자연적이고 인간적 관점으로 인간의 재해가 '결과'이고 지진파가 '원인'이라고 간주한다. 우리는 무너진 도시가 상호적으로 지진파를 어떻게 감쇠시켰는지에 대해서는 그리 관심을 두지 않는다. 그러나 이러한 아주 자연스런 인간중심적 관점은 우리를 사건에 대한 심각한 간과로 이끌 수 있다. 범람한 강물이 성장하는 도시를 황폐화시켰을 때, 우리는 홍수를 황폐화의 원인으로 본다. 그러나 우리는 도시의 출현 자체가 홍수의 원인이 되었는지(예를 들면 삼림의 남벌이나 자연적인 범람원을 통한 강의 분산을 막는 제방으로)에 대해서는 묻지 않는 경향이 있다.

결정론determinism은 모든 사건이 의심의 여지 없이 잘 정의된 원인으로부터 일어난다는 관점이다. 특정 자연계에서 활동하는 특정 자연의 행위자는 예측 가능한 결과를 산출하는 이외에 다른 선택권이 없다. 결정론적인 관점에서 예측되지 않은 사건이 일어난다면 이는 다음 두 가지 이유 가운데 하나이다. (1) 우리가 원인과 결과 사이의 연쇄적인 관계를 충분히 파악하지 못했거나, (2) 관찰에 충분히 주의를 기울이지 못했다. 이러한 관점에서 대자연은 주사위를 던지는 일을 하지 않는다. 대자연은 언제 어디서나 정확하게 계획해서 행동한다. 만일 우리가 대자연의 마음을 알 수 있다면 우리는 그 계획을 따라갈 수 있고, 앞으로 시공간에서 일어날 모든 사건들을 전부 성공적으로 예측할 수 있을 것이다. 결정론적 관점에서 미래는 우주의 탄생 순간부터 완전히 그리고 변경할 수 없도록 결정되어 있다. 필자 자신은 이 사실을 믿는가? 꼭 그렇지는 않다.

그러나 18~19세기 과학의 목적은 바로 자연계의 사건이 누군가를 놀라게 할 가능성을 전적으로 제거하기 위함이었다. 과학자들은 성공적으로 대자연의 주된 프로그램의 많은 부분들 —전기와 자기를 설명하는 법칙, 파동, 열, 빛, 소리 그리고 원자들 간의 운동과 상호 작용 등— 을 성공적으로 기술할 수 있었다. 1890년대까지 활동 중인 과학자들의 세계관은 사실상 모두 결정론이었다. 당시 과학으로서 깃털이 돋기 시작한 심리학은 모든 인간의 행동 및 사고가 개인과 자신의 환경 간의 상호 작용에 의해 계획된다고 하는 여타 과학과 유사한 전제를 채택했다. 원자에서 별들에 이르기까지 모든 실재는 우주적 시계태엽 장치 내에서 움직이며 상호 작용한다. 기본적으로 원자로 이루어져 있는 인간 역시 예외가 아니다. 이러한 세계에서는 자유의지가 차지할 공간이 거의 없다는 점을 주목하라.

사실 1890년까지 사람들은 통제된 실험실에서의 매우 다양한 실험을 통해서 미래를 예언하고 그같은 예언을 확인하는 것이 가능했다. 비록 이러한 예측이 실험실 밖의 세계에서는 그리 잘 맞지 않았지만 대부분의 예측은 충분히 잘 작동했기 때문에 설계값을 계산하느라 바쁜 공학자로서의 직업이 제대로 성장할 수 있었다. 공학자들은 더이상 교량을 짓고 나서 무너질까 봐 초조해하면서 그 주위를 서성이는 일은 하지 않았다(사실 1870년대에 지어진 교량의 최고 25%는 이렇게 무너졌다).[6] 그 대신에, 이제 계획이 설계 테이블을 떠나기도 전에 교량의 성능을 예측하는 것이 가능했다. 강력한 과학적 예측 위에서 대도시에 엄청난 투자가 가능하게 되었으니, 예를 들어, 지역에 있는 폭포의 에너지로 도시에 빛을 밝히는 일이 가능해졌다. 과학적 예측은 현대 공학의 바탕이 되었다.

따라서 만일 과학이 이보다 더 발전되어 이미 발견된 자연법칙과 더 많은

---

6) 1870년대 미국에 지어진 교량의 25%가 붕괴되었다는 주장은 여러 사료에서 주장되었으며 또한 다른 여러 사료에서 반박되었다. 새로운 논란을 추가하지 않기 위해 필자는 여기서 이를 언급하지 않겠다. 필자는 이 주장을 언급하는 것은 현대 사회에서 공학자들의 오류가 없기를 기대하는 것은 상당히 최근에 와서야 이루어진 일이라는 점과, 역사적으로 그들의 성공률이 높아짐에 따라 공학자들은 사회로부터 그들의 작업에 대한 압력을 더욱 강하게 받아왔다는 사실을 밝히기 위해서이다. 오늘날 공학자들은 그들의 분야에서 최근의 과학적 발전에 무지할 수 없게 되었다.

연계를 가지게 되고 자연의 주요 변수들을 더 많이 설명할 수 있게 되면, 사람들은 더이상 자연 때문에 일어나는 어떤 종류의 불쾌한 놀라움도 겪지 않게 된다. 재해는 과학기술에 기반을 둔 예측과 대응으로 막을 수 있다. 우리는 항상 앞으로 무엇이 일어날 것인가, 그리고 앞으로 인간의 이익을 위해 이를 어떻게 이용할 것인가에 대하여 알아낼 것이다(결정론과 정책 결정 사이에서 일어나는 명백한 모순에 대해서는 신경쓰지 말라. 이는 철학자와 심리학자들의 토론 주제가 될 것이다). 이상이 1890년대의 상황이었다. 과학자들은 우주 질서에 대해서는 결정론적 관점을 가지게 되었고 마지막 몇 가지 빠진 연결고리는 곧 발견될 것이라고 확신했다.

바로 그때, 1896년 앙리 베크렐Henri Becquerel의 방사능 발견이 이루어졌는데 이는 분명한 비결정론적 현상이었으며, 그후 수십 년 동안 마찬가지로 결과를 예측할 수 없었던 다른 여러 가지 기본적인 과정이 계속 발견되었다. 원자들의 에너지 상태의 평균 수명이나 방사능 동위원소의 반감기에 대해서 통계적으로 말할 수는 있지만 특정한 아원자 수준의 사건이 언제(때로는 어디서) 일어나는지는 예측할 수 없다. 어떤 사람들은 이 사건이 과학자들이 오랫동안 보지 못한 숨은 변수들의 존재를 암시한다고 생각하기도 했다. 또한 위대한 알베르트 아인슈타인Albert Einstein이 1927년 브뤼셀에서 열린 과학 토론회에서 "나는 그가 주사위 놀이를 하지 않을 것으로 확신한다"고 선언했는데, 여기서 '그'란 우주의 창조자에 대한 아인슈타인의 은유였다.[7]

한편으로 사람들은 가장 기본적인 수준에서 자연이 본질적으로 비결정적임을 분명히 밝혀주는 실험을 했다. 인간 수준의 시공간에서 자연은 때때로

---

7) D.J. Kevles, The physicists : The history of a scientific community in modern America(New York: Knopf/Random House, 1977).

결정론적으로 보일 수 있는데 이는 단지 많은 수의 각 입자들 간의 상호 작용에 적용되는 평균 법칙 때문에 나타나는 현상이다. 이 책에서 우리는 수 세기 동안 수천 번의 무수한 실험을 통하여 새로운 변수를 찾아낸다고 해도 아원자 수준의 입자들 상호 작용의 불확정성은 없어지지 않는다는 사실을 시사하는 증거를 확보했음을 밝힐 필요가 있다. 사실 이들 모든 실험은 이 새로운 현상계가 결정론적 예측을 산출하는 데 실패했음을 보여준다.

비결정론적인 과정이 자연재해라는 주제와 무슨 관계가 있을까? 지금 독자들에게 1, 2분 동안만 상상력을 발휘하여, 라듐 원자의 핵이 지구의 크기만큼 확대되었다고 가정해보라고 부탁하고 싶다. 이러한 물체는 아주 완벽한 하나의 행성이 될 수 있다(물론 그곳의 중력은 다른 행성보다 좀더 강하겠지만). 이 행성 위에 한 생명체 ─ 말하자면 유전학적으로 설계된 아주 강한 종류의 개미라거나 ─ 를 올려놓는다. 나의 의문은 이렇다. 대격변으로 이 개미 사회가 파괴되기까지 이들이 얼마나 오래 생존할 수 있을까?

이러한 어리석은 질문에 항의하기 전에 잠시만 참고, 필자가 이러한 행성에서 발생하는 대재앙의 특징을 설명하는 것을 한번 들어보라. 어느 날 저녁에 아무 경고도 없이 행성 전체 질량의 2%에 달하는 분량이 갑자기 표면에서 폭발하여 우주 공간으로 날아가버린다. 그후 행성은 상하로 엄청난 요동을 일으키며 반동한다. 그리고 행성의 핵은 거대한 에너지를 추가로 방출하면서, 그 구멍을 메우기 위해 물질들을 재분포시킨다. 결국 모든 사건이 진정되었을 때 새로운 행성은 아주 다르게 보이며 그 표면의 개미 사회는 파괴되어 있다. 많은 수의 라듐-226 원자의 견본을 측정한 결과, 그들 중 절반은 앞으로 1600년 이내에 필자가 설명한 과정을 겪을 것이라는 사실이 알려졌다(여기서 밖으로 튀어나간 물질 덩어리를 '알파 입자'라고 부른다). 그러나 필자는 여기서 더 구체적인 것을 묻고 있다. 개미들이 거주하는 라듐 핵으로 되어 있는 **이** 행성이 얼마나 오래 견딜 것인가?

더 많은 정보를 원하는가? 필자는 원자핵의 각 부분을 서로 결합시키는 힘('강한 핵력'이라고 부른다)을 설명할 수 있고, 또한 알파 입자 방출의 원인이 되는 서로 밀어내는 힘('전자기력'이라고 부른다)도 설명할 수 있다. 좀 더 깊이 파들어가면 이 행성 내에 있는 양성자와 중성자를 분리시키고 이들조차 더 작은 다른 입자들로 구성되어 있다는 사실도 알 수 있다. 그러나 이들 중 아무것도 도움이 되지 않는다. 우리가 말할 수 있는 최선의 것은 이것이다. 만일 우리가 100개의 라듐 행성을 관찰한다면 1600년 이내에 그중 약 50개가 안전하게 남아 있을 것이며 다른 50개는 엄청난 격변을 겪으리라는 점이다.

우리가 보고 있는 것이 단 한 개의 라듐 행성이라면, 이는 백만 년 동안 안전하게 있을 수도 있고 내일 아침에 폭발해버릴 수도 있다. 하나만 가지고 예측할 방법은 없다. 우리가 예측할 수 있는 것은 통계적 확률뿐이다. 이는 긴 시간의 척도 위에 많은 수의 사건들로써 자연의 일반적 경향을 표현한다. 여기서 확률이란 자세한 세부사항을 모르는 자들의 도피처로 이용되고 있는 것이 아니라는 점을 분명히 하는 것이 중요하다. 오히려 이 세계관은 자연의 과정 그 자체가 기본적인 수준에서 본질적으로 통계적임을 말하고 있다. 아인슈타인은 이 생각에 반대했지만 오늘날 대부분의 과학자들은 이를 받아들이고 있다. 지금까지 쌓아온 증거로 자연의 결정론은 기껏해야 통계일 뿐이라는 점을 받아들일 수밖에 없도록 한 것이다.

그러나 원자를 다루는 물리학이 태풍이나 지진, 전염병과 같은 대규모의 현상과 실제로 관련이 있는 것일까? 답은 다음과 같은 점에서 가능하며 실제로 관련이 있다는 것이다. 모든 물리학과 생물학의 사건들은 극히 미소한 물체들의 무수한 상호 작용의 결과물이다. 이들 각각의 근본적 상호 작용 자체가 본질적인 불확정성을 지니고 있으므로 이들의 결과물인 대규모의 복잡한 현상도 마찬가지로 명확하지 않은 결과가 따라오게 마련이다. 얼마나 명확하지 않은 것일까? 이 질문은 실험실 내에서 구체적으로 통제된 다양한 실험에 의하여 답변될 수 있다. 그러나 일반적으로 대규모 자연현상에 대해서 우리는 비참할 만큼 무지하다.

우리가 자연의 신비를 깊이 파고들어갈수록 우주가 모든 크기의 규모에서 과학자들이 한때 믿었던 것보다 훨씬 덜 결정적임을 알 수 있다. 옛날의 결정론적 접근법이 성공적이었던 이유는 그들이 결과가 거의 100%의 확률로 일어나는 사건들 — 예를 들면 행성의 움직임 등 — 만을 다루었기 때문이다. 뉴턴이 1666년 그가 다니던 대학이 폐쇄되었을 때 지진, 폭풍이나 전염병 등의 연구를 시작하였다면 그는 결코 중대한 과학적 공헌을 이루지 못했을 것이다.

각각의 사건들은 원리적으로 예측 불가능하지만 많은 수의 비슷한 사건들에 대한 평균이나 다른 통계적 지표들은 예측이 가능하다는 철학적 입장을 통계적 결정론(statistical determinism)이라고 부른다. 여기서 중요한 점은 우리가 통계적인 예측에 전념하기로 마음먹는다면 아직도 예측이 가능하다는 것이다. '원인과 결과'에 관해서라면 사람들이 통계적 분석의 관문에 들어서기 전에 그 개념을 완전히 버려야 한다.

근대 과학의 분화

우리가 보아왔듯이 과학은 선사시대와 고대 문명의 미래를 예측하고 계획을 세우려는 사회적 요청으로부터 발전되어왔다. 근대의 과학을 낳은 대부분의 초기 과학은 결국 성직자 계급을 통하여 독립적으로 제도화한 것으로 보인다. 이러한 제도화는 초기 과학의 탐구를 공식적으로 인정된 도그마로 바꿔놓음으로써 결국 실제로는 정체(停滯)를 보증했다. 누군가 자신이 모든 답을 알고 있다고 생각한다면 그 지점에서 더이상 과학은 존재하지 않는다.

그러나 고대 그리스에서 과학은 철학자들의 지적인 활동 영역이었다. 피타고라스(그리고 그후에 에라토스테네스Eratosthenes와 아르키메데스 Archimedes)와 같은 사람들은 자신들의 추측을 검증하기 위해 제어된 측정 장치를 만들고 실험하는 것을 아주 자연스러운 것으로 간주했다. 아리스토텔레스와 같은 사람들은 오직 이성만을 고유한 탐구의 도구로 생각했다. 그러나 이들 모든 남자들에게(이들 중 히파티아Hypatia를 제외하면 모두 남자였다) 어떤 문제에 대해 어떠한 의문이 들더라도 과학은 공정한 게임이었다. 과학은 사실이나 발견들의 단순한 집합이 아니라 이를 찾아가는 과정이다.

우리가 보아왔듯이 아리스토텔레스의 저서는 여러 종류의 성직자 계급을 통하여 제도화되었으며 불가피한 정체 현상이 뒤따랐다. 1700년대 계몽주의 시대에 들어서서야 사회 분위기가 과학적 탐구에 광범위한 관심을 갖기 시작했다.

사상가들은 과학적 질문의 어떤 범주가 가설 검증의 공식적 방법을 이용하여 경험적인(즉 실험적인) 접근에 따르는 과정을 주목했다. 이같은 질문은 오늘날 천문학, 물리학, 화학 책에서 토의되며 이를 종합하여 '자연철학'을 이룬다고 말하고 있다. 다른 종류의 질문들은 자연환경의 세밀한 분야별 관찰자들을 통하여, 또는 먼 곳의 탐험자들이 기록한 자료들을 분석하여 더 잘 조사된다. 이들 질문들은 '자연사'의 범주에 속하며 오늘날 우리가 생물학, 지질학, 지리학 그리고 이들의 하위 분야로 구분하는 것들을 포함한다.

19세기 중반에 이르기까지, 자연철학과 자연사의 성공으로 너무도 많은 관찰, 가설, 법칙, 이론이 만들어졌기 때문에 아무도 혼자서 자기 생애에 이들을 모두 익힐 수는 없게 되었다. 자연철학과 자연사 분야는 필연적으로 학부 및 학과로 나누어진다. 오늘날 과학과 관련된 직업 광고는 '압축물질 이론 전공 물리학자' 또는 '물리 해양학자, 비선형 음향학자'와 같은 전문가를 구한다. 더이상 고용자는 전반적인 과학자를 고용하는 것을 고려하지 않는다. 이같이 너무 많은 분야로 분화되었는데 어떻게 1990년대에 아직도 누군가 자신을 과학자라고 단순하게 부를 수 있을까?

근대 과학이 성공한 결과의 하나는 인류 지식의 기하급수적 팽창이 과학자들의 수명이 길어지는 속도보다 비교도 되지 않게 빨라졌다는 것이다. 우리가 새로운 아이디어를 기존의 학문에 융화시키는 데는 시간이 필요하다. 즉 하나의 새로운 아이디어를 익히는 데 1주일이 필요하다면 평균적으로 두 개의 아이디어에는 2주일, 세 개에는 3주일이 걸린다. 그런데 현재는 매일 수백 편의 새로운 아이디어가 인쇄되어 나오고 있으며, 이 숫자는 갈수록 늘어나고 있다. 따라서 진보를 이룰 수 있는 유일한 방법은 전문화를 하는 것뿐이다. 그러나 모든 사람이 전문화되면 과학은 각각 방언을 가진 수많은 세부 분야로 분해되고 만다. 이는 현재 정립된 과학 분야의 경계를 넘나드는 주제를 연구하고 싶어하는 사람들에게 중대한 도전이 된다.

과학의 분화는 또 다른 불행한 귀결, 즉 과학이란 과정보다는 '사실'을 다룬다는 널리 알려진 오해를 낳는다. 예를 들어 누군가가 '지질학'이라는 단어를 사용할 때, 우리 대부분은 암석의 모습을 마음속에 떠올린다. 어쩌면 우리는 박물관에서 본 진열된 광물 표본들이나, 여행할 때 보았던 지층군을 생각할 수도 있다. 지질학자들이 부석(浮石) 표본의 연대를 조사하기 위해 사용하는 실험실 기술이나, 대자연이 지구 속 깊이 감추어둔 지질학적 단층선을 밝혀내는 분석 기술 따위는 우리의 마음속에 즉각적으로 떠오르지 **않는다**. 일반인들과 법조계, 재난 관리자들은 모두 대답을 듣기 위해 과학자들을 바라본다. 또한 '올바른' 대답이 제공되지 않으면, 종종 이 과학자들은 실패한 것으로 간주된다. 그러나 과학자의 대답 부족은 그 이상의 과학적인 질문을 위한 **존재 이유**다. 과학적 정신을 자극하고 활발히 하는 것은 대답이 아니라 바로 질문이다.

그러나 근대의 과학자들은 그들 자신의 문화적 분화를 극복해야 한다. 과

학의 주요한 학과를 검토해보고 그 경계가 처음에 어떻게 생겼는지를 보자.[8]

천문학은 진정한 과학 가운데 가장 오래되었고 가장 단순한 학문이다. 이는 전 우주를 포함한다는 점에서 지금도 가장 일반적인 과학이다. 원래 이는 두 가지 변수, 즉 시간과 공간, 그리고 하늘에 있는 수천 개의 관측 대상을 취급한다. 비록 초기의 천문학이 대부분의 외계 사건들을 정확하게 예측하는 데 성공했지만 지구 가까이나 지구상에서 일어나는 사건들에 대해서는 무지의 큰 공백을 남겼다.

물리학은 자체의 관심을 다음 일곱 가지 변수 — 위치, 시간, 질량, 전하량, 온도, 광도, 그리고 원자량 단위 — 의 결합을 통하여 기술할 수 있는 사건들로 제한한다는 점에서 가장 기본적인 과학으로 간주될 수 있다. 그러나 관찰 가능한 물체는 사실상 무한하다. 물리학은 상호 작용하는 물체가 셋이나 그 이하일 때는 아주 성공적으로 작용한다. 그러나 입자가 네 개 이상일 때는 예측이 모호해지기 시작한다. 양자물리학은 수소와 헬륨 원자의 존재에 대해서는 잘 설명하지만 리튬(원자번호 3)과 그 이상의 원자번호를 갖는 원소들의 정확한 원자 구조와 화학적 특성을 예측하는 데는 실패한다.

화학은 특정한 원자의 존재를 예측하는 문제를 뛰어넘어, 107개의 원소와 그 동위원소의 존재를 실체로서 받아들이는 것에서 시작한다. 이를 돕는 것처럼 보이는 물리학 법칙에 의지하면서, 화학은 원자가 어떻게 하여 복잡한 분자의 형상으로 결합하는지에 대한 이론을 개발한다. 비록 화학이 생명 과정을 추진시키는 등 광범위한 반응의 결과를 예측할 수 있지만, 이 과학 분

---

8) 필자가 여기에 기술한 기본적 구성은 프랑스의 철학자 오귀스트 콩트Auguste Comte가 1842년에 『실증철학 강의Cours de philosophie positive』에서 처음 제안했다. 필자는 지난 150년간의 발전과 필자 개인적인 성향에 의해 수학이(콩트는 포함시켰지만) 과학이 **아니라** 예술에 가깝다고 판단할 자유를 행사하고자 한다.

과는 생명 자체를 예측하는 데는 실패한다. 생명의 본성은 화학과 생물학 분야 사이의 무지의 공백으로 남아 있다.

생물학은 생명을 이미 주어진 것으로 가정한다. 생명은 자발적으로 나타난 것이 아니다. 이는 이전의 생명으로부터만 나타나며 지구라는 행성에는 많은 기존의 생명체들이 있다. 이에 따라 생물학은 매우 많은 수의 변수들을 다루며 생물학 이론 중 대부분이 상대적으로 모호한 통계적 예측으로 이끈다. 이들 예측은 비록 모호하긴 하지만 약학에서 농업에 이르는 여러 분야에서 엄청나게 중요하다. 그러나 어떤 생물학 이론도 의식적인 마음을 설명하는 데 근접하지는 못했다.

심리학은 인간들이(그리고 아마도 대부분의 고등동물들이) 그 유기체의 구성 원자와 분자가 지속적으로 외부 환경과 상호 작용하면서도 마음과 기억의 연속성을 지닌다는 것을 가정한다. 이 지점에서 출발하여 심리학자들은 우리가 어떻게 생각하고 배우고 사랑하는지를 연구한다. 가능한 변수는 너무 많아서 분류할 수 없을 정도이며 보편성으로 인하여 예측 이론은 분명히 몹시 제한된다. 유일한 정량적 분석은 통계적인 것이다. 심리학 이론은 교육에서부터 야구, 방재 계획에 이르기까지 매우 다양한 인간 활동에 대한 의미 있는 기초를 제공한다. 그러나 심리학 이론은 사회제도가 어떻게 생겨나고 진화하는지에 대해서는 설명하지 않는다.

사회학은 개인들보다는 집단 간의 상호 작용을 다루며, 또한 집단의 일원을 넘어서 자신의 삶을 살아가는 폭넓은 사회적 및 문화적 패턴을 취급한다. 사회학적 이론은 개인의 행동보다는 넓은 사회적 경향을 예측하고자 한다. 이같은 예측은 통계학에 기반을 둘 수도 있고 또는 정성(定性)적인 관측으로부터 시작해서 정성적인 결론으로 끝날 수도 있다. 가능한 관찰 대상의 수가 너무나 많기 때문에 사회학 이론에 기반을 둔 예측은 매우 빈약하고 반박하기도 힘들다. 그럼에도 사회학자들의 조사는 그들이 공공정책 및 사업 같

일반성 증가

변수들의 숫자 감소

| 천문학 | 물리학 | 화학 | 생물학 | 심리학 | 사회학 |

일반성 감소

변수들의 숫자 증가

그림 2-1 과학의 분화. 이들의 경계는 우리 무지의 가장 큰 공백과 일치한다.

은 영역에서 수행하는 작업들을 처리하는 데 매우 적절하다.

우리는 지금까지 과학 분과 사이의 경계는 가장 큰 무지의 공백과 일치한 다는 사실을 보았다. 물리학은 화학적 특성을 예측하지 못하며 화학은 생명 을 예측할 수 없다. 생물학은 의식을 예측하지 못하며 심리학은 사회제도의 진화를 예측하지 못한다. 더 나아가 그림 2-1에서 보듯이 우리가 과학적 탐 구를 복잡성이 증대되는 시스템(예: 사회체계)에 적용하는 것에 따라 일반성 과 예측의 충실성을 희생해야 한다는 점에 주의해야 한다. 역으로, 우리가 더 적은 변수를 취급하는 과학으로 이동한다면 더 정확한 예측을 할 수 있 다. 그리고 관련된 과학 이론은 더 일반적인 현상의 집합에 적용될 수 있다. 확실히 우리는 이 간단한 도식에 많은 것들을 빼놓고 있다. 근대 천문학 탐구 가운데 일부는 그림의 왼쪽에 치우쳐 있다기보다는 분명 화학과 생물 학 사이의 복잡한 경계에 놓여 있다. 이 목록에 올라 있지 않은 지질학은 주 로 물리학의 패러다임에 의존하고 있으나 화학자들이 하는 것보다 더 복잡한 여러 가지 방법으로 시스템을 연구한다. 이는 기상학도 마찬가지다. 그럼에도 이 예들 역시 나의 논점을 지지하고 있다. 점점 더 복잡한 체계를 연구하는 과학적 탐구는 일반성과 예측의 정확성이 줄어드는 이론을 낳는다는 것이다. 두 개의 방정식만 가지고 사람들은 미래 수 세기 동안 알고 싶은 날짜 및 시간의 태양계에서 어떤 물체의 위치를 사실상 예측할 수 있다. 그러나 수백 개의 방정식을 가지고도 우리는 다음 토요일 캘리포니아 샌앤드레이어스 단층의 이동률이나, 지금부터 나흘 후 정오에 토피커(미국 캔자스의 도시)의 온도를 예측할 수는 없다. 과학에서 가장 어려운 도전은 복잡한 체계를 이해하는 시도에 놓여 있다.

이 도식 어디에 역사를 놓을 수 있을까? 역사적 탐구의 많은 부분, 어쩌면 대부분이 사회학보다는 인문학으로 분류될 것 같다. 재난의 학술적 묘사 또는 한 국가의 전 기간의 문헌이라 해도 검증되고 궁극적으로 일반화할 수 있는 가설로 발전되지 않는 한 과학이 아니다. 대부분의 역사적 탐구는 주제에만 집착하고 있을 뿐, 예측을 하지는 않는다. 물론 이것은 역사적 탐구가 과학적 탐구에 비해 덜 고귀하다는 뜻이 아니라 다만 다르다는 뜻일 뿐이다. 그리고 이미 논의했듯이, 산발적이고 재현 불가능한 자연현상을 연구하는 어떤 과학적 연구도 역사가들의 도움을 받아야만 발전할 수 있다.

과학의 진리

오늘날 대부분의 과학자들은 절대적 또는 무조건적인 의미의 진리란 있을 수 없다는 데 동의하고 있다. 과학적 탐구는 누군가의 이론이 거짓이라는 것을 증명할 수 있다. 그러나 이는 어떠한 이론도, 심지어 하나의 단순한 관찰이라도 무조건적으로 진리라는 증명을 할 수는 없다. 발전 가능한 과학의 유일하게 옳은 전제는 그것이 임시적이며 시공간에 제한된다는 것이다.

과학적 진리 — 비록 가장 사소한 것이라도 — 를 생각해보고 이를 무조건적으로 명시해보자. 하늘은 푸른가? 아니다. 적어도 하루 중 절반은 검고 때로는 그 일부가 붉거나 주황색이다. 위로 올라간 물체는 다시 떨어지는가? 아니다. 우리는 이미 다시 돌아오지 않은 우주선을 여러 차례 쏘아올렸다. 그리고 헬륨 가스는 항상 우리 행성으로부터 우주공간으로 빠져나가는 편도 여행만을 한다. 페니실린은 세균을 죽이는가? 일부는 죽이지만 다 죽이지는 못한다. 이러한 단순한 진술로부터 시작해서 전체적인 이론을 만들어보라. 여러분은 반박에 더욱 취약해진다.

20세기 전반기에 과학사상은 논리실증주의(logical positivism)라는 철학에 지배되어 있었다. 이는 반복되고 모사되는 실험과 관찰을 통하여 진리에 정말로 도달할 수 있다고 주장한다. 1930년 중반에 이 세계관은 중대한 도전에 직면했다. 이 도전은 주로 오스트리아 태생의 과학철학자 칼 포퍼Karl Popper에 의해서 이루어졌다.[9] 포퍼는 과학적 탐구가 공식적인 논리방법론으로 변형될 수 있다는 생각을(논리실증주의자들이 제안하듯이) 논박했다. 창조적인 영감은 과학 이론의 건축물을 세우는 데 항상 본질적인 요소이며, 이는 모든 과학적 이론을 본질적으로 취약한 주관적인 기초에 올려놓는다. 어떤 이론가도 이를 반증할 수 있는 미래의 모든 가능한 실험에 대하여 자신의 이론이 안전하다고 장담할 수는 없다. 실험가는 항상 과학적인 이론을 제안했던 어떤 특정인의 경험적 기반을 넘어서는 경험적 검증을 할 수 있다.

결과적으로 우리의 과학 발전 과정에 대한 관점은 그림 2-2에서 볼 수 있다. 피라미드의 기반에 인간이 자연과 상호 작용을 통하여 관측하고 경험하

---

9) 1934년의 미완성된 책 『과학적 발견의 논리The logic of scientific discovery』에서 칼 포퍼는 그의 과학철학을 '비판적 합리주의(critical rationalism)' 라 칭했다. 그의 저서에 대한 더 최근의 고찰로는 J. Horgan의 The intellectual warrior, Scientific American, Nov. 1992, 38~39를 보라.

는 수천의 개별 사건들이 있다. 이들 뒤죽박죽된 사건들로부터 우리는 반복되는 양식을 찾아내어 이같은 현상의 집합을 일반화할 수 있고(예를 들어, 기압계의 값이 떨어지는 것은 보통 다가오는 폭풍의 신호), 그 다음에 비슷한 양식의 집단을 묶어서 더 일반적인 과학적 원리로 발전시킨다(즉 액체와 기체는 고압지대에서 저압지대로 향한다. 그리고 이것이 기압이 떨어지면 폭풍이 다가오는 이유이다). 수많은 원리들이 액체와 기체의 다른 특성들을 기술하는 데 공식화될 수 있다. 그리고 이들은 역으로 유체에 대한 더 복잡한 이론으로 결합되어 더 고차원의 이론으로 발전될 수 있다(즉 대기와 화산의 상호작용)는 식이다. 여기에는 정상 어딘가에 단 하나, 모든 것의 이론이 있으며 언젠가는 이것이 발견될 것이라는 가정이 있다.

과학의 과정은 특정한 것에서 시작하여 일반적인 것으로 진행된다. 사람들이 이를 달성하기 위해 따라가기만 하면 되는 어떤 분명한 단계적 양식은 없다. 이 과정에는 불가해한 창조적 영감이 필요하다. 분명히 인공적인(그러나 의도적으로 단순화시킨) 예를 보자.

어느 고고학자가 도시의 폐허 가운데서 벽 하나를 발굴해냈다. 여기에는 그 도시의 거주자가 영어를 알았다는 증거가 있었다. 이 벽에는 다음의 글자들이 연속적으로 조각되어 있었다. O T T F F S S E N. 아마도 원래는 이 글자들이 계속되어 있었겠지만 그 다음 벽면에서는 발견되지 않았다. 여기에 어떤 양식이 있을까? 그렇다면 다음 세 글자는 무엇이었을까?

물론 필자는 답을 안다. T E T이다. 그러나 필자가 옳다는 것을 어떻게 증명할 수 있을까? 만일 어떤 사람이 N E S가 정답이라고 한다면(나머지 패턴은 원래의 패턴을 거꾸로 쓰는 것이라는 가정하에), 어떻게 이것이 맞다고 증명할 수 있을까? 분명, 두 가지 추측 가운데 어느 하나를 목청껏 외친다고

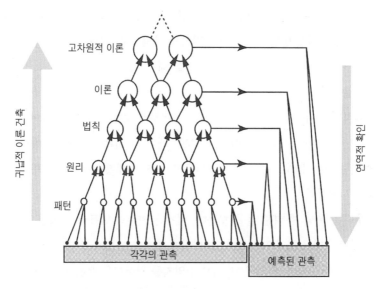

그림 2-2 과학적 탐구의 피라미드. 이론의 건축은 귀납적인 과정(특정한 것으로부터 일반적인 것의 인지)이며 이론의 확인은 연역적인 과정(일반적인 것으로부터 특정한 것의 예측)이다.

해서 그것이 절대적인 진리라고 인정받는 것은 아니다.

따라서 필자는 여기에서 한 걸음 더 나아가 어떻게 필자가 T E T의 답을 얻었는지를 설명하겠다. 만일 필자가 1부터 9까지 세면서 각 정수 이름의 영어 첫 글자를 기록한다면 필자는 O(one), T(two), T(three), F(four), F(five)…… 등으로 기록하게 될 것이다. 이러한 도식에서 10번째, 11번째, 12번째 글자는 분명 T(ten), E(eleven), T(twelve)가 될 것이다. 그러나 어떻게 이를 알 수 있을까? 어떠한 '과학적 방법'을 사용한 것일까? 그러한 것은 아무것도 없다. 필자는 처음에 어리둥절해하면서 이 패턴을 보고 또 보았다. 필자는 무언가 다른 일을 계속했다. 그리고 몇 시간 후 의식적으로 그것에 대해 생각하지 않았을 때, 무엇인가가 작동했다. 그리고 필자는 정수의 영어 첫 글자를 생각해보자는 생각을 떠올렸다. 이것이 칼 포퍼의 논점이다.

이론을 세우는 과정은 귀납적이지만 형식적으로 논리적이지는 않다는 것이다. 필자는 해결 방법을 타인이 엄격하게 분석할 수 있도록 그 과정의 단계를 펼쳐보일 방법이 없다. 필자는 문제를 해결하는 데 마음의 창조적 도약이 불가결했다.

아직도 필자는 스스로 옳다는 것을 증명하지 못했다. 다른 사람의 N E S는 여전히 답이 될 수도 있다. 우리 모두 해야 할 일은 그 다음 글자의 증거를 찾는 것이다. 우리는 소매를 걷어올리고, 땅 속에 있는 다른 쪽 벽을 채굴하기 시작한다.

우리는 운 좋게 다른 돌을 찾는다. 이것은 기존의 벽들과 잘 맞으며 필자가 예측한 대로 글자 T가 쓰여 있다. 이때 필자의 이론이 증명된 것인가? 그렇지 않다. 우리가 한 일은 내 이론의 입지를 강화했을 뿐이다. 우리가 땅을 더 파들어가서 그 다음 나오는 돌이 Q면 나의 모든 매력적인 이론은 수포로 돌아간다. 글자의 패턴이 여전히 무언가(아마도 더 복잡한) 다른 것일 수도 있지만 그것이 아무런 패턴도 갖고 있지 않고 단지 의미 없는 문자의 나열일 뿐이라는 가능성은 아직도 남는다. 사실 땅을 아무리 깊이 파들어가도 필자의 이론이 절대적 사실이라는 것을 증명할 수는 없다. 그러나 이를 반증하는 것은 분명히 가능하다.

이것이 칼 포퍼의 주요한 논점 가운데 하나다. 사람들은 과학 이론을 증명할 수는 없다. 사람들이 확실하게 할 수 있는 것은 이를 반증하는 것뿐이다. 사실 만일 여러분이 한 가지 아이디어를 제안했을 때 필자가 이를 어떻게 반박할 수 있는지를 설명하지 않으면 당신의 진술은 과학 이론으로서 자격이 없다. 이는 철학일 수도 있고 종교일 수도 있으며 다른 종류의 세계관으로서는 가치 있고 타당할 수도 있다. 그러나 반증의 수단이 없는 한 이는 과학이 아니며 어떤 과학자도 이를 심각하게 받아들이지 않는다. 모든 과학 이론은 이를 반증할 수 있는 수단 내에서 구체화된다.

어쩌면 이것은 여행 예정표를 잘 만들려다가 결국 어디에도 가지 못하게 되었다는 이야기와 비슷하게 들릴지도 모른다. 열심히 이론을 창조하고 나서 간단하게 이를 파괴할 수 있기 때문이다. 그러나 이는 과학자들이 너무 많은 설익은 이론을 지어내기 전에 빨리 제거하는 것을 보장하기 위한 것이다. 새로 제안된 모든 이론을 반증하려는 이런 무자비한 시도가 없다면 과학은 아리스토텔레스 저서의 지적 그림자를 넘어서는 진보를 이룩할 수 없을 것이다. 아리스토텔레스가 제공하지 못했던 근본적 인자는 연역적 예측의 요구이다. 그림 2-2로 다시 돌아가보면 우리는 피라미드의 각 단계에서 제안된 이론(또는 원리)을 이전까지 관측되지 않았던(따라서 원래 이론의 기반을 구성하는 사건 집합들의 일부분이 되지 않는) 사건의 결과를 예측하는 데 이용해야 한다. 다음에 우리는 이러한 이론적 예측이 새로운 현상들의 실제 전개에서 우리의 관찰과 일치되기를 기대한다. 만일 이 이론이 경험적 확인이라는 절대적인 시험에 실패할 경우 이는 즉시 파기되어야 한다(최소한 수정되어야 한다). 한편 만일 이론적 예측이 실제와 맞으면 우리는 이 이론을 다음 경험적 검증 때까지 계속 존립시킨다.

이 도식에서 필연적으로 전개되는 결과는 **우리가 전 우주를 모든 기간 동안 관찰할 수는 없기 때문에**, 어떤 이론도 완전할 수 없으며, 어떤 이론도 절대적으로 진리일 수 없다는 것이다. 항상 우리가 알지 못하고 우리의 이론이 적용되지 않는 사건들과 현상이 존재한다. 어떤 독자는 이 상황을 염세적이고 실망적인 것으로 받아들일 수도 있겠지만 과학자들에게는 멋진 일이다. 이는 먼 미래에도 과학이 할 일이 항상 존재한다는 것을 뜻하기 때문이다.

그러나 자연재해를 다루는 사람들에게 이는 중대한 딜레마를 제기한다. 만일 과학적으로 만들어진 '진리'가 조건적이고 상대적이고 일시적이라면, 어떻게 우리가 지진대에서 건축법규를 만들고, 태풍에 노출된 지역에서 대피 계획을 세우고, 전염병의 발생에 대해 대비하고, 재해보험을 위한 구조

비율을 확립할 수 있을 것인가? 우리의 모든 계획과 정책은 아무리 주의깊게 고려한다고 해도 결함이 있는 것은 아닐까? 물론 그 대답은 어떠한 공공정책도 미래에 과학이 얼마나 더 발전할지 예측할 수 없다는 것이다. 1995년 1월 17일 대규모의 지진이 일본 고베를 강타했을 때 약 5만 채의 건물이 파괴되고 5만 명 이상의 인명이 희생되었다.[10] 그러나 파괴된 거의 모든 건축물은 당국이 더 강화된 건축법규를 제정한 1980년 이전의 것들이었다. 돌이켜보면 이는 지난 10년간 비교적 작은 과학적 진보에 의거한 것이다. 이전의 건축법규를 제정한 사람들이 이 엄청난 손실에 책임을 질 수는 없는 일이며, 더 이전 시대에 공학자들과 공공정책 입안자들을 도와온 1950년대의 과학자들도 마찬가지다. 시간은 흘러가고 우리가 주의만 기울이면 종종 많은 것을 배울 수 있다. 1995년의 지진은 과학자들에게 판구조의 동역학을 지진활동과 연관시키는 최신 이론의 타당성을 검증할 수 있게 한 사건이었다.

고베의 자료는 몇 년 동안 계속하여 분석될 것이며 결과적으로 우리는 앞으로 수십 년 동안 더 현명해질 것이다. 그리고 언젠가 이러한 새로운 지식은 불완전함에도 불구하고 공공정책을 작성하는 데 이용되어, 우리 행성에 아직 태어나지 않은 많은 사람들의 목숨을 구하는 데 사용될 법규와 방재계획을 만들어내게 될 것이다. 다음 장에서 우리는 재난과학과 구조공학의 상호 의존성을 더 상세히 살펴볼 것이다.

---

10) 1995년 1월 17일의 고베 지진은 과학 전문지에서 널리 검토되어왔다. 관심 있는 독자들은 다음의 목록을 참조하기 바란다. Japan's seismic tragedy at Kobe, Nature(1995), 269; Geller, R.J., The role of seismology(correspondence), Nature(1995), 554; C. King, N.Koizumi, and Y.Kitagawa, Hydrogeochemical anomalies and the 1995 Kobe earthquake, Science(1995), 38~39; B.Johnstone, Complacency blamed for Kobe toll, New Scientist, Jan. 28, 1995, 4~5; P.Hadfield, Disaster quake wins grim place in record books, New Scientist, Feb. 18, 1995, 5.

3

주택의 위험

1906년의 샌프란시스코, 1908년의 메시나

이들 두 도시는 모두 이른 아침, 대부분의 사람들이 잠들어 있을 때 파괴적인 지진을 경험했다. 샌프란시스코에서는 1906년 4월 18일 오전 5시 13분에, 메시나에서는 1908년 12월 28일 오전 5시 23분에 지진이 발생했다. 기본적으로 이들은 지리적으로 유사한 지구물리학적 사건이며 재산상의 손실도 비슷했다. 그러나 인명의 손실은 엄청나게 달랐다.

시칠리아 북쪽의 번영하는 항구도시 메시나에는 지진이 덮쳤을 때 약 150,000명의 인구가 있었다. 1909년 4월 출판된 사망자 통계는 메시나에서만 100,000명이라는 믿기 힘든 숫자였으며 인근 도시의 사망자는 50,000명이었다.[1] 최근의 자료를 보아도 이 숫자는 크게 달라지지 않았다. 미국 국립해양기상국은 메시나에서만 사망자가 83,000명이고 더 넓은 지역에서의 총 사망자 수는 120,000명이라고 언급했다.[2] 어느 기준으로 보더라도 이는

---

1) C.W. Wright, The World's most cruel earthquakes, National Geographic, Apr.1909, 373~396.

생존율이 33%에서 45%밖에 안 되는 무시무시한 재난이었으며, 역사상 지진 발생시 인간의 생존율 가운데 가장 낮은 것 가운데 하나다.

1906년 샌프란시스코의 인구는 355,000명으로, 1908년 메시나 인구의 두 배가 넘었다. 지진에 뒤이어 발생하여 사흘 이상 걷잡을 수 없었던 화재로 인한 파괴를 모면한 건물은 4분의 1뿐이었다.[3] 그럼에도 재난으로 인한 샌프란시스코의 사망자는 700명이 채 안 되어, 생존율은 적어도 99.8%에 이르렀다.

메시나에서는 거주자 1,000명당 553~667명이 사망했고, 샌프란시스코에서는 1,000명 가운데 약 2명이 사망했다. 달리 설명하면, 어떤 사람이 미국의 지진에서 살아남을 가능성은 2년 뒤 시칠리아의 지진에서 살아남을 가능성보다 280~480배나 높았다.

이와 같은 생존율의 극적인 차이는 설명이 필요한 사항이다. 메시나의 지진이 더 심했을까? 그렇지 않다. 메시나의 지진은 리히터 척도로 7.5의 규모였던 데 비해 샌프란시스코는 규모 8.25의 지진을 겪었다. 리히터 척도는 선형 증가가 아니라 지수적 증가를 보이기 때문에 샌프란시스코의 지진은 메시나의 것보다 5배 이상의 지진 에너지가 방출되었다는 이야기다!

쓰나미? 이것도 대단한 변수는 아니다. 메시나와 그 인접 도시에서 파도는 그리 대단한 것이 아니었다. 해일은 마루에서 시작되는 것이 더 위험한

---

2) U.S.National Oceanic and Atmospheric Administration, as cited by B.A.Bolt in Earthquakes (New York: Freeman, 1988), 6.

3) 1906년의 지진에 이어 즉시 동시대에 여러 재미있는 설명이 이어졌다. 그중 M.Everett의 Complete story of the San Francisco earthquake(Chicago: Bible House, 1906); S.Tyler, San Francisco's great disaster(Philadelphia: Zeigler, 1906). 여러 과학 저널에 수많은 논문이 연이어 발표되었으며 몇 가지는 오늘날까지 계속되고 있다. 예로 P.Segall & M. Lisowski, Surface displacements in the 1906 San Francisco and 1989 Loma Prieta earthquakes, Science(1990), 1241~1244.

데, 이 경우는 골에서 시작되었으며 이들 중 인구가 밀집된 지역으로 들이 닥친 것은 없었다. 샌프란시스코에서는 쓰나미가 전혀 나타나지 않았다. 화재? 샌프란시스코의 화재는 결코 최악의 것은 아니었고 방화선(防火線)을 제공하기 위해 몇 개의 도시 구역을 다이너마이트로 폭파한 후 불길은 바로 잡혔다. 메시나에서도 몇 개의 작은 화재가 있었으나 비로 금방 꺼져 이 놀랄 만한 사망자 수의 많은 부분을 설명할 수는 없었다.

두 지역에서의 지진의 역사는 어떨까? 한 곳의 주민들이 다른 쪽보다 지진에 더 익숙했던 것이 이 차이를 낳은 것일까? 이것은 더욱 말이 안 된다. 1906년의 재난에서 샌프란시스코는 대형도시로서는 겨우 50년의 역사를 지니고 있었을 뿐이었고 인구 가운데 캘리포니아에서 태어난 사람은 얼마 되지 않았다. 1856년 이 도시가 작은 건물들만 있는 광산도시였을 때 강한 지진으로 몇 명의 희생자를 냈는데 이들은 대부분 굴뚝이 무너져서 생긴 것이었다. 1872년의 지진은 공공건물의 벽을 갈라놓고 약간의 공황을 일으켰으나 수십 명의 사망자 가운데 대부분은 도시 밖의 산사태로 인하여 발생했다. 1898년에는 가옥 몇 채가 파괴되고 해군 조선소가 심각한 손실을 입었으나 인명 피해는 없었다. 그러나 이 기간 전체를 통하여 지진은 평균 3~4년에 한 번 정도 감지되었다. 따라서 우리는 1906년 샌프란시스코의 주민은 일반적으로 지진 현상에 익숙했으나 심각한 지진 피해를 직접 경험한 사람들은 매우 드물었다고 추정할 수 있다.

그와 대조적으로 메시나는 갑자기 성장한 신흥도시와는 거리가 멀었다. 1908년, 이 도시는 2000년 이상 기록된 역사를 가지고 있었다. 또한 대부분의 거주자 가족은 이곳에서 오랜 세대를 살아온 사람들이었다. 그들 대부분은 1783년 2월 5일 그 도시 대부분을 파괴시킨 대지진으로 공식적으로 29,515명이 사망했다는 사실을 알고 있었으며, 1894, 1896년, 그리고 1905년 9월 8일 529명이 사망한 근래의 파괴적 지진들은 사실 그들 모두가 경험했던 일이다. 갑작스런 대지의 진동으로 대규모 파괴와 사망 가능성은 1908년 메시나에 거주하던 이들에게 결코 낯선 개념이 아니었다. 그렇다면 누구도 샌프란시스코에 새로 도착한 거주자들이 오랫동안 메시나에 살던 사람보다 지진의 위험에 대해 잘 알고 있었다고는 말하기 어려울 것이다.

캘리포니아의 지질과학이 시칠리아보다 발달해서일까? 그것도 아니다. 20세기 초 남부 이탈리아와 시칠리아의 단층선과 기반지층의 종류를 보여주는 지질도를 보면,[4] 이들은 상세하고 정확한 점에서 동시대 샌프란시스코 지역의 어떤 지도보다 뒤떨어지지 않는다. 또한 만일 캘리포니아의 과학자들이 샌프란시스코의 높은 생존율을 자신들의 공으로 주장한다면 그들의 학문적 본가인 스탠퍼드 대학이 심하게 파괴된 것은 어찌된 일인가?

위에서 언급된 어느 요인도 생존율의 극심한 대비를 성공적으로 설명하지 못한다. 샌프란시스코라는 더 큰 도시에서는 더 큰 지진으로 700명만이 죽었는데 메시나에서는 120,000명이 사망했는지를 설명하려면 그 두 운명적인 날 아침에 그들이 잠자고 있었던 건축물의 구조 형태에 눈을 돌려야 한다. 샌프란시스코에서는 대부분의 건물이 목재였는데 이는 급속하게 성장하는 도시에서 사용하기에 적합한 값싸고 풍부한 건축 재료였다. 메시나에서는 집들의 재료가 주로 돌이었으며 화강암 벽에 파넣은 벽감(壁龕)에 설치한 대들보로 거대한 석조 바닥과 벽돌기와 지붕을 지탱하는 방식이었다. 메시나의 벽이 지진으로 흔들리기 시작하자 도시 전체에서 벽의 벽감으로부터 대들보가 미끄러져나가 위에 있는 무거운 벽돌이 아래의 거주자들을 덮쳐내리고 말았다. 그 다음 대들보에서 떨어져나간 벽이 천장의 잔해 위로 다시 무너졌다. 그곳에서 화재는 크게 일어나지 않았다. 거의 모든 재료가 석조였기 때문에 탈 만한 것이 별로 없었던 것이다. 샌프란시스코에서

---

4) 이탈리아 지도에 대한 부분은 이 장의 주 1에서 인용된 Wright의 논문에 포함되어 있다.

는 대부분의 목재 건물들이 진동 중에도 탄력 있게 구부러져 건물의 토대가 움직이지 않는 한 비교적 손상되지 않고 남을 수 있었다. 따라서 대부분의 거주자들은 불가피한 화재가 발생하기 전에 안전하게 밖으로 빠져나올 충분한 시간이 있었다.

이 사건의 의미는 명백하다. 지진에 의한 사망자 수는 지진의 진도에 의해서보다 건축물의 형태와 더 밀접한 관련이 있다. 지진 그 자체로 죽는 사람은 그리 많지 않다. 대부분의 경우 사람들을 죽게 하는 것은 바로 우리가 살고 있는 건물이다.

천연물질과 합성물질

수십억 년 동안 대자연은 지질학적·생물학적 진화 과정을 통하여 안정된 구조적 설계를 위한 개발 실험실을 가동해왔다. 초기 인간이 자연의 무대에 처음 등장했을 때, 나무는 이미 오래 전에 바람에 흔들리면서도 그들의 뿌리를 땅 속에 닻처럼 고정시키는 방법을 알고 있었다. 돌은 이와는 다른 종류의 내구성을 제공하는데 특히 불과 부패에 강하다. 인간의 생애를 획기적으로 늘리기 위하여 주택이나 그밖의 인공 구조물들을 만들어내는데 목재와 석재를 선택한 것은 당연했다.

제이콥 브로노프스키는 초기의 인간들이 무엇인가를 만들기 전에, 사물을 분해하는 것을 배워야 했다는 점을 설득력 있게 논증했다.[5] 이 말은 오두막을 짓기 위해 나무를 찍어내거나 벽을 세우기 위해 돌을 적당한 덩어리로 부순다는 것보다 더 깊은 의미가 있다. 그보다 이 원시적인 제작자들은 시행착오를 통해 자연물질이 파괴되는 조건을 아는 것이 필수적이었다. 원

---

5) J. Bronowski, The ascent of man(Boston: Little, Brown, 1976).

래의 자연물질을 유용한 구조 재료로 바꾸는 과정에서 우리는 조절하고 예측할 수 있는 방법으로 파괴를 유도할 필요가 있다. 달리 말하면 우리는 대자연이 어떤 조건에서 물질들의 파괴를 허용하는지 알아야 한다. 그러고 나서 이 물질들을 다시 모아서 재구성하는 과정에서 이같은 물질의 파괴를 일으키는 조건을 피하도록 조심해야 한다. 주택이 예측하지 않은 상태에서 자주 붕괴되면 제대로 이용할 수 없다.

대자연의 작품들을 하나하나 분해하고 그 조각의 특성을 각각 연구함으로써 전체를 잘 이해할 수 있다는 전망을 일반적으로 과학적 환원주의 (scientific reductionism)라고 부른다. 이러한 지적 과정은 2장의 그림 2-2처럼 피라미드의 기초부에서 일어나는데, 이 작업의 목적은 자연물질의 매우 다양한, 가능 활동을 지배하는 근원적인 원리를 발견해내는 것이다. 환원주의의 기본 신조는 다음과 같다. 만일 물질이 그 기본 수준에서 어떻게 활동하는지 우리가 알 수 있다면 그들을 서로 결합하여 지금까지 자연계에서 결코 본 적이 없는 새로운 형태를 이룰 때(예를 들어 벽돌집)에도 그들이 어떻게 활동할지 예측할 수 있다는 것이다.

분명히 이러한 연속적 사고에는 단점이 있다. 이는 전체 구조를 그들 부분의 합 이상으로는 간주하지 않는다. 실제로는 자연물질이 인공적 구성으로 재결합될 때, 항상 놀라운(예측하지 못한) 결과가 일어나곤 한다. 사실 현대의 물질 과학자들과 공학자들은 이 단점을 잘 인식하고 있어 오늘날 순수한 환원론을 신봉하고 있는 사람들은 거의 없다. 그럼에도 우리가 구조적으로 가능한 세계를 향한 지침 및 구조적으로 불가능한 것에 대한 경고를 찾고자 할 때, 환원론적 사고를 통하여 얻은 지식은 여전히 매우 유용하다.

공학은 과학보다 더 귀찮은 분야이다. 어떤 건축물이 붕괴될 때, 비난은 실제 작업에 이론적 기반을 제공한 과학자보다 공학자 및 건설업자들에게 돌아간다. 종종 이러한 잘못이 정당화될 때도 있다. 우리 모두가 알고 있듯이, 건축물은 과학적 원리에 따라서 설계되며 건축법령은 이들 원리들을 구체화한 것이다.[6] 확립된 과학적 패러다임이 무시되거나 잘못 적용될 때 이는 공학자나 건설업자들의 잘못이다. 예를 들어, 만일 해터러스 곶의 해변에 위치한 건물 공사장이 폭풍으로 불어난 물로 침수될 경우 우리는 자연스럽게 공학 기술자들을 심문할 것이다. 반면에, 만일 보스턴의 한 건물이 특이한 지진에 의하여 붕괴되었을 때, 우리는 지진의 위험을 예보하지 못했다고 과학자들을 비난하지는 않는다. 대신에 우리는 캘리포니아 지역의 지진과 관련하여 더 많은 과학적 연구가 필요하다고 인정한다.

비록 이와 같이 사회에서 기대를 덜한다는 점이 과학자들을 무책임하게 만들 수 있다고 생각할 수 있으나 사실 이러한 일은 일어나지 않았다. 지난 수 세기 동안 많은 물리학자들은 직접적으로 사회에 적용되지 않는 원리들을 발견하기 위해 부지런히 노력해왔다. 다음의 몇 개의 절에서는 건축물에서 물질이 어떻게 활동하는지를 예측하는 데 유용한 과학적 원리 중 일부를 살펴볼 것이다.

힘과 물리적 사건

'힘'이란 개념은 어린 시절의 경험에 뿌리를 두고 있다. 우리는 물체를 밀고 당기며 그 물체가 때로는 움직이고 때로는 부서지는 것을 본다. 아무리 역학에 대해 아는 것이 없는 사람이라도 주위의 물리적 환경을 우리의 필요에 맞추어 바꾸어놓음으로써 어느 수준까지는 공학자가 될 수 있다. 그러나

---

6) 환원주의적 과학 원리를 적용했을 때 지금까지 확인되어온 공학적 파괴에 대한 몇 가지 재미있는 예로 M. Salvadori, Why buildings fall down(New York: McGraw-Hill, 1992) 참조. 필자는 또한 같은 저자가 그전에 쓴 책 Why buildings stand up: The strength of architecture(New York: McGraw-Hill, 1982)를 강력히 추천한다.

사물이 '가끔씩' 만 우리의 노력에 대응한다는 것은 우리에게 실망과 좌절을 일으키는 문제이다. 우리가 건물, 댐, 다리와 엘리베이터를 설계한, 알지도 못하는 기술자들에게 생명과 사지를 맡기는 것은 그들의 설계 계산이 '가끔씩' 발생하는 물질들의 미래 활동과 관련된다기보다는 더 기본적인 무엇인가에 의존하고 있다고 보기 때문이다.

힘은 어느 특정한 방향으로 밀거나 당기는 것이라고 정의할 수 있다. 힘을 측정하기 위해서는 그 결과를 관찰해야 한다. 예를 들어 단순한 목욕탕 저울은 내부 스프링에 가해지는 압력을 눈금판의 바늘과 연결시킴으로써 바닥을 누르는 힘을 측정한다. 필자가 2장에서 지적했듯이 모든 측정은 물리적 양과 어떤 기본적 단위와의 비교이다. 비록 국제적 공식 힘의 측정 단위는 뉴턴(N)이지만, 실제로 이 공식 단위는 과학자들 외에는 거의 쓰이지 않는다.[7] 전 세계적으로 힘을 표현하는 데 가장 일반적으로 쓰이는 것은 kg중(kgf)이라는 단위인데, 많은 과학자들은 이를 별로 내켜하지 않는다(비록 공학자들은 그것에 대해 아주 만족하고 있지만).[8] 미국에서 관습적으로 쓰이는 힘의 단위는 파운드(lb)이다. 국제적 동의를 거친 3개의 힘 단위 간의 관계는 다음과 같다.

---

7) 뉴턴은 공식적으로 1kg의 질량을 매초당 초속 1m의 비율로 가속시키는 데 필요한 힘으로 정의된다. 이 정의는 실제로 적용하기에는 다소 어려우므로 국제중량 및 측량회의(International Congress on Weights and Measures)에서는 다양한 2차적 정의 또는 파생된 기준이 개발되어왔다. 예를 들면 1뉴턴은 또한 중력 자유낙하 가속도가 매초당 초속 9.80665m인 곳에 위치한 1kg의 질량에 가해지는 중력의 힘이기도 하다.

8) 일반적 용법으로 킬로그램중을 약자로 나타낼 때 'kgf' 보다 'kg' 의 표현이 더 많이 쓰인다. 공식적으로는 킬로그램(kg)이 힘의 단위가 아니라 질량의 단위이기 때문에 필자는 여기서 힘의 단위로 'kgf'이라는 약자를 사용하겠다. 장소에 따라 1%~2%의 오차는 있지만 지표 지점에서는 1kg의 질량이 1kg중의 중력을 받는다. 1kg의 질량은 중력 가속도가 매초당 초속 9.80665m의 '기본' 값을 갖는 장소에서 정확하게 1kg중의 무게를 갖는다.

$$1\text{lb} = 4.448\ 222\text{N} = 0.453\ 592\ 37\text{kgf}$$

$$1\text{kgf} = 2.204\ 623\text{lb} = 9.806\ 65\text{N}$$

$$1\text{N} = 0.224\ 808\ 9\text{lb} = 0.101\ 971\ 6\text{kgf}$$

물론 이렇게 세밀한 정밀도를 공학적 분석에서는 거의 사용하지 않는다. 실제 측정될 수 없는 숫자는 계산하고 기록하는 데 아무 의미가 없기 때문이다. 미국에 있는 사람에게는 1kg중이 2.2파운드고 1뉴턴은 약 4분의 1파운드(대략 작은 사과 하나의 무게이다)라는 것만 기억하면 충분하다.

힘이 운동을 일으킬 수도, 일으키지 않을 수도 있으며 일어난 운동은 이를 유지하기 위해 힘을 필요로 할 수도, 필요로 하지 않을 수도 있다는 것이 밝혀졌다. 힘과 물리적 물체의 움직임 사이의 관계는 아이작 뉴턴이 1660년에 지적했듯이 보통 미묘한 문제가 아니다. 뉴턴의 힘의 법칙은 몇 가지 기본적인 개념 위에 만들어졌다.

첫 번째는 힘이란 반대 방향에서 작용하면 서로 상쇄될 수 있어, 여러 가지 힘들 중에 평형을 이루고 남은 **불균형한** 힘들만이 물체의 운동에 영향을 줄 수 있다는 전제이다. 하나의 재해가 특정 건물에 매우 강한 힘을 가할 수 있으나 그 구조물 내에서 동일한 강한 힘이 반대 방향으로 작용하면 순수 불균형한 힘은 0이 되어 그 건물은 완전히 무사하고 안정된 채로 서 있을 수 있을 것이다. 구조 공학자들에게 주어진 과제는 건물의 수명 동안 일어날 수 있는 어떤 외력(눈이 쌓이는 무게, 바람 등)도 중화할 수 있는 내력을 만들어 낼 수 있는 능력을 부여하는 것이다. 곧 보게 되겠지만 이것은 그들의 탄성 특성에 따른 구조물질을 주의 깊게 선택함으로써 이루어질 수 있다.

두 번째는 운동은 결코 절대적인 것이 아니라는 생각이다. 여러분은 이 책을 읽고 있는 동안 정지된 상태라고 생각할 수 있지만 똑같이 타당한 관점에서 여러분과 이 책은 지축을 동일한 속도로(여러분이 위치한 위도에서는 아마 시속 1,000km 정도일 것이다) 회전하고 있는 것이다. 다른 관점에서는 지축을 중심으로 한 지구의 회전은 지구가 태양을 대략 시속 41,000km로 돌고 있는 운동과 중첩되어 있어 여러분과 이 책은 그러한 속도로 움직이고 있다. 그리고 태양 자체의 운동과 이 은하계 전체의 운동 등등……. 여러분은 스스로 절대적인 관점에서 얼마나 빠르게 움직이고 있는지 말할 수는 없다. 기준으로 삼을 수 있는 절대적으로 정지해 있는 물체를 지정할 수 없기 때문이다. 여러분이 산들바람을 느낄 때 이는 반드시 여러분이 정지해 있고 공기가 움직인다는 뜻은 아니다. 보다 정확히는 여러분과 대기가 서로 다른 속도로 움직이고 있는 것이다.

여러분을(그리고 대기를) 일정한 속도로 움직이게 하기 위해선 — 그것이 아무리 엄청난 속도라도 —어떤 힘도 필요하지 않다. 힘이란 어떤 물체의 속력을 바꾸거나 그 물체의 운동 방향을 바꾸는 데서만 필요하다는 것이 밝혀졌다. 강 하류로 내려가는 화물선은 그것이 강의 흐름을 타고 있는 한 불안정한 힘은 전혀 경험하지 않는다. 그러나 만일 화물선의 경로에 다리의 교각이 놓여 있으면 이 충격은 양쪽 물체 모두에 심각한 손상을 일으킬 수 있는 힘을 발생시킨다. 이 충격력은 충격 이전에 어떤 물체(화물선이나 교각)가 '실제로' 운동하고 있었느냐에 관계 없이 똑같다.

세 번째, 가장 미묘한 개념은 필자가 이미 다루었던 것인데 이는 다음과 같다. 원인과 결과의 구분은 자연계에서 근거가 없다. 힘이란 항상 한 쌍의 반대편에서 똑같이 나타나며 이중 어떤 것이 원인이고 어떤 것이 결과인지 결정하는 데 이용할 수 있는 객관적인 기준은 없다. 만일 여러분이 우연히 망치로 여러분의 손가락을 내리쳤다면 자연스러운 지적인 반응은(욕설은 제외하고) 망치를 물리적 사건의 원인으로 보고 멍든 손가락을 결과로 보는 것이다. 그러나 똑같이 타당한 입장은 손가락이 망치의 운동을 갑작스럽게 멈춘 원인이 될 수도 있다는 것이다. 한쪽은 망치가 충격의 원인이라고 판단하고 다른 쪽은 손가락이 충격의 원인이라고 본다. 이 경우 어느 쪽이 실제로 맞는 것일까? 분명히 여기에는 판단하기 위한 순수 객관적인 방법이 없다. 우리가 객관적으로 말할 수 있는 것은 물리적 사건의 특성이 손가락과 망치 사이의 상호 작용으로 나타난다는 것뿐이다.

아직도 원인과 결과의 언어 개념은 남아 있다. 그것이 인간의 가치 판단을 반영하는 단순한 방법이기 때문이다. 강풍이 집을 강타했다면 인간들은 당연히 집이 바람에 가한 영향보다는 바람이 집에 가한 영향에 더 관심을 갖는다. 그러나 뉴턴이 말했듯이 물리적 분석은 양 방향으로 진행될 수 있다. 이러한 통찰이 유용한 까닭은 우리가 한 구조물이 바람에 어떤 영향을 주는지 분석할 수 있다면(아마도 풍향 터널 내 건물 모형의 연구에 의하여), 우리는 역으로 바람이 구조물에 미치는 힘에 대해서도 역시 알 수 있기 때문이다. 어떠한 글, 심지어 과학 논문에서도 '원인'과 '결과'라는 단어는 한 사건에서의 작성자 자신의 가치 판단이나 중요사항을 드러내준다. 필자는 개인적으로 '왜냐하면'이라는 단어를 누구 못지않게 사용하며 이것을 사과할 생각도 없다. 그러나 원칙적인 기준에서 볼 때 우주의 모든 사건들은 상호 작용에 의해서만 작동되며 '원인'과 '결과'를 명확하게 구분할 방법은 없다. 상호 작용 중 관심 있는 한쪽에 더 중요성을 부여하는 것은 바로 우리 인간이다.

힘의 종류

뉴턴의 운동법칙은 힘과 물체 사이의 상호 작용을 기술한다. 그러나 이 법칙들은 힘 자체가 어디에서 기원했는지를 말해주지는 않는다. 건물의 움직임을 조사하기 위해 우선 몇 가지 특별한 힘의 종류를 확인할 필요가 있다.

중력(Gravity) : 뉴턴은 우주의 모든 물체가 중력을 통하여 서로 다른 물체를 끌어당긴다는 사실을 알았다. 대부분의 경우 이것은 아주 작은 힘으로, 인간 크기 정도의 물체에 의미 있는 중력을 일으키려면 매우 무거운 물체(예를 들면 지구 행성 전체)가 필요하다. 한 물체의 무게는 이를 지구로 끌어당기는 중력이다. 모든 건물은 당연히 그들의 건축 요소 자체에다가 거주자들의 무게, 지붕 위에 쌓이는 눈의 무게 등을 포함시켜 이를 지탱할 수 있도록 설계되어야 한다.

중력은 또한 조수(밀물과 썰물)에 대해서도 설명한다. 지구가 회전함에 따라 달의 중력이 지구의 바닷물을 끌어당겨 양쪽이 튀어나온 형태로 모양을 일그러뜨린다. 대체로 한 달에 두 번씩 지구와 달, 태양이 일직선상에 정렬해 있을 때 조수 간만의 차이는 특히 커진다. 이러한 때에 해안을 강타하는 태풍은 파괴적이다.

마찰력(Friction) : 이는 접촉해 있는 두 표면 사이의 상대적 운동을 늦추거나 방해하는 힘이다. 마찰력은 접촉면의 미세한 성질, 윤활제나 오염물질의 존재, 그리고 표면을 누르는 힘의 존재 등에 매우 민감하다. 접촉 면적과 온도도 미미한 영향을 준다. 모든 건축물은 적어도 어느 정도 마찰력에 의존한다. 많은 옛 건물들은 기초를 세우고 그들이 제자리에 서 있게 하는 데 중력과 마찰력에만 의존했다. 못, 꺾쇠 및 볼트와 너트의 기능도 역시 마찰력으로 유지된다. 이 책을 쓰고 있는 현재, 마찰력에 대한 우리의 수학적 예측은 거의 최고 수준에 이르러 있다. 결과적으로 마찰력에 의존하는 모든 건축물의 연결 부위는 많은 예산에 의해 중첩 설계되어야 한다.

유체 정역학(Fluid Static Forces) : 유체는 흐르는 성질을 갖고 있는 모든 물질을 말한다. 이 책의 주제와 관련된 중요한 예로는 대기, 물, 녹은 용암, 그리고 때로는 진흙이 있다. 물론 유체는 그들의 중량을 아래쪽으로 이동시킨다. 그러나 때로는 그들의 중량 가운데 일부를 위쪽으로 보내는 것도 가능한데 이러한 효과를 부력(buoyancy)이라고 부른다.

그리스의 과학자 아르키메데스는 이를 다음과 같이 관찰했다. 어떤 물체가 유체 속으로 가라앉으면 이 물체는 유체의 일부를 대신하는 것이며 유체 안에 효과적으로 구멍을 만드는 것이다. 유체가 이 구멍 안으로 흘러들어오면 부력을 발생시키면서 가라앉은 물체를 위로 민다. 물론 이 물체는 부력을 중화하는 다른 힘이 존재하면 위로 떠오르지 않을 수도 있다. 그리고 부력이 중력을 지탱하기에 충분하지 못하면 더 아래로 가라앉을 수도 있다. 그럼에도 유체 속의 물체는 항상 어느 정도의 부력을 경험한다. 심지어 느리게 흐르는 홍수 위로 떠내려온 주택조차도 이 효과 때문에 떠다닐 수 있다.

유체 동역학(Fluid Dynamic Forces) : 유체는 일반적으로 압력이 높은 곳에서 압력이 낮은 곳으로 흐른다. 흐르는 유체는 뉴턴의 관성법칙을 따른다. 한 번 움직이면 그들은 직선운동을 계속하려는 경향이 있다. 흐르는 유체가 장애물에 의해 치우치거나 멈추면, 이것은 그 장애물에 매우 큰 관성력을 전달한다. 예를 들어 빠르게 흐르는 물은 아주 간단하게 나무뿌리를 뽑고 건물을 휩쓸어갈 수 있다(그림 3-1).

관성력 이외에도 움직이는 유체는 강력하게 들어올리는 힘을 발생시킨다. 이 들어올림 현상은 비행기 날개와 수상 활주 보트의 선체를 설계하는 데 종종 이용된다. 이 효과는 한 장의 종이를 여러분 입 앞에 수평으로 놓고 그 면 위쪽으로 바람을 불면 쉽게 나타난다. 종이는 빠르게 움직이는 공기 위쪽으로 올라갈 것이다. 같은 방법으로 집의 지붕은 강한 바람 속에서 들어올리는 힘을 겪는다.

유체 마찰력(Fluid Friction) : 움직이는 유체는 그것이 흘러가는 모든 수로에 마찰력을 전달한다. 움직임이 빠를수록 이 힘은 커진다. 예를 들면 댐에 생긴 작은 구멍은 쉽게 침식되어 커다란 구멍으로 변해 결국 전체 구조물을 파괴할 수 있다. 유체 마찰력 때문에 움직이는 유체를 통하여 운반되는 물체는 재빨리 유체 자체와 같은 속도에 이른다. 이와 같은 이유에서 태풍 속에서는 붙박이장치가 안 된 현관의 의자나 심지어 솔잎 하나 같은 사소한 물체도 위험한 발사무기가 될 수 있다.

탄성력(Elastic Forces) : 모든 고체는 외부의 힘에 의해 약하게 변형되었을 때 그의 원래 형태를 '기억하는' 능력을 보인다. 외부의 힘이 제거되었을 때, 고체 내에 있는 탄성력이 이를 원래의 형태로 되돌린다. 예를 들면 나무 한 그루는 산들바람에 휘어지다가 바람이 잔잔해지면 다시 똑바로 선다. 물론 이러한 성질에는 한계가 있으며 이 한계를 넘어서는 힘은 물체를 파괴시킨다. 건축 재료는 예상되는 변형 한계 내에서 이같은 내부 탄성력을 발생시키는 능력에 의해 정해진다.

그림 3-1 흐르는 물의 힘을 보여주는 증거. 1889년 홍수 이후 존스타운의 유니온 스트리트에 있는 존 슐츠 집의 잔해(피츠버그의 기고가, 1889)

물질의 힘

1670년 무렵에 영국의 자연철학자 로버트 훅Robert Hooke은 스프링의 특성에 대한 일련의 연구를 했다. 그는 예를 들어 하나의 스프링을 1cm 늘리는 데 2kg중의 힘이 필요하다면 같은 스프링을 2cm 늘리는 데 4kg중이, 3cm 늘리는 데 6kg중이 필요하다는 사실을 발견했다. 다르게 표현하면 변형량은 힘의 양에 직접적으로 비례한다. 빡빡한 스프링은 느슨한 스프링보다 더 강한 힘을 지탱할 수 있다. 그러나 어느 경우에나 힘을 두 배로 하면 변형량도 두 배가 되며 힘이 세 배가 되면 변형량도 세 배가 된다. 또한 변형력이 제거되면 스프링은 항상 원래의 형태로 되돌아간다(물론 그렇지 않다면 스프링이라 부르지도 않을 것이다).

훅은 이러한 움직임이 어느 한계 내에서만 성립한다는 사실도 지적했다. 만일 여러분이 스프링에 충분히 큰 힘을 가하면 이는 단순한 비례관계에 의해 예측된 값보다 훨씬 큰 값으로 늘어나며 힘을 제거해도 스프링이 원래의 형태로 완전히 돌아가지는 않는다. 이 관찰은 모든 스프링이 각자 자신의 탄성 한계(elastic limit)를 가지고 있다는 말로 요약이 가능하다. 불행히도 이 탄성 한계를 측정하기 위해서는 그 스프링을 실제로 파괴하는 수밖에 없다.

왜 필자가 스프링에 대해서 이야기를 하는 것일까? 모든 건축 재료들—돌이나 콘크리트, 목재, 강철 들보 등—은 모두 매우 빡빡한 스프링처럼 작용한다는 것이 밝혀졌다. 건축 재료는 탄성적이어야 한다. 그렇지 않으면 하중을 지탱할 수 없다. 아무리 작은 건물이라도 탄성이 전혀 없는 퍼티(putty. 접합제)나 부드러운 진흙으로 짓는 것은 불가능하다.

분명히 강철 들보는 하중으로 크게 변형되지는 않는다. 그러나 변형되는 것은 분명한 사실이며 이 변형은 적절한 검증 도구를 가지고 측정할 수 있다. 강철 들보의 탄성 한계는 이를 파괴하는 데 엄청난 노력이 필요하기는 하지만 이것 또한 측정 가능하다. 물론 이 들보가 얼마나 큰 무게를 지탱할

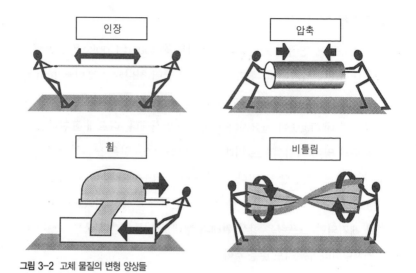

그림 3-2 고체 물질의 변형 양상들

수 있을지를 알고자 한다면 이 들보를 파괴하는 것은 정보를 얻는 데 별 도움이 되지 않는다. 우리에게 필요한 것은 보가 지탱할 수 있는 하중을 예측하는 것이다.

우리는 고체 물질을 변형시키는 몇 가지 방법을 관찰하는 것으로부터 시작한다(그림 3-2). 가장 일반적인 형태의 변형은 압축(compression)으로, 이는 어떤 하중이 이를 지탱하는 기둥을 짓누르는 작업을 할 때 발생한다. 한 구조물의 재료가 늘어날 경우에(예를 들어 강철 케이블의 경우) 이를 인장(tension)이라고 부른다. 휨(bending)은 우리가 바로 보게 되듯이, 압축과 인장이 재료의 서로 다른 부분에서 결합된 상태로 간주할 수 있다. 잠금장치의 설계는 또한 비틀림(torsion) ― 물질을 비틀어 감는 변형이다 ― 과함께 전단 변형(shear) ― 이는 물질 내에서 평행한 두 개의 판을 따라 상대적으로 나타나는 변위를 말한다 ― 을 고려해야 한다.

대자연이 건물을 강타할 때 건물의 유지에 가장 결정적인 변형은 인장, 압

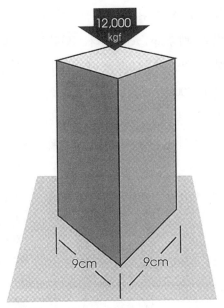

그림 3-3 압축 하중 12,000kg중을 지탱하는 수직 기둥. 단면적이 81cm²이므로 압축 응력은 148kg중/cm²이다. 만일 이 기둥이 콘크리트나 벽돌로 만들어졌다면 붕괴될 것이며 철로 만들어졌다면 하중을 지탱할 것이다.

축 그리고 휨이다. 이들 변형의 완전한 수학적 분석은 상당히 복잡할 수 있지만 그 기본 원리는 다음과 같은 비교적 단순한 계산으로 기술할 수 있다.

분명히 두꺼운 건축 재료는 같은 물질로 된 얇은 재료보다 강하다. 인장과 압축에서 재료의 길이는 강도에 영향을 미치지 않는다. 만일 10m 길이의 줄이 200kg중의 물체를 들어올린다면 같은 5m 줄도 더 많지도 적지도 않은 그만큼을 들어올린다. 건물의 힘을 결정하는 데 중요한 기하학적 요소는 하중을 지탱하는 부분의 단면적이다. 하중의 힘과 이를 지탱하는 면적의 비를 응력(stress)이라고 부른다.

$$\text{응력} = \frac{\text{하중의 힘}}{\text{지탱면적}}$$

만일 하중의 힘이 kg중의 단위로, 지탱 면적이 cm²로 나타나면 응력은 평방센티미터당 킬로그램중(kg중/cm²)이라는 단위를 갖는다. 미국에서는 이 대신에 보통 평방인치당 파운드(lb/in² 또는 psi)라는 단위를 쓴다. 예를 들어 그림 3-3에서 12,000kg중이라는 하중의 힘을 지탱하는 기둥을 보자. 지탱 영역은 9cm×9cm로 81cm²이다. 이 기둥의 응력은 작용 무게를 영역으로 나눈 148kg중/cm²이다. 기둥의 높이는 이 결과와 무관하다.

고체	탄성 한계		최종 내구력	
	인장	압축	인장	압축
알루미늄	840	840	1,800	일정치 않음
벽돌, 최고급 견고품	30	840	30	840
벽돌, 보통	4	70	4	70
포틀랜드 콘크리트, 한달 지난 것	14	70	14	70
포틀랜드 콘크리트, 1년 지난 것	28	140	28	140
미송(美松)	330	330	500	430
화강암	49	1,300	49	1,300
주철	420	1,800	1,400	5,600
석회암과 사암	21	630	21	630
흰참나무	310	310	600	520
흰소나무	270	270	400	345
슬레이트	35	980	35	980
철제 교량 케이블	6,700	6,700	15,000	15,000
담금질한 1% 탄소 함유철	5,000	5,000	8,400	8,400
담금질한 철 크롬 합금	9,100	9,100	11,000	11,000
스테인레스 스틸	2,100	2,100	5,300	5,300
건축용 철강	2,500	2,500	4,600	4,600

표 3-1 몇 가지 대표적인 재료들의 탄성 한계와 최종 내구력(kg중/cm²)

주: 1kg중/cm² = 14.22lb/in². E. Zebrowski, Jr., Practical physics(McGraw-Hill, 1980)에서 채택.

따로 놓고 보면 이 계산은 특별히 흥미 있거나 유용하지 않다. 그러나 표 3-1을 보면 어떤 물질이 우리가 계산한 cm²당 148kg중을 지탱할 수 있고 어떤 물질이 지탱할 수 없는지 알 수 있다. 그림 3-3의 기둥이 벽돌이나 콘크리트로 지어졌다면 이것은 이러한 하중이 올라가는 순간 즉시 무너질 것이다. 한편 고체 강철 기둥은 안전할 것이며 충분한 여유가 있다. 강철 재료는 탄성 한계를 넘지 않고 cm²당 2,500kg중까지 견디어낼 수 있기 때문이다.

이는 콘크리트 기둥이 12,000kg중의 무게를 견딜 수 없다는 것을 의미하는 것일까? 결코 그렇지 않다. 이는 단지 콘크리트 기둥의 크기를 우리가 이 예에서 사용한 9cm×9cm보다 더 늘려야 한다는 것을 의미할 뿐이다.

예를 들어 우리가 단면적 23cm×23cm를 갖는 콘크리트 기둥 위에 12,000kg중의 하중을 올려놓았다고 가정하자. 지탱 면적은 529cm²이고 응력은 12,000kg중/529cm², 또는 22.7kg중/cm²이다. 표 3-1을 참고하면 우리는 다소 덜 숙성된 콘크리트의 탄성 한계가 70kg중/cm²임을 알 수 있다. 그러면 이 경우에 이 물질의 압축 탄성 한계의 약 3분의 1도 되지 않는 하중을 가하는 것이어서 콘크리트 기둥은 매우 잘 지탱할 것으로 기대할 수 있다.

표 3-1에서 어떤 물질들은 압축과 인장의 탄성 한계가 서로 다르다는 점을 주목하라. 따라서 공학자들은 그들이 선택한 물질들이 복잡한 건축물로 통합된 다음에, 압축 응력의 영향에 놓일지, 인장 응력의 영향에 놓일지를 판단해야 한다. 이 판단은 때때로 매우 어려운데, 특히 구조물이 강풍이나 지진 등과 같은 여러 가지 순간적인 힘을 겪을 때 그렇다.

또한 각각의 물질들은 그들의 탄성 한계와 같을 수도, 다를 수도 있는 '최종 내구력'에 의해 특징지어진다는 점을 주목하라. 이들의 구분은 그림 3-4의 그래프에서 볼 수 있는데 이는 물질의 견본에 적용되는 응력과 견본의

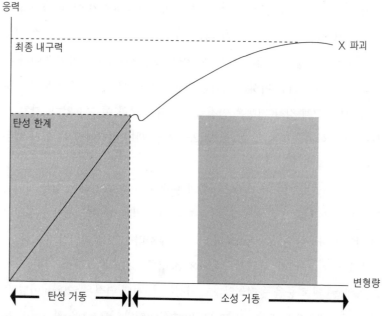

그림 3-4 일반적인 고체 물질에서 응력과 변형량 사이의 관계. 낮은 응력에서는 대부분의 고체가 탄성적으로 움직인다. 응력이 탄성 한계를 넘어서면 많은 물질들은 파괴되기 전에 소성 거동을 보인다.

변형(즉 이것이 늘어나거나 압축되는 양) 사이의 일반적 관계를 나타낸다. 낮은 응력에서는 물질에 관계 없이 그래프는 직선으로 시작된다. 이는 탄성 거동(elastic behavior)의 영역이다. 이 영역에서는 응력하에서 고체가 변형되지만 응력이 제거되면 원래의 형태로 복귀한다. 탄성 한계는 물질 내에서 영구적인 변형을 야기하기 전에 적용할 수 있는 최대의 응력이다. 어떤 물질들(예를 들면 벽돌)은 탄성 한계가 초과되면 즉시 부서지나, 다른 물질들(예를 들면 나무나 철)은 그 단계에서 바로 파괴되지 않고 항구적인 변형을 거치는 **소성 거동**(plastic behavior)의 영역으로 들어간다. 이 현상은 옷걸이나 종이 클립을 이용하여 쉽게 볼 수 있다. 이것을 약간만 구부렸다 놓으면 소리를 내며 되튄다. 그러나 너무 많이 휘면 강제한 새로운 형태를 계속 유지한다. 그러나 충분한 응력이 주어지면 결국 모든 물질은 부서진다. 쉽게 말하자면 최종 내구력(ultimate strength)은 전면적인 파괴를 유도하는 응력이다.

건축물에서는 어떠한 물질도 그들의 탄성 한계를 넘어서는 응력을 겪지 않도록 하는 것이 본질적이다. 사실 예상 못 한 하중이나 시간이 지남에 따른 약화 현상 등 뜻밖의 사고에 대비하여 공학적 기준은 보통 설계 응력이 물질 탄성 한계의 3분의 1보다 작게 유지되도록 요구하고 있다.

만일 구조물 위에 하중이 생기고 재료 중 일부가 받는 힘이 그들의 탄성 한계를 넘어서면 어떤 일이 일어날까? 만일 문제의 재료에 소성 영역이 없다면(예를 들면 석재) 그 건축물은 즉시 붕괴되어 자갈더미로 변해버린다. 한편 응력이 문제의 건축 재료의 소성 영역에 머물러 있다면 건물은 기울어지고 휘어지고 비틀려서 엉망이 되지만 아직 각 부분들은 서로 연결되어 있다. 보통 그렇게 된 건물들은 전부 헐어버려야 하지만 재난 때문에 거주자들이 생명의 위협을 받는 동안 그들은 생존할 수 있는 가능성을 높여준다. 이 목재의 소성 거동(석재와 비교해서)이 1906년과 1908년의 샌프란시스코와 메시나에서의 생존율의 극적인 차이를 설명해준다.

휨

건축물 파괴의 대부분은 중요 건축 재료의 지나친 휨 때문에 일어난다. 그림 3-5는 양쪽 끝이 지지되어 있고 그 중심 부근에 수직의 하중을 지탱하고 있는 수평 들보를 보여준다. 이 들보가 구부러짐에 따라 이 오목한 면의 물질은(굴곡부의 안쪽) 압축을 경험하며 볼록한 면의 물질은 인장을 경험한다. 여러분이 자신의 무릎에 대고 막대를 구부려보면 이를 실제로 보고 느낄 수 있을 것이다.

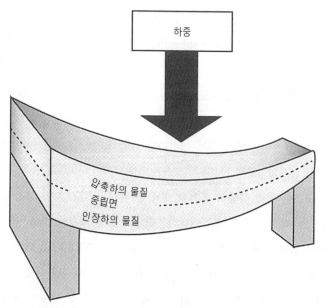

그림 3-5 들보의 휨. 굴곡부에서 오목한 면의 물질은 압축을 경험하는 반면 볼록한 면은 인장을 경험한다.

 분명히 물질이 하나의 층에 압축력을, 이와 평행한 층에 인장력을 겪으면 힘을 경험하지 않는 중간층이 있게 마련이다. 이 압축면과 인장면 사이의 경계면을 중립면(neutral plane)이라고 부른다. 이 중립면 근처의 물질은 들보의 힘이 작용하는 데 대해 사실상 전혀 작용을 하지 않는다. 사실 여러분이 들보에 전선이나 도관을 지나가게 하기 위해 구멍을 뚫고자 한다면 여기가 바로 그 장소가 된다. 반면에 이 경계면에서 가장 멀리 떨어진 지점은 가장 큰 압축력과 인장력을 지탱해야 한다. 이러한 이유로 들보는 종종 그림 3-6 에서처럼 가장 큰 단면이 가능한 한 중립면에서 가장 멀리 떨어져 있도록 설계된다. 그와 동시에 지탱력을 줄이지 않으면서 들보의 무게를 줄이기 위하여 중립면 부근을 고의로 비워놓을 수 있다(비워진 부분에 재료가 채워져 있더라도 어차피 그 역할은 없다). 우리는 또한 이 그림에서 들보는 두 개의 평행한 물질의 판 사이를 가벼운 삼각형의 배열로 연결시켜 만들 수 있다는 사실을 주목한다. 이러한 배열을 전문적으로는 트러스(truss)라고 부르나 공학자들은 종종 이를 중요하지 않은 물질이 제거된 일종의 들보로 간주한다.

들보는 일반 주택이나 교량, 마천루(이는 한쪽 끝을 대지에 고정시킨 거대한 수직의 들보로 생각할 수 있다)에 이르기까지 대부분의 건축물에서 필수적인 부분이다. 분명히 들보의 하중 지탱 능력은 그 기하학적 모양이나 하중이 어떤 식으로 작용하는지에 달려 있다. 그러나 들보의 지탱력에서 더욱 중요한 것은 이를 구성하는 물질이 무엇으로 되어 있는가이다. 가장 잘 구성된 석재 들보도 비효율적으로 구성된 철재 들보에 비해 기능이 떨어질 것이다.

앞에서 본 표 3-1을 돌아보면 우리는 대부분의 목재나 금속은 압축이나 인장에서 대체로 비슷한 탄성 한계를 갖는다는 것을 알 수 있다. 이와 같은 물질들은 들보를 만들기에 적합한데, 이들은 휘는 힘을 받았을 때 압축력 및 인장력이 모두 강하기 때문이다. 반면에 주철이나 석재, 벽돌, 콘크리트와 같은 물질은 인장력에 비해 압축력이 훨씬(약 4에서 30배 정도의 계수로) 강하다. 후자의 물질로 만들어진 들보는 이들이 휘는 힘을 받을 경우 약한 인장력 때문에 지탱력에 한계가 있다. 예를 들어 석회암으로 만들어진 그림 3-5의 수평 들보를 가정해보자. 이 들보는 바닥면 근처의 물질에 단면적 cm^2당 21kg중의 인장력이 작용하면 붕괴된다. 이때 상부의 물질은 아무 역할도 하지 않는다(실제로는 여기서 작용하는 압력은 하부와 거의 같으나 상부 물질은 cm^2당 약 630kg중, 즉 가해지는 압력의 약 30배 정도를 지탱할 수 있다). 이 석회암의 압력에 대한 강력한 저항력은 들보의 전체적인 저항력에 도움이 되지 않는 상태로 낭비되고 만다.

어떤 사람들은 이같은 결점이 심각한 것은 아니라고 생각할 수도 있다. 즉 이 들보를 굵고 높게 해서 단면적을 크게 만들어 지탱력을 높이면 된다는 것이다. 그러나 이같은 논리는 또 다른 변수 때문에 실패한다. 바로 건축물 재료 자체의 무게이다. 압축에서 역할을 하지 않는 물질의 무게는 하찮은 것이 아니며 이는 들보에 상당한 무게를 가중시키고 있다. 이 무게는 들보의 약한 인장 부분이 지탱해야 하는 응력을 더욱 증대시킨다. 어떤 지점을 넘어서면 석재 들보를 두껍게 해도 전혀 지탱력이 높아지지 않는다.

이같은 결점에도 불구하고 수평의 석재 들보는 고대 건축, 특히 그리스 건축에서 널리 사용되었다. 만일 여러분이 오늘날 이같은 고대 건물의 유적을 방문하면 일반적으로 수직 기둥은 아직까지 서 있으나 원래의 수평 가로대나 지붕은 돌조각으로 변하여 길바닥에 뿌려져 있는 것을 볼 수 있을 것이다(그림 3-7). 고대의 건축가들은 석재를 수평 들보로 썼을 때 나타나는 이와 같은 구조적 약점을 몰랐을까? 그랬을 것 같지는 않다. 결국 건축용으로 돌을 다듬는 작업은 석재의 파괴 지점을 유도하는 능력에 달려 있다. 그

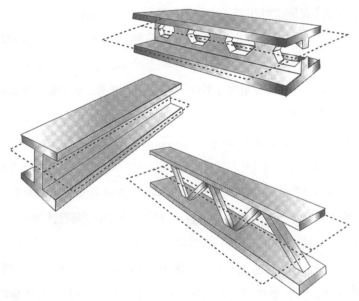

그림 3-6 들보의 설계. 들보의 무게당 강도의 비는 대부분의 물질을 중립면에서 가능한 한 멀리 위치시킴으로써 개선될 수 있다.

림 3-8은 어떻게 석공이 작은 돌이나 벽돌을 쪼개는지를 보여준다. 이 방법은 현대적 용어를 사용하여 인장 파괴를 유도하는 것에 기반을 두고 있다. 압축으로 석재를 파괴하는 것은 약 30배 내지 40배나 더 힘들며, 고대 그리스인 건축가들은 이를 분명히 알고 있었다.

석재의 낮은 인장 저항력을 보충하기 위하여 그리스의 건축가들은 수평의 석재 들보를 비교적 짧은 간격으로 제한해서 사용했다. 결과적으로 그리스의 유명한 건축물들은 각 건물의 주변 및 내부에 촘촘히 배치된 수많은 수직 기둥들로 특징지어진다(내부의 넓은 개방 공간은 그 당시 그들의 상상력을 벗어난 개념이었을 것이다). 수직 지탱 기둥이 압축 하중을 지탱하는 용량은 거의 제한이 없다. 실제 자연계에서 암석 지층은 산맥조차 지탱하는 것

그림 3-7 코린트에 있는 고대 그리스 유적. 석재는 인장력을 받을 경우 파괴에 취약하다. 이 건축물은 서기 856년에 지진에 의해 파괴되어 약 45,000명의 생명을 앗아갔다.(사진 제공, 저자)

을 볼 수 있다. 그러나 수평의 석재 들보는 자연계에서 발견되지 **않으므로** 여기에 주의할 필요가 있다. 고대 그리스인들은 실제로 주의를 기울였다. 그들의 건축물 대부분은 그들의 계획 능력 밖의 일이 일어났을 때에만 무너졌다. 대부분의 경우, 그 붕괴는 지붕을 지탱하는 석재 린텔(가로대)의 인장면에 과잉 응력을 가하는 지진에 의한 것이었다. 오늘날 우리들은 아직도 남아 있는 유적과 대리석의 경관을 구경할 수 있다. 원래 압축 응력만을 지탱하기 위해 설계된 대부분의 건축 재료들은 설립 후 2,400년 이상 지난 지금까지 계속 서 있다.

현대에 쏟아져나온 콘크리트는 고대인들이 사용한 석재와 매우 유사한 특성을 지니고 있다. 이는 압축에는 강하나 인장에는 상당히 약하다. 그렇다면

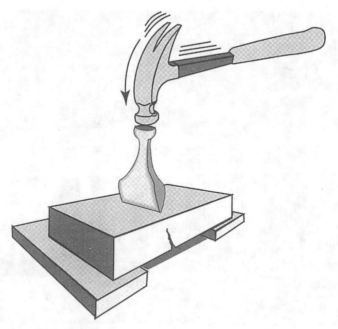

그림 3-8 벽돌 쪼개기. 파괴는 벽돌의 인장면에서 시작되며 비교적 날이 무딘 정을 향해 위로 올라오게 된다. 이는 압축 파괴의 유도를 시도하는 것보다 상당히 쉬운 일이다.

어떻게 공학자들이 교량의 수평 도로나 고층 아파트 건물의 마루 등과 같이 물질들이 휨 응력에 노출된 곳에서 콘크리트를 사용할 수 있을까? 정답은 이와 같은 상황에서 콘크리트는 혼자 서 있지 않다는 것이다. 믿을 만한 콘크리트 들보는 인장을 받는 쪽에 강철 막대나 철사 그물을 묻어넣는데 이는 필요한 인장 강도를 증대시킨다. 그림 3-5의 들보가 콘크리트로 만들어졌다면 우리는 분명 콘크리트를 부을 때 아래쪽에다가 철망이나 막대를 깔고자 했을 것이다(막대를 넣을 때 중립면이나 그 위에 놓는 것은 전혀 효과가 없다). 강철 막대나 망으로 인장면을 적당히 강화한 콘크리트를 강화 콘크리트(reinforced concrete)라고 부른다. 이 물질의 강도는 주위에 콘크리트를 붓고 양생(養生)시키는 동안 강철 강화 막대를 깔고 이를 인장면에 고정시킴으로써 한층 더 증대된다. 이 결과 생긴 물질을 압축강화 콘크리트(prestressed concrete)라고 부른다.

비강화 벽돌을 이용하여 수직 지탱 기둥을 만드는 작업은 오랜 역사를 지녔고 대체로 성공적이었다. 그러나 이와 같은 기둥은 수평으로 휘는 강한 힘 — 예를 들면 지진의 수평 전단 응력이나 해양파의 수평운동, 또는 홍수의 빠른 흐름 등 — 에 노출되면 붕괴된다. 이러한 사건이 예고되는 지역에서는 수직 압축강화 콘크리트 기둥이 건축물의 통합에 크게 기여할 수 있다. 미국 남부와 서부의 일부 지역에서는 현재 전신주를 압축강화 콘크리트로 만든다. 이러한 기둥은 어떤 자연재해에도 좀처럼 쓰러지지 않는다.

삼각형과 아치

건축물을 설계할 때 선택된 물질의 특성과 그것이 기능하도록 하는 기하학적 형상 간에는 결정적인 상호 작용이 있다. 특히 중요한 구조적 기하 형태 두 가지는 삼각형과 아치다.

삼각형은 기하학적 형태 가운데 유일하게 본래적으로 튼튼한 모양이다. 이는 삼각형이 부서지지 않고는 모양이 바뀌지 않는다는 것을 의미한다. 반면에 사각형은 쉽게 평행사변형의 형태로 왜곡되고 육각형은 납작해진 육각형으로, 그밖의 다른 형태들도 부서지지 않은 채로 쉽게 뒤틀린다. 만일 여러분이 직사각형을 단단하게 하고 싶다면 방법은 삼각형을 도입하는 것이다. 자연계에서 물리적 삼각형이 한눈에 명백하게 보이지 않는 경우에도 이 원리가 사용된다. 예를 들어 두 개의 판에 못을 박을 때 이 못을 삼각형 형태로 박는 것이 전부 직선으로 박는 것보다 훨씬 효율적이다.

그림 3-9에서 우리는 이 원리를 긴 평행 들보의 휨을 줄이기 위해 이용한다. 삼각형의 각 변은 그들이 만나는 곳에 고정되어야 하나 이들 고정 핀의 회전을 막는 일은 필요하지 않다는 사실에 주목하라. 구조물의 재료 자체가 손상되지 않는 한 이들 삼각형의 어느 부분도 결코 회전을 일으킬 수 없다. 이러한 이유에서 지진 및 태풍에 노출된 지역의 건설법령은 집들이 그들의 구조가 비틀림 운동에 대해 저항력을 갖도록 구조 안에 삼각형 버팀대를 포함해야 한다고 지시하고 있다. 이는 비교적 쉬운 일이다.

그러나 또 하나의 문제는 조사될 필요가 있다. 삼각형의 어느 변이 인장력을 받으며 어느 변이 압축력을 받는가? 어떤 재료에 인장력이 가해질 것으로 기대된다면 우리는 이를 강철 막대나 또는 심지어 유연한 케이블로 구성할 수도 있다. 그러나 만일 재료에 압축력이 가해진다면 케이블은 절대로 사용할 수 없다(이것은 늘어져 구조물은 대번에 붕괴할 것이다). 각 부위의 재료 선택은 잠금기구의 선택과 마찬가지로 그 부분이 인장 응력을 받는지 압축 응력을 받는지를 고려해야 한다.

다행히 어느 부분이 인장력을 받고 어느 부분이 압축력을 받는지를 예측하는 것은 그리 어렵지 않다. 그림 3-9 (a)에서 우리는 중심에서 수직 기둥이 인장재료일 수밖에 없음을 보는데 이는 들보의 중앙 부분을 끌어올리기 때문이다. 그때 상부에서는 같은 재료가 작용과 반작용으로 같은 힘만큼 반대방향으로 끌어내리려 한다. 따라서 이는 두 개의 대각선 부위를 압축한다. 그 다음에 이 대각선 부위는 교각을 아래로 바깥쪽으로 민다. 그때 원래의 들보는 삼각형의 아래 구석을 떨어져나가지 않도록 하기 때문에 인장력을 받는다. 물론 이 교각은 압축력을 받는다. 그림 3-9 (b)의 구성은 겉보기에 기하학적으로 비슷해 보일지도 모르나 구조적으로 매우 다르다. 여기서 삼각형의 대각선은 인장 재료이며 원래의 들보는 수평으로 당겨지기 때문에 이는 압축 재료가 된다.

구조를 튼튼하게 하기 위해 삼각형을 삽입하는 것은 건축물에 항상 새로운 압축 및 인장력을 만들어낸다는 점을 주목하라. 이들 압축 및 인장력은

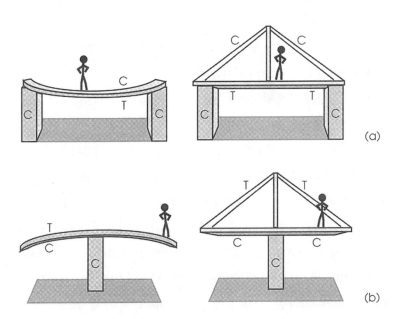

그림 3-9 수평 들보의 변형을 줄이기 위하여 삼각형을 이용하기. (a) 양쪽 끝이 받쳐진 단순 들보와 트러스에서의 동일한 들보. (b) 중앙이 받쳐진 단순 들보와 균형잡힌 캔티레버(외팔보)에서의 동일한 들보. 인장 요소는 T 표시를, 압축 요소는 C 표시를 했다.

그림 3-10. 연속된 로마의 아치. 붕괴를 방지하기 위해 각 아치의 모든 부분은 압축만을 받게 유지되어야 한다.

일반적으로 서로 대립해 있어야 한다. 또한 건축물에 사용된 재료는 탄성 강도가 충분히 커서 대자연이 강한 바람이나 지진의 진동 등 새로운 외부 힘을 동원할 때 원래의 건축물이 큰 진동 없이 조정될 수 있도록 하여야 한다. 건물은 그냥 서 있는 것만으로는 부족하며 우리는 그것이 크게 흔들리거나 움직이지 않은 채로 서 있기를 바란다.

비록 삼각형이 본래 유일하게 튼튼한 기하학적 형태이긴 하지만 적절한 하중이 있을 때 튼튼하게 될 수 있는 또 하나의 형태가 있다. 바로 아치이다. 학자들은 아직도 아치의 발명자가 고대 로마인인지, 그 이전의 문명인인지에 대해 논란을 벌이고 있다. 아치를 대형 건축물에 처음 사용하면서 이 구조의 장기 거동을 예측하는 데 확신을 보이기 시작한 사람이 로마인들이기 때문에 이는 아직도 풀리지 않은 문제이다. 많은 로마의 아치 형태 수로 및 교량, 하수도 등은 20여 세기 동안 자연에 노출돼왔고 현재까지도 제대로 작동하고 있다. 많은 위대한 예 중 하나는 나임(남 프랑스)의 퐁-뒤-가르로, 이는 250m(800ft)의 골을 가로질러 높이 총 47m(155ft)에 달하는 세 개의 아치 층으로 되어 있다. 퐁-뒤-가르는 서기 14년에 잘린 석재를 써서 모르타르(회반죽) 없이 세워졌으며 이는 오늘날까지 인도교로 사용되고 있다.[9]

그림 3-10에서 보듯이 로마의 아치는 반원형이며 비강화 석재로 지어졌다. 비록 모르타르가 때때로 석재 사이에 사용되었지만 석회와 화산재로 된 접합제 이상은 사용되지 않았다. 이는 사실상 인장력을 갖지 않아 전체 건축물의 결합에 거의 영향을 미치지 않는다. 그보다는 아치가 다음 세 가지 물리적 요인의 놀라운 조합으로부터 그 위력을 발휘한다.

(1) 돌은 매우 무겁다. (2) 적절한 형태의 돌 조각의 무게는 압축 응력을 그 아래로 전달한다. (3) 석재는 압축 응력 아래에서 매우 강하다. 만일 하나의 아치가 이들의 어느 부분도 인장력을 받지 않도록 설계되었다면 이 건축물은 석재 재료 자체가 침식되어 먼지로 되기 전까지 수천 년 동안 서 있을 수 있다.

아치의 설계는 매우 단순하다. 각각의 돌을 깎아서 쐐기 모양으로 만들어 가장 넓은 쪽을 위로 가게 한다. 그리고 계속된 반원 내에서 어떤 돌도 서로 미끄러지지 않게 하며 각각이 서로 접하도록 놓는다. 그러나 실제 건설하는 일은 이보다 조금 어렵다. 이는 아치가 마지막 돌이 제대로 놓일 때까지는 스스로 지탱을 못 하기 때문이다. 이 마지막 돌을 종종 쐐기돌이라고도 부르는데 보통 중심에 놓인다. 이 쐐기돌이 놓일 때까지 아치는 임시로 목재 가건물에 의지해야 한다. 이 가건물을 조립해야 하는 현실적인 필요 때문에 로마인들이 시도하고자 하는 단일 아치의 폭은 제한되었다. 골짜기를 커다란 단일 아치로 가로지르는 것보다 여러 개의 작은 아치로 하는 편이 훨씬 쉬웠다(그리고 건설 기간 동안 더 안전했음이 분명하다). 이러한 이유에서 우리는 로마의 건축물들에 엄청난 수의 연속된 아치가 존재하며 종종 아치 위에 다른 아치가, 그 위에 또 다른 아치가 층을 이루고 있는 형태로 특징있는 아치를 볼 수 있다.

---

9) H.R. Hitchcock, ed., World architecture : An illustrated history(London : Hamlyn, 1963).

아치의 중심에서 지탱되는 하중은 바깥쪽으로 미는 힘을 지탱하는 기둥으로 전달된다. 만일 이러한 힘이 기둥을 약간이라도 휘게 만들면 아치는 즉시 무너질 것이다. 일련의 동일한 아치로 구성된 건축물에서 각각의 아치는 옆의 아치를 지탱한다. 결과적으로 각각의 끝에 있는 마지막 아치에서만 문제가 일어난다. 물론 이 마지막 아치가 무너지면 그 옆에 있는 아치가 마지막 것이 되어서 건축물 전체에 도미노 현상을 일으키며 붕괴가 진행된다. 그러나 다시 여기서 로마인들은 해결책을 찾았다. 그들의 수로와 교량에서 구조물의 각 끝점에 있는 마지막 아치는 바깥으로 미는 힘을 암반으로 전달한다(그림 3-10). 도시에서 아치로 된 건물은 매우 커다란 수직 기둥과 함께 지어지거나(로마의 티투스 아치. 서기 81년에 지어졌고 아직 서 있음), 원형이나 달걀형의 내면 설계도를 이용하여 세워졌다(로마의 콜로세움).[10] 원형과 달걀형은 끝나는 지점이 따로 없다.

로마에서 천 년이 지난 후, 서유럽의 고딕 대성당의 건축가들은 아치에서 굉장한 발전을 이룩했다. 그들이 도전하여 창조성을 발휘한 것은 창 크기의 최대화와 동시에 높이의 증대 및 내부 공간의 개방이었다. 창유리는 수직 하중을 지탱하지 못하기 때문에 큰 창이 뚫려 있는 벽면은 건축물을 지탱하는 데 별 기여를 하지 못한다. 이들 건축가의 혁신은 높고 가파른 고딕 아치 및 구조물의 벽과 마지막 아치의 바깥으로 미는 힘을 지탱하는 '플라잉 버트레스'(flying buttresses, 횡력을 직접 외벽의 부벽에 전달되도록 한 버팀벽)와 연결된 좁은 수직 기둥이다. 오늘날 중세 고딕 대성당을 찾는 현대 관광객들조차도 대개는 이 장려한 건물의 엄청나게 넓고 개방된 내부 공간에 비해 얼마

---

10) 아치의 반원이 모든 재료가 압축력을 받는 것을 보장하지는 않는다. 반원의 모양이 너무 작거나 아주 무거운 돔을 지탱해야 할 경우 아치는 바깥쪽으로 밀려나가며 석조의 상층부에서 인장 붕괴가 일어날 수 있다. 몇몇 오래된 건물의 석조 돔에서는 이 효과로 인한 완전 붕괴를 막기 위하여 철제 끈으로 묶는 작업이 필요했다.

나 적은 석재가 사용되었는지에 충격을 받는다. 분명히 중세시대의 건축가들은 훌륭한 과학자들이었다. 그들은 이 엄청난 성당의 모든 벽과 아치, 그리고 각 돌의 이음부에서 각각의 돌조각이 앞으로 계속하여 압축 상태에 놓여 있어야 한다는 것을 이해하고 성공적으로 예측했다. 그리고 이에 따라 실제로 건축된 수천 개의 돌조각들은 지난 800년 동안 인장력을 받지 않았다.

고딕 아치들은 넓다기보다 높다고 할 수 있으나 만일 여러분이 이를 충분히 높이고자 한다면 원하는 만큼 넓게 만들 수도 있다. 이와 비교하면 로마의 낮은 아치는 둘러싸고 있는 공간에 비하여, 그리고 가장 약한 지점(아치의 중심)에서 지탱할 수 있는 최대 하중에 비하여 재료 사용면은 낭비가 심했다. 고딕의 건축은 분명 이러한 점에서 더 우수했으며 이는 비록 건축하는 데 시간이 많이 걸렸지만(큰 교회 하나를 짓는 데 80년이나 걸리는 경우가 종종 있었다) 이러한 건축 양식은 중세 유럽 전체에 널리 퍼졌다. 현재까지 남아 있는 원래의 고딕 건물은 아직도 비강화 석재만을 이용하여 지은 건축물의 구조적으로 가능한 한계를 보여주고 있다.

불행하게도, 석재 건물이 아무리 우아하다 해도 지진에 직면해서는 그에 의지할 수 없다. 사실 비강화 석재 아치가 가볍다면(로마식 형태보다 고딕 양식과 관련하여) 사람들은 이 중요한 지구물리학적 사건에서 그들이 살아남는 데 실제로 자신을 가질 수는 없다. 아치에서 돌 하나만 미끄러져도 이는 완전한 붕괴를 일으킬 수 있다. 더 작은 무게가 아치의 석재에 압축을 가하고 있을 때, 측면의 미는 힘은 연결 부위의 인장 파괴와 석재의 손실을 일으키기가 더 쉽다. 1755년 리스본에서 일어난 무서운 지진(1장에서 언급한)에서 생긴 많은 사망자들은 이같은 비강화 석재로 된 교회와 성당의 고딕 아치와 회랑의 붕괴로부터 비롯되었다.

비록 아치의 원리가 여러 거대한 교량(전장 약 518m[1,700ft]의 철제 아치에 의해 지탱되는 웨스트 버지니아의 뉴리버 골짜기 교량 등과 같은)에서 이용되고 있지만, 가장 크고 강한 아치는 거대한 저수지의 둑을 지탱하기 위해 지어지는 구조물들이다. 가장 넓은 아치 댐은 너비가 1km를 넘고 그 높이가 최고 300m나 된다. 캐나다에 있는 한 댐은 1,420억m³의 물을 저장한다 (이는 미국 오대호의 하나인 이리Erie호의 물 부피의 10%에 달한다). 이러한 댐들에 가해지는 건축 요구사항은 어떤 다른 인공구조물에 대한 것보다 몇 배나 규모가 크고 엄격하다. 사실 이 거대한 댐이 붕괴됐을 때 인간들에게 일어나는 사태의 중대함은 상상을 초월할 것이다. 현대의 댐들이 충분히 안전하다는 사실은 로마인들에 의해 전수된 교훈을 현대의 토목공학자들이 아직도 심각하게 다루고 있음을 증언한다.

펜실베이니아 존스타운, 1889년

1889년 5월, 기록적인 강우로 인해 코네모 강 상류 지역의 인구 28,000명의 작은 산업도시 존스타운은 일부가 벌채된 채 물에 잠겼다. 만일 코네모의 강물이 막히지 않고 그대로 흘렀다면 이때 물의 높이는 존스타운 산업 구역의 일부를 잠기게 하기에 충분했을 것이다. 이는 주택 수백 채의 아래층들을 손상시키고 일부 교량을 파괴했을 것이며 공공업무와 기기를 마비시켰을 것이다. 인명 손실은 전혀 없었거나 매우 적었을 것이다. 이 지역의 홍수는 주의 깊은 사람들에게 높은 지역으로 대피하기에 충분한 시간을 주었기 때문이다. 사실 존스타운의 주민들은 오랫동안의 경험으로 무서운 홍수가 거의 매년 봄에 발생했으며, 특히 1847년, 1875년, 1880년, 1885년, 1887년, 1888년에는 코네모 강과 그 지류들이 상당히 높이 범람했다는 사실을 이미 알고 있었다. 만일 인간의 작업이 이 사건을 대규모의 재해로 바꿔놓지 않았다면 1889년의 범람은 이전의 홍수에 비해 조금 더 심한 정도로 지나갈 수도 있었다. 이를 악화시킨 요인은 바로 제 역할을 하지 못한 댐이었다.

이는 미국 역사상 가장 파괴적인 댐 붕괴 사고였으며 이는 고대 로마인들조차 하지 **않았을** 부실한 건축물과 관련되어 있었다.[11] 이 댐은 아치형이 아니었고 하중을 암반으로 보내지도 않았다. 심지어 이 댐은 석재로 지어지지도 않았다. 사우스포크 댐은 원래 존스타운으로부터 코네모 강 상류 22km(14mi)의 사우스포크에 위치한 펜실베이니아 운하에 물을 공급하기 위해 세워졌다. 이 댐은 폭이 260m(850ft), 높이가 24m(80ft)인 토질 댐으로, 길이 5km, 폭이 2km인 인공호수를 만들고 있었다. 이 댐은 원래 건설 중이던 1847년 한 차례 붕괴된 적이 있으며 당시 그 결과로 생겨난 급류가 존스타운의 수도관을 쓸어가버렸다. 1852년에 완공된 이 댐의 원래 기능은 철도가 운하로 대치함에 따라 10년이 안 되어 유명무실해졌다. 1889년까지 피츠버그 백만장자들의 배타적 단체인 '사우스포크 사냥 및 낚시 클럽'이 이 지역을 개인적으로 소유하고 있었다. 이 댐의 기본적인 설계 결함은 10년 동안의 부주의한 관리 때문에 점점 더 악화되었다. 방수로는 물고기들이 도망가지 못하도록 만들어진 그물망에 의하여 방해를 받았고 물 높이를 자체적으로 조절하기 위하여 설치된 관들은 제거되었다(이는 수리해서 계속 유지하기보다 더 값싼 전략이었다). 댐의 흙벽은 산마루보다 낮아지도록 방치되었다. 붕괴는 충분히 예측 가능했다. 정확한 날짜와 시간은 알 수 없지만 심한 비에 의해서 유출수가 댐 방수로의 용량을 초과하는 순간 이 지역은 물에 잠기게 될 것이라는 통계적 예측은 확실했다.

1889년 5월 30일, 이미 그달에만 11일 동안 비가 온 상태에서 억수 같은

---

11) 이 재난에 대한 포괄적인 첫 설명은 F. Connelly & G.C. Jenks, Official history of the Johnstown Flood(Pittsburg: Journalist, 1889)였다. 더 구하기 쉬운 문헌은 D. McCullough, The Johnstown Flood(New York: Simon & Schuster[Touchstone], 1968)이다. 이 재난에 대한 더 짧은 설명으로 필자는 독자들에게 William H. Shank, Great floods of Pennsylvania: A two-century history(York, Pa.: American Canal and Transportation Center, 1972)를 권하고자 한다.

비가 쏟아지기 시작했다. 숲으로 둘러싸인 주위의 땅은 이미 물로 가득 차 이를 더 저장할 수 없어서 이 비는 강과 지류로 흘러들었다. 30일 정오 무렵, 존스타운과 상류 마을의 예민한 주민들은 저지대들로부터 대피하기 시작했다. 만일 그들이 그렇게 하지 않았다면 사망자 수는 훨씬 더 늘어났을 것이다. 상류에서 제대로 작동하지도 않고 방해물로 막힌 사우스포크 댐의 방수로는 홍수의 돌부스러기로 완전히 차단되었으며 인공 호수의 물은 댐 흙벽의 정상을 덮을 때까지 불어났다. 5월 31일 오후 3시 몇 분 후 댐은 천둥 같은 소리를 내며 폭발하여 높이 15m(50ft)나 되는 물결이 이미 불어 있는 강을 덮쳤다. 호수가 모두 비는 데 36분이 걸렸으며 이 36분 동안 마을로 쏟아진 물의 에너지는 나이아가라 폭포에서 쏟아지는 에너지와 필적할 만했다.

첫순간에 거대한 물결이 수천 그루의 나무를 뿌리째 뽑아냈으며 거대한 회오리는 그들을 휘저어 부서진 나뭇조각으로 만들었다. 이 물결의 제1파가 숲과 마을을 통과하여 하류로 내려갔다. 마을의 더 가파른 직선로에서 물결은 시속 100km(시속 60mi)까지 가속되었다. 심한 굽이나 얕은 물에서는 시속 15km(시속 10mi) 정도까지 속도가 느려졌다(목격자에 따르면 가끔씩 물이 거의 정지할 때도 있었다고 한다). 파도의 밑부분은 마찰에 의해 느려지는 반면 상부는 그렇지 않기 때문에, 이 큰 홍수의 물결은 물이 벽면처럼 전진하는 형태가 아니라 휘몰아치며 아래로 떨어지는 쇄파(碎波)의 형태로 돌진해왔다. 희생자들은 앞이나 위로 쓸려나가기보다는 물 아래쪽으로 떨어질 수밖에 없었다. 이 홍수는 누구라도 헤엄쳐서 안전하게 빠져나올 수 있는 종류의 것이 아니었다.

하류 쪽으로 몇 마일 더 내려가면 크고 안정되게 지어진 석조 아치형 교량인 코네모 육교가 서 있었다. 이곳에 돌의 잔해들이 들이차서 일시적으로 높이 22m(70ft)에 달하는, 다소 물이 새는 댐을 만들었다. 이는 파괴된 원래의 댐과 거의 같은 높이였다. 이 시점에서 이 육교가 버텨주었다면 마을 하류에서는 단지 물이 적당히 가속되며 차오르는 현상만을 경험했을 것이다. 불행히도 이들 공학자들은 다리를 건설할 때 홍수에 대비한 설계는 했지만 이러한 매우 특수한 상황 전개는 예측하지 못했다. 이 육교는 단지 몇 분간만 지탱했을 뿐이다. 이 구조물이 쓰러지자 홍수의 물결은 새로운 활력으로 밀려왔으며 30여 채의 집과 한 가구공장을 파괴하며 미네랄 포인트 마을을 휩쓸어버렸다. 그리고 이는 U자형 만곡부(彎曲部)를 가로질러 강의 수로를 다시 파며 동쪽 코네모를 갈라놓았다. 그곳에서 물결은 철로의 열차 전부와 30대의 증기기관차들을 쓸고 가버렸다. 그 다음의 하류는 우드베일이었다. 그곳에서는 255채의 집이 바닥에서 완전히 떨어져나갔으며 가죽공장 하나, 89마리의 말이 들어 있던 시내 전차 격납고 하나도 함께 쓸려갔다. 이 물이 고티어 철사공장을 강타하자 보일러와 아궁이는 즉시 폭발했고 이는 휘젓는 파도 정면에 물결치는 매연과 재로 이루어진 '죽음의 구름'을 만들어냈으며 몇 마일에 달하는 엉클어진 철조망이 만들어졌다.

존스타운을 친 것과 같이 이 회전하는 파편더미는 물결이 지나는 경로에 있는 건물 대부분을 무차별적으로 뒤덮으며 휩쓸어갔다. 인간과 동물의 시체는 거품 속에서 휘저어졌으며 심지어 철도 차량마저 축구공처럼 이리저리 던져졌다. 무시무시한 몇 분 동안에 수천 채의 주택과 사무실이 파괴되었고 수천 명이 목숨을 잃었다. 결국 공식 사망자가 2,209명, 실종자가 967명으로 발표되었다. 만일 여러분이 오늘 존스타운의 공동묘지를 가로질러 걸어가면 묘석 위에 특별히 반복되는 날짜를 알아차리는 데 어려움이 없을 것이다. "1889년 3월 31일 사망". 커다란 화강암 추모비가 신원을 알 수 없는 사망자들에게 기증됐으며 그 뒤에 777개의 작은, 하얀 익명의 대리석 묘석이 그랜드뷰 공동묘지의 한 구역을 차지하고 있다.

단지 하나의 인공 구조물만이 이 직접적 파도의 도살에서 살아남았으며 역설적으로 이것의 생존은 재해의 공포에 실제적으로 공헌했다. 이 구조물, 즉 마을의 낮은 쪽 끝에 위치한 철교는 연속된 일곱 개의 낮은 반원형 석재 아치로, 고대 로마에서 흔히 볼 수 있었을 듯한 것이었다. 우레 같은 물결이 잔해를 이 다리를 향해 밀어붙일 때, 상류의 육교에서 그랬던 것처럼 다시 한 번 임시 댐이 만들어졌다. 그러나 여기에서는 각각의 아치가 훨씬 짧고 무거웠다. 이는 매우 보수적으로 지은 구조물(일부 공학자들은 이를 그 재료의 사용면에서 비효율적으로 지은 것으로 칭할 수 있을 것이다)이어서 지탱될 수 있었다. 비록 스톤 브리지 하류의 캠브리아 철강회사와 많은 집들이 다리를 넘어온 파도에 의해서 일부 손상되었지만 이들 중 완전히 파괴된 구조물은 비교적 적었다.

불행히도, 비록 스톤 브리지가 일부를 구하는 데는 성공했지만 이 때문에 다른 사람들에게는 재해가 더욱 악화되었다. 빠르게 움직이던 흐름이 갑작스럽게 봉쇄되면 항상 반향이 일어난다. 훨씬 작은 규모이지만 여러분은 세탁기의 통형 코일 판이 갑자기 닫힐 때 나는 '물망치(워터 해머)' 효과를 볼 수 있을 것이다. 스톤 브리지의 아치가 물결을 타고 오는 잔해에 의해 막히면서 봉쇄되었을 때 홍수 물결이 상류 지역과 인근 지류인 스토니 지류로 반사(反射)되었으며 여기서 컨빌 마을의 집들을 한층 더 많이 쓸어버렸다. 곳에 따라 이들 반사된 파도는 높이 30m(100ft)에 달했으며 이는 처음 물결의 약 두 배에 달했다.

그럼에도 아직 끝난 것은 아니었다. 스톤 브리지의 상류는 떠다니는 나무들, 부서진 집의 잔해, 그리고 바닥으로부터 떨어져나간 부분적으로 완전한 건물들로 덮여 있었다. 홍수가 흐르다가 다리에서 정체됨에 따라 표류하던 잡동사니들이 이곳에서 멈춰 점점 더 높이 쌓였다. 일부 희생자들은 이들 잔해더미 위로 대피하는 데 성공한 것처럼 보였다. 그러나 그때 이 거대한 나무 잔해의 더미에 불이 붙었다. 이는 아마도 홍수에 의해 다리로 쓸려온

그림 3-11 존스타운 스톤 브리지의 재난. 1889년 석판화로 묘사

많은 집들 중 하나에서 난로가 엎어져 점화되었으며 부서진 철도의 유조차에서 새어나온 기름이 연료를 공급한 것으로 보인다. 계속된 비에도 불구하고 이 엄청난 잔해더미 속에는 끔찍한 화재를 일으키기에 충분한 마른 연료가 있어 이 화재는 방해받지 않고 며칠 동안 계속되었다(그림 3-11). 이 화재는 시체가 끝내 발견되지 않은 많은 실종자들을 설명해준다. 이들은 스톤 브리지의 소름끼치는 대화재에서 없어진 것이다. 범람하던 물이 빠지고 화재가 마침내 사그라든 뒤 청소 작업을 하던 사람들은 강의 흐름을 복원시키기 위해 다리에서 뒤엉키고 타버린 잔해들을 제거하기 위해 폭발물을 쓸 수밖에 없었다.

전국에서 원조가 쏟아져 들어왔다. 그러나 피츠버그의 '산업의 지도자'는 거의 명목상의 지원만을 했을 뿐이다. 댐을 소유한 클럽의 회원인 앤드류 카네기는 그의 강철회사를 대표하여 단지 1만 달러를 기부한 반면 61명의 클럽 회원 중 30명은 전혀 기부하지 않았다. 결국 피츠버그 법정은 이 재난이 신의 작품이며 사우스포크 사냥 및 낚시 클럽과 그 회원들은 인명과 재산 손실에 대해 법적으로 책임이 없다고 판결했다. 그들이 가진 것과 사랑하는 모든 것을 잃은 여러 생존자들에게 특히 참기 힘든 일은 이 댐이 배타적 클럽의 회원들에게 오락거리를 제공한 것 이외에 기본적으로 아무런 역할을 수행하지 못했다는 것이다. 아이작 리드Issac Read는 이 분개한 감정을 시로 지어 동시대에 널리 유포시켰다.

> 수천의 인명들 —
> 도살된 남편들, 학살된 아내들,
> 난도질당한 딸들, 피흘리는 아들들,
> 순교당한 어린아이들의 무리들,
> (헤로데의 무서운 범죄보다 더욱 지독하게도)
> 때가 이르기도 전에 하늘로 올라간 자들,
> 불에 탄 연인들과 익사한 애인들,
> 잃어버리고 다시는 찾을 수 없는 사랑하는 사람들!
> 지옥에서 바랄 수 있는 모든 공포들,
> 이 모든 것이 한 가지의 대가로 지불되었다 — 낚시!

이 댐은 재건되지 않았으며 클럽의 재산은 매각되었다. 오늘날 원래 클럽 회원들의 집 몇 채는 아직도 있고 개인이 소유하고 있다. 사람들은 전에 클럽 회관이었으며 지금은 지방 역사학회의 소유인 식당에서 정찬을 먹을 수 있다. 국립공원국은 붕괴된 댐의 현장이 보존되어 있는 기념 공원과 박물관을 운영하고 있다.

존스타운의 홍수는 심오한 교훈을 제공했다. 지식 자체만으로 안전한 기술이 실행되리라는 보장은 있을 수 없다는 것이다. 1889년에 모든 식견 있는 사람들은 사우스포크 댐이 안전하지 않다는 사실을 잘 알고 있었으며 로마의 고대 기술로도 이보다 더 안전한 구조물을 창조했을 것이다(존스타운스톤 브리지의 무사함으로도 증명되는 사실이다). 그러나 지식만으로는 행동력이 나오거나 다른 사람에게 행동을 강요하는 힘이 나오지 못한다. 사우스포크 댐은 그 소유자들에게 주말의 오락거리를 제공하는 재산이었을 뿐이며, 그들은 집단적으로 생활하면서, 하류 마을에 사는 사람들이 몇 년 동안 해온 걱정에 대해서는 거의 모르고 있었다. 이 클럽 회원들은 반드시 악인들은 아니었다(비록 일부 공무원들이 일의 우선 순위를 분명 잘못 놓기는 했지만). 이들의 특징을 자세히 말하자면 회원들 대부분이 물리학 원리에 대하여 무지했고, 널리 퍼진 공학적 기술에 대하여 알지 못했으며, 그리고/또는 댐의 붕괴가 일으킬 수 있는 영향에 대해 심사숙고하기에는 너무 다른 활동에 관심이 돌려져 있었다는 것이다. 그들은 거의 정보를 갖고 있지 않았으며 또한 고립된 위치 때문에 외부에서 정보를 받을 수도 없었다.

오늘날 사람들은 더이상 공공 수로에 개인적 댐을 짓거나 소유할 수 없다. 미국에서는 개인 땅의 작은 지류에 댐을 짓는 것도 환경 영향 연구, 공청회, 허가, 공학적 재조사, 연속적인 정밀조사가 필요하다. 이 정부의 규제 형태는 개개인과 사설 집단이 공공의 이익을 지키겠다고 나서다가 결국 실패한 많은 역사적 사건 기록들에 대한 대응으로부터 발전된 것이다. 오늘날 정부의 '지나친' 규제에 대해 불평하는 사람들은 이러한 규제가 없어서 더 악화된 역사적 재난을 무시한다면 설득력을 전부 잃게 될 것이다. 1889년의 존스타운 홍수는 잊을 수 없는 중요한 사례이다.

이음부, 체결부 그리고 기초부

재료의 강도 자체가 건축물의 완전함을 보장하지는 않는다. 사실 각각의 구조 재료가 전혀 손상되지 않은 채로 건물이나 다리가 붕괴되는 경우도 충분히 있을 수 있다. 구조물의 안정성을 확실히 하기 위하여 설계자는 두 가지 추가적인 문제를 제시하여야 한다. (1) 각각의 부품이 서로 잘 연결되어 있는가? (2) 무엇이 건물을 땅에 고정시키는가?

작은 목재 구조물에서 가장 일반적인 고정기구는 보통의 못이다. 못은 건물의 하중에 의하여 압축력 그리고/또는 전단력 아래 있는 동안은 물체를 잘 고정시킨다. 그러나 못이 고정시키지 못하는 한 가지 상황이 있다. 만일 여러분이 작용시킨 방향과 반대 방향으로 못을 당기면 못은 바로 빠져나올 것이다. 사실 이것이 강한 바람에 의해 지붕이 날아가는 이유다. 비록 대부분의 경우 지붕은 건물의 나머지 부분을 아래로 누르고 있으나 강풍은 이 방향을 바꾸어 건물 재료를 위로 당겨올릴 수 있다. 못만 가지고는 효율적으로 이러한 붕괴를 막지 못한다.

특히 태풍에 노출된 지역에서 하중의 방향과 반대되는 힘의 가능성에 대응하기 위해 지붕의 서까래와 그밖의 구조 틀을 구성하는 목재는 금속제 묶는 끈과 받침대에 의해, 그리고/또는 재료를 겹쳐서 구멍을 내고 그들을 끈으로 연결된 볼트와 너트를 통하여 연결시킬 필요가 있다. 이에 추가하여 삼각형 버팀대는 구조물의 접합부에 가해지는 측면의 휨이나 비틀림 하중을 감소시키는 데 매우 유용하다. 이같은 기술은 특히 해안지역이나 범람원 안에 건물을 지을 때 특히 중요한데, 이는 홍수로 건물이 파괴되는 부분이 보통 이음부(joints)나 체결부(fasteners)이기 때문이다.

보다 거대한 철근 콘크리트 구조물에서, 이음부의 설계는 한층 더 중요하다. 교량, 고가도로, 고층 빌딩 등은 바람이나 지반 진동으로부터 크게 영향을 받는다(예를 들면 금문교와 같이 길게 늘어진 현수교는 바람이 심한 날에는 옆으로 4.5m〔15ft〕나 흔들릴 수 있으며 마천루의 정상부는 1m〔3ft〕나 움직일 수 있다). 이같은 건축물은 약간씩 움직일 필요가 있다는 사실을 기억하라.

이는 건물의 탄성이 스스로 부담하고 있는 조건의 변화에 적응할 수 있도록 하기 위함이다. 동시에 거대 구조물은 온도의 변화에 따라 팽창과 수축이 가능해야 한다. 만일 그렇지 않다면 결과로 생기는 응력은 철근 콘크리트의 탄성 한계를 쉽게 넘어설 수 있다. 예를 들면 펜실베이니아의 150m(500ft) 철제 트러스는 겨울의 추운 날과 여름의 더운 날 사이에 팽창과 압축의 차이가 약 12cm(5인치)나 된다.

거대 구조물의 체결부는 특히 흥미롭다. 왜냐하면 우리는 다음 두 가지 다소 상충되는 설계 범주를 갖고 있기 때문이다. (1) 구조 재료는 서로 결합되어야 한다는 요구. (2) 연결된 재료는 어느 정도 상대적인 운동을 허용해야 한다는 요구. 교량과 대형 건물을 지을 때 사람들은 서로 협력하여 이 문제에 대하여 여러 가지 현명한 해법을 고안한다. 몇 가지 이름을 들면 대형 포장 롤러, 로커 베어링(로커를 사용한 가동받침), 옵셋 스트랩(수평턱에서 이음맞춤을 하는 보강 철물), 그리고 핀(봉상의 기계 요소의 일종)과 행어(교상을 지지하는 현수재)의 조합 등이다.[12] 몇 가지 경우에 공학자들은 전체 건물이 휘는 것보다 약간 흔들리는 것을 허용하기 위해 높은 빌딩의 팽창 지지대에 완충장치를 둔다. 이들 이음부의 상세한 역학적 설명은 이 책에서 언급할 필요가 없다. 필자의 요점은 두 개의 커다란 건물 재료를 결합시키는 데 '완전한' 방법은 존재하지 않는다는 것이다. 이는 동일한 이음부에서 상대적 운동을 한편으로는 허용하며 한편으로는 막는다는 것은 절대 불가능하기 때문이다. 따라서 설계에서는 절충안이 불가피하며 사실상 이는 보통 건축물의 수명 동안 거의 일어날 것 같지 않다고 간주되는 하중 상태의

---

12) 1983년 코네티컷 인터스테이트 95 브리지의 한 부위에서 핀과 행어 조합의 파괴로 인해 교량 한 폭이 붕괴되고 3명의 사망자를 냈다. 이 파괴 및 기타 구조물 이음부에 생기는 문제점의 예로는 H. Petroski, To engineer is human: The role of failure in successful design (New York: Vintage, 1992) 참조.

조합은 무시하는 것으로 나타난다. 1994년 1월의 캘리포니아 노스리지 지진은 3개의 주요 고가도로 일부의 붕괴를 촉발시켰는데 이 붕괴는 모두 이음부나 수직 지탱부에서 일어났다. 그러나 이는 캘리포니아의 공학이 미비했음을 의미하지는 않는다. 이같은 지진이 뉴 잉글랜드(미국 동부)에서 발생했다면 피해는 훨씬 더 컸을 것이다(물론 미국의 동부 지역에서도 지진은 그리 자주는 아니지만 일어나긴 일어난다).

어느 건축물에서건 가장 중요한 부분은 보는 사람들이 거의 없는 부분, 즉 기초부(foundations)이다. 여기서 발생한 파괴는 그 위에 있는 모든 것의 붕괴를 이끌어낸다. 비록 따뜻한 기후 지역에서는 가벼운 단층 건물이 때때로 콘크리트 판 위에 세워지지만 보통 기초공사는 이 이상의 일을 의미한다. 추운 기후 지역에서는 가벼운 건물이라도 대지가 응결로 팽창할 때 들어올려지거나 휘어지는 것을 방지하기 위하여 기초를 결빙선 아래로 깊게 놓아야 한다. 북극 지역에서는 건물 내부의 열이 영구동토층을 녹이지 않도록 지반 위에 있는 건축물로부터 기초부가 열로부터 절연되어 있어야 한다. 만일 영구동토층이 정말로 녹는다면 이 구조물은 내려앉음 현상(아마도 불균질하게 일어나는)에 직면하게 될 것이며, 이는 건물을 지탱하는 땅이 다시 얼 때 추가적인 움직임이 뒤따를 것이다.

토양의 습도 함량이 높아짐에 따라 이의 하중 지탱 용량이 낮아지는 것은 가장 무관심한 관찰자에게도 명백하지만 이 영향을 양적으로 예측하기는 매우 어렵고 상당한 불확실성을 내포하고 있다. 따라서 토양의 역학적 특성에 의존하는 기초는 매우 보수적으로 지어져야 한다. 지하수위가 높고 사질 토양이 우세한 해안 지방의 구조물은 비교적 가벼운 집이라도 지표 아래로 길이가 3~5m(10~16ft)까지 되는 말뚝박기 작업을 해야 한다. 또한 이같은 말뚝박기는 보통 폭풍 해일의 측면 공격에 저항하고 강풍에 대항하여 구조물을 보강하는 수직 들보로 작용하기도 한다.

크고 무거운 건축물의 경우 토양은 기초를 지탱하는 데 이용될 수 없다. 따라서 대부분의 교량이나 마천루는 토양을 통과하여 암반에 다다르는 지표로부터 수 미터(때로는 수 층 깊이)에 달하는 말뚝에 의해 고정된다.[13] 이는 사람이 방비할 수 있는 최선책이다. 어떠한 기술도 지진이나 지역적인 단층 변형이 일어날 때 암반의 이동을 막을 수는 없기 때문이다. 다행히도 어떤 구조물 바로 아래에서 암반이 움직일 가능성은 낮다. 대개 최악의 경우는 이 암반이 진동하는 경우다.

만일 중력이 구조물에 가해지는 유일한 힘이라면 건축 작업은 단지 건물을 기반 위에 '올려놓는' 것으로 충분할 것이다. 사실 전 세계적으로 이런 방식으로 건설된 수많은 역사적 건물들이 수 세기 동안 남아 있다. 그러나 지진은 가장 무거운 건물이라도 이를 기반으로부터 분리시켜버릴 만한 측면 하중을 산출할 수 있으며, 강풍이나 홍수는 구조물에 측면으로부터의 힘이나 상승력을 전달할 수 있다. 분명히 공학자들은 이들 가능성에 대해 주의할 필요가 있다. 미국의 대부분의 지역에서는 건물이 그의 기반에 단단히 고정되어 지역적인 재해 위험으로 나타날 수 있는 상승력이나 기본 전단응력에 저항할 수 있도록 건설법규로 정해놓고 있다.

불행히도 오래 전에 지어져 현대의 건설법규에 따르지 않는 많은 건축물들을 현대식으로 개축할 수 있는 쉬운 방법은 없다. 몇 가지 경우에는 이같은 법규에 따르지 않은 오래된 건축물이 자연의 지질학적 혹은 기상학적 사건들에 저항하는 능력을 보여주는 경우도 있다. 그러나 대부분의 경우 이같은 건축물은 다음번 폭풍이나 지진, 홍수 등에 의해 터지기만을 기다리는 시한폭탄과도 같다.[14]

---

13) 세인트루이스에서 미시시피 강을 가로지르는 제임스 이드 브리지의 교각 가운데 하나는 강의 수면 아래로 41.5m(136ft)에 달하며, 브루클린 브리지의 뉴욕 타워 기반은 수면 아래 24m(78.5ft)에 위치해 있다.

동적 하중

모든 구조물은 두 가지 종류의 하중을 지탱해야 한다. 정적 하중(static loads, 때로는 '사하중[dead loads]'으로 언급되기도 한다)은 구조물 자체의 무게와 구조물에 늘 작용하는 모든 추가적인 힘을 포함한다(예를 들면 댐의 상류 한편에 힘을 가하는 유체의 정적 힘). 동적 하중(dynamic loads)은 교통, 바람, 지각의 동요, 홍수 또는 구조물에 가해질 수 있는 그밖의 빠르고 다양한 힘들을 포함한다. 정적 하중을 안정적으로 지탱할 수 있는 구조물이 설계자가 예상하지 못한 동적 하중 때문에 비극적으로 붕괴되는 것도 분명 가능한 일이다.

정적 및 동적 하중의 구분은 우선 약간 인공적인 것으로부터 나타난다. 결국 측정자의 관점에서 보면 그들은 같은 하중이 아닌가? 그러나 대자연의 대답은 아니라는 것이다. 재빨리 가해졌다가 제거되는 하중은 꾸준히 가해지는 하중이 하지 못하는 일을 한다. 즉 이는 진동을 유발한다. 이 결과는 그림 3-12에 나타나 있다. 여기서 스프링에 매달린 추의 세 가지 경우를 고려해보자. 이 추에는 간단한 기록장치가 달려 있어 시간이 흐름에 따라 추의 운동을 그려보일 수 있다. a에서 하중은 정적이며 이때 연필은 단조로운 직선만을 기록한다. b에서 우리는 추에 빠른 동요를 가한다(동적 하중). 우리는 스프링이 멈출 때까지 오랫동안 진동하는 것을 볼 수 있다. 각각 진동의 바닥 부위에서 스프링은 정적 경우에 있는 것보다 상당히 더 늘어난다. 그리고 이 더 늘어난 현상은 동적 하중이 없어진 오랜 후에조차 일정한 진동수를 가지고 나타난다. c에서 우리는 낮은 탄성 한계를 갖는 스프링의 동일한 동적 상태를 본다. 이제 각각의 아래 사이클은 스프링에 응력을 가하

---

14) 이 주제에 대한 토론으로는 K.Matso, Lessons from Kobe, Civil Engineering, Apr. 1995, 42~47; G. Zorpette, Bracing for the next big one, Scientific American, Apr. 1995, 14~16 참조.

여 소성 상태로 만들며 이는 완전히 원래의 상태로 복귀되지 않는다. 결과적으로 각각의 진동 주기는 진동을 촉발시킨 동적 하중이 제거된 후에도 오랫동안 스프링을 점점 더 늘어난 채로 있게 한다.

어떠한 건축물이라도 하중의 제거 후 그 최초의 형상으로 돌아와야 하는 것은 기본이므로 c가 건축물이 피해야 할 유일한 경우이다. 만일 원래대로 돌아오지 않는다면 이는 더이상 동일한 건축물이 아니며 최초의 설계 계산과 비교해볼 때 건물로서의 생명은 끝난 것이다. 여러분은 다리 통행시 반

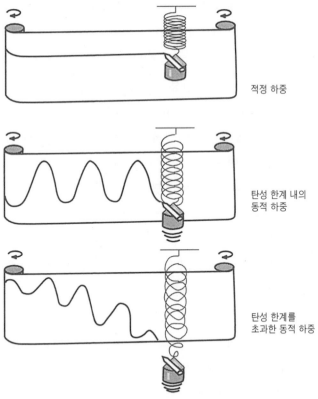

적정 하중

탄성 한계 내의
동적 하중

탄성 한계를
초과한 동적 하중

그림 3-12 정적 하중과 동적 하중의 비교. 만일 탄성 한계가 초과되면 구조물은 각각의 주기마다 점차적으로 큰 변형을 겪게 되며 결과적으로 파괴된다.

대 방향으로 커다란 견인 트레일러가 지나가면 상당히 튀는 느낌과 함께 수직 방향의 진동을 경험한 적이 있을 것이다. 만일 이런 일이 또 일어난다 해도 걱정할 필요는 없다. 교량은 수직 동적 하중에 대응하도록 설계된 일을 하는 것이다. 한편 만일 다리가 아래로 떨어지고 다시 튕겨올라오지 않는다면 즉시 차에서 내려 달아나야 한다. 교량의 어떤 중요한 부분이 변형되어 소성 상태로 들어간 것이므로 하나 이상의 연결 재료의 파괴가 곧이어 따를 것이 거의 확실하다.

요점은 이렇다. 동적 하중은 응력 구조 재료에 같은 정적 하중이 같은 재료에 가하는 응력보다 더 응력을 가할 수 있다. 예를 들어 한 구조물에 40톤의 일정한 무게를 가하는 것은 40톤의 하중을 빠르게 가했다가 제거하는 것보다 그 구조물에 적은 변화를 준다. 예상하지 못한 동적 하중은 구조물의 재료와 그들의 연결 부위에 그 탄성 한계 이상으로 응력을 가할 수 있으며 재료에 인장과 압축을 번갈아서 가하고 진동구조물을 매우 약해진 상태로 놓아둘 수 있다(만일 살아남는다면). 사실 심각한 지진에서 살아남았던 많은 건물들이 비교적 약한 여진을 거치면서 무너졌다.

하나의 완전한 진동이 순환하는 데 필요한 시간을 주기(period)라 부르며 역으로 시간당 진동 사이클을 진동수(frequency)라 부른다. 주기와 진동수는 같은 정보를 전달하는 용어여서 하나를 알면 다른 하나를 쉽게 계산할 수 있다. 예를 들면 만일 건물이 0.5초의 주기로 진동한다면 진동수는 0.5초당 1사이클, 즉 초당 2사이클이다.

진동의 진폭은 일반적인 평형 위치로부터의 최대의 변형을 말한다. 구조물의 변형이 탄성계 내에 있다면 구조물의 진동 주기는 진폭에 독립적이다. 다른 말로 하면 진동의 진폭이 20cm일 때, 한 건물이 0.5초의 주기를 갖는다면 이 주기는 진폭이 10cm일 때도 역시 0.5초이다. 이 주기는 구조물 자체의 특성이며 구조 재료의 무게와 탄성 계수로부터 계산할 수 있다. 반면에 진폭은 진동을 촉발시키는 충격의 크기와 관련이 있어 당연히 이는 예측할 수 없는 값이다. 건물의 주기를 바꾸기 위해서는 건축물의 구조 자체를 현저하게 바꾸어야 한다. 사람들은 건물을 동적 하중에 의해 진동하는 종(鐘)으로 간주할 수도 있다. 종은 조용히 울릴 수도, 크게 울릴 수도 있으나 어떤 식으로든 같은 음조를 가지고 울린다. 같은 방식으로 건물은 자체의 자연 주기를 가지고 '울리는' 것이다.

이러한 전제 아래 구조 공학자들에게는 또 한 가지 문제가 놓여 있다. 즉 공명 현상을 피해야 할 필요성이다. 어떤 동적 하중, 특히 지진과 관련된 것은 자체의 주기적 특성을 갖는다. 만일 어떤 지진파의 주기가 건물의 자연 주기와 맞아떨어진다면 이 파동은 건물에 매우 효율적으로 진동에너지를 주입시킬 수 있다. 이같은 조건에서는 작은 지진이라도 건물에 커다란 진폭의 진동을 만들어내기 때문에 이는 재난의 예고편이 되는 것이다.

1985년 멕시코 시

이 재난은 1985년 9월 19일 오전 7시 17분에 발생하여 1,800만의 인구 가운데 10,000명의 사망자와 약 50,000명의 부상자, 250,000명의 집 없는 사람들을 만들었다. 800개 이상의 호텔과 병원, 학교 그리고 사무실 빌딩들이 붕괴되었으며 이는 대부분 25km²(10mi²)의 영역 내에서 집중적으로 발생했다. 지진 자체는 350km(220mi) 이상 서쪽이 중심이었으며 지반의 운동은 도시 대부분의 지역에서 특별히 심하지는 않았다. 그러나 도시의 중심 가까운 구역에는 스페인의 정복 이후 폐허가 된 고대 아스텍의 호수인 텍스코코 호 지대가 있었다. 이 오래된 호수 지층의 역학적 특성은 2초의 주기를 지닌 지진파의 일부를 증폭시켰고 이 2초 주기의 파동 10사이클이 그 지역의 건물 기초부로 전달되었다.

그림 3-13 1985년 멕시코 시. 공명 효과로 6층에서 15층 높이의 건물들이 가장 큰 피해를 입었다. 배경에 있는 44층 건물은 피해가 없었다.(사진 제공, 국립 지구물리 자료센터)

항상 그렇듯이 비강화 석조 건물의 상태는 엉망이 되었다. 한편 강화 콘크리트 구조물의 경우, 6층 이하의 건물과 15층 이상의 건물은 대체로 무사한 반면 높이 6층에서 15층 사이의 건물은 심각한 손상을 입거나 비극적으로 붕괴되었다.

어째서 이 지진이 높이 6층에서 15층 사이의 건물들만 골라내어 공격했을까? 그 이유는 이 높이의 강화 콘크리트 건물이 보통 1~2초의 자연 진동 주기를 가지며 이는 이 특정한 동적 하중과 잘 조화되었기 때문이다. 이 10 사이클의 지진파 안에 있던 거대한 양의 에너지가 이들 특정 구조물 안으로 주입되었으며 이 건물들은 마치 뒤집힌 거대한 진자처럼 앞뒤로 흔들렸다. 사실 지반의 동요는 20초 정도만 지속되었음에도 어떤 건물들은 약 2분 동안이나 진동이 계속된 사실이 보고되기도 했다. 더 낮은 강화 구조물은 무사했는데 이는 그들의 자연 주기가 지진파의 주기와 조화되지 않았기 때문이다. 가장 높은 건물 또한 아무런 심각한 구조적 손상을 입지 않았다. 1950년대에 지어진 44층의 라틴아메리카 빌딩은 자연 주기가 3.7초였기 때문에 2초 주기의 동적 하중에 살아남을 수 있었다. 그림 3-13의 사진을 보면 배경에 있는 이 마천루와 높은 송신탑은 무사한 반면, 앞에 있는 건물은 완전 붕괴되었음을 알 수 있다.

1985년의 멕시코 지진의 냉혹한 교훈은 다음과 같다. 가장 튼튼하고 잘 지어진 건물이라도 어떤 불리한 동적 하중의 조건에서는 붕괴에 취약할 수도 있다는 것이다. 이는 구조 공학자들에게 중요한 고민을 안겨주었다. 대자연은 결코 어떤 건물의 붕괴를 촉발할 수 있는 동적 하중의 미래 일정을 알려주는 일이 없기 때문이다. 그러니 누가 확신을 가지고 대자연의 미래 일정이 무엇인지를 말할 수 있겠는가?

4

죽음과 생명

카메룬의 살인 호수

두 번의 이상하고 조용한 재난이 1984년과 1986년 서아프리카 카메룬 공화국의 한 마을을 덮쳤다. 과학자들이 37명의 사망자를 낳은 첫 번째 재난의 수수께끼를 풀기가 무섭게 거의 동일한 대재난이 1,700명의 인명을 앗아갔다. 희생자들은 외상이나 심한 고온, 질병, 기아 때문에 죽은 것이 아니었다. 그들은 대부분 개방된 지역에서 산소 부족으로 죽었다.

첫 번째 재난은 1984년 8월 16에 일어났다. 오전 5시 30분, 품보트 시 경찰국은 모노운 호수 근처의 도로에 사람들이 쓰러져 있다는 보고를 접수했다. 공무원 몇 명과 지방 의사들이 한 시간 후 그곳에 도착했을 때, 그들은 도로 주변에 흩어져 있는 사람들의 시체와 함께 땅 위에 떠다니는 흰색의 구름이 호수로부터 불어오는 바람을 타고 그들에게 다가오는 것을 보았다. 구름이 접근하자 그들은 구역질이 나고 어지러우며 다리에 힘이 빠지는 것을 느껴 재빨리(그리고 현명하게) 이 이상한 안개가 없는 곳까지 물러났다. 나중에 그들이 희생자들을 조사했을 때 많은 사람들은 피부 손상과 물집이 잡혀 있었으며 코와 입에 거품이 나 있었고 늘어진 위장과 실금(失禁) 현상이 있었음을 발견하였다. 그들은 또한 바로 그 지역에서 수많은 죽은 쥐들과 박쥐, 뱀, 그리고 적어도 한 마리 이상의 죽은 고양이를 발견했다.[1] 불행히도 희생자들에 대한 어떤 부검도 이루어지지 않았으며 어떤 신체 조직의 견본도 채취하지 못했다.

모종의 지구물리학적 사건이 일어난 듯이 보였기 때문에 지구과학자들 몇몇 그룹이 그후 여러 달 동안 이 지역을 방문하여 지방 목격자들의 이야기와 사건 후 호수에서 채취한 물과 퇴적물 견본의 화학적 분석을 결합시키려고 시도했다. 곧 단일한 과학적 가설로는 모든 자료 및 목격자들의 인터뷰와 일치하는 설명이 나오지 않는다는 사실이 명백해졌다. 특히 호수로부터 나왔다고 상상할 수 있는 어떠한 가스도 희생자들에게 생리학적인 피해 전체를 입힐 수는 없었다. 더구나 산(酸)이 포함되면 의류나 식물에 사건 후 오랫동안 뚜렷한 증거를 남긴다. 살아남은 몇몇 희생자들이 거품이나 피부 손상을 경험하지 않았으므로 우리는 공무원들의 보고서가 몇 가지 세세한 점에서 부정확했다고 추정할 수 있다. 그러나 과학자들이 수집한 다른 목격자들의 증언은 확실한 것 같다. 재난이 일어나기 전날 밤 11시 30분에 인근 마을 두 곳의 많은 주민들이 이 호수 부근에서 뚜렷한 우르릉 소리를 들었다.

표면에서 볼 때, 모노운 호는 1.5km의 길이와 200m~700m까지 변화되는 폭을 갖는 비교적 작은 호수이다. 이 호수는 가파른 절벽의 화산 분화구에 자리잡고 있어 주위 둘레에 비하여 비교적 깊은 최고 96m(315ft)의 깊이다(예를 들면 이는 이리 호보다 훨씬 깊다). 우르릉 소리는 산사태에 의하여

1) H. Sigurdsson, J.D. Devine, F. M. Tchoua et al., Origin of the lethal gas burst from Lake Monoun, Cameroun, Journal of Volcanology and Geothermal Research, 31(1987), 1~16; H. Sigurdsson, A dead chief's revenge? Scientists now understand the mechanics of the deadly Cameroun gas burst one year ago, but the trigger is still a mystery, Natural History, 96(1987), 44~49.

발생되어 많은 양의 바위와 먼지를 호수 가장 깊은 곳으로 떨어뜨렸다. 이같은 사태가 거대한 표면파를 발생시켰을 뿐 아니라(사실 최근에 5m 물결이 일어났다는 식물학적 증거가 그곳에 남아 있다), 이같은 충격은 당연히 호수의 표면과 깊은 곳의 물을 뒤섞었다.

한밤중에 일어났기 때문에 이 산사태의 결과로 나타난 물결은 직접적으로 어떤 희생자도 낳지 않았다. 그러나 불행히도 모노운 호의 깊은 물은 용해된 이산화탄소로 포화상태였다. 이는 분화구 마루의 차가운 화산성 분기공을 통하여 오랜 기간 스며들어간 것이다. 이 깊은 곳의 압축된 물이 표면으로 올라오면 용해된 이산화탄소는 마치 탄산음료 깡통을 흔든 다음에 연 것처럼 즉시 거품이 되어 빠져나온다.

물론 이산화탄소 자체는 유독성이 없다. 지구의 대기는 항상 이 가스를 소량 포함하고 있으며 이는 식물의 생존에 필수적이다. 그러나 이산화탄소는 대기보다 약 40% 무겁기 때문에 이는 낮은 지역으로 흘러가며 원래의 대기를 바꾼다.[2] 1984년 그 비극적인 아침에 가스 구름은 호수로부터 폭발되어 강 계곡을 따라 동쪽으로 미끄러져갔으며 동이 틀 무렵 낮은 다리로 희생자들이 접근할 때 그들을 질식시켰던 것이다.

모노운 호의 재난은 비교적 알려지지 않은 사건으로, 이것이 일어났을 때 사실 어느 신문·방송 매체도 주의를 기울이지 않았다. 이 현상은 많은 과학자들의 관심을 끌었으나 과학적 연구에는 시간이 걸린다. 과학학회지에 어떤 발견이나 가설이 보고되기도 전에 두 번째의 더 심각한 재난이 카메룬의 또 다른 깊은 화구호인 니오스 호의 한 부지를 강타했다.

---

2) 이 이산화탄소 구름의 밀도는 확산되면서 일어난 냉각으로 인해 한층 더 높아졌다. 이 냉각 효과는 또한 가스가 하얀 구름 모양으로 나타난 현상을 설명해줄 수 있는데 이것은 냉각이 호수 위의 대기에서 수증기를 응결시켰기 때문이다. 이산화탄소 자체는 투명하다.

1986년 8월 21일 오후 9시 30분경 우르릉거리는 소리가 약 15초 내지 20초 지속되어 호수 지역에 있는 사람들이 일제히 집에서 뛰쳐나왔다. 한 관측자는 부글거리는 소리를 들었다고 말했으며 관찰하기 좋은 지점에서 그는 호수의 거대한 파도로부터 하얀 구름이 올라오는 것을 보았다. 많은 사람들이 썩은 달걀이나 화약 냄새를 맡았으며 따뜻한 감각을 느꼈다. 그러고는 즉시 정신을 잃었다. 그 사건에서 6시간 내지 36시간 후에 깨어난 생존자들은 쇠약해졌고 혼란스러워했다. 많은 사람들이 기름 램프에 기름이 가득 차 있었음에도 불구하고 꺼지는 것을 보았다. 그들의 동물과 가족들도 사망했다. 이 지역의 새, 곤충, 작은 포유동물들이 이 사건 후 적어도 48시간 동안 보이지 않았다. 식물들은 기본적으로 영향을 받지 않았다.

……식물들의 피해는 파도가 남쪽 기슭에서 25m의 높이까지 올라왔음을 보여주었다. 호수 북쪽 끝에서는 6m 높이의 파도가 방수로를 넘쳐흘렀으며 남서부 기슭에서는 80m 높이의 암석 곳을 넘어서 물과 거품의 분수가 튀어올랐다.[3]

이 두 번째 가스 구름은 니오스 호로부터 10km(6mi)까지 흘러갔으며 1,700명의 인명과 대략 3,000마리의 가축의 목숨을 빼앗았다. 이번에는 과학자들이 며칠 내로 도착하기 시작했으며 아무런 의심 없이 주민과 가축이 이산화탄소로 인하여 질식사했다고 결론지었다. 비록 가스 구름에 황화물이 포함되어 있긴 했지만(구름의 냄새는 이로써 설명이 가능하다) 그들은 죽음을 일으킬 만큼 농축되어 나타나지는 않았다. 몇몇 희생자들에게서 나타난 피부 손상은 열이나 화학물질에 의한 화상이라기보다는 이미 존재하는 열대

---

3) G.W.Kling, M.A.Clark, H.R.Compton et al., The 1986 Lake Nyos gas disaster in Cameroon, West Africa, Science, 236(1987), 169~175.

성 질병의 탓으로 보였다. 이 갑작스런 가스 방출에 직접적으로 책임이 있는 화산이나 지진활동은 없었다. 호수에 접해 있는 서쪽 절벽에 새로운 산사태의 흔적이 발견되었는데 이는 이 사건이 아마도 모노운 호에서와 같은 방식으로 발생했을 것이라는 점을 시사한다. 니오스 호는 길이 1,925m, 최대 폭 1,180m, 깊이 208m로, 모노운 호보다 더 크고 깊었다. 이는 방출된 가스의 양이 더 많고 사망자 수도 더 많은 점을 잘 설명하고 있다.

오늘날에도 이 두 호수는 계속 많은 양의 용해된 이산화탄소를 포함하고 있으며 반복될 위험은 매우 현실적으로 존재한다. 그러나 여기에는 이런 종류의 또 다른 재난을 피하기 위한 그럴듯한 전략이 존재한다. 계속적으로 깊은 곳의 물을 호수 표면으로 퍼올림으로써 이산화탄소를 계속적으로 일정하게, 그러나 인접 지역 공기 중의 산소를 전부 몰아내지는 않을 정도로 조금씩 방출시키는 것이다. 이 작업의 공학적 원리는 매우 간단하다. 불행히도 현재 이러한 계획에 쓰일 자금이 없다(카메룬의 인구당 국민 순생산[GDP]은 미국의 5%에도 미치지 못한다). 현재 할 수 있는 최선의 방책은 더 주의를 기울여 카메룬의 화구호를 감시하며 이곳의 물이 다시 대량의 숨막히는 이산화탄소를 폭발적으로 역류시킬 때에 맞춰 대피 경고를 할 수 있기를 바라는 것뿐이다.

인구 분포와 재난들

인류의 초기 시절, 생존이 수렵과 채집에 의존했을 때, 그리고 사회 집단이 작고 지리적으로 멀리 떨어져 분포했을 때, 자연재해에 대하여 관심을 갖는 사람들은 거의 없었다. 농장과 도시가 생기기 전에는 특정한 지리학적 지역을 어느 집단으로든 묶는 것은 거의 없었다. 화산이 폭발하기 시작하면 한 종족은 아무것도 잃을 걱정 없이 다른 곳으로 옮겨갈 수 있었다. 지진이 난다 해도 자고 있는 어린아이 위로 무너질 무거운 건물이 없었다. 전염병도 거의 발생하지 않았다. 전염성 질병은 미생물이 생존할 수 있는 숙주의 최소 인구밀도를 필요로 하기 때문이다. 쓰나미와 홍수는 사상자를 낼 수 있었으나 결코 많은 숫자는 아니었다. 수렵, 채집 사회에서 인류의 대부분은 한낱 한 곳에 모여 있지 않았기 때문이다. 자연재해의 필요불가결한 조건은 많은 수의 인류가 반영구적으로 한 장소에 사는 것이다.

비록 우리의 행성은 일반적으로 인류가 생명을 유지하는 데 관대한 편이지만 자연의 힘은 종종 우리의 환경을 죽음의 덫으로 바꿔놓는다. 이들 환경의 이상이 인구가 밀집된 지역과 맞아떨어지면 우리는 자연재해를 당하게 되는 것이다. 남극 지역의 심한 눈보라, 대서양의 용오름 현상, 시베리아의 화산 등은 극적인 사건이라고는 할 수 있지만 대개는 자연재해가 아니다. 재난이란 눈보라가 대도시를 강타하거나, 회오리바람이 모빌 하우스 공원을 습격하거나, 화산이 해발 고도에서 폭발하여 해안에 인접한 거주지를 향하여 쓰나미를 보낼 때 일어난다. 우리는 사람들이 어느 곳에 사는지, 그리고 그들이 얼마나 밀집해 있는지를 고려하지 않고 재해의 위험도에 대하여 말할 수는 없다.

현재 전 세계의 인구는 약 57억 명이며 이중 약 5분의 1이 중국에 살고 있다. 두 번째로 인구가 많은 나라는 인도이며 그 다음이 미국, 인도네시아 순이다. 그러나 나라마다의 인구의 형태는 전 세계적인 인구 분포 상황을 제대로 설명해주지는 않는다. 각 나라는 서로 다른 크기를 갖기 때문이다. 좀더 나은 측정 방법은 토지의 기준 면적당 인구를 측정하는 것이다. 표 4-1에서 필자는 대표적인 몇 나라들의 평균 인구밀도 순위를 km²당 인구수로 나타내었다. 이 방법으로 세계에서 가장 인구밀도가 높은 나라는 방글라데시로, 이는 평균 중국의 8배에 달하는 밀도이다. 사실 중국은 총 인구가 아닌 인구밀도로 순위를 매긴다면 리스트의 정상급에서 한참 밑으로 내려온다.

국가	1993년 인구(백만)	km²당 인구
방글라데시	119	824
타이완	20.9	581
남한	44.2	448
네덜란드	15.1	370
일본	124.5	321
인도	886.4	270
영국	57.8	237
이스라엘	4.8	234
필리핀	64.1	224
이탈리아	57.9	192
북한	22.3	184
폴란드	38.4	122
중국	1,170	122
인도네시아	195	101
이집트	56.4	56
멕시코	92.4	47
에티오피아	51.1	45
미국	257	27
카메룬	12.6	27
러시아	149.5	8.5
캐나다	27.4	2.7
오스트레일리아	17.6	2.3
전세계	5,700	36.7
남극을 제외한 전세계	5,700	40.4

표 4-1 선발된 국가들의 인구 및 평균 인구밀도

주 : 1km² = 0.386mi².

표 4-1은 세계에서 가장 인구밀도가 높은 지역이 동남 및 동아시아, 서태평양 제도, 서유럽임을 보여준다. 반면에 아프리카, 아메리카 및 오스트레일리아는 훨씬 낮은 평균 인구밀도를 갖고 있다. 그럼에도 냉정한 사실은 인류

가 그간 인구를 늘리는 데 너무나 성공적이어서 세계 전체(남극 대륙은 제외)의 평균 인구밀도가 km²당 40명을 넘는다는 것이다(mi²당 100명). 이는 우리의 행성에서 자연이 특이한 활동을 벌일 때 많은 종족에게 영향을 미치지 않을 장소는 거의 없다는 사실을 시사한다.

같은 국가 안에서도 평균 인구밀도가 장소에 따라 크게 달라지는 것을 기억하는 것도 중요하다. 가장 높은 인구밀도를 보이는 곳은 분명 도시이다(그리고 이것이 바로 도시를 도시로 만드는 것이다). 전 세계에서 가장 인구밀도가 높은 도시는 홍콩이다. 이곳에선 주민의 수가 km²당 평균 95,535명(mi²당 247,500명)으로, 이는 뉴욕 시의 약 22배에 달하며 로스앤젤레스의 27배가 넘는 밀집도이다. 홍콩 다음으로 전 세계에서 가장 인구밀도가 높은 도시를 순서대로 나열하면 나이지리아의 라고스, 방글라데시의 다카, 인도네시아의 자카르타, 인도의 봄베이, 베트남의 호치민 시, 인도의 아마다바드, 그리고 중국의 센양이다. 이와 같은 장소에 엄청난 수의 사람들이 지속적으로 통합된 물리적 시설에 의존하고 있다. 자연재해로 전력이 끊기거나, 급수시설이 파괴되거나, 음식의 공급이 차단되거나, 건물이 흔들려 쓰러지거나, 몇 군데 불이 나거나 하면 이 타격은 수많은 거주민들에게는 비극적인 재앙이 될 것이다.

높은 인구밀도를 지닌 지역에 사는 주민들은 상호간의 의존관계가 붕괴되는 사태에 극도로 취약하다. 거주민이 희박하게 분포하는 농촌에서는 강한 지진에 의해 건물이 심각한 피해를 입더라도 생존자들은 음식과 물을 찾아 스스로 살아가는 데 별 문제가 없으며, 집과 가축우리를 임시로 수리하는 데 큰 어려움이 없다. 이를 대도시의 고층 아파트 거주민들에게 비슷한 규모의 사건이 터졌을 때와 비교해보라. 고속도로와 교량이 손상되었으므로 음식물의 공급이 끊길 수 있다. 수도관이 파괴되어 식수 공급이 차단될 수 있다(또는 수도 공급원이 오염될 수도 있다). 강화 콘크리트 건물의 구조를 수리한다는 것은 아파트 거주민들이 직접 할 수 있는 영역을 훨씬 넘어서는 일이다. 더구나 각 생존자들은 임시 주택 등의 고갈되어가는 생존 유지 자원을 놓고 다른 생존자들과 경쟁을 벌여야 한다. 인구밀도가 높은 지역에 산다는 것은 항상 자급자족을 포기하는 것과 같다. 이같은 상황에서 살아남은 대부분의 생존자들은 정부가 주도하는 구호활동을 기다리는 것 이외에는 할 일이 별로 없다.

부유한 국가(즉 인구당 GDP가 높은 나라)에서는 불가피한 관료적 복잡성에도 불구하고 재난 구조가 비교적 빠르고 효율적이다. 대부분의 생존자들은 곧 의사들의 치료를 받고 음식과 의복을 공급받고 임시 거주지를 제공받는다. 재난에 이어서 나쁜 위생상태로 인한 콜레라나 그밖의 질병이 뒤따르는 것은 선진국에서는 드문 현상이다. 그러나 가난한 나라에서는 잘 지켜지지 않는 건축법규와 무리하게 혹사당하는 기반시설, 그리고 종종 비효율적이고 최소한에 그치는 구호활동 등으로 인하여 재난의 영향이 가중된다. 따라서 저개발 국가의 경제적 요인은 재난으로 인한 사람들의 고통과 궁극적인 사망자 수에 실로 큰 영향을 미친다.

방글라데시의 홍수

인도의 북서쪽 경계와 인접한 방글라데시에는 위스콘신 주보다 작은 지역에 1억 1,900만의 인구가 산다(이미 지적했듯이, 이는 전 세계에서 가장 높은 평균 인구밀도). 이 지역의 약 80%는 해면보다 약간 높은 곳에 놓인 넓고 평탄한 평원이며 이는 갠지스 강과 브라마푸트라 강의 삼각지, 수백에 달하는 지류 및 시내에 의해 수천 개의 섬으로 나누어져 있다.[4] 이곳은 기후적으

---

4) 어떤 출전에서는 방글라데시가 250개의 강을 지니고 있다고 주장하고 있다. 필자는 아직

로 전 세계에서 가장 비가 많이 오는 지역 가운데 하나이며 이곳의 강(이는 서쪽으로 인도 내부의 강과 연결되며 북쪽으로 히말라야 산맥과 연결된다)은 우기 동안 매우 정기적으로 범람한다. 또한 이들 큰 강물이 동시에 범람하게 되면 방글라데시에는 재난이 온다. 만일 이 강들이 벵갈 만의 조수가 만조일 때 범람한다면 재난은 가중된다. 열대성 폭풍이 이들 사건들과 동시에 발생한다면 인간에게 미치는 충격은 엄청나게 증대된다.

열대성 폭풍은 낮은 기압 때문에 조수를 비정상적인 높이로 끌어올린다. 지표수는 원래 아래로만 흐르기 때문에 이같이 극도로 불어난 조수는 강의 삼각지로부터 물의 흐름을 막는다. 결과적으로 생기는 정체된 물은 물레방아를 돌리는 홍수보다 훨씬 더 문제가 심각하다. 이제는 물에 잠긴 해안으로부터 강한 바람에 의해 밀려온 파도로 홍수가 내륙 깊이까지 휩쓸고 가는 것이다. 나무 기둥 위에 세워진 집조차도 바닥으로부터 떨어져나간다. 방글라데시와 같은 곳에서는 피난민들이 대피할 고지대가 매우 드물다. 이 모든 조건이 결합되면 엄청난 대재난이 될 수 있고, 실제로 이런 재난이 너무나 자주 일어나고 있다.

지난 35년 동안 방글라데시는 적어도 일곱 번의 주요한 자연재해를 겪었는데 기본적인 내용은 다음과 같다.[5]

1963년 5월 28~29일 22,000명 사망

1965년 5월 11~12일 17,000명 사망

1965년 6월 1~2일 30,000명 사망

1965년 12월 15일 10,000명 사망

정확한 숫자를 확인하지는 못했으나 지도를 찾아보면 실제로 매우 많은 것이 확실하다.

5) 필자는 이 절에 나오는 자료를 연감, 지도책, 동시대의 뉴스 문헌 등 여러 2차 문헌에서 얻었다. 그래서 특정 자료 가운데 일부는 다소 불확실할 수 있으나 전체적인 서술은 정확하다.

1970년 11월 13일 300,000명 사망

1985년 5월 25일 10,000명 사망

1991년 4월 30일 131,000명 사망

　이 재난의 특성상 이들 사망자 수는 단지 비극의 일부만을 보여준다. 현재 방글라데시 주민들 중 절반 이상이 생애 동안 적어도 한 번 이상 자연의 힘에 의해 집을 잃은 경험이 있으며 수많은 세대들이 여러 차례 이런 일을 겪었다. 예를 들면 1988년과 1989년만 해도 홍수에 '겨우' 4,000명만이 죽은 반면 100만 명이 집을 잃었다. 더구나 방글라데시는 인구 5,500명당 의사가 한 명뿐이다(인구 404명당 한 명씩인 미국과 비교해보라). 또한 의사들도 홍수의 희생자가 되는 것에서 결코 예외일 수 없다. 결과적으로 이 나라의 주요한 홍수들에는 바로 치료할 수 없는 질병의 발생이 뒤따랐으며 이는 많은 사망자들을 추가로 발생시켰다.

　20세기에 들어서 일어난 전 세계의 주요 홍수 가운데 10,000명 이상의 사망자를 낸 것 중 3~4개를 제외하고는 모두 오늘날 방글라데시라 불리는 지역에서 발생했다. 이러한 역사적 행태는 이 나라에 모종의 공학적 대응이 고려되어야 함을 시사하고 있다. 즉 네덜란드인들이 북해로부터 자신들의 낮은 국토를 보호하기 위하여 제방과 수문을 설치한 것과 유사한 대응이 필요하다는 것이다. 불행하게도 방글라데시는 제방 시스템과 같은 장치를 설치·유지하기엔 너무도 가난한 국가이다. 네덜란드는 1,500만의 인구를 보유하고 있으며 이는 방글라데시 인구의 13%이다. 그럼에도 이 나라의 국민순생산(GDP)은 연간 1,750억 달러이며 이는 방글라데시의 156억 달러의 11배가 넘는다. 방글라데시의 사용 가능한 예산은 이 나라의 반복되는 재난에 대응하기 위한 방대하고 어려운 공사를 수행하기에는 비참할 정도로 적다. 다음번에도 틀림없이 홍수가 닥칠 것이고 이에 따라 또다시 수천 명이 사망할 것이다.

이러한 절망적인 상태를 알고 나면 이 국가가 마치 죽음의 언덕처럼 보일 지도 모른다. 2, 3년마다 거대한 홍수에 의해 수만 명이 사망한다면 인구가 계속 줄어들어 결국 사실상 0에 가깝게 되지 않을까? 대답은 "그렇지 않다" 이다. 사실 최근 방글라데시의 인구는 실제로 매년 2.3%씩 늘어나고 있다. 다시 말하면 인구가 매년 1억 1,900만 명의 2.3%인 약 300만 명씩 늘고 있다. 이 값에서 열대성 폭풍으로 사망한 수만 명을 뺀다고 해도 이는 성장률 에 거의 영향을 주지 않는다.

그러나 인구가 계속적으로 증가함에 따라 점점 더 많은 사람들이 다음번 열대성 폭풍에 무방비 상태로 노출되며 이들을 보호하기 위한 전망은 점점 더 멀어져가고 있다. 방글라데시는 미래의 자연재해로 인한 인간 비극의 가 능성을 보여준다는 점에서 전 세계 국가들 가운데 첫 번째로 평가되는 기이 한 영예를 지니고 있다.

자연 성장의 법칙

기하급수적 증가의 산술은 놀랍고 어리둥절한 결론을 낳을 수 있다. 다음 의 이야기 퍼즐을 읽고 생각해보자.[6]

---

6) 이들 이야기에 대한 변형은 여러 출판물에 나와 있으며 그중 일부는 1세기나 그 이상 오래 전부터 모습을 드러내왔다. 일반적인 원리는 1240년 이탈리아의 수학자 레오나르도 피보나 치Leonado Fibonacci의 저서에서 발견할 수 있다. 토머스 맬서스Thomas Malthus는 1798 년 그의 『인구론 An Essay on the Principle of Population』에서 이러한 인구 성장에 대한 수 학적 원리를 처음 적용했다고 일반적으로 알려져왔다. 맬서스는 1800년대 초반까지 기근과 질병을 통하여 인구가 크게 줄어들 것이라고 예측했다. 이러한 일이 일어나지 않자 그의 저 서들은 보편적으로 조소와 불신의 대상이 되었다. 그러나 150년의 오차는 인간 진화의 시 간 규모에서 보면 절대 큰 것이 아니다. 아직도 맬서스가 기본적으로 옳았으며 그가 전망한

이야기 1. 어떤 왕이 충실한 하인에게 상을 주고자 그에게 바라는 것을 말하라고 했다. 하인은 왕의 체스판을 보고는 그 판의 첫 번째 네모칸에 쌀알 하나를 놓고 두 번째 칸에 두 알을, 세 번째 칸에 4알을, 이런 식으로 모든 64개의 칸에 쌀알을 두 배씩 올려놓아주기를 원한다고 대답했다. 왕은 요청이 매우 소박하다고 생각하여 바로 승낙하고는 장관을 불러 창고로 가서 쌀을 세어주라고 지시했다. 몇 시간 후 장관은 사색이 되어 왕에게 달려왔다. 그런 조건으로는 나라 전체, 아니 전 세계의 쌀을 다 모아도 하인의 요청을 들어줄 수 없음이 밝혀졌다! 64번째 칸 하나만 보면 하인은 9,223,372,000,000,000,000개의 쌀알을 가져야 하며 이는 약 70억 톤의 무게에 해당한다!

이야기 2. 야심은 있으나 경험이 부족한 여기자가 주요 일간지의 편집자에게 일자리를 요청했다. 얼마의 봉급이 적절하겠느냐는 질문에 그녀는 경험이 부족하므로 첫째 날에는 1센트만 받겠다고 했다. 둘째 날에는 2센트, 셋째 날에는 4센트, 이런 식으로 4주, 28일 동안 매일 일당을 두 배로 해달라고 요청했다. 편집자는 그 겸손한 요청에 즉시 동의하고 경리계에 이를 지불하도록 지시했다. 결과적으로 그 달이 끝날 때쯤 젊은 기자는 은퇴해도 좋을 만한 재산을 벌어들였다. 여기 그녀의 봉급이 늘어나는 과정을 보자.

이야기 3. 연못의 표면에 수초 하나가 싹이 텄다. 그리고 이것은 매일 크기가 두 배씩 커졌다(즉 매일 각각의 세포가 분열되었다). 30일째 되던 날, 이 식물은 연못 전체를 덮었다. 만일 연못 주인이 이 식물이 연못의 절반을 덮게

시간에 다소의 오차가 있었을 뿐이라고 밝혀질 가능성은 있다. 맬서스의 원래 주장은 수십 년 전 P. Ehrlich & A. Ehrlich, Population, resources, and environment(New York:Freeman, 1970)라는 당시 충격적인 책에 의해 새로이 활력을 얻은 바 있다. 또한 이 장의 주 8)을 참조하라.

날	일당	총 주급
1	$.01	
7	.64	첫째 주의 총액 = $1.28
14	81.92	둘째 주의 총액 = $162.56
21	5,242.88	셋째 주의 총액 = $10,403.84
28	335,544.32	넷째 주의 총액 = $665,845.76

되는 날 이것을 제거하려고 했다면 이는 어느 날이 될 것인가? 아니, 여기에 속임수는 없다. 분명 이 식물은 29일 되는 날 연못의 절반을 덮었다. 이 이야기의 교훈은 이렇다. 연못이 소멸될 위기가 임박했음이 명백해졌을 때는 이미 행동할 수 있는 귀중한 시간은 거의 남아 있지 않다는 것이다.

생명을 유지시킬 수 있는 충분한 자원을 이용할 수 있는 동안 인류의 인구는 시간에 따라 기하급수적으로 증가할 것이다. 다른 말로 하면 인구가 늘어나는 숫자는 기존의 살아 있는 사람들이 얼마나 많은지에 달려 있다. 인구가 많으면 많을수록 더 많은 짝짓기가 행해지고 새로 태어나는 아이들이 늘어나며 장래의 인구 수가 늘어나게 된다. 그러나 이런 식으로 인구가 계속 늘어나면 결국 인구는 이를 부양하는 데 필요한 그 지역 자원의 양을 초과할 것이 확실하다. 이것이 현재의 방글라데시처럼 29번째 날의 비유로 사용해도 좋을 듯한 곳에서 이미 일어나는 일로 보인다.

개체군 수의 증가에 대한 우리의 관심은 인간만이 아니라 미생물에게도 적용된다. 어떤 사람이 병원균에 감염되었을 때 그들의 군집이 몸 안에서 증가하는 동안 아무 증세도 보이지 않다가, 어느 날 아침 깨어나자 화물차에 탄 것처럼 몸이 떨리는 것을 느낄 수 있다. 성장의 자연법칙은 29번째 날과 30번째 날 사이에 근본적인 변화가 있을 수 있다는 것이다.

그러나 과연 인구가 실제로 이렇게 빨리 두 배로 증가하는 것일까? '빨리'

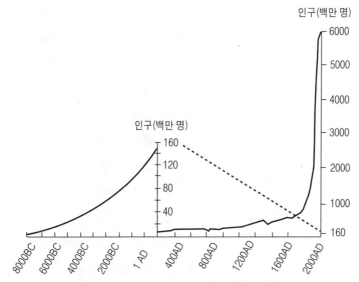

그림 4-1 전세계 인구의 성장. 현재의 성장률은 대략 매년 1.8%이며, 이는 39년마다 배증함을 의미한다.

라는 표현은 우리가 보아왔듯이 상대적인 용어다. 그림 4-1의 그래프는, 우리가 제대로 확대된 그림을 본다면 우리 행성의 인구는 정말 극적으로 증가해왔으며 대부분의 성장은 마지막 몇 세대에서 일어났다는 것을 보여준다.

여기서 유용한 개념은 '배증시간'이다. 만일 인구가 계속적으로 증가한다면 언젠가 두 배로 된다. 얼마나 빨리 두 배가 되는가는 순성장률에 달려 있으며 이는 편의상 보통 퍼센트로 나타낸다.

순성장률(%) = 출생률(%)−사망률(%) + 순입국률(%)

예를 들면 한 섬나라 국가에서 출생률이 매년 10%이고 사망률이 매년 2%이며 순입국률이 매년 − 1%(즉, 사람들이 이 나라를 떠나고 있다)라면 순성장률은 7%이다. 이는 그리 높은 비율이 아니라고 볼 수도 있지만 실제로는 높은 것

년	인구
0	100,000
1	107,000
2	114,490
3	122,504
4	131,080
5	140,255
6	150,073
7	160,578
8	171,819
9	183,846
10	196,715
11	210,485

이다. 인구 100,000명이 매년 7%씩 늘어나면 어떤 일이 생기는지 알아보자.

이 산술은 매년 '겨우' 7%인 성장률이 약 10년 만에 인구를 배증시킴을 보여주고 있다. 비슷한 계산을 3.5%의 성장률에 대해 해보면 인구는 20년 만에 배증될 것이다. 방글라데시의 경우처럼 2.3%의 성장률에서는 인구가 배증되는 시간은 약 30년이다.

긴 계산을 하지 않고 배증시간을 구하는 간단한 방법이 있다. 그 식은 다음과 같다.

$$\text{배증시간} = \frac{70}{\text{성장률(\%)}}$$

예를 들면 매년 2%의 성장률을 갖는 나라에서는 35년 만에 인구가 배증되며 연간 0.5%의 성장률에서는 140년이 지나야 인구가 거의 배증된다.[7] 결국 아무리 시간이 지나도 인구가 배가되지 않는 성장률은 오직 0%(또는 그 이하)뿐임을 주목하라.

현재 전 세계의 인구는 약 57억이며 성장률은 약 1.8%이다. 성장률을 줄이기 위한 어떤 조치도 취하지 않는다면 우리는 세계 인구가 39년 후에 114

---

7) 예리한 독자들은 이 공식이 등차 수열의 계산처럼 두 배가 되는 시간이 정확히 동일하게 나타나지 않는다는 사실을 알아챘을지도 모른다. 사실 이 공식은 수열보다 더 정확하다. 수열에서는 모든 출생이 1년의 마지막 날에 일어났다고 가정하는 반면, 실제로는 출생이 1년 동안 계속적으로 일어나기 때문이다.

억으로 늘어날 것임을 알 수 있다. 지도를 놓고 불과 39년 만에 전 세계 마을과 도시의 수를 두 배로 늘리거나 도시의 크기를 두 배로 확대시킨다고 상상해보라. 다른 방식으로 보면 우리 가운데 로스앤젤레스와 같은 크기의 도시 10개를 매년 지구상에 추가시키는 것을 쉽게 상상할 수 있는 사람이 얼마나 되겠는가? 그럼에도 이것이 우리가 현재 우리의 행성에 대하여 하고 있는 일이다. 현재의 추세로 볼 때 미래에는 앞으로의 각본이 더욱 비극적이 될 것이다. 우리는 로스앤젤레스와 같은 인구를 매년 20개, 40개, 80개씩 추가해나갈 것이다.

빠른 인구 증가로 인해 귀결되는 불행은 부적당한 기반시설을 갖는 도시가 전 세계에 점점 흔해진다는 것이다. 또한 급격하게 숫자가 늘어나는 인간은 그들의 기본적 욕구를 충족시키기 위하여, 무리하게 운영되는 이들 도시 시설에 점점 더 의존하게 된다. 오늘날 많은 도시들에는 이미 현재 거주민들의 일상 욕구를 충족시킬 적절한 수도 설비와 하수도 설비, 의료 서비스 그리고 음식과 연료 분배 기구가 결여되어 있다. 늘어나는 인구가 도시에 가하는 압박으로 생겨나는 증상들은 정전 및 교통 체증만은 아니다. 운이 좋으면 그들은 심한 곤란을 겪지 않을 수도 있지만 많은 사람들이 불편함을 감수해야 한다. 이제 이 불확실한 상태에다가 대자연의 딸꾹질 하나를 덧붙여보라. 도시의 인구가 늘어남에 따라 그들은 점차 자연재해에 취약해진다는 결론을 피할 수 없다. 어쩌면 이것이 궁극적으로 인간들을 우리 행성에서 평형상태로 되돌리고자 하는 대자연의 방법일지도 모른다.

한 가지는 확실하다. 현재의 인구 증가 추세가 무기한 계속될 수는 없다. 만일 그렇게 된다면 현재의 세계 인구가 2033년까지는 배증되어 약 110억이 된다는 것을 예측하는 것은 쉬운 일이다. 2072년에 우리의 아이들과 그들의 후손은 이 숫자가 다시 배증되어 220억이 되는 것을 볼 수 있을 것이다. 대략 2160년에는 전 세계의 사막과 빙하를 포함한 모든 육지 지역이 현재 방글라데시와 같은 인구밀도를 갖게 될 것이다. 570년 후에는 우리가 서 있을 수 있는 지역은 1인당 평균 1m²(11ft²)로 줄어들 것이다. 그때는 우리가 잠을 자기 위해 눕는 일도 교대로 해야 할 필요가 있을 것이다. 물론 이러한 각본은 이 지점에 오기 한참 전에 말도 안 되는 소리가 되어버린다. 지구 행성이 지탱할 수 있는 인구의 용량은 가장 과장된 평가라 해도 100억에서 150억 명 사이의 어느 지점에서 절대적 상한을 갖기 때문이다.[8] 달리 말하면 우리는 이미 29번째 날에 와 있는 것이다.

이스터 섬의 재난

최근 몇 년 사이에야 과학자들은 이스터 섬에서 일어난 재난에 대해서 신뢰할 만한 설명을 하기 시작했다. 이는 자연재해로서는 비교적 느리게 일어난 사건으로, 수 세대에서 수 세기에 걸쳐 발생했다. 그 냉혹한 결과는 전체 문명과 그를 유지시키던 생태계의 복구될 수 없는 파괴였으며 수천에 달하는 인명의 죽음이었다. 숲과 농작물이 사라졌으며 목재의 부족으로 배를 건조하는 작업도 끝났다(그와 함께 해산물의 채취도 끝장이 났다). 사회 조직은 붕괴되었으며 사람들은 동굴을 피난처로 삼았는데, 이미 그곳에는 주거지를 지을 만한 건축 재료가 남아 있지 않았기 때문이다. 한때 거대한 석조 기념물을 건

---

8) 일부 과학적 분석에서는 장기적으로 지구의 가능한 최대 수용 인구는 겨우 15억에서 20억 정도임을 시사하고 있다. 이는 우리가 이미 정원을 3배나 초과했다는 의미다. 이 결과는 1994년 8월 12일 열린 미국환경학회(Ecological Society of America) 연례회의에서 스탠퍼드 대학의 Paul Ehrlich와 버클리에 있는 캘리포니아 대학의 Gretchen Daily에 의해 발표되었다. 그밖에 여러 우수한 글들이 전 세계 인구 위기에 대하여 썼다. 독자들에게 흥미가 있을 만한 대중적인 기사 3편으로 J.E.Cohen, How many people can the earth hold? Discover, 1992, 114~125; C.C. Mann, How many is too many? Atlantic Monthly, Feb. 1993, 47~67; and E. Linden, Magacities, Time, Jan. 11, 1993, 28~38등이 있다.

설하고 운반하기 위하여 서로 협조했던 사회는 종족간의 전쟁 및 식인행위로 인해 퇴보했으며 결국 구전되어오던 이전 문명은 소실되고 말았다.

지구상의 거주 가능한 장소 가운데 이스터 섬만큼 고립된 곳은 없다. 1700년대 그곳에 살고 있던 종족은 그들의 고국에 이름조차 짓지 않았는데 그 이유는 단순하게도 다른 장소가 있다는 것을 몰랐기 때문이다. 그들이 남아메리카에 당도하기 위해서는 동쪽으로 3,200km(2,000mi)를 가야 하고, 가장 가까운 섬인 투아모투 군도에 도달하기 위해서는 서쪽으로 2,200km(1,400mi)를 가야 한다. 그러나 그들의 선박은 원시적이고 물이 새 물 속에 몇 시간만 있으면 항해를 할 수 없게 되어버린다. 18세기 이 종족들에게는 160km²의 섬과 그들의 시야에 들어오는 수평선이 전 세계를 구성하고 있었다.

네덜란드의 탐험가 제이콥 러게빈Jacob Roggeveen이 1722년 부활절 일요일에 처음으로 이 섬에 상륙했으며, 50년 후에 쿡Cook 선장 휘하의 영국인들이 도착했을 때 대략 200여 개의 비슷하게 생긴 사람 모양의 석상이 고독한 파수병처럼 바다를 바라보고 서 있었다(그림 4-2). 이들 석상은 높이가 약 10m(33ft)였으며 무게는 약 82톤이나 나갔다. 그들 중 대부분은 길이가 150m(500ft), 높이가 3m(10ft)인 거대한 돌로 된 연단에 일렬로 서 있었다. 채석장은 석상이 세워진 곳으로부터 10km 떨어진 곳에 있었는데 그곳에서 적어도 700개 이상의 석상들이 완성되기까지 여러 단계에서 버려진 채 추가로 발견되었다. 그중 어떤 것은 높이가 20m(65ft), 무게가 270톤이나 나가는 것도 있었다. 음식물을 찾아다니고 서로 싸우는 데에 대부분의 시간을 보냈던, 전체 약 2,000명밖에 안 되는(첫 관찰자의 보고에 따르면) 원시적인 인간들이 어떻게 이러한 거대한 기념물들을 조각하고 운반하고 세울 수가 있었을까?

분명, 그들은 그럴 수가 없었다. 주된 채석장은 섬의 북동쪽에 있고 석상은 다른 편 끝에 있다. 몇몇 석상의 왕관으로 사용된 붉은 돌은 남서쪽의 내

그림 4-2 이스터 섬의 거대한 석상, 모아이(moai)는 인구 과잉으로 인한 환경 파괴로 말미암아 스스로 멸망한 문화의 잔해다.

류 채석장에서 나왔으며 조각 도구는 북서쪽에서 나왔다. 가장 좋은 농장은 남쪽과 동쪽에 있고 최고의 어장은 북쪽과 서쪽 해안에 있다. 분명히 그곳에는 효율적인 중앙집권적 정치체제가 있어서 섬의 전 주민들을 지배했을 것이다. 이곳의 인구는 아마도 전성기에는 20,000명에 달했을 것으로 보이며,[9] 이들 모두는 각자의 목적보다는 동일한 장래의 희망을 가지고 함께 일했다.

그리고 무슨 일이 일어난 것일까? 오컴의 면도날과 일치하는 답변 하나가

---

9) 이스터 섬의 최대 인구는 20,000명이었던 것으로 추정되며 이때의 인구밀도는 km²당 122명이다. 이는 현재의 폴란드나 중국의 인구밀도와 거의 같으며 현재 방글라데시의 인구밀도에 비하면 15%밖에 되지 않는다(표 4-1 참조).

고고학적 발굴 결과와 발굴된 지층에 들어 있는 꽃가루의 합계, 방사성 탄소를 이용한 날짜 계산 및 남은 인간들의 DNA 분석 등을 결합하여 제시될 수 있다. 이들 모든 증거를 종합하여 우리에게 주어지는 설명은 대체로 다음과 같다.[10)]

서기 400년에서 700년 사이의 어느 해 피지, 사모아, 타히티를 식민지화한 폴리네시아의 뱃사람들(의심할 바 없이 정착할 새로운 땅을 찾는 데 항상 성공했던 그들은 과거 경험으로 고무되었을 것이다)이 동쪽의 미지의 바다로 탐험을 계속했다. 그러나 이번만은 적당한 거리에서 또 다른 섬들이 발견되지 않았다. 아마도 대부분의 선박은 또 다른 육지를 다시는 보지 못했으며 선원들은 예상치 못했던 태평양 동남부의 광막한 공허함 속에서 죽어갔다. 그러나 이들 폴리네시아 모험가들 중 일부가 우연히도 이스터 섬을 발견하는 데 성공했으며 그들은 이 해안에 늘 가지고 다니는 바나나 묘목과 토란, 고구마, 사탕수수, 뽕나무, 닭 등과, 어디에나 존재하는 쥐들을 풀어놓았다.

그때 대부분의 이스터 섬은 무성한 아열대 숲으로 덮여 있었다. 수많은 하우하우나무가 밧줄을 만드는 재료를 제공하였으며 토로미로나무는 풍부한 땔감을 제공했다. 당시 가장 흔한 나무는 현재 멸종한 높이 25m(82ft), 지름 2m(6ft)까지 자라는 종려나무였다. 이 줄기는 배를 만드는 데 적합했고 열매는 먹을 수 있었으며 수액은 달고 영양이 많았다. 이 섬은 적어도 25종의 새들이 둥지를 트는 번식지였으며 이곳에 바다표범들이 상당한 무리를 짓고 살았다는 증거도 있다. 남위 27도에 존재하는 이스터 섬은 열대 지방을 살짝 벗어나 있어 이곳의 해수 온도는 너무 낮아서 산호초나 많은 종류의

---

10) D.W.Steadman, Prehistoric extinctions of Pacific island birds: Biodiversity meets zooarchaeology, Science, 267(1995), 1123~1131; Paul Bahn & John Flenley, Easter Island, earth island(London: Thames & Hudson, 1992); J. Diamond, Easter's end, Discover, Aug. 1995, 62~69.

열대 어류가 살지 않는다. 그러나 여기에서도 이스터 섬의 폴리네시아 이주민들에게 행운이 따랐으니 수많은 돌고래들이 이 섬으로부터 수 킬로미터 떨어진 깊은 바다에서 발견되었던 것이다. 분명히 새로운 이주자들은 항해에 적합한 배를 만들 줄 아는 사람들이었으며 그곳으로 가서 작살로 돌고래를 잡을 수 있었다. 따라서 초기의 이스터 섬은 정착촌을 건설할 수 있는 비옥한 곳이었다.

서기 800년까지 이스터 섬의 삼림 벌채작업은 상당히 진행되었다. 그럼에도 적어도 1300년까지는 식량이 풍부했다. 이 시기에 버려진 쓰레기를 보면, 그들이 식용으로 사용한 고기는 3분의 1이 돌고래며 4분의 1은 어류, 나머지는 해조들과 육지새, 조개, 쥐, 길들인 닭, 그리고 가끔씩 바다표범 등이었음을 알 수 있다. 또한 여기에 풍부한 식용 야채들이 추가된다. 인구는 계속 늘어났으며 야심찬 공공사업계획을 추진할 만한 풍부한 노동력이 형성되었다. 이 계획은 거대한 석상을 운반하고 세우는 것이었는데 생각해보면 이는 그들 사회 전체가 의존해오던 삼림의 고갈을 가속화시키는 것이었다. 이제 나무는 집과 배를 짓는 일 이외에 썰매와 지레를 만드는 데 필요했으며 밧줄은 석상을 잡아당기고 제자리에 세우는 데 필요했는데 이 모든 일들은 하우하우나무의 멸종을 가속화시켰다.

우리는 석상이 언제 처음 조각되어 세워졌는지는 모른다. 그러나 대부분은 1200년에서 1500년 사이에 만들어진 것으로 보인다. 또한 채석장에 버려진 것들은 대부분 1500년 이후의 것들이다. 꽃가루 기록을 보면 마지막 거대한 종려나무는 1400년 직후에 사라진 것으로 보인다. 숲이 사라짐에 따라서 토양의 오염이 가속되었다. 샘과 냇물이 마르기 시작했다. 수확량이 감소했다. 1500년 이후의 쓰레기에서 돌고래 뼈는 더이상 발견되지 않는데, 이는 이 종족을 깊은 바다로 데리고 가서 이 바다동물을 사냥할 수 있게 할 배를 건조할 수 있는 커다란 나무가 남아 있지 않았기 때문이다. 섬 사람들은 식량 자원으로 야생 조류에 눈을 돌려 이들은 곧 멸종하고 말았다. 이제 그들은 식량으로 길들인 닭에 더 의존할 수밖에 없었고 결국 그들은 인육을 먹기에 이르렀다. 1600년대의 것으로 남아 있는 작은 석상 하나는 움푹 들어간 뺨과 드러난 갈비뼈를 지닌 사람을 묘사했는데 이는 그 당시 많은 사람들이 굶주리고 있었음을 시사한다.

사람들이 서로의 친척들을 잡아먹기 시작하자, 그들은 문제 해결을 위하여 상호 협조하기가 점점 더 힘들어졌다. 1600년대와 1700년대, 많은 창날과 석제 단검이 만들어져 몇 세기가 지난 오늘날에도 땅 속에서 발견하기 어렵지 않다. 이 도구가 의미하는 것은 아메리카 인디언들이 들소나 다른 동물들을 사냥하기 위해 만든 화살촉 등과 크게 다르다. 이스터 섬에 풍부하게 남아 있는 유일한 동물은 호모 사피엔스뿐이었기 때문이다. 매일매일 인간은 사냥꾼이었으며 동시에 사냥감이기도 했다. 흙 속에 있는 숯의 잔해에서 방대한 양의 타다 남은 인체 조직이 발견되었다. 가족들은 동굴 속에서 살기 시작했으며 정치 시스템은 퇴화하여 무정부 상태가 되었다. 1700년대까지 한때 20,000명까지 늘어났던 인구는 약 2,000명으로 급격히 줄어들었다.

1722년 유럽인과의 첫 접촉이 있은 후에도 투쟁은 계속되었다. 비록 200개의 거대한 석상이 1770년대까지 서 있었으나 1864년 전쟁 중인 부족들에 의하여 모두가 넘어뜨려지고 말았다. 배들이 정박해서 정기적으로 기본 물품들을 공급하기 시작해서야 도민들은 현재의 평온한 상태에 도달할 수 있었다.

몇 사람을 택하여, 외떨어졌으나 물자는 풍부한 섬에 데려다놓고 탈출하는 것을 사실상 불가능하게 만들어보라. 그들이 50세대 정도로 자손을 번식하게 되면 결국 자손들의 수가 그 섬이 감당할 수 있는 용량을 초과할 것이다. 그러면 그들은 서로를 공격하며 이전 세대들이 성취해놓은 모든 것을 파괴해버리고 말 것이다. 29일째 날이 되어, 이미 너무 늦어버릴 때까지는 아무도 이 일이 일어나고 있다는 것을 알지 못할 것이다. 멸종된 동물들과 나무들은 다시 돌아오지 않으며 이것들에 의존하던 문명은 이스터 섬이 그랬던 것처럼 영원히 사라지게 된다.

몇 사람을 택하여, 외떨어졌으나 물자는 풍부한 **행성**에 데려다놓고 탈출하는 것을 사실상 불가능하게 만들어보라. 그들이 수천 세대 자손을 번식하게 되면 결국 마찬가지로 자손들의 수는 고향 행성이 감당할 수 있는 용량을 초과할 것이다. 그때 우리는 역시 생존을 위해 미친 듯이 다투며 서로를 공격하고 과거의 세대가 성취해놓은 모든 것을 파괴할 것인가? 어떤 사람들은 우리가 이미 29일째 날로 들어섰다고 말하고 있다. 이스터 섬의 재난은 세계 인구가 억제되지 않고 계속 증식되는 한 실제로 전 세계적인 규모로 되풀이될 수 있다.

진화와 자연 선택

좀더 이전의 형태로부터 연속적으로 새로운 형태가 출현하는 패러다임은 모든 과학에서 발견된다. 우주적 규모에서 우리는 은하계와 그 안의 별들의 진화에 대한 증거를 가지고 있다. 행성의 규모에서 우리는 산과 계곡을 연구하고 지질학적 진화의 증거를 찾는다. 사회·문화·경제적 시스템 역시 진화하는 것처럼 보이며 기존의 형태에서 새로운 형태가 나타난다. 진화는 사물들이 연속적으로 하나의 형태에서 다른 형태로 변화하는 것, 그리고 그와 같은 변화의 밑바닥에는 모종의 통계적인 패턴이 존재한다는 주장 — 원한다면 '사실'이라고 불러도 좋다 — 을 말하고 있다.

생물의 진화는 현상이지 이론이 아니다. 화석 기록은 과거 시대의 많은 생명 형태들이 지금은 더이상 존재하지 않음을 보여주고 있다. 또한 역으로 오늘날의 대부분의 생명 형태들은 먼 과거에는 존재하지 않았다. 더구나 현대의 생화학적 분석은 생명의 연속성을 확인하는 작업을 가능하게 해주고 있다. 예를 들면 인간은 올리브나무나 아메바와 먼 친척이 된다.

생명의 형태에 관계 없이 한 세대로부터 다음 세대로 유전자 정보를 전달하는 운반자는 DNA 분자다. DNA 구조는 1953년 처음으로 해독되었다.[11] 이 거대분자는 수백만의 질소, 인, 탄소, 수소와 산소의 원자로 이루어져 있으며 이 모든 원자는 단지 네 개의 반복되는 배열로 서로 연결되어 있는데, 이는 표준 오른손 나사의 홈과 같은 방식으로 시계 방향으로 돌면서 비틀려 있는 긴 나선형 사다리의 가로대와도 같다. 서로 밀접하게 연관되어 있는 생물들은 이 사다리 가로대(이는 염기쌍이라 불린다)의 배열이 유사하게 나타난다. 생물들의 관련이 서로 멀수록 그들의 DNA 염기쌍의 배열은 더욱 달라진다.

DNA는 자기복제할 수 있는 능력을 지니고 있다. 이는 자신을 둘러싼 세포액이 올바른 성분을 포함하고 있으면 자기 자신과 화학적으로 정확하게 일치하는 복사물을 만들 수 있는 능력이다. 자기복제하는 동안에 DNA 사다리의 가로대를 구성하는 분자쌍은 서로 분리되어 주위의 세포액에서 새로운 짝이 될 재료를 잡는다. 이때 아데닌 분자는 티민과, 구아닌은 시토신 분자와 각각 결합하여 짝을 이룬다. 결과적으로 똑같은 염기쌍 배열을 갖는 — 즉 원래의 DNA 분자와 같은 유전학적 정보를 갖는 — DNA 분자 한 쌍이 만들어진다. 이 두 개의 딸 DNA 분자는 사다리 방향으로 올려볼 때 모두 시계 방향으로 비틀려 있다.

순전히 화학적인 관점에서 볼 때, DNA가 시계 반대 방향이 아닌 시계 방향으로 비틀려 있어야 할 이유는 없다. 시계 반대 방향의 DNA 분자는 같은

---

11) 왓슨James Watson, 크릭Francis Crick, 그리고 윌킨스 Maurice Wilkins는 DNA 분자의 구조를 결정한 그들의 작업으로 1962년 노벨상을 수상했다.

환경에서 시계 방향의 것과 똑같이 효율적인 화학적 반응을 하며 새로운 시계 반대 방향의 DNA 세포를 자기복제할 수 있다. 그럼에도 불구하고 수천 종의 살아 있는 생물로부터 수천 가지 유전정보 물질의 견본을 분석해본 결과 DNA는 항상 시계 방향으로 비틀려 있으며 시계 반대 방향은 없다는 것이 발견되었다. 이는 화석에 보존되어 있는, 멸종한 생물들로부터 추출한 DNA 견본의 경우에도 마찬가지다.

이제 이것이 매우 궁금해진다. 만일 화학적·물리적으로 DNA가 시계 반대 방향으로 비틀리면 안 될 이유가 없다면 어째서 지금까지 발견된 모든 생물들의 DNA는 시계 방향인 것일까? 자기복제 과정은 어째서 부모와 자식이 같은 방향으로 비틀리는 DNA를 갖게 되는지를 설명해준다. 그러나 어째서 바나나나무와 가재처럼 서로 관계가 먼 생물들까지 모두 시계 방향의 DNA를 갖는 것일까? 이것이 순전한 우연에 의해 일어날 확률은 전 세계 모든 사람들이 동시에 동전을 던졌을 때 모두 앞면이 나올 확률보다 훨씬 적다. 그럴듯한 설명은 단 한 가지뿐이다. 대자연이 만들어낸 첫 번째 DNA 분자가 우연히 시계 방향으로 비틀려졌고 현재의 모든 DNA 분자는 그의 후손이라는 것이다. 달리 말하면 모든 생명은 같은 근원을 갖는다.*

이러한 생물학적 증거는 새로운 생명 형태가 보통 매우 느리게 수많은 세대를 통하여 서서히 진화한다는 이전의 화석 증거를 보강한다. 진화는 번개나 지진과 마찬가지로 실제로 일어나는 현상이며 이러한 관찰은 모든 면에서 견실한 기반을 지니고 있다. 진화는 단지 너무 느리게 일어나기 때문에 우리가 보통 자기 생애에서 새로운 생명체가 출현하는 것을 보지 못할 뿐이다. 여기서 필자가 '보통'이라고 말한 것을 주목하라. 우리는 나중에 어떤

---

* 물리적으로 왼쪽과 오른쪽의 구별이 전혀 의미가 없지는 않다. 소립자의 세계에서 K 중간자 붕괴의 경우 공간의 좌우는 대칭되지 않는다는 것이 패리티 비보존 이론에 의하여 알려졌다. 그러나 이 사실과 DNA의 시계 방향 회전과는 별 관계가 없는 듯하다. ─옮긴이

질병을 일으키는 미생물은 인간의 시간 척도로도 비교적 빠르게 진화한다는 사실을 보게 될 것이기 때문이다.

그러나 이 지점에서 우리는 조심스러운 구분을 해야 할 필요가 있다. 번개 현상이 번개에 대한 이론이 아닌 것처럼 진화 **현상**은 진화에 대한 **이론**이 아니다. 이론은 관찰의 수준을 넘어선 거대한 인식의 도약이다. 이론은 현상을 일으키는 메커니즘을 설명하고자 한다. 현재 진화를 설명하는 우세한 과학 이론은 자연 선택 이론(theory of natural selection)으로, 그 기원은 자연주의자 찰스 다윈Charles Darwin(1859)과 알프레드 R. 윌리스Alfred R.Wallace(1876)의 저서에까지 거슬러 올라간다. 다윈과 윌리스의 시대에 진화이론을 경험으로써 반증 가능한 언어로 명확하게 정의하는 것은 어려운 일이었고 발전은 더뎠다. 많은 학자들이 자연 선택이라는 발상은 객관적으로 검증할 수 있는 것을 아무것도 예측하지 못하기 때문에 이론으로서의 자격이 전혀 없다고 논박했다. 이러한 견해에는 어느 정도 타당성이 있지만 최근까지 자연 선택 이론이 대중성을 지녔던 중요한 이유는 이를 대체할 수 있는 어떤 가능한 이론도 존재하지 않았기 때문이다. 그러나 오늘날은 유전학과 생화학의 진보로 자연 선택의 결과에 대한 모종의 경험적 검증을 고안할 수 있게 되어 이 이론은 훨씬 더 견실한 기반에 놓이게 되었다.

자연 선택 이론은 특정한 개체 생물의 운명을 다루지는 않는다. 이는 많은 생물체 집단의 생존 확률만을 다루고 있다. 이 이론적 메커니즘은 표 4-2에 요약되어 있다. 여기서 먼저 요구되는 것은 어느 집단에도 어느 정도의 유전적 변이가 있어야 한다는 점이다. 이는 모든 사촌이 동일한 특성을 가질 수는 없다는 뜻이다. 현재 우리는 이같은 변이가 가장 하등 생명체에서조차 어느 정도 나타나며 이는 DNA 분자의 자기복제 과정에서 우연한 실수(돌연변이)를 통하여 생긴다는 것을 알고 있다. 따라서 우연히 다른 집단보다 주위 환경에 잘 적응하는 어떤 개체가 생기게 된다(예를 들면 약간 더 예민한 시력

1. 각 종의 일원들 사이에 개체 변이가 나타남.

2. 그들이 번식하기 전에 환경이 개체 중 일부를 죽임. 이 경우 환경의 압력에 더 잘 적응하는 유전적 특성을 갖는 개체는 성숙시까지 생존이 순조로움.

3. 살아남은 개체의 번식률은 부모들을 대체하는 비율을 넘어섬.

4. 번식이 일어나는 동안 부모로부터 후손에게로 유전적 정보가 전달됨.

5. 부모들은 결국 생리적으로 쇠퇴하여 죽음. 이는 경쟁의 순환으로부터 그들을 제거하고, 그들이 일시적으로 획득한 성질로부터 유전적으로 결정된 장기적 특성을 가려냄.

표 4-2 자연 선택의 이론적 과정. 어떤 종족이라도 자연에서 일어나는 상황의 결과로 세대가 계속되면서 새로운 생물학적 특징을 획득할 수 있다.

이라거나 약간 더 나은 균형 감각). 그와 동시에 우연히 다른 집단보다 더 불리하게 태어나는 개체도 나타난다(예를 들면 더 약한 발톱, 높이 뛰는 능력의 부족).

두 번째로 요구되는 것은 어떤 집단에서도 그 일부만이 자손을 남길 만큼 성숙할 때까지 살아남을 수 있다는 것이다. 이것 또한 보통 실제로 일어나는 일로 보인다. 우연한 사건이 불가피하게 일부 개체의 생명을 빼앗기 때문에 "가장 적응을 잘하는 존재"라고 해서 생존이 보장되는 것은 결코 아니다. 그러나 통계적으로 더 잘 적응한 개체들은 더 높은 비율로 포식자들을 피하고, 극도의 추위를 견디며 질병과 싸우는 등등의 일에 성공적일 가능성이 높다. 이것은 더 오래 사는 개체가 생물의 생존에 유리한 특성을 지니고 있을 가능성이 높다는 통계 성향을 설명한다.

그 다음에 생물은 유전적으로 계승된 자신의 특성 대부분을 그 후손에게 보내는 방법으로 자신을 복제해야 한다. 만일 생명 형태가 진화하기 위해서는 자신의 대체율을 능가하는 비율로 복제해야 한다(이는 각 부모가 평균적으로 2명 이상의 아이를 낳아야 한다는 의미다). 만일 초과되는 번식률이 없다면, 자연 선택 과정은 그 종족의 수가 끊임없이 감소하도록 만들고 궁극적으로는 절멸을 가져올 것이다.

끝으로 자연 선택은 각 개체의 쇠퇴와 죽음을 필요로 한다. 만일 한 종족이 진화하려면 그 개체 생물은 유한한 생애를 가져야 한다. 만일 나이든 개체가 육체적으로 쇠약해져서 죽지 않으면 그들은 계속하여 싹터나가는 후손들의 집단과 생존을 놓고 경쟁해야 한다. 기초 학습이 가능한 어떤 생물 형태라도, 가장 잘 적응된 개체는 통계학적으로 볼 때 나이 든 개체이다(그들은 학습할 시간이 더 많았다). 어느 시기에 달하면 이러한 이점이 생리적인 육체의 쇠퇴 때문에 훼손되기 시작한다. 이러한 노화 과정이 없다면 새로운 유전적 특성이 아직 살아 있는 이전 세대들의 학습된 특성과 바뀔 가능성이 별로 없기 때문에 진화는 정체될 것이다. 환경이 바뀌면(결국 틀림없이 이렇게 되겠지만) 느린 노화와 느린 생식을 하는 종족은 적응 능력이 부족해져 결국 멸종하고 말 것이다. 무엇으로 대체되어야 하는가? 진화의 다른 지류를 따라가서 각 개체가 생식하고 자신들의 자녀가 성숙할 때까지 키운 후에 곧 죽도록 유전적으로 프로그램되어 있는 생명 형태에 도달한 종족이다. 자연 선택 이론에 따르면 진화 과정을 촉진하는 것은 노화와 죽음이다.[12]

한 종족이 살아남기 위해서는 진화가 필요한가? 반드시 그렇다. 과거에는 우리의 행성이 지금과 매우 달랐다. 바다는 지금처럼 염도가 높지 않았고 대기에는 산소가 훨씬 적었다. 또한 (최근의 빙하기가 시작되기 전까지는) 평균 기온도 지금보다 높았다. 어떤 환경에서 번성하던 종족은 그 환경이 변화하

---

12) 자연 선택이 각 개체가 어떻게 죽는지를 구체적으로 예정하지는 않으나 대부분의 동물들의 거의 모든 죽음이 중요한 기관과 조직의 산소 결핍에서 비롯된다는 점은 흥미롭다(외견상의 원인이 예를 들어 심장마비나 익사, 암, 또는 선 페스트일 경우에도 마찬가지다). 인간의 죽음의 과정에 대한 더 상세하고 총체적인 설명으로 필자는 S. B. Nuland, How we die(New York: Vintage/Random House, 1994)를 추천한다.

면 위험에 처하게 되고 통계적으로 볼 때 다음 세대에 그들의 유전자를 전해줄 기회를 갖기 전에 죽을 가능성이 높다.

자연 선택 이론은 가장 빨리 진화하는 종족은 그들 개체가 다음의 세 가지 조건 — (1) 빠르게 생식 가능한 성숙기에 도달한다. (2) 환경의 압력 아래 있다. (3) 자손을 많이 생산한다 — 아래 있음을 예측케 한다. 강털소나무는 수명이 수천 년에 달하며 느리게 성장하고 생식한다. 이는 그들에게 영향을 미치는 환경의 압력이 거의 없기 때문이다. 반면에 개구리는 그 환경에서 굶주린 여러 포식자들에게서 몇 마리라도 확실히 피하게 하기 위해 수백만 개의 알을 재빨리 낳는다. 식물계와 동물계는 자신들이 살아남을 확률을 높이기 위한 독특한 특성을 성공적으로 발전시킨 수천의 놀라운 생명체의 예로 가득 차 있다(예를 들면 나뭇가지처럼 생긴 곤충, 나무 꼭대기의 잎을 딸 수 있는 기린, 냄새로 포식자들을 쫓는 스컹크, 긴 겨울 동안 동면하는 북부 파충류 등). 더구나 다른 어떤 생물들은 개개의 생명체는 죽더라도 자신들의 씨앗은 살아남을 수 있도록 독특한 방법들을 개발한다. 예를 들면 야자의 씨앗들은 허리케인의 바닷물결을 타고 떠다니다가 이를 먹은 동물의 창자를 통하여 손상되지 않고 이동한다.

물론 자연 선택은 생물이 반드시 환경에 적응할 수 있는 어떤 특성을 발전시키는 것을 보장하지는 않는다. 만일 우리가 이온화된 방사능을 눈으로 볼 수 있고 그것을 피할 수 있다면 그것은 분명히 현대인에게 유익할 것이다. 우리는 인간의 자연 선택을 이 방향으로 추진하는 환경의 압력이 아직까지 충분하지 않다고 주장할 수도 있다(그리고 필자는 실제 앞으로 일어날지도 모르는 생물학적 메커니즘을 가정하기 위해 몹시 애를 쓰고 있다). 그러나 이를 넘어서서 인간이 성숙기에 들어서는 시간과 느린 생식률을 고려할 때(대충 세대당 25년씩은 걸린다), 대자연이 인간 종족에게 이러한 특별한 시험을 수행시키기 위해서는 수만 년의 시간이 걸릴 것이다. 만약에 내일 바로 핵폭발에 의한 대참사가 난다거나, 앞으로 수십 년 안에 대기의 오존층이 사라지는 일이 생길 경우 호모 사피엔스 종족이 확실히 살아남을 만큼 빠른 적응 메커니즘이 진화될 가능성은 거의 없다. 이러한 시나리오에서는 바퀴벌레가 지구상에 지배적인 동물 생명체로 나타날 가능성이 높은데, 바퀴벌레는 이미 방사능에 어느 정도 내성이 있을 뿐 아니라(이는 진화상에서 유리한 출발점이다) 상당히 빠른 증식을 하기 때문이다.

인공 선택

자연 선택 이론을 지지하는 가장 설득력 있는 증거는 인류가 자신의 이익을 위하여 진화의 변화 방향을 유도하여 성공을 거둔 것에 있다. 예를 들면 1500년대 유럽인들이 처음 미 대륙에 도착했을 때 토착식물이었던 야생 옥수수로부터 진화된 현재의 옥수수를 들 수 있다. 현대의 옥수수는 원래의 야생 옥수수와 크게 다르다. 낱알은 더 커지고 달아졌으며 인간의 개입이 없으면 씨앗이 퍼지지 않기 때문에 이 식물은 더이상 야생상태에서는 자라지 않는다. 야생 옥수수로부터 지금의 옥수수로의 진화는 매우 빨라서 약 100번의 생식 주기만을 필요로 했다. 인간 중심의 관점에서 이 진화 과정은 자연 선택이라기보다는 인공 선택이다. 새로 도착한 유럽의 농부들이 의식적으로 각각의 야생 옥수수 세대로부터 가장 굵은 알을 골라서 다음해의 종자로 이용하기를 되풀이해왔기 때문이다. 그러나 더 넓은 관점에서 보면 유럽인들의 도래 자체가 야생 옥수수에게는 하나의 극적인 환경 변화이며 야생 옥수수로부터 옥수수로의 진화는 이러한 환경의 압력에 대한 귀결이라고 볼 수도 있다. 이러한 새로운 환경에서 만일 그 야생 옥수수가 굵은 알이 아니었다면 번식할 기회를 갖지 못하고 그대로 먹히고 말았을 것이다. 반면에 줄기에 붙은 낱알이 실하게 자랐다면 유럽인들은 그 씨앗을 저장해두었다가 다음해에 땅에 심었을 것이며 결국 이 유전자는 자손을 갖는 데 성공했을 것이다.

같은 방식으로 인간은 다양한 종류의 길들인 동물과 식용 작물들의 선택 과정을 성공적으로 유도할 수 있었다. 현대의 소와 돼지, 개들 중 대부분의 품종은 야생상태에서 살아가지 못한다. 서러브레드 종의 말은 야생의 말과 상당히 다른 특성을 갖고 있다. 농장에서 자라는 쌀은 야생의 쌀보다 더 영양이 많다. 살구나무는 야생상태에서 자라지 못한다. 수퍼마켓에서 살 수 있는 여러 가지 사과들은 선택 과정을 지시한 인간의 개입을 반영한다.

칼 세이건Carl Sagan은 인공 선택이 미래의 식량을 보장하려는 의식적인 프로그램이 아니라 인간의 미신과 문화적 전설로부터 기인한 매력적인 예를 묘사한 바 있다.[13] 1185년에 일본의 내해(內海)에서 헤이케 사무라이 일족이 라이벌인 겐지 사무라이 일족과의 결정적인 해전에서 패하고 말았다. 헤이케 전사들 가운데 많은 수는 사로잡히는 것보다 바다에 몸을 던지는 길을 택했다. 여기까지는 기록된 역사이다. 이러한 역사적인 배경에서 전설하나가 생겨났는데 지방의 어부들은 패배한 헤이케 사무라이들이 아직도 바다 밑바닥에서 게의 형태로 돌아다니고 있다고 말한다. 그리고 여러분들이 일본의 내해를 여행하면서 게를 몇 마리 집어올려보면 등딱지에 사무라이들의 얼굴이 콧수염과 투구끈까지 생생하게 3차원적으로 나타나 있는 것을 쉽게 볼 수 있을 것이다.

이들 게의 껍질은 완전히 자연스럽게 생겨난 것이다. 그들은 사람의 손으로 조각되거나 그려진 것이 아니다. 따라서 이들의 등에 있는 사람의 형상은 각 게들의 DNA 염기쌍의 배열을 반영하는 유전적 구성물이다. 그러나 무엇이 이 게 내부의 생화학 반응과 1185년 사무라이 해전을 연결시킨 것일까?

---

13) Carl Sagan, Cosmos(New York:Random House, 1980), chap. 2.

가능성 있는 유일한 연결고리는 분명히 어부다. 수 세기 동안 수백만 마리의 게가 일본 내해에서 사람들에게 먹혀왔다. 그러나 1185년 이후 그물에 잡힌 게들이 조금이라도 사무라이들과 닮았으면 다시 바다 속으로 던져졌다. 수 세기 동안 어부들에 의해 이루어진 이러한 선택은 등딱지에 사무라이 형상을 지닌 게들의 유전학적 배열이 생존의 유리함을 누적시키도록 한 것이다.

이러한 과정을 헤이케 게들의 관점에서 바라보면 어부들은 게들의 환경의 일부이며 선택 과정은 거의 인공적인 것이 아니다. 이는 자연적인 포식자(인간)가 어떤 식으로 그들의 행동을 바꾸어 그들의 먹이에게 빠져나갈 구멍을 제공했고 먹이는 (수많은 세대를 거쳐서) 그 구멍을 통과할 수 있는 특성을 지닌 일원들의 숫자를 늘려왔던 경우다. 헤이케 게의 출현은 자연 진화 과정으로서는 비교적 빠른 편이다. 그러나 이는 전기 뱀장어가 포식자에게 전기 충격을 가하는 능력을 발달시키거나, 인간이 미래를 계획하는 지적 능력을 개발하는 과정과 근본적으로 다를 게 없다. 인간의 개입이 한 종족의 진화 비율이나 진화 방향을 바꿀 수는 있으나 진화라는 사실 자체를 바꿀 수는 없다.

가장 빠르게, 그리고 가장 많은 수가 번식하는 종족이 환경의 압력 아래에서 새로운 특성을 진화시키기 쉽다는 것은 분명하다. 특히 인간과 관계 있는 것은 질병을 일으키는 병원균의 경우이다.

그림 4-3의 그래프 (a)를 보면 병균의 군집 속에 있는 개체가 항균제(예를 들면 항생제)에 견디는 능력을 유전적으로 발전시키는 방법을 볼 수 있다. 이 병균의 숫자는 인간 숙주 안에서만 정해지며 병자가 항생제를 복용하기 시작한다고 가정하자. 처음 복용한 약은 분명히 군집 내에서 항생제에 가장 약한 병균을 죽인다. 두 번째 약은 그 다음으로 약한 병균을 죽인다. 그런 식으로 계속되어서 결국 며칠 동안의 투약 후에는 소수의 병균만이 살아남게

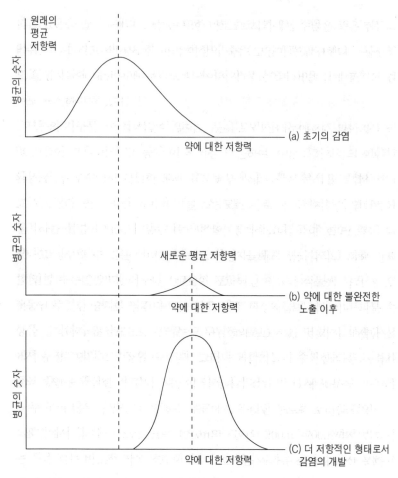

그림 4-3 병균이 종종 항생제에 대한 내성을 개발하는 이유

된다(그림 b). 여기서 병자는 다소 기운이 나는 것을 느낀다. 이 시점에서 흔히 일어나는 실수는 이제 약의 복용을 끊는 것이다(아마도 병든 친구에게 남은 약을 주고 싶었거나 나중에 다시 병이 났을 때를 대비해서 약을 보관해두고 싶었거나 했을 것이다). 그러나 이때 약간 남아 있는 병균은 이 약에 대해 가장 저항력이 강한 종족이다. 더 나쁜 것은 이들 약이 대부분의 경쟁자들을

제거해버렸기 때문에 소수지만 강한 병균들은 빠른 군집 성장에 도움이 되는 넓은 환경을 손에 넣게 된 것이다. 그래프 (c)에서 보듯이 이제 감염은 재발한다. 이제 이 새로운 병균 집단들은 모두 초기의 군집 가운데 가장 약에 저항력이 강한 것들의 후손임을 주목하라. 따라서 이 병의 재발은 초기 항생제에 아주 저항이 강한 감염으로 특징지어진다. 결과적으로 숙주는 초기보다 더 심하게 앓게 되며 병의 치료를 위해서는 더 오랫동안 더 강한 약이 필요해진다.

다시 한 번 말하거니와 자연 선택과 인공 선택의 구분은…… 말하자면 인공적이다. 인간이라는 생물은 병균의 증식에 매우 자연스러운 환경이다. 혈관에 투여된 항생제는 여기 거주하는 병균 집단에게는 새로운 특성의 진화를 추진시키는 환경의 압력이다. 전염병을 이해하기 위해서 우리는 모든 다른 생물체에서 자연 선택을 추진시키는 것과 같은 종류의 힘에 의하여 병균이 계속적으로 진화하고 있다는 것을 유의할 필요가 있다.

전염병

아주 건강한 인체라도 수백 종의 미생물 — 여러 가지 박테리아, 바이러스, 종종 아메바(입 안에)까지 — 들이 번성하는 항구라고 할 수 있다. 대부분의 경우 이같은 미생물들은 병을 일으키지 않는다. 사실 자연 선택 이론은 세균의 입장에서 그들의 숙주 생명체가 병들거나 죽으면 그 자신이 살아가는 데 심각한 불이익이 된다는 것을 시사한다. 환경에 가장 잘 적응한 세균은 비교적 양성인데 이는 그들이 장기적으로 생존하는 것을 보장하기 때문이다.

그러나 단기적으로는 거친 변이가 일어날 수 있다. 미생물은 불과 몇 시간 내로 번식할 수 있는데 이는 인간의 25년 정도와 비교하면 매우 짧은 것이다. 결과적으로 인간의 생애 동안 우리의 기생성 병원균들은 변이와 자연 선택을 통하여 새로운 특성을 개발할 기회가 얼마든지 있다는 것이다. 돌연변이는 무작위로 일어나기 때문에 그들 대부분은 병균의 생존에 도움이 되지 않는 특성이 나타나는 것으로 귀결된다. 그러나 때때로 병균이 인체의 한 부분에서 거의 경쟁 없이 번성하기에 적합한 특성이 우연히 얻어지는 경우가 있다. 이런 현상이 일어날 때 새로운 질병이 생긴다.

우리가 현재 이해하는 바로는 인체 안에서 양성이던 세균이 갑자기 변이하여 질병을 일으키는 경우는 거의 없다는 것이다. 그 대신에 실제로 일어나는 것으로 보이는 사건은 이렇다. 모든 동물은 그들 자신의 독특하게 적응된 비교적 양성의 세균 무리를 가지고 있다. 이들 세균 중의 하나가 변이하면 이는 그 숙주의 환경에는 적응을 잘 못하게 된다. 그러나 이는 다른 숙주(예를 들어 인간)에게는 더 잘 적응할 수 있다. 우리 인간들은 종종 다른 동물들과 가까이 살아가기 때문에 우연히도 돌연변이된 세균들에게 숙주를 이동시킬 기회를 주게 된다. 역사적 증거는 수많은 질병의 기원이 이런 식으로 진행되었음을 시사한다. 예를 들면 천연두, 인플루엔자, 볼거리(이하선염), 매독, 아프리카 수면병, 그리고 AIDS 등이 모두 인간과 정기적인 접촉을 갖는 다른 동물들로부터 기원한 것으로 보인다.

건강한 인간의 몸 속에 자리잡은 새로운 세균은 인체의 자연 방어 시스템에 먹혀버리거나 이들 방어체계를 어떤 방법으로든 압도하여 0%를 넘어서는 성장률을 유지할 수 있게 될 것이다. 우리가 이미 보아왔듯이 장기적으로 어떤 양수의 성장률을 갖는 세균 군집은 결국 그 숫자가 계속적으로 배증하게 된다. 이 경우에 세균의 숫자는 숙주가 지탱할 수 있는 용량을 넘어설 만큼 증가하게 되며 이에 따라 숙주는 병으로 죽게 된다.

그러나 전염병이 인간들에게 자리잡게 되는 데에는 세균이 숙주를 이동하는 것만으로는 충분하지 않다. 또 다른 기본 요소는 (1) 원래의 숙주를 죽이거나, (2) 원래의 숙주가 이를 제거하는 데 성공하기 전에 세균이 새로운 숙주로 이동할 길을 찾는 것이다. 만일 이 세균이 한 희생자로부터 다른 희생자로 제때에 이동할 길을 찾지 못하면 이 새로운 질병은 대자연의 무대에서 금세 사라져버린다.

만일 여러분이 세균이라면 인간에게서 인간으로 이주하는 가장 효율적인 방법은 인간이 이미 하고 있는 무엇인가를 타고 무임승차를 하는 것이다. 예를 들면 인간들은 숨을 쉬고, 음식을 먹으며, 섹스를 하고, 체육관의 라커룸에서 맨발로 뛰어다니며 파리와 모기의 주둥이 아래 몸을 노출시킨다. 이들 인간 활동들은 한 사람에게서 다른 사람에게로 이동하는 전염성 세균에게 좋은 기회이다. 오랜 시간에 걸쳐 세균은 종종 다른 숙주를 감염시킬 기회를 늘리는 방향으로 자신의 숙주에게 영향을 미치는 능력을 개발했다. 예를 들면 감염된 사람으로 하여금 재채기나 기침을 하게 유도하여 공기 중에 떠다니다가 다른 희생자를 선택하여 세균들의 포자 숫자를 늘리거나, 운동선수로 하여금 가려운 발가락을 문지름으로써 곰팡이의 포자가 라커 바닥에 남아 있게 하는 등이 그것이다. 콜레라의 경우는 세균이 장 안에 있는 폐기물의 배출 비율을 극도로 높임으로써(하루당 약 20리터, 혹은 5갤런에 달한다) 다른 가능성 있는 숙주의 물이나 음식을 오염시킬 가능성이 아주 커진다. 치료받지 않으면 콜레라는 하루나 이틀 사이에 거의 틀림없이 사망한다. 그러나 새로운 숙주를 아주 빠르게 감염시킬 수 있으므로 이는 세균에게 불리한 것이 아니다. 콜레라의 발병은 자연재해로 음용수의 보급이나 적절한 하수도 시설이 붕괴되었을 때 항상 나타날 수 있는 위협이다.

분명히 질병은 새로운 희생자에게로 퍼져나가지 못하면 멸종하고 만다. 만일 한 질병의 진행 과정이 느리다면 천천히 퍼져나가도 생존할 수 있지만 빨리 사람을 죽이려면 빠르게 퍼져나가야 한다. 결과적으로 가장 치명적인 질병은 동시에 가장 전염성이 높은 질병이기도 하다는 것이다.[14]

그러나 이 대세에는 두 가지 중요한 요인이 있다. 인구밀도와 유동성이다. 만일 한 지역의 인구가 조밀하지 않고 이동률이 별로 높지 않다면 질병을 일으키는 세균은 병자에게서 건강한 사람에게로 이동해갈 가능성이 거의 없다. 결과적으로 사람에게서 사람에게로 전염되는 모든 질병은 이를 유지하기 위한 어느 정도의 최소 인구밀도를 필요로 하는 것처럼 보인다. 도시 거주자들은 시골 사람들에 비하여 인플루엔자(독감)에 훨씬 잘 걸린다. 반면에 격리된 농촌 사회에서는 흔한 소아성 질병도 드물게 나타난다. 예를 들면 홍역이 질병으로 유지되기 위해서는 거의 1백만의 상호 작용하는 인구가 필요한 것으로 보인다. 사실 1800년대 초반, 나폴레옹 군대에 징집된 대부분의 프랑스 농부들은 그때까지 홍역에 노출되어 있지 않았다. 결국 수만 명의 어린 신병들이 적의 총알도 구경하지 못한 채 이 질병으로 죽었다. 미국의 남북전쟁 때도 같은 일이 벌어졌으니, 남부 연방군이 처음 작고 고립된 남부의 도시와 마을로부터 젊은 남자들을 모아 군대로 집합시키자 곧 수천 명이 홍역으로 사망했다.

20세기에 들어(인간으로서는 겨우 4세대가 지난 정도지만 홍역균으로서는 수백만 세대이다) 홍역은 주로 소아성 질병이 되었다. 이 세균은 우리 집단 내의 풍토병으로 간주될 수 있는 독성이 덜한 형태로 진화되었다. 오늘날 어린이가 백신을 맞지 않으면 그 아이는 아마도 비교적 어린 나이에 이 질병에 노출될 것이고 비교적 가벼운 증상을 앓고는 회복될 것이다. 그러면 그의 면역 시스템은 영원히 그 사건을 '기억'하고는 재발로부터 그를 보호할 것이다. 그러나 이 경험 동안 그는 그 집단 안의 다른 사람들에게 이 질병이 생존하기에 충분할 만큼 많이 전염시킨다. 25년 후, 그의 자녀는 어릴 적에 자신을 감염시켰

---

14) 탄저병, 에볼라 및 황열병 등을 예로 들 수 있다. 이들 질병이 그리 눈에 띄지 않는 이유는 숙주를 너무 빨리 죽이기 때문에 병균이 전염될 기회가 많지 않다는 점뿐이다.

던 바이러스의 후손에 감염될 것이며 이 과정은 계속된다. 아이 자신의 회복은 다른 말로 하면 나중에 이 질병의 새로운 숙주를 확보해주는 과정이다.

이는 질병을 일으키는 세균의 궁극적인 적응 과정이다. 일단 집단 안의 풍토병으로 정착되고 나면 이 질병은 결코 다르게 행동할 것 같지 않다. 세균의 생존 전략은 이렇다. 너무 많은 사람을 죽이지 말라. 단지 환자들이 이 질병을 충분히 여러 사람들에게 퍼뜨리게 해서 그들이 이 세균을 오랫동안 주위에 머물도록 할 동안만 아프게 하라. 말라리아나 주혈흡충병 등 많은 열대성 질병은 이런 범주에 속한다.

그러나 필자가 이미 지적했듯이 새로운 질병은 항상 나타나며 그들은 처음에 풍토병으로서보다는 거의 항상 전염병으로 나타난다. 이러한 새로운 질병 가운데 대부분은 매우 유독하여 이들은 감염시킨 모든 사람들을 죽여버림으로써 감염 코스를 재빨리 진행시킨다. 재향군인병(Legionnaires' disease)이나 네거리병(Four Corners' disease)은 새로운 세균이 대부분의 희생자들을 순식간에 사망시키고는 (다행히도) 일반인들의 집단에 자신들을 전염시키지 못한 최근의 두 가지 예다.

그러나 AIDS는 또 다른 이야기다. 이는 사람을 천천히 죽이며, 증상이 나타나기 전 오랜 기간 전염성이 있고 틀림없이 치명적인 것으로 보인다. 장기적으로 보아 이 병이 살아남는다는 것은 불가능한 것으로 보인다. 이는 희생자들 가운데 병원체의 장래 세대에게 새로운 숙주를 공급하기 위해서 그들이 의존해야 하는 바로 그 사람들을(이성애자 및 그들의 태아) 목표로 하기 때문이다. 그렇지만 AIDS라는 전염병이 멸종해가는 자연 과정에서 부작용으로 인간 종족의 대부분을 이 행성에서 없애버릴지 모른다는 상상은 별로 우리를 위로할 수 있을 것 같지는 않다.

물론 어떤 사람들은 다음과 같이 논박할 것이다. 비위생적인 주사를 피하고 상호간에 일부일처제를 유지한 남녀는 이같은 대재앙에 감염되지 않은 채 살아남고 새롭고 더 나은 세계의 아담과 이브가 될 수 있을 것이다. 그럴 수도 있고 그렇지 않을 수도 있을 것이다. AIDS의 RNA 종양 바이러스는 놀라운 비율로 돌연변이한다(이것이 백신을 개발하려는 노력이 아직까지 그다지 성공하지 못한 이유이다). 더구나 우리는 이 세균에게 놀라울 정도로 비옥한 실험 환경을 제공해주고 있다. 전 세계적으로 수십억의 사람이 섹스와 관계 없는 다양한 방식으로 상호 작용하고 있다(예를 들면 서로의 공기를 호흡하고 있다). 만일 AIDS 바이러스가 공기로 전파되거나 그밖에 성과 관련없는 사회적 접촉으로 전염되는 기능을 개발한다면 일부일처제의 성도덕에 의하여 아직까지 스스로 면역된 것으로 생각하던 사람들에게 전염되는 것을 막기 위하여 어떤 조치를 취하는 것은 너무나도 늦은 일이 될 것이다.

환경이 정체된 곳에서는 진화가 일어난다 해도 달팽이 걸음처럼 느리게 일어난다. 그러나 환경이 빠르게 변화하는 곳에서는 자연 선택이 항상 어떤 생명체를 새롭게 나타나는 생태적 적소(適所)에 적응하도록 추진한다. 인간의 숫자와 밀도가 증가하면서 우리는 또한 기생성 병원균들에게 그들이 결코 이전에 얻을 수 없었던 환경을 제공한다. 그 때문에 지구의 미생물들에게 새로운 인간의 질병을 개발할 여러 기회를 우리가 제공할 기회가 증대된다. 확률의 법칙은 이러한 환경에서 장래 새로운 질병이 미래에 실제로 일어날 것이며 점점 늘어날 것임을 시사한다.[15] 이들 새로운 질병 중 대부분은 아니라 해도 많은 것들이 전염되기 시작할 것이다. 적어도 이들 중 일부는 매우 치명적일 것이다.

미래의 치명적인 전염병이 전 세계적 유행병이 되어 인간 종족을 지표에서 쓸어버리는 일이 가능할까? 그렇다. 이러한 시나리오는 가능성이 높은

---

15) 이 논점은 L. Garrett, The coming plague: Newly emerging diseases in a world out of balance(New York: Penguin, 1994)에서 설득력 있게 주장되었다.

가? 단기적으로는 그렇지 않을 수도 있다. 그러나 충분한 시간과 환경 기회가 제공되면 비교적 가능성이 낮은 자연 사건도 점차 있음직한 사건이 된다. 우리는 오랜 기간을 통하여 수천 종의 생명체가 추측만이 가능한 원인을 통하여 멸종되어왔음을 알고 있다. 의심할 바 없이 이들 사건의 원인 가운데 적어도 일부는 기생성 병원균의 폭발적인 증가와 전염이었다. 그렇다. 우리는 현재 상당한 위험에 처해 있다. 그리고 우리의 과학은 이러한 위험을 제거하기 위한 전반적 전략을 제공하기에는 아직 너무나도 미약하다.

선 페스트

현대식 위생시설과 의학이 나타나기 전에는 거주지 가운데 도시가 가장 건강에 해로운 장소였다. 1800년대까지 전 세계의 거의 모든 도시에서 사망률은 출생률을 초과했다. 대부분의 인간 역사에서 도시가 그들의 인구를 유지할 수 있는 유일한 방법은 초과된 도시의 사망률을 보충할 만큼 외부에서 이주를 끌어들이는 것이었다.[16] 물론 어떤 도시는 이렇게 하는 데 실패해 오늘날 그곳에는 고고학자들만 살고 있다.

인간은 적어도 그렇게 할 만한 매력적인 이유가 있지 않는 한, 스스로 이러한 죽음의 덫으로 몰려들지 않는다. 사실상 모든 도시의 경우, 매력은 경제적인 문제이다. 도시는 고용 기회와 문화적 액세서리 — 부와 번영 — 를 제공한다. 도시는 스스로 자급자족하여 물자를 생산하는 것이 아니라 다른 도시들의 네트워크와 정기적인 교역을 통하여 부를 이룩했다. 따라서 확장된 무역 경로의 연결망은 병원균에게 밀집된 인간 숙주의 새로운 집단을 감염시킬 기회를 제공하는, 예측하지 못한 결과를 낳았다.

---

16) F. Cartwright, Disease and history(New York: Crowell, 1972).

도시의 성장은 인간에게 기생하는 미생물들에게 새롭고 멋진 생태학적 적소를 제공했다. 비록 여러 가지 새로운 인간 질병의 진화가 도시의 성장에 의하여 이런 식으로 추진되었으나 지금까지 가장 무서웠던 것은 분명 치명적인 선(腺) 페스트(bubonic plague)였다. 이 파괴적인 질병이 가장 심각하게 번졌던 때는 6세기, 14세기, 17세기였으며 이들 세 번만으로 대략 총 1억 3,700만 명의 유럽인들이 사망했다. 여기에 추가하여, 알려지지는 않았지만 분명 많은 수의 아시아인들도 죽었다.

선 페스트를 전염시키는 매개체는 페스티균[17](Yersinia pestis)이다. 이는 인간의 도시가 지구상에 건설되기 전까지 수천 년 동안 적어도 두 개의 자연적 동물 숙주를 가졌던 것으로 보인다. 이들 숙주 중 하나는 검은 애급쥐(Rattus rattus)로, 이는 집쥐, 배쥐 또는 곰쥐로 알려져 있다. 또 다른 숙주는 쥐벼룩인 크세놉실라 케오피스(Xenopsylla cheopis)로, 이는 검은 쥐의 피를 빨아서 영양을 섭취한다. 세균은 감염된 쥐의 피 속에서 증식하여 결국 쥐의 폐나 신경계를 감염시키고 궁극적으로 경련성 사망을 일으킨다. 그러나 죽음이 다가올 때까지 쥐는 감염에 상당히 잘 견딘다(어쩌면 약 1년 정도까지). 이 기간에 쥐는 여러 세대의 새끼 쥐를 생산할 충분한 시간이 있다. 더구나 쥐벼룩은 식사를 하면서 세균을 토해내기 시작하기 전에 장 안에 수십만 마리의 세균을 살리고 있다. 세균이 보통 쥐벼룩을 죽이기 전에 이 작은 곤충 또한 수많은 세대의 새끼 벼룩을 생산할 기회를 갖는다.

감염된 쥐가 죽기 전에 그의 피 안에서 세균 군집은 극적으로 성장하여 그 몸에 있는 어떤 벼룩도 감염을 피할 수 없다. 쥐가 죽으면 이 벼룩들은(이들은 온도 변화에 매우 민감하다) 즉각적으로 그들의 죽은 숙주를 버리고 새로

---

17) 소수의 과학적 의견으로는, 조금은 다르지만 관계가 있는 세균이 선 페스트의 주요한 역사적 발병을 설명할 수 있을지도 모른다는 점이다. 직접적인 증거는 오래 전에 없어졌기 때문에 이 문제가 확실하게 해결될 것 같지는 않다.

운 영양 공급원을 찾는다. 벼룩은 숙주가 살아 있으면 매일 피를 빨지만 먹지 않고도 2주 정도는 살아갈 수 있다. 이 기간에 감염된 벼룩은 새로운 쥐를 찾을 가능성이 높다. 결국 이 쥐는 페스트 균에 감염된다. 이러한 방법으로 세균은 기본적으로 폐쇄적인 체계 내에서 쥐에서 벼룩으로, 벼룩에서 쥐로, 세대에서 세대로 앞뒤로 전파한다. 일부 과학자들은 선 페스트가 처음으로 인간의 전염병이 되기까지 이 과정이 1백만 년이나 걸렸을지 모른다고 말한다.

우리는 이 세균이 처음 종족을 이동하여 인간을 감염시키도록 돌연변이된 것이 언제인지 모른다. 기원전 430년, 선 페스트와 다소 유사한 이상한 질병이 아테네를 휩쓸었다. 서기 300년, 비슷하지만 좀더 심각한 전염병이 로마에서 수십만 명을 죽였다.

그리고 서기 540년, 엄청난 유스티니아누스 전염병은 실제로 선 페스트의 발병이었다.[18] 이 전염병은 남부 이집트에서 기원하여 팔레스타인으로 이주했고 그후 콘스탄티노플(이곳은 그 당시 로마 제국의 수도였다)로 퍼져나갔는데, 이는 분명 주요한 통상로를 따르고 있었다.

541년, 유스티니아누스 황제가 페르시아와의 성공적이지 못한 전쟁터로부터 그의 수도로 돌아왔을 때, 그는 백성이 하루에 10,000명씩 죽어가고 있다는 사실을 발견하고는 경악했다. 커다란 무덤이 빨리 마련되지 않았기 때문에 유스티니아누스는 도시 탑들의 지붕을 제거하여 시체를 효율적으로 쌓을 장소를 마련하도록 지시했다. 그 다음 군대가 그들의 부패를 촉진하기 위해 높은 시체더미 위에 잿물을 퍼부었다. 그러나 이 격렬한 조치로도 죽어

---

18) 선 페스트의 만연에 대한 설명 및 역사적 분석은 P. Zeigler, The black death(New York: Harper, 1971); William McNeill, Plagues and peoples(Garden City, N.Y.: Doubleday, 1976); Geoffrey Marks & William Beatty, Epidemics(New York: Scribners, 1976)에서 볼 수 있다.

가는 엄청난 수의 사람들을 처리하는 것은 충분하지 않았다. 결국 탑들은 모두 시체로 가득 찼고 시체는 배에 실려서 바다로 나가서 태워져야 했다. 유스티니아누스 자신도 이 병에 걸려 그의 아내 테오도라가 그를 대신해 통치했다. 황제는 회복되었으나 완전한 육체적 건강을 되찾지 못하고 남은 생애 동안 언어 장애가 있었다. 542년까지 위대한 도시 콘스탄티노플의 거주민 중 40%가 이 전염병으로 사망했다. 사실 이는 중동의 로마 제국 몰락을 촉진시킨 결정적인 타격이었다. 더구나 페스트는 콘스탄티노플에서 멈추지 않고 점차적으로 강도를 낮추면서 북쪽과 서쪽으로 확산을 계속하였는데 마지막 사례가 보고된 것은 590년경으로 보인다. 이때에는 전염병이 인간의 질병으로서 그 자신이 유지되는 데 필요한 총 임계 인구를 파괴했다.

이 페스트는 쥐나 벼룩보다 인간에게 훨씬 치명적이었다. 이는 종족을 옮기는 질병의 전형적 특징이다. 이 세균은 또한 매개자로서 벼룩에 의존할 필요 없이 사람에게서 사람으로 직접 전염되는 새로운 방법을 발견했다. 이들 두 요소의 결합은 자신의 개체 수의 폭발적인 증가에 기여한 그 환경 조건을 파괴했다. 이는 복제하는 데 너무나 성공적이었고 인간 숙주에게 너무나 치명적이었으며 결국 그로 인해 스스로 멸망해버렸다.

비록 수 세기 동안 아무도 이 사실을 깨닫지 못했지만 페스트가 희생자를 공격하는 세 가지 경로가 있다. 하나는 벼룩에게 물림으로써 세균이 피 속으로 들어가는 것이다. 이 경우에는 며칠이 지나 처음에 두통, 오한, 어지럼증, 피로 등의 증상이 나타난다. 그리고 나서 자색의 반점이 피부에 나타나기 시작하며 심장이 빨리 뛰고 무서운 고통이 동반되는 신경계의 붕괴, 불안과 공포의 짧은 단계(이는 때때로 환자가 이른바 '죽음의 춤'을 추는 결과를 낳기도 한다), 그리고 종종 죽음을 가져온다. 이 연속된 증상이 나타나는 기간은 보통 5일에서 7일 정도 걸린다. 그러나 회복이 불가능하지는 않으며 그렇게 되면 희생자는 면역이 생겨 남은 생애 동안 재발하지 않는다.

이 병의 두 번째 형태는 (이는 사실 가장 흔한 형태가 될 수도 있다) 폐를 통한 것이다. 이는 세균이 사람에게서 사람으로 공기를 통하여 직접 전염되는 것이다. 보균 기간은 2~3일 정도이며 그후 심한 각혈과 기침을 하고 며칠 내로 죽는다. 이 병의 형태는 20건 중에 적어도 19건은 치명적인 것으로 보인다. 세 번째 형태에서는 곤충이 무는 즉시 인체에서 격렬한 패혈증 반응이 일어나며 희생자는 눈에 띄는 주된 증상이 나타나기도 전에 반드시 그날 중으로 죽는다(경우에 따라서 몇 시간 내로). 이 세 번째의 진행 과정은 아직도 잘 이해되지 않는데 사실 여기에는 쥐벼룩 이외에 다른 매개체가 관여되어 있을지 모른다(아마도 인간에게서 인간으로 직접 병균을 전파하는 모기 등). 동시대의 보고서는 패혈증 페스트에서 살아난 사람은 아무도 없음을 시사하고 있다.

1345년, 유스티니아누스 페스트로부터 8세기 이후에 유럽에는 극동 지방의 무서운 페스트에 관한 보고서가 도착하기 시작했다. 그 다음해에 인도에서 수백만 명이 사망하면서 이 질병은 건설된 무역항로를 따라 서쪽으로 확산되기 시작했다. 동시대의 보고에 따르면 이 전염병은 1347년 크리미아로부터 항해해온 제노바의 선박이 병들어 죽어가는 선원들을 태운 채 메시나의 시칠리아 항구에 정박했을 때 처음 유럽에 들어왔다고 한다. 이 도시에 질병이 퍼지기 시작하자 메시나의 거주민들은 모든 외국 선박들을 바다로 다시 내보냄으로써(물론 이 조치가 이 도시에서의 페스트 발병에 어떤 영향을 미치기에는 너무나도 늦었다) 이들을 다른 곳에 정박하도록 했고 결국 전염병의 확산을 가속화시켰다. 그해 말까지 전염병은 북부 이탈리아로 퍼져나갔다. 1348년 7월까지 이 병은 이탈리아 전역과 프랑스 대부분 지역, 그리고 스페인 동부를 삼켰다. 6개월 후에 이는 영국 남부와 독일에 모습을 드러내기 시작했다. 1349년 6월까지 영국 깊숙이 진출했으며 남부 아일랜드에 나타났고 프랑스를 삼켰으며 독일로 더 뻗어나갔다. 1349년 말까지 덴마크와 스코틀랜드가 이를 감지하기 시작했다. 1350년에 전염병은 스칸디나비아를 지나 더 동쪽으로 퍼져나갔다. 유럽의 시골 지방은 대개 인구가 희박함에도 불구하고 마을은 황폐해지고 말았다. 전체적으로 이 페스트는 1347년에 살아 있던 유럽인들의 약 3분의 1을 죽였다.

여러 도시에서 우리는 엄청난 숫자의 시체들과 그들의 매장 문제, 그리고 살아남은 자들의 정신적 충격 등에 관해 쓴 소름끼치는 기록들을 발견할 수 있다. 선 페스트는 중세시대에 많은 희생자를 낳은 점에서 압도적으로 1위를 차지한 자연재해이다. 이 전염병은 이전의 유스티니아누스 페스트보다 몇 배나 많은 사망자를 냈는데, 이는 1347년에 이 지역의 인구밀도가 훨씬 높아 세균이 숙주를 죽이고 다른 숙주를 찾아 이동할 여유가 더 많았다는 단순한 이유 때문이었다.

1351년에 로마 교황청은 페스트가 이미 2,400만의 유럽인의 인명을 앗아갔다고 발표했다. 아마도 그 세기가 끝날 때쯤 이 전염병의 유럽 지류가 자신의 운행을 끝마칠 때까지 2,000만 명이 추가로 사망했을 것으로 보인다. 더구나 중동과 아시아의 사망자 수는 더 많았던 것 같다. 그러나 신기하게도 폴란드의 대부분의 지역에서는 희생자가 드물었다. 이 뜻밖의 행운은 폴란드가 1300년대 후반 문화적·정치적으로 중요한 실력자로 떠오르고 그후 2세기 동안 유럽 역사의 무대에서 중요한 역할을 수행한 사실과 결코 무관하지 않다.

이 거대한 페스트는 인간이 지금까지 알고 있던 어떤 전쟁보다도 효율적으로 인간을 죽였다. 그리고 이 높은 질병률은 전 세계 인구의 성장 곡선을 강력하게 후퇴시킨 것으로 보일지 모른다. 그러나 사실 인구 순성장률은 페스트가 휩쓸고 다니던 몇 년 동안만 마이너스를 기록했던 것으로 보인다. 페스트가 지나간 지 두 세대 이내에 전 세계의 인구는 페스트 이전 수준 이상으로 성장했다. 그후 600년 동안 — 20세기 두 차례의 세계대전 기간에조차 — 전 세계 순 인구는 지금까지 단 한 번도 줄어든 적이 없었다.

선 페스트의 원인을 밝히기 위해 동시대에 수많은 이론들이 제기되었는데 그 대부분은 초자연적 원인이나 점성술로 설명했다. 누군가 정말로 쥐와 벼룩을 고려해 설명했다 하더라도 그것은 심각하게 다루어지지 않았을 것이다. 물론 미생물은 14세기에는 알려지지 않았으므로 그 당시에 전염병이 전파되는 완벽한 이론이 나온다는 것은 불가능했다.

그후 2세기가 조금 지나서 1665 ~ 66년에 선 페스트가 서유럽에 다시 나타났다. 런던에서는 이 전염병이 1665년 절정에 달했으며 매주 2,000명씩 사망했다. 그러나 이번에는 페스트가 그리 넓게 번지지는 않았으며 이전만큼 치명적이지도 않았다. 점점 독성이 덜해지고 범위가 제한되는 이 추세는 현재까지 계속되고 있다. 예를 들면 1907년 샌프란시스코의 선 페스트 전염병은 160건의 발병에 77명이 사망했다(이는 항생제가 개발되기 전의 일이었다). 오늘날에는 보통 한 해에 전 세계적으로 수백 건이 보고되고 사망률은 3% 정도에서 맴돈다. 이는 페스트균이 다시 지구적 환경과 평형을 이루는 새로운 형태로 진화되고 있음을 시사하며, 이 환경에는 인간이 하나의 중요한 요소로 포함되어 있다.

미래 전염병의 예정표

재난이란 사람을 죽이거나 불구로 만들고 파괴하는 사건들로 정의내릴 수 있다. 우리가 대자연에게 제공하고 있는 파괴의 기회는 날이 갈수록 증가하고 있으므로 대자연이 실제로 파괴를 일으키는 상황을 발견한다고 해서 놀랄 이유는 없다. 하나의 바구니에 인간이라는 달걀을 많이 쌓아놓는 것은 우리가 아무리 세심하게 바구니를 지킨다고 해도 매우 큰 위험이 따르는 것이다. 인구가 이용 가능한 육지 면적에 일정하게 흩어져 있는 것보다 좁은 특정지역에 밀집되어 있을 때 재난의 위험이 가장 커진다. 그러나 밀집해서 사는 것은 인간 본성의 일부이고 앞으로도 크게 바뀌지 않을 것이다. 우리가 알아둘 필요가 있는 것은 우리가 더 밀집해서 살수록 앞으로 예상되는 위험은 더욱 커진다는 것이다.

그럼에도 기상학적·지구물리학적 사건은 비교적 국지적인 재난으로, 그 지역에 집중된 불행한 사람들에게만 영향을 미친다. 화구호로부터 뿜어나오는 죽음의 구름, 우기에 찾아오는 홍수, 그리고 지진들은 수많은 사람들에게 고통을 주지만 이같은 사건들 소식은 재난 지역 밖에 사는 사람들에게 동정을 일으킬망정 공포를 일으키지는 않는다. 하나의 태풍이 전 세계적인 열대성 폭풍의 유행을 일으킬 것이라 기대하는 사람은 없으며, 하나의 지진이 기하급수적으로 증가하여 지구 전체를 뒤흔드는 지진으로 발전될 것이라 예상하는 사람도 없다. 비록 도시는 대개 이같은 사건에 취약하지만 고정된 장소에 있는 하나의 도시가 이에 희생될 확률은 보통 매우 낮다.

대자연의 격렬한 광란에 노출된 지역에서 인구가 늘어날 때 피해를 입을 위험은 더욱 커진다. 객관적으로 볼 때, 방글라데시의 범람원에 사는 사람들의 숫자가 늘어나는 것이나, 캘리포니아 해안의 지진에 노출된 지역에 사람들이 더 많이 이주하는 일은 이치에 맞지 않는다. 그럼에도 인구 증가 자체는 아주 자연스러운 현상이며 아직 불완전한 사회과학 지식으로는 이를 제어하는 일을 거의 못하고 있다. 사람들은 사람들이 사는 곳에 살고, 사람들이 이동하는 곳으로 이동하며, 자식을 낳고 싶을 때 낳는다.

위험이 높은 지역에 인구가 증가하는 것은 주의를 기울여야 할 심각한 경우지만, 그보다 훨씬 더 심각한 것은 위험 그 자체가 이동하는 것이다. 전염성이 있는 세균은 결코 지리학적으로 특정 지역에 묶여 있지 않다. 그들은 도시가 있는 곳으로 이동한다. 인간은 더 빠르고 광범위한 운반 시스템을 개발하면서 현재와 미래의 기생성 병원균들에게 인구밀도가 높은 한 지역으로부터 또 다른 지역으로 이동할 수 있는 극도로 효율적인 연락망을 제공했다. 오늘날 새로이 진화된 전염병은 14세기의 선 페스트를 먼지 속에 남겨 놓고 가버릴 만한 속도로 전 지구에 퍼져나갈 수 있다.[19]

명백한 인간 중심적 고려를 배제하더라도, 오늘날의 국가들은 세계에서 외떨어진 지역에 있는 어떠한 전염병도 국지적인 재해로 무시해버릴 수 없다. 세균에게 한 인간 숙주는 다른 것과 똑같이 좋은 조건이며 우리 중 하나로부터 다른 하나로 가는 것은 매우 쉽다. 전 세계의 인구밀도로 볼 때, 인간 종족은 세균 배양기 페트리petri 접시 위의 수프가 되어 기회를 잘 잡은 세균의 후손이 결국 전 인간 종족을 감염시킬 수 있는 상태에 매우 가까이 와 있다. 이같은 일이 생기지 않기를 바란다면 우리는 과학적 주의를 기울여야 한다.

물론 역사상의 거대한 전염병과 세계대전도 기하급수적으로 늘어나는 세계의 인구에는 거의 영향을 미치지 못했음이 분명하다. 비록 낙관론자들은 이러한 관찰에서 안심할 이유를 찾을 수도 있겠지만 여기에는 더욱 두려움을 가져야 할 이유도 뚜렷이 존재한다. 만일 대자연이 역사적으로 우리의 성장률을 줄이기 위해서 행한 모든 일에도 불구하고, 그리고 우리 행성의 제한된 크기에 의해서 부과된 명백한 한계에도 불구하고, 인간이 인간의 숫자를 가차없이 늘려나간다면, 우리는 결국 앞으로 더이상의 인구 증가를 막고 성장을 멈추도록 하는 사건이 무엇일까에 대해서 자문해야 할 필요가 있다. 불행히도 우리 종족의 번식 행태는 미래의, 상상할 수 없는 폭의 재난으로 가는 과정 위에 있는 것처럼 보인다. 또한 이러한 노력을 돕기 위하여 새로이 진화된 다양한 미생물들이 주위에 항상 충분히 있을 것이다.

좀더 낙관적인 언급으로 이 토론을 끝내기 위하여 덧붙일 말은 인간 종족은 자신에게 유용한 도구 몇 가지를 가지고 있다는 것이다. 예를 들어 우리는 자신을 구성하는 생체화학에 대해 조금이나마 이해할 수 있는 유일한 종

---

19) B. LeGuenno, Emerging virus, Scientific American, Oct. 1995, 56~64.

족이다. 또한 우리는 전 세계적인 교육과 통신 시설을 발달시켜 새로운 지식을 신속하게 퍼뜨릴 수 있다. 언제 어디서고 새로운 질병이 관찰되면 즉각적으로 과학자들의 팀이 달려와서 이 병의 효과적인 억제와 치료를 위해, 필수불가결한 이해를 위하여 노력한다. 현대 의학은 인간 종족의 미래에 대하여 실로 위대한 약속을 하고 있다. 우리가 아직 직면하지 못한 도전은 인구 증가 자체가 의학의 발전을 추월하지 않도록 하는 데 달려 있다.

5

불안한 바다

먼 곳에서의 활동

기상학과 지구물리학적 재해의 일반적 특성은 파괴 지점이 에너지의 방출원으로부터 매우 멀리 떨어진 곳에 있을 수 있다는 것이다. 필자는 이전 장에서 많은 예들을 언급해왔다. 리스본은 해안에서 수백 킬로미터 떨어진 곳에서 발생한 쓰나미에 의해 황폐화되었고, 멕시코 시는 진앙지가 서쪽으로 350km 떨어진 곳에서 난 지진으로 파괴되었다. 존스타운은 22km 상류에서 기원한 홍수의 물결로 휩쓸려갔다. 대자연의 패턴을 관찰해보면 에너지는 국지적으로 높게 집중되는 것을 싫어한다. 지진이나 화산으로 거대한 에너지가 방출될 때, 자연은 항상 이 에너지를 빠르게 주위에 퍼뜨릴 길을 찾는다. 따라서 아직도 지구물리학적이거나 기상학적 사건들을 겪지 않은 인간들은 현재 중대한 위험에 처해 있을지도 모른다. 물론 이는 우리를 별로 안심시키는 생각이 아니다. 반면에 에너지 전파의 자연 역학을 충분히 이해함으로써 인간은 때때로 미리 경고를 받고 이에 대비할 기회를 가질 수도 있다.

이 장에서 우리는 대자연이 파도를 통하여 집중된 에너지를 분산시키는 기교를 검토할 것이며, 그 다음 장에서는 최근 자료를 이용하여 바다의 파도와 마찬가지로 지진을 파동 현상으로 이해하는 방법을 살펴보도록 하겠다.

1868년 남부 페루(현재 북부 칠레)

전함 U.S.S. 워터리 호에 타고 있던 235명의 미국인 어느 선원이 처음으로 쓰나미를 경험했다. 만일 문헌 조사의 결과가 그토록 명확하지 않았다면 우리들 대부분은 아마도 이 보고를 위조된 것으로 무시하고 싶어했을 것이다.[1] 이 배는 쓰나미의 마루에서 파도타기를 했으며 해안의 위쪽으로 약 4km(3mi) 떨어지고 원래의 정박지에서 내륙으로 3km(거의 2mi) 떨어진

그림 5-1 1868년 8월 13일 아리카에서 쓰나미에 의해 강타당한 후 3km 내륙에 얹혀진 U.S.S. 워터리 호
(미 해군 보관. 원래의 사진에서 수정되었음)

아타카마 사막에 정착했다. 그림 5-1의 사진은 뭍에 얹힌 배를 보여준다. 이는 페루의 여러 배들과 함께 놓여 있었는데 그중 하나는 닻을 내리는 쇠사슬이 배 전체를 온통 감고 있었다. 이는 이 배가 파도에 의하여 계속 굴러다녔음을 보여주고 있다. 워터리 호는 손상되지 않은 채 똑바로 정착하였으며 인명 손실은 그 당시 작은 구명보트에 있었던 승무원 한 사람뿐이었다. 해안 도시인 아리카와 이키케 시에 살던 주민들은 그만큼 운이 좋지 못했다. 이 쓰나미와 그에 선행하는 지진으로 인하여 약 25,000명이 목숨을 잃었다.[2]

워터리 호는 미국에서 남북전쟁 즈음에 남부의 얕은 강을 항해하기 위하여 건조된 선박 가운데 하나였다. 이러한 이유에서 이는 카누처럼 바닥이 평평하고 양끝이 비슷하게 만들어졌다. 남북전쟁은 이 배가 의도한 목적으로 이용되기 전에 끝났으며 이 배는 남태평양과 남아메리카 서쪽 해안을 순항하기 위하여 보내졌다. 1868년 8월 이 배는 칠레 북부인 아리카 항구에 정박했으며 샌프란시스코로 돌아갈 항해에 대비하여 보일러와 엔진을 철저히 조사했다. 당시 인구 10,000명인 아리카 시는 해안에서 볼리비아와 연결되는 유일한 철도의 종착역이었으며 모든 차량과 선박에 필요한 물자를 공급하는 기계 공장의 중심지였다.

---

1) 필자의 설명 중 대부분은 L.G. Billings, Some personal experiences with earthquakes, National Geographic, Jan. 1915, 57~67에서 인용되었다. 미국 해군은 이 사건에 관련된 기록과 사진들 및 이 장의 주 4)에 인용된 자료들을 포함하여 수많은 기타 출전에서 발견한 짧은 기사들을 갖고 있다.

2) 이틀 후인 8월 15일, 또 다른 대형 지진이 페루와 에콰도르 북쪽을 강타하여 약 40,000명의 인명을 앗아간 것으로 보인다. 일부 출전에서는 이 두 번째 사건만을 기록하고 있는데 이는 대형 쓰나미가 발생되지 않은 것으로 보인다. 빌링스 또한 사건 후 47년이 지나 책을 쓰면서 그가 모험을 한 날짜를 잘못 기억하고 있었던 것 같다. 그는 8월 8일로 썼는데 미국 해안 및 측지 연구회는 8월 13일로 기록하고 있다. 이 사건에 대한 기사를 더 자세히 조사하고 싶은 독자들은 두 개의 서로 다른 지구물리학적 사건이 있었으며 이중 하나 또는 두 사건 모두 날짜와 관련된 기사가 서로 일치하지 않을 수 있다는 사실을 알아야 한다.

지진은 8월 13일 오후 4시경에 덮쳤으며 초기의 진동은 뱃전에서 느껴졌다. 대부분의 선원들이 갑판으로 달려와서 도시 전체가 마치 '험한 바다의 파도'처럼 흔들리다가 거대한 구름 먼지 속으로 무너져내리는 것을 공포에 찬 눈으로 바라보았다. 항구의 바닷물은 물결치고 튀기 시작했으며 항구에 정박해 있던 배들을 예측할 수 없는 방향으로 끌고 가서 항구에 접한 절벽에 내던져버렸다. 부두에 몰려나와 있던 도시의 생존자들은 항구의 거대한 물결에 의하여 순식간에 쓸려나가버렸다. 페루의 전함 아메리카 호는 서둘러 뱃머리에서 증기를 내뿜으며 바다로 빠져나오려고 시도했으나 소용이 없었다. 오랜 시간 후 이 사건을 설명한 해군 소장 빌링스L.G. Billings의 말은 다음과 같다.

이때 바다는 배가 좌초될 때까지 밀려났다. 수평선이 우리의 시야가 겨우 도달할 정도로 멀리 밀려간 동안 우리는 그때까지 결코 인간의 눈에 드러나지 않았던 바위투성이의 바다 밑바닥과 깊은 곳에 살던 물고기와 괴물들이 높고 건조한 곳에서 몸부림치는 광경을 볼 수 있었다. 밑바닥이 둥근 배들이 갑판을 밑으로 한 채 전복되는 동안 워터리 호는 마루같이 평평한 바닥으로 쉽게 안착했다. 그리고 나서 바닷물이 단순한 파도가 아니라 마치 거대한 조수와도 같이 주위의 것들을 쓸어버리며 다시 돌아왔다. 이 파도는 우리의 불행한 동료 배들을 계속해서 굴려가며 일부는 뒤집히고 일부는 부서진 채, 잔해 상태로 전진했다. '워터리' 호는 손상되지 않은 채 흔들리는 파도를 탈 수 있었다.

빌링스의 설명은 이 돌아온 파도가 어떻게 요새를 삼켜버리고 페루의 수비대와 한 대당 수 톤의 무게가 나가는 여러 대의 15인치 대포를 완전히 쓸어가버렸는지에 대해서도 기술하고 있다. 이 모든 것은 해안 가까운 곳에서 일어난 해저 지진으로 인해 발생한 쓰나미의 성질과 일치한다. 그러나 워터리 호의 선장은 매우 신중한 사람이었음에 분명하다. 그는 선원들에게 다음에 올 파도에 대해 준비시킨 것이다. 빌링스의 말로 돌아가보자.

얼마 후 날이 어두워졌으며 우리는 이곳이 어디인지 알 수 없었다. 보통 때의 등대와 해안의 불빛이 없는 것도 혼란을 더했다. 오후 8시 30분경 망꾼이 갑판에서 소리를 지르며 파도가 접근하는 것을 알렸다. 바다 쪽을 보면서 우리는 처음에 인광성 빛의 가느다란 선을 보았다. 이 어렴풋한 빛은 점점 높이 비치더니 마침내 하늘에 닿을 듯이 보였다. 이 물결의 꼭대기는 형광성 빛으로 인해 죽음의 불빛으로 된 왕관을 쓴 듯이 보였으며 아래쪽 물의 음침한 크기를 보여주고 있었다. 천 개의 부서지는 파도소리가 합쳐진 굉음과 함께 무서운 해일이 마침내 우리에게 닥쳤다. 이 모든 공포의 시간 가운데 이것이 최악인 것 같았다. 그 장소에 묶여 도망갈 수도 없어서 우리는 인간의 기술로 할 수 있는 모든 준비를 갖춘 채 어떤 행동도 할 수 없이 다만 괴물 같은 파도가 다가오는 것을 보고만 있었다. 우리는 구명밧줄을 움켜쥐고 다가오는 파국을 기다릴 뿐이었다.

이 배는 내륙으로 3km 안쪽의 모래 위에 안착했는데 이곳에서 60m만 더 갔으면 절벽에 부딪쳐 파괴되었을 것이다. 다음날 아침 이 배의 항해사는 인근 산에서 "파도의 물마루는 포함하지 않고"(비록 이것이 어떻게 평가되었는지는 명확하지 않지만), 모래 위 14.3m(47ft) 높이까지 도달한 물의 자취를 측정했다. 미국 해안 및 측지 연구회는 워터리 호를 덮쳤을 때의 쓰나미의 높이를 약 21m(70ft)로 평가했다. 아리카에서 이 파도는 기계 공장의 무거운 부품 장비들을 휩쓸어갔으며 심지어 기차 전체와 그 기관차까지 자취도 남기지 않고 쓸어가버렸다.

남쪽으로 193km(120mi) 떨어진 이키케에서는 물러난 파도가 깊이 7.3m(24ft)의 만을 드러냈으며, 이것이 다시 돌아왔을 때는 12m(40ft)의 파도마루가 도시를 삼켜버렸다. 파도를 발생시킨 지진은 아리카와 이키케 사이의 해안 일부를 약 6m(20ft)나 영구적으로 융기시켰다. 아리카가 강타당한 지 불과 12시간 37분 뒤에 이곳에서 5,580해리 떨어져 있는 샌드위치 섬에서 쓰나미가 기록되었다. 파도가 이 정도로 빠르게 진행되기 위해서는 평균 파속이 시속 800km 정도(시속 500mi)에 달해야 한다! 현대의 제트여객기도 이 정도로 빠르진 못하다.

　목격자의 증언을 과학적 해석에 기초하여 설명하려는 모든 시도들은 분명히 의심스러운 면이 있다. 그러나 만일 우리가 빌링스의 진술을 액면 그대로 믿는다면, 그와 그의 동료 선원들은 쓰나미를 한 번이 아니라 두 번 연속하여 경험한 것으로 보인다. 지진과 마지막 거대한 파도 사이에는 약 4시간 이상의 간격이 있는데 이 두 가지 사건이 단순한 직접적 관련만을 갖는다고 보기에는 그 시간 간격이 너무 크다. 더 합리적인 시나리오는 이렇다. 지진의 여진 가운데 하나가(빌링스의 보고는 많은 여진을 언급하고 있다) 아마도 유타 강 입구의 앞바다 — 이곳에서는 수 세기 동안 침니(silt)가 많이 누적되어왔다 — 의 대륙붕에서 바다 밑의 산사태를 촉발시켰다. 이런 방식으로 파괴적인 쓰나미를 만들기 위해서는 비교적 작은 규모의 지진으로도 충분하며, 특히 침니의 누적이 이전의 지진에 의하여 이미 불안정하게 되어 있을 때에는 더욱 그렇다. 이같은 지연 효과의 가능성은 지진이 일어난 지 몇 시간 후, 심지어 며칠 후까지 바닷가가 쓰나미로부터 안전하다고 생각하는 것은 신중하지 못한 일임을 시사한다.

　그후에 워터리 호와 그 선원들에게 무슨 일이 일어났을까? 좌초된 선원들은 3주 후에 예정된 정박을 하고 있던 미국의 구축함 포우화탄 호에 의해 구조되었다. 워터리 호는 손상되지는 않았지만 바다로부터 너무나 떨어진 모래 속에 빠져 있었기 때문에 다시 운항될 가망은 없었다. 이는 경매에 붙여져서 호텔 회사에 팔렸으며 그후 병원과 창고로 성공적으로 이용되었지만 결국 페루-칠레 전쟁 기간에 포병대에 의해 파괴되고 말았다. 그후 이 철제 골격의 잔해는 오늘날 칠레 북부에 있는 사막의 이동하는 모래언덕 속으로 사라져버렸다.

파동의 묘사

파동은 어떤 매질(媒質, 즉 전달자)을 통하여 에너지가 전파되어나가며, 이때 매질 자체는 파동이 지나간 후에 그대로 남게 되는 일종의 교란이다.[3] 수면파의 매질은 물이고 음파의 매질은 공기이며 지진파의 매질은 지구를 구성하는 암석과 흙이다. 비록 가시광선과 같은 전자기파는 진공을 통하여 전파되지만 모든 다른 종류의 파동은 이를 전달할 물리적 매질이 필요하다.

파동은 에너지의 일시적인 주입에 의하여 매질이 변형될 때 일어난다. 연못에 돌멩이를 던져보라. 그러면 여러분은 연못의 표면 일부에 에너지를 주입한 것이다. 그 결과는 단순히 물이 튀는 것으로 끝나지 않는다. 가까이서 살펴보면 충격의 초기 지점으로부터 바깥쪽으로 방사되는 파동의 마루와 골이 연속된 동심원을 수반하는 것을 볼 수 있다. 이 파동은 초기의 에너지를 연못의 제방으로 전달하여 약간의 풍화작용을 일으킨다. 모든 것이 잠잠해졌을 때 연못(매질)은 이전과 같은 상태가 되나 제방은 약간 달라졌을 수 있다.

그림 5-2는 해저의 일부가 갑작스럽게 융기되어 발생한 파도를 보여주고 있다. 이 해저의 순간적인 운동은 표면에 낮고 넓은 물 언덕을 만들며 이는

---

3) 더 공식적인 정의는 다음과 같다. 파동이란 (1) 매질의 변위에 대한 모든 공간적 좌표의 집합이 시간의 함수로 나타나며, (2) 매질의 변위에 대한 모든 시간적 순간이 공간적 좌표로 나타나는 교란을 말한다.

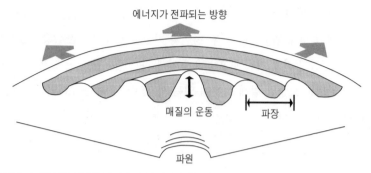

에너지가 전파되는 방향

매질의 운동

파장

파원

그림 5-2 해저에서 이상화된 국지적 교란에 의해 발생한 파도

그 넓이가 해저의 파원(波源)과 대략 비슷하다. 그러나 이 물 언덕은 매우 불안정해 중력의 힘에 반응하여 원래의 평형 수준으로 다시 돌아간다. 이것이 떨어지는 동안 이 물의 질량은 원래의 평형 위치를 지나쳐서 아래로 골을 만들기에 충분한 운동량을 갖는다. 이는 역으로 인접한 물에 위로 향하는 힘을 가하며 그로 인해 수면을 따라서 에너지를 바깥으로 전파해나간다. 인접한 물은 같은 방식으로 행동한다. 곧 전체 표면은 초기의 교란 지점으로부터 에너지를 밖으로 전달하는, 진동하는 골과 마루의 무늬로 뒤덮이게 된다.

　그림 5-2를 스케치하면서 필자는 파동의 가장 중요한 특성─이것이 물결치고 있다는 사실 ─ 을 빠뜨릴 수밖에 없었다. 필자가 보여준 것은 시간적으로 해저의 교란이 일어난 잠시 후의 한순간에 불과하다. 이보다 조금 후에는 마루와 골의 패턴이 수평으로 이동된다. 실시간에서 관찰하면 이 시각적 이미지는 표면의 패턴이 연속적으로 파원으로부터 밖으로 이동하는 현상으로 나타난다. 물결 위에 떠다니는 물체를 올려놓고 그 움직임을 관찰하면 쉽게 확인할 수 있듯이, 실제로 각각의 물방울들은 타원형의 경로를 따라 회전할 뿐이다. 다른 말로 하면 파동은 물 자체의 이동을 의미하지 않는다. 이로 인한 장기적 효과는 단지 **에너지**의 전파일 뿐이다.

과학자들은 파동의 특성을 기술하는 데 표준화한 학명을 이용한다. 두 개의 연속된 파의 마루[波峰]의 수평적 거리(또는 연속된 파의 골[波谷]도 마찬가지다)는 파장(波長)이라고 불린다. 파장은 미터, 피트, 마일 등 전통적인 거리 단위로 측정된다. 한 파동의 파장은 일반적으로 파원의 크기와 비슷한 크기 단위를 갖고 있다('비슷한 크기 단위'라는 말을 10배가 넘지 않는 크기라는 의미로 사용한다). 해저 지진과 같은 대형 파원은 파장이 수백 킬로미터에 달하는 물결을 만들어낼 수도 있다. 반면 깊은 바다 위에서의 국소적인 돌풍 같은 작은 파원은 단지 60m에서 100m 정도의 파장을 만들 수 있다.

이 길이에 덧붙여 파동은 또한 주기를 가지고 있다. 이는 고정된 한 점이 파동의 파장 하나를 지나가게 하는 데 필요한 시간으로 정의된다. 주기는 초, 분, 시간 등과 같은 전통적인 시간 단위로 측정된다. 수면파의 주기를 측정하기 위해서는 빈 음료수 깡통을 물에 던져놓고 위아래로 흔들리는 깡통의 움직임을 시계로 재기만 하면 된다. 예를 들어 만일 이것이 8초간에 걸쳐 위아래로 흔들리는 하나의 주기를 완성한다면 이 파동의 주기 역시 8초이다. 물론 이는 3장의 '동적 하중'에서 정의한 바와 같이 깡통 자체의 진동 주기이기도 하다.

세 번째로 관심의 대상이 되는 값은 파속이다. 이는 파동이 앞으로 전달되는 속력을 말한다. 예를 들면 파동의 마루가 300초 동안에 3000m 진행했다면 파속은 초속 10m이다. 같은 방법으로 12.6시간 동안에 6,300mi을 진행한 파동의 평균 파속은 6,300÷12.6, 즉 시속 500mi이다. 물론 이같은 결과는 항상 적절한 측정단위를 반영해야 한다.

그러나 연구를 반복한 결과 파속은 충분히 예측 가능해서 그들을 직접 측정할 필요가 거의 없음이 밝혀졌다. 다른 말로 하면 특정한 형태의 파동이 특정한 매질을 통과해 갈 때 파속은 항상 일정한 값을 유지할 수밖에 없다는 것이다. 표 5-1은 각각 다른 파동과 매질의 몇 가지 대표적인 값을 보여

파동 형태	매질	기타 조건	파속(m/s)
광파	진공		299,792,458
광파	물	20℃, 황색 나트륨 등	224,842,000
광파	다이아몬드	황색 나트륨 등	124,010,000
음파	공기	0℃	331.45
음파	공기	20℃	343.3
음파	물	증류수, 20℃	1,484.7
음파	물	해수, 20℃	1,519
음파	화강암	20℃	6,000
수면파	심해	파장 10m, 깊이 〉200m	4.0
수면파	심해	파장 40m, 깊이 〉800m	7.9
수면파	천해	깊이 5m, 파장 〉10m	7.0
수면파	천해	깊이 20m, 파장 〉40m	14.0
수면파	천해	깊이 100m, 파장 〉200m	31.3
쓰나미	개방된 대양	깊이 5km, 파장 〉10km	221
P-파[a]	암반	깊이 0km	5,400
P-파	암반	깊이 20km	6,250
S-파[a]	암반	깊이 0km	3,200
S-파	암반	깊이 20km	3,500

표 5-1 서로 다른 매질에서 몇 가지 파동 형태의 파속들

주 : 단위 변환: 1m/s=3.6km/h=3.28084ft/s=2.236936mi/h.

P-파와 S-파는 6장에서 논의하겠지만 지진파의 두 가지 주요한 형태이다.

준다. 실제로 사람들은 때때로 매질의 물리적 특성에 영향을 미치는 온도, 압력, 그밖의 다른 요인들의 변화를 설명하기 위하여 이 자료들의 수정값을 계산할 수 있다. 일반적으로 매질의 평형을 찾아가는 능력을 증가시키는 요인은 파속을 증가시키는 반면,* 매질의 밀도(단위 부피당 질량)를 증가시키는 요인은 파속을 감소시킨다.

---

* 전문용어로는 이 값을 보통 탄성률이라고 부른다. 이것은 균일한 압력을 가할 때 체적이 늘

파동의 파장, 주기 그리고 파속은 밀접하게 상호 관련되어 있다. 사실 다음의 식은 수면파뿐만 아니라 모든 형태의 파동에 적용된다.

파장 = 주기 × 파속

예를 들어, 만일 쓰나미가 시속 500mi의 파속을 지니고 0.50시간의 주기를 지녔다면 파장은 0.50×500, 즉 250mi이다. 같은 방식으로 주기 0.02초의 음파가 초속 343m의 속력으로 진행한다면 이 파장은 0.02×343, 즉 6.9m이다(이 식에서 의미 있는 답을 얻기 위해서는 측정단위를 일치시켜야 한다는 점에 다시 한 번 주의하라).

필자가 방금 기술한 값에 추가하여 하나의 파동은 또 하나의 중요한 단위를 갖는다. 즉 파동의 높이다. 아무리 여기에 관심 없는 관찰자라도 파도가 높으면 해안의 구조물들이 파도에 의해 입는 피해가 커진다는 것은 알고 있을 것이다. 이는 선형적인 관계가 작용하는 것일까? 다시 말해 만일 우리가 파동의 높이를 두 배로 하면 두 배의 에너지가 전달될까? 대답은 그렇지 않다는 것이다. 효과는 이보다 훨씬 더 극적이다. 다른 모든 조건이 동일하다면 파동의 높이를 두 배로 하는 것은 실제로 에너지를 네 배로 증가시킨다. 또한 높이를 세 배로 하면 에너지는 3^2배, 즉 아홉 배로 늘어난다. 더구나 파장 역시 하나의 요인이다. 즉 긴 파동은 짧은 파동보다 더 파괴적이다. 정확한 식을 쓸 수도 있지만 우리의 목적에는 다음과 같은 문장이 적당하다.

파동의 에너지는 (파장)×(높이)²에 비례한다.

거나 주는 정도를 나타내는 체적탄성률(bulk modulus)과, 외력에 의해 물체의 모양이 변하는 정도를 나타내는 전단탄성률(shear modulus) 또는 강성률(rigidity) 두 가지로 나뉜다.
—옮긴이

이와 같은 비례식 문장은 수학적으로 복잡한 계산을 더 자세히 할 필요없이 우리에게 두 가지 상황을 비교할 수 있게 해준다. 예를 들어 하나의 파동(파동 A)이 60m의 파장과 3.5m의 높이를 가졌다고 가정하자. 반면에 두 번째 파동(파동 B)은 5,000m의 파장과 7.0m의 높이를 가졌다고 하자. 분명 파동 B가 더 많은 에너지를 지니고 있다. 문제는 얼마나 더 많은가다. 우리는 파동 B에서 파장과 높이의 제곱으로부터 결과를 계산할 수 있다. 그러고 나서 이를 파장 A의 상응하는 값으로 나눌 수 있다. 그 결과는 333이다(이는 순수한 숫자로서 단위가 없다). 이는 무엇을 의미하는가? 파동 B가 A보다 333배나 많은 에너지를 운반한다는 것이다. 따라서 파동 B는 파동 A가 해안의 건축물에 가하는 것보다 약 333배나 많은 피해를 입힐 수 있다. 각각의 파동 에너지의 정확한 총량을 계산하지 않고도 이와 같은 결론에 도달했음을 주목하라. 이러한 형태의 비례식 추론은 매우 강력한 분석 도구이다. 이는 우리에게 매우 적은 것으로부터 많은 것을 얻게끔 해준다.

필자는 이 특별한 비례 관계에 대하여 한 가지 논점을 명확히 할 필요가 있다. 이는 파장과 파동의 높이를 **제외한** 모든 면에서 유사한 파동들 사이의 비교를 다룬다는 점이다. 만일 두 개의 파동이 서로 다른 폭을 갖는다면(즉 하나는 100m의 해안을 덮치는 반면 다른 하나는 1,000m의 해안을 덮칠 때) 또는 만일 하나의 물결은 부서지는 데 비해 다른 하나는 그렇지 않다면 이 관계는 성립하지 않는다. 또한 우리는 이 관계를 수면파와 지반을 통한 파동처럼 서로 다른 두 종류의 파동을 비교하는 데 이용할 수도 없다. 비례 관계식으로도 우리는 기본적으로 유사한 사건들만을 서로 비교할 수 있다.

에너지 전파

'에너지' 라는 개념은 우리의 현대 문화에서 나오지 않는 곳이 없을 정도로 자주 사용되므로, 필자는 부담 없이, 공식적인 정의 없이 이 용어를 이후에도 계속 사용해도 될 것 같다. 그러나 더 진행하기 전에 우리는 이 개념에 대해 간단한 조사를 좀더 할 필요가 있다.

과학자들은 에너지라는 용어를 시스템이 이동력을 산출하는 용량을 기술하는 데 이용한다. 에너지의 국제적 측정단위는 줄(Joule)이다. 이는 1m의 거리를 진행하는 동안 1뉴턴의 힘을 산출하는 용량으로 정의된다. 자연재해와 관련된 대부분의 현상들에서는 수백만 줄이나 수십억 줄의 에너지가 전파된다. 1백만 줄의 에너지가 방출되면 1m의 거리를 진행하는 동안 작용하는 백만 뉴턴의 힘, 또는 2m의 거리 동안 50만 뉴턴의 힘이나 10m의 거리 동안 10만 뉴턴의 힘, 그밖의 동일한 곱셈 결과가 나오는 힘들을 산출할 수 있다.

한 시스템의 에너지를 안다고 해서 정확히 이 시스템이 어떤 일을 할 것인지를 아는 것은 아니다. 오히려 이는 이 시스템이 어떤 일을 할 수 있는지에 대하여 말해준다. 과학자들이 모든 물리적 사건들을 에너지의 변환으로 설명할 수 있으며 이 에너지 개념을 물리적으로 가능한 사건과 불가능한 사건의 구분에 이용할 수 있다는 것을 깨달은 것은 겨우 150년 전의 일이었다. 보통 '에너지 보존법칙'으로 언급되는 기본 원리는 다음과 같이 서술할 수 있다.

에너지는 결코 만들어지거나 파괴되지 않는다. 이는 다만 한 형태에서 다른 형태로 변화될 뿐이다.

우리가 이야기하는 에너지 형태란 무엇인가? 많은 사람들이 이를 정의해 왔지만 그들은 모두 다음의 두 가지 범주에 속한다. 운동 에너지(kinetic energy, 움직이는 물체의 에너지)와 위치 에너지(potential energy, 저장된 에너지)이다. 운동 에너지는 움직이는 물체 — 바람, 물의 흐름, 파도, 바람에 날리는 암석 파편, 전류, 심지어 움직이는 각 분자까지 — 와 관련된 에너지다. 이 모든 경우의 운동 에너지를 계산하기 위해 개발된 여러 공식들을 언급하는 것보다 단순히 이같은 식이 존재하며 이것을 제대로 사용한다면 정확한 결과가 나온다는 것만 지적하고 넘어가겠다. 그러나 한 시스템이 에너지를 방출하기 위하여 반드시 움직일 필요는 없다. 많은 정적인 시스템이 방출될 수 있는 형태로 에너지를 저장하고 있는데, 예를 들면 댐에 저장된 물, 화산의 돔형 공간 안에 압축된 가스, 전기적으로 충전된 벼락구름, 가솔린으로 채워진 탱크 등이다. 한 번 더 말하지만 이들 서로 다른 형태의 위치 에너지 대부분을 계산하는 데 검증된 공식이 있다. 한 가지 전제조건은 이같은 계산의 기반이 될 적절한 측정 데이터가 있어야 한다는 것이다.

이러한 개념을 마음에 두고 그림 5-2로 돌아가자. 에너지 보존법칙은 우리에게 수면파가 파원에 의해 방출된 에너지보다 더 많은 에너지 총량을 가질 수 없음을 말해준다. 사실 에너지원의 일부만이 수면파로 이어진다. 방출된 에너지 가운데 일부는 해저를 통하여 지진파의 형태로 전파되고, 일부는 열로 전환되며, 일부는 충격파(음파)의 형태로 대기에 입사된다. 수면파의 에너지에 지진 에너지와 열 에너지, 음파 에너지를 더한 총 에너지가 근원에서 방출된 에너지다. 만일 언젠가 지진이 일어나기 전에 이에 의해 방출될 에너지를 예측하는 것이 가능해진다면 이 지진파나 쓰나미에 의해 일어나는, 가능한 피해의 상한값이 얼마인지 계산하는 것도 가능하다. 분명히 이러한 과학의 발전은 방재계획을 세우는 사람들에게 귀중한 가치가 있을 것이다.

물론 여기에는 고려해야 할 또 다른 요인이 있는데, 이는 파원으로부터 거리의 효과다. 우리가 지구물리학적 사건으로부터 멀리 떨어져 있을수록 피해를 덜 받는다는 것은 매우 명백하다. 이는 간단한 기하학으로 설명할 수 있다. 원형의 파가 파원으로부터 모든 방향으로 팽창함에 따라 그 에너지는 점점 더 큰 영역으로 퍼지며 파장의 높이는 점차 감소한다. 파동의 에너지는 그대로 유지되지만 더이상 한 공간에 집중되지 않는다. 인간의 건물들은 한

정된 공간만을 차지하고 있기 때문에 파동이 건축물을 공격하기 전에 팽창되어버리면 건물들은 이 파동의 에너지 중 아주 일부만을 흡수할 것이다.

그러나 때로는 예상치 않게 피해가 커지는 경우도 있다. 그것은 파동이 그 경로에 있는 장애물로 인해 편향되고 초점이 맞추어져서, 에너지가 확산되는 대신 특정 지역에 더욱 집중되는 것처럼 보이는 경우다. 예를 들면 1930년 4월, 높이 4m(13ft)에 주기 20~30초의 파도가 몰아쳐 캘리포니아 롱비치에 있는 방파제로부터 20톤까지 나가는 바위들을 밀어놓았다. 그런데 그곳에서 북쪽과 남쪽으로 인접한 해안에서는 약간의 파도만이 있었을 뿐이며 바다에서 파도의 높이는 단지 0.5m에 불과했다. 이에 대한 설명이 제시되기까지 17년이 걸렸다. 6km 떨어져 있는 해저의 언덕이 렌즈처럼 작용하여 특정한 방향에서 오는 파도를 집중시켰으며 이같은 파도가 20~30초 주기를 가졌을 때 이 렌즈의 초점이 정확히 이 방파제에 맞춰졌다는 것이다.[4] 이 파괴적 파도의 실제 파원은 외견상 수천 킬로미터 밖이었던 것 같다. 사건이 일어난 후 분석하는 데도 이같은 어려움이 있는 것으로 볼 때, 공학자들에 의한 과거의 어떠한 연구나 계산도 이러한 사건의 발생을 예측할 수 있을 것 같지 않다. 대자연은 우리가 이미 상당히 잘 이해하고 있는 메커니즘의 현상을 이용해서도 우리를 깜짝 놀라게 할 수 있는 능력을 가지고 있다.

파동의 중첩

지금까지 우리는 잘 정의된 주기, 파장, 파속, 높이를 갖는 이상적인 파동만을 이야기했다. 이같은 파동은 실험실의 물결 발생용 수조에서 쉽게 만들어 그 특성을 연구할 수 있다. 그러나 자연은 과학자들처럼 그들의 변수를

---

4) W. Bascom, Waves and beaches(New York: Anchor, 1980).

열심히 조정하지는 않는다. 만일 여러분이 바람이 불 때 수면이나 지진계의 지진 기록을 보면 이 파동운동이 결코 잘 정의된 파장이나 주기를 갖는 단일 파장이 아니라는 것을 즉시 분명하게 알 것이다. 오히려 이 매질의 움직임은 닥치는 대로 섞여 뒤죽박죽이 된 것처럼 보인다.

1822년에 프랑스의 수학자 장 밥티스트 푸리에(Jean Baptiste Fourier)는 모든 복잡한 파동이 각각 자신의 잘 정의된 주기, 파장, 높이를 갖는, 단순한 이상적 파동들의 연속적인 총합으로 볼 수 있다는 사실을 발견했다. 곧 이 발견은 단순한 수학적 장난 이상의 것임이 밝혀졌다. 자연의 복잡한 파형은 여러 단순한 파동의 중첩에서 생겨난다. 그림 5-3은 네 개의 단순한 파동이 중첩되어 복잡한 파동이 만들어지는 과정을 보여준다.

우리가 파동이 '더해지다' 또는 '중첩되다' 라는 표현을 쓸 때 그것은 물리적으로 하나가 다른 것 위에 올라탄다는 것을 의미한다. 그러나 파동은 마루만이 아니라 골도 가지고 있으므로 때때로 마루를 이루는 파동이 원래 있던 파동의 골을 채우는 경우가 있을 수 있다. 이 현상을 소멸 중첩(destructive superposition)이라고 부른다. 그러나 두 개의 파동이 결합해서 아무런 파동

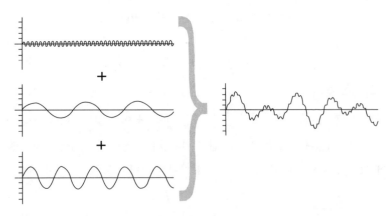

그림 5-3 파동의 중첩. 주기·파장 및 높이가 잘 정의된 단순한 파동의 중첩에서 복잡한 파형이 만들어진다.

도 생기지 않는다면 그 에너지는 어디로 갔을까? 대답은 파동이 시간적 · 공간적으로 확장되고 있다는 데 있다. 한 지점에서 사라진 모든 에너지는 다른 장소에서 반드시 나타나며, 특히 중첩된 파동의 마루와 골이 일치된 곳과 가장 가까운 장소에서 잘 나타난다. 우리는 이를 보강 중첩(constructive superposition)이라고 부른다. 이 효과는 그림 5-4에 나타나 있다.

어느 때건 바다의 표면은 수많은 파원에서 나온 수많은 파동의 중첩으로 이루어져 있다. 이들 중 일부는 아주 먼 곳에서 온 것일 수도 있다(예를 들

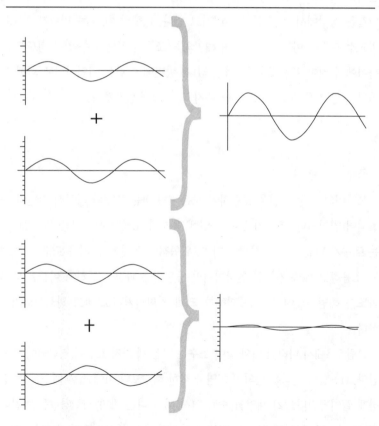

그림 5-4 파동의 보강 중첩과 소멸 중첩

면, 지난주에 일어난 아프리카 해안가의 폭풍, 그보다는 가까운 곳의 돌풍, 국지적 바람 등). 이들 파동은 서로 다른 방향으로 진행하면서 서로 교차하며 때로는 소멸 중첩되어 조용한 지점을 만들기도 한다. 한편으로 그들이 보강 중첩되어 파도가 일어날 이유가 없는 곳에 일시적으로 거대한 파도가 나타났다가 재빨리 사라지는 수도 있다. 이러한 '방랑자' 또는 '유령' 파도의 높이가 40m(130ft)가 되는 것이 보고된 바도 있다. 방랑자 파도는 유조선과 같은 거대한 배에 심각한 위협이 될 수 있는데 이는 배의 가운데만을 들어올리고 뱃머리와 선미는 허공에 달아놓을 수 있기 때문이다. 대부분의 배는 이같은 상황에서 금세 둘로 갈라지고 만다. 다행히 아주 큰 방랑자 파도는 비교적 드물며 아직까지 이것이 해안의 구조물을 위협할 수 있을 정도로 가까이에서 일어나는 것을 본 적은 없다. 반면에 이같은 자연현상에 의해 일어난 대형 기름 유출사고는 지금까지 적지 않게 발생했다.

조수

쓰나미와 폭풍 해일을 포함하여 모든 수면파는 조수의 자연적 간만과 중첩되어 일어난다. 조수가 높은 동안에 육지에 도달한 허리케인이나 쓰나미는 조수가 낮을 때 도달한 것보다 더 위협적인 존재이다. 비록 조수 그 자체는 조용하고 예측 가능한 현상이지만 중첩되는 과정을 통하여 이들은 다른 파도가 해안지대에 입히는 피해를 크게 악화시키기도 하고 완화시키기도 한다.

그림 5-5에서 나타난 바와 같이 조수는 다음 세 가지 요인이 결합되어 일어난다. (1) 달의 인력은 달의 반대면을 접한 해수보다 이에 접한 해수를 더 강하게 끌어당긴다. (2) 태양의 중력 역시 이와 다른 방향으로 영향을 미친다 (비록 더 적은 양이지만). (3) 지구는 자신의 축을 중심으로 회전한다. 그 결

과 지구의 해양에는 두 쌍의 주기적으로 변동하는 융기가 생긴다. 한 쌍은 달과 관련된 것이고 이보다 훨씬 작은 또 한 쌍은 태양과 관련된 것이다. 이들 융기부는 지구가 그 밑에서 회전함에 따라 마치 아주 긴 파도가 지구 둘레를 쓸고 지나가는 것처럼 움직인다. 달리 말하면 해안 어느 지점에서건 조수의 오르내림은 매우 긴 주기의 파동으로 받아들여진다는 것이다. 이 주기는 얼마나 긴가? 지구가 24시간에 한 바퀴 돌기 때문에 달에서부터 기원한 두 개의 마루는 정확하게 12시간의 간격으로 나누어질 것으로 기대된다. 그러나 이같은 분석은 달 역시 지구의 회전과 같은 방향으로 지구의 둘레를 회전하고 있다는 사실을 간과한 것이다. 결과적으로 연속되는 조수 만조의 간격은 평균적으로 12시간 15분이 조금 넘는다. 단순하게 분석하면 달이 직선으로 머리 위에 있을 때 조수가 가장 높을 것으로 생각되지만 바닷가로 나가보면 실제로 조수의 만조가 달보다 앞서서 도달하는 것을 볼 수 있다. 이를 설명하기 위해선 다시 지구가 회전한다는 사실을 고려해야 한다. 이는 조수의 융기를 지구의 회전 방향으로 끌어당긴다.

개방된 바다에서는 조수의 융기가 겨우 높이 30cm(0.3m, 약 1ft) 정도에

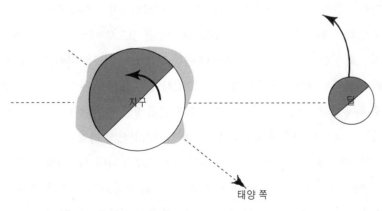

태양 쪽

그림 5-5 태양과 달의 중력에 의한 지구 해양의 조수 융기

불과하지만 해안에서는 이 값이 종종 상당히 더 높아진다. 지구의 회전이 비교적 얕은 대륙붕을 조수의 융기 밑으로 밀어넣음으로써 자체가 쐐기처럼 작용하며 이는 해안의 조수를 높이 밀어올린다. 얼마나 높을까? 이는 여러분이 위치한 장소와 시간에 따라 달라진다. 대양 중앙부의 작은 섬에서는 조수 간만의 차가 열린 대양에서의 경우와 그리 다르지 않아서 약 3분의 1m 정도다. 또 다른 극단적인 예는 펀디 만의 경우에서 볼 수 있는데, 이곳은 깔때기 형태의 해안과 쐐기 형태의 해저가 조수의 에너지를 전달하여 간만의 차이가 수직으로 12m(40ft)에까지 달한다. 이 만의 더 완만하게 기울어진 해안에서는 조수가 내륙으로 1km나 그 이상까지 휩쓸고 들어오며 다른 곳에서는 강의 흐름을 뒤바꾼다. 이들은 극적인 사건들로서 진행 과정을 지켜볼 만한데, 해변에서 휴가를 즐기는 사람들에게는 계속적으로 이에 대해 경고할 필요가 있다. 분명 해안에서의 조수활동은 바다와 국지적 분지 사이의 복잡한 상호 작용을 포함하고 있다.

조수는 장소만이 아니라 시간과도 관계된다. 표 5-2는 플로리다 아팔라치 만의 조수 시간표로, 1994년 7월 중의 일부를 보여주고 있다. 가장 높은 만조(128cm)는 7월 22~23일에 일어났으며 이는 보름달이 뜬 날이기도 한데 이는 우연의 일치가 아니다. 그림 5-5에서 언급했듯이 우리는 가장 높은 만조가 해와 달의 조수 융기가 중첩될 때 발생할 것으로 예상하기 때문이다. 이는 한 달에 두 번씩 일어나는데 한 번은 해와 달이 지구를 사이에 두고 거의 완전히 반대편에 놓여 있는 경우이고(보름달), 또 한 번은 이로부터 약 두 주 후에 태양과 달이 지구에서 볼 때 같은 편에 정렬한 경우이다(초승달). 이처럼 해와 달의 조수가 중첩되었을 때 이를 '사리〔大潮〕'라고 부르는 반면에 달이 4분의 1만큼 발달된 상태에 들어 낮은 조수가 나타나는 현상을 '조금〔小潮〕'이라고 부른다. 그러나 사리 현상이 나타날 때도 지구의 두 조수 융기부는 서로 다를 수 있는데, 이는 표 5-2의 조수 시간표에서 7월 20일부터

7월

	시간	높이			시간	높이	
	h m	ft	cm		h m	ft	cm
10 일	0322	3.5	107	21 목	0119	3.3	101
	0841	1.3	40		0620	1.7	52
	1431	4.1	125		1232	4.1	125
	2126	−0.2	−6		1939	−0.5	−15
11 월	0352	3.6	110	22 금	0201	3.4	104
	0921	1.1	34		0712	1.5	46
	1511	4.1	125		1321	4.2	128
	2156	−0.1	−3		2021	−0.4	−12
12 화	0422	3.7	113	23 토	0237	3.5	107
	1004	1.0	30		0758	1.3	40
	1556	4.0	122		1405	4.2	128
	2229	0.1	3		2057	−0.2	−6
13 수	0453	3.7	113	24 일	0310	3.5	107
	1053	0.9	27		0841	1.2	37
	1645	3.7	113		1446	4.1	125
	2305	0.4	12		2130	0.0	0
14 목	0528	3.7	113	25 월	0340	3.6	110
	1148	0.8	24		0921	1.1	34
	1744	3.4	104		1525	3.9	119
	2345	0.8	24		2159	0.3	9
15 금	0608	3.7	113	26 화	0408	3.5	107
	1255	0.7	21		1001	1.0	30
	1857	3.0	91		1603	3.6	110
					2226	0.6	18
16 토	0033	1.2	37	27 수	0434	3.5	107
	0656	3.7	113		1043	1.0	30
	1414	0.6	18		1643	3.3	101
	2031	2.8	85		2252	0.9	27

7월							
	시간	높이			시간	높이	
	h m	ft	cm		h m	ft	cm
17 일	0132	1,6	49	28 목	0501	3,5	107
	0758	3,7	113		1128	1,1	34
	1539	0,4	12		1729	3,0	91
	2210	2,8	85		2320	1,2	37
18 월	0244	1,9	58	29 금	0529	3,4	104
	0914	3,7	113		1224	1,2	37
	1655	0,1	3		1827	2,7	82
	2331	2,9	88		2354	1,5	46
19 화	0405	2,0	61	30 토	0604	3,3	101
	1031	3,8	116		1339	1,2	37
	1759	−0,2	−6		1952	2,5	76
20 수	0031	3,1	94		0039	1,8	55
	0518	1,9	58	31 월	0653	3,2	98
	1136	4,0	122		1513	1,2	37
	1852	−0,4	−12		2141	2,4	73

표 5-2 1994년 7월 플로리다 아팔라치 만의 조수 시간표

시작하는 일련의 만조 시리즈에서 높이가 각각 122, 101, 125, 104, 128, 107, 128, 107, 125, 그리고 110cm임을 보면 알 수 있다. 다른 말로 하면 매달 두 번째 만조가 그 사이에 낀 만조보다 높았다. 이 연속된 조수의 불일치는 달의 위치가 기하학적 지구 적도면과 일치하지 않을 때 나타난다. 달의 궤도가 지구의 적도면과 일치할 때 연속된 만조는 거의 일치한다. 이 현상은 1년에 두 번 일어나지만 정확한 날짜는 매년 달라진다.

이같은 모든 복잡성에도 불구하고 오늘날 미래의 어느 날이건 관심을 갖는 날의 조수를 높은 정밀도로 예측하는 것은 가능한 일이다. 연간 조수 자

료는 미리 계산되어 일반적으로 2년 전에 책자로 발간된다. 조수는 천문학적 시계태엽으로 가동되기 때문에 수학적 분석이 정확히 행해진다면 이는 놀라운 일이 아니다. 그럼에도 어디에나 존재하는 호랑이의 꼬리가 이 시계 안에도 들어 있어 더 짧은 주기의 파도가 이 예측 가능한 조수와 겹쳐지면 이는 악명높은 예측 불가능성으로 들어서게 된다.

깊고 얕은 물의 파동

'깊다'와 '얕다'는 물론 상대적인 개념이다. 인간에게는 깊은 물이 배에게는 얕은 것이 될 수 있다. 비슷하게 짧은 파장의 파동에게는 깊은 것이 긴 파장의 파동에게는 얕은 것이 될 수도 있다. 여기서 고려해야 할 물리적 배경은 파동이 바닥을 '느끼는가' 하는 점이다. 물의 깊이가 파장의 절반보다 낮으면 파동의 운동은 해저까지 계속 이어져 우리는 물이 얕다고 판단한다. 만일 물의 깊이가 파장의 20배보다 높다면 밑바닥은 파동의 전파에 의해 교란을 받지 않으며 우리는 물이 깊다고 간주한다. 이들 두 극단 사이에 전이 지역이 존재하며 여기에는 아리스토텔레스의 '흑백' 이분법이 도움이 되지 않는다. 깊은 곳에서 얕은 곳으로 진행되는 파동은 연속적으로 심해수면파에서 천해수면파로 변화한다.

이 구분은 중요한데, 심해수면파와 천해수면파는 다른 속도를 갖기 때문이다. 심해수면파에서 파속은 파장에 좌우된다.

$$\text{파속(m/s의 형태)} = 1.249 \times \sqrt{\text{파장(m의 형태)}} \quad \text{[깊은 물]}$$

이 공식은, 예를 들어 깊은 물에서 20m의 파장을 갖는 물결은 초속 5.59m(시속 12.5mi)로 전파되는 반면 80m 파장의 물결은 초당 11.2m의 속도로 진행된다고 예측한다. 우리가 이미 알고 있는 원리, 즉 파장은 항상 파속×주기라는 것으로부터 이들 두 파동의 주기는 각각 3.58초, 7.16초다. 이제 이 관계로부터 우리는 깊은 물의 표면이 그렇게 혼란되어 보이는 이유를 알 수 있다. 만일 물 위에 여러 개의 물결이 나타나면(그리고 거의 항상 그렇다면) 더 긴 물결은 더 짧은 물결을 계속해서 추월할 것이며 이 중첩은 항상 변화할 것이다. 사람의 눈은 그 배후에 있는 각 파동의 운율을 보기보다는 전체적인 혼돈 상태를 지각할 것이다.

얕은 물의 경우에는 파동이 이 바닥을 '느낀다.' 이때 파속은 더이상 파장과 관계를 갖지 않는다. 대신 다른 변수가 들어오는데 바로 물의 깊이다. 다음 공식은 이 상호 작용을 나타낸다.[5]

$$\text{파속(m/s의 형태)} = 3.132 \times \sqrt{\text{물의 깊이(m의 형태)}} \quad \text{〔얕은 물〕}$$

예를 들어 만일 20m의 파동과 80m의 파동이 동시에 10m 깊이의 분지에 입사했다면 이 두 번째 공식은 두 파가 모두 초속 9.90m의 속력(시속 22.1mi)으로 진행할 것임을 예측한다. 얕은 물에서 이들 두 파동은 같은 파속을 갖기 때문에 그들의 중첩 형태는 비교적 안정되고 해안을 향해 진행하는 뚜렷한 물마루의 선이 보이게 된다. 따라서 깊은 물의 혼돈으로부터 우리는 분명히 해안을 향한 일련의 파도의 구별 가능한 모습이 나타나는 것을 볼 수 있다.

해안에 부딪치는 모든 파도는 결국 얕은 물의 파도가 된다. 이 변환이 일단 이루어지면 파속은 수심이 감소함에 따라 계속적으로 감소한다. 10m 깊이의

---

5) 이 공식 및 이전에 나온 공식에서 계수들은 임의로 정한 것이 아니라 중력 가속도(g)와 관련되어 있다. 국제적 단위에서는 g가 9.80665m/s²라는 기준값을 지니고 있으며, $\sqrt{g}$ 의 값은 3.132, $\sqrt{g/2\pi}$ 의 값은 1.249이다.

물에서 파동은 초속 9.90m(시속 22.1mi)의 속력으로 진행하지만 깊이가 2m로 얕아지면 파속은 초속 4.43m(시속 10mi)로 감소한다. 이같은 파속의 감소가 파도를 더 무해하게 만든다고 볼 수도 있겠지만 실제로는 반대의 현상이 일어난다. 수심이 얕아질수록 파도의 높이는 증가하는 것이다.

어째서? 그 이유는 경사진 분지에서 파도의 선두 부분이 같은 파도의 뒷부분보다 앞서서 얕은 물과 만나기 때문이다. 이는 파도의 뒷부분이 바로 앞에 있는 파도의 일부보다 빠르게 진행하는 상황을 만든다. 붐비는 고속도로에서 이러한 일이 일어나면(예를 들어 안개 등으로) 우리는 충돌의 연쇄반응으로 빠른 차가 앞에 있는 느린 차들 위로 쌓여 올라가는 결과를 볼 수 있다. 파도에서 이런 일이 일어나면 파도의 빠른 부분이 앞의 느린 부분 꼭대기 위로 쌓여 올라간다. 파도가 이런 식으로 증가함에 따라서 파동의 에너지는 전혀 사라지지 않는다. 이때 일어나는 현상은 파도가 해안에 접근함에 따라 파동의 에너지가 높지만 좁은 마루에 집중된다는 것이다.* 이러한 과정은 그림 5-6에 나타나 있다. 여기서 필자는 파동의 가장 중요한 특징 하나를 빼버릴 수밖에 없었다는 점을 다시 한 번 짚고 넘어가야 하겠다. 그것은 파동이 진동한다는 점이다.

파도가 얕은 물로 들어오면서 속력은 느려지고 높이는 높아진다. 거기에 더해서 두 가지 일이 또 일어난다. 파도의 파장이 줄어들고 부서진다. 이 현상들을 한꺼번에 조사해보기로 하자.

우리는 이 장에서 이미 파장=파속×주기임을 보았다. 한 파동의 주기(파

---

* 일반적으로 매질을 통과하는 파동의 에너지 $U = 2\pi^2 f^2 A^2 \mu l$(f: 진동수, A: 진폭, μ: 매질의 길이당 질량, l: 매질의 길이)로 나타낼 수 있으며 진폭의 제곱과 진동수의 제곱에 비례한다. 이를 시간에 대해서 미분하면 $\frac{du}{dt} = 2\pi^2 f^2 A^2 \mu v$ 로, 매질을 따라 흐르는 에너지의 흐름은 파동의 에너지 밀도와 속도를 곱한 값과 같은 비율로 일어난다. 따라서 에너지 보존법칙에 의하여 파속이 감소함에 따라 진폭이 증가한다고 볼 수도 있다.—옮긴이

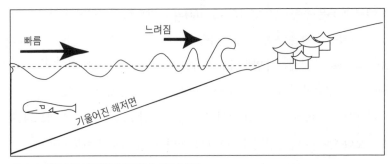

빠름

느려짐

기울어진 해저면

그림 5-6 얕은 물로 들어서면서 물결은 높아지게 된다.

동 사이의 시간)는 파동의 일생 동안 그 경로에 관계 없이 비교적 일정하게 유지된다. 결과적으로 파장은 파속이 감소함에 따라 줄어든다. 예를 들면 만일 파속이 초속 6m일 때 파장이 21m였다면, 파속이 초속 2m 감소할 경우 파장은 7m 줄어들게 된다. 이 과정을 통하여 주기는 3.5초에서 거의 일정하게 유지된다. 더 짧아진 파장은 방금 언급한 '쌓아올림' 효과와 관련이 있으며 이는 파동이 느려질 때 파고를 높이도록 작용한다.

파동이 점점 빨라질 수도 있을까? 그렇다. 만일 한 파동이 얕은 물에서 생성되어 깊은 물로 진행된다면 파속과 파장은 증가하며 파고는 감소한다. 지금까지 기술한 이 모든 과정은 역으로 똑같이 작용한다.

그러나 '부서짐' 현상은 절대 역으로 작용하지 않는다. 이는 자연계의 일방통행 현상 가운데 하나다. 한 파도 마루의 앞면에 파동의 형태를 유지할 만한 충분한 물이 더이상 없을 때 물결은 부서진다. 이 상황은 완만하게 경사진 해변에서 물의 깊이가 파고보다 더 얕아질 때 자연적으로 발생하며, 또한 인공 방파제에서 파도가 물로부터 바위나 콘크리트로의 갑작스런 전이대를 만날 때도 일어난다. 파도가 부서질 때 보통 궤도운동을 하던 마루의 물은 빈 공간으로 던져진다. 파도가 매우 높으면 이 과정에 의하여 방출된 운동 에너지는 파도의 경로에 있는 모든 물체에 큰 피해를 줄 수 있다. 여기에 취약한 것은 인간의 구조물만이 아니다. 격렬하게 부서지는 파도에 의해서 한밤중에 전 해변이 씻겨내려가버린 사건도 있었다.

보통 대자연에서는 단순한 현상들만 일어나는 것이 아니다. 파도가 부서지지 않고 해변을 쓸어가버리는 것도 가능하며, 파도가 얕은 물 가까이에 오지도 않고 부서지는 것도 가능하다. 대략적인 규칙으로서 우리는 파고가 파장의 7분의 1을 넘을 때 부서진다고 어림잡아 판단할 수 있다. 그러면 아주 긴 파동은 때때로 부서지지 않고 해안을 범람시킬 수도 있다. 쓰나미를 관찰한 사람들은 그곳에 부서지는 파도는 없었으며 바다가 다만 엄청난 높이로 해안으로 '달려왔다'고 증언하고 있다.

물론 대부분의 수면파는 바람에 의해 발생한다. 파동이 높아질수록 더욱 효율적으로 바람으로부터 수면으로 에너지가 전달되어 파동이 더 커진다. 기록된 자료 가운데 항해 중인 배에 의해 관측된 최고 높이의 파도는 1933년 U.S.S. 라마포 호의 장교들에 의해 측정된 34.1m(112ft)의 파도로 보인다. 이 거대한 파도는 배에 실제로 위험하지는 않았는데 그 이유는 파도가 부서지지 않았고 숙련된 선원들이 배가 파도를 향하도록 유지시켰기 때문이다. 컴퓨터 시뮬레이션은 폭풍의 파도가 이론적으로 67m(219ft)까지 이를 수 있음을 보여준다!

일반적으로 바람에 의해 만들어진 파동은 그같은 기록적인 높이에 도달하기 전에 그 파장의 7분의 1 높이에 도달한다. 그리고 이 지점에서 흰 거품이 이는 부서진 파도의 형태로 에너지를 방출한다. 그때 이 파도는 정말로 위험하다. 파도는 '진동'을 계속하는 한 별로 위험하지 않다. 그러나 파도가 부서진 형태로 나타날 때, 또는 해안에서 융기될 때는 파도의 경로에 놓여 있는 모든 것에 파괴적인 양의 에너지가 투사된다.

쓰나미

학술지 이외의 문헌들에서는 종종 파괴적인 물결을 일컬어 '조수 파도(tidal waves)' 라고 언급하는데 이는 계속적으로 이 현상이 이른바 조수(tide)와는 아무런 관계가 없다고 외쳐왔던 해양학자들에게는 상당히 답답한 소리일 것이다. 더 적당한 용어는 '지진해일' 또는 '쓰나미'가 될 것인데 이 쓰나미라는 말은 진파(津波)의 일본 말로 '항구의 파도'라는 용어쯤으로 번역할 수 있다(이는 이 파도가 해안에 접근하기 전까지는 해가 없다는 사실을 반영한다). 역사적으로 주목할 만한 쓰나미의 목록은 부록 A에 나와 있다.

쓰나미는 순간적으로 발생한다. 이는 넓은 지역에서 많은 양의 에너지가 갑작스럽게 물로 쏟아질 때 일어난다. 강풍이 아무리 심하게 불어도 쓰나미를 만들어낼 수는 없는데, 그 이유는 바람은 바다에 이렇게 갑작스러운 충격의 형태로 에너지를 전달할 수 없기 때문이다. 쓰나미는 해저 지진, 해면 높이에서의 화산의 폭발, 그리고 대륙붕에서의 해저 산사태 등에 의한 에너지의 갑작스러운 방출로 발생한다. 또한 몇 가지 특이한 경우에는 큰 해안에서 산사태가 바다로 쏟아져 쓰나미를 일으키기도 한다.

쓰나미는 매우 긴 주기를 갖는데, 일반적으로 20분~1시간이며 또한 파장은 수백 킬로미터로 측정된다. 마루 사이의 간격은 매우 멀리 떨어져 있어서 관찰자들은 보통 거대한 하나의 파도만을 기록한다. 그러나 어떤 쓰나미에서도 파동은 항상 연속적으로 나타나며 첫 번째 파도가 가장 커야 할 이유는 없다. 사람들은 첫 번째 파도가 물러갔을 때 사건이 끝났다고 안심하는 실수를 해서는 안 된다.

쓰나미는 이를 일으킨 지진에서 방출된 에너지의 약 1~10%를 전달한다. 일반적인 쓰나미의 에너지는 10,000기가줄(10조 줄)에서 100,000 기가줄의 범위 내에 든다.[6] 그러나 쓰나미의 파장은 너무 길기 때문에 이 엄청난 에너지가 공해상에서는 1m 정도의 그리 크지 않은 파고를 만들어낸다. 심해를 다니는 배들은 그 밑을 지나가는 쓰나미를 거의 알아차리지도 못할 것이다. 올라왔다가 내려가는 주기가 약 한 시간씩이나 되는 파도의 높이가 겨우 책상 정도밖에 안 되기 때문이다. 1896년 7월 15일, 파괴적인 양의 에너지가 이러한 방식으로 전혀 감지되지 않고 일본 연안의 고기잡이 선단 밑을 지나갔다. 이들이 출발했던 항구로 돌아왔을 때 어부들은 자신들의 마을이 해안 483km에 걸쳐 완전히 쓸려나가버린 것을 발견했다. 공식적으로 26,975명이 사망했고 5,390명이 부상했으며 9,313채의 집이 파괴되었고 300여 척의 대형 선박이 좌초되었으며 약 10,000척의 작은 고기잡이 배들이 항구에서 부서지거나 가라앉은 것으로 집계되었다.[7] 그럼에도 불구하고 심해에서 작업하던 어부들은 그들 밑으로 이 모든 에너지가 지나갔다는 것을 전혀 알아채지 못했던 것이다.

우리가 그림 5-6과 그에 따르는 설명에서 보았듯이 얕은 물에서는 파동의 진행 속도가 감소하며 이에 따라 파장이 짧아지고 파고는 증가한다. 공해상의 파고 1m인 쓰나미가 파장이 400km이고 파속이 초속 250m였다면 이 파도의 파속이 초속 20m로 줄어드는 것은 파장이 32km로 줄어드는 것이며 파고는 대략 계수 $\sqrt{400/32}$ 만큼 증가한다. 즉 12.5m(40ft 이상)가 되는 것이다. 이런 방식으로 사실 쓰나미의 높이가 증가할 때 에너지가 증가하는 것은 아니다(그렇다면 이는 에너지 보존법칙을 위반하는 것이다). 다음과 같은 일이 발생한다. 원래에는 길고 낮은 대양의 돌출부에 퍼져 있던 에너지가 더 좁고 높은 물의 벽에 집중된다. 긴 수평의 거리에 걸쳐 크지 않은 힘을 보낼

6) K. Lida, Magnitude, energy, and generation mechanics of tsunamis; Lida, On the estimation of tsunami energy, International Union of Geodesy and Geophysics Monograph no. 24(Toulouse; France: IUGG, 1963), 17~18; 178~173.

7) E. R. Scidmore, The recent earthquake wave on the coast of Japan, National Geographic, Sept. 1896, 285~289.

수 있던 초기의 파도가 제한된 거리에서 엄청난 힘으로 기슭을 때려부수는 파도로 스스로의 형태를 바꾼다. 우리가 3장에서 보았듯이 만일 한 힘이 건축물의 궁극적인 지탱력을 초과한다면 힘이 계속 움직인 거리에 관계 없이 건물은 파괴된다. 이때 분명히 쓰나미의 에너지는 짧은 파장의 높은 파도로 변화할 때 인간에게 훨씬 더 위험하다. 총 에너지는 바뀌지 않으나 인간에게 가해지는 결과는 엄청나게 달라진다.

마음속에 쓰나미의 완전한 그림을 그려보기 위하여 파장을 물의 깊이와 비교해보는 것이 도움이 된다. 공해상에서 비교적 일반적인 쓰나미는 대략 400,000m(400km, 또는 250mi)의 파장을 갖는다. 쓰나미와 비교해볼 때 바다의 평균 깊이는 쓰나미 파장의 1%밖에 되지 않는다! 적어도 쓰나미에 관련해서는 전 세계의 대양도 얕은 웅덩이에 불과하다. 파동의 운동은 모든 방향으로 바다 밑바닥에까지 영향을 미친다.

결과적으로 대양의 가장 깊은 곳도 천해수면파처럼 전달된다. 즉 초당 m로 나타나는 파속은 미터로 나타낸 수심의 제곱근의 3.132배와 같다. 이 공식으로 수심 4,500m의 물에서 쓰나미는 초속 210m(시속 470mi)의 속력으로 진행할 것이다! 사실 이같은 엄청난 파속은 수많은 관찰에 의해 증명된다. 예를 들면 1960년 5월 22일, 리히터 규모 8.5의 지진이 칠레 연안 해저의 캘리포니아 크기의 지역을 흔들어 국지적 파괴 및 태평양을 가로지르는 쓰나미를 일으켰다. 이 쓰나미는 약 21시간 후 17,000km 떨어진 일본의 도호쿠와 홋카이도 지역을 높이 9m(약 30ft)에 달하는 파도로 휩쓸어 180명의 사망자를 냈다. 전 태평양을 가로지른 이 쓰나미의 평균 속력은 초속 약 225m(시속 503mi)였다.

쓰나미의 무서움은 이러한 움직임에 있다. 즉 이것은 해안의 도시들을 거의 지구 반대편에서 일어난 사건에 취약하도록 만든다. 하와이처럼 태평양 중앙에 있는 섬들은 이중으로 취약한데, 이는 이들이 지진학적으로 활동적인 해안에 의해 진동하는 물 한가운데 있으며 또한 그들의 해변 마을은 보통 조수의 변동이 최소한인 것으로 판단하여 지어지기 때문이다. 1868년 8월 13일 하와이 섬은 이 장의 시작 부분에서 필자가 논한 페루의 쓰나미에 의해 심각한 피해를 입었다. 1946년 4월 1일, 이 섬은 알래스카 알류샨 열도의 지진에 의해 발생한 파괴적인 쓰나미(높이가 9.1m에 달했다)에 의해 다시 한번 강타당했다. 1960년 5월 23일, 칠레로부터 출발한 쓰나미에 의한 높이 5.8m의 물마루가 하와이의 힐로 시를 휩쓸었다.

그림 5-7의 항공사진은 1952년 하와이 해안을 올라가는 쓰나미의 네 번

그림 5-7 자연의 거대한 척도에서는 쓰나미가 잔물결에 불과하다. 1952년 하와이 오아후의 북쪽 해안의 해변을 올라가는 쓰나미의 네 번째 마루의 항공사진(사진 제공, 미국 해양 대기국)

째 마루를 보여준다(이때 지진은 옛 소비에트 연방의 캄차카 반도에서 있었다). 높은 지점에서 볼 때에는 쓰나미가 거의 위협적으로 보이지 않는다. 그리고 사실 대자연의 거대한 척도로 보아서는 이는 잔물결에 불과하다. 그러나 인간의 척도에서는 쓰나미에 의한 파괴는 그야말로 대재앙이다. 그림 5-8의 사진은 힐로의 방파제를 파괴하는 1946년 쓰나미의 첫 물마루를 보여주고 있다.

대부분의 사람들이 기대하는 바와 달리 쓰나미의 최첨단이 마루로서 도착할 필요는 없다. 절반 정도는 파도의 골이 먼저 도달할 것이다. 그리고 관찰자는 바다가 수평선으로부터 급속하게 후퇴하는 것을 보게 될 것이다. 사실이 때문에 '조수 파도'라는 잘못된 용어가 생긴 것 같은데 모르는 사람들은 이 사건을 예정에 없던 갑작스런 간조가 심하게 일어난 것으로 오해할 수 있기 때문이다. 골이 먼저 도달했을 때 불행하게도 종종 새로 드러난 해저 바닥을 보기 위해 호기심 많은 군중들이 몰리는 경우가 있다. 아마도 15~30분 후에는 물마루가 고속버스 이상의 속력으로 그들을 뒤쫓을 텐데 이로부터 대피 불가능한 최악의 장소로 군중들이 스스로 몰려드는 셈이다. 말할

그림 5-8 1946년 4월 1일 하와이 힐로를 치는 쓰나미(사진 제공, 국립 지구물리 자료센터)

필요도 없이, 지구물리학 자료집에는 절박한 희생자들이 그들에게 접근하는 파도를 보고 있는 사진이 들어 있지 않다.

하와이 캡틴 쿡 마을의 오래된 호텔 로비에는 한동안 다음과 같은 간판이 잘 보이도록 전시되어 있었다.

〈 해일이 올 경우 〉

1. 정숙을 유지하시오.
2. 계산서를 지불하시오.
3. 정신없이 달아나시오.

이 호텔 주인은 자신의 호텔이 산비탈 중턱에 위치하여 어떠한 가능한 해일의 세력 범위에서도 벗어나 있었기 때문에 말장난을 할 여유가 있었다. 1960년 사건의 피해를 기억하는 그 섬의 다른 곳의 지역민들은 이 위협을 좀더 심각하게 받아들였을 가능성이 있다.

1960년 5월 22일 일요일 오전 8시 30분에 힐로에 쓰나미 경고 사이렌이 울렸을 때(대충 첫 번째 파도의 도착보다 네 시간 정도 앞섰음) 거주자 중 약 37%의 남성과 42%의 여성이 대피했다. 불행히도 대피한 사람들 중 일부는 도중에 불안해져서 파도가 들이닥치기 직전에 자신의 집으로 돌아갔다. 쓰나미는 61명의 목숨을 빼앗고 적어도 500채의 집을 파괴했다.[8] 하와이 해안을 쓰나미가 강타한 지도 36년이나 지났다. 시간은 모든 기억을 무디게 한다. 1960년대 이래로 중요한 사건이 없었으므로 오늘날 하와이 주민들과 수많은 관광객들이 쓰나미 대피명령에 어떻게 반응할지 의심해볼 필요가 있

---

8) R. Lachman, M. Tatsouka & W.J. Bonk, Human behaviours during the tsunami of May, 1960, Science, 133(1961), 1405~1409.

다. 평균적으로 매년 세 번 정도의 쓰나미가 세계 어딘가에서 발생한다. 하와이나 그밖의 모든 취약한 해안지방에서 쓰나미를 앞으로 보지 못할 것이라고 믿을 이유는 전혀 없다.

1992년 니카라과 태평양 연안

1992년 9월 1일 태평양의 지진은 리히터 규모 7.0의 상당한 것으로 기록되었지만 이 진원은 니카라과 해안에서 100km(60mi) 떨어져 있었으므로 해안의 많은 사람들은 지반이 흔들리는 것을 전혀 감지하지도 못했다. 이는 오후 8시경에 발생했으며 그 뒤 한 시간 안에 300km(190mi) 범위 내 지역이 10m(33ft) 높이의 쓰나미에 의하여 물에 잠겼다. 이 파도는 170명의 목숨을 앗아갔는데 희생자는 대부분 자고 있던 어린이들이었으며 13,000명의 집 없는 사람들을 만들었다. 수천 채의 건물들과 배 역시 파괴되었다.

산 후안 델 수르 항구의 한 보트에서 쉬고 있던 두 명의 남자가 평균 수심이 6m가 넘는 지점에서 그들의 용골이 바닥을 긁으면서 내는 큰 소리 때문에 깜짝 놀랐다. 그들은 간신히 보트가 전복되는 것을 막은 후 해안으로 주의를 돌렸다. 그들이 나중에 낸 보고서에 따르면 그들은 방금 자신들 아래로 지나간 마루의 후면을 통하여 도시의 불빛을 보았다. 그리고 잠시 후에 도시가 갑자기 캄캄해지는 것을 보고 공포에 떨었다.

다른 곳에서 수많은 사람들이 첫 번째 물마루가 도착하기 전에 수심이 극도로 얕아졌다는 관측을 보고했다. 이는 골이 마루보다 먼저 도착한 쓰나미로, 높은 생존율에 기여한 중요한 요인이 된 것으로 보인다. 바다가 심하게 흔들릴 때 일부 주민들은 갑자기 아주 낮아진 바닷물이 무엇을 의미하는지 정확하게 해석하고는 고지대로 급히 달아났다. 사실 밖에 있었던 많은 사람들은 그 당시 쓰나미의 직접적 타격에서 살아남았다. 사망자의 대부분은 파도가 칠 때 건물 안에 있었던 사람들이다.

어떻게 그렇게 많은 사람들이 살아남았는가에 대해서 우리는 천해수면파에 대한 이전의 이론과, 파속이 수심에 매우 민감하다는 사실로 설명할 수 있다. 만일 쓰나미의 골이 먼저 도달한다면 그 파도는 일반적인 것보다 얕은 물에서 진행되며 이는 마루가 먼저 도착하는 것보다 낮은 파속을 갖는다(비록 높이는 더 커지지만). 해안 일대 대부분의 장소에서 니카라과의 쓰나미는 요란하게 부서지는 파도의 형태가 아니라 거대하지만 상대적으로 느리게 움직이는 '슬러쉬' 덩어리의 형태로 해안을 강타했다. 이 사실은 파도를 통하여 도시의 불빛이 보였다는 사실과 일치하는데, 만일 파도에 부서지는 거품이 있었다면 불빛은 이를 통과하지 못하기 때문이다. 수백의, 어쩌면 수천의 사람들이 이 거대한 물덩어리 위에서 떠다니다가 수백 미터 안쪽의 내륙에 내려졌다. 일부 사람들은 그들이 육지로 나갈 수 있게 되기까지 30분이나 그 이상 항구에서 떠다니는 잔해를 붙잡고 있었던 사실을 보고했다. 다시 한 번 말하건대 이 사실이 의미하는 바는 다음과 같다. 만일 여러분이 운좋게 파도의 부서지는 부분만 피한다면 쓰나미에서 살아남을 기회는 있다. 그러나 해안의 건축물들은 지구에 뿌리를 박고 있기 때문에 비록 상대적으로 '온건한' 쓰나미의 수평운동에도 쉽게 파괴된다.

이 특별한 사건은 과학자들에게 까다로운 문제를 제기한다. 현재 우리의 수학적 모델에 따르면 규모 7.0의 지진은 쓰나미를 발생시키는 데 충분한 에너지를 전달하지 못한다. 해저의 산사태가 부족한 에너지를 보충해주었다는 증거도 없어 보인다. 우리는 니카라과의 사건이 에너지 보존법칙을 위반하지 않았다고 추정하는데, 이 법칙은 상상할 수 있는 모든 형태의 사건들에 대하여 수백만 번의 관찰 결과 중 한 번도 예외가 없었기 때문이다. 차라리 우리는 다음의 두 가지 (1) 쓰나미 형성에 대한 더 상세한 수학적 이론 (2) 우리가 측정한 지진 규모 중 하나에 뭔가 잘못이 있었던 것이라고 추정한다. 이는 별로 난해한 논점이 아니다. 그것은 계속적으로 포괄적이고 신뢰할 수 있는 쓰나미 경보 시스템을 개발하고 있는 우리 전망을 흔드는 문제이기 때문이다(비록 기본적인 경보 시스템이 현재 존재하지만 이는 태평양 변두리에 살고 있는, 쓰나미에 노출될 가능성이 있는 약 1%의 인구만을 보호한다).

이것이 실제로 일어났다면 약한 지진도 파괴적인 쓰나미를 일으킬까? 그렇다. 1896년 일본의 파괴적 쓰나미도 비교적 약한 지반 진동이 있은 후에 발생했다. 이러한 이상현상은 드물지만 분명 일어난다. 이러한 '조용한' 지진과 이 때문에 발생한, 어울리지 않는 대형 쓰나미에서 나타나는 에너지의 분명한 불일치에 대하여 몇 가지 가설이 제시되어왔다. 가장 그럴듯한 설명은 어떤 지진은 우리 표준 지진계 장비에 응답하는 것보다 긴 주기에 그들의 에너지의 큰 부분을 방출한다는 것이다. 결과적으로 지진파는 20초나 그이상 주기의 길고 부드러운 진동을 통하여 해저를 통과한다. 인간이나 해안 구조물들도 이같은 긴 주기의 지진파에는 영향을 받지 않는다. 그러나 바다는 또 다른 문제다. 단지 20초 동안에 몇천 킬로미터의 해저를 융기시키거나 침강시키면 바다의 표면은 거대한 쓰나미의 형태로 변형되어 결국 해안의 주민들을 깜짝 놀라게 할 것이다. 그러나 현재까지는 이 과정의 과학적 설명이 아직도 불완전하다. 그리고 쓰나미 생성 현상에 더 깊은 연구를 요구하는 까다로운 질문들이 아직 남아 있다.

1900년 텍사스의 갤버스턴

1900년 9월 8일 저녁, 허리케인에 의해 추진된 폭풍 해일이 인구 37,789명의 섬 도시 갤버스턴에서 6,000~8,000명 정도의 주민들을 익사시켰다. 사망자 수로 보면 이 사건은 미국 역사상 최악의 자연재해로서 아직까지 그 기록을 유지하고 있다. 약 3,600채의 집들과 그밖의 건물들이 완전히 파괴되었으며 이 도시의 어떤 건물도 피해를 완전히 면한 것은 없었다.[9] 근처 지역에서 성난 바다는 추가로 4,000명의 인명을 앗아간 것으로 보인다.

　미국의 해안 지도를 보면 뉴저지에서부터 남부 플로리다에 이르기까지 길고 좁은 배리어 군도[*]가 일렬로 뻗어내려와 있는 것을 볼 수 있다. 이와 비슷한 섬은 플로리다 중남부의 걸프 만에서 발견되는데 이는 플로리다로부터 뻗어내려와 루이지애나로 들어서며 텍사스의 걸프 해안 전체를 따라간다. 배리어 섬들은 기본적으로는 아주 완만하게 경사진 바다 밑바닥에서 해안 근처의 파도활동에 의해 만들어진 매우 높은 모래톱이다. 그래서 에너지가 낮은 해안을 따라서는 이런 방식의 배리어 섬들은 물론 모래 백사장조차 발견되지 않는다. 예를 들어 아팔라치 만과 크리스탈 만 사이의 플로리다 만 연안 210km(130mi)를 따라서 망그로브 나무가 울창한 잡목숲만이 늘어서 있다. 사람들이 배리어 섬들을 볼 수 있는 곳은 모두 가끔씩 높은 에너지의 물결이 부딪치는 지역이다. 또 한 가지 확실한 점은 충분한 시간이 지나면(수 세기 정도) 모든 배리어 군도는 본토 쪽으로 점차 다가오면서 모양이 상당히 달라진다는 것이다. 예를 들어 해터러스 곶의 등대는 1870년에 해발 460m 높이로 세워졌는데 1995년에는 종종 험하게 밀려오는 파도 때문에 높이가 60m도 안 되게 낮아졌다. 125년 동안에 이 특이한 배리어 군도의 해안은 축구장 네 개의 길이만큼 가라앉은 것이다. 반면 섬의 반대쪽은 높아졌다.

　초기 거주자들은 배리어 군도의 불안정성을 재빨리 인식했으며 그들 중

---

9) W.J. McGee, The lessons of Galveston, National Geographic, Oct. 1900, 377~383. 이 재난에 대한 상당히 믿을 만한 설명들을 그밖의 간행물에서 찾아볼 수 있으며 그 가운데 G. Cartwright, The big blow, Texas Monthly, Aug. 1990, 76~87도 있다.

* 배리어 군도 : 보도(堡島)라고도 하며 기반 육지의 침강 또는 해면의 상승에 의하여 생기는 장벽 모양의 긴 섬들을 말한다. - 옮긴이

섬의 이동하는 모래더미에 영구적인 건물을 지으려들 만큼 무모한 사람은 거의 없었다. 그러나 1838년 일단의 투자자들이 갤버스턴 시 회사를 설립하고 텍사스 휴스턴 근처의 배리어 군도인 갤버스턴 섬의 부동산을 분할하기 시작했다. 이 벤처사업은 엄청난 성공을 거두었고 새로운 도시는 주요 수송 항구로 번창해나갔다. 1900년까지 다섯 블록 폭의 저택을 소유한 백만장자만도 26명에 달했다.

그 당시(현재의 값은 이미 이와 다르다) 갤버스턴 시의 가장 높은 지반은 평균 해발 높이 2.7m(8.7ft)로 측정되었는데 이는 단층 건물의 높이보다도 더 낮았다. 이 지점에서부터 이 섬은 북서쪽으로는 갤버스턴 만으로, 남동쪽으로는 멕시코 만으로 이어지며 점점 낮아지고 있었다. 당시 대부분의 집들 가운데 4분의 1은 겨우 해발 1m 정도의 높이에 지어졌지만 조수 자체가 보통 0.6m나 그 이하로만 오르내렸기 때문에 별 문제가 되지 않았다. 그러나 때때로 열대성 폭풍이 도시를 물에 잠기게 할 정도로 바닷물을 끌어올리는 경우가 있었다. 이러한 일은 1871년(스쿠너 선과 세 척의 범선을 도시의 시가 가운데 좌초시킴), 1875년(바다의 높이가 평소보다 4m 올라갔으며 섬을 완전히 물에 잠기게 했음), 그리고 1886년(본토에서는 상당한 인명피해가 있었으나 갤버스턴에서는 약간의 재산피해만 있었음), 세 차례 발생했다. 1886년의 사건 이후 위원회는 도시를 보호할 방파제를 세울 것을 고려했으나 너무 비용이 많이 든다는 이유로 거절당했다. 그들은 10년 주기로 발생하는 소규모 피해는 결국 방파제를 짓고 이를 계속 유지하는 데 드는 비용보다 훨씬 쌀 것으로 기대했다.

멕시코 만의 화산활동은 매우 미약하며 이 지역에 역사상 쓰나미가 기록된 적은 없었다. 반면에 열대성 폭풍과 허리케인은 이 만에서 꽤 흔했다. 이같은 폭풍과 관련된 저기압은 종종 이곳의 상당히 넓은 지역에 걸쳐 해수면을 높이 끌어올리고 바람에 의한 파도가 이같은 '폭풍 해일' 또는 '폭풍 융기' 위에 실린 경우는 모든 면에서 대형 쓰나미만큼 파괴적이다. 이 효과는 폭풍이 빨리 지나갈 때보다 천천히 지나갈 때 특히 피해가 크다.

1900년 9월 8일 허리케인의 경우가 그랬다. 우리는 최고 풍속을 확실히 알지 못한다. 오후 5시 15분 바람이 시속 84mi을 기록할 때 기상국의 풍속계가 날아가버렸는데 폭풍은 밤중까지 계속되었다. 그러나 바람으로 인한 피해의 특성으로 판단할 때, 허리케인이 시속 100mi을 크게 초과하는 바람을 만들어내고 이를 유지하기는 쉽지 않다. 실제적으로 모든 파괴는 바람보다는 파도에 의해 발생했다.

이름 없는 허리케인의 도착은 놀라운 일이 아니었다. 이 지역의 기상학자는 폭풍이 남부 플로리다를 살짝 스칠 때부터 멕시코 만의 입구에 이르기까지, 대서양을 통과한 진로에 대하여 며칠 동안 규칙적인 전보를 수신하여 계속적으로 자료를 갱신하고 있었기 때문이다. 전날 오후에 그는 북쪽으로부터 해안으로 강한 바람이 불어왔음에도 불구하고(이는 일반적으로 파도를 높이기보다는 약화시킨다) 섬의 가장 낮은 지역에 이미 약한 홍수를 통보해놓고 있었다. 그러나 도시 거주자들은 이를 특별히 경계하지는 않았으며 섬에서 대피하는 것이 필요하다고 느낀 사람은 아무도 없었다. 9월 8일 아침, 기압이 떨어지고 폭우가 쏟아졌다. 대부분의 노동자들은 출근을 시작했으며 많은 여자와 어린이들은 부서지는 파도 거품을 구경하기 위해 해변으로 나갔다. 이른 오후, 풍속이 처음 허리케인의 범주에 들어설 때(시속 119km 또는 시속 74mi) 모든 해안 구조물들은 이미 파도에 의해 무너져버렸으며, 끊임없는 파도의 충격에 의해서 부서진 거대한 벽의 파편이 도시로 계속 몰려들어왔다. 어떤 보트나 거룻배도 전복되지 않고 본토까지 갈 수 없었으므로 대피하기에는 이미 늦었다.

오후 6시까지 바다는 시간당 3/4m(2.6ft)까지 높아졌으며 바람은 동쪽으로 이동하기 시작했다. 오후 7시 30분, 한 번의 커다란 물결에 의하여 해수

그림 5-9 1900년 9월 8일 허리케인이 텍사스 갤버스턴을 지나간 후의 잔해. 이 파편의 벽은 폭풍으로 인한 파도가 내륙으로 더 들어오는 것을 막았다.(사진 제공, 갤버스턴 로젠버그 도서관)

면은 4초 사이에 1.20m(4ft)나 뛰어올랐다. 허리케인의 눈은 오후 8시에서 9시 사이에 섬의 서쪽을 스쳐지나간 듯이 보였다. 이때 섬 전체는 적어도 3m(10ft)의 물에 잠겨 있었고 많은 파도는 6~7m 또는 그 이상까지 올라갔다. 이 무시무시한 몇 시간 동안에 갤버스턴 섬은 존재하지 않았으며 생존자들의 운명은 거품을 문 바다 위로 고층 부분만 머리를 내민 큰 건물들이 얼마나 버텨주는가에 달려 있었다. 파도는 시내 전차의 긴 선로 일부를 잡아찢었고 이 선로는 그때까지도 한쪽 끝은 묶여 있었는데 결국 이는 일련의 집들을 채찍처럼 강타하여 순식간에 파편으로 만들어버렸다. 마침내 내륙 6개 블록에서 몇 층짜리 건물 잔해들의 거대한 벽이 대충 해변과 평행하게 뿌리를 내렸다(그림 5-9). 여기에서부터 원래의 해안선까지는 모든 것이 파도에 의해서 깨끗하게 씻겨나갔다. 우연히도 이 거대한 잔해의 벽은 몇 시간 동안 마치 방파제처럼 작용하여 나머지 도시를 완전한 파괴로부터 보호했다. 오전 1시 45분경에 바다는 물러나기 시작했다.

다음날 아침, 생존자들은 섬의 3분의 1이 깨끗하게 깎여나갔고 남아 있는 것들도 상상을 초월할 정도로 망가졌다는 사실을 발견했다. 모든 것은 고약한 냄새가 나는 두꺼운 점액질로 덮여 있었다. 한 목격자는 부분적으로 파괴된 철도 가대의 지붕틀에 매달려 있는 48구의 시체를 발견했다. 처음에는 수천 구의 시체를 바다에 매장하려고 시도했지만 시체가 해안으로 다시 밀려 돌아오기 시작하자 그들을 잔해들의 산 위에 쌓아놓고 불태우는 작업이 필요했다. 섬의 한쪽 끝에서 다른 쪽 끝까지 며칠 동안 밤낮으로 이들 화장용 장작불이 계속 타올랐다.

재난의 공포로 많은 생존자들은 섬을 떠나 다시는 돌아오지 않았다. 무너지지 않은 건물들도 그 재산 가치는 1달러당 10센트 수준으로 급락했다. 그러나 그 다음해, 갤버스턴의 재건이 분명해지자 공학자들로 구성된 위원회에 재난에 관한 철저한 연구와 장래에 그런 대재난을 막기 위한 방법을 제안할 권한이 주어졌다. 1902년 1월에 이들 공학자들은 보고서를 제출했는데 여기에는 전체 도시를 3.4m(11ft) 높이만큼 끌어올리고, 바다로부터 벽을 둘러싸야 한다는 대담한 제안이 포함되어 있었다.

그후 20세기 초반 가장 놀라운 공학적 업적 가운데 하나가 뒤따랐다.[10] 무거운 기계류, 재료, 진흙 등을 운반하기 위해서 임시 철도와 운하가 도시 전체에 구석구석까지 건설되었다. 성 패트릭 교회와 같은 무게 3,000톤이 넘는 거대한 석조물은 새로운 토대가 그 밑에 건설되는 동안 수백 대의 수압 기중기들을 이용하여 들어올려졌다. 거의 3천 채의 건물이 이런 방식으로 들어올려졌다. 동시에 상·하수도관과 전기선, 길, 보도, 나무, 정원들을 재배치하는 일도 필요했다. 이들은 모두 거주민들이 일상작업을 가능하도록

---

10) 공학의 업적에 대한 더 자세한 설명은 D. Walden, Raising Galveston, American Heritage of Invention and Technology, 5(3) Winter, 1990, 8~18 참조.

그림 5-10 갤버스턴 방파제의 건설, 1902~1910. 벽 뒤로 전체 도시는 3.4m(11ft)의 높이만큼 끌어올려졌다.(사진 제공, 갤버스턴 로젠버그 도서관)

하면서 진행되었다.

콘크리트 방파제가 만 둘레에 세워졌다. 기반에서의 폭은 4.9m(16ft), 꼭대기의 폭은 1.5m(5ft)였으며 평균 간조로부터 5.2 m 높이까지 올라갔다. 이 방파제의 바다를 향한 면은 오목하게 되어 있어 파도의 전체 힘을 감당하기보다 이를 위로 비껴나가도록 했다. 벽의 바다 쪽 면에는 8.2m(27ft)의 화강암으로 기초를 한 광장이 해변 위에 세워져서 어떤 거대한 파도의 에너지도 잘 새어나가게 했다. 도시 쪽 면은(그림 5-10) 모래로 채워져서 벽의 정상부까지 부드럽게 경사가 이루어지도록 했다. 초기의 방파제는 5km(약 3 mi) 길이였으며 나중에 더 늘어나서 현재는 총 길이 16.15km(10.04mi)에 달한다. 도시를 위로 끌어올리고 방파제의 초기 부분을 완성하는 데 거의 7

년이 걸렸다.

이 공사 계획은 그후 몇 차례의 허리케인에서 그 효율성을 과시했다. 첫 번째는 1909년 이 벽이 아직 완성되기도 전의 일이었다. 오늘날 무심한 관찰자라도 이 벽의 서쪽 끝을 넘어서면 보호되지 않은 해변이 내륙으로 약 50m(160ft) 침식되었음을 주목할 것이다. 그러나 이 벽 앞에는 더이상 해변이 없다. 단지 기초만이 있을 뿐이다.

거주가 가능한 모든 배리어 군도를 갤버스턴 규모의 공사 계획으로 보호한다는 것은 분명히 경제적으로 가능한 일이 아니며 해변 휴양지의 주민들이 집을 구하기 위해 해변을 파괴하는 일에 만족할 리도 없다. 배리어 군도에 건설을 하는 것은 위험을 무릅쓰는 일이다.[11] 파도는 앞으로도 계속 일어 해변은 변형될 것이고 바다의 범람은 우리가 이같은 장소에 건설하는 모든 해변의 건물들을 언젠가 물에 잠기게 할 것이다. 집을 짓는 사람들이 거는 도박은 파도로 인한 피해가 당장 들이닥치지는 않을 것이라는 점이다. 그러나 다시 한 번 말하지만 그 일은 아마도 일어날 것이다. 우리의 현대 과학은 아직도 우리의 생애 동안 대자연이 소매를 걷고 나서는 일을 예측하는 데 비참할 만큼 무력하다.

---

11) 배리어 군도의 지나친 개발에 대한 더 심도 있는 논의를 위해서는 S. Kemper, This beach boy sings a song developers don't want to hear, Smithsonian, Oct. 1992, 72~85; K. Wallace & O.H.Pilkey, Jr., The beaches are moving: The drowning of America's shoreline(Durham, N.C.: Duke University Press, 1983) 참조.

6

융기하는 지구

1964년, 그리고 그 이전의 알래스카

1964년 3월 27일 오후 5시 36분, 거대한 지진 에너지가 남부 알래스카를 뒤흔들고 플로리다 주 전체보다 훨씬 넓은 지역인 200,000km²(78,000mi²)의 지표면을 영구적으로 변형시켰다. 지표면은 곳에 따라 10m까지 융기하기도 했으며 어떤 곳에서는 2m 아래로 침강하기도 했다. 그리고 전 지역에 거대한 균열과 틈새가 벌어졌다. 동시에 지하의 힘은 수천 평방미터의 해저 땅을 해면 위로 밀어올려서 조개류나 그밖의 해양 생물들을 높고 건조한 곳에 가두어 오도가도 못하게 만들어버렸다. 또한 이 지진은 파괴적인 쓰나미를 발생시켜 하와이와 캘리포니아 해안으로 보냈다. 알래스카의 앵커리지 시에서는 지진의 진앙이 130km(80mi) 동쪽에 있었음에도 불구하고 특히 피해가 심해(그림 6-1) 수억 달러의 재산 손실을 초래했다. 도시의 구조물 피해 중 많은 부분이 건물 기초 밑의 땅의 갑작스런 액상화(液狀化)*로 인한 것이었으며 경사면에

---

* 액상화(liquefaction) : 지진의 와중에 토양과 모래가 고체라기보다 진한 액체와 같은 행동을 보이는 과정. 지하수를 많이 포함한 모래지반에서 일어나기 쉬우며 분수 및 분사를 동반한다.─옮긴이

그림 6-1 1964년 3월 27일 리히터 규모 8.6의 지진이 발생한 이후의 알래스카 앵커리지의 한 학교(사진 제공, 미국 지구물리 자료센터)

있던 몇몇 집들은 원래의 위치로부터 300m(1,000ft)까지 미끄러지기도 했다.

공식적인 사망자 수 131은 리히터 규모 8.6으로 측정된 이 지진이 방출한 어마어마한 에너지의 총량을 제대로 반영하지 못한다. 사실 이 지진은 과학적으로 지진을 측정하기 시작한 이래 최대의 지반 수직이동 총량을 기록했다.[1] 다행히도 이 지진의 영향을 받은 대부분의 지역은 인구밀도가 낮게 분포되어 있었으며 대부분의 건물은 목재로 되어 있었다. 우리가 3장에서 보았듯이 목조 건물은 동적 하중에 접했을 때 상당히 탄성이 있어서 건물의 토대가 손상되지 않은 한 1964년의 지진에 대개는 살아남았다.

그후 몇 달 동안 수천 번의 여진이 관측소의 지진계에 기록되었지만 이들 중 아주 심각한 것은 없었다. 알래스카의 지각은 다시 안정되었으며 그후 적

---

1) D. Landen, Alaska earthquake, Science(1964).

어도 30년 동안 격렬한 진동은 없었다. 그러나 이론적으로나 역사적으로 남서부 알래스카와 알류샨 열도가 앞으로도 가끔씩 중요한 지진을 계속 경험할 것이라는 사실을 믿어야 할 이유는 많다.

알래스카 지진에 대한 최초의 기록은 비투스 베링Vitus Bering의 1737년 원정에서 시작되는데, 기록자는 지진과 함께 거대한 쓰나미를 묘사하고 있다. 이 러시아인들은 대지의 흔들림을 그 다음 세기에도 계속적으로 기록했다. 또한 그들은 1820~25년에 특히 격렬했던 일련의 지진들과 화산의 분출을 기록했다. 1868년 미국은 알래스카라는 거대한 영토, 공식적으로 단지 32,996명의 원주민들과 430명의 외지인이 사는 영토를 러시아로부터 사들였다. 이 숫자는 1898년 금광의 발견으로 그해에만 30,000명의 인구가 유입되기 전까지는 매우 느리게 증가했다. 이들 새로운 이주자들이 기대하지 않았던 여러 가지 좋지 않은 일들 가운데 지진 현상이 있었다. 1899년 대지진의 생존자들은 지반이 3분 동안 계속해서 흔들렸다고 보고했다. 같은 사건에서 디센첸트먼트 만은 영구적으로 14.4m(47.3ft) 융기되었는데 이는 역사 시대의 변위 중 최대 기록으로 아직도 남아 있다. 비록 1899년 대융기에 의해 실제로 영향을 받은 사람들은 별로 없지만 1964년 규모 8.6의 지진으로 약 200,000명의 사람들이 직접적으로 영향을 받았다. 오늘날 같은 진도의 지진이 발생하면 인간은 한층 더 큰 피해를 입을 것이다.

지진계의 기록은 일반적으로 1903년 이후부터 가능해졌으며, 이는 과학자들이 합리적이고 일관적인 숫자의 척도를 가지고 지진의 규모를 평가 · 비교하는 일을 가능하게 했다. 대지진들이 알류샨 열도에서 1903년(리히터 규모 8.3), 1906년(규모 8.3), 베링 해에서 1938년(규모 8.7), 그리고 남부 알래스카에서 1949년(규모 8.1)에 발생했다.[2] 이는 역사적으로 볼 때 미래에

---

2) B. A. Bolt, Earthquakes(New York: Freeman, 1988).

이런 형태의 지진들이 일반적으로 동일한 지리학적 영역에서 일어날 것임을 시사한다. 그러나 이러한 역사적 패턴을 인식하는 방식을 넘어서 더 나아가기 위해서는 그 바탕에 놓여 있는 지진을 일으키는 지구물리학적 메커니즘을 탐구할 필요가 있다. 이제 과학자들이 (현재까지) 지진을 감지하고 측정하는 방법에 대하여 무엇을 익혔는지 개관해보도록 하겠다.

지진학 약사(略史)

수 세기에 걸쳐 세워진 한 도시가 수 초 만에 흔들려 무너지면, 그 시대의 역사 기록자들은 적어도 일어난 사건을 기록하는 동안 인간의 힘에 대한 일반적인 선입견에서 벗어나는 경향이 있다. 이같은 설명은 종종 단편적이지만 초기 그리스와 로마 시대의 역사가에까지 거슬러올라간다. 1600년대 후반까지 몇몇 학자들은 이들 낡은 출전으로부터 자료를 가려내어 지진 기록의 완전한 목록을 작성하기 시작했다. 최초의 것은 서기 34년에서 1687년까지 발생한 91개의 주요 지진을 정리한 빈센초 마그나티Vincenzo Magnati의 1688년 목록으로 보인다. 그후 2세기 동안 수십 명이 각자 자신의 목록을 출판했는데, 이들 목록은 종종 명시적으로 특정한 지리학적 지역이나 특정한 기간으로 한정되었다(예를 들면 한 연대기는 1783~86년까지 이탈리아에서 일어난 1,186번의 지진을 기록했다). 이들 목록을 비교해보면, 서로 중복되는 것도 많지만 같은 사건이 세부적으로 서로 모순되는 경우도 많다. 또 한 가지 심각한 문제점은 그들의 기록은 객관적인 지구물리학적 데이터를 기술한다기보다 그 시대의 인구 분포와 지리학적 접근이 수월한 정도, 그리고 집단 히스테리의 심리를 반영하고 있다는 점이다.

1840년 전보의 발명과 함께, 훨씬 더 효율적으로 지진 보고를 교환하는 일이 가능해졌으며 정보의 양은(물론 틀린 정보도) 우후죽순처럼 늘어났다.

알렉시스 페리Alexis Perry는 1843~71년까지의 21,000개가 넘는 지진의 목록을 만들었고 로버트 말레Robert Mallet는 기원전 1606년부터 서기 1850년까지 (그의 기준에서 더 세분된) 6,831개의 지진을 기술했다. 주세페 메르칼리Guiseppe Mercalli(1883)는 기원전 1450년에서 서기 1881년까지 이탈리아에서 난 지진으로만 5,000개 이상을 목록에 올렸으며, 칼 푸크스 Carl Fuchs(1886)는 약 10,000개가 기재된 기념비적인 목록을 작성했다. 또한 존 밀른John Milne(1895)은 일본에서 기록된 지진만 8,331개를 기록했다. 그러나 이런 종류의 연구에서는 장 밥티스트 베르나르Jean Baptiste Bernard가 아직까지 개인 기록을 갖고 있는 것으로 보인다. 21년간의 조사를 통하여 1906년 그는 171,434개의 항목을 갖고 있는 전 세계 지진목록을 작성하는 데 성공했다!

이들 초기의 지진목록은 영구적인 중요성이 있다 해도 그리 크지는 않다.[3] 그러나 이들 목록이 일치하지 않기 때문에 지진의 강도를 기술하기 위한 균일한 척도가 절대적으로 필요하다는 사실이 명백해졌다. 1883년 주세페 메르칼리(그 자신도 지진목록의 작성자였다)는 적당한 기회에 자신의 이름을 딴 메르칼리 등급을 제안했는데 이는 아직도 다소 주관적인 관측을 기반으로 한 체계였다. 다른 사람들도 이를 채택했으나 오래 되지 않아 그 기준이 오락가락하기 시작했다.

이 등급은 1912년에 공식적으로 수정되었고, 1931년에 한 번 더 수정되었다. 후자의 형태는 오늘날에도 가끔씩 사용되고 있다. 표 6-1에 메르칼리 진도 등급의 수정된 형태가 제시되어 있다.

현재까지도 메르칼리 등급이 계속 호소력을 갖는 주된 이유는 이것이 전

---

3) B. F. Howell, Jr., An introduction to seismological research(Cambridge: Cambridge University Press, 1990).

진도	설 명
I	인간에게는 감지되지 않음.
II	건물 상층부에 있는 사람들에게 감지됨.
III	걸어놓은 물체들이 흔들림. 지진으로 깨닫지 못할 수도 있음.
IV	서 있는 차량이 흔들림. 창문, 접시, 문짝이 소리를 냄. 목재 벽은 갈라질 수 있음.
V	야외에서 감지됨. 자고 있던 사람이 깨어남. 액체는 교란됨. 그림이 움직임. 문짝이 크게 흔들림.
VI	모든 사람이 감지함. 걷기 어려움. 창문과 유리그릇이 깨짐. 가구들이 움직이거나 뒤집힘. 약한 플라스터(벽토)와 석조 벽에 금이 감. 교회와 학교 종이 저절로 울림.
VII	서 있기가 어려움. 운전자들이 느낌. 가구가 부서짐. 약한 굴뚝과 비강화 벽돌로 된 건물은 무너질 수 있음. 연못에 물결이 생김.
VIII	운전이 어려워짐. 비강화 석조 건물이 부분적으로 붕괴됨. 가옥의 골조가 토대에서 떨어져나감. 우물과 샘의 물 흐름에 변화. 젖은 지반 및 가파른 경사에서 갈라진 틈이 생김.
IX	전반적 공황 발생. 비강화 석조 건물 파괴, 강화 석조 건물 손상. 지하 파이프 파괴, 저수지에 심각한 피해. 지반에 뚜렷한 균열.
X	대부분의 석조 건물 및 골조 건물이 파괴됨. 제방과 댐에 피해. 대형 사태. 일부 철로는 휘어질 수 있음.
XI	철로가 심하게 휘어짐. 지하의 파이프라인이 완전히 파괴됨.
XII	전면적인 피해. 물체가 공중으로 날아감. 거대한 암석의 위치가 달라짐.

표 6-1 지진의 진도를 결정하기 위한 수정 메르칼리 등급의 축약된 형태

주 : 1931년의 원래 등급 버전을 위해서는 H. O. Wood & F. Neumann, Modified Mercalli Intensity Scale of 1931, Seismological Society of American Bulletin, 53(5), 979~987 참조. 1956년의 버전을 위해서는 C. F. Richter, Elementary seismology(San Francisco: Freeman, 1958), 137~138 참조.

혀 과학적 장비의 사용에 의존하지 않고 보통 사람들의 관측에만 의존한다는 점이다. 필요한 관찰을 하고 평가할 수 있는 사람들이라면 누구나 어떤 지진에도 메르칼리 진도를 배정할 수 있다. 진도가 큰 지진은 사람들이 지진에 숫자를 배정하기 위해 이를 직접 경험할 필요가 없다. 사건 후 남아 있는

잔해의 피해를 조사함으로써 적절한 기준이 정해지기 때문이다.

그러나 메르칼리 등급은 몇 가지 결점을 가지고 있다. (1) 사람들이 많은 지역에만 적용이 가능하다(여러분은 이 기준을 읽자마자 당연하게 생각할 것이다). (2) 분수의 진도를 허용하지 않는다(사실 사람들이 분수를 사용하려는 유혹에 빠지지 않도록 하기 위하여 로마 숫자가 사용된다). (3) 진원(震源)의 힘에 대하여 어떤 암시도 주지 못한다(낮은 메르칼리 진도는 가까이에서 난 약한 지진과 멀리에서 난 강한 지진을 구별하지 않는다).

그럼에도 메르칼리 숫자가 지진에 사용되기 시작하자, 자료가 뒤범벅이 된 목록으로부터 패턴이 출현하기 시작했다. 1920년이 되기 전에 지구에서 지진학적으로 불안정한 지역의 대부분이 가장 심하게 주름진 지각의 표면 형태 — 예를 들면 산맥과 열곡(裂谷) 등(그곳이 육지건 바다 밑이건) — 와 관련이 있음이 명확해졌다. 더 나아가 지구에 넓은 띠 모양의 지역이 있으며 이곳에서 중요한 지진의 90% 이상이 일어나는 것이 밝혀졌다. 하나는 태평양을 둘러싸는 띠 모양이고, 다른 하나는 인도네시아에서 히말라야를 지나 지중해로 이어지는 약간 휘어진 원호이다.

그동안에 과학자들은 지진의 힘을 측정하는 더 '과학적'인 방법을 찾았다. 이는 편견이 없는 기록 장비와 관련이 있었다. 그러나 어떤 도구를 설계하기 위해서 우선 측정하고자 하는 현상의 **양적인 이해**를 할 필요가 있다. 이것은 분명 일종의 딜레마다. 현상의 적절한 특성에 대하여 이미 무엇인가를 알고 있지 못하다면 우리는 알 필요가 있는 그 특성을 이야기해줄 도구를 만들 수 없다. 지진은 그 특성상 산발적으로 일어나며 예측할 수 없기 때문에 지진계 설계는 느리게 발전되었다.

지진을 기록하기 위한 최초의 도구는 서기 132년 중국에서 만들어진 것으로 보인다. 이는 여덟 개의 청동 용조각상이 원형으로 배열되어 있는 형상이다. 각각의 용들은 입에 금속 공을 물고 있으며 그 바로 밑에는 대응하는 청동 두꺼비들이 입을 벌린 채 역시 원형으로 배치되어 있다. 강한 지진으로 용이 두꺼비의 입으로 공을 떨어뜨리게 되면 그 두꺼비가 지진이 발생한 지점의 방향을 지시할 것으로 예상된다(나중에 밝혀졌지만 이는 잘못된 가정이었다). 이 장치는 아름다운 예술작품이었지만 과학 장비로는 그 가치가 의심스러운 것이었다. 이런 방식으로 기록이 될 만큼 강한 지진이라면 이미 모든 사람들이 명백하게 인지했을 것이며 따라서 이 장비는 지진 사건에 대해서 어떤 추가적인 정보도 제공하지 못하기 때문이다.

1700년대 초까지 강한 지진이 연못과 호수의 수면을 교란시킨다는 것은 일반 상식이었으며 이 현상은 초기의 몇 가지 간이형 지진계의 개발에 이용되었다. 이 장치들 대부분은 액체 수은을 담은 용기의 변화를 이용하고 있는데 이 수은이 쏟아지거나 튀어서 운동의 기록을 남긴다. 이들 도구 중 과학적 가치를 지닐 만큼 민감한 것은 하나도 없었다.

더 결실을 거둔 접근은 진자를 이용하는 것이었다. 강한 지진이 있는 동안 종종 교회의 탑에서 종이 저절로 울리거나 추시계가 멈추는 일은 오래 전부터 알려져왔다. 제임스 포브스James D. Forbes는 1841년부터 다양한 진자의 배열로 실험을 하여 결국 뒤집힌 진자에 부착된 연필로 구성된 '간이지진계'를 만들어냈는데 이는 두 번의 지진을 성공적으로 기록해냈다. 그러나 불행히도 이것이 설치된 지역에서 감지된 수십 번의 다른 지진들 대부분에 응답하는 데는 실패했다.[4] 그동안 태양과 달의 중력이 지구에 미치는 미묘한 효과를 측정하려 했던 지구물리학자들은 더 무거운 진자를 이용한 도구로 상당한 성과를 거두고 있었다. 그들은 종종 골치 아프게도 이러한 장비가 약한 지진 동안 통제할 수 없을 정도로 흔들리는 진동을 일으키는 것을 발견했다. 상세한 조사 결과, 무거운 추 자체는 전혀 흔들리지 않으며 오히려 이 기구는

---

4) C. Davison, The founders of seismology(Cambridge: Cambridge University Press, 1927).

지반이 진자 — 이는 관성 때문에 원래의 정지 상태를 거의 그대로 유지하는 데 — 에 대해 상대적으로 진동하는 것을 기록한다는 사실을 발견했다.

1875년 이탈리아의 필리포 케치Filippo Cecchi는 그 아이디어를 종합하여 첫 번째 성공적인 지진계를 만들었다. 이 도구는 두 개의 무거운 추를 사용하는데, 하나는 남북 방향의 움직임을 감지하고 다른 하나는 동서 방향의 움직임을 감지하는 방식으로 매달려 있었다(이는 현재도 사용되는 방향이다). 동시에 세 번째의 추는 지진의 수직 성분을 측정할 수 있도록 스프링에 매달려 있었다. 그후 몇 년 동안 도쿄에서 일하던 존 밀른은 이 장비의 감도를 상당히 높이는 데 성공했다. 지반운동의 유용한 지진계 기록은 1880년 11월 3일 일본의 지진으로부터 시작되었다. 3장에서 기술했듯이 1906년 샌프란시스코 지진이 일어났을 때, 과학자들은 세계 여러 지역들의 많은 관측소에서 동시에 기록된 지반운동의 진동 기록들을 서로 비교할 수 있었다.

그후 민감도와 자료를 기록하는 방법 등 두 가지 면에서 많은 발전이 있었다. 예를 들어 컴퓨터 출력이 이전의 종이에 기록하는 방식을 전반적으로 대치시켰다. 많은 현대의 지진계들은 매달려 있는 관성 추에 대한 상대적인 지구의 움직임을 더이상 측정하지 않는다. 대신에 그들은 보통 긴 지하터널 안의 두 지점 사이의 지구의 변형량을 직접 측정하기 위하여 전기적 감지장치를 이용한다. 이러한 방법으로 약 25m 길이의 지각 위에서 0.001mm만큼 작은 움직임을 측정하는 것이 가능하다. 그럼에도 문제점은 남아 있다. 오늘날에도 매우 긴 주기의 지진파(30초 또는 그 이상의 주기)의 믿을 만한 측정장치를 만들기는 어렵다. 더구나 가장 예민한 지진계로 매우 강한 지진을 측정하면 마치 목욕탕 저울로 자동차의 무게를 잴 때와 마찬가지로 그 기록은 넘쳐나버린다. 결과적으로 지진 관측소는 약한 진동을 위한 장비와 강한 진동을 위한 장비 등이 배열된 지진계를 계속적으로 운영할 필요가 있다.

메르칼리 진도 등급은 약 50년간 세 가지 주요한 수정 버전 가운데 한 가지 형태로 거의 세계적으로 사용되어왔다. 지진 장비가 발전하면서 실제 지진계에 기록된 지반의 움직임과 실제 지진의 크기를 연결할 수 있는 전망이 밝아졌다. 1930년까지 대부분의 지진들의 지리학적 진원을 정확하게 밝혀내기 위하여 서로 다른 관측소에서 기록된 지진계 자료들을 결합시키는 일이 가능해졌다. 남아 있는 것은 지진의 절대적인 규모, 또는 근원 힘의 객관적인 측정법을 개발하는 일이었다.

1935년에 찰스 리히터Charles F. Richter는 열광적으로 받아들여진 그의 리히터 척도에서 지진의 규모를 평가하는 과정과 수학적 척도를 개발했다. 지진의 리히터 규모는 지진계에 기록된 최대 지반운동을 읽고 이 값을 진원으로부터의 '기본 거리'(100km)를 반영한 값으로 조절한 후, 사용된 특정한 도구의 특정한 고유 특성을 반영하여 수정한 후, 대수적 수치로 결과를 표시하는 수학적 공식을 이용함으로써 결정된다. 그림 6-2는 기본적 관계식을 그래프 형태로 나타낸 것이다. 리히터 규모에는 그 상한이나 하한이 없지만 0에서부터 9까지 나타내는 것이 일반적이다. 이 규모에서 1씩 증가하는 값은 지반운동의 진폭이 10의 계수만큼 증가하는 것을 나타내며 2가 증가하는 것은 10×10, 즉 100배의 계수를 나타낸다. 예를 들면 진원에서부터 100km의 거리에서 규모 8.3의 지진은 규모 7.3 지진의 진동 진폭의 10배를 발생시킨다. 비슷하게 규모 5.6의 지진은 규모 7.6 지진의 진폭을 단지 1/100만큼 진동시킨다. 비록 이들 비교는 기술적으로 진원으로부터 100km 거리에만 적용되지만 최근까지 그들은 진원 자체에서 방출한 에너지를 측정하는 데 일반적으로 사용되어왔다.

각각의 지진들은 여러 가지 면에서 서로 크게 다를 수 있음이 밝혀졌다. 물리적 진원은 깊을 수도 있고 얕을 수도 있다. 진원은 단층의 집중 지역에서 큰 미끄러짐이 일어난 것일 수도 있고, 더 넓은 지역에서 작은 미끄럼이 일어난 것일 수도 있다. 진원은 그의 에너지를 단주기의 파장에 더 크게 실

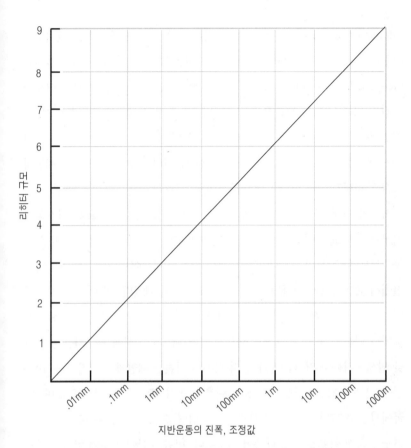

그림 6-2 리히터 규모는 지진계에 기록된 지반운동의 값을 진원으로부터 100km 떨어진 기준점과 비교하여 계산한 지진의 규모로 정의된다.

어서 방출할 수도 있고 장주기의 파장에 더 크게 실을 수도 있다. 기타 등등……. 이러한 이유에서 단일 리히터 규모는 모든 종류의 지진에 의해 방출된 에너지를 정확하게 비교할 수는 없음이 곧 밝혀졌다. 비록 보통 크기의 국지적 지진을 측정하기 위해 리히터 규모(Richter magnitude, M_L로 표시됨)를 사용하는 것은 현재에도 일반적이지만, 더 큰 지진에 적합한 측정은 일련의 다른 지진계의 측정값과 다소 더 복잡한 계산을 포함하는 모멘트 규모

(Moment magnitude, Mw)로 보인다. 이 두 가지 규모는 종종 서로 일치하지 않는다. 예를 들어 1964년 알래스카 지진은 그 규모가 $M_L = 8.6$이었지만 $M_W = 9.2$ 였다. 더구나 서로 다른 지진 관측소는 종종 같은 지진에 대해서 약간씩 다른 M_L이나 M_W 값을 기록한다. 현재 지진 규모를 평가하는 데 완전한 일치를 이루는 것은 실현 불가능한 꿈으로 여겨진다. 이는 자연현상 자체가 본질적으로 모호하고 재현 불가능할 때 어떠한 수학적 기교도 모든 자료를 일치시키도록 기대할 수는 없기 때문이다.

지진의 측정에 대한 발전이 일어나는 동안 지진학자들은 또한 지진파가 지구상의 서로 떨어진 지점 사이를 전파해나가는 방식을 분석하여 지구 내부의 지도를 작성하는 일에서도 상당한 진보를 이루어냈다. 이 연구는 다음 절에서 논의할 판 구조론을 세우는 데도 도움이 되었다. 이 이론은 1960년대 초반에 이미 견고한 지반 위에 서 있었으며 어째서 지진활동이 특정 지역에서 다른 지역보다 더 활발한지를 설명해준다. 동시에 연구자들은 지진을 발생시키는 메커니즘에 대한 더 상세한 이론을 제안하기 시작했다. 1962년에 일본의 지진학자들은 지진의 예측을 공식적인 목표로 채택했으며, 미국에서는 1977년 제정된 '지진재해 완화법령'으로 정부가 후원하는 지진학 연구의 공식 목표로 지진 예측이 선정됐다. 비록 시간이 지남에 따라 지진의 시간, 장소, 크기를 예측한다는 원래의 목표는 좋게 보아도 실망스러운 것으로 드러나고 있지만, 지진학은 아직 오래 되지 않은 과학이며 앞으로 더 발전된 형태의 지진학 연구가 어디로 진행될지는 오직 세월만이 말해줄 수 있을 것이다.

지진의 메커니즘

지구의 반경은 6,378km(3,964mi)이지만 고체로 된 지각은 대륙 아래로

25km 내지 60km이며 깊은 바다 밑은 4km 내지 8km에 불과하다. 다른 말로 하면 우리 인간들이 그 위에서 생애를 보내는 굳건한 대지는 지구 반경의 1%에도 못 미치는 부분만을 차지하고 있다는 이야기다. 이 얇은 지각 껍질 밑에는 무엇이 있을까? 지각의 바닥으로부터 약 2,885km에 이르는 깊이까지 맨틀mantle이라고 불리는 지대가 존재한다. 맨틀은 장소에 따라 복잡한 내부 구조를 가지고 있는데, 지표에서 지진학적으로 가장 활발한 지역 밑에서 특히 그렇다. 짧은 시간 동안에는 지구의 맨틀 대부분이 고체로서 활동을 하지만 장구한 지질학적 기간 동안에는 마치 거대한 퍼티putty덩어리처럼 느리게 유동한다. 한층 더 깊이 들어가면 지구의 핵이 존재하는데 적어도 그 상부 2,200km는 액체다.

이러한 점성이 있는 내부의 거대한 지구의 땅덩어리들은 영원히 꼼짝 않고 있는 것이 아니다. 지각은 통일된 단일 구조가 아니다. 그보다 이는 서로 맞물려 돌아가기도 하고 위나 아래로 겹쳐지기도 하며 장소에 따라 떨어져 나가기도 하는, 잘 정의된 여러 지각 판들의 집합이다. 대부분의 지진과 화산들이 이들 판의 경계부 근처에서 발생하는 것은 절대 우연이 아닐 것이다. 이러한 근거에서 지진과 화산 활동의 설명을 찾는 이론을 판 구조론(theory of plate tectonics)이라고 부른다.

그림 6-3을 보면 우리는 판들의 경계가 대륙의 윤곽과 잘 일치하지 않는다는 것을 즉시 파악할 수 있다. 예를 들어 인도 북부는 북동쪽으로 이동하는 인도-오스트레일리아 판과 남동쪽으로 이동하는 유라시아 판의 내륙 경계부에 위치한다. 여기서 우리는 히말라야 산맥으로 불리는 지구의 거대한 융기부와 중국 북쪽 지역의 파괴적인 지진에 쉽게 노출되는 지역을 발견할 수 있다.[5] 또한 남아메리카 서쪽 해안을 따라가면 우리는 반대 방향으로 이동하는 판들 사이의 또 다른 충돌 경계부를 본다. 여기서 그 충돌은 결과적으로 안데스 산맥을 낳으며 이의 계속된 성장은 수많은 지진과 화산을 동반

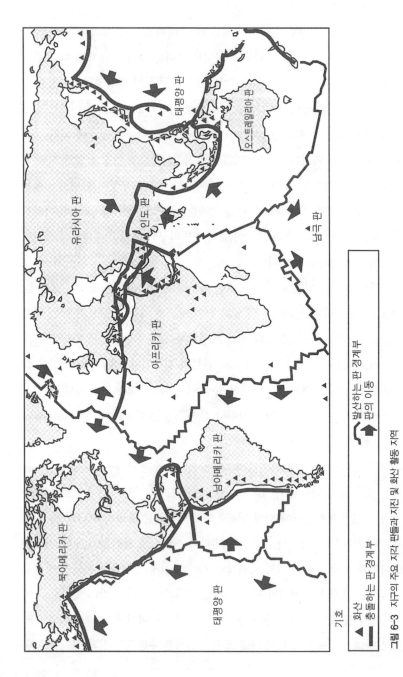

기호

▲ 화산
──── 충돌하는 판 경계부

〰️ 발산하는 판 경계부
↰ 판의 이동

그림 6-3 지구의 주요 지각 판들과 지진 및 화산 활동 지역

유라시아 판

태평양 판

오스트레일리아 판

인도 판

북극 판

아라비아 판

남아메리카 판

북아메리카 판

태평양 판

그림 6-4 1976년 2월 4일 리히터 규모 7.5 지진이 일어나 발생한 모타구아 단층의 3.25m에 달하는 수평 분지(分枝). 오른쪽에 있는 말뚝이 왼쪽 나무들의 열의 원래 위치를 표시한다. 이 지진은 23,000명의 목숨을 앗아갔다.(사진 제공, 국립 지구물리 자료센터)

한다. 더구나 태평양 판의 북서쪽으로의 이동은 남부 알래스카와 알류샨 열도를 종종 갑작스럽고 파괴적으로—1964년의 경우처럼—들어올리는 거대한 쐐기처럼 작용한다.

판들 사이의 경계는 종종 지표면에 나타난다. 예를 들면 그림 6-4의 사진에서 우리는 과테말라의 나무들의 배열이 1976년 2월 4일의 지진 동안에 갑작스럽게 수평으로 약 3.25m(10.7ft) 이동한 모습을 볼 수 있다. 이 지진은 23,000명의 사망자와 약 76,000명의 부상자를 낳았으며 적어도 11억 달러의 재산피해를 입혔다. 이 사진에서 나타난 미끄러짐 선은 실제로 모타구아

---

5) 1920년 겨울 이 지역에서 지진이 발생하여 약 100,000명의 인명을 앗아갔다. U. Close & E. McCormick, Where the mountains walked, National Geographic, May 1922, 445~464.

단층의 일부이며 이는 북아메리카 판과 카리브 판의 경계를 정의한다.

모타구아 단층은 주향이동 단층(strike-slip fault)의 대표적 예다. 경계부의 한쪽 면에서 단층은 다른 면에 대하여 상대적으로 수평 이동한다. 한편 만일 하나의 판이 두 번째 판의 위로 밀어올려지거나 밑으로 들어가면 이 경계는 경사이동 단층(dip-slip fault)으로 불리며 이 이동의 결과는 때때로 표면의 수직 단층절벽 현상으로 나타날 수 있다. 또한 두 개의 판이 서로 떨어져나가는 경우도 있는데 이 경우 단층의 경계는 열곡(裂谷, 보통 바다 밑에 있다)이나 아이슬란드의 경우처럼 갈라진 틈새의 활동성 화산 지역에서 나타난다.

물론 지구과학자들은 이와는 다른, 더 세밀한 분류를 한다. 그리고 이들은 아리스토텔레스적 의미에서의 흑백이 명확한 구분이 없다. 주향이동 단층은 종종 경사이동 단층과 결합하며 열곡도 주향이동 단층과 관련될 수 있다. 우리 인간이 자연의 놀라운 복잡성을 이해하고자 할 때 이같은 분류법이 유용하기는 하지만, 결코 이러한 분류가 현실이라는 착각에 빠져서는 안 된다. 말하자면 필자는 단층의 명칭에 대해 지나친 탈선을 일으키지 않고 나머지는 독자의 연구 과제로 남겨놓을 생각이다.

중요한 논점은 이것이다. 단층선 위에서 교차하는 지각의 판이 서로 부드럽게 미끄러지는 장소가 있고, 같은 단층 위에서도 내부의 변형력이 축적되는 동안 수십 년 혹은 수 세기 동안 판들이 고정되어 움직이지 않는 다른 장소들도 있다. 실제로 캘리포니아 홀리스터 근처의 샌앤드레이어스 단층에 있는 한 양조장은 가운데가 벌어져나가고 있다. 이 건물과 이에 인접해 있는 하수관의 갈라진 틈은 평균적으로 매년 1.5cm(1인치)씩의 비율로 꾸준히 커져간다. 간접적인 증거는 캘리포니아의 다른 단층들이 지난 수 세기 동안 이동하지 않았음을 시사한다. 사실 침식이라는 자연의 힘은 오랫동안 단층이 존재했다는 지표면의 증거를 제거해왔다. 이처럼 오랫동안 고정된 단층이 로스앤젤레스 중앙부 밑을 직접 지나가고 있을지 모른다는 증거가 있다.

이론적으로는 지구의 지각 판이 모두 각각에 대하여 부드럽게 미끄러진다면 그곳에는 지질학적 단층과 관련된 지진은 없을 것이다(화산과 관계된 일부 지진은 여전히 남아 있겠지만). 대부분의 지진들은 단층의 일부를 따라 지각이 부드럽게 움직이는 것을 막는 마찰로 인한 결합력으로부터 발생한다. 단층에서 내부의 응력이 축적되어 그들의 결합력을 초과하는 지점까지 다다르면 지각은 마치 부서진 시계의 스프링처럼 갑자기 움직이며 튀어오른다. 그 결과가 지진이다.

따라서 지진은 판의 이동에 따른 응력을 줄여주는 대자연의 나름대로의 방법인 것처럼 보인다. 지진이 크면 클수록 커다란 응력이 경감하며 또한 그것은 응력을 이전의 수준까지 다시 높이기 위해 더 오랜 기간을 기다려야 한다. 이것이 지진 공백 이론(seismic gap theory)의 핵심이며 이는 다음과 같이 요약할 수 있다. (1) 약한 지진이 자주 일어나는 곳에서는 강한 지진이 발생하는 일이 많지 않다. (2) 지진 사이의 조용한 기간이 길면 길수록 마침내 쉬는 시간이 끝날 때 일어나는 지진은 강해진다.

지난 수십 년 동안 지진 공백 이론을 지진을 예보하기 위한 수학적 도구로 전환하려는 치열한 노력이 행해져왔다. 지금까지의 통계로 보아 규모 8 이상의 비교적 드문 지진에 대해서는 어느 정도 맞아들어가는 것으로 보인다(예를 들면 칠레의 발파라이소는 규모 8 이상의 지진이 대충 80~90년에 한 번씩 일어나는 것으로 보인다). 불행히도 아직까지 지진 공백 이론은 그 이하 규모의 지진 — 사실 이들을 누적하면 전 세계 지진 피해의 대부분을 차지하고 있는데 — 을 예측하는 데도, 통계적 예측을 하는 데도 비참할 정도로 맞지 않는다. 표 6-2는 서로 다른 리히터 규모 지진들의 상대적 발생 빈도를 종합한 것이다. 규모 7의 지진은 충분한 지구 내부의 응력을 경감시키지 못하므로 같은 규모의 잇달은 지진을 발생시키는 일도 가능하지만, 엄청난 재산상의 피

리히터 규모	이 규모를 초과하는 횟수
8	2~3
7	20
6	100
5	3,000
4	15,000
3	100,000

표 6-2 주어진 리히터 규모를 넘어서는 전 세계의 대략적인 연간 지진 횟수

해와 함께 심지어 상당한 인명피해도 일으킬 수 있다. 리히터 규모 6의 더 낮은 지진도 때때로 파괴적이다(표 6-3). 따라서 인간의 관점에서는 더 잦고 누적적으로 피해를 주는 낮은 규모의 지진에 더 관심을 가지게 된다.

한 가지 복잡한 문제는 지구의 지각 판들 사이의 경계가 종종 파쇄되어 주요 단층선을 가로지르는 방대한 소규모 단층들이 망상조직을 이룬다는 것이다. 지진으로 인해 이 단층들 가운데 한 곳의 압력이 줄어들면 연관된 단층들 중 다른 곳에 응력이 추가로 누적될 수 있다. 이러한 방식으로(지진 공백 이론과는 반대로) 일련의 작은 지진들이 때때로 같은 지역 내에서 대지진이 뒤따를 확률을 실제로 증가시킬 수 있다. 더 복잡한 문제는 일부 단층들이 지구의 맨틀까지 이어져 있으며, 이곳에서 거대한 압력이 그들을 고착시켜 움직이지 못하게 하는 경향이 있다는 사실이다. 지표면 근처에서는 단층 벽이 상대적으로 부드럽게 서로 미끄러지지만, 깊은 밑바닥에서는 응력이 축적되어 파괴적인 지진을 일으킬 가능성이 있다. 이곳에서 실제로 무슨 일이 일어나는지 알기 위하여 지구의 심부(深部)를 직접적으로 조사하는 것은 지금 우리의 현대식 장비로 가능한 일이 아니다. 현재 우리가 할 수 있는 일은 지진이 일어났을 때, 지구를 통과하여 전파되는 파동을 분석하여 지진의 생성 원인에 대한 그럴듯한 가설을 개발하기 위해 많은 시간을 들여 작업하

날짜	위치	리히터 규모	사망자 수
1960년 2월 29일	모로코 아가디르	5.9	14,000
1963년 7월 26일	유고슬라비아 스코플례	6.0	1,100
1966년 8월 19일	터키 동부	6.9	2,520
1967년 7월 29일	베네수엘라 카라카스	6.5	250
1971년 2월 9일	미국 캘리포니아 샌퍼낸도	6.5	65
1972년 4월 10일	이란 남부	6.9	5,057
1972년 12월 23일	니카라과 마나과	6.2	10,000
1974년 12월 28일	파키스탄	6.3	5,200
1975년 9월 6일	터키 라이스	6.8	2,312
1976년 5월 6일	이탈리아 프리울리	6.5	965
1982년 12월 13일	북예멘	6.0	2,800
1983년 3월 31일	콜롬비아 남부	5.5	250
1986년 10월 10일	엘살바도르	5.4	1,000
1988년 8월 20일	인도/네팔	6.5	1,000
1988년 12월 7일	아르메니아 북서부	6.8	55,000
1989년 10월 17일	미국의 샌프란시스코, 캘리포니아	6.9	62
1990년 5월 30일	페루 북부	6.3	115
1991년 2월 1일	파키스탄/아프가니스탄	6.8	1,200
1992년 3월 13, 15일	터키 동부	6.2와 6.0	4,000
1992년 10월 12일	이집트 카이로	5.9	450
1995년 1월 17일	일본 고베	6.9	5,500

표 6-3 리히터 규모 7 이하의 파괴적인 지진들

는 것이다. 우리는 지진에 대해서 모르는 것이 너무 많은데, 특히 작은 진동의 기원과 이것이 점차로 확대되는 과정이 그렇다. 그렇더라도 우리의 작업을 냉소적인 관점으로 해석해서는 안 된다. 그와는 반대로 인류가 알지 못하는 것이 가장 많이 남아 있는 곳에서 과학은 역사적으로 가장 빨리 진보했다. 미래 과학의 진보 방향은 아직 열려 있는 질문으로 남아 있다. 이는 지진 문제에 대해서는 열정적이지만 돈은 부족한 수많은 과학자들에게 제한된 연구자금을 할당해야 하는 모든 행정관들을 난처하게 하는 질문이다.

초기(P-)파와 2차(S-)파

지진의 가장 무서운 점 가운데 하나는 종종 진원으로부터 상당히 떨어진 지역에도 엄청난 피해를 줄 수 있다는 사실이다. 자연은 지구와 같이 넓은 물체에 운동 에너지가 집중되어 있는 것을 싫어한다. 그리고 지질학적 단층이 갑자기 미끄러질 때 이것이 방출하는 운동 에너지는 진원 바깥으로 일련의 구형 파면의 형태로 에너지를 확산시킨다. 이 행성 내에서 이들 지진파는 지각과 맨틀의 경계부에서, 그리고 맨틀과 외핵의 경계부에서 구부러지고 반사된다. 지각의 위쪽 지표면에서 그들은 에너지의 일부를 바다로(쓰나미의 기원), 그리고 대기로(지진에 동반되는 '우르릉거리는 소리'의 기원) 전달한다. 남아 있는 에너지는 연못에서 잔물결이 연속되듯이 지각을 따라 밖으로 퍼져나간다. 많은 목격자들은 강한 지진이 있는 동안 지표면이 "뱀처럼 꿈틀거렸다"고 증언하고 있다.

지구의 지진 에너지를 말할 때, 필자는 우리의 행성을 의미하는 '지구'라는 단어를 사용하는데, 사실은 대개 암석으로 구성된 지진이 발생하는 깊이까지만을 의미한다. 대부분의 지역에서 얕은 표토층은 지진파에 거의 영향을 미치지 않는다. 그러나 표토층이 깊은 곳에서, 특히 젖어 있는 깊은 지층에서는 지진파가 느려지고 마치 쓰나미가 얕은 물에 들어온 것처럼 행동하여 파동의 진폭이 파괴적인 비율로 늘어난다. 진흙이나 흙으로 차 있는 지역으로 들어온 지진파는 마치 폭풍으로 발생한 파도가 해변으로 돌진하는 것과 같다. 이 효과는 어째서 25km²의 멕시코 시가 1985년에 진앙이 350km는 족히 떨어져 있던 단일 지진에 의하여 그렇게 큰 피해를 입었는지를 설명해준다. 그곳에 쌓인 진흙이 고대의 호수 지층을 채움으로써 닥쳐오는 지진파에 효과적으로 '해변'을 제공한 것이다.

1800년대 후반, 믿을 만하고 민감한 지진계의 개발로 지진은 서로 다른 파속을 갖는 지진파가 두 가지 형태로 전파된다는 점이 분명해졌다. 가장 빠른, 따라서 어느 지진 관측소에나 가장 먼저 도달하는 형태는 P-파다*(여기서 P는 초기[primary]파, 또는 압축[pressure, push]파의 약자이며 종파[縱波], 소밀파[疏密波]로도 불린다). 그 다음으로 오는 것이 S-파(S는 2차[secondary]파, 전단[shear]파, 진동[shake]파의 약자이며 횡파[橫波] 또는 회전파로도 불린다). 이는 인간이 지은 건축물에 대해 상당히 더 파괴적이다. P-파는 음파와 동일하며 만일 이의 주기가 0.05초보다 작으면 이는 실제로 땅으로부터 전파되는, 낮은 우르릉거리는 소리로 들린다. 만일 P-파의 주기가 0.05초보다 길면(일반적인 경우) 우리는 귀로 듣지 못하지만 인체 내부기관의 떨리는 감각으로 감지할 수 있다. P-파는 지표로부터 먼지를 날리게 할 수 있지만 그 자체로 건물을 심각하게 옆으로 흔드는 효과를 일으키는 일은 거의 없다. 그러나 이에 뒤따르는 S-파는 종종 건물을 뒤흔들어 파괴한다. 길은 리본처럼 구불구불 움직이며, 다리는 그네처럼 흔들린다. 그림 6-5는 P-파와 S-파 사이의 역학적 구분을 보여준다.

지표로부터 수 킬로미터 내에 있는 지진원의 경우, P-파는 초속 약 5,400m의 파속을 가지며 S-파는 초속 약 3,200m로 전파된다(이 값은 표 5-1에 나와 있다). 이는 각 1초 동안에 P-파는 같은 지진에 의해 발생한 S-파보다 2,200m 더 진행한다는 것을 의미한다. 이는 과학적으로 결코 하찮은 것이 아니다. 관측 지점과 지진원 사이의 거리를 결정하는 전략을 제공할 수 있기 때문이다.

---

* 물론 지층의 조건에 따라 P-파보다 먼저 들어오는 굴절파 등의 파동이 있을 수 있으나 이는 보통 진폭이 크지 않아 아주 민감한 지진계가 아니면 잘 파악되지 않는다. ─ 옮긴이

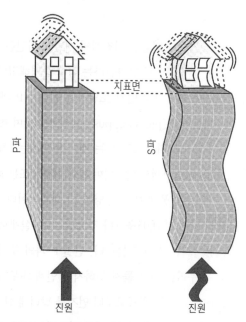

지표면

P파

S파

진원   진원

그림 6-5 초기파(P-파)와 2차파(S-파). P-파는 압축력의 진동으로 전파되는 반면 S-파는 가로축의 진동으로 전파된다.

예를 들어 여러분의 지진계가 P-파를 감지하고 30초 뒤에 S-파를 감지했다고 가정하자. 지진의 진원은 얼마나 멀리 떨어져 있을까? 언어의 논리는 여기서부터 어색해지기 시작한다. 우리가 측정한 시간 차이는 파동이 실제로 진행된 시간이 아니며, 두 파면 사이의 거리는 우리의 관측 지점으로부터 지진원까지의 거리와 같지 않기 때문이다. 수학의 기호논리학은 이러한 종류의 문제를 분석하는 더 효율적인 방법을 제공하는데 필자는 독자들이 여기에 관련된 수식을 수학적으로 유창하게 쓰고 풀 것을 요청한다(필자의 해답은 30초의 P-S 시간 간격에서 235.6km이다). 만일 우리가 약간의 정확성을 희생하고자 한다면 그림 6-6에서 기본적으로 같은 답을 얻을 수 있다. 수평 축에서 우리는 P-, S-파의 도착 시간의 차이를 정의하고 수직 축에서 대응하

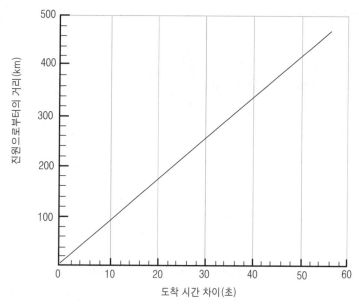

그림 6-6 첫번째 P-파와 첫번째 S-파의 도착 시간의 차이로부터 도출한 지진의 진원까지의 거리

는 진원의 거리를 읽을 수 있다. 따라서 30초의 P-S 간격은 진원으로부터 235km의 거리와 대응하며 10초의 간격은 79km의 거리를 반영한다.

이것이 의미하는 바는 몇 초 정도 앞선 것이긴 하지만 우리가 현재 지진을 실제로 예보할 수 있다는 것이다. 만일 여러분이 P-파가 도착할 때 지진계를 보고 있고 진원이 79km 떨어져 있다면 여러분은 대개는 더 파괴적인 S-파가 도착하기 전에 책상 밑으로 들어가거나 문틀 옆으로 피할 수 있는 10초 정도의 시간을 가질 수 있다. 만일 진원이 더 멀리 있다면 여러분은 더 많은 시간을 가질 수 있다. 지진이 활발한 지역에서 학교를 다니는 아이들과 사무실 근무자들은 정기적으로 P-파 진동이 감지되는 징후와 그에 뒤따르는 더 파괴적인 S-파 사이의 이러한 초기의 짧은 지연 시간에 대응하는 방법을 반복하여 훈련한다. 건물 안에서 지진을 만났을 때, 기본적인 전략은 재

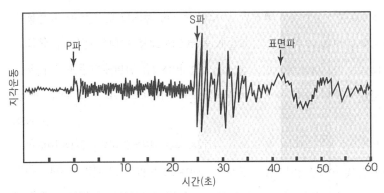

그림 6-7 한 지진의 지진계 기록. 이 경우에는 첫째 S-파가 첫 P-파보다 약 25초 뒤에 도달했다. 이는 진원이 관측소로부터 약 196km 떨어져 있음을 의미한다.

빨리 머리 위로 무너지지 않을 무엇인가의 밑으로 들어가서 최악의 경우를 대비해 숨을 쉴 수 있는 공간을 확보한 후, 구조자가 자갈더미 속에서 여러분을 찾아낼 기회를 기다리는 것이다.

지진계의 기록은 보통 훈련받지 않은 눈으로 보면 제멋대로 그려진 무질서한 곡선으로 나타날 것이다. 그리고 지진의 P-파와 S-파의 징후는 특정 지진의 감지를 위하여 최적의 방향으로 맞추어지지 않은 지진계에서는 특별히 뚜렷하게 나타나지 않을 수도 있다. 지진의 진원 위치를 결정하기 위하여 과학자들은 여러 관측소에서 여러 장비에 의하여 기록된 자료들을 조사할 필요가 있다. 그림 6-7은 다소 이상화된 지진계의 기록으로, 같은 기록지 위에 P-파와 S-파가 동시에 나타나 있고 이들 모두가 바라는 만큼 뚜렷하게 나타나 있다. 그런데 여기에서조차 P-S 시간 간격을 약 0.5초보다 더 정밀하게 측정하기는 어렵다. 이는 지진원까지의 거리가 대략 4km 정도의 불확실성을 포함하고 있음을 의미한다.

사람들은 현대의 장비기술로 더 큰 정밀도를 얻어낼 수 있다고 기대할지도 모른다. 그러나 그렇지 않다. 이 한계는 사용된 기계의 복잡성과는 아무

관계가 없음이 밝혀졌다. 사람들은 지진의 진원을 수 킬로미터 내의 한계보다 더 정밀하게 지적할 수는 없다(어느 경우에는 수십 킬로미터). 그 단순한 이유는 진원 그 자체가 수 킬로미터의 크기를 갖기 때문이다. 지진은 지각 내의 기하학적 단일점에서 에너지가 폭발하여 발생하는 것이 아니다. 이는 그보다 길이가 수 킬로미터에 달할 수도 있는 단층 일부분의 갑작스런 미끄러짐의 결과로 발생한다. 사실 이것이 찰스 리히터가 그의 규모 척도를 제정할 때 진원으로부터 100km를 그의 '기준' 거리로 사용한 이유다. 만일 그가 1km나 심지어 10km를 선택했다면 그와 같은 비교 거리는 측정하고자 하는 지진원의 크기보다 더 작을 수 있으며 따라서 그의 규모는 서로 다른 사건들을 비교하는 기반으로서는 쓸모없게 될 것이다. 참조 거리로서 100km를 선택함으로써, 그는 수 킬로미터의 지진원 크기가 지진의 규모를 결정하는 데 몇 퍼센트 이상의 영향을 주지 않도록 보장한 것이다. 사실 리히터 규모에서 몇 퍼센트의 불일치는 과학 논문에서 흔한 일이다. 한 연구자는 특정 지진을 규모 7.7의 사건이라고 기술하는 반면 다른 관측소에 있는 다른 연구자는 같은 사건을 7.9로 계산할 수 있다. 이는 한쪽의 측정 미비나 계산 실수의 문제가 아니다. 차라리 이는 지진 현상의 본질적인 모호함을 반영한다.

사람들이 리히터 규모를 사용하거나 모멘트 규모를 사용하거나에 관계 없이 지진의 '규모'는 항상 특정 관측소에 기록된 파동의 진폭을 의미한다기보다 근원에서 방출되는 에너지의 양을 언급한다. 여기서 '근원(source)'이란 역으로 지진의 물리적 원인으로 약간 모호한 영역을 말하며 단층이 미끄러진 부분이다. 이 연장된 진원 영역의 기하학적 중심을 지진의 '진원 (focus)'이라 부른다. 수학 언어로는 이를 정확한 점으로 취급한다. 이 진원은 지표면 가까이 있을 수도 있고 또는 지각 속에 놓여 있을지도 모른다. 진원 바로 위 지표면에서의 점을 지진의 '진앙(epicenter)'이라 부른다. 지진

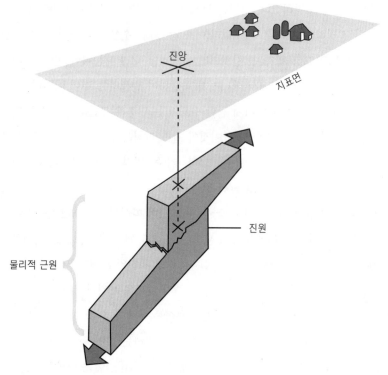

그림 6-8 지진의 진앙과 진원, 물리적 근원 사이의 관계

의 진원과 진앙, 그리고 물리적 근원 사이의 관계는 그림 6-8에 묘사되었다.

이렇게 기하학적으로 이상화했음에도 불구하고 지진의 진앙은 매우 유용한 개념이다. 이는 세 개의 서로 다른 지진 관측소에서 기록된 자료들을 결합함으로써 비교적 정확하게(일반적으로 수 킬로미터 이내) 결정될 수 있기 때문이다.[*] 그림 6-9는 이 작업이 진행되는 방법을 보여준다. 우선 각 관측

---

[*] 단일 관측소만으로도 진앙의 결정이 불가능하지는 않다(에러율은 높지만). 또한 진원지를 둘러싸고 관측소가 여럿일 경우 반복 계산을 통하여 (이는 P-파 자료만으로도 가능) 진원지 결정도 가능하다. – 옮긴이

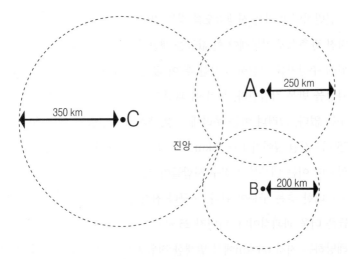

그림 6-9 한 지진의 진앙은 세 개의 지진 관측소로부터 얻은 자료를 결합하여 결정할 수 있다. 이 경우 진앙은 동시에 A 관측소로부터 250km, B 관측소로부터 200km, C 관측소로부터 350km 떨어져 있다.

소는 자체 기록된 P-파와 S-파의 도착시간을 이용하여 자신과 진원과의 거리를 결정한다. 이는 예를 들어 관찰자 A에게 진앙이 250km의 반경을 갖는 중심이 관측소인 원 위의 어딘가에 놓여 있음을 말해준다. 또한 관찰자 C에게 그 자료는 350km의 반경을 갖는 원을 제시한다. 이들 세 개의 관측소로부터의 거리가 결합되면 진앙의 위치에 대하여 한 가지 가능성만이 남아 있게 된다. 이 위치는 그림 6-9에서 보듯이 그림으로 나타나며 실제로는 나머지 관측소로부터의 자료를 포함시킴으로써 계산의 신뢰도는 더욱 높아진다.

진앙은 진원이나 또는 단층 미끄럼이 일어난 지역 바로 위의 지표 지점을 의미한다. 그러나 진원의 깊이는 더욱 결정하기가 어렵다. 우리는 표 5-1에서 깊은 곳의 S-파와 P-파가 지표면 근처에서보다 더 빠르게 진행됨을 보았다. 깊이를 결정하기 위해서는 우선 파속을 알아야 하는데 역으로 이는 현재 알지 못하며 이제부터 계산하고자 하는 깊이의 값에 의존한다. 정답에 접근하는 일반적인 방법은 시행착오를 겪는 것이다. 진원 깊이를 추정하여 다양한 지진 관측소에 기록해야 할 값들을 계산하고, 이를 실제의 기록과 비교하여 원래 추정치를 적절히 조절한 후 이 값을 다시 초기치에 넣는 연속된 접근 과정을 반복 작업한다. 사실 이 과정으로도 항상 잘 들어맞는 결과를 얻을 수는 없다. 그러나 이는 우리에게 전 세계에서 방출된 지진 에너지의 대략 75%는 진원 깊이가 10~15km보다 크지 않은 곳에서 발생했음을 말해주고 있으며 이는 대부분의 경우 사람들이 진앙을 언급하는지 진원을 언급하는지에 대한 좋은 구분이 된다. 누구나 짐작하겠지만 이들 천발지진(淺發地震)들은 더욱 파괴적이다. 나머지 25%의 지진 가운데에는, 지구의 맨틀 내에 해당하는 지하 680km에서 발생한 진원까지 밝혀진 것도 있다. 이와 같은 심발지진(深發地震)은 지표면에 큰 피해를 입히는 일은 드물지만, 지진계에 나타난 기록으로 지구 내부의 구조에 대한 지도를 작성케 하며, 데이터베이스를 확대시켜 이로부터 이론가들이 현재의 판 구조론을 더 세련되게 하는 데 매우 유용하다.

표면파와 건물

지진에 의해 일어난 주된 피해가 항상 땅 속 깊은 곳을 통하여 전파되는 P-파와 S-파의 직접적 충격에 의해 일어나는 것은 아니다. 종종 파괴는 지구의 표면을 통하여 더 복잡한 양식으로 전파되는 다른 종류의 파동에 의하여 일어나곤 한다. 이들을 표면파(surface wave, 그림 6-10)라 부르는데 이는 강한 지진의 와중에 종종 P-파와 S-파가 밑에서부터 지구 표면을 칠 때 극적으로 생긴다.

첫 번째로 도착하는 표면파는 기본적으로 S-파의 후미에서 존재하는데 이를 러브파(Love wave)라 부른다. 이는 지표면이 측면으로 꿈틀거리는 파동으로, 건물의 기초와 상수도, 가스 선 등에 특히 파괴적이다. 러브파 도착 잠시 후에 S-파 속도의 약 92%로 진행하는 레일리파(Rayleigh wave)가 도착한다. 이 파동은 수면파와 매우 유사하게 위아래로 구르면서 진행된다. 실제로 내륙의 호수로 입사된 레일리파는 표면에 수면파를 일으킨다. 레일리파는 종종 교량을 무너뜨리고 고속도로를 들어올린다. 러브파와 레일리파는 모두 고층건물을 진동시키며 전신주로부터 전선 및 전화선을 분리시킨다.

표면파가 젖은 땅을 만나면(특히 진흙이나 모래땅일 때) 그들은 땅의 입자에 힘을 가하여 물질이 일시적으로 고체라기보다 액체처럼 반응하는 토양의 액상화로 알려진 움직임을 하게 만든다. 토양의 기초부에 의존하고 있는 건물들은 이러한 상황에서 순식간에 밑으로 꺼지고 만다. 그림 6-11은 1964년 일본 지진의 경우로, 토양 액상화로 인해 한 줄의 아파트 건물들이 극적으로 내려앉은 모습을 보여준다. 이렇게 된 건물은 이들의 내부 구조물의 피해가 상대적으로 적다고 하더라도 모두 헐어버리는 수밖에 없다. 분명 이들 지진에 노출된 지역에서는 진흙이나 모래보다 바위 위에 건물을 짓는 것이 보다 더 현명한 일이다.

지진학적으로 활발한 지역의 건축법령(예를 들면 캘리포니아 대부분의

레일리 파　　　　　　　러브 파

그림 6-10 표면파

그림 6-11 1964년 6월 16일, 지진으로 인한 토양 액상화 현상이 일본 니가타 현의 아파트 건물을 무너뜨렸다.(사진 제공, 국립 지구물리 자료센터)

지역)은 표면파에 의해 유도된 유형의 진동에 대비하여 안전장치를 설계하도록 되어 있다. 잘 설계된 벽은 기반이 밀려 붕괴되는 일을 막기 위하여 기초부가 나사로 단단히 고정되며 대각선형의 버팀대가 벽에 추가된다. 차고는 비틀림을 막기 위해 십자가형의 버팀대를 놓는다. 굴뚝은 의도적으로 철근으로 강화되고, 건물 나머지 부위에 단단히 묶여 있다. 물론 모든 콘크리트 건물은 내부의 철근이나 철망에 의해 보강되어야 한다. 지진으로 인한 전세계의 사망자를 보면(부록 B), 이러한 이러한 건축법령이 없는 곳에서 사망자가 가장 많다는 것은 의심의 여지가 없다. 불행하게도 낡은 건물을 표면파에 저항이 높은 형태로 개축하는 일은 매우 어렵다. 또한 경제적으로 비개발된 지역에서, 사람들이 그들의 생애에 일어나지 않을 수도 있는 지진으로부터 자신을 보호하기 위하여 채택한 건축법령을 엄격하게 집행하도록 하는 것은 더욱 어려운 일이다. 지진에 취약한 건축물에 살고 안 살고는 항상 사람들이 선택할 수 있는 문제가 아니다. 세계의 여러 지역에서는 많은 인구가 단지 경제적으로 대안이 없어서 불안한 채로 살고 있다. 언젠가 지진을 예보하여 이같은 사람들이 적절할 때 불안정한 건물을 탈출할 수 있도록 경고를 해줄 수 있다면 이는 엄청난 복음일 것이다.

지진 예측

만일 우리가 지진이 발생하기 전에 세 가지 질문에 대답할 수 있다면 수많은 인명을 구할 수 있을 것이다. 어디서? 언제? 그리고 얼마나 큰 지진이 날 것인가?

우리가 진앙 아주 가까운 곳에 위치하지 않는 한 지진은 가장 피해가 큰 표면파가 도달하기 몇 초 전에 경보를 보낼 것이다. 이는 눈치빠른 운전자가 차를 세우고, 건물 안의 사람들이 문틀 옆이나 튼튼한 책상 밑으로 기어들어 가기에 충분한 시간이다. 그러나 몇 초 정도의 시간은 도시에서 탈출하는 것은 고사하고 건물에서 탈출하기에도 너무나 부족한 시간이다. 또한 전선이나 건물 앞부분이 머리 위로 쏟아질 수도 있는 붐비는 거리로 뛰쳐나오는 것이 반드시 현명한 일이라고 하기도 어렵다. 분명히 필요한 것은 몇 초 정도가 아니라 몇 시간이나 며칠 앞선 지진의 경보다.

샌프란시스코 근처 북캘리포니아에서 샌앤드레이어스 단층의 한 긴 구역이 1906년의 재난 이래로 움직이지 않고 있으며, 로스앤젤레스 근처의 남부 캘리포니아에서도 이 단층의 또 다른 구역이 1857년 대지진(메르칼리 진도 X ~ XI) 이래 미끄러진 적이 없다. 그동안에 이 긴 주향이동 단층의 태평양 방향의 면은 계속적으로 매년 2~5cm씩(최대 2인치까지) 북쪽으로 밀려들어간다. 이는 캘리포니아에서 가장 인구가 많은 지역 근처에 있는 이 단층의 일부 구역이 갑자기 빗장이 풀려 부서지며 거의 순간적으로 몇 미터의 지난 이동량을 따라잡을 수 있는 것이다. 이같은 지진은 실로 파괴적일 것이며 리히터 규모로 8이나 그 이상을 기록할 것이다. 이는 실제로 일어날 것인가? 아마도 그럴 것이다. 언제? 어쩌면 지금부터 100년 후가 될지도 모르고 어쩌면 내일일 수도 있다.

우리는 응력이 실제로 누적된다는 최근의 증거를 갖고 있다. 지난 수 년간 샌프란시스코와 로스앤젤레스는 태평양 판과 북아메리카 판 사이의 경계 서쪽의 방대한 지하 망상구조 단층대의 미끄러짐에 의해 지진 피해를 경험했기 때문이다. 1994년 1월 17일 오전 4시 31분, 노스리지 지역 아래 15km를 중심으로 한 리히터 규모 6.6의 지진으로 인해 로스앤젤레스 지역에서 55명이 숨졌고, 몇 개의 고가도로가 붕괴되었으며, 310만 명이 어둠 속에 묻혔고, 주요 가스 광산이 폭파되었고, 40,000 채의 건물이 피해를 입었다 (1,600채는 피해가 너무 커서 헐어버려야 했다). 그보다 몇 년 전인 1989년 10월 17일, 전국에서 샌프란시스코 자이언츠 대 오클랜드의 월드 시리즈 경기를 보고 있던 텔레비전 시청자들은 갑자기 화면이 끊기는 사태를 경험한 바 있다. 규모 6.9의 지진이 도시 정남쪽을 강타했다. 이 지진으로 62명이 목숨을 잃었고 만 앞쪽의 거주 구역이 토양 액상화에 의해 붕괴되었으며 여러 개의 도시 블록이 밤 사이에 손을 쓸 수 없게 불타버렸다. 그러나 이들 중 어떤 사건에서도 샌앤드레이어스 단층 고정부를 따른 미끄럼은 없었다. 주 단층의 방출되지 않은 에너지는 여전히 그곳에 있으며 응력은 매년 계속해 증가하고 있다.

최근 고정된 단층의 일반적인 미끄러짐 비율과 단층이 마침내 부서질 때 결과되는 지진의 크기를 통하여 지진들 사이의 재현 주기(再現週期)를 결정하는 수학적 모델이 개발되었다.[6] 예를 들면 만일 한 단층이 일반적으로 매년 1cm씩 이동하다가 100년 동안 움직임이 멈추었다면 이는 규모 7의 지진을 발생시킬 수 있다는 이야기다. 반면에 한 단층의 일반적 미끄럼 비율이 매년 10cm씩이고 이것이 고정되어 50년 동안 응력이 쌓인다면 파괴적인 규모 8의 지진이 가능하다. 물론 이들 중 어느 것도 앞으로 무슨 일이 발생할지, 또는 언제 발생할지 등의 일을 실제로 예측할 수는 없다. 이는 다만 앞으로 일어날지도 모르는 일의 상한값을 말해줄 수 있을 뿐이다. 미국 지질조사소에서는 이를 확률의 개념으로 현재 규모 8.3의 지진이 샌앤드레이어스 단층의 남부 구역을 따라 발생할 확률이 연간 2%와 5% 사이에 있으며 앞으로 20~30년 사이에는 대략 50%에 달할 것으로 추정했다.

명백한 한계에도 불구하고 이같은 확률적 값이 쓸모없는 정보는 결코 아니다. 열 번 연속해서 일어난 규모 7의 지진은 규모 8의 지진 한 번과 거의 같은 에너지 총량을 방출한다. 그러나 규모 8의 지진 한 번은 규모 7의 지진으로 인한 피해 열 번을 누적시킨 것보다 훨씬 더 큰 피해를 입힐 수 있으며, 특히 지역 내 건물들이 규모 7의 지진까지 견딜 수 있도록 설계되었을 경우에는 더욱 그렇다. 만일 규모 8의 지진이 발생할 분명한 가능성이 존재한다면 건축법령에 그같은 지진에 대비하도록 지시하는 것이 현명한 일일 것이다. 따라서 지진의 장기적 확률 예측이라도 공학자들과 공공정책 입안자들에게는 상당한 관심의 대상이 된다.

그러나 그러한 전략이 얼마나 더 나아갈 수 있을 것인가? 미국 역사에서 가장 강력한 지진은 캘리포니아나 알래스카에서가 아닌 — 그러나 이들 지역에서 모두 가까운 — 미주리 주의 뉴 마드리드를 중심으로 발생했다고 생각할 상당히 정당한 근거가 있다! 이 지진은 오래 전인 1811년, 인구와 가구 수가 적을 때 발생했으므로 인명 및 재산 피해는 크지 않았다. 그러나 메르칼리 척도로 진원 근처는 진도 X에서 XI로 평가되며 피츠버그, 워싱턴 시, 그리고 사우스캐롤라이나만큼 떨어진 곳에서도 구조물에 진도 V의 피해가 기록되었다. 진원으로부터 약 1,800km(1,100mi)나 떨어진 보스턴에서조차

---

6) L. Reiter, Earthquake hazard analysis(New York: Columbia University Press, 1990).

진도 Ⅲ을 경험했다.[7] 이 엄청난 대지진은 미시시피 강에서 쓰나미를 발생시켰으며, 이는 약 30분간 강의 흐름을 거슬러올라가서 새로 형성된 함몰된 땅으로 쏟아져 여러 개의 호수를 만들었는데 지금까지 남아 있다. 이 대지진의 진원은 북아메리카 판 경계의 내부에 위치해 있으며 이곳에 뚜렷한 지질학적 단층이 없다는 점은 주목할 필요가 있다. 180년 이상 지난 오늘날 남부 미주리에 비슷한 사건이 일어날 위험이 있을까? 거의 틀림없이 있다. 단순히 위험하다는 정도가 아니라 만일 1811년의 지진이 미국 중부에 재현된다면 이는 모든 사람들이 현재 캘리포니아에서 일어날 것으로 예상하는 '빅윈'보다도 훨씬 큰 피해를 입히게 될 것이다. 캘리포니아의 대부분의 건물들은 상당한 지반 진동을 견딜 수 있도록 설계된 반면 미주리의 건물들은 대부분 그렇지 않다.

북미 대륙의 동부에서도 지진이 일어나는 것은 분명하다. 표 6-4는 1634년 이래 주목할 만한 지진들의 목록이 나열되어 있다. 동부의 지진들은 약 3000년간 휴지기에 들어섰으며 표면 형태가 침식되어 잊혀진 고대 단층에서 발생한 것으로 보인다. 이같은 긴 시간 간격에서는 확률 계산조차도 의미가 없을 수 있다. 예를 들어 규모 7의 지진이 건물의 수명 기간 내에 일어날 가능성이 0.1% 이하라면 이에 대비한 설계는 거의 의미가 없다. 현재로서는 동부 해안의 지진이 이 지대를 강타할 때 영향권에 있는 지역들은 전혀 준비가 되지 않은 채로 당하는 것밖에 다른 대안이 없는 실정이다.

분명히 우리가 현재 할 수 있는 것 두 가지, 즉 (1) 미래의 지진이 수십 년 혹은 수 세기 동안에 발생할 확률을 결정하는 것 (2) 표면파가 도착하기 몇 초 전에 이를 예측하는 것 사이에는 커다란 간격이 있다. 지진이 일어나는

---

7) O.W. Nuttli, The Mississippi Valley earthquakes of 1811 and 1812: Intensities, ground motion and magnitudes, Bulletin of the Seismological Society of America, 63(1973), 227~248.

날짜	위치	메르칼리 진도	비고
1638. 6.11	매사추세츠	IX	많은 굴뚝이 쓰러짐.
1663. 2.5	세인트 로렌스 지역	X	멀리 떨어진 매사추세츠의 굴뚝이 쓰러짐.
1732. 9.16	캐나다 온타리오	IX	몬트리올에서 7명 사망.
1755. 11.18	매사추세츠	VIII	석조 건물 손상. 체서피크 만에서부터 노바스코샤까지 감지.
1811~12	미주리 뉴 마드리드	XI	12월 16일, 1월 23일, 2월 7일, 세 차례의 주요 지진. 넓은 영역에서 지면의 높이 및 강의 흐름이 영구적으로 변화함. 신시내티와 리치먼드에서까지 손상 발생. 보스턴에서 감지.
1870. 10.20	몬트리올 및 퀘벡 주	IX	마인 지방에서도 손상 보고.
1886. 8.31	사우스캐롤라이나 주 찰스톤	X	60명 사망, 건물 102채 파괴, 90%의 캐롤라이나 주 건물 손상. 보스턴·시카고 및 세인트 루이스에서 감지.
1895. 10.31	미주리	IX	캐나다부터 루이지애나까지 감지.
1909. 5.26	일리노이 주 오로라	VIII	많은 굴뚝이 쓰러짐.
1929. 8.12	뉴욕 주의 애티카	IX	굴뚝 250개가 쓰러짐.
1929. 11.28	뉴펀들랜드 그랜드 제방 연안	X	12개의 대서양 횡단 전선 파괴. 일부는 250km나 어긋남. 쓰나미로 인해 일부 사망자 발생.
1931. 4.20	뉴욕 주 조지 호	VIII	굴뚝이 쓰러짐.
1944. 9.5	캐나다 및 뉴욕 주	IX	머시나 시 굴뚝 90%의 붕괴 또는 손상.

표 6-4 북미 대륙 동부에서의 지진들

주 : 지진에 대한 더 자세한 목록을 보려면 부록 B 참조.

동안에 엄청난 양의 에너지가 방출되는 것을 고려해볼 때, 이 두 가지의 중간 정도 되는 시간 — 즉 몇 시간이나 며칠 정도 — 앞서서 전조 현상이 나타나지 않는다면 오히려 이상한 일일 것이다. 막대기를 무릎에 올려놓고 부러뜨려보라. 완전히 부러지기 전에 갈라지는 소리가 들릴 것이다. 피클이 담긴 새 병을 사서 뚜껑을 돌려 열어보라. 열리기 직전에 미끄러지는 느낌을 받을 것이다. 이를 보면 고정된 지질학적 단층이 파괴적으로 깨지기 몇 시간, 며칠 혹은 몇 개월 전에 이와 유사한 전조 현상이 있어야 할 것으로 보인다. 만일 그렇다면, 이와 같은 전조 현상의 과학적 발견은(여기서 '과학적'이라 할 때 필자는 정량적이고 재현 가능한 개념을 말한다) 언젠가 우리들에게 지진 예보의 효율적인 방법의 개발을 가져다줄 것이다.

믿을 만한 전조 현상의 감지는 지난 수십 년간 개발되어왔으며 과학학회지에 발표된 많은 논문들은 지진이 파괴적인 에너지의 양을 방출하기 전에 실제로 미묘한 전언을 속삭일 가능성을 시사하고 있다. 때때로 지진 바로 전에 우물에서 물의 높이가 동요하며 가끔씩 라돈 가스가 방출된다. 일부 단층은 그들이 갈라지기 전에 장주기의 라디오파가 돌발적으로 방출된다는 매력적인 증거가 있다. 또한 지연(遲延) 현상도 있다. 이는 응력을 받은 물질이 새롭고 더 안정된 형태로 자리잡기 전에 일시적으로 약간 팽창하는 현상이다. 비록 지연을 직접적으로 측정하는 데는 매우 민감하고 적절하게 배치된 경사계(tiltmeter)가 필요하지만 간접적인 측정법으로, 때때로 다른 지역에서 발생하여 관심 갖는 지역을 통과하여 진행되는 S-파의 파속을 측정함으로써 가능하다. 압력을 받은 암석이 파괴되기 직전까지 가면 S-파를 두 가지 성분으로 분할하는데 이들은 약간 다른 파속으로 진행하며 지진계에 각각 다른 시간에 도달한다. 불행히도 이러한 데이터 분석은 매우 어렵고 불확실성을 내포하여, 지금까지 이 기술로 지진을 예측하는 데 성공하지는 못했다.

어떤 과학자들은 동물의 행동을 조사해온 바 있다. 역사적으로 지진이 일어나기 직전에 소떼들이 놀라서 돌아다니고 늑대가 울부짖으며 개들이 뚜렷한 이유 없이 맹렬히 짖어대고 오리들이 연못 밖으로 뛰쳐나오고 돼지들은 모두 조용해지며 닭들이 나무 위로 날아다닌다는 많은 일화가 보고되었다. 일본에서는 지진의 예보를 위하여 메기를 이용하는 방법이 16년 동안 (1992년에 폐기되었다) 탐구되었다. 하루 24시간, 이 느리고 눈이 나쁜 물고기가 정기적으로 감시받으며 지진활동의 측정과 비교되었다. 비록 이 물고기가 지진 며칠 전에 실제로 활발한 움직임을 보였지만 약 31% 경우에 지나지 않아 그들의 행동과 지진의 규모를 상호 관련시키는 일은 완전히 실패했으며 이같이 생물학적 현상에 의존해 지진 경보 시스템을 만든다는 전망은 앞으로도 희박하다.

이같은 연구의 주된 문제점은 우리가 이런 장비(또는 메기)를 설치하기에 가장 좋은 곳이 어디인지를 지진이 난 **이후**에야 알 수 있다는 점이다. 물론 이때에는 전조를 감지하기에 이미 늦었다. 대부분의 지진은 아무도 그 인접 지역에 계측기를 설치할 이유를 갖지 못하고 있던 자리에서 일어난다. 다시 한 번 우리는 딜레마에 빠지는데 지진을 예측하기 위해서 어떤 전조 현상을 찾아야 하는지 알 필요가 있으며, 한편으로 전조를 확인하기 위한 장비를 설치할 장소를 찾기 위해 언제 어디서 지진이 일어날 것인지를 예측해야 한다. 캘리포니아 주 전체를 경사계와 라돈 탐지기, 일본의 메기로 뒤덮고 이들을 모두 감시하는 일은 전혀 실용적이지 않다. 분명, 이 영역의 과학적 발전은 행운의 여신이 손을 내밀기만을 기다리고 있는 실정이다.

언젠가 믿을 만한 지진의 전조를 확인할 수 있을 것이라는 전망에 대하여 비관적인 예측을 하기는 아직 이르다. 비록 지진이 인간 역사를 통하여 수많은 사람들을 죽이고 불구로 만들었지만 비교적 최근에야(20세기 들어서야) 우리는 지진 사건들을 측정하고 분류하는 일에 주목할 만한 발전을 이루어 냈다. 지진학으로서의 과학은 아직 매우 젊으며 다른 젊은 과학과 마찬가지로 이의 첫 성과는 더 진일보한 과학적인 연구를 요구하는 종류의 질문을 명확히 하는 것이었다. 그렇다면 과학적인 관점에서 이는 미래의 과학적 탐구가 막힌 분야는 아니다.

그러나 현대 과학은 학문적 관심을 끄는 질문에 의해서 추진되는 것이 아니라 우리 사회에서 가장 절박하게 답이 필요한 문제에 의해 추진된다. 분명 지구상에서 지진이 활발한 곳의 인구는 매년 급격하게 증가하고 있으며 이들은 우리가 몇 시간 혹은 며칠 앞서서 지진을 예보할 수 없는 데 대한 볼모가 된다. 우리의 과학적 무지에 대한 사회적 비용은 매년 증가하고 있으나 그 잠재적인 사회의 이익과 비교하여 과학적인 연구 자금에 공급되는 비용의 비율은 급락하고 있다. 만일 이 방면의 연구에 대한 미래 정부의 투자 결과가 실제로 믿을 만한 지진 예보 방법의 개발로 나타난다면, 이는 적어도 소아마비 백신 개발의 투자와도 비교할 만한 엄청난 흑자로 밝혀질 것이다.

7

화산과 소행성의 충돌

1902년 마르티니크의 생피에르

3만 명이 살던 이 도시는 더이상 존재하지 않는다. 일반적으로 파괴된 도시는 생존자들에 의해 재건되지만 생피에르의 생존자는 단지 세 명뿐이었다. 두 명은 구조된 후 곧 죽었다. 세 번째 사람은 형을 선고받은 살인자였는데 재난 사흘 후 지하감옥에서 풀려났으며 화상에서 회복된 후 바넘과 베일리 서커스단에 가입하여 미국으로 이주한 후 남은 생애를 그곳에서 살았다. 오늘날 1902년의 재난의 현장에 온 사람들은 아담한 박물관과 지붕 없는 건물 잔해에서 자라고 있는 나무들, 그리고 최근 수십 년 사이에 생긴 촌락들 — 이는 20세기 초반 활기에 찬 중심지와는 전혀 닮지 않았다 — 을 볼 수 있다.

1902년에 마르티니크의 생피에르는 프랑스 서인도 제도의 보물이었다. 붉은 기와로 지붕을 덮고 밝은 열대성 색조로 칠한 그림 같은 2~3층의 건물들과 정원 및 안마당은 무성한 열대성 식물들과 함께 이 일대의 풍경을 이루고 있었다. 도시는 해면에서 상당히 높은 곳에 있었다. 가파른 길의 여러 부분에 계단이 놓여 있었으며, 항구의 일부는 매우 가파르게 경사져 바다에 있는 큰

그림 7-1 마르티니크의 생피에르. 1902년 재난으로부터 1~2년 전에 찍은 사진

배에서 육지로 돌을 던지면 닿을 만큼 가까운 거리에 정박할 수 있었다(그림 7-1). 비록 마르티니크의 정치적 수도는 남쪽으로 약 18km(11mi)에 있는 포르드프랑스였으나 생피에르 시는 실질적으로 사회적·상업적 수도였다. 이 도시의 번영은 폭 32km, 길이 72km의 섬에 촘촘히 들어선 다수의 설탕농장에 의하여 유지되었다. 나폴레옹의 황후였던 조세핀이 이곳에서 태어났으며 프랑스에서는 이 도시를 종종 '작은 파리'라고 부르곤 했다.

이 도시의 약 7km 북쪽에 펠레 산이 솟아 있는데 이곳의 정상은 해발 1,350m(4,428ft)로 호수를 포함하고 있으며 수영하고 소풍하기에 좋은 장소다. 스물다섯 개의 지류가 이 오래된 화산의 경사를 타고 폭포처럼 내려온다. 그중 몇 지류는 대체로 생피에르 시 방향이다. 강 하나는 도시에서 약간 북쪽에 있는 바다로 흘러들고 두 번째 강은 도시 북쪽에 자리잡은 골짜기를 통과한다. 또 하나 더 얕으면서 더 거친 강은 도시의 중심을 콸콸거리며 흘

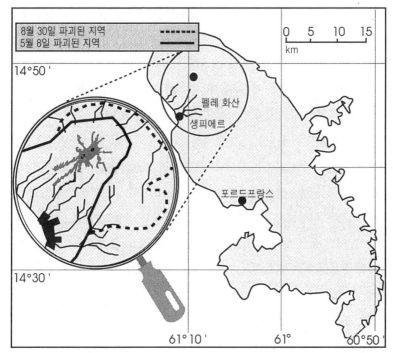

그림 7-2 마르티니크와 생피에르를 둘러싼 지역의 지형. 1902년 5월 8일과 8월 30일 뉴에 아르당뜨로 인해 파괴된 지역을 보여준다.

러 높은 강둑이 거대한 저택들과 나란히 서 있다. 이 지역의 일반적 지형은 그림 7-2에 나와 있다.

1902년 5월 8일 오전 8시 2분(이 시간은 포르드프랑스 통신 사무실에서 단속적으로 수신된 메시지에 근거한다), 펠레 화산이 대폭발을 일으켰으며 생피에르 시를 향하여 '불의 소용돌이'를 뿜어냈다. 폭발 후 2분 이내에 작렬하는 재와 가스가 도시를 삼켰으며 대부분의 건물은 무너졌고 그 잔해에는 불이 붙었다. 항구에서는 이 폭발로 상당한 크기의 배 18척과 숫자를 확인할 수 없는 작은 배들이 파괴되었다.[1] 영국의 기선 로담 호만이 살아남았는데 이 배 역시 화재로 심각한 피해를 입었으며 승무원의 3분의 2를 잃었다.

지진에 비해 화산은 매우 관대하게도 임박한 재난에 앞서서 경고를 해준다. 그러나 불행하게도 이 경고를 읽는 것은 마치 잠자는 호랑이의 코고는 소리를 들으며 그가 깰 것인지를 예측하는 것과도 비슷하다. 판단을 잘못하면 돌이킬 수 없다. 펠레 화산은 1851년부터 1902년까지 조용히 잠자고 있었다.[2] 전의 화산은 연기와 증기의 구름을 내뿜어 생피에르 시에 수 센티미터의 화산재를 쌓이게 했지만 사망자와 건물 피해는 없었으며 무성한 열대 식물들은 곧 회복되었다. 그후 화산은 1902년 2월까지 다시는 움직이지 않았다. 거주민들은 우선 약하게 우르릉거리는 소리와 증기의 방출을 느낄 수 있었다. 모든 사람들은 현명하게도 정상에서의 관광을 그만두고 철수했다. 그후 몇 개월 동안 산에서 천둥소리가 불규칙적으로 들려왔으며 때때로 화산재의 구름이 하늘에 물결쳤다. 4월 하순에 들어서 이들 버섯모양의 구름이 한낮의 해를 가릴 정도로 넓게 퍼지는 일이 흔했다. 그때의 대기에는 틀림없는 산화황 냄새가 포함되어 있었으며 쌓인 화산재 위에서 죽은 새들이 발견되었다. 도시의 주민들은 젖은 손수건으로 얼굴을 감싸고 다니기 시작했다. 4월 27일, 소규모 원정대가 정상으로 올라갔다가 돌아와서 이전의 마른 골짜기가 호수로 변했으며 우르릉거리는 화산이 분석(噴石, cinder)으로 된 새로운 원추형 언덕을 형성했다는 보고서를 작성했다. 생피에르 시의 거리에서 말들이 질식으로 급사하기 시작했으며 일련의 작은 지진들이 바다 밑의 전선 케이블을 파괴했다. 4월 30일, 마을로 들어오는 작고 부드러운 강

---

1) 이 재난에 대한 동시대의 설명은 A. Heilprin, Mont Pelée in its might, McClure's Magazine, Oct. 1902, 359~368, C. Morris, The destruction of St. Pierre and St.Vincent and the World's Greatest Disasters……(Philadelphia: American Books and Bible House, 1902)에 나와 있다. 좀더 최근의 기사로는 L. Thomas, Prelude to doomsday, American Heritage, Aug. 1961, 4~9, 94~101이 있다.

2) S. Chretien & R. Brousse, Events preceding the great eruptions of 8 May 1902 at Mount Pelée, Martinique, Journal of Volcanological Geothermal Research, 38(1989), 67~75.

이 갑자기 성난 급류로 바뀌어 산의 상류로부터 표석과 나무줄기를 싣고 떠내려와 몇 명의 사망자를 냈다. 5월 2일, 도시의 일부에 떨어진 화산재는 두께가 40cm(16in)까지 쌓였으며 지방 신문은 새로운 탐험대가 5월 4일 산 정상에 오를 것이라고 보도했다. 5월 2일 자정 조금 전에 도시는 격렬하고 연속적인 땅의 진동과 솟아오른 화산재 구름에서 번쩍이는 밝은 불빛으로 깨어났다. 일요일 아침인 5월 4일, 항구 전체는 죽은 새들로 어지러웠고 탐험대에 낀 사람들 가운데 화산에 가까이 올라가 무슨 일이 벌어지는지 보려고 할 만큼 무모한 사람은 아무도 없었다.

화산은 5월 5일 아침에 조용해졌으나 정오를 지나서 금세(누구도 안도의 숨을 쉬기 전에) 항구의 바다가 100m나 뒤로 물러났다가 불어올라 도시의 해안지역을 범람시켰다. 나중에 밝혀졌지만 이 파도는 전형적인 쓰나미는 아니었으며 정상의 화구호를 지탱하고 있던 벽 중의 하나가 무너짐으로써 생긴 것이었다. 끓는 물과 진흙의 물결이 거대한 증기 기둥의 자취를 남기고 계곡 아래로 천둥 치며 흘러 섬에서 가장 큰 설탕농장을 파괴하고 150명의 희생자를 100m 높이의 진흙에 파묻었으며, 그후 항구를 강타했다. 항구에서 물이 후퇴하기 이전에 범람이 있었을 것 같은데 기록에는 남아 있지 않았다.

이 시점에서 도시는 아수라장이 되었다. 피난민들이 교외로부터 몰려들어와 도시를 빠져나가려는 주민들과 좁은 길에서 충돌을 일으켰다. 당국자는 이 도시를 소개(疏開)시켜야 할 것인지의 여부를 알아보기 위해 전문가들로 위원회를 구성했다(그들의 자격은 기록되지 않은 것 같다). 전문가들은 다음과 같이 보고했다. "화구와 바다를 향해 열려진 골짜기의 상대적인 위치를 고려한 결과, 생피에르 시는 위험에 처해 있지 않다는 결론을 인정한다." 외견상 위원회의 추론은 주된 용암의 흐름이 시 북쪽의 골짜기에 의해 비껴서 돌아갈 것이며, 계속해서 떨어지는 화산재는 단지 성가신 것일 뿐이라고 판단한 듯하다. 지사는 생피에르 주민들이 제자리에 있도록 하는 것에 평소 이상의 관심을 갖고 있었는데 이는 선거가 5월 10일로 다가와 사람들이 집을 떠나 있으면 투표하는 일을 그리 중시하지 않을 것이기 때문이었다. 전문가들의 결정에 대한 주민들의 신뢰를 높이기 위해 모테트 지사와 그 아내는 5월 6일 포르드프랑스에서 생피에르로 이주했다. 이는 그리 현명하지 못한 결정이었으니 이틀 후에 그들은 30,000명의 주민들과 함께 불에 타버렸던 것이다. 화산은 인간의 정치적인 관심을 그다지 존중하지 않는다.

5월 7일— 생피에르의 마지막 날 —오후 4시, 펠레 산은 우르릉거리는 소리를 내기 시작했다. 정상 주위에 번개가 계속적으로 번쩍였으며 두 개의 화산 분화구가 작렬하는 용암의 거대한 샘을 동트기 전의 하늘을 향해 뿜어냈다. 주위의 바다들이 화산재로 검게 변했다. 더 많은 사람들이 도시를 떠났고 또한 많은 피난민들이 밀려들어왔다. 피난민들을 위하여 도움을 줄 사람들이 밀려들었고 이들은 최종 사망자 수를 실제로 증가시켰다. 마지막 날에 발행된 이곳의 한 지방 신문의 사설은 다음과 같이 논평했다. "생피에르보다 더 안전한 곳이 어디 있겠는가?" 여기에 감동받지 않은 한 이탈리아 배의 선장은 화물을 절반만 실은 채 바다로 급히 떠났다. 그의 고향인 항구도시 나폴리는 서기 79년 폼페이 시를 매몰시킨 유명한 화산 베수비오의 그림자 안에 있었다. 이 선장은 자신의 운명을 지역 전문가들에게 맡길 생각이 없었다. 그는 천둥 치는 화산의 고삐가 풀릴 때 어떠한 파괴적 상황이 올지 잘 알고 있었다.

5월 8일 격렬한 폭발이 포르드프랑스, 폭발의 직접적인 경로 밖에 놓여 있는 몇몇 산 마을, 그리고 항구 밖의 바다에 있던 여러 배들로부터 목격되었다. 이들의 보고는 세부사항은 각각 다르지만(특히 시간이) 그 무서운 아침에 무슨 일이 일어났는지에 대한 일반적인 묘사는 대체로 일치한다.

거의 동시에 두 번의 폭발이 있었다. 하나는 똑바로 위로 폭발했으며 굽이치는 화산재의 거대한 구름이 대기 중으로 11,000m(7mi) 올라갔다. 두 번째는 뉴에 아르당뜨(nuees ardentes)라고도 부르는 화산쇄설류였다. 이는 펠레 화산의 남서쪽 경사를 약 시속 190km의 속력으로 폭발적으로 내려갔다. 2분보다 더 짧은 시간에,[3] 이 땅에 깔린 과열된 가스와 재의 구름은 화산과 도시 사이에 놓여 있는 모든 것들을 집어삼켰다. 크게 굽이치는 이 앞면의 덩어리는 빛나게 백열했을 만큼 뜨거웠다.

도시 북쪽의 골짜기는 이 폭발적인 흐름을 돌려놓는 데 아무런 역할도 하지 못했으며 그 무엇도 여기서 달아날 수는 없었다. 생피에르 시의 1m 두께의 벽은 그 충격으로 무너졌으며 항구의 기선들은 뒤엎어졌다. 이 고온(섭씨 700° ~1,200°로 평가됨)은 즉시 대부분의 희생자들을 소각시켜버렸으며 도시의 파편들과 아직 물에 떠 있는 배들의 나무 갑판들을 불태웠다. 화산쇄설류가 지나가자마자 마치 그곳에 채워야 할 거대한 진공이 생긴 것처럼 반대 방향에서 강력한 바람이 일어났다. 이 바람은 화산의 가스를 신선한 공기로 대치했으며 불길에 부채질도 해주었다. 거대한 번개의 불빛이 파괴된 도시의 재구름 위에서 춤을 추었으며 그 다음 비가 쏟아져 모든 것을 화산 진흙의 반죽으로 덮었다. 그러나 이 비조차도 널리 퍼진 불길을 잡지는 못해 나흘 후까지 연기를 뿜었다.

공무원과 군인들을 가득 태운 배가 포르드프랑스에서 급파되어 오후 12시 30분, 재난 후 다섯 시간이 안 되어 생피에르 시에 도착했다. 항구는 당시 떠다니는 화산재로 불타고 뒤집혀진 선박의 잔해와 수백의 타버린 시체들로 가득 차 있었다. 몇 명의 선원들과 탑승객들이 산 채로 물에서 건져졌

---

3) 프랑스 천문학회의 회원인 Roger Arnoux는 '3초 이내의 시간'에 구름이 약 8km를 진행하는 것을 보았다고 보고했다. 만일 그렇다면 그 속력은 음속의 8배에 해당한다. 이는 물리적으로 가능한 일로 보이지 않아, 목격자의 이야기를 너무 그대로 받아들이는 문제에 대하여 주의를 기울이게 한다.

그림 7-3 생피에르에서의 파괴. 1902년 재난 잠시 후에 찍은 사진(사진 제공, 의회 도서관)

지만 화상으로 인해 살아난 사람은 거의 없었다. 해변의 지표면은 너무 뜨거워서 몇 시간이 지나도록 상륙 시도조차 할 수 없었다. 또한 이 시점에서 상륙해야 할 절박한 필요도 없었다. 갑판에서 본 광경으로 볼 때 생피에르 시는 긴급 구호의 필요성이 없는 것이 분명했다. 3만 명이 사라졌으며 구해야 할 사람이나 심지어 구해야 할 물건도 남아 있지 않았다. 그러나 탐험대는 생존자들을 찾아 돌아다녔고 결국 처음에 언급한 세 사람을 발견했다. 그림 7-3은 파괴 당시 찍은 사진으로, 펠레 화산이 배경이다.

생피에르의 인간에 대한 재난은 이것으로 끝났지만 지구물리학적 사건은 계속되었다. 펠레 산은 2주 후에(5월 20일) 그 정상이 다시 한 번 폭발했으며 이는 도시에 아직 남아 있는 얼마 안 되는 벽을 마저 무너뜨렸다. 1902년 8월 30일, 이 화산은 또하나의 화산쇄설류를 약간 동쪽으로 보내 몬느 루즈 계곡과 인접한 몇 개의 촌락을 작렬시켜 1,500~2,000명의 인명을 추가로 앗아갔다. 이들 나중의 폭발은 5월 8일의 맹렬함과 같거나 그 이상인 것 같았다.

10월에, 관찰자들은 직경 150m(500ft) 정도 되는 용암의 돌기가 펠레 산 화구 마루로부터 하루에 10m 정도의 비율로 자라고 있다고 보고했는데 이는 지질학적 현상으로 볼 때 놀라운 속력이었다. 이 '펠레의 탑'은 높이 311m(1,020ft)에 달했다가 붕괴되고 다시 성장하기 시작했으며 하루 사이에 (1903년 8월 31일) 24m 성장한 것으로 기록되었다! 1904년 이후 이 탑은 다시 붕괴되어 자갈더미 속에는 그루터기만 남게 되었다. 이같은 용암 돔의 형성은 보통 화산이 분화의 마지막 단계에 들어섰다는 신호이며 뜨거운 마그마가 있는 지하 공간에서 주 폭발을 일으킬 수 있는 모든 가스들이 이미 빠져나갔음을 시사한다.

그럼에도 1929년 9월 16일, 펠레 화산은 다시 한 번 우르릉 소리를 냈으며 몇 차례의 화산쇄설류를 배출했다. 이번에는 인명피해가 없었는데 인근의 주민 1,000명 모두가 현명하게도 전조 현상을 깨닫고 대피했기 때문이다. 1932년 후반에 이르러 화산은 다시 안정되었다. 그후 현재까지 이 화산은 조용하다.

1902년 세인트빈센트 섬

1902년 5월 8일, 펠레 화산의 치명적인 분화에서 한 가지 특이한 점은 거의 동일한 화산 재난이 겨우 160km(100mi) 떨어진 곳에서 단 하루 전날에 1,350명의 인명을 앗아갔다는 사실이다. 1902년 5월 7일 오후 2시, 라 수프리에르 화산이 폭발하여 세인트빈센트 섬의 북쪽 끝 115km²(45mi²)를 파괴했다. 파괴의 메커니즘은 같았다. 가열된 가스의 구름이 땅에 붙은 채 무서운 속력으로 팽창하는 뉴에 아르당뜨 또는 화산쇄설류.

1600년에서 1902년 사이, 소 앤틸리스 제도 전체에서 두 개의 주된 화산 폭발이 있었으며 이 두 번이 모두 세인트빈센트의 라 수프리에르에서 있었다. 1718년, 이 화산 폭발은 전체 섬과 이를 둘러싼 넓은 바다를 거대한 화산재로 덮어버렸다. 1812년의 분화에서 라 수프리에르는 대기 중으로 너무 많은 화산재를 뿜어올려서 며칠 동안 이 섬을 완전한 암흑상태로 몰아넣었다. 1812년의 화구가 빗물로 차자 직경 약 1km에 깊이 175m의 호수로 성장했다. 이는 표면이 해발 1,100m(3,500ft)로, 펠레 화산의 화구호와 놀랄 정도로 비슷했다.

라 수프리에르는 1901년 4월, 펠레 화산이 활동성을 회복했다는 첫 조짐을 보이기 약 10개월 전에 다시 움직이기 시작했다. 5월이 시작될 때까지 라 수프리에르 주민들의 대부분은 현명하게도 세인트빈센트 섬의 남쪽 끝으로 대피했다. 5월 7일 오전 10시 30분까지 분화의 소음은 거의 계속적으로 울리는 동물의 울음소리 같았으며 거대한 증기 구름이 고도 9,000m(30,000ft) 이상의 높이까지 굽이쳤다. 오후 1시까지 구름 사이로 날아오른 자갈들을 볼 수 있었으며 평소 건조한 강바닥이 갑자기 깊이가 15m(50ft)가 넘는, 끓는 진흙과 물의 성난 물결로 변했다. 이 라하(lahar)는 모든 희망에 종지부를 찍고 추가로 섬의 동쪽 면에서 남쪽으로 대피하도록 했다.

한 시간 후에 라 수프리에르는 거대한 뉴에 아르당뜨를 방출시켜 1,350명의 인간 희생자들을 불태웠다. 펠레 화산과 달리 라 수프리에르의 파괴적인 폭발은 화산으로부터 모든 방향으로 쏟아져나왔다(나중에 쓰러진 나무의 방사상 패턴으로부터 확인된 사실이다). 결과적으로 이의 에너지는 화구로부터의 거리에 따라 훨씬 급속히 감쇠된 것으로 보인다. 사실 동부 구역의 화산쇄설류는 폭발 뒤에 남겨진 부분적 진공으로 몰려드는 공기의 유입에 의하여 멈춰 화산 쪽으로 방향을 바꾸기도 했다. 이들의 빠른 감쇠현상에도 불구하고 뉴에 아르당뜨는 거대한 화산재를 누적시켰으며 그 일부는 몇 주가 지나도록 여전히 뜨거웠다. 1,350명이라는 적은 사망자 수(생피에르의 30,000명과 비교할 때)는 화산쇄설류가 가장 심했던 부분의 경로에 큰 도시가 위치하지 않았다는 우연한 지리학적 사실을 반영한다. 이 화산 폭발은 5월 간헐적으로 계속되었으며 1902년 9월 1일부터 3일까지 다시 계속되었다. 그후 1970년대까지는 비교적 조용했다.

세인트빈센트의 재난이 북쪽으로 160km도 떨어져 있지 않는 생피에르의 사람들에게 어떤 경고를 해주었을까? 아마도 전혀 하지 않았던 것으로 보인다. 서로 언어가 다르고(마르티니크에서는 프랑스어, 세인트빈센트에서는 영어), 양쪽 지역의 해저 전보 케이블 대부분은 지진에 의해 절단되었다. 우리는 이 두 가지 사건을 지구물리학적으로 연결시킬 수 있을까? 이 지역의 판구조론적 관점에서 본다면 그렇다. 하지만 그들이 정확히 하루 사이의 간격으로 일어난 것에 관해서라면 그렇지 않다. 지구물리학적 시간에서는 하루나 한 세기의 차이가 별로 다르지 않다. 그러나 우리는 펠레 화산과 라 수프리에르가 같은 구조적 기원으로부터 에너지를 방출시켰으며, 이 지역에는 활화산이 두 개가 아니라 단지 하나만 있었고 지금까지 있어왔던 그 단일 화산의 폭발은 역사적인 두 사건이 그 어느 것보다 훨씬 컸다고 합리적으로 추론할 수 있다.

1902년의 세인트빈센트 사건과 관련된 문헌은 상대적으로 적은 편이다. 이는 그 다음날 일어났으며 인간에게 더 큰 파괴의 충격을 가져온 생피에르의 화산에 당시의 과학자들이 더 관심을 가졌기 때문인 것으로 보인다. 나중에 말하는 자의 이점으로 우리는 동시대의 학자들이 기록된 전조현상과 이 두 개의 매우 유사한 연속적 사건을 비교·대비할 기회를 놓쳤다고 말할 수 있다.[4] 지금까지 이렇게 두 개의 분리된 화산이 시공간적으로 근접된 영역에서 인간 사회를 황폐화시킨 일은 전무후무했다.

화산의 메커니즘

주요한 화산 재난은 인간사 과정에서 비교적 드물게 일어난다. 사실 활화산의 그림자 안에 살고 있는 많은 대도시들이 수 세기 동안 아무 피해 없이 잘 살고 있다. 전 세계적으로 어느 한 해의 주요한 분화는 손에 꼽을 정도로만 일어나며 이들은 보통 인구가 적게 분포되어 있는 지역에서 일어난다. 지구상에서 인간 희생자를 내는 화산활동은 10년에 몇 번 정도만 일어나며 엄청난 파괴를 일으키는 것은 한 세기당 몇 번씩만 일어난다. 그러나 이 화산활동은 일단 일어나면 상당한 두려움을 준다. 화산이 날뛸 때 지구상에서 이보다 더 무차별적으로 피해를 주는 것이 없기 때문이다.

과학자들은 보통 화산이 최근 1만 년 안에 분화된 적이 있으면 이를 활화산으로 간주하는데 이는 대체로 마지막 빙하기 이후의 기간이다. 이 분류에 따르면 현재 바다 위에는 약 1,343개의 활화산이 있으며,[5] 조사되지는 않았으나 해저에도 아마도 비슷한 수가 있을 것이다. 오늘날 적어도 5억의 인간들이 이같은 화산 가까이에 거주하면서 분화에 의하여 자신들의 생명에 위협을 느끼고 있다. 더구나 일부 화산들은 최고 1000만 년 동안 간헐적으로 활발한 상태로 있을지도 모른다는 증거가 있다. 어떤 화산이라도 완전히 사멸했다고 확실히 장담하는 것은 불가능하다.

---

4) 현재 두 사건에 대한 비교 연구는 빈약한 실정이다. 얼마 안 되는 연구 중 하나는 A.G. McGregor, Eruptive mechanisms, Mt. Pelée, the Soufrière of St. Vincent and the Valley of Ten Thousand Smokes, Bulletin Volcanologique, 12(1951), 49~74이다.

5) T. Simkin & L. Siebert, Volcanoes of the world(Washington, D. C., Smithsonian, 1994).

가장 격렬한 화산은 세계에서 가장 지진이 많이 일어나는 경향이 있는 지역에서 발견된다. 즉 태평양의 가장자리 및 지중해에서 이란까지, 그리고 (약간의 간격을 두고) 인도네시아를 지나 서태평양까지 계속 이어지는 원호를 따라 존재한다. 판 구조론은 지진과 화산 사이에서 관찰된 연관관계를 명백하게 한다. 하나의 지각판이 다른 판 밑으로 미끄러지는 경계부에서 들어올려진 판은 지진을 통하여 응력을 경감시킬 수 있는 데 비해 섭입(攝入)된 판은 계속 증가하는 압축력을 받아서 (약 100km 깊이에서) 액화되기 시작한다. 올라가는 판의 약한 부위는 섭입된 판의 용융된 암석이 지표면으로 떠오름으로써 압력을 경감할 수 있도록 지나가는 길을 제공한다. 이는 섭입 화산(subduction volcano)으로, 일반적으로 충돌하는 구조판들의 경계로부터 내륙으로 약 200km 정도에서 발생한다. 이같은 화산은 높은 원추형 용암과 과격한 폭발로 종지부를 찍는 긴 휴면 기간을 특성으로 한다. 펠레, 라 수프리에르, 그리고 크라카타우(후에 논의하겠다) 화산이 이 범주에 든다.

또 다른 종류의 화산은 지구의 지각판이 서로 반대 방향으로 움직이는 곳의 경계에서 일어난다. 이 지역에서 지각이 서로 느리게 떨어져나가는 곳을 '열곡(裂谷)'이라고 부른다. 이 열곡이 열리면서 지구 내부로부터 마그마가 올라와서 상대적으로 부드러운 흐름으로 열린 입구를 채운다. 열곡 화산(rift volcano)은 주로 아이슬란드와 대서양 중앙 밑의 남북 방향을 따라서, 그리고 동아프리카에서 발견된다. 열곡 화산은 엄청난 양의 녹은 용암을 방출하나 공중에 날아오는 화산재는 거의 없으며 화산쇄설류도 없다. 이것은 사망자는 내는 일은 드물지만, 재산에는 피해를 입힌다.

세 번째 타입은 열점 화산(hot-spot volcano)이다. 고전적인 예는 하와이에 있는 일련의 섬 지형에서 볼 수 있다. 하와이의 지도를 보면 우리는 태평양 판의 이동 방향과 같이 남동쪽에서 북서쪽으로 이어지는 일련의 섬들을 볼 수 있다. 북서쪽의 섬들은 지질학적으로 가장 오래 되었으며 그들의 화산은 수백만 년 동안 분출되지 않았다. 반면에 남동쪽 최대의 하와이 섬은 두 개의 활화산을 지니고 있으며 그중 하나인 킬라우에아 화산은 현재 지구상에서 가장 지속적으로 활동하는 화산이다. 동쪽 앞바다에 또하나의 화산이 해저에서 부지런히 활동하여 하와이 제도의 새로운 섬을 만들고 있다. 이는 아마도 앞으로 수 세기 이내에 바다의 표면으로부터 모습을 드러낼 것이다. 이 태평양 중심부에서의 지형적인 패턴은 태평양 판 아래에서 계속적으로 북서쪽으로 판이 미끄러짐에 따라 바다 밑의 지각을 계속 찔러올리는 열점이 실제로 존재한다는 것을 시사한다.

이들 세 가지 타입의 화산(섭입, 열곡, 열점)은 그림 7-4에 나와 있다. 이 세 가지 중에서 섭입 화산이 다른 것들보다 훨씬 더 위험하다. 지구 깊은 곳으로부터 올라와서 분출되는 물질 때문에 이는 폭발할 가능성도 있다. 거대한 압력 아래에서는 용융된 암석이 엄청난 양의 이산화탄소, 수증기, 이산화황과 같은 용해된 가스들을 포함할 수 있다. 이 마그마가 화산의 구멍을 통해 올라오면 압력이 줄어들어 녹은 가스들이 거의 즉각적으로 거품으로 바뀌어 나온다. 섭입 화산의 폭발은 더운 맥주의 깡통을 흔들었다가 뚜껑을 따는 것과 비슷한 점이 많다. 다만 화산은 그 규모가 훨씬 크고 더 뜨거울 뿐이다.

화산학자들은 현재 화산의 폭발을 추진하는 지하의 압력에 관하여 상당히 많은 것을 알고 있다. 또한 지진학자들과 함께 그들은 재난에 취약한 많은 사람들이 사전에 경보를 받아서 주의하도록 하는 이론을 개발하기 위하여 열심히 노력하고 있다. 현재까지 그들은 여러 가지 실적을 올렸다. 라 수프리에르가 가장 최근인 1975년에 우르릉거리기 시작했을 때 화산학자들은 1902년의 재난이 반복될 것이라고 예측했으며 정부 관리들은 72,000명의 주민들을 석 달 동안 대피시켰다. 그러나 화산은 폭발하지 않고 가라앉았다. 반면에 1985년, 콜롬비아 공무원들에게는 비슷한 경고가 충분히 강력하지

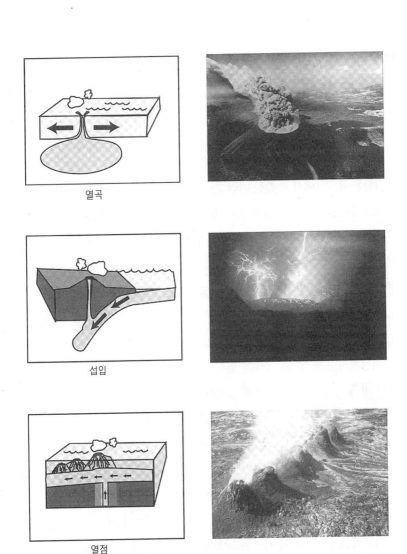

열곡

섭입

열점

그림 7-4 섭입, 열곡, 열점 화산(사진 제공, 국립 지구물리 자료센터)

않았음이 분명하다. 네바도 델 루이스 화산은 많은 과학자들이 예언한 대로 폭발했으며 22,940명이 라하로 인해 사망했던 것이다. 한 가지 성공 사례는 인도네시아의 콜로 화산에서 있었다. 1983년 이곳에서 7,000명의 주민들이 대피한 지 수 주일 이내에 화산이 실제로 정상에서 폭발했으며 화산쇄설류에 의해 이 작은 섬의 많은 부분이 파괴되었지만 인명피해는 없었다.

분화의 효과

화산은 표 7-1에서 종합한 여러 가지 방법 가운데 몇 가지로 심한 파괴를 일으킬 수 있다. 비록 목록에 올린 첫 번째 현상인 화산재는 특별히 위협적인 것으로 보이지는 않지만 분화의 근원 가까이에서 공중으로 날아온 화산재는 보통 뜨겁고 습해서 모든 것에 달라붙어 이들을 굳게 만든다. 또한 산성이 강해 노출된 인간의 피부에 화상을 일으킨다. 떨어지는 화산재는 고농도의 이산화탄소를 동반할 수도 있는데, 눈에 보이지 않게 지반을 따라 부채모양으로 퍼져나가 희생자들을 질식시키고 그후 이들을 매장시킨다. 19세기 이탈리아의 폼페이를 발굴하면서 고고학자들은 고화(固化)된 화산재 내에서 빈 공동을 탐지하고 더 파들어가기 전에 그 안을 회반죽으로 채웠다. 이렇게 함으로써 그들은 수십 구의 인간 희생자들의 주형을 만들었으며 거의 이천 년 전 그들이 죽는 순간의 모습들을 보존할 수 있었다. 많은 사람들이 손이나 옷으로 입을 막고 있었는데 이는 분명 먼지와 가스로 인한 질식을 막으려고 한 시도였다. 집안의 식탁에 놓인 먹지 않은 음식물은 폼페이의 많은 주민들이 최후까지 평상시의 생활을 계속했으며 베수비오 화산에서 나오는 약간의 화산재와 가스는 걱정할 만한 것이 아니라고 오판했음을 시사하고 있다.

'화산'이라는 단어가 언급될 때, 대부분의 사람들은 마음속으로 용융된 암석의 붉고 뜨거운 강물인 용암류의 극적인 이미지를 떠올린다. 그러나 용암의 흐름은 놀랍게도 인간 희생자들을 따라잡을 정도로 빨리 움직이는 경우가 드물다. 일단 용암이 화산의 입구를 떠나면 평원을 따라 내려오며 그들

화산 현상	전형적인 재난
화산재 강하	서기 79년. 베스비오 화산의 분화로 인해 로마의 폼페이 시가 10m 두께의 화산재에 파묻혔으며 10,000명에 달하는 사망자가 남.
용암류	1943년. 멕시코 남서부의 한 옥수수밭에서 새로운 화산이 솟아남. 2년 사이에 용암류가 패리커틴과 산 후안 데 파랑가리쿠티로 시를 파괴함.
화산쇄설류 (뉴에 아르당뜨)	1902년. 마르티니크의 펠레 화산으로부터의 가스성 폭발이 생피에르 시를 불태워 30,000명의 사망자를 냄.
진흙사태/홍수(라하)	1985년. 콜롬비아 네바다 델 루이스. 화산의 열이 진흙과 빙하녹은 물의 사태를 일으켜 근원지로부터 50km 떨어진 도시에서 22,940명의 사망자를 냄.
쓰나미	1883년. 자바 서쪽 순다 해협에서 크라카타우 화산의 폭발로 쓰나미가 발생하여 36,000명의 사망자를 냄.
전반적 기상	1816년. 전해 인도네시아 숨바와 섬의 탐보라 화산 폭발로 인하여 뉴잉글랜드와 서유럽에 '여름이 없는 해'가 초래됨. 이 사건 자체로 12,000명이 사망했으며 이로 인한 기근으로 전 세계에서 적어도 90,000명이 사망함.

표 7-1 인간에게 재난을 준 화산 현상

의 내리막길 코스는 예상이 가능하다. 그럼에도 그들의 경로에 놓여 있는 인간의 건축물이나 농토 등에 극도로 파괴된다. 용암류는 접근하면서 가연성 물질을 모조리 불태워버린다. 그 다음에 그들은 남은 잔해를 삼켜서 들쭉날쭉한 검은 바위덩어리 안에 모든 것을 고화시켜버린다. 느리게 움직이는 용암류의 첨단부에 물을 퍼부어 고화시켜 댐을 만들고 불도저로 용암이 흘러갈 다른 길을 뚫음으로써 성공적으로 이것의 방향을 돌린 사례가 몇 가지 있다. 그러나 이 전략에는 엄청난 공학적 노력(그리고 고도의 기술장비)이 필요하며 이 노력에 인간의 위험이 따르지 않는 것도 아니다. 대부분의 경우에 용암류가 자신의 땅으로 다가오는 것을 막으려는 시도는 아주 쓸모없고 위험하다.

화산쇄설류, 또는 뉴에 아르당뜨는 무서운 속력으로(시속 수백 킬로미터에까지 달한다) 폭발적으로 퍼져나가는 과열된 가스와 떠다니는 화산재 입자의 굽이치는 덩어리를 말한다. 이것의 평균 밀도는 주위의 대기보다 무겁기 때문에 화산쇄설류의 아래쪽 경계는 이 경로에 있는 모든 것들을 쓰러뜨리고 불태우면서 지면을 따라 질주한다. 화산쇄설류는 수면 위를 따라서 상당한 거리를 진행하며, 화산 폭발의 파괴적 효과를 한 섬에서 다른 섬에까지 전달한다고 알려져 있다. 우리는 이 현상이 섭입 화산에만 관련이 있다는 것을 알고 있으나 이같은 모든 폭발이 화산쇄설류를 발생시키는 것은 아니다. 그럼에도 섭입 화산이 분화하기 시작하는 때는 항상 화산쇄설류의 가능성을 매우 심각하게 고려해볼 필요가 있다.

진흙사태와 홍수(라하)는 화산 분화의 또 다른 부작용이다. 만일 화산이 눈으로 덮여 있고 이것이 열에 의해 녹는다면 화산재가 가득 찬 물의 급류가 경사를 타고 폭포처럼 떨어진다. 만일 고지대에 호수가 있다면 화산의 분화와 관련된 지진이 물을 담고 있는 자연의 댐에 금을 가게 한다. 화산의 화구에 담겨져 있는 상류 지역의 자연 저수지가 갑자기 물을 방류할 때 저지대에서는 엄청난 파괴가 일어날 수 있다.

화산의 폭발이 해면 높이에서 일어나면 방출된 에너지의 상당한 부분은 항상 해수로 전이되어 쓰나미를 일으킨다. 우리는 이미 기원전 1626년의 테라의 분화의 경우를 살펴보았다. 우리는 곧 또 다른 경우인 서기 1883년 크라카타우 화산의 경우를 고려하게 될 것이다. 쓰나미를 일으킴으로써 화산은 분화의 근원으로부터 수백 킬로미터 밖의 지역에까지 큰 피해를 입힐 수 있다.

그러나 화산의 효과는 쓰나미보다 한층 더 멀리 미칠 수도 있다. 화산이 성층권으로 충분한 화산재를 뿜어낼 만큼 강력하다면 지구의 제트기류가 이 입자를 휘저어 전 지구에 퍼지게 하여 그 다음 수 개월 동안 영향을 준반구 지역(북반구 또는 남반구)에서 극적이고 화려한 일몰을 목격할 수 있다. 이렇게 떠다니는 화산재의 분사가 충분하다면 대기의 윗부분은 보통 때와는 다르게 많은 양의 햇빛을 우주로 반사함으로써 이 행성의 에너지 균형을 어긋나게 한다. 그러면 지구의 평균 기온은 떨어지고 기후 패턴은 복잡한 방식으로 변화한다. 일부 지역은 농작의 실패로 기근을 경험하고 다른 지역은 강우량이 증가하거나 고온의 날씨를 겪는다. 지역별로 특정한 효과를 예측한다는 것은 현재의 불완전한 과학적 기후 모델로는 불가능하다. 우리가 알고 있는 것은 다음과 같다. 거대한 화산의 분화는 지구 전체에 상당한 영향을 미칠 수 있는 능력이 있다. 우리는 이 일이 1815년 바로 다음해에 실제로 일어났기 때문에 알 수 있다.

1815년 탐보라

탐보라 화산은 숨바와 섬의 먼 북쪽 끝을 내려다보고 있다. 이 섬은 수마트라로부터 뉴기니 서쪽을 향해 뻗은 인도네시아의 일련의 섬들 가운데 하나다. 이 일련의 열대성 섬들은(그림 7-5) 전체 5,000km(3,000mi)에 걸쳐 심한 화산활동에 노출되어 있는데, 이는 북동쪽으로 이동하는 인도 판이 남동쪽으로 이동하는 중국 판 밑으로 섭입되는 결과로 일어난다. 탐보라 화산이 1815년 4월 13일 계속되는 지각 구조상의 압력에 굴복했을 때 역사적으로, 그리고 어쩌면 지난 1만 년 사이에 가장 격렬한 화산의 분화가 터져나왔다.

오늘날에도 탐보라 산 일대의 지역은 세계에 잘 알려지지 않은 부분이다. 전신이 발명되기 한참 전인 1815년에 이 일대의 주민들은 세상의 주요 인구가 밀집된 지역으로부터 거의 완벽하게 고립되어 있었다. 재난 이전에는 공식적인 인구조사가 없었기에 종종 언급되는 사망자 수 12,000명은 아주 비

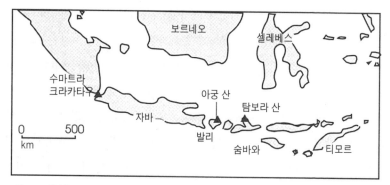

그림 7-5 화산활동이 활발한 인도네시아 지역. 이 그림에 나타난 지역에는 적어도 50개의 활화산이 있다.

공식적인 자료다(어떤 작가들은 그 사건 직후에 90,000명이 죽었다고 주장하기도 한다). 26명의 숨바와 주민들이 이 재난에서 살아남은 것으로 보이나[6] 이들의 증언은 전혀 기록돼 있지 않다. 그럼에도 이것이 엄청난 규모의 분화였음을 증명하는 많은 증인들이 다른 지역에 있었다.

우리는 이 대화산이 4월 5일부터 우르릉거리기 시작했으며, 그 다음주 서쪽으로 1,560km, 동쪽으로 1,150km 떨어진 영국과 독일의 식민 개척지에서 폭발음이 실제로 들려왔음을 알고 있다. 수백 킬로미터 반경에서 대낮의 하늘이 검게 되었고 화산재와 부석(浮石)들이 바다에 지나치게 떠다님으로써 해로가 막혔다. 몇 번의 작은 쓰나미가 항구와 근처 섬의 해안에 정박해 있는 배들에 들이닥쳤다. 그러고 나서 4월 13일의 파멸적인 대폭발이 일어났다. 탐보라 산은 150~180km³(36~43mi³)의 부서진 암석과 재를 뿜어냈으며 이는 이 산의 높이를 약 1,280m(4,200ft)나 줄어들게 했다. 대기로 쏘아올려진 물질의 부피는 적어도 기원전 1626년 테라에서 분출된 양의 10배

---

6) Sir Thomas Stamford Raffles, History of Java(London, 1817; reprint, Oxford: Oxford University Press, 1965).

는 되었다. 분화가 해면 높이 위에서 일어났기 때문에 이 대폭발은 대형 쓰나미를 일으키지는 않았다. 방출된 거의 모든 물질은 위로 올라갔으며 대부분은 약 1년 동안 다시 떨어지지 않았다.

1847년, 약 32년 후에 마침내 첫 탐험대가 산에 올라가서 폭발 규모를 추정하기 위한 상세한 지도를 처음으로 작성했다. 그후 1913년까지 아무도 이곳을 등반하지 않았으며 1947년에 다른 탐험가들이 분화구가 호수로 채워졌다고 보고했다. 그동안에 이 지역의 다른 화산에서 몇 번의 격렬한 폭발이 있어 지질학자들에게 인도네시아 화산들의 활동에 대한 더 일반적인 설명을 할 수 있도록 했다. 우리는 현재 이 일련의 섭입 화산들이 특히 엄청난 양의 화산재를 대기의 상부로 폭발시키는 경향이 있으며 여기서 성층권의 제트기류가 이를 재빨리 전 지구상에 퍼뜨린다는 것을 알고 있다.[7]

탐보라의 대폭발이 있던 다음해인 1816년은 뉴 잉글랜드에서는 '여름이 없는 해'로 불렸다. 코네티컷의 예일 대학에서 기록된 기온은 평균적으로 평년에 비하여 적어도 섭씨 13.8도가 더 낮았다. 서부 매사추세츠와 북쪽 지점에서는 7월에 눈이 내렸으며 미국 북동 지역 곳곳에서 6, 7, 8월에 서리가 계속 내려 농작물을 망쳤다. 또한 그해 여름은 유난히 건조해 농사의 어려움을 더욱 가중시켰다(여름에 6인치의 눈이 쌓인다는 것이 보기에는 극적이지만 강수량으로 볼 때는 1/2인치의 비가 오는 정도밖에 안 된다). 그에 뒤따른 겨울에 가장 혹심한 곤궁을 치렀으며 수천 명이 굶주림으로 사망했다.[8]

유럽의 많은 사람들도 비슷한 여름의 추위와 그로 인한 농작물의 실패를

---

7) R.B. Stothers, The great Tambora eruption of 1815 and its aftermath, Science, 224(1984), 1191~1198.

8) H.Stommel & E.Stommel, Volcano weather: The story of 1816, the year without a summer(Newport, R. I.: Seven Seas, 1983). 동일한 저자가 같은 주제로 발표한 여러 기사들 가운데 The story of 1816, the year without a summer, New Scientist, 102(1984), 45~53 이 있다.

겪었다. 독일에서는 먹기에도 부족한 곡식을 아끼기 위해 술의 제조를 금지하는 노력을 했다. 그럼에도 곡식의 가격은 세 배로 올랐으며 프랑스와 네덜란드, 스위스에서는 식량 폭동이 보고되었다. 고양이와 개의 숫자는 급감했으며 사람들은 지금까지 한 번도 먹은 적이 없었던 것까지 먹기 시작했다. 스위스 당국은 독 있는 식물을 피하기 위한 지침들을 발표해야 했다(알프스의 국가에서는 이런 것들조차 그리 흔하지 않았다). 아일랜드 역시 극도의 기근을 겪었으며, 이 기근에 시달린 사람들은 우연히 티푸스가 발병했을 때 이에 대항할 체력이 없었다. 1817년과 1819년 사이에 150만 이상의 아일랜드인들이 이 병에 걸렸으며 그중 65,000명이 목숨을 잃었다.

1815년 탐보라 산의 분화는 미국·유럽의 신문에 전혀 보도되지 않았으며 과학자들이 이 화산의 대폭발과 그후 지구 반대편의 혹심한 기후를 연결지은 것은 최근 수십 년 내의 일이다. 오늘날 그 발생 당시에조차 제대로 기록되지 않았던 180년 전의 사건이 전 인류에 가한 충격을 정확하게 평가할 수 있는 방법은 없다. 아마도 최소한 9만 명의 사람들이 기근으로 죽었을 것이며 만일 2차적인 질병과 전염병으로 인한 희생자까지 계산하면 이 숫자는 훨씬 더 늘어날 것이다. 이같은 효과의 크기를 측정하는 것에는 불확실성이 존재하지만 이 폭발이 지구 전체의 비극과 죽음에 책임이 있는 것은 분명하다. 탐보라의 교훈은 거대한 화산의 폭발은 지리적으로 아무리 멀리 떨어져 있더라도 사람들의 생명과 생계에 잠재적인 위협이 될 수 있다는 것이다.

1883년 크라카타우

탐보라 산으로부터 약 1,400km(850mi) 서쪽, 자바와 수마트라 사이의 해협에는 작은 무인도 크라카타우 화산섬이 떠 있다. 19세기의 영국 지도에서는 이 장소를 '크라카토아(Krakatoa)'라고 명명했는데 이 철자는 여러 대중적인 문헌들에 그 자취를 남겼다. 1883년의 이 섬은 역사 이전의 칼데라로 부터 수 세기에 걸쳐 성장한 세 개의 원추형 화산으로, 두 개의 초승달 모양 의 바깥 섬으로 남아 있었다. 1883년 8월 27일 이후에는 세 개의 원추 가운 데 하나의 절반만이 깨끗하게 중앙에서 갈라진 채로 남았다. 크라카타우의 20km³(5mi³) 이상이 대기로 날아가버렸으며 이는 원래의 섬 3분의 2의 자 리에 깊이 290m의 해저 분화구를 남겼다.[9] 이 결과로 생긴 화산쇄설류와 쓰나미에 의해 인근 마을에서 적어도 36,000명이 목숨을 잃었다.

보통 사람들은 그 연도와 익숙하지 않은 지명 때문에 이 사건이 잘 알려지 지 않은 것으로 짐작할지 모르나 실제로 우리는 이 사건에 대해 매우 많은 것을 알고 있다. 순다 해협은 1883년까지 여행자들이 잘 이용하던 뱃길이었 으며 남중국해와 인도양 사이를 지나는 배들은 크라카타우에 대해서 비공 식적으로라도 소식을 듣지 않은 채 지나갈 수는 없었다. 자바와 수마트라 해 안 근처에 번화한 네덜란드 식민지 마을이 여럿 있었으며 이곳의 거주자들 이 사건을 계속적으로 기록했다. 그러나 특히 중요한 것은 그 당시 세계의 주요 도시들이 해저 전신 케이블로 연결되기 시작했다는 점이다. 이는 역사 상 처음으로 지구상의 서로 다른 장소에서 관측된 결과를 거의 동시에 공유 할 수 있도록 했다.

이 사건은 5월 10일, 16일, 18일에 일련의 작은 폭발로부터 시작되었다. 크라카타우의 가장 작고 젊은 화산이 일련의 폭발과 함께 공중으로 10km 이상 화산재를 뿜어냈다. 이 지점에서 분화는 거의 연속적으로 일어났으며 그달 말경까지 거대한 화산의 구름이 약 20km(12mi) 높이로 굽이쳤다(그림 7-6). 해협을 지나는 배들은 금세 미세한 흰색의 화산재 반죽으로 덮였으며 선원들은 어둠 속에서 그들의 갑판을 삽으로 청소해야 했다. 이 어둠은 화산

---

9) T. Simkin & R. S. Fiske, Krakatau(Washington, D. C.: Smithsonian, 1983).

구름 속의 번갯불로 인하여 잠시 밝아지기도 했다. 8월 1일에는 떠다니는 부석이 서쪽으로 1,900km(1,200mi) 떨어진 곳에서 보고되기도 했다. 1주일 정도 뒤에는 크라카타우의 두 번째 화산이 원래의 분화와 합세했다. 8월 11일에 정부의 측량사가 섬의 문제 지역을 대강 둘러보고는 그곳의 모든 식물은 파괴되었으며 현재 분화하는 3개의 독립된 원주형 화산과 적어도 11개의 활발하게 증기를 내뿜는 구멍이 있다고 기록했다. 그는 현명하게도 조사를 끝내기 전에 그곳을 떠나기로 결정했다. 8월 21일에는 남아프리카에 평상시와 다른 일몰이 보고되었다.

이 시점까지 이 지역의 대부분의 식민지 거주자들은 이 사건을 화려한 자연의 불꽃놀이 정도로 생각했으며 심각한 위협으로 여기지는 않았다. 가장 가까운 마을인 칼림방은 크라카타우에서 30km(19mi) 떨어져 있었으며 안쟈는 약간 더 멀리, 그리고 텔럭 베통 항구는 70km(45mi) 떨어져서 안전한 거리인 것처럼 보였다. 물론 화산이 폭발한 후 이들과 해안의 다른 도시들은 완전히 파괴되었다.

8월 26일 오후 1시까지 커다란 폭발이 약 10분 간격으로 일어났으며 몇 시간 후에 폭발의 강도는 더 심해져서 160km 떨어진 자카르타에서도 창문이 흔들렸다. 120km 떨어진 곳의 영국 배 하나가 크라카타우 화산 구름을 정상의 6분의 1의 방위에서 관찰했으며 선장은 그의 항해 일지에 구름이 현재 25km 고도까지 올라갔다고 기록했다(이는 현재 상업용 비행기가 통상 비행하는 고도의 약 세 배에 달한다). 그때 순다 해협의 50척 이상의 배들은 대낮의 어둠에 싸여 있었으며 이 어둠은 구름에서 나오는 번개나 그들의 돛대와 장비에 달라붙은 성 엘모의 섬뜩한 불빛에 의해 가끔씩 밝아졌다.

절정은 그 다음날 아침인 8월 27일, 오전 5시 30분, 6시 44분, 10시 2분, 10시 52분, 네 번의 무시무시한 폭발과 함께 다가왔다. 이는 자카르타의 가스공장의 압력 계량기 도표에 예상치 못한 값이 기록된 시간이다. 이들 폭발

그림 7-6 1883년 분화의 초기 단계에서 나타난 크라카타우의 모습. 동시대인의 그림(사진 제공, P. 헤더배리, 국립 지구물리 자료센터)

은 아주 먼 거리에서까지 그 소리를 들을 수 있었다. 폭발로부터 3,224km 떨어진 호주의 남부에서도 사람들이 잠에서 깨어났으며, 서쪽으로 3,647km 떨어진 디에고 가르시아에서는 대포가 발사되는 소리로 오인되었다. 우르릉 거리는 소리는 전 지구 표면의 13분의 1 지역에서 들렸다. 더구나 이 음파 가운데 사람이 듣지 못하는 저주파의 성분이 전 세계의 기압계 기록에서 감지되었다. 그후 닷새 동안 보고타와 콜롬비아 등 정확히 크라카타우로부터 지구 반대편에 있는 지역의 기압계에 일곱 번의 유달리 강한 기압의 파동이 등간격으로 기록되었다. 크라카타우의 최악의 폭발은 너무나 격렬해서 이는 지구 전체의 대기를 마치 종을 치듯이 흔들어놓았다. 이 격렬한 폭발 동안에 크라카타우 화산재의 원추형 구름은 적어도 50km(31mi) 높이까지 떠올라 갔는데 이는 성층권의 정상부를 구성하는 곳이다.

그 사이에 거대한 뉴에 아르당뜨가 북쪽으로 밀려와 바다를 30km(20mi)나 가로질러 질주하고 수마트라 해안의 경사진 산을 굽이쳐 올라가서 여러 마을과 약 30,000명의 사람들을 불태웠다. 해협에 떠다니는 부석들의 융단이 이 화산쇄설류의 거대한 타격에 기여했는지도 모르지만(이 흐름이 진행하는 데 단열층을 제공함으로써), 그럼에도 30km 이상 진행한 후에 이같은 피해를 입혔다면 원래의 온도가 매우 뜨거웠다는 이야기이다. 약 200m(650ft) 고도의 산 속 오두막집에서 자녀들과 함께 거주하던 네덜란드 여인이 심한 화상을 입은 채 이 사건에서 가까스로 살아남았다. 나중에 그녀의 진술에 따르면 화산재가 나무마루를 뚫고 들어왔다고 했는데 이는 뉴에 아르당뜨가 경사로 인해 위쪽으로 편향될 때 일어날 수 있는 현상과 일치한다. 오두막 바깥에 있었던 하인들은 모두 즉사했다.

그러나 더 파괴적인 것은 쓰나미였다. 8월 26일 오후와 저녁에 비교적 작은 쓰나미가 근처의 해안을 강타했으며 다음날 아침 오전 7시와 9시에도 이 일은 되풀이되었다. 그리고 8월 27일 오전 10시에 일련의 무서운 물결이 이 지역 모든 해안을 물에 잠기게 했다. 화산을 향해 열려 있는 긴 깔때기 모양의 만 입구에 위치한 텔럭 베통 마을은 네 번 연속 높이가 30m(100ft 이상)나 되는 거대한 파도에 완전히 쓸려나가버렸다. 한 척의 배는 성공적으로 발진하여 텔럭 베통 항구를 빠져나와 쓰나미 속으로 뛰어들었는데 선장은 이 광경이 마치 바다에서 여러 개의 산맥들이 솟아나는 것 같았다고 묘사했다. 또하나의 선박인 베로우 호는 완전히 마을 안쪽으로 옮겨져서 내륙

3km(2mi), 고도가 해발 10m(33ft)인 숲 속에 놓였다. 그 배는 1979년에 분해되어 고철로 버려질 때까지 그곳에 그대로 있었다. 수십 개의 마을과 촌락들, 그리고 그곳에 사는 사람들이 곳에 따라 높이가 40m(130ft)까지 달한 이 거대한 파도에 의해 스러져갔다. 이 쓰나미는 11시간 만에 호놀룰루에 도달했으며 이는 결국 전 세계 대양의 조수 측정기에 그 기록을 남겼다.

가장 파괴적인 쓰나미는 마지막 거대한 폭발이 있는 동안 비워진 마그마 공동 안쪽의 화산벽이 무너짐으로써 발생한 것으로 보인다. 새로 생성된 해저의 화구는 오랫동안 비워진 채로 버티지 못했으며 바닷물이 그 안으로 들어갔다. 사실 순다 해협의 북쪽에 정박한 배들은 쓰나미에 약간 선행하여 남쪽으로 향하는 거대한 해류를 보고한 바 있다. 이는 이 쓰나미가 파봉이 아닌 파곡으로부터 시작되었으며 많은 해안의 거주자들이 이를 관찰하고 그 의미를 깨달았으면 미리 대피할 수도 있었음을 시사한다. 불행하게도 그때에는 전기로 인한 불빛(거친 구름 속에서는 누구나 발견할 수 있고, 특히 공중 입자들의 밀도가 증가함으로써 더 강도가 심해진)을 제외하고는 하늘이 완전히 캄캄했기 때문에 거의 볼 수가 없었다. 더구나 누군가 바다가 해안선으로부터 후퇴하는 것을 주목했다고 하더라도 당시 잡음이 너무 시끄러웠기 때문에 경고하는 소리도 거의 들리지 않았을 것이다. 물론 이들 마을에는 근처에 대피할 만한 고지대가 없었으므로 30분 전에 경고 방송이 나왔다고 하더라도 거의 도움이 되지는 않았을 것이다. 이들 조건이 모두 결합되어 1883년 8월 27일, 한밤의 어둠 속에서 인도네시아의 바닷물이 30,000명 이상의 인명을 삼켜버리도록 만든 것이다.

분화는 그날 오후 이래로 급속히 감쇠했으며 자정을 약간 넘어서 완전히 끝났다. 다음날 아침 순다 해협은 약 1m 두께의 떠다니는 부석과 수천 구의 시신으로 인해 완전히 막혔다. 그로부터 1년 후 부석과 인간 골격의 잔해가 혼합된 이 분화의 무시무시한 잔해가 동아프리카의 해안으로 밀려왔다. 이

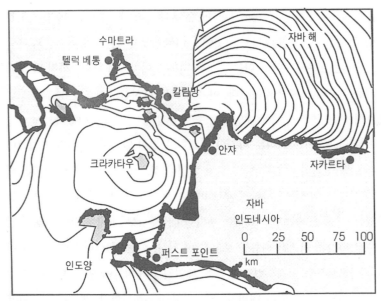

그림 7-7 크라카타우와 주위의 지역. 1883년의 쓰나미에 의해 가장 큰 피해를 입은 지역이다. 확대되는 파면은 약 5분 간격으로 나타났다.

는 7,200km(4,500mi)를 떠다닌 것이다.

크라카타우의 마지막 폭발로부터 나온 화산재는 2주 내에 전 지구를 완전히 둘러쌌으며 그후 3년 동안 이 행성의 모든 장소에서 석양의 극적인 장면이 관찰되었다. 비록 분출된 화산재의 분량이 지구의 기후에 영향을 주기에는 충분치 않았지만 이 사건은 과학자들에게 처음으로 상부 대기층의 기류에 대한 직접적인 증거를 제공했으며, 68년 전 탐보라 화산의 더 큰 폭발 이후에 무슨 일이 일어났는지에 대하여 깊이 이해할 수 있도록 했다.[10]

크라카타우는 사화산이 아니다. 1883년 이후 해저의 칼데라에서 폭발이 아직도 가끔씩 계속되고 있으며 1928년 1월에 바다로부터 새로운 원추형

---

10) P. Francis & S. Self, The eruption of Krakatau, Scientific American, Nov. 1983, 172~187.

화산이 나타났다(이는 즉시 '아나크 크라카타우' 또는 '새끼 크라카타우'로 이름지어졌다). 오늘날 한 세기 전 극적인 분화에 의해 생성된 칼데라는 새로 퇴적된 화산 잔해로 인해 거의 차 있으며 최근 1995년 여름에도 원추형 화산이 다시 한 번 하늘에 재를 뿜었다. 미래의 세대들이 크라카타우로부터 소식을 더 들을 것이라는 것은 의심의 여지가 없다.

하늘이 무너질 수도 있다

거대한 화산의 폭발은 비교적 드물지만 한번 발생하면 그 무서운 파괴적인 힘 때문에 모든 사람들의 주의를 끌게 된다. 또 다른 범주의 자연재해가 있는데 이는 폭발하는 화산보다도 훨씬 더 무서운 파괴력을 잠재하고 있다. 이는 거대 소행성의 충돌이다. 이는 보기 드문 탐보라 급의 화산 폭발보다도 드물게 일어나며 사실 인간이 역사를 기록하기 시작한 이래 이런 종류의 대형 재난은 지금까지 없었다. 그럼에도 소행성이 지질학적 역사상 여러 번 그래왔듯이 우리의 행성과 충돌할 때 그 효과는 화산재의 강하, 불길, 쓰나미, 대기의 충격파 그리고 기상학적인 대변동 등 거대한 화산 폭발의 경우와 유사하다는 것을 알고 있다. 물론 더 큰 충돌은 한층 더 나쁜 결과를 낳을 수 있다. 즉 이는 모든 종족을 멸종시키고 생물학적 진화의 과정을 영구히 바꿔놓을 수도 있다. 인류 중심적인 편견을 배제하고 보더라도, 거대 소행성이 지구 행성과의 충돌 코스에 들어오는 것보다 더 큰 파괴를 일으킬 수 있는 자연의 힘은 존재하지 않는다. 비록 마지막 대충돌이 있은 지 오랜 시간이 흘렀지만(만일 '대충돌'의 정의가 결과적으로 1.2km 크기의 분화구를 만드는 것이라면 약 50,000년 정도), 이는 현대의 인간들이 이같은 위협에 면역이 되어 있다는 뜻은 아니다.

1908년 6월 30일 이른 아침에 거대한 불덩어리가 날카로운 소리를 내며 시베리아 북쪽의 하늘 위를 날아갔다. 이는 외떨어진 퉁구스카 마을 근처에서 격렬하게 폭발하여 2,000km²(800mi²)의 숲을 쓰러뜨렸으며 지구 둘레를 두 번 선회한 대기의 충격파를 발생시켰다. 지금까지 이 폭발의 강도는 TNT 20메가톤과 동일한 위력으로 계산되고 있다. 이 지역은 외진 곳이었기 때문에 인명피해가 있었다 해도 매우 적었으며, 21년이 지난 이후까지 과학적인 조사는 이루어지지 않았다. 비록 충돌로 인한 분화구의 증거는 발견되지 않았으나 수백만 그루의 쓰러진 나무들이 그때까지 그대로 있었으며 폭발의 중심으로 보이는 곳으로부터 바깥 방향을 향해 있었다. 다양한 가설들 가운데 가장 그럴듯한 것은 직경이 60m(200ft) 정도 되고 무게가 수십만 톤이나 되는 석질로 된 운석이 우리 행성의 궤도와 교차하여 지구의 대기로 시속 100,000km 이상의 속력으로 돌진하면서 폭발하여 분해된 것이라는 설명이다.[11] 충격파가 나무들을 쓰러뜨린 다음에 운석의 잔해들은 지구 표면에 부드러운 먼지의 형태로 내려앉았을 것이다.

태양계의 공간은 대부분 비어 있으며 우리 자신의 행성은 태양 주위의 궤도를 대략 시속 107,000km(시속 67,000mi)의 속력으로 선회하는 작은 알갱이에 지나지 않는다. 지구는 수많은 작은 모래알만한 크기의 입자들과 끊임없이 부딪치며 이들은 대기의 상승에서 불타면서 분해되어버린다. 이것을 '별똥별' 또는 유성이라고 부르며 맑은 밤에는 사실상 지표면 어디에서나 맨눈으로 (인내심을 가지면) 볼 수 있다. 가끔씩 유성이 약간 크고 석질 대신에 철로 구성되어 있으면 이는 짧은 하강 동안(이는 몇 초 정도 걸릴 뿐이다) 대기의 마찰 때문에 속도가 느려진 채로 지표면에 고스란히 도달할 기회를

---

11) F. J. Whipple, The great Siberian meteor, Quarterly Journal of the Royal Meteorological Society, 56(1930), 287~394. 더 최근의 기사로는 R. Ganapathy, The Tunguska explosion of 1908: Discovery of meteoritic debris near the explosion site and at the South Pole, Science, 220(1983), 1158~1161이 있다.

가질 수 있다. 그때 이를 운석이라고 부른다. 이것의 예는 여러 박물관에 진열된 견본에서 볼 수 있다.

외계 물체가 인간과 부딪친 가장 최근의 기록은 1954년까지 거슬러올라간다. 앨라배마의 실라카우가에 사는 한 여성이 거실에서 잠을 자고 있다가 지붕을 뚫고 들어와서 라디오를 부수고 튄 약 5kg(11lb)의 운석에 얻어맞아 타박상을 입었다. 그러나 더 신기한 것은 좀더 최근에 미국에서 있었던, 운석이 집에 충돌한(그러나 사람과는 부딪치지 않은) 두 번의 경우다. 1971년 4월에 운석 하나가 코네티컷의 웨더즈필드에 있는 집에 약간의 피해를 입혔다. 11년 후인 1982년 11월 8일, 또 하나의 운석이 같은 마을의 두 번째 집에 피해를 입혔다! 이 두 가지 무작위적 사건의 놀랄 만한 일치에서 두 충돌 지점은 겨우 1km 떨어져 있었다.[12]

그러나 이들은 대재앙적인 사건과는 거리가 멀다. 다행히 파멸적인 운석의 충돌 확률은 적어도 어떤 특정한 해는 매우 낮다. 행성들 사이에 있는 물체들의 수를 집계할 때 천문학자들은 물체의 크기가 커질수록 그 숫자는 줄어든다는 것을 발견했다. 직경이 1km 이상 되는 물체는(그래도 행성에 비하면 훨씬 작은 것이다) 소행성(asteriod)이라 부른다. 소행성의 움직임은 모래알 크기 입자들의 그것보다 훨씬 규칙적이고 안정되어 있다. 이들이 태양 주위를 도는 궤도는 보통 앞으로 수 세기의 것까지 믿을 만한 예측이 가능하다. 현재 직경이 1,000m(3,000ft)를 넘는 물체가 적어도 300개의 궤도로 지구와 교차한다고 알려져 있으며,[13] 매년 이 크기의 물체가 약 30개씩 새로 발견되어 목

12) B. Berman, Struck by a meteor, Discover, Aug. 1991, 28.

13) E. M. Shoemaker, R. F. Wolfe & C. S. Shoemaker, Asteroid and comet flux in the neighborhood of Earth, in V. L. Sharpton & P. D. Ward, eds, Global catastrophes in Earth history, Geological Society of America Special Paper no. 247(Boulder. Co. Geological Society of America, 1990).

록에 추가된다. 다행히 이들 중 어떤 물체도 가까운 시일 내에 지구와 충돌할 것 같지는 않다. 불행히 이 작업은 현재 전체의 약 8% 정도밖에 진행되지 않았으며 따라서 우리는 앞으로의 위험에 대해서 아는 것보다 모르는 것이 훨씬 더 많다. 소행성은 그 표면이 빛을 거의 반사하지 않기 때문에 탐지하기가 아주 어려우며 우리가 이들을 발견하는 것은 보통 그들이 며칠이나 몇 주 동안 먼 곳의 별 여러 개를 가릴 때에만 가능하다. 사실 1989년에 1,000m 크기의 소행성 하나가 지구의 궤도와 교차한 후에야 발견되었는데 이 지점은 지구가 6시간 전에 지나간 곳이었다. 1996년 5월, 대략 같은 크기의 또 하나의 소행성이 지구의 궤도를 지나가기 나흘 전에 발견되었는데 결국 이는 우리 행성을 네 시간 차이로 비껴갔다. 많은 과학자들이 거북해할 정도로 이들은 가깝게 빗나간 사건이었다. 그러나 이 사건들은 지구를 가로지르는 소행성을 찾기 위한 과학적 관심을 끌어올리는 데 기여했다.

통계적 분석으로 대략 250,000년마다 직경 1,000m 혹은 그 이상의 소행성과 지구 행성과의 충돌이 예상된다. 훨씬 더 많은 더 작은 물체에 대해서는 그 충돌 확률이 상당히 높아진다는 것을 짐작할 수 있다. 그림 7-8의 그래프는 지구와 다양한 크기를 가진 외계 물체들의 충돌에 대한 대략적인 비율을 보여준다. 비록 이와 같은 그래프가 매우 이론적인 가정에 의존하고 있지만 직경이 대략 50m(160ft) 되는 철 성분의 운석이 겨우 50,000년 전에 애리조나 주와 충돌했으며 이는 지질학적 시간으로 볼 때 매우 최근의 일이다. 오늘날에도 매우 선명하게 남아 있는 이 분화구는 직경이 1.2km(4,000ft)에 달하는데 이는 이를 생성시킨 엄청난 속력의 쇳덩어리 직경의 약 25배다. 이 충격에서 방출된 에너지는 적어도 4메가톤의 핵 폭발과 동등하다.[14]

만일 우리가 스스로 인식의 지평을 넓혀서 시간 선(time line)을 수억 년

---

14) H. C. Urey, Cometary collisions in geological periods, Nature, 242(1973), 32.

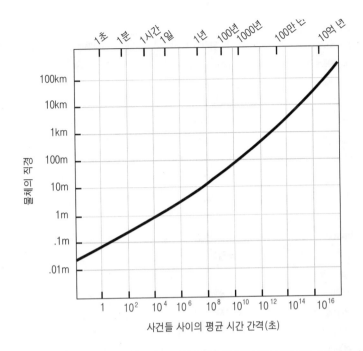

그림 7-8 외계 물체들의 크기와 그들의 지구 행성과의 충돌 빈도수의 통계적 관계. 충돌 분화구는 일반적으로 충돌하는 물체 직경의 약 25배다.

전으로 되돌리면 우리는 한층 더 극적인 소행성의 충돌을 재창조할 수 있다. 표 7-2는 지금까지 발견된 직경 40km 혹은 그 이상의 고대 분화구들의 목록이다.[15] 물론 이처럼 큰 다른 흔적들 여러 개가 가차없이 침식을 당해 자취가 지워졌거나, 우리 행성의 표면 70%를 덮고 있는 바다 밑에 숨겨져 있을 것이라는 점은 의심의 여지가 없다. 불충분한 자료임에도 불구하고 이들 충돌이 별난 사건이라기보다는 통계적으로 어느 정도 규칙적으로 일어나는 사건이라는 근거는 충분한 것으로 보인다. 표 7-2에 올라 있는 가장 작은 분화구라 해도 직경이 40km인데 이는 직경이 적어도 1.6km, 즉 대략 1mi 정

---

15) R. Grieve, The record of terrestrial impact cratering, GSA Today, Oct. 1995.

분화구명	위치	대략의 직경(km)
브레데포트	남아프리카	300
서드베리	캐나다 온타리오	250
칙줄룹	멕시코 유카탄	170
마니코간	캐나다 퀘벡	100
포피가이	러시아	100
아크라만	오스트레일리아 남부	90
체서피크	미국 체서피크 만	85
푸첸자-카툰키	러시아	80
카라	러시아	65
비버헤드	미국 몬타나	60
투쿠누카	오스트레일리아 퀸즐랜드	55
샬르브와	캐나다 퀘벡	54
실리안	스웨덴	52
카라쿨	타지키스탄	52
몬타나	캐나다 노바스코샤	45
아라귀나 돔	브라질	40
세인트 마틴	캐나다 매니토바	40

표 7-2 직경 40km 이상으로 알려진 운석 충돌 분화구

도 되는 소행성에 의해 일어났을 것이라는 점을 주목해야 한다. 이와 같은 큰 물체가 실제 이따금씩 떨어지는 것 같다. 물론 이것은 지질학적 시간 단위를 놓고 이야기할 때다.

일부 독자들은 아직도 이러한 사건이 인류에게 진정한 위협인지에 대해서 회의적일 수도 있다. 결국 퉁구스카 운석은 지표면과 충돌하지 않았고, 이는 역사시대에 일어난 이런 종류의 유일한 대사건이었다. 소행성의 대충돌이 진실로 믿을 만한 위협일까? 회의론자들에게 더이상의 의심을 멈추게 할 수 있는 다음 두 가지 사건들을 더 설명하도록 한다.

1178년 6월 25일, 다섯 명의 영국 수도사들이 나중에 회고해보니 소행성

하나가 달과 충돌한 것으로 보이는 사건을 목격했다. 그때 달은 가느다란 초승달 상태였는데 수도사들은 초승달의 위쪽 뿔 근처에서 그들이 "번쩍이는 횃불"이라고 묘사했던 불길이 불꽃을 내뿜는 극적인 장면을 보았다. 그러고 나서 달 전체가 어두워졌는데 이는 먼지가 약한 중력 아래에서 천천히 내려앉으며 정상적인 달 표면을 반사하는 태양광선을 차단함에 따라 일어난 현상으로 볼 수 있다. 이곳의 기록된 위치는 우리가 '브루노'라고 부르는 달의 분화구와 상당히 일치하고 있다. 그러나 이 기이한 이야기는 자체로 대부분의 과학자들을 납득시킬 만큼 충분히 설득력을 가지지는 못해, 약 25년 전까지 아무도 여기에 대하여 큰 관심을 갖지 않았다. 그런데 1970년대 초반에 몇 가지 일괄적인 장비가 달 표면에 설치되었고 그들이 지구로 다시 쏘아보낸 자료는 달 전체가 약 3년 주기로 마치 거대한 종처럼 진동하고 있음을 보여주었다. 이는 수도사들이 기록한 관측 지역에서 거대한 소행성이 충돌한 후 800년이 지난 뒤에 기대되는 결과치와 아주 일치한다.[16] 우리가 오컴의 면도날을 적용하면 약 800년 전에 거대한 소행성이 달과 충돌했으며 이 충격이 매우 강력하여 약 390,000km(240,000mi) 떨어진 곳에서 맨눈으로 볼 수 있었다는 가능성을 심각하게 받아들일 필요가 있다.

최근에 한층 더 극적으로 나타난 예는, 1994년 7월 16일에서 22일까지 20개 이상의 연속된 혜성 파편들이 목성 행성으로 돌진한 장면을 들 수 있다.[17] 이들 얼음과 돌덩어리 가운데 몇몇은 직경이 5km나 되었으며 그들의 충돌은 기화된 물질의 거대한 기둥을 목성 대기 상층부 위까지 분출시켰다.[18] 이 무서운 폭발의 시리즈는 망원경으로 관찰되었고 우주에서 거대한

---

16) J. D. Mulholland & O. Calame, Lunar crater Giordano Bruno: A.D. 1178 impact observations consistent with laser ranging results, Science, 199(1978), 875.

17) D. J. Eicher, Death of a comet, Astronomy 22(10) (Oct. 1994), 40~45.

18) 목성의 중력은 지구보다 적어도 3배 이상 강하기 때문에, 목성으로부터 우주로 물질이 방

물체들 사이의 격렬한 충돌은 이론적 가능성으로 끝나지 않는다는 사실을 확인시켰다. 그들은 일어날 가능성이 있는 것만이 아니라 실제로 때때로 일어난다.

그러나 지구에 살고 있는 인간에게 이 위험은 얼마나 심각한가? 통계학자들은 보통 사람당 위험을 평가할 때 영향을 받을 가능성이 있는 총인구를 사건의 수와 사건당 평균 사망자 수의 기대값의 곱으로 나누어 이를 특정 시간 간격으로 조정한다. 표 7-3에서 필자는 50년 동안에 개인이 인생의 많은 재난들 가운데 몇 가지에 의하여 사망할 위험의 목록을 제시했다. 이를 기초로 하여 우리는 소행성 충돌로 인한 죽음의 위험이 다른 잘 알려진 위험 — 예를 들면 허리케인에 의한 죽음이나 비행기 추락 등 — 과 비슷한 영역에 있다는 사실을 알 수 있다. 이 숫자는 비록 대형 소행성의 충돌이 어떤 특정한 해에 일어날 가능성은 작지만 일단 그것이 발생하면 엄청난 규모의 파괴를 발생시킬 힘이 잠재해 있음을 반영한다.

우리가 이미 다룬 화산의 파괴적 효과 가운데 많은 것은 지구와 소행성 간의 충돌에 의하여 똑같이 효과적으로 생길 수 있다. 소행성이 전형적인 속력인 시속 107,000km로 접근한다면 이는 지구의 150km 두께의 대기를 겨우 5초 만에 뚫고 지구와 충돌할 것이다. 또한 훨씬 가볍고 어디에나 존재하는 극소형 운석과는 달리 이는 지구와 충돌할 때 대기에 의해서 거의 감속되지 않는다. 이 조준점 아래 도시가 놓여 있다면 1km의 소행성은 이곳의 인간 생명 및 그들의 활동에 대한 증거 대부분을 그 즉시로 지워버릴 것이다. 육지나 얕은 물에 떨어진다면 이는 거대한 먼지와 암석 부스러기를 대기 중에 높이 날릴 것이며 전 지구적 기후를 수십 년간은 아니더라도 수 년간은 교란시킬 것이다. 대양에서의 대충돌은 전 세계의 해안선을 물에 잠기게 하여

출되는 현상의 관찰은 특히 인상적이다.

전 세계 : 원인별 사망 위험	
화산 폭발	30,000명 중 1명
소행성 충돌	20,000명 중 1명
미국에서만 : 원인별 사망 위험	
지진	200,000명 중 1명
번개	130,000명 중 1명
토네이도	50,000명 중 1명
허리케인	25,000명 중 1명
비행기 추락	20,000명 중 1명
감전사	5,000명 중 1명
교통사고	100명 중 1명

표 7-3 50년 동안에 한 개인이 죽게 될 평균 위험률. 역사적 빈도 및 현재 인구로부터 평가됨

해안에서 수 킬로미터 안에 있는 모든 건축물들을 휩쓸어가버릴 기록적인 규모의 쓰나미를 발생시킬 것이다.

여기까지는 거의 명백한 사실이다. 이보다 덜 명백한 것은 두 가지 추가적인 효과에 대한 가능성이다. 충돌 지점의 반대편에서 이로 인해 유발되는 지진과 화산이 그 하나이고, 또 하나는 이로 인해 유발된 기상학적 사건인 '초태풍(hypercane)' 이다.

어떤 거대한 충돌도 지구 내부로 충격파를 보내게 된다. 이 파동은 지각과 맨틀층, 외핵과 내핵을 통과하며 복잡한 방법으로 반사하고 굴절된다. 그러나 지구는 구형으로 대칭돼 있기 때문에 이와 같은 충격파의 에너지는 충돌 지점으로부터 지구 반대편의 중심 지역으로 수렴된다. 만일 이 반대 지점의 지각이 이미 구조적 응력 아래 있다면 이 수렴된 에너지는 지각의 수용한계를 넘어서도록 하여 2차적 지진과 어쩌면 화산의 분화까지도 발생시킬 수 있다. 지진학적 기록을 보면 지진이 때때로 다른 지진에 의하여 유도되어 발생한다는 것은 명백하며, 지질학적 기록은 일부 역사시대 이전의 용암류가 소행성의 충돌에 의하여 유도된 것이라는 의심을 뒷받침해주는 것으로 보

인다. 이같은 이용할 수 있는 관찰 증거에 기반을 둔 수학적 모델은 그 숫자가 모호할 수는 있지만 우리에게 이것—지구 한편에서의 소행성의 충돌이 행성 반대편에서의 지진과 화산 분화를 쉽게 일으킬 수 있다는 가설—이 억지 시나리오만은 아니라는 점을 말해준다.

거대 소행성이 세계의 대양 가운데 하나를 강타하면 이것의 효과 가운데 또 하나는 그 충격 지점의 물이 뜨거워지는 것이다. 우리는 이미 더운 대양의 물이 기상의 불안정을 유도하여 열대성 폭풍과 허리케인 등을 일으킨다는 사실을 알고 있다. 소행성이 충돌한 지점의 더 국지적이고 더 뜨거운 물은 이와 관련된 기상현상을 일으킬 가능성이 매우 높다. 이는 허리케인으로서는 비교적 크기가 작지만 극도로 격렬한 것으로 초태풍이라 부른다. 비록 초태풍에 관한 수학적 모델은 현재 불확실한 점이 많지만 어떠한 거대 소행성이라도 바다와 충돌하면 사건 당시로부터 오랜 뒤까지 지속되는 격렬한 기상효과를 발생시켜서 충격점으로부터 매우 먼 거리에까지 큰 피해를 줄 것이라는 점은 의심의 여지가 없다.

지구 행성을 소행성의 충돌로부터 보호하기 위하여 전 세계의 쓸모없고 비싼 핵무기를 배치하자는 식의 진지한 제안이 나왔는데 이중에는 미국 의회의 청문회에서까지 주의를 끈 것도 있었다. 불행하게도 이런 아이디어는 실행하기보다 제안하기가 훨씬 쉬우며 이를 위해서는 많은 기술적·정치적 문제들이 먼저 해결될 필요가 있다. 소행성의 궤도에 대해서 무엇인가 할 수 있을 정도로 충분히 멀리 있을 때 이의 접근을 확실히 탐지할 수 있는지조차도 아직 확실하지 않다. 소행성이란 우주를 배경으로 할 때는 극도로 미세한 물체이며 이들이 우리를 치려고 할 때만 갑자기 커지는 것이다.

궁극적인 아이러니는 이것이다. 약 6,500만 년 전에 일어난 파멸적인 소행성의 충돌이 아니었다면 우리 인간들은 여기서 이런 논점들을 숙고하지도 못했을 것이다. 그 당시에는 적어도 그 이전 1억 년 동안 그래왔듯이 공룡이 이 행성에서 가장 우세한 생명체였다(호모 사피엔스가 종족으로서 존재해왔던 약 5만 년의 보잘것없는 시간과 비교해보라). 공룡은 결코 연약한 생명체가 아니었다. 그들이 지구의 환경에 아주 잘 적응해오지 않았다면 결코 그렇게 오랫동안 모습을 드러내지는 못했을 것이다. 공룡과 공존하고 있었던 작고 원시적인 포유류는 먹이 사슬에서 상층부와는 거리가 먼 자리를 차지하고 있었다. 그때 갑자기 전 세계에 걸쳐서 공룡이 화석의 기록으로부터 사라져버렸다. 그리고 작은 포유류가 급속하게 퍼져나가 텅빈 생태학적 자리를 채워나갔다. 우리 인간들은 작고 털이 나 있으며 새끼를 많이 낳는, 원래는 자연이 공룡의 먹이감으로 봉사시킬 목적으로 계획한 생명체의 후손들이다.

공룡에게 무슨 일이 일어났는가 하는 문제는 그들의 화석화된 뼈가 1800년대 초반에 처음 발견된 즉시 제기되었으나, 10여 년 전에서야 그에 대해 신뢰할 만한 과학적 이론이 생겨났다.

소행성의 충돌과 대절멸

1950년대 후반에서 60년대 초반 사이에, 이마누엘 벨리코프스키 Immanuel Velikovsky라는 의사가 세 권의 책을 연달아 출판했는데 이 책은 전 세계 수백만의 독자들에게 열광적으로 받아들여졌으나 과학자들 사이에서는 전반적으로 비웃음을 샀다. 전 세계 여러 문명들의 고대 문헌으로부터 인용한 길고 학술적인 주석으로 가득 차 있는 그의 첫 번째 책,『충돌의 세계Worlds in Collision』는 지구가 역사시대 동안에도 거대 혜성들을 여러 번 아슬아슬하게 피했다는 가설을 제안했다. 이 혜성은 어떤 이유로 목성 행성으로부터 방출되었으며 그후 이것이 지구의 궤도를 통과하는 여러 경로를 따름으로써 이의 중력 효과는 뜻하지 않게 구약성서에 기록된 여러 가지 기적들을 일으켰다(예를 들면 예리코 성벽의 붕괴, 「출애굽기」에서의 홍해의 갈라짐, 하늘에서 만나가 떨어짐 등등). 벨리코프스키의 혜성은 먼 우주로 사라지지 않고 지구의 중력에 의해 편향되어 태양의 주위를 선회하는 안정되고 거의 원형인 궤도를 갖게 되었다. 벨리코프스키에 의해 이 물체에 금성이라는 이름이 붙게 되었다.

현재의 관점에서 보면 이 모든 이야기는 분명 헛소리의 나열에 지나지 않는다. 이는 궤도 역학의 원리를 무시하고 있을 뿐 아니라 우리는 이미 우주 탐사 및 분광사진의 분석에 의하여 금성의 성분이 목성 어느 부분의 성분과도 비슷한 점이 없음을 잘 알고 있다. 더구나 역사가들은 「출애굽기」 이전 시대의 고대인들도 금성을 잘 알고 있었으며 그 당시에도 금성은 현재의 궤도를 그대로 밟고 있었음을 확신하고 있다. 그럼에도 벨리코프스키의 책은 매력 있는 읽을거리를 제공했으며 그에게 엄청난 명성을 가져다주었다. 그는 1960년대 후반에 많은 대학을 방문했으며 그의 강의에는 항상 수많은 학생들이 참석했다.

과학자들이 그에게 뭇매를 가했음에도 불구하고 벨리코프스키의 아이디어는 계속해서 추종자들을 이끌어갔으며 그후 20년이 지나서야 그 숫자가 매우 느리게 줄어들었다. 결과적으로 그동안의 과학적 분위기는 전 세계적인 대재난의 기원이 외계에서 온 것이라고 제안할 만큼 대담한 연구자들에게 우호적인 상황은 아니었다. 사실 세계적인 재난이라는 개념 자체가 진지한 과학 탐구의 주제로서는 상당히 금기시되고 있었다.

그런데 1980년경에 루이스 앨버레즈Luis Alvarez와 그의 동료가 신기한 과학적 관찰을 설명하려고 시도했다.[19] 전 세계의 부지에서 화학적 분석을

---

19) L.W. Alvarez, W. Alvarez, F. Asaro et al., Extraterrestrial cause for the Cretaceous-Tertiary extinction, Science, 208(1984), 1095~1108; W. Alvarez & R. A. Muller, Nature, 308(1984), 718~720; W. Alvarez et al., Nature, 216(1982), 886~888 참조.

한 결과 예기치 않게도 선사시대 백악기와 제3기 사이의 좁은 경계로부터 채취한 지질 샘플에 희귀 원소인 이리듐(Iridium)이 항상 고농축되어 있다는 사실을 발견한 것이다. 이 경계층은 6,500만 년 전에 퇴적된 것인데 이는 또한 화석 기록으로부터 공룡이 사라진 것으로 주목을 받는 시기다. 이 지층 밑으로는(또한 그로부터 1억 년 전까지) 공룡의 화석이 발견된다. 그러나 그 위로는 전혀 없다. 공룡의 멸종 날짜를 가리키는 얇은 경계층이 동시에 높은 이리듐 함유량을 보인다면 이는 단지 우연의 일치일까?

고농도 이리듐이 존재하는 곳은 폐기된 전환로 속이 아니면 금속 성분의 특정한 운석의 일부뿐이다. 앨버레즈와 그의 연구 팀은 거대한 금속성 소행성이 6,500만 년 전에 지구와 충돌하여 엄청난 양의 입자들을 대기 상층부까지 뿜어올렸으며 태양을 가렸다는 가설을 세웠다. 지구는 방사(放射)의 균형이 교란되어 거대 냉혈동물이 거주하기에 더이상 쾌적한 장소가 되지 못할 때까지 급속하게 식어갔다. 몇 년간의 어두운 하늘과 추위는 전 세계에서 공룡을 멸종시키기에 충분했다. 결국 이리듐이 함유된 먼지가 행성 표면과 공룡 잔해의 뼈 위에 균질하게 내려앉았으며 우리에게 오늘날 그 사건을 재구성할 수 있는 화학적 증거를 제공했다.

처음 제안되었을 때, 이는 결코 인기 있는 이론은 아니었다(비록 어떤 과학자도 이것이 벨리코프스키의 것보다는 더 과학적임을 의심하지 않았지만). 연구자들은 앨버레즈의 이론을 반증할 증거를 찾기 기대하면서 전 세계를 돌아다니며 백악기와 제3기 경계층의 이리듐 함량을 조사했다. 그러나 그들은 원하는 결과 대신에 공룡이 사라진 때와 정확하게 일치하는 시기에 높은 이리듐 함유량을 갖는 더 많은 예를 찾아냈을 뿐이다.

그러나 이 이론에 유리한 이러한 추가 증거에도 불구하고 충돌로 인한 공룡 멸종 이론은 아직 '결정적인 증거'가 빠져 있다. 충돌로 인한 분화구는 어디에 있을까? 수천의 생물 종을 한꺼번에 없애버릴 만한 규모의 범지구적 효과를 설명하기 위해서는 그 분화구가 대단히 커야 하며 적어도 직경 10km의 소행성으로 인한 직경 250km 규모 정도의 분화구가 필요할 것이다. 6,300만 년의 침식을 거친 후라도 이같은 극적인 지표면의 모양은 남아 있어야 할 것이다. 아직 뚜렷한 결과가 나온 것은 아니나 최근 발견된 한 분화구(칙줄룹Chicxulub 분화구)가 대략 비슷한 연대와 비슷하게 맞는 크기를 지니고 멕시코의 유카탄 반도 남서쪽 해안에 대부분 물 속에 잠긴 채로 존재한다. 아직 답을 구했다고 안심할 때는 아니지만 과학자들은 결국 소행성 충돌이론의 추세를 따르기 시작했으며 많은 사람들은 진지하게 이를 보강하는 추가 증거를 찾고 있다.

과거의 대형 자연재해가 외계에 기원을 두고 있을지 모른다는 생각이 과학자 사회의 주류가 되기 시작했다. 화석의 기록은 과거에 다섯 번의 범지구적인 대량 멸종사건이 있었음을 상당히 명백하게 보여주고 있다. 그 첫 번째는 대략 4억 5천만 년 전이고, 그 다음은 3억 5천만 년 전, 2억 2,500만 년 전, 1억 9천만 년 전, 그리고 6,500만 년 전이다. 최근 몇 년 사이에 이 모든 생물학적 대재앙은 소행성의 충돌이나 초신성(超新星)의 폭발 등과 같은 천문학적 사건들과 관계가 있다는 진지한 과학적 가설이 제안되었다. 아직까지는 이들 가운에 어떤 이론도 앨버레즈의 백악기, 제3기 절멸을 설명하는 이론만큼 설득력이 있지는 못하지만, 현재의 과학자들이 미래에 일어날 외계 기원의 범세계적 재난에 대해 지구가 취약할 수 있다는 가능성에 대해 과거보다 훨씬 더 열려 있는 것은 사실이다. 인간 종족이 오랫동안 생존하기를 원한다 해서 우주의 질서를 우리가 원하는 대로 요구할 수는 없는 노릇이다.

상당히 최근까지도 과학자들은 지구상의 모든 생물을 위협할 만한 자연적인 사건은 적어도 50억 년 이후 태양이 팽창하기 시작하여 거대한 적색 거성으로 변하고 태양이 증발하며 지구가 재로 변하기 전까지는 없을 것이라고 예상했다. 현재는 지구를 생명이 없는 곳으로 만들어버릴 만한 지구적 재앙이 평균 1억 년마다 한 번씩 일어날 수 있으며, 지구상의 인류 문명 대부분을 파괴시켜버릴 만한 충돌은 30만 년에서 백만 년에 한 번씩 일어날 수 있을 것으로 보인다. 더 나쁜 것은 태양이 타오르는 것과 같은 예측 가능한 사건과 달리 이같은 지구적 재앙은 미리 오는 경고가 전혀 없거나 거의 없다는 점이다. 과연 이는 사람들이 단잠을 잘 수 없게 하는 일일까? 필자로서는 지식인 가운데 누군가가 이로 인하여 단잠을 잃고 있다면 인류의 일원으로서 좀더 안심할 수 있을 것이다.

8

치명적인 바람

1992년 플로리다 주의 데이드

1992년 8월 둘째 주, 한 열대성 저기압이 아프리카 서안에서 발달하여 서쪽으로 이동하기 시작했다. 이같은 폭풍우는 늦여름과 이른 가을의 열대 바다에서는 흔한 일로, 보통 서쪽을 향해 나아가며 대부분 며칠 이내에 그 과정을 마치게 된다. 그러나 항상 주목할 필요가 있는데 이번 경우 기상학자들은 풍속(風速)이 점차 커짐에 따라 그것의 위성 영상이 조금씩 우려할 만한 모습이 되는 과정을 조사했다. 지속되는 바람이 시속 63km(시속 39mi) 수준을 넘어서게 되자 표준 의정국에서는 미리 정해진 목록으로부터 이 폭풍의 이름을 정하도록 지시했다. '앤드류(Andrew)'의 A는 그 계절에 처음으로 충분하게 발달한 열대성 폭풍을 나타낸다.

그때까지는 경보를 발령해야 할 심각한 이유는 없어 보였다. 앤드류는 카리브 해에 접근하면서 북쪽으로 방향을 틀어 열대 지방을 빠져나갔기 때문이다. 북회귀선(23.5°N)의 위도 북쪽에서는 보통 강한 바람이 열대성 폭풍의 뇌운(雷雲) 상층부에 전단력을 가하여 폭풍이 허리케인 급으로 충분히 발달하는 것을 막는다.[1] 그러나 앤드류는 이 과정을 겪지 않고 북위 약 26도의 위도에서 자체 풍속이 시속 119km(시속 74mi)까지 올라갔으며 이로 인해 1급 허리케인으로 분류되었다.

8월 23일 토요일 오후 11시까지 공해를 5,000km 이상 가로지른 후 앤드류는 마이애미에서 동쪽으로 840km(520mi) 떨어진 채 시속 22 km(시속 14 mi)의 속력으로 서쪽으로 진행하고 있었다. 허리케인 내에서는 바람이 당시 시속 175km(시속 110mi)로 격렬하게 불고 있었으며 이는 3급 분류 단계를 넘나들고 있었다. 만일 폭풍이 이 진로를 바꾸지 않는다면 37시간이 안 되어 남부 플로리다를 강타할 것이며 피해는 광범위할 것임이 분명했다.

그러나 허리케인의 경로는 예측할 수 없기로 악명이 높으며 이들 격렬한 폭풍은 37시간 동안에 거친 뒤틀림과 회전을 만들어낼 것이라는 점을 모두들 알고 있었다. 대피명령이 너무 빨리 내려지면 엉뚱한 지역 주민들을 대피시킬 위험이 있으며 그렇게 되면 몇 년 내로 이루어질 또 다른 대피명령의 신뢰성이 훼손될 것임이 분명하다. 반면에 대피명령이 지연되면 위험은 더욱 커진다. 책임기관은 심한 폭우와 범람이 이미 시작된 이후에 수많은 군중이 밤중에 대피하거나 고속도로를 메우는 사태를 피하도록 해야 한다. 사실 1935년의 '노동절 허리케인'은 마지못해 내린 늦은 대피명령 때문에, 허리케인이 다가올 때 플로리다 해안에 사는 수천 명의 사람들을 오도가도 못하게 했다. 그때의 재난으로 4백 명의 사망자가 발생했다.

마이애미는 1926년과 1928년에 허리케인의 직접적인 타격으로 피해를 입었으며 이 두 사건으로 인해 수백 명이 사망했다. 그 다음의 직접적 타격은 1950년에 왔으나 그 폭풍은 비교적 약한 피해만 입혔으며 사망자는 거의 없었다. 그로부터 42년 후에 마이애미의 대도시 지역은 급성장했다. 이 지역의

---

1) R. Monastersky, Unusual weather spurred Andrew's growth, Science News, Sept. 5, 1992, 150.

건물 대다수는 강풍에 노출된 적이 없었고, 이 지역 주민들 대부분(데이드에서만 거의 2백만 명)은 심각한 열대성 폭풍을 경험해본 적이 없었다. 재해대책 정책 결정권자들이 직면하고 있던 상황은 여러 가지 수준의 불확실성이 만연해 있었다. 당국 및 뉴스 팀과 공공 서비스 요원들은 그들의 명성에 어울리는 대단한 작업을 수행했다. 강풍과 비가 마침내 가라앉았을 때 300억 달러의 재산 피해를 초래하고 300만 명 이상의 인명을 위태롭게 한 앤드류였지만 플로리다 주 전체에서 이로 인한 사망자는 겨우 43명뿐이었다.

8월 23일 일요일 아침에 플로리다의 신문은 허리케인의 접근을 표제로 크게 다루어서 이를 못 보고 지나가는 사람은 거의 없었다.[2] 저지대에 대한 대피명령은 정오가 되기 전에 모든 라디오와 텔레비전을 통하여 발표되었으며 백만 명 이상의 사람들이 자신들의 집을 빠져나와 지정된 허리케인 대피소에 침낭을 펼쳤다. 구조대원들과 경찰이 집 없는 사람들을 모아서 공공 대피소로 이동시켰다. 그동안 모든 목재 저장소는 합판 조각들을 급히 팔아 사람들이 이것으로 자신들의 창문과 문 둘레를 막을 수 있도록 했다. 모든 도로들은 해안으로부터 빠져나가려는 차들로 엄청난 교통혼잡을 일으켰다. 그러나 이 대혼란은 단지 몇 시간 동안 지속되었을 뿐이다. 늦은 오후, 하늘이 점차 흐려지고 빗방울이 떨어지기 시작할 때 이미 거리는 거의 비어 있었다. 모든 가게들은 문을 닫았고 병원은 모든 환자들을 내부 회랑으로 옮겼다. 기술자들은 비상 조명장치를 점검했다. 바람이 불어오기 시작하자 수백만 명이 사랑하는 사람들을 끌어안은 채 그들의 생애에서 가장 불안한 밤을 보냈다.

비록 앤드류가 마이애미와 정면 충돌을 할 것이라 예상했지만 실제로는

---

2) 이들 설명은 대부분 마이애미의 《선-센티넬Sun-Sentinel》지와 보카 라톤의 《뉴스News》지의 1992년 8월 23일부터 30일까지의 기사에서 인용되었으며, 그밖의 지방 뉴스 방송 및 이 사건을 경험한 여러 사람들과의 개인적 인터뷰도 추가되었다.

그림 8-1 1992년 허리케인 앤드류의 여파로 인한 플로리다 홈스테드의 파괴(사진 제공, 팀 마셜)

이의 중심이 24km(15mi) 남쪽을 통과했으며 예상했던 것보다 몇 시간 일찍 도달하여 8월 24일 월요일 오전 4시 52분경 산사태를 일으켰다. 그때 허리케인은 대략 시속 40km(시속 25mi)의 상당히 빠른 속력으로 나아가고 있었다. 마이애미의 국립 허리케인 센터의 대부분의 장비가 바람에 파괴되었기 때문에(이 시설은 폭풍의 주요 경로에서 상당히 바깥쪽에 위치했는데도 불구하고) 우리는 허리케인의 최고 풍속을 알지 못한다. 그러나 모든 증거들은 이의 내부 풍속이 시속 250km(시속 155 mi)를 넘는 5급의 허리케인(현재의 척도에서 가장 높은 규모)임을 시사하고 있다. 일부 지역적인 돌풍은 시속 300km(시속 200mi)까지 올라갔던 것으로 보이는데 이는 허리케인에서보다 회오리바람에서 더 전형적으로 나타나는 속도다.[3]

---

3) S. Borenstein, Mini-swirls, microbursts boosted Andrew's power, Miami 《Sun-

비교적 빠른 진행 속도와 작은 크기 때문에 불과 일곱 시간 후에 앤드류는 데이드의 과거사가 되었다. 정오까지 대부분의 피난민들은 가랑비가 내리는 밖으로 나와 쓰러진 나무들과 전선들을 뚫고 자신들의 집으로 돌아가려고 노력했다. 서 있는 것은 거의 남아 있지 않았다(그림 8-1). 주요 파괴는 30km(20mi)의 폭의 띠 모양으로 놓여 있었으며 이는 마이애미 남서쪽의 공동거주지를 통과하여 홈스테드 전체 주를 사실상 납작하게 눌러버렸다. 건축물을 앤드류와 같은 허리케인의 가장 강한 돌풍에도 상처가 나지 않고 잔존하도록 짓는 일은 매우 어렵고 비용이 많이 든다. 나중에 조사한 바로는 기존의 허리케인에 대비한 건설법령의 강제성이 엄격하지 못했으며 건축법령 위반이 재난을 심각하게 악화시켰음은 의심의 여지가 없었다. 결과적으로 보험금 청구 사태로 플로리다에 기반을 둔 적어도 여섯 개의 보험회사가 파산했으며, 플로리다 법정에 계류된 건축업자들을 상대로 한 소송은 그후 여러 해를 끌었다. 집과 직장을 잃은 사람들은 그들의 손해 가운데 일부밖에는 보상받지 못했다.

앤드류가 남부 플로리다의 거대한 육지를 가로지를 때 그 힘의 일부를 잃기는 했지만, 멕시코 만의 난류로 들어설 때는 새로 유입된 에너지를 얻고 다시 북쪽으로 방향을 틀었다. 도시의 대부분이 해면이나 그보다 낮은 높이에 위치한 뉴올리언스는 이 폭풍의 직접적인 타격과 대형 범람에 대비하고 있었다. 다행히도 앤드류는 두 번째 상륙 몇 시간 전에 예상 외로 서쪽으로 방향을 틀었으며 인간의 재난은 다른 곳으로 떨어졌다.

8월 25일 오후 11시경에 허리케인은 주민 15,000명 정도가 살고 있는 루이지애나의 모건 시를 강타했는데 그곳의 주민들 대부분은 현명하게 대피해 있었다. 그때 내부 풍속은 시속 225km(시속 140mi)로 기록되었으며 허

리케인의 진행은 시속 24km(시속 13mi)로 느려졌다. 이 폭풍의 느린 속력은 강풍이 폭풍 물결을 들어올려서 해안의 거대한 지역을 물에 잠기게 할 시간을 제공했다. 루이지애나에서 15명이 사망했으며 앤드류는 재산 피해 가격표에 20억 달러를 추가했다. 근해 배리어 군도의 하나인 거대한 섬(Grand Isle)은 갤버스턴 섬이 1900년의 대재난에 바다에 의해 삼켜졌듯이 폭풍의 와중에 물 속으로 완전히 사라졌다.

허리케인의 맹위는 내륙으로 들어오면서 급속히 가라앉았다. 8월 26일 오후 1시까지 이는 풍속 시속 96km(시속 60mi)인 열대성 폭풍으로 약화되었으며 열두 시간 후에 조지아를 통과하면서 이 풍속은 시속 55km(시속 35mi)로 크게 떨어졌다. 이 시점에서 앤드류는 많은 비를 퍼붓는 것 이외에 더 이상 심각한 피해를 입힐 능력이 없었다.

그러나 남부 플로리다에서 적어도 160,000명이 집을 잃었고(어떤 출처에서는 300,000명으로 주장하기도 한다), 80,000채의 집이 납작해졌으며, 55,000채의 집이 심각한 피해를 입어 부분적으로만 거주 가능하게 되었다. 백만 명의 사람들이 전기 없이, 식량과 물도 거의 없이 살게 되었다. 구조 노력은 기반시설이 파괴됨에 따라 며칠 동안 방해를 받았다. 도로는 못 쓰게 되었고 전선은 끊어졌으며 전화 서비스도 중단되었다. 설상가상으로 그 다음주에 계속 비가 쏟아져 전국으로부터 트럭에 실려들어온 구호품 옷가지들이 공터에 내려 쌓이자마자 물에 잠겨서 못 쓰게 되고 말았다(물건들을 비로부터 가려줄 지붕이 전혀 남아 있지 않았기 때문이다). 도둑들이 파괴지역으로 모여들기 시작했으며 이에 대응하기 위해 국가 경비대가 배치되었다.[4] 대부분은 손실 보험에 전혀 들지 않았거나 일부만 가입되었으며 그 피해의 양은 남아 있던 보험회사들도 모두 손을 들어버릴 수준이었다. 앤드류가 파

4) R. Gore, Andrew aftermath, National Geographic, Apr. 1993, 2~37.

괴한 것들 중 많은 것은 아직도 재건되지 않았다.

일부 기록자들은 물적 피해를 따졌을 때 1994년 1월 17일의 캘리포니아 노스리지 지진이 허리케인 앤드류보다 더 큰 자연재해였다고 주장한다. 만일 금액이 가장 중요한 판단 기준이었다면 이는 맞는 말이다. 1994년 로스앤젤레스 지역의 지진 피해액은 약 350억 달러였는 데 비해 1992년 앤드류는 주로 플로리다 지역에서 320억 달러의 손실을 입혔다. 허리케인은 고속도로를 무너지게 하거나 수도관 및 가스관을 터지게 하지는 않는다. 비교가 복잡한 이유는 개인 재산의 손실금액은 파괴의 수준을 비교하기보다는 그 지역의 부동산 시장 상태를 반영한다는 사실이다. 그러나 앤드류가 노스리지의 지진보다 훨씬 더 많은 집들을 파괴하고 훨씬 더 많은 사람들에게 혼란을 주었다는 점은 의심의 여지가 없다. 마지막 희생자가 임시 거주하던 이동주택으로부터 항구적인 거처로 이사한 것은 1995년 2월로, 2년 반이 지나서야 가능했다. 사건 후 4년이 지나도록 플로리다의 피해 건물 중 20% 이상이 보수되거나 새로 지어지지 않았다. 만일 인간에게 가한 총체적인 충격이 판단 기준이라면 허리케인 앤드류는 미국 역사상 가장 파괴적인 자연재해로 평가되어야 한다.

대기의 동역학

우리는 표면이 태양에 의해 데워지고 빠르게 회전하는 행성 위, 대기의 밑바닥에 살고 있다. 지구의 표면은 우주로 열 에너지를 다시 복사하는데 이 복사 비율은 장소에 따라 다르게 일어난다. 입사되는 전체 태양 에너지는 전체 복사 에너지와 균형을 맞추기 때문에 행성 전체의 평균 온도는 대체로 일정하다(비록 최근에는 지구가 아주 약간 더워지고 있을지 모른다는 증거가 있지만). 그러나 국지적으로는 에너지 균형에 거친 변화가 존재한다. 날씨를 움직이는 것은 지구의 회전과 결합된 이 국지적 불균형이다.

대기를 마치 양파껍질처럼 지구를 둘러싸고 있는 연속된 동심(同心)의 껍질들로 묘사하는 것은 여러 모로 편리하다. 가장 낮은 대기의 껍질을 대류권(對流圈, troposphere)이라 부른다. 이는 대체로 고도 11km(7mi) 또는 가장 높은 산으로부터 겨우 몇 킬로미터 높이까지 존재한다. 대류권의 바닥은 대체로 지구 표면과 같은 온도다. 그러나 꼭대기는 평균 섭씨 55°(화씨 70°)이다. 대부분의 구름과 모든 기상 현상은 이 대류권에 제한된다. 이 지역 위에 권계면(圈界面, tropopause)이라 불리는 더 얇은 층이 있으며 이는 고도 16km(10mi)까지 존재한다. 이 지점에서 대기는 아직 제트기가 날 수 있는 수준은 되지만 매우 낮은 밀도를 갖는다. 그 다음층은 성층권(成層圈, stratosphere)으로 지구 표면 위로 50km(30mi)까지 존재한다. 이 지역 전체는 일정한 온도를 유지한다. 이 위로 점차 우주로 뻗어나가는 중간권(mesosphere), 열권(thermosphere), 그리고 마지막으로 외기권(exosphere)이 있다.

행성의 규모에서 보면 모든 날씨는 극히 얇은 대기층 내에 제한되어 있다. 비록 지구의 반경이 대략 6,400km이지만 대류권은 겨우 11km 정도 위에 존재할 뿐이며 이는 지구 중심으로부터의 거리에 비해 0.2%밖에 되지 않는다. 그러면 지구 표면과 대류권 사이의 상호 작용에 의하여 지구의 날씨가 강하게 영향을 받는다는 사실은 우리를 놀라게 하지 못할 것이다. 이들 상호 작용은 여러 형태로 이루어지나 이를 다음과 같은 주요한 형태로 요약할 수 있다.

1. 지표로부터 대기로 향하는 일정하지 않은 열의 전달. 육지 덩어리는 해양으로 구성된 부위보다 훨씬 빨리 더워지고 빨리 식는다.
2. 대기의 대류. 따뜻한 공기는 위로 올라가고 차가운 공기는 내려와서 그 자리를 차지한다.

3. 증발. 따뜻한 물은 찬 물보다 더 빨리 증발하며 강풍 속에서는 더욱 빨리 증발한다.

4. 팽창 냉각. 공기는 압력이 감소함에 따라서 팽창하며 이는 온도가 낮아지는 결과로 나타난다.

5. 응결. 수증기는 온도가 임계 수준(이는 압력과 습도에 의존) 이하로 떨어지면 대기로부터 응결된다.

6. 응결 가온. 수증기가 구름이나 비의 형태로 응결될 때는 열을 방출한다.

7. 압력 유도류. 공기 덩어리는 일반적으로 고기압 지역에서 저기압 지역으로 흐른다.

8. 코리올리 효과(Coriolis effect). 지구의 회전은 크게 움직이는 공기 덩어리를 직선보다는 곡선 경로를 따르게 한다. 이는 북반구에 대규모의 시계 방향 회전을, 남반구에 시계 반대 방향의 회전을 일으킨다.

9. 태양 복사 차단. 구름은 그림자를 만들어 입사되는 태양광과 지표면에서 복사되는 열 사이의 균형에 영향을 미친다.

10. 밤과 낮의 순환. 국지적 복사의 균형은 24시간의 주기에서도 그 과정을 통하여 달라진다.

11. 난류. 공기가 한 장소에서 다른 장소로 부드럽게 이동하는 경우는 거의 없으며 넓은 범위에 걸쳐서 소용돌이와 회오리를 산출하는 경향이 있다.

12. 베르누이 효과(Bernoulli effect). 공기의 압력은 풍속이 증가함에 따라 낮아진다.

이들 현상의 대부분은 아마도 독자들이 이미 어떤 형식으로든 잘 알고 있을 것이다. 그보다는 덜 명백한 사실로 이들 모든 현상은 본질적으로 서로 연결되어 있다는 것이다. 태양이 지구 표면을 덥히면서 육지와 해양 사이에 온도 차이를 만들지 않을 수는 없다. 또한 한 장소가 다른 장소보다 더 큰 비율로 대기의 상승을 일으켜 바람을 만들어낸다. 이는 크고 작은 회오리를 갖는 소용돌이를 낳고 한 장소에서 다른 장소로 습기를 전달하며 결국 온도와 압력에 영향을 미치고…… 등등.

대기의 움직임을 일으키는 변수가 여럿 존재한다는 것은 분명하며 이에 관계된 수학의 그물망은 결코 단순하지 않다. 몇 가지 세부사항에서, 특히 난류와 관련해서는 현재 대기 동역학의 수학적 모델은 아직 매우 불완전하다. 그러나 우리의 이해에 대한 이러한 간극을 넘어서 폭풍과 기후를 예측하려는 시도에는 기본적으로 더 심각한 문제가 당면해 있다. 우리가 기후의 다양한 요소를 묘사하는 데 이용하는 현상학적 상자는 전체 이야기를 하기 위해서 단순히 부분들을 겹쳐 쌓는 것만으로는 충분하지 않을지도 모른다. 우리가 과학을 하는 방법은 환원론적인 반면, 대기는 전일적으로 반응한다. 실제가 지각된 부분들의 합과 다르다는 것에는 주목할 만한 중요한 점이 있을지도 모른다.*

---

* 환원주의와 전일주의 : 환원주의(reductionism)는 복잡하고 추상적인 사상(事象)이나 개념을 단일 레벨의 더 기본적인 요소로부터 설명하려는 입장을 말한다. 특히 과학철학에서는 관찰이 불가능한 이론적 개념이나 법칙을 직접적으로 관찰이 가능한 경험명제(經驗命題)의 집합으로 바꾸어놓으려는 실증주의적(實證主義的) 경향을 가리킨다. 또 생물학에서는 생명현상이 물리학 및 화학의 이론이나 법칙에 의하여 해명이 가능하다는 입장을 내세워 생명에는 자연법칙으로 설명할 수 없는 원리가 있다는, 생기론(生氣論)에 대립하는 입장을 말한다. 환원주의적 사고방식에 대응해서 전체의 중요성을 강조하면서 새롭게 등장한 과학적 사고방식을 전일주의(holism)라고 부른다. 전일주의적 시각으로 바라보는 과학의 세계는 과학 시간에 배운 세계와 달리 모든 물질세계가 원자나 분자들로 구성되고, 그 원자나 분자는 다시 소립자들로 이루어졌으나 그것들이 따로 떨어져 기계적으로 구성되는 그런 체계가 아니라 여러 가지 상호 관계가 서로 얽히고 섥켜 아주 복잡한 그물처럼 이루어진 체계라고 주장한다. 과학철학으로서의 전일주의는 과학의 개념들이 경험적인 사실을 나타내는 관찰 용어

우리는 결국 원하는 만큼 믿을 만한 정확도로 수 주일이나 수 개월 앞의 대기의 행동을 예측할 수 있을까? 이론적으로라도 그렇게 하는 것이 가능할까? 과학적인 판정을 내리기에는 아직 멀었지만 현재까지의 증거를 보면 우리 인간이 대기와 같은 복잡한 시스템의 움직임을 예측하는 데 세부적으로 대자연이 본질적인 한계를 설정한 것 같다는 사실이다.

9장에서 이 점에 대해 더 상세히 논의할 것이다. 지금은 우리가 현재 알고 있는 것으로 보이는 사실 중 몇 가지를 알아보자.

열대성 사이클론과 허리케인

국제적으로 열대성 사이클론(tropical cyclone)은 열대성 해양에서 발달한 회전하는 구름과 비의 덩어리에 붙은 일반적인 용어다. 잠재적으로 파괴적인 이 기후 양식은 적도의 북쪽과 남쪽 약 7°에서 25°까지에 걸쳐 있는 두 개의 띠 모양의 지역에서 발생한다. 열대 지역에서 우세한 바람이 보통 동쪽에서 서쪽으로 열대성 사이클론을 일으키기 때문에 서쪽에 면한 해안을 강타하는 일은 거의 일어나지 않는다(예외는 멕시코와 중앙아메리카의 태평양 연안으로, 이는 실제로 남서쪽을 향하고 있으며 이따금씩 지나가는 이러한 폭풍 중의 하나에 타격을 받고 있다). 표 8-1은 열대성 사이클론의 분류를 요약한 것이다. 회전하는 바람이 시속 63km(시속 39mi)를 넘을 때 이것은 열대성 폭풍(tropical storm)으로 분류된다. 풍속이 시속 119km(시속 74mi)를 넘으면 이는 허리케인이 된다. 허리케인은 서태평양의 '태풍(typhoon)'과 인도양 접경 지역의 '사이클론(cyclone)'으로 알려진 것들과 기상학적으로 동일

와 연결됨으로써 의미를 가진다기보다는 과학의 전체 이론 틀 안에서 그 의미가 밝혀진다고 피에르 뒤엠Pierre Duhem이 주장한 바 있다. ─옮긴이

열대성 교란	원형 회전이 지표면에서는 약하거나 없을 수도 있으나, 높은 곳에서는 보임. 강한 바람은 없음. 등압선은 불연속적임. 열대지방에서 일반적인 현상.
열대성 저기압	일부 원형 회전이 표면으로 확장됨. 풍속은 시속 63km를 넘지 않음. 적어도 하나의 등압선이 연속적인 폐곡선을 이룸.
열대성 폭풍	넓은 고도에 걸친 뚜렷한 원형 회전. 풍속은 63km/h~119 km/h(39mi/h~74mi/h). 폐곡선을 이룬 등압선
허리케인	강하고 매우 뚜렷한 원형 회전. 풍속은 계속적으로 119 km/h(74mi/h)를 초과함. 폐곡선을 이룬 등압선.

표 8-1 열대성 사이클론의 분류

주: 구름과 비는 모든 경우에 나타남.

급수	피해	풍속(mi/h)	기압계 압력(in)	융기(ft)
1	최소	74~95	28.94 또는 그 이상	4~5
2	중간 정도	96~110	28.50~28.91	6~8
3	상당함	111~130	27.91~28.47	9~12
4	극도	131~155	27.17~27.88	13~18
5	파멸적	〉155	27.17 또는 그 이하	〉18

표 8-2 허리케인 강도에 대한 사피르-심프슨 규모

주 : 보통 해면에서의 기압은 1013.250 밀리바이며 이는 수은 기압계에서 29.92126인치 또는 14.69595lb/in.²와 동일하다. 지금까지 기록된 해면에서의 최저 기압은 1998년의 길버트 허리케인으로, 887.9밀리바 또는 수은 기압계 26.22인치의 값이었다.

한 현상이다.* 물론 허리케인도 그 강도에 따라 다양하게 분류된다. 표 8-2는 허리케인을 1부터 5까지 분류한 사피르-심프슨 규모 (Saffir - Simpson Scale)를 요약한 것이다.*

---

* 일반적으로 전 세계에서 발생하는 열대성 사이클론은 지역에 따라 다음 세 가지로 나뉜다. ① 북태평양 서부에서 발생하는 태풍 ② 북대서양, 카리브 해, 멕시코 만, 북태평양 동부에서 발생하는 허리케인 ③ 인도양, 아라비아 해, 벵골 만에서 발생하는 사이클론- 옮긴이

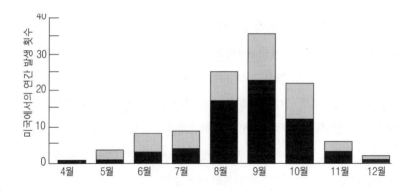

그림 8-2 미국의 월별 열대성 폭풍과 이것이 강화된 허리케인들의 상대적 빈도(20세기의 868개 사건을 기반으로 작성)

일반적인 해에는 전 세계적으로 약 100개의 열대성 폭풍이 발달하며 이들 중 3분의 2는 북반구에서 일어난다. 이들 대다수의 폭풍들은 대부분의 생애를 물 위에서 보내며 육지에 상륙하지 않는다. 태평양 동부에서 발달한 15개

---

* 우리나라에서는 태풍을 세계기상기구(World Meteorological Organization, WMO)의 기준에 따라 중심 부근의 최대 풍속에 의하여 다음과 같이 4단계로 분류한다. 이중에서 열대성 폭풍 (TS) 이상부터 태풍이라고 부르며 이름을 붙인다.

① 약한 열대성 저기압(Tropical Depression, TD) : 풍속 17m/s(34knots) 미만

② 열대성 폭풍(Tropical Storm, TS) : 풍속 17m/s(34knots) 이상~24m/s(47knots) 미만

③ 강한 열대성 폭풍(Severe Tropical Storm, STS) : 풍속 25m/s(48knots) 이상 ~32m/s(63knots) 미만

④ 태풍(Typhoon, TY) : 풍속 33m/s(64knots) 이상.

태풍의 분류는 풍속에 의하여 나누는 것이 일반적이나 초속 15m/s 이상의 풍속이 미치는 영역의 크기에 따라 분류하기도 한다. 이에 따른 분류는 다음과 같다.

① 소형 : 풍속 15m/s 이상의 반경 300km 미만

② 중형 : 풍속 15m/s 이상의 반경 300km 이상~500km 미만

③ 대형 : 풍속 15m/s 이상의 반경 500km 이상~800km 미만

④ 초대형 : 풍속 15m/s 이상의 반경 800km 이상

또한 중심부의 기압에 따라 구분하는 경우도 있으나 별로 일반적인 방법은 아니다.─옮긴이

정도는 보통 큰 피해를 입히기 전에 바다에서 사라진다. 인도양 북부는 1년에 12개를 발생시키며 이중 8개는 허리케인 급의 강도에 달한다. 종종 이들 중 하나는 인도 및 방글라데시의 해안을 따라 상당한 파괴를 일으킨다. 태평양 서부는 세계에서 열대성 폭풍을 가장 많이 일으키는 곳으로, 매년 평균 30개 정도가 일어나며 이중 약 20개는 허리케인의 강도에 달한다(비록 그것을 '태풍'이라 부르지만). 다시 한 번 말하면 이들 폭풍 중 대부분은 물에서 사라지지만 매년 몇 개는 필리핀과 일본의 해안을 따라 파괴하기도 한다.

대서양은 매년 약 12개의 열대성 폭풍을 낳으며 그중 절반 정도가 허리케인으로 성장한다(1933년은 21개의 열대성 폭풍으로 기록된 해였지만 1995년도 이에 버금가는 해였다). 그림 8-2는 미국 해안 근처에서 역사적으로 발생한 열대성 폭풍 및 허리케인들이 월별로 분포되어 있는 상황을 보여준다. 비록 이들 대폭풍은 어느 때고 일어날 수 있지만 8월, 9월 및 10월에 압도적으로 많이 일어나는 것을 알 수 있다. 카리브 해의 섬들과 중앙아메리카의 섬들은 여기에 특히 취약하다. 걸프 만의 해안과 배리어 군도, 그리고 플로리다로부터 캐롤라이나까지의 동부 주들 역시 이보다 사정이 크게 좋지는 못하다. 그러나 북쪽의 로드 아일랜드까지 올라간 해안 지역도 안전한 것은 아니다. 예를 들어 1938년 9월 21일, 빠르게 움직이는 허리케인이 북쪽으로 밀고올라감으로써 대비하지 못하고 있던 뉴 잉글랜드의 인명 2,000명을 희생시켰다. 동부 해안의 주목할 만한 열대성 폭풍과 허리케인의 목록은 부록 C에 나와 있다.

허리케인은 여러 기상학적 조건들이 상당히 특이한 결합을 이루었을 때 일어난다. 첫째 대기 중의 습도가 높아야 한다. 증발이 잘 될 수 있을 만큼 바다의 수온이 높아야 할 뿐만 아니라 수면 이하 최소한 60m까지도 수온이 섭씨 27°(화씨 80°) 이상이 되어야 한다. 구름으로 햇빛이 가려지고 대류현상에 의해 깊은 곳의 물이 표면에 올라옴에 따라 너무 쉽게 수온이 떨어지면 안 되기 때문이다.

두 번째, 습도가 높은 지역에서 반대 방향에서 오는 바람과 서로 부딪쳐야한다. 그런 조건이라야 공기의 회전운동이 생기고 공기의 기압이 낮아져 습기를 먹은 공기가 위로 올라가게 된다. 이 상승하는 공기 기둥에 포함된 수증기는 응축하기 시작하여 구름이 될 때 방출되는 열량이 기류의 온도를 높여주기 때문에 구름은 더욱 높은 곳으로 솟아오른다. 모든 고도에는 항상 기존의 바람이 존재한다. 이들 바람이 고도에 따라 크게 변화하면 그들은 폭풍이 형성되기도 전에 급속하게 분해되어버린다. 따라서 또 하나의 조건은 이같은 기존의 위에 있는 바람의 방향과 강도가 비교적 균일하게 분포되어 있어야 한다는 것이다. 상승하는 대기의 흐름이 주변 지역으로부터 공기를 몰아오는데 이때 주위의 공기가 너무 건조하면 폭풍을 희석시킨다. 따라서 네

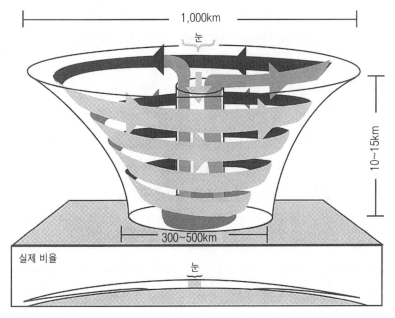

그림 8-3 완전히 발달한 허리케인의 기하학적 형태

번째 조건은 위쪽으로 대략 5,500m(18,000ft)의 공기가 상당히 습해야 한다는 것이다. 만일 그곳이 특히 습하다면 이는 폭풍이 추가 응결된 습기를 더함에 따라 추가적인 에너지의 유입을 제공하며 따라서 폭풍을 더 강화시킬 것이다. 끝으로 형성되는 폭풍의 제일 정상 부위는 같은 고도의 주위 지역보다 더 높은 기압이어야 한다. 만일 이의 압력이 주위보다 낮으면 주위의 공기의 덩어리들이 안쪽으로 들어갈 것이고 정상으로부터 폭풍을 급속하게 지워 없앨 것이다.

필자의 생각에 만약 대자연이 기상학자를 불러서 자신의 조종석을 며칠간 맡겨준다 하더라도 성공적인 허리케인 하나를 만든다는 것이 얼마나 힘든 것인지 그는 절실히 깨달을 것이다. 허리케인을 발달시키기 위해선 엄청난 수의 요인들을 결합하는 일이 필요하며 잘못될 수 있는 방법도 무한정 존재한다. 사실 대자연이 스스로 조정한다 하더라도 허리케인으로 발달하는 열대성 난류는 10%도 채 되지 않는다. 그러나 일단 허리케인이 형성되면 이 현상은 보통 꽤 오랜 기간 자체적으로 유지된다. 평균적으로는 10일 정도지만 어떤 때는 2주 정도 가기도 한다. 이 생애 동안 폭풍이 2,500~5,000km(1,500~3,000mi)의 거리를 이동하는 것은 드문 일이 아니다.

그림 8-3의 도해는 완전히 발달한 허리케인의 기본적인 기하학적 형태를 보여준다. 전체적인 형태는 정상의 직경이 약 1,000km이고 아래쪽으로 갈수록 가늘어져서 지표에서는 약 300~500km인 깔때기 모양이다. 그러나 여기서 이 깔때기는 매우 넓고 납작한 모양이어서 그 높이는 10~15km로 직경의 약 1~2%밖에는 되지 않으며 이는 그림상에 원래의 스케일로 나타내기조차 매우 어렵다는 것을 주목하라. 중심부에는 태풍의 '눈'이 있는데 이는 태풍의 정상부까지 가로질러 뻗어 있는 약 30km의 원통형 지역이다. 여러분이 태풍의 눈에 서 있다면 여러분은 위로 푸른 하늘을 볼 수 있고 주위의 공기는 이상할 정도로 조용할 것이다(비록 공기가 위에서 아래로 분당

10m의 속도로 떨어져 내려오고 있기는 하지만). 그러나 '눈'의 벽에는 격렬한 상승기류가 있고 이 지역에서 조금만 밖으로 나가면 폭풍의 가장 혹심한 바람이 놓여 있다.

기압은 열대성 폭풍의 가장 중요한 면이다. 이는 풍속 및 폭풍의 융기, 또는 파도의 높이 등을 예측할 수 있게 해준다. 해면 높이에서 기압은 보통 1013.25밀리바(수은 기압으로 29.921 in.)를 나타낸다. 그러나 열대성 저기압에서는 압력이 보통보다 낮아지며 기압이 낮아지면 낮아질수록 중심 지역의 최저 기압으로 밀려오는 바람의 힘은 강해진다. 미국 역사상 지금까지 기록된 최저 기압은 1935년 9월 2일 노동절에 나타난 파괴적인 5급 태풍의 892.3밀리바(수은 기압으로 26.35 in.)이다. 이미 언급했듯이 이 사건의 와중에 강풍과 폭풍 융기로 인하여 408명이 목숨을 잃었다. 전 세계에서 가장 낮은 수치는 미국에 직접적으로 타격을 주지는 않았던 허리케인과 관련되었다(비록 이것이 텍사스에 29개의 회오리바람을 낳아서 그 주에만 5억 달러의 재산피해를 내기는 했지만). 1988년 9월 13일 길버트 허리케인이 포효하며 카리브 해를 통과하여 자메이카에서 318명의 사망자를 낳고 멕시코의 유카탄 지역에 총 50억 달러의 재산피해를 입혔다. 이 무시무시한 폭풍의 풍속은 최대 시속 298km(시속 185mi)까지 올라갔으며 기압은 887.9밀리바(수은 26.22 in.)까지 내려갔다.

비록 모든 바람이 고기압 지역에서 저기압 지역으로 진행하긴 하지만 이들은 직선 경로를 따르지 않으며, 코리올리 효과 때문에(이는 지구 회전의 결과이다) 폭풍의 눈을 안쪽으로 하는 나선형 운동을 한다. 주위의 공기의 유입이 중심의 낮은 압력 지역을 중화하면 폭풍은 소멸되는데 실제로 이 현상은 소용돌이가 육지에 상륙하면 빠르게 일어난다. 그러나 열대 바다 위에서는 강풍이 계속적으로 습기를 퍼올려서 원래 중심부의 저기압 지역을 만들어내는 과정을 유지시킨다. 물 위의 허리케인은 태양광선을 에너지원으로

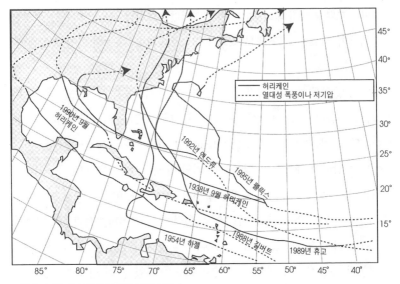

그림 8-4 몇 가지 대표적인 허리케인의 경로

삼아 따뜻하고 습기찬 공기를 생산해내는 거대한 터빈 엔진으로 볼 수 있다. 일단 가동되면 이 엔진은 열과 습기의 공급이 계속되는 한 쉬지 않고 돌아간다.

허리케인은 동쪽에서 서쪽으로 진행하면서 생애를 시작한다. 이것은 열대 지방에서 우세한 바람의 방향이기 때문이다. 그후 고위도 지역을 향해 선회한다. 많은 경우에 좀더 북쪽에 위치한 한류나 육지와 만나 소멸되기 전에 동쪽으로 방향을 바꾼다. 그림 8-4의 지도는 20세기에 일어난 몇 가지 주요한 동해안 허리케인들의 경로를 보여준다.

허리케인의 경로에 따른 이동률을 보통 폭풍속(storm speed)이라고 부르는데 폭풍 안에서 발달한 바람의 속력과 직접적인 관련은 없다. 다른 말로 하면 4급의 허리케인은 1급의 허리케인보다 더 빠를 수도 있고 더 느릴 수도 있으며 양자는 모두 변덕스럽게 빨라지거나 느려질 수 있다. 일부 허리케

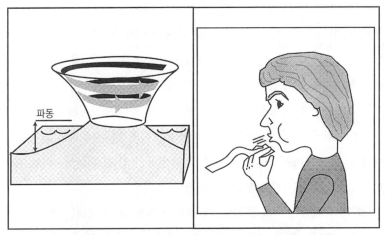

그림 8-5 폭풍 해일이 만들어지는 원리. 강한 바람과 낮은 압력으로 인해 바닷물이 솟구쳐오르는 것은 종이 조각 위쪽으로 입김을 세게 불 때 기류의 힘을 따라 종이조각이 일어서는 것과 같은 원리다.

인은 어느 시간 동안 아예 정지하고 있을 수도 있다. 의미 있는 평균을 내기는 어려우나 시속 16km(시속 10mi) 정도의 폭풍속이 비교적 흔하고 시속 40km(시속 25mi)도 드물지 않으며, 시속 120km(시속 75mi)나 되는 속력으로 진행하는 경우도 드물게 알려져 있다. 시속 80km(시속 50mi)로 움직이는 폭풍은 24시간 동안 1,900km(1,200mi)나 진행한다는 것을 주목하라. 이같이 빨리 움직이는 폭풍은 특히 배들과 해안 지역에 위협이 되는데 이는 사람들에게 폭풍의 경로에서 빠져나갈 시간을 주지 않기 때문이다.

　모든 허리케인은 그 밑에 있는 물들에 융기를 일으킨다. 이를 폭풍 해일 (storm surge)이라 한다. 이 효과는 그림 8-5에서처럼 긴 종이조각 위를 입으로 불어서 쉽게 실험해볼 수 있다. 종이의 느슨한 끝이 공기가 흐르는 방향으로 일어설 것이다. 3급의 허리케인에서 바다의 수면은 3.6m(12ft)까지 올라올 수 있으며 이는 대부분의 해안 지역을 따라 심각한 범람피해를 일으킬 수 있다. 더 나쁜 경우는, 폭풍 해일이 기존의 만조 정상부를 타고, 바람에 의해 일어난 파도가 그 위에 올라가는 경우다. 전체의 합은 1900년대의 무서운 갤버스턴의 재난(5장에서 다룬 바 있다)에서 본 바와 같이 파괴적일 수 있다. 높은 폭풍속을 갖는 허리케인은 거대한 폭풍 해일을 일으킬 만한 충분한 시간을 갖지 못한다. 예를 들면 1992년 앤드류는 바다의 범람으로 인한 피해를 거의 입지 않았다.[5] 이러한 면에서 볼 때 앤드류는 갤버스턴 재난의 대척점에 서 있다. 갤버스턴의 이름없는 허리케인은 풍속이 더 낮았으나 진행 속력이 매우 느렸기 때문에 몇 시간 동안 섬 전체를 삼켜버릴 거대한 폭풍 해일을 일으킬 충분한 시간이 있었던 것이다.

느리게 움직이는 허리케인은 폭풍 해일로 인한 더 큰 피해를 제공하지만 빠르게 움직이는 허리케인은 '눈'의 경로에서 오른쪽에 있는 지점에 바람으로 인한 더 큰 피해를 제공한다. 이는 폭풍의 진행이 그 안에서 시계 반대 방향으로 움직이는 바람과 결합하기 때문에 일어난다. 허리케인의 '눈'의 경로 오른쪽 지점에서 이들 두 운동은 같은 방향이어서 이 값은 서로 더해진다. '눈'의 왼쪽 지점에서는 이 두 운동이 서로 반대 방향이어서 이 값은 서로 상쇄된다. 예를 들면 허리케인이 시속 160km(시속 100mi)로 시계 반대 방향의 바람을 유지하고 있으며 폭풍속 시속 40km(25mi)로 정서(正西) 방향으로 진행하고 있다고 가정하자. 폭풍의 '눈'의 정북쪽의 구조물들은 시속 200km(시속 125mi)의 바람을 경험하는 반면 '눈'의 정남쪽 건물들은 시속 120 km(시속 75mi)의 바람만을 맞는다. 이 경우에 가장 높은 폭풍 해일은 '눈'의 경로 북쪽에서 일어난다. 풍속에 대한 이 간단한 계산 몇 가지는 대피 계획을 세우는 데 심각한 점을 시사하고 있다. 한 가지는 사람들이 '눈'의 왼

---

5) 앤드류의 폭풍 해일은 비스케인 만에서 16.9ft에까지 달했다. 그러나 이 최대 높이를 갖는 곳은 지역적으로 매우 제한되어 있었는데 이는 만의 형태와 관련된 일종의 공명현상 때문이었을 수도 있다. 빠르게 이동하는 허리케인에서 대형 폭풍 해일이 만들어지는 것은 극히 이례적인 일이다.

쪽 지역으로부터 오른쪽 지역으로 움직이는 일은 분명히 피해야 할 것이라는 점이다. 이 원리는 산술적으로는 아주 간단하지만 실제로 적용할 때는 당혹스러운 점이 있다. 허리케인은 종종 아무 통지도 없이 방향을 바꾸기 때문에 허리케인의 '눈'이 상륙할 지점을 정확하게 예측할 수 없다. 또한 우리의 고속도로가 항상 특정한 탈출 방향에 적합하도록 뚫려 있는 것도 아니다. 보통의 현실적인 대피전략은 누구도 허리케인을 극복하려는 시도조차 할 수 없는 해안 지역으로부터 내륙으로 이동시키는 정도가 될 것이다.

한편, 모든 허리케인은 지표 가까이에서 거대한 양의 난기류를 일으키는 동안, 시간당 수 인치의 비와 수많은 뇌우를 동반한다. 더구나 풍속은 바람이 나선의 안쪽 눈의 벽을 향할수록 강해지므로 난기류의 공기주머니가 종종 서로 다른 속력으로 진행하는 한 쌍의 거친 흐름 안에 갇혀 있을 수 있다. 이 효과는 여러분이 손바닥 사이로 연필을 굴리는 것과 같다. 즉 급속하게 회전하는 대기의 소용돌이다. 이 단기 현상을 소형 소용돌이(miniswirls) 또는 순간돌풍(microbursts)이라 부른다. 이들은 전형적으로 직경 15～60m(50～200ft)이지만 몇 초 동안 그들은 풍속이 시속 300km(시속 200mi)까지 발달할 수 있다. 소형 소용돌이의 경로에 들어 있는 모든 것들은 즉시 파괴된다. 사후의 증거를 보면, 이들 앤드류가 남부 플로리다를 강타했을 때 이들 일시적인 파괴적 소용돌이가 1백 개 정도나 생성되었음을 시사한다. 그러나 현재까지 이것을 목격했다는 확실한 보고는 없다. 거기에는 분명한 이유가 있으니 완전히 발달한 허리케인이 분노를 터뜨리는 곳이 객관적인 관찰을 하는 데에 그리 적합한 환경은 아니기 때문이다.

이 모든 논의를 통한 필자의 목적은 우리가 허리케인 안에서 진행되는 일을 알려고 노력할 때에 만나게 되는 엄청난 양의 복잡한 현상을 기술하기 위하여 수학공식을 쓰거나 컴퓨터 프로그램을 이용할 생각을 하기 전에 약간의 감각을 갖게 하려는 것이다. 허리케인에는 불확실성이 충만해 있는데 그중 일부는 우리들 자신의 무지에 기반하고 있으나 아마도 그들 중 일부는 현상 자체의 속성 때문인 것으로 보인다. 물론 이들은 본질적으로 예측할 수 없는 것이다.

1993년 허리케인 에밀리의 탄생과 소멸

1993년은 미국의 자연재해에서 대대적으로 이름이 난 한 해였다. 3월 13일과 14일, 심한 눈보라가 북동 해안을 강타하여 200명의 목숨을 앗아갔으며, 수십만 채의 건물에 피해를 입혔다(대부분은 수 미터 이상 쌓인 눈의 무게에 의해 붕괴되었다). 그리고 나서 6월 말부터 시작되어 8월 초까지 지속된 1993년의 대홍수로 미주리와 미시시피 일대 분지에서 8백만 에이커 이상의 농지가 물에 잠기고 50명이 사망했으며 70,000명이 집을 잃었고 120억 달러의 재산피해를 냈다. 이들 두 주요한 재난에 이어서 —그리고 뉴욕 세계무역센터의 폭발에 이어서— 온 허리케인 에밀리는 그리 큰 뉴스거리는 되지 않았다. 이 허리케인은 육지에 상륙하지도 않았고 단지 2명의 사망자와 1,000만 달러의 재산피해만을 냈을 뿐이다. 그러나 에밀리는 우리에게 허리케인이 어떻게 발달하고 진행하며 쇠퇴하는가의 대표적인 연구사례를 제공한다.

표 8-3은 국립 기상청(National Weather Service)에서 에밀리를 대상으로 1993년 8월 22일부터 9월 6일까지 15일간 약 6시간 간격으로 기록한 자료 목록이다. 에밀리는 대부분의 생애를 열대성 저기압으로 보냈지만 8월 27일부터 9월 3일까지의 약 36시간은 최대 3급의 허리케인으로 절정기를 보냈다. 표 8-3을 검토해보면 우리는 몇 가지 사실을 알 수 있다.

1. 비록 풍속은 자료가 기록된 이래 시속 35mi로 비교적 일정했으나 폭풍속은 같은 기간 시속 0에서 14mi까지 계속 바뀌었다. 폭풍속은 종종 변

NAME: EMILY
DATE: 9/5/1993 23:00 edt

UPDATES TO SHOW CURRENT POSITION OF EMILY ARE AVAILABLE. FORECASTS
HAVE ENDED DUE TO EMILY'S DISTANT POSITION FROM THE U.S. IN THE
NORTH ATLANTIC OCEAN.

SP STORM POSITION DATA

MM/DD/YY	HH:MM ExT	LAT	LONG	MVMNT	WND	GST	PRESS	COMMENTS
08/22/93	17:00 EDT	20.0	53.3	W 12	35		1008	585 MI NORTH LEEWARD IS
08/22/93	23:00 EDT	20.3	53.5	W 7	35		1008	1085 MI EAST OF SAN JUAN
08/23/93	05:00 EDT	21.7	55.4	WNW12	35		1008	930 MI SE OF BERMUDA
08/23/93	11:00 EDT	23.0	57.5	NW 14	35		1015	780 MI S-SE OF BERMUDA
08/23/93	17:00 EDT	23.7	58.0	NW 14	35		1015	725 MI SSE OF BERMUDA
08/23/93	23:00 EDT	24.7	58.3	NW 13	35		1015	650 MI SE OF BERMUDA
08/24/93	05:00 EDT	25.4	59.3	NW 13	35		1015	580 MI SSE OF BERMUDA
08/24/93	11:00 EDT	27.3	59.8	NW 8	35		1016	450 MI SE OF BERMUDA
08/24/93	17:00 EDT	28.3	60.2	NNW 8	35		1016	390 MI SE OF BERMUDA
08/24/93	23:00 EDT	28.4	60.1	N 1	35		1014	385 MI SE OF BERMUDA
08/25/93	05:00 EDT	28.6	60.6	NW 2	35		1014	350 MI SE OF BERMUDA
08/25/93	11:00 EDT	28.1	60.6	STNRY	35		1016	380 MI SE OF BERMUDA
08/25/93	17:00 EDT	28.6	60.1	N 4	35		1016	380 MI SE OF BERMUDA
08/25/93	23:00 EDT	28.5	60.8	STNRY	35		1014	355 MI SE OF BERMUDA
08/26/93	05:00 EDT	28.6	61.2	W 3	35		1014	330 MI SE OF BERMUDA
08/26/93	08:00 EDT	27.2	61.0	W 2	70		1008	420 MI SE OF BERMUDA
08/26/93	11:00 EDT	27.2	61.4	W 3	75		1005	415 MI SE OF BERMUDA
08/26/93	17:00 EDT	27.4	62.5	W 3	75		1005	365 MI SSE OF BERMUDA
08/26/93	23:00 EDT	26.6	62.9	W 7	70		1008	410 MI SSE OF BERMUDA
08/27/93	05:00 EDT	26.6	63.9	W 8	70		1008	400 MI S OF BERMUDA
08/27/93	11:00 EDT	26.5	64.0	W 7	70		993	405 MI S OF BERMUDA
08/27/93	17:00 EDT	26.5	64.9	W 9	70		990	405 MI S OF BERMUDA
08/27/93	23:00 EDT	26.6	65.8	W 10	80		981	400 MI S OF BERMUDA
08/28/93	05:00 EDT	26.9	66.6	WNW 9	80		982	850 MI E OF WPALM BEACH
08/28/93	11:00 EDT	27.6	67.5	WNW 9	80		981	800 MI E OF WPALM BEACH
08/28/93	17:00 EDT	28.3	67.9	NW 9	85		975	785 MI ESE OF S. CAR COAST
08/28/93	23:00 EDT	29.0	68.7	NW 10	85		975	690 MI ESE OF S. CAR COAST
08/29/93	05:00 EDT	29.8	68.9	NW 10	80		978	630 MI ESE WILMINGTON, N.C.
08/29/93	11:00 EDT	30.5	69.5	NW 9	80		978	480 MI SE CAPE HATTERAS N.C.
08/29/93	17:00 EDT	31.2	70.1	NW 9	80		979	420 MI SE CAPE HATTERAS N.C.
08/29/93	23:00 EDT	31.6	70.5	NW 9	85		978	390 MI SE CAPE HATTERAS N.C.
08/30/93	05:00 EDT	31.8	71.1	WNW 8	85		975	350 MI SE CAPE HATTERAS N.C.
08/30/93	11:00 EDT	31.9	71.8	WNW 7	85		975	325 MI SE CAPE HATTERAS N.C.
08/30/93	14:00 EDT	31.9	72.2	W 7	85		973	285 MI SE CAPE HATTERAS N.C.
08/30/93	20:00 EDT	32.2	73.0	WNW 8	95		971	260 MI SE CAPE HATTERAS N.C.
08/30/93	23:00 EDT	32.5	73.5	WNW 9	100	120	972	225 MI SE CAPE HATTERAS N.C.
08/31/93	02:00 EDT	32.8	74.0	WNW 9	100	120	971	190 MI S-SE CAPE HATTERS
08/31/93	05:00 EDT	33.2	74.5	NW 9	100	120	970	155 MI S-SE CAPE HATTERAS
08/31/93	08:00 EDT	33.5	74.7	NW 9	105	125	965	130 MI S-SE CAPE HATTERAS
08/31/93	11:00 EDT	34.1	74.8	NNW 9	105	125	965	90 MI SSE CAPE HATTERAS
08/31/93	13:00 EDT	34.4	75.1	NNW 9	105	125	967	70 MI SSE CAPE HATTERAS
08/31/93	14:00 EDT	34.6	75.2	NNW12	105	125	967	50 MI SSE CAPE HATTERAS
08/31/93	17:00 EDT	35.2	75.1	N 13	115	140	964	25 MI E CAPE HATTERAS
08/31/93	21:00 EDT	35.7	75.0	N 12	115	140	960	95 MI SSE VIRGINIA BEACH, VA
08/31/93	23:00 EDT	36.0	74.7	NNE11	115	140	960	90 MI SE VIRGINIA BEACH, VA
09/01/93	02:00 EDT	36.6	74.4	NNE13	115	140	963	95 MI E VIRGINIA BEACH, VA
09/01/93	05:00 EDT	37.1	73.9	NE 13	115	140	963	115 MI EAST VA BEACH, VA
09/01/93	11:00 EDT	38.0	71.9	ENE17	115	125	967	250 MI S-SW NANTUCKET
09/01/93	17:00 EDT	38.5	69.8	ENE18	110	125	968	190 MI S NANTUCKET
09/01/93	23:00 EDT	39.4	67.3	ENE19	105	115	968	310 MI S YARMOUTH, NOVA SC.
09/02/93	05:00 EDT	39.1	64.5	E 23	105		970	335 MI SSE YARMOUTH, NOVA SC.
09/02/93	11:00 EDT	39.4	61.9	E 20	90	110	970	
09/02/93	17:00 EDT	39.1	60.0	E 21	90	110	970	625 MI SSW CAPE RACE NFNDLND
09/02/93	23:00 EDT	38.7	58.3	E 20	85	105	975	610 MI S-SW CAPE RACE
09/03/93	05:00 EDT	37.7	56.7	ESE17	80	110	977	400 MI SSE SABLE ISLAND
09/03/93	11:00 EDT	37.3	58.0	ESE 0	75	90	980	690 MI SSW CAPE RACE NFL
09/03/93	17:00 EDT	37.0	57.6	SE 3	65	80	987	710 MI SSW CAPE RACE NFL
09/04/93	05:00 EDT	35.2	57.2	S 6	45	55	1002	825 MI SSW CAPE RACE NFL
09/04/93	11:00 EDT	35.5	57.5	NE 0	40	50	1002	800 MI SSW CAPE RACE NFL
09/04/93	17:00 EDT	36.0	57.0	NE 5	35	45	1005	760 MI SSW CAPE RACE NFL
09/04/93	23:00 EDT	37.3	56.8	NE 7	35	40	1004	675 MI SSW CAPE RACE NFL
09/05/93	05:00 EDT	37.7	56.1	NE 7	30		1006	635 MI SSW CAPE RACE NFL
09/05/93	11:00 EDT	38.2	55.3	NE 8	30		1006	590 MI S CAPE RACE NFL
09/05/93	17:00 EDT	39.1	53.8	NE 10	30		1008	525 MI S CAPE RACE NFL
09/05/93	23:00 EDT	38.9	52.5	ENE10	30		1008	540 MI S CAPE RACE NFL
09/06/93	05:00 EDT	39.0	50.0	ENE12	30		1010	550 MI SSE CAPE RACE
09/06/93	11:00 EDT	39.5	48.4	ENE15	30		1014	580 MI SSE CAPE RACE

Source:
National Weather Service Miami
The last information release for Hurricane Emily

표 8-3 1993년 허리케인 에밀리의 추적 데이터(국립 기상 서비스, 마이애미)

덕스러우며 풍속과는 독립적으로 변화한다.

2. 기압이 감소하면서 풍속은 증가했다. 최소 기압은 960밀리바로, 이에 대응하는 풍속은 시속 115mi이고 최고 돌풍은 시속 140mi이었다. 다시 한번 말하지만 일반적인 경우 최대의 풍속은 기압이 최저일 때 발생한다.

3. 태풍은 서쪽으로 진행했으며 다음에 북쪽으로, 그후에 동쪽으로 점차 방향을 바꾸었다. 허리케인은 항상 북쪽으로 휘며 대부분은 북동쪽으로 진행하면서 일생을 마친다.

4. 에밀리의 최대 폭풍속은 시속 23mi이었으며 풍속은 여전히 위험한 수준이었으나 다행히 해안 지역을 벗어나서 진행했다. 24시간 동안에(9월 1일 오후 11시부터) 에밀리는 약 480mi을 통과했다.

5. 에밀리는 27.2°N의 위도에 들기 전까지 허리케인의 범주에 들지 못했다. 이는 그 전해의 허리케인 앤드류가 허리케인으로 출현한 것보다 훨씬 북쪽이다.

6. 에밀리는 위도 40.0°N의 한류대 근처에서 강도가 약해졌다.

7. 낮과 밤 사이에 강도의 변화는 보이지 않았다. 바다는 열용량이 매우 커서 태양의 출몰에 의하여 금세 덥혀지거나 식지 않는다.

그림 8-6은 1993년 8월 31일 오전 8시경에 이 허리케인을 강화 위성으로 찍은 사진이다. 이때 에밀리는 해터러스 만에서 남남동쪽으로 약 130mi 떨어져 있었으며 계속 강화되고 있었다. 14시간 이내에 2급이나 3급 허리케인이 노스캐롤라이나 윌밍턴 북부 육지 어딘가를 강타할 것이라는 조짐이 매우 뚜렷해 보였다. 아우터 뱅크스의 대부분의 배리어 군도가 허리케인의 눈 오른쪽에 있어서 최대의 바람과 가장 큰 폭풍 해일에 강타되었다. 일반인에게 지난해의 앤드류 기억이 아직 생생해 해안과 섬에 사는 거의 모든 사람

그림 8-6 1993년 허리케인 에밀리의 위성사진(사진 제공, 시스페이스 사의 버트 베이커)

들은 대피경고에 신경을 쓰게 되었다.

다음 여섯 시간 동안 폭풍은 갑자기 방향을 북북서쪽으로 틀었으며 폭풍속은 시속 12mi로 증가했다. 에밀리의 '눈'은 바다 밖으로 겨우 50mi 거리에 있었으며 해터러스 만을 직접 향하고 있었다. 등대 부근에서 역사적인 비가 캄캄한 장막처럼 쏟아졌고 거대한 흰 파도가 해안에 부딪쳤다. 대피하지 못한 사람들은 이에 대처해나갈 수밖에 없었다. 그러나 가속된 폭풍속은 또한 코리올리 힘을 증가시켜 대부분 허리케인의 경로를 오른쪽으로 천천히 굽게 한다. 세 시간 후인 8월 31일 오후 5시 무렵, '눈'은 여전히 만으로부터 25mi 앞바다에 있었지만 북쪽으로 방향을 바꾸고 있었다. 이 사실은 방금 시속 115mi의 바람으로 3급에 진입한 이 허리케인이 심각한 영향은 주지 않는다는 의미였다. 이제 아우터 뱅크스는 소용돌이의 이면에 위치했으며 상황은 더 나빠지지 않을 것이었다. 대부분의 폭풍 해일은 바다 쪽을 향했으며 일부가 폭풍의 경로 오른쪽을 향하고 있었다. 해터러스는 시속 75mi의 바람과 5ft 이상의 파도, 해변의 침식, 집들이 바람에 피해를 입은 사건들을 겪었으나 그중 우려했던 허리케인의 피해에 비할 만한 것은 없었다.

에밀리가 이 시점에서 북쪽으로 진행해갔기 때문에 아직도 뉴저지와 롱아일랜드, 그리고 어쩌면 로드 아일랜드와 동부 매사추세츠 해안에 상당한 타격을 줄 가능성은 남아 있었다. 실제로는 다행히 동쪽으로 계속 굽어서 안전하게 바다로 나갔을 때 최대 강도에 도달했다. 일단 걸프 해협에 도달하자 물은 이를 유지하기에 충분할 만큼 따뜻하지 않았다. 바람은 점차 느려지고 기압은 정상으로 올라오기 시작했으며 9월 3일 정오 무렵에 에밀리는 열대성 폭풍으로 강등되었다. 이 상태에서 에밀리는 비틀림과 회전을 반복하는 기이한 움직임을 보였으나 이들 중 어느 것도 그 힘을 회복하는 데 도움을 주지 못했다. 9월 4일, 강도는 다시 떨어져 열대성 교란이 되었다. 결국 에밀리는 먼 바다 한가운데서 사라졌는데 이미 오래 전에 모든 사람들은 여기에 관심을 갖지 않았다.

바람과 구조물

1879년 12월 겨울 폭풍이 몰아칠 때 여객열차 한 대가 스코틀랜드의 테이만에 걸려 있는 요금 철제 육교 위를 요란한 소리를 내며 지나가고 있었다. 이 다리는 오픈 트러스 공법으로 바람이 방해를 받지 않고 통과되도록 설계되어 있었다. 그러나 이 기차는 바람을 받은 넓은 돛처럼 기능하여 이 바람으로 인한 수평 하중을 고정된 선로에 그대로 전달했다. 다리와 기차는 함께 무너져 급류 속으로 빠져들고 말았다. 이 교량의 붕괴로 적어도 80명의 여행자가 목숨을 잃었다.

공학자들은 실패로부터 배우는 경향이 있다(많은 공학과 학생들은 '붕괴'를 전문 과정으로 듣기까지 한다*). 오늘날 모든 철교는 열차가 지날 때 바람으로 인하여 증대되는 효과를 고려해 설계되고 있다. 그러나 바람의 공학은 매우 어려운 분야로, 어떤 때는 사람의 실수로 인하여, 그보다 더 자주는 채택된 수학적 모델이나 사용하는 자료의 결함 때문에 미묘한 실수가 늘 일어나는 곳이다. 우리는 아직 자연의 바람이 인공의 구조물과 어떻게 상호 작용하는지에 대하여 모든 것을 알고 있지는 못하다.[6]

그러나 허리케인으로 인한 대부분의 사망과 경제적 손실은 공학적으로 설계된 구조물의 붕괴에 의한 것보다 전통 가옥의 붕괴로 인한 것이다. 사람들은 일반적으로 자신들의 새 집을 짓기 위해 공학자들을 고용하지는 않는다(비록 일부 위험도가 높은 지역에서는 공학자들의 승인 도장이 필요할 때도 있지만). 대신 대부분의 건축업자들은 그 지방의 건축법령을 따르고, 역으로 그들은 그 효과가 역사적으로 입증된 기록을 지닌 물질과 건설 기준을 반영한다. 이 법령은 자연계에서 환원적으로 이루어진 것이므로 이러한 접근은 가끔씩 그리 유쾌하지 않은 놀라움을 가져온다. 예를 들면 동일한 폭풍 내에서 고도나 방향이 다른 두 개의 동일한 가옥이 전혀 다르게 움직이는 일이 가능하다. 또한 지붕의 높이나 창문의 위치 등의 미묘한 차이가 강풍의 공격에 건물이 견디는지 아닌지를 결정하는 데 중요한 역할을 하기도 한다.

최악의 폭풍 아래에서도, 열린 들판에서도 바로 지면에서의 풍속은 0이

---

* 영어로 '붕괴(failure)'가 '실패'라는 의미도 지니고 있는 데서 나온 유머다. – 옮긴이

6) 이 주제를 개략적으로 보기 위해선 Henry Liu, Wind engineering: A handbook for structural engineers(Englewood Cliffs, NJ: Prentical Hall, 1991) 참조.

풍속(mi/h)	관성력(lb)
20	400
40	1,600
60	3,600
80	6,400
100	10,000
120	14,400
140	19,600
160	25,600

다. 보통 '표면 풍속'이라고 언급되는 것은 실제로 지구 표면에서의 바람을 말하는 것이 아니라 풍속계가 보통 설치되는 지표 위 기준 높이 10m(33ft)에서의 바람을 말한다. 이 지점으로부터 풍속은 일반적으로 높이에 따라 증가하므로 비행기나 기구에서 측정하는 바람은 그 아래의 구조물에서 재는 바람과 동일하지 않다. 사피르-심프슨 규모의 허리케인 강도에서 언급된 풍속은(표 8-2) 10m 높이에서의 '유지된 속력'이다. 미국 국립기상청은 유지된 속력을 결정하기 위하여 1분 주기를 넘는 평균 속력을 이용한다. 그러나 순간적인 돌풍은(이미 표 8-3의 에밀리에서 보았듯이) 이보다 상당히 높게 분포할 수 있다.

강풍은 구조물에 여러 종류의 힘을 발생시킬 수 있다. 가장 명백한 것은 관성력이다. 이는 구조물의 한 면이 움직이는 공기 덩어리의 앞으로 진행하는 힘을 멈추거나 다른 쪽으로 돌릴 때 생기는 힘이다. 이는 달리는 차창 밖으로 손을 내밀었을 때 펼친 손바닥이 느끼는 힘이다. 분명히 이 관성력은 여러분의 손바닥 방향과 관계가 있다. 여러분이 손바닥을 기류에 수직으로 세웠을 때 관성력은 가장 크다. 즉 가장 큰 정면을 제공하는 방향이다. 이 관성력은 풍속에 따라서 커진다. 불행히도 또 다른 여러 요인들이 여기에 중요한 역할을 하며 이들은 정확한 예측을 어렵게 만든다. 그러나 대표적인 값으로 사람들은 1ft²의 정면을 제공하는 물체가 시속 20mi의 바람에서 대략 1파운드의 관성력을 경험한다고 이해할 수 있다.

이는 시속 40mi의 바람에서 2파운드의 힘을, 시속 60mi에서 3파운드의 힘을 받는다는 것을 의미하는가? 아니, 그렇게 간단하지 않다(그리고 만일 실제로 이와 같다면 우리 건물들이 바람으로 인해 심한 피해를 겪는 일은 거의 없을 것이다). 실제로 일어나는 일은 바람의 속도가 2배로 되면 관성력은 4배로 커지며, 풍속이 3배가 되면 관성력은 3²배, 즉 9배만큼 증가하는 것이다. 이 관계는 다음과 같이 요약할 수 있다.

바람의 관성력은 풍속의 제곱에 비례한다.

따라서 400ft² 영역의 면을 제공하는 가옥에서 우리는 풍속이 증가함에 따라 대략 다음과 같은 측면의 관성력을 예측할 수 있다.

시속 80mi의 바람에 견디는 건물이 시속 120mi에 견디기 위해서는 **두 배 이상 튼튼**해야 한다는 점을 주목하라.

필자가 지금 기술한 것은 **정지 상태에서의 관성 효과**다. 이는 바람이 건물 바깥쪽을 향하여 계속적으로 불어대는 힘이다. 이를 돌풍 효과와 혼동해서는 안 된다. **돌풍 효과**는 창문이나 문짝이 갑자기 부서지고 구조물 안으로 밀려들어온 바람이 내부를 파괴시킨다. 특정 건물을 이러한 돌풍 효과로부터 보호할 수 있는 현실적인 구조 공학은 존재하지 않는다. 강풍이 부는 동안 창문과 문이 부서지거나 날아가버리지 않도록 가능한 모든 예방조치를 하는 것이 훨씬 더 분별 있는 행동이다.

관성력에 더하여 강풍은 또한 건물의 여러 표면에 공기역학적 힘을 발달시킨다. 이들 힘과 그들의 상호 효과는 이해하기는 쉽지만 예측하기는 매우 어렵다. 필자는 이미 강풍이 해양의 표면에서 융기(폭풍 해일)를 일으키는 과정을 언급한 바 있다. 같은 방법으로 바람은 25도보다 낮은 각도로 깔려 있는 모든 지붕에 위로 향한 힘(상승력)을 발생시킬 수 있다. 또한 바람의 흐름과 평행한 모든 벽에 대해 바깥으로 향한 힘을 발생시킬 수 있다. 이에 추가하여 아래쪽을 향한 모든 면에서 —급한 경사로 깔린 박공의 바람 부는 쪽 경사면도 이에 포함된다— 요란한 항력(drag, 때때로 '흡입력(suction)'이라 부르기도 한다. 필자는 이 용어를 싫어하지만)이 발달되기도 한다. 이들 효과 중 몇 가지는 그림 8-7에 나와 있다. 이중 흥미 있는 것은 파고다형 지붕의 경우인데, 바람이 지붕의 돌출된 부분에 내리누르는 힘을 발달시킬 수 있기 때문이다. 실제로 이같은 형태의 지붕들은, 중국과 일본의 건축물들이 과거 오랜 기간 수많은 태풍을 견뎌온 것에 의해 증명되었듯이 강풍에도 제자리를 지킨다.

강한 폭풍 안에서는 항상 건물의 일부는 안쪽으로 밀리는 반면 다른 부분은 바깥으로 당겨진다. 이렇게 한쪽으로 미는 힘과 다른 쪽으로 당기는 힘이 결합되면 특히 해로우며 결국 많은 건물 붕괴의 직접적인 원인이 된다. 더구

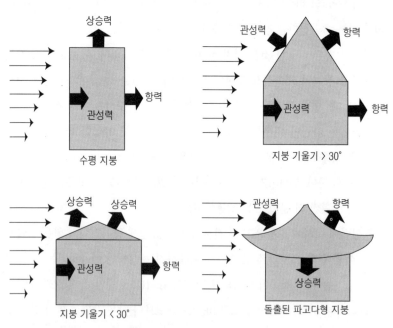

그림 8-7 특정 구조물의 형태와 방향에 따라서 강풍이 건물에 전달하는 힘들

나 바람의 방향이 달라지면(사실 대형 폭풍에서는 보통 이런 일이 일어나는 데) 여러 힘들도 그 방향을 전환한다. 한 건물이 허리케인의 전반부를 겪으며 약해져 있다가 '눈'이 통과한 후 바람이 방향을 바꾸면 이때 붕괴하는 일이 종종 일어난다.

자신의 집을 직접 짓는 사람들은 무슨 일을 해야 할까? 몇 가지 할 일이 있다. 건물을 고정시키는 데 중력에 의존하지 말라. 대신에 모든 것을 지반에 단단히 부착시켜야 한다. 모든 주요 이음부, 특히 지붕 서까래와 벽 사이에 장력 띠(tension strap)를 이용하라. 모든 벽돌식 굴뚝은 철근으로 확실하게 보강하라. 지붕과 벽의 덮개에 마분지 대신 합판을 이용하라. 창문에 셔터를 설치하라. 외부로 통하는 문은 안쪽으로보다는 바깥쪽으로 열리게 만들어라. 그리고 이 모든 일을 했다고 하더라도 허리케인 경보가 내리면 강풍에 견딜 수 있도록 특별 설계된 대피소로 대피하라. 집이 제대로 지어졌다면 아마도 여러분이 그곳에서 집으로 돌아왔을 때 아직도 온전하게 서 있을 것이다. 그러나 구조적인 결함이 있다면 허리케인의 와중에서 이를 확인하고 싶은 사람은 없을 것이다.

토네이도

빠른 속도에서는 대부분의 액체와 기체가 부드럽게 흐르지 않고 소용돌이치고 회오리치며 빙빙 돌며 흐르는 경우가 많다. 보통 이들 회전운동을 하는 부위는 형성된 후 곧 분해되어버리며 전체 운동은 조직되지 않은 난기류가 되고 만다. 그러나 가끔씩 하나의 회오리가 수 분간 또는 한 시간씩 유지될 수 있는 일종의 준 안정성을 얻는 경우가 있다. 이런 현상의 가장 극적이고 파괴적인 기상학적 예가 바로 토네이도(tornado, 회오리바람)이다.

'전형적인' 토네이도를 기술한다는 것은 매우 어렵다. 단지 이는 심한 뇌

그림 8-8 1982년 5월 9일 텍사스 돈 시에 접근하는 토네이도(사진 제공, 팀 마샬)

범주	피해	풍속	전형적 효과
F-1	경미	40~72mi/h	나무, 독립된 표지판, 일부 굴뚝들 손상.
F-2	중간	73~112mi/h	지붕 손상, 이동주택이 토대에서 밀려남. 움직이는 차량들이 길에서 쓸려감.
F-3	심함	113~157mi/h	거대한 나무들이 뿌리째 뽑힘. 집에서 지붕이 떨어져나감. 이동주택은 파괴됨. 화차가 뒤집힘. 날아다니는 파편에 의한 부차적 피해.
F-4	파괴적	158~260mi/h	잘 지어진 가옥들이 폭발함. 차량들이 하늘로 날아감. 날아다니는 커다란 파편에 의한 부차적 피해.
F-5	엄청남	261~318mi/h	건물들이 토대로부터 떨어져 공중으로 날아감. 차량이 100m 이상 끌려감.
F-6 및 그 이상		318mi/h 이상	현재까지는 존재하지 않은 것으로 믿어짐.

표 8-4 토네이도의 강도에 대한 푸지타 규모

주 : 모든 토네이도의 약 75%가 F-1급을 넘어서며 35%는 F-2급을, 9%가 F-3급을, 2%가 F-4급을 넘어선다. F-5급에 달하는 것은 2%에 미치지 못한다.

우로부터 발생한 빠르게 회전하는 깔때기 모양의 구름이 지반에 도달해 있다는 정도다. 어떤 것은 지반에 몇 초 동안만 닿고 어떤 것은 한 시간까지 닿아 있으며 어떤 것은 자치기놀이를 하듯이 이곳에서 몇 분, 저곳에서 몇 초 하는 식으로 이리저리 뛰어다닌다. 바닥에서의 직경이 어떤 것은 몇 미터 정도이고 어떤 것은 수백 미터 정도다. 색깔도 다양하다. 어떤 것은 밝은 회색이고 어떤 것은 검다. 그들 중 하나가 새로 경작된 들판을 가로지를 때 그것은 스스로 퍼낸 흙으로 인해 갈색으로 바뀌게 된다. 어떤 것은 육지에서보다 물 위에서 형성되는데 이들을 '용오름(waterspout)' 현상이라고 부른다. 간혹 토네이도는 한 쌍으로 나타나는데 이들은 서로 기괴하고 비틀린 춤을 춘다. 그들은 또한 가족 단위로 나타나기도 하는데 이는 작은 토네이도들이 중심의 커다란 토네이도 주위를 회전하는 집단 형태를 말한다. 허리케인과는 다르게 토네이도는 시계 방향이나 시계 반대 방향 어느 쪽으로도 회전할 수 있다(비록 후자가 더 흔하게 발견되기는 하지만). 그들 가운데 공통적인 점은 모두가 극도로 파괴적이라는 것이다. 토네이도의 직격에(또는 가까이 스쳐지나가는 정도라도) 견디는 가옥을 설계한다는 것은 전혀 실용적이지 못한 일이다.

미국은 전 세계의 토네이도를 사실상 독점하고 있다. 캐나다 중남부와 멕시코 북동쪽에서도 가끔씩 일어나지만 그외의 지역에서는 거의 일어나지 않는다. 미국의 48개 인접 주 가운데 이것이 전혀 일어나지 않은 곳이 없다. 가장 빈도가 높은 곳은 중서부와 남동부의 주이며, 3·4·5월에 가장 많이 발생한다. 부록 D는 지난 백 년간 발생한 주요 '살인 토네이도'의 목록이다. 토네이도는 오클라호마와 캔자스, 텍사스에서만 위협적이라는 일반 통념과는 달리, 이 목록을 일별하면 수많은 주에서 지금까지 이들이 수백 명의 목숨과 수백만 달러의 재산을 앗아갔음을 알 수 있다. 그림 8-8의 사진은 비교적 전형적인 텍사스의 토네이도로 바닥으로부터 올라온 파편의 구름과 함

그림 8-9 1994년 6월 21일, 펜실베이니아의 F-3 토네이도의 여파(사진 제공, 펜실베이니아 리머릭 소방서)

께 나타나는 모습을 보여준다.

토네이도의 강도는 그 풍속에 따라서 푸지타 규모Fujita Scale로 나타난다 (표 8-4). 비록 이 규모는 원래 F - 0에서 F - 12의 범위까지 나타내도록 고 안되었지만 현재 F - 5 강도(최대 풍속 시속 318mi)를 넘는 토네이도는 존재 한 적이 없다고 믿어진다. 그러나 F 숫자가 더 낮더라도 이들은 충분히 강한 바람이다. 토네이도의 피해는 이들 바람의 직접적인 효과에 의한 것뿐만 아 니라 몇 가지 부수적인 것에 의한 효과도 있다. 즉 (1) 깔대기 내의 위로 끌 어올리는 힘(최대 시속 200mi로 평가됨). (2) 깔대기의 극도로 낮은 기압. 이 는 주위의 공기보다 평방인치당 1~2파운드 정도 더 낮아질 수 있음. (3) 날 아다니는 파편들의 효과 등이다.

그림 8-9의 사진은 1994년 6월, 펜실베이니아 리머릭에 새로 건설된 주택 단지를 통과한 F - 3 토네이도의 여파를 보여주는 두 개의 광경이다. 약 12 채의 가옥이 파괴되거나 심각한 피해를 입은 반면 그와 인접한 많은 가옥들 은 전혀 피해를 입지 않았다. 사진을 보면 파괴된 건물이 안쪽이 아니라 바 깥쪽으로 폭발한 것이 명백하다. 몇몇 가옥의 지붕은 완전히 날아가버렸으 며 일부 외벽이 떨어져나갔고 지반 가까운 곳보다 더 위에서 피해가 뚜렷했 다. 여러 조각으로 구성된 창문은 날아다니는 파편에 직접 맞지 않은 한 비 교적 잘 보존되어 있었다. 이 모든 것은 필자가 이미 기술했듯이, 강풍이 구 조물에 작용하는 기대 효과와 일치되지만 특별히 주의해야 할 추가사항이 하나 있다. 토네이도는 매우 국소적으로 존재하므로 이것이 지나갈 때는 불 과 몇 초 사이에 그 기압이 극적으로 떨어지게 된다. 만일 문이나 창문들이 단단히 닫혀 있으면(비가 억수같이 쏟아질 때는 당연히 그럴 것이다) 집안의 기압이 외부의 기압 강화와 균등하게 분포될 시간을 갖지 못한다. 결과적으 로 집의 외벽은 평방인치당 1~2파운드에 해당하는, 밖으로 향하는 힘을 경 험하게 된다. 폭 30ft, 높이 8ft를 갖는 외벽이라면 약 35,000 in.^{2}의 표면을

가지며, 토네이도가 아슬아슬하게 스쳐지나가면 이는 단일 면에 약 18~35 톤의 밖으로 향하는 힘을 쉽게 생성한다. 이같은 조건에서 집이 폭발하는 것은 이상하지 않다. 사실 여러분이 토네이도를 기록한 비디오 테이프를 구입하거나 빌려서 주의깊게 살펴보면 이같은 빠른 압력 불균형의 결과로 건물들이 폭발하는 광경을 실제로 볼 수 있을 것이다.

바람이 불어가는 쪽의 문이나 창문 몇 개가 열려 있다면 건물이 토네이도에 의하여 파괴될 가능성은 훨씬 줄어든다. 비록 이것이 직접적 타격으로 인한 피해에서 보호해주지는 못하지만 회오리바람이 가까이 지나칠 때 집 안팎의 압력을 동일하게 해줄 수 있다. 불행히도 이는 실용적인 충고는 되지 못한다. 그 집의 거주자가 대피하거나 지하실로 들어갈 때 바람의 방향을 미리 알 수는 없기 때문이다. 사람들이 잘못 계산하고 바람을 맞받는 쪽의 창문을 열어두었다면 이때의 돌풍 효과는 모든 면에서 닫힌 면의 폭발 효과만큼이나 파괴적일 수 있다. 대부분의 전문가들은 창문을 닫아놓고 운에 맡길 것을 권한다.

토네이도의 와중에서 인간의 생존은 날아다니는 파편에 맞지 않는 것과 깔때기형 구름에 빨려 올라가지 않는 것, 다른 말로 하면 강풍을 피하는 것에 달려 있다. 거주자들은 항상 지하실이나 외벽이 없는 1층 방에 있어야 한다. 차 안에 있는 사람은 즉시 밖으로 나와서 빗물에 젖는 것을 아랑곳하지 말고 낮은 곳으로 기어가거나 엎드려 있어야 한다(그곳의 풍속은 항상 0에 가깝다). 토네이도를 만드는 조건은 항상 엄청난 양의 번개를 일으키기 때문에 높은 나무 가까이를 피하고 우산이나 골프채 같은 금속 물체를 버리는 것이 중요하다. 개방된 공간이라고 해도 희생자들이 토네이도가 다가오는 것을 볼 수 있다는 보장은 없다. 종종 주위의 비나 우박이 강하여 토네이도의 몸체 자체는 완전히 가려진다. 그러나 생존자들은 항상 회오리바람 소리를 들었다고 말한다. 그들은 종종 그 소리를 과속으로 달려오는 기차 소리와 비교하곤 한다.

그러나 또 한 가지 위험이 있다. 필자가 사는 지역인 중북부 펜실베이니아에서는 방문자들이 종종 사슴과의 충돌과 관련된 교통사고가 너무 많은 점에 놀라곤 한다. 우리 농촌의 펜실베이니아 운전자들이 도로에 주의를 기울이지 않는 것일까? 사실 전형적인 시나리오는 이렇다. 운전자가 사슴을 발견한다. 이를 피하기 위해 브레이크를 밟거나 방향을 튼다. 동물이 숲 속으로 사라지는 것을 본다. 그리고 첫 번째 사슴의 뒤를 따르는 두 번째 사슴과 충돌한다. 토네이도도 사슴과 같이 종종 무리지어 나타난다. 성공적으로 첫 번째 것을 피하는 것이 두 번째(또는 세 번째나 네 번째)도 피할 수 있다는 보장은 되지 않는다. 토네이도가 발생하는 난기류의 조건은 종종 넓은 지역으로 뻗어나가 있으며 이와 같은 심각한 조건에서 뇌운(雷雲)의 긴 선은 수십 개의 트위스터를 낳을 수 있다. 현재로서는 토네이도의 수를(사실 단 하나라도) 예측할 수 없지만 사건 뒤에는 이것이 쉽게 결정된다. 토네이도가 통과했다는 것을 알기 위해 반드시 직접 활동하는 회오리바람을 보아야만 할 필요는 없다. 일단 이것이 일어나면 차들이 뒤집혀 먼 거리로 운반될 것이고, 지붕이 날아갈 것이며, 큰 나무의 줄기 중간이 비틀려버릴 것이다. 여러 독립된 토네이도들의 수를 알기 위해서는 사건이 난 이후에 피해 기록을 주의깊게 종합하기만 하면 된다. 따라서 우리는 가장 심각한 역사상의 토네이도 재난은 다중 회오리바람으로부터 기원했음을 알고 있다. 예를 들면 1884년 2월 19일, 일곱 개 주에서 약 60개의 토네이도 효과로 인하여 약 800명이 목숨을 잃었으며, 1974년 4월 3일과 4일, 144개의 토네이도로 인해 다섯 개 주에서 350명이 사망했다. 우리는 이들 희생자 가운데 일부는 위험이 끝나지 않았는데 끝났다고 생각했을 가능성을 고려해야 한다. 하나의 토네이도가 보이거나 보고될 때는 항상 그 지역에 다른 토네이도가 있을 가능성을 고려하는 것이 현명하다. 하늘이 푸르게 될 때까지는 다 끝났다고 생각하지 말라.

예측의 한계

지금 필자는 일기도 위에 그려넣어진 저기압과 고기압, 등압선과 여러 구불구불한 선들을 조사하려는 것이 아니다. 우리는 이를 이미 텔레비전에서 충분히 보아왔으며 우리가 아무리 과학적으로 예측하려 해도 예보는 종종 비참할 정도로 부정확하다는 것을 알고 있다. 필자가 말하려는 것은 어째서 우리가 기상 예측을 100% 정확도로 하지 못하는가와, 어째서 앞으로도 이 일을 할 수 없는가 하는 것이다.

모든 예측은 '외삽법' (外揷法, extrapolation)에 기반을 두고 있다. 이는 연속된 자료 지점들을 마지막에 알고 있는 값을 넘어서까지 확장하는 수학 용어이다. 어떤 값의 미래를 예측하는 가장 소박한 접근법은 선형의 외삽을 만드는 것이다. 예를 들어 난로 위에 물주전자를 올려놓고 첫 1분 동안에 증가하는 온도를 측정한 후 그 다음 2분 동안 증가하는 온도를 측정해보라. 이때 온도가 25℃에서 30℃로, 35℃로 증가했다는 사실을 발견했다고 가정하자. 이같은 근거로 우리는 온도가 1분마다 5℃씩 계속 증가할 것이며 따라서 한 시간이 지나면 주전자의 물은 원래의 25℃ + (60×5℃), 즉 145℃가 될 것이라고 예측할 수 있다. 이는 계산은 아주 잘했지만 과학으로는 너무나 소박하다. 어째서? 물이 일단 10℃에 도달하여 끓기 시작하면 더이상 뜨거워지지 않기 때문이다. 한 시간의 가열 후에도 조금이라도 액체가 남아 있으면 이는 여전히 100℃이다.

과학적 예측에는 단지 우리가 선형 과정에서 다음의 수를 추론하는 것보다 훨씬 더 많은 것이 필요하다. 우리는 우선 현상 밑에 잠재되어 있는 물리적 과정에 대하여 확실히 이해하는 것이 필요하다. 단순히 난로 위에 있는 주전자의 경우에 우리는 유입된 에너지가 물과 그 용기 사이에 어떻게 분포하는지 알 필요가 있다(그리고 이 분포가 온도에 어떻게 의존하는지도). 우리는 물과 주전자가 열에너지를 주위의 공기로 어떻게 전달하는지 알아야 한다(이 비율은 온도에 의존할 수도 있다). 또한 물이 액체로부터 기체로 그 위상을 변화시킬 때 어떤 일이 일어나는지 알 필요가 있다. 만일 이들 과정이 수학적으로 기술될 수 있고 우리가 결과적인 수식을 풀 수 있다면 미래의 어떤 시간상의 지점에서도 물의 온도를 정확하게 예측할 수 있다. 너무나 간단한 물리적 사건을 예측하기 위해 엄청나게 복잡한 지적 작업이 필요하지 않은가!

이미 보아왔듯이 기상현상은 난로 위의 물주전자에 비하여 훨씬 더 복잡하다. 기상에는 수십 가지의 물리적 과정이 포함되어 있고 일부 현상(예를 들면 난기류)은 단순한 수학적 기술로 표현할 수 없다. 기상은 또한 지구의 넓은 영역을 덮고 있어(예를 들어 겨울의 남극풍은 미래의 버지니아 기상에 영향을 미칠 수 있다) 수학적 모델은 시간의 연속만이 아니라 공간의 연속도 따져야 한다. 더 많은 변수를 소개할수록 우리의 수학적 모델은 더 복잡하고 덜 소박해진다. 그럼에도 공식을 복잡하게 하는 데는 결점이 있다. 우리가 변수의 수를 증가시킬수록 동시에 계산에 필요한 측정 자료 양이 늘어 계산시간이 더 길어진다.

물론 컴퓨터는 복잡하고 지루한 계산을 수행하는 능력을 혁신시켰으며 이를 빛의 속력으로 수행한다. 그러나 아직까지 컴퓨터는 실제로 생각할 수는 없다. 모든 컴퓨터는 인간이 적절한 수학적 지시를 부과해야 하며 그후 인간이 프로그램된 계산을 수행하는 데 필요한 자료들을 집어넣어야 한다. 프로그램과 데이터는 두 가지 아주 다른 주제이며 그들은 서로 아주 다른 방식으로 생겨난다. 그러나 각각의 사소한 이상이 잘못된 예측을 이끌어낼 수 있으며 자연 사건의 예측은 각본을 따르지 않는다. 위대한 알베르트 아인슈타인은 다음과 같이 말했다. 그는 전자 컴퓨터의 시대가 도래하기도 전에 프로그래밍의 문제점을 깨닫고 있었다. "수학이 현실에 적용되는 한 이는 명확하지 않다. 수학이 명확한 한 이는 실제에 적용되지 않는다." 이 논점은 우리의 수학적 모델은 단지 모델일 뿐이라는 것이다. 수학은 인간의 발명품이다. 대자연은 무엇인가 아무도 모르는 전혀 다른 것을 가지고 있을지도 모른다. 어떤 수학적 시스템도 모든 미래의 사건들을 정확하게 예측할 수 있을 것 같지는 않다.

그러나 어떤 사람이 악마의 힘을 빌려 지구 대기상의 모든 분자들의 미래의 위치와 속력을 예측할 수 있는 컴퓨터 프로그램을 작성했다고 가정하자. 분자들 자체는 상대적으로 단순한 방법으로 상호 작용하여 그들의 운동을 지배하는 공식을 풀기에 그리 어렵지 않다. 이같은 컴퓨터 프로그램은 우리에게 미래의 특정한 시점에서 모든 분자들이 어디로 가는지, 그리고 진행하는 속도는 얼마나 빠른지에 대해 이야기해줄 수 있도록 설계되어야 한다. 이같은 정보가 주어지면 우리는 그때 동일한 미래 시점의 거시적인 풍속, 온도, 습도, 기압 등을 계산해낼 수 있다. 이것이 바로 우리가 실제로 우리가 원하는 만큼의 정확성을 가지고 미래의 기상을 예측할 수 있는 상황이라고 말할 수 있다. 이같은 전략이 언젠가 결실을 거둘 수 있을 것인가?

불행히도 그렇지 않다. 지구 대기의 모델링을 분자들의 상호 작용 수준으로 실행한다는 것은 이론적으로도 절대 불가능하다. 지구의 대기 전체는 상상할 수 있는 어떤 컴퓨터의 전자(또는 광자라고 해도 좋다)의 개수보다 훨씬 더 많은 분자를 포함하고 있으며, 어떤 전자 컴퓨터도 대기의 분자가 실제 시간에서 위치와 속력을 변화시키는 비율을 따라잡을 수 없다. 어떤 컴퓨터라도 수학적 계산이 모델화되는 데 실제보다 더 느리게 작동되는 수준이 있게 마련이다.[7] 기상을 모델링하는 프로그램이 분자들의 상호 작용 수준에서

---

7) 이는 새로운 개념이 아니다. 1960년대 후반에 필자는 대형 철강회사를 위해 제작 과정의 수학적 모델과 컴퓨터 모의실험을 개발하는 일에 종사한 바 있다. 그 당시의 우리는 종종 느린 컴퓨터를 이용하여 수학적 모델을 단순화시켜 계산 시간이 모델화된 과정의 실제 시간을 초과하지 않도록 해야 했다. 이 제한은 오늘날의 더 강력한 컴퓨터를 대상으로 해서도 필요하다. 실제 세계의 복잡성이 컴퓨터의 계산 능력을 압도하는 곳에서 대상의 발달 형태를 기술하기 위해 상세한 묘사를 어느 수준까지 할 것인지 결정할 필요가 있다.

기상을 예측하는 데 성공할 수 있다 해도 이는 지난주에 이미 일어난 기상을 예측하는 일이 될 것이다.

이것은 기본적인 원리다. 다른 말로 하면, 어떤 컴퓨터도 실제로 일어나는 것보다 느리게 모형화되지 않는 한 그 자신의 하드웨어보다 더 복잡한 무엇의 행동을 모델링할 수는 없다. 불행히도 기상 예측은 예보가 기상 자체보다 앞서지 않는 한 아무 쓸모가 없다. 이러한 함정을 피하려면 우리는 모델의 복잡성을 제한하고 대기 분자 자체보다 더 큰(그리고 수는 더 적은) 어떤 존재를 다루는 수밖에 다른 방법이 없다.

사실 우리는 기상 예보에 대하여 극도의 정확성을 요구하는 것은 아니다. 예를 들어 예측된 기온이 $3°C$ 정도 어긋난다거나, 허리케인의 도착 시간이 15분 정도 틀리다거나, 예측된 폭풍 해일의 높이가 예측이 20cm 정도 틀린다 해도 아무도 신경 쓰지 않을 것이다. 그렇다면 우리의 예측에 약간의 모호함이 허락된다고 할 때 아직도 우리의 예측 능력에 본질적인 제한이 있는 것일까? 물론 우리가 더 많은 '모호함'을 허락할수록 예측의 신뢰도는 실제로 더욱 높아진다. 그러나 이는 모든 사람이 적당히 얼버무린 과학을 원한다는 의미는 아니다. 이것이 의미하는 바는 지금 과학이 할 수 있는 최선의 작업의 한계를 다루는 일종의 기본적 인식의 벽에 부딪쳐 있다는 것이다. 결과적으로 우리는 예측의 모호함이 때때로 예상하지 않았던 규모로 확장되는 경우가 없다고 보장받을 수는 없다.

이 일이 어떻게 나타나는지 보기로 하자. 대기의 수학적인 모델로 돌아가서 각각의 분자의 동역학 모델 대신에 각 분자들의 작은 집단들의 평균 행동을 계산하기로 하자. 우리가 실제로부터 벗어나는 즉시, 예측은 기껏해야 개략적인 것이 되고 만다. 그러나 이는 상관없다. 우리는 이미 유용한 예보를 위하여 극도의 정확성은 필요없다고 동의했기 때문이다. 그러면 우리가 대기를 많은 수의 작은 입방체 셀로 나누고 각각의 평균 분자들의 위치와 속력을 기술한다고 할 때 다른 문제에 부딪칠 것인가?

불행히도 그렇다. 계산의 편의를 위하여 우리가 대류권을 1억 개의 동일한 입방체 셀로 나누었다고 가정하자. 이 각각의 셀은 약 $10mi^3$의 부피를 가지며 이는 한 면이 약 2.15mi에 해당하는 입방체가 된다. 이들은 분자들의 관점에서 보면 상당히 커다란 것이며 각각에는 대략 2.5×10^{37}개의 공기 분자들이 포함되어 있다. 따라서 우리는 실제를 상당히 단순화시킨 셈이다. 수학적 모델의 요구 조건에서 각각의 셀에서 물리적으로 단지 4개의 열역학적 좌표만을 측정할 필요가 있다(이 4개의 변수들을 결정하는 데에는 선택의 여지가 있지만, 온도 · 압력 · 밀도, 그리고 화학적 조성 정도면 충분하다). 따라서 대략적인 모델은 우리가 4억 가지의 기상 상태를 조사하고 이 모든 것을 동시에 모델에 제공할 때에만 쓸 만한 정확도를 가지고 기상을 예측할 수 있게 된다. 그런데 이것이 현실적인가? 전혀 그렇지 않다. 우리가 예측할 수 있는 장래의 기술력으로 그런 엄청난 자료를 동시에 얻어낼 방법은 결코 없다.

오늘날 행해지고 있는 많은 측정은 기상 인공위성 설비, 원격 위치 측정기, 지상에 설치된 도플러 레이더, 표준 고정 스테이션 설비 등을 이용하여 이루어지고 있으나 동시에 수억 가지의 측정값을 만들어내고 이를 중앙 컴퓨터에 즉시 공급하는 일은 전혀 불가능하다. 우리가 이같은 수준의 능력을 갖게 될 때 매일매일의 일기 예보는 대체로 좀더 만족스러워질 것이다. 그러나 허리케인이나 토네이도 같은 더 극적인 기상이변들은 항상 우리의 수학적 모델이 다룰 필요가 있는 대기의 유한한 셀들 속에 숨겨져 있는 세부 항목에 극도로 민감하다. 과학이 측정 가능한 것과 수학적으로 기술 가능한 것의 근본적인 한계에 부딪칠 때, 대자연은 앞으로도 우리를 놀라게 할 자유영역을 계속 가지게 될 것이다.

9

과학과 재현 불가능한 현상

나비 효과

서아프리카 열대 다우림에서 나비 한 마리가 나무 오른쪽이 아닌 왼쪽에서 날개를 퍼득임으로써 연쇄 과정을 통하여 몇 주 후에 사우스캐롤라이나 해안을 강타하는 허리케인으로 증폭되는 사건을 일으킬 수 있을까? 이 서두는 이상하게 들릴지 모르겠지만 지난 수십 년간의 연구 결과는 그 답이 긍정적으로 나왔음을 시사한다. 그리고 이 효과는 나비에만 한정된 것이 아니다. 토네이도, 지진, 화산 분화 그리고 전염병 등 인간의 생명을 위협하는 많은 거대한 현상들을 예측하려는 과학적 노력은 결실을 거두지 못하고 있는데 이들은 한 가지 공통적인 특성을 지니고 있는 것으로 보인다. 즉 겉으로 보기에는 중요하지 않은 초기 조건에서의 변화에 민감하게 의존한다는 것이다. 이들 현상 내에서는 초기의 작은 교란이 커다란 것으로 증폭되며 초기의 동인적(動因的) 사건이 약간만 변화하면 결과는 극적으로 크게 달라진다.

물론 아무도 나비 한 마리가 허리케인을 일으키는 광경을 실제로 관찰한 것은 아니다. 나비 효과Butterfly Effect에 대한 물리적 증거는 이보다 상당히 더 미묘하며 특정한 이론적 논증에서만 의미를 갖기 시작했다. 한 가지 상당히 설득력 있는 추리 과정을 다음과 같이 전개할 수 있다. 우리가 언젠가 미래의 허리케인을 예측할 수 있기를 원한다면 우선 현재의 허리케인을 예측하는 데 필요한 지식을 확인할 필요가 있다. 그리고 이렇게 하는 방법은 간단하다. 단지 기록된 영사기를 거꾸로 돌리기만 하면 된다. 허리케인이 발달되어가는 자료를 많이 받은 후 사건이 처음에 어떻게 시작되었는지를 알기 위하여 거꾸로 이 필름을 돌린다. 그리고 C단계가 B단계 이후에 뒤따라나오고 이는 다시 A단계로부터 나온다는 것을 알게 되면 우리는 같은 형태의 미래 사건을 예측할 수 있는 프로그램을 가지게 될 것이다.

사실 이같은 연구 전략이 여러 번 시도되어왔다. 그런데 복잡한 자연현상에 적용할 때 이는 항상 참담한 실패로 끝나곤 했다. 문제는 우리가 어느 정도 이하의 세부는 볼 수 없고, 측정의 정밀성도 한계가 있으며, 계산의 정확성이 제한되어 있다는 점이다. 현재 지구를 회전하고 있는 수많은 인공위성들은 실제로 우리에게 방대한 양의 고도로 정밀한 정보들을 제공하고 있다. 이들의 기술적인 한계는 1,000분의 1도의 수 배 수준의 온도 변화, 수평으로 30cm(1ft), 수직으로 수 센티미터에 접근하는 기하학적 해상도를 갖는다. 그러나 열대성 폭풍이 발달한 후에 그 며칠 전에 기록한 자료를 뒤로 돌려본다고 가정해보자. 우리는 시간을 뒤로 돌리면서 무엇을 볼 수 있을까? 더 작은 폭풍, 그보다 더 작은 교란, 그리고 따뜻하고 습기찬 바람이 부는 지역, 그리고 열대 지방의 다른 많은 지역들과 그리 다른 점이 없어 보이는 대기 조건들의 집합일 것이다. 약한 대기의 파동 중 어떤 것들은 아프리카 누군가의 모자를 불어날리는 정도의 바람만 만들고는 흩어져버리는데 무엇이 이들 중 어떤 것을 증폭시켜 완전한 허리케인으로 발달시켰을까? 이에 대해 확실하게 대답한다는 것은 불가능하다. 다만 우리가 아는 것은 기본적 요인이 틀림없이 매우 작다는 것인데 그 이유는 우리가 지닌 모든 경험과 복잡한 설비들이 이를 감지하지 못하기 때문이다. 과학자들은 이처럼 매우 기이

한 사건과 만났을 때 종종 장난스럽게 되어 '나비 효과'라는 이름을 붙이기도 한다. 전제는 이것이 초기 조건에 극도로 민감하게 의존한다는 것이다. 사실 벌새나 날다람쥐의 이름을 붙여도 상관없다.

나비 효과는 폭풍의 생성에만 제한되어 나타나는 것이 아니라 미래의 발달에도 적용된다(우리가 허리케인 에밀리의 경우에서 상세히 보았듯이 사실 매우 복잡할 수 있다). 예를 들면 어째서 허리케인은 빈번하게 폭풍 속도와 방향이 바뀌는 것일까? 만일 우리가 이를 이해할 수 있다면 적어도 특정한 허리케인이 언제 어디에서 상륙할지에 대한 예측의 정확도를 향상시킬 수 있을 것이다. 우리는 폭풍이 생성된 이후의 미래의 경로를 예측하기 위해 컴퓨터에 수십 개의 공식을 써서 프로그래밍을 하며 이 공식에 복잡한 장비에서 직접 읽은 수십만 가지의 자료값을 공급한다. 그럼에도 우리의 미래 예측은 다음날의 날씨도 기껏해야 아슬아슬하게 맞출 수 있을 뿐이다. 무엇이 잘못된 것일까?

이에 대한 답은 초기 조건이 아주 조금만 달라지는 가상폭풍의 컴퓨터 시뮬레이션과의 비교 통찰로 얻어진다. 가상의 초기 조건이 제공되어 시뮬레이션된 폭풍이 컴퓨터 화면에 나타난다. 일련의 숫자가 풍속, 폭풍속, 온도, 기압 그밖의 측정량을 말해준다. 시간이 진행되고 폭풍이 발달함에 따라 이러한 측정 가능한 변수들이 변화한다. 여기서 '초기의 데이터'는 폭풍의 탄생 시간으로부터의 자료를(그 시간은 결국 알 수 없다) 의미하는 것이 아니라 폭풍의 발달 과정에 있는 어떤 임의의 시간을 말한다. 따라서 '초기의' 자료는 계산을 초기화시키는 데에만 사용된다. 물론 이 자체로는 컴퓨터 시뮬레이션은 아무것도 말해주지 않는다. 그러나 같은 컴퓨터 프로그램을 초기 자료를 약간씩만 다르게 해서 두 번, 세 번, 네 번 돌려보자. 얼마나 다르게? 여기저기서 1도의 백만분의 1의 몇 배만 변화시키면 된다(이는 물리적 측정의 한계를 훨씬 넘어서는 양이다). 또는 풍속의 분포를 소수점 이하 4자리나

5자리에서 변화시킨다(이것은 바람의 방향이나 그 반대 방향으로 번갈아 날아다니고 있는 새떼의 움직임을 모의하는 방법이 될 수 있다). 이제 이들 서로 다른 컴퓨터에서 가동되는 결과를 비교해보자. 무엇을 발견할 수 있을까? 처음 몇 시간 동안은 예상대로 모의폭풍은 아주 조금 달라진다. 그러나 시간이 지나면서 이들의 행동은 서로 어긋나기 시작하며 결국 그들은 아주 다른 방향으로 발달하게 된다. 하나의 가상폭풍은 북쪽으로 진행하는데 다른 하나는 서쪽으로 방향을 바꿀 수도 있고, 하나는 규모가 강화되는데 다른 하나는 소멸될 수도 있으며, 하나는 정지해 있는 데 다른 하나는 해안 방향으로 질주할 수도 있다.

이같은 컴퓨터 시뮬레이션은 폭풍의 장래는 항상 그 내부의 작은 동요에 극도로 민감하다는 것을 시사한다. 사실 너무 작아서 측정할 수 없는 변이라 해도 사건의 미래 과정에는 심각한 영향을 미칠 수 있다.

이런 형태의 변이는 나비나 새에서만 나올 필요는 없다. 3세기 전으로 거슬러올라가 아이작 뉴턴의 작용과 반작용의 법칙(한 시스템이 다른 시스템에 영향을 미칠 때는 반드시 두번째도 첫 번째에 동일한 영향을 발휘한다)을 보더라도, 만일 한 허리케인이 작은 섬을 강타하면 섬 자체도 허리케인의 장래에 영향을 미칠 것이라는 점을 알 수 있다. 뉴턴은 작용과 반작용을 항상 반대 방향의 동일한 힘들의 쌍이며 어느 시간에 살펴보아도 그러한 것으로 보았다. 그러나 나비 효과를 생각하면 알 수 있듯이 섬에 의한 한순간의 매우 작은 반작용이 다음 순간에 더 큰 작용 – 반작용 쌍을 일으킬 수 있으며 이 과정은 계속되어 결국 허리케인을 전혀 다른 미래 과정으로 보낼 수 있게 된다. 더구나 나비 효과는 이러한 일을 하는 데 섬 전체보다 훨씬 적은 반작용이 필요할 수 있음을 시사한다. 심지어 새로 지은 건물 몇 채가 특정한 폭풍의 장래에 영향을 미치기에 충분한 용량을 지닐 수도 있다.

오늘날의 과학자들은 일반적으로 이 기본적인 전제를 받아들인다. 지난 10

년 동안 발간된 많은 새로운 과학 학술지들이 '비선형 동역학' 연구에 지면을 할애했다. '비선형'은 두 가지 원인이 결합하면 그 결과는 분리된 두 가지 결과를 합한 것과 전혀 다르게 되는 상황을 일컫는다. 간단한 비유로 두 어린이(특히 소년)를 놓고 보자. 장난감으로 가득 찬 방에 그들을 따로 떨어뜨려 놓고 그 행동을 관찰하자. 그리고 나서 두 아이를 장난감으로 가득 찬 방에 함께 넣었을 때 무슨 일이 일어날지 관찰·예측해보자. 이같은 예측이 원리적으로 조금이라도 신뢰성을 가질 수 있을 것인가? 그 아이들이 서로 협력할지, 싸울지, 무시할지, 장난감을 산산조각낼지, 또는 서로의 행동을 바꿔서 할지 예측할 방법이 있을까? 아무래도 무리한 주문이다. 여러분의 예측과 관계 없이 아이들을 함께 두고는 안심하고 떠날 수 없을 것이다.

폭풍이나 일단의 지진, 전염병 등과 같은 비선형 현상들은 매우 불안정한 경향이 있다. 그들은 어느 한순간에는 조용히 있거나 적어도 다소 통계적으로 예측 가능한 방식으로 행동한다. 그러다가 그들은 갑자기 방향을 바꾸어 격렬하게 다른 형태의 행동을 한다. 변화의 원인이 되는 요인이 너무 작아 측정할 수 없거나 심지어 감지되지도 않아 이들을 예상할 수는 없다. 복잡한 계에 나비로 비유되는 사소한 변화를 가해주면 때로는 이성적인 사람이 예상하지 못했던 결과를 얻을 수도 있는 것이다.

사회학과 정치학의 무대에서는 나비 효과에 대응하는 현상이 오래 전부터 인식되고 기록되어왔다. 엘리자베스 시대 이전에 영국에서 지어진 것으로 보이는, 잘 알려진 우화시는 다음과 같다.

> 못이 없어서 말굽을 잃었다네.
> 말굽이 없어서 말을 잃었다네.
> 말이 없어서 기사를 잃었다네.
> 기사가 없어서 전쟁에서 졌다네.[*]

전쟁에 져서 왕국을 잃었다네.

모든 것은 못 하나가 없어서.

이 이야기의 교훈이 애매하다는 점은 주목할 필요가 있다. 한편 작가는 매우 작은 결함이 엄청난 결과를 가져온다는 점에서 우리 인간의 미래를 계획하는 능력에 대하여 매우 비관적인 결론을 내리는 것일 수도 있다. 다른 한편으로 작가는 우리에게 말굽의 못을 주의깊게 점검하라는 충고를 하고 있는 것일 수도 있다.

전 세계에는 나비(또는 잃어버린 말굽의 못)의 비유가 많이 있으며 현재는 그들 가운데 어느 것이 대규모 비선형 시스템의 변동을 초래할 수 있는가에 관해 알 수 있는 방법이 없다. 그러나 대자연의 메시지는 말굽 못의 우화만큼이나 애매한 채로 있다. 대자연은 우리에게 인간이 이미 알고 예측할 수 있는 한계에 부딪쳤다는 말을 하고 있는 것일까? 아니면 대자연이 진정으로 우리에게 말하는 것은 우리가 결정론적이나 통계 수학적 예측이 아닌 다른 지식의 길을 탐색할 필요가 있다는 것일지도 모른다. 그렇다면 다시 한 번 말하건대 진정한 메시지는 이렇다. 적절한 때에 자연에서 나비에 비유될 물체를 찾아라. 이를 붙잡고 다른 방향으로 돌려놓는다면, 우리는 아마 가끔씩은 자연재해를 **예방**할 수 있을지도 모른다.

열역학 제2법칙

1800년대 초반으로 잠시 돌아가자. 그 당시 뉴턴의 공식은 한 세기가 넘도록 대단히 성공적으로 역학적 시스템에 적용되어왔다. 블레즈 파스칼

---

* '물건을 잃다'와 '전쟁에 지다'는 모두 영어로 lose이다. - 옮긴이

Blaise Pascal이나 다니엘 베르누이Daniel Bernoulli로 대표되는 몇몇 유럽의 과학자들이 유체역학의 과학을 태동시켰다. 1803년경 존 돌턴John Dalton이 제안한 원자 이론에 힘입어 화학이 정량 과학의 영역으로 들어왔다. 새로 발견된 과학 원리의 많은 부분이 즉시, 그리고 성공적으로 과학기술에 적용되어 산업혁명이 완전 가동되었다.

당시 증기 엔진의 연료는 계속된 기술 발전에도 불구하고 오늘날 차량 연료의 경제성에 대하여 불평을 해대는 현대인의 눈으로 보면 깜짝 놀랄 정도로 형편없었다. 여러 발명자들이 엔진의 연료 효율을 개선하는 일에 앞다투어 뛰어들었으나 그들의 노력에는 열역학과 연료 화학에 연관된 일관성 있는 과학 이론이 결핍되어 있었다. 대답되지 않은 질문은 이것이다. 특정한 양의 연료가 주어졌을 때 엔진이 할 수 있는 일의 양에 대하여 자연은 근본적인 제한을 부과하고 있을까? 만일 이같은 제한이 존재한다면, 그리고 이것을 계산할 수 있다면 공학자들과 발명가들은 그들이 설계하고 만들어낼 수 있는 새로운 엔진의 성능을 평가할 수 있는 비교의 척도를 지니게 되는 것이다.

이 질문은 1824년 젊은 프랑스의 물리학자 사디 카르노Sadi Carnot에 의해 답이 얻어졌다(불행히도 그는 8년 후 36세의 나이로 죽었다). 열에너지를 기계적 운동에너지로 바꾸는 효율에는 뚜렷한 한계가 있다는 것을 카르노는 입증했다. 결국 카르노의 원리는 열역학 제2법칙으로 불리게 되었다.[1] 이 원리는 공식화된 후 곧 동력 공학에 대한 수많은 발전을 자극하기 시작했으며,[2] 이는 역으로 다른 과학자들이 열의 본성에 대해 더 깊이 이해하도

---

1) 열역학 제1법칙은 역사적으로 더 늦게 나왔으며 이때부터 열은 에너지의 한 형태로서 어떤 물리적 현상의 에너지 균형을 설명하는 데 포함되어야 하는 개념으로 정의되었다. 열과 열에너지의 특성에 대한 완전한 이해 없이 제2법칙을 공식화할 수 있었던 것은 카르노의 뛰어난 점이라 하겠다.

록 추가적으로 요구했다. 특히 유체의 각 분자들의 행동 방식에 대한 탐구에 엄청난 양의 지적 에너지가 쏟아져 들어갔으며 이는 카르노의 발견을 이끌어낼 수 있었다.

간단하지만 적절한 예로서 다음의 경험에 대해 생각해보자. 여러분은 10℃의 찬 물이 든 1리터가 담긴 그릇과 70℃의 더운 물 1리터가 담긴 그릇을 가지고 있다. 이 두 그릇의 물을 물통에다 붓는다. 그러면 섞인 물의 최종 온도는 40℃일 것이다. 그러나 이제 이 과정을 거꾸로 돌려서 이 물통으로부터 원래의 두 개 물그릇으로 물을 퍼올리자. 여러분은 이제 다시 10℃와 70℃의 물을 얻었는가? 당연히 그렇지 않다. 하지만 왜 그렇지 않은가? 결국 여러분이 이 물통 속에 더운 물과 찬 물이 섞여 있음을 아는 것은 처음에 그 물들을 직접 넣었기 때문이다.

미지근한 물 한 통에서 더운 물과 찬 물을 회복시키는 좀더 현명한 방법을 시도해보자. 물을 두 개의 물그릇에 나누어 담은 후 하나는 난로에서 가열하고 다른 하나는 냉장고 속에서 식히도록 하자. 물론 이 방법은 통한다. 그러나 이는 반칙이 아닐까? 물은 원래의 온도 분포로 돌아갔다. 그러나 특정한 방법으로 외부로부터 에너지를 도입시킴으로써만 그렇게 할 수 있었다. 또한 원래 물통의 물과는 아무 관계가 없었던 외부의 물리적 시스템을 변화시키지 않고는 에너지를 도입할 방법이 없다(즉 난로에서는 천연가스를 태우고 냉장고에 전기를 공급하기 위해 발전소에서 석탄을 땐다). 우리에게 전달되는 메시지는 이렇다. 어떤 외부의 시스템(들)을 변화시키지 않고 섞인 시스템을 원래의 상태로 돌릴 수 있는 방법은 없다. 이 예의 문맥에서 보면 우리는

---

2) 루돌프 디젤Rudolph Diesel은 열역학 제2법칙에 대한 믿음을 지녔다. 그의 첫 번째 디젤 엔진의 원형은 1892년에 만들어진 것으로, 2층 건물 높이였으며 이의 설계는 전적으로 제2법칙의 계산에 의존했다. 이 기계는 즉시 폭발하여 결국 디젤이 병원으로 실려갔으며 그는 그곳에서 회복되는 동안 설계를 변경했다.

열역학 제2법칙을 다음과 같이 진술할 수 있다.

어떤 분리된 시스템의 자연 경향은 질서에서 무질서 쪽으로 나아가는 경향이 있다. 질서는 무질서로부터 다른(외부의) 시스템의 무질서를 증가시키는 대가를 통해서만 창조된다.

이 공식에서 '질서'란 시스템의 한 부분이 다른 부분과 서로 다른 온도, 압력, 색깔, 냄새 등을 가지고 있는 형상을 말한다. '무질서'란 시스템이 섞여 있어 어떤 부분도 다른 부분으로부터 특별히 구분되는 것이 없는 상태를 말한다.

우리가 물의 분자에 대해서 생각해보면 물그릇에 대해 좀더 이해를 잘할 수 있다. 한 방울의 물이라 해도 그 안에는 매우 작은 물 분자 약 6×10^{21}개가 있다. 이들 분자는 서로 대조적인 운동을 하고 있으며 그들은 모든 방향으로 서로 동일한 확률로 진행한다. 이 평균 속도는 음속의 몇 배에 달한다. 그들의 수는 워낙 많기 때문에 각각의 분자는 다른 하나와 부딪치기 전에 기껏해야 몇 센티미터만을 움직일 뿐이며 그들이 서로 부딪칠 때마다 마치 당구대에서 당구공들이 그러하듯이 그들은 속도를 서로 교환한다. 경험적으로 한 개의 분자가 어느 시간에 걸쳐서 하는 행동을 따라가는 것은 불가능하다. 그러나 통계적으로 우리는 분자들의 **평균** 속도가 온도와 직접적인 관련이 있고 평균 충돌력은 압력과 관련이 있다는 사실을 알고 있다. 특히 우리는 뜨거운 유체의 평균 분자 속도가 차가운 유체의 그것보다 크다는 사실을 안다.

그림 9-1은 물그릇의 실험을 이 분자의 관점에서 보여주고 있다. 차가운 물은 원래 빠르게 움직이는 (뜨거운) 분자와 느리게 움직이는 (차가운) 분자를 포함하고 있다. 그러나 분자들의 평균 속력은 이 물에 거시적 관측 온도

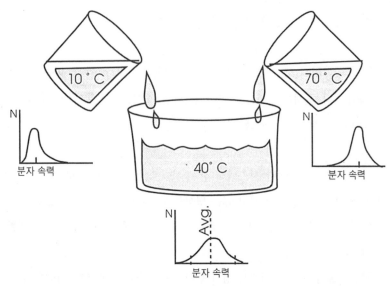

그림 9-1 느리게 움직이는 분자들과 빠르게 움직이는 분자들의 혼합. 평형 온도는 최종 분자의 평균 속력을 반영한다.

10℃를 부여한다. 반면에 따뜻한 물도 빠르게 움직이는 분자와 느리게 움직이는 분자를 포함하지만 평균 속력이 더 높아서 온도가 더 높다. 두 물그릇의 물을 한데 부으면 그들의 분자들은(이들은 매우 고속으로 임의의 방향으로 움직인다) 빠르게 섞인다. 사실 뜨거운 물과 차가운 물은 그 자체로서 혼합물 내에 존재하지만 그들의 분자는 되돌릴 가망이 없도록 혼합된 것이다. 혼합물에서 관찰할 수 있는 유일한 특성은 혼합물 내의 **모든** 분자들의 통계적인 평균과 관계된다.

어느 특정 시간에 느린 분자들이 한 곳에 모여 있고 빠른 분자들은 다른 장소에 있게 되어 사람들이 섞인 물 속에서 온도의 작은 변화를 관측할 수 있는 가능성은 아직 남아 있다. 특정한 시간에 여러분이 물통에서 1리터의 물을 떠낼 때 우연히 뜨거운 분자만을 건져내고 찬 분자를 남겨놓을 상당히 작은(그러나 0이 아닌) 가능성이 있다. 그러나 계산을 해보면 이런 일이 발생하는 것을 여러분이 보게 될 가능성이 50 대 50이 되기 한참 전에 우리의 태양은 다 타버릴 것이다. 이와 같은 통계적 요동을 제외하면 모든 고립된 시스템은 가장 안정된 상태—이는 모든 것이 가능한 만큼 무작위적인 행동을 하는 상태다—를 향하여 진화할 것이다.

19세기의 과학자들은 분자에 대하여 알게 되고 그들이 어떻게 상호 작용하는지 알게 되었을 때, 이들 작은 물질의 구성물들이 특정한 양식으로 정렬되는 수학적 확률을 계산하는 것이 가능해졌다. 엔트로피entropy라는 단어는 무작위적인 초기 분자운동의 결과로 시스템이 특정한 상태로 진화해갈 확률을 기술하기 위하여 만들어졌다. 낮은 엔트로피 시스템은 우연히 일어날 확률이 낮은 상태이고, 높은 엔트로피 시스템은 무작위의 분자 과정만을 통하여 발달될 가능성이 높은 것이다. 엔트로피의 개념을 이용하면 열역학 제2법칙은 다음과 같다.

고립된 시스템의 엔트로피는 최대값을 향하여 항상 증가하는 방향으로 나아간다. 이 최대값이란 그 이상의 주목할 만한 거시적인 물리적 과정이 가능하지 않다는 것을 시사한다. 시스템의 엔트로피를 감소시키기 위해서는 다른 시스템의 엔트로피를 이와 같거나 그 이상의 양만큼 증가시켜야만 한다.

그렇다. 이는 시스템이 질서로부터 무질서의 상태로 움직인다는 말과 거의 같은 소리다. 기본적인 차이점은 엔트로피는 왜라는 개념을 반영한다는 점이다. 그 이유는 분자 안에 있다.

우주는 전체적으로 닫힌 계다(정의에 의하여, 존재하는 모든 것은 전부 존재하는 곳에 있는 것이다). 따라서 열역학 제2법칙이 타당하다면 우주는 언젠가 모든 물질이 균일하게 분포하는 지점으로 진화하며 모든 온도는 동일해지며 어떤 에너지 전환도 일어나지 않는다. 이는 모든 곳에서 엔트로피가 가능한 최대의 양이 되기 때문이다. 이 시점에서는 어떤 생명체도 존재한다는 것이 전혀 불가능하다. 그 이유는 생명체란 일시적인 저엔트로피의 저장소이며 어딘가에서 엔트로피를 증가시킴으로써 유지되는 것이기 때문이다. 태양은 더이상 태울 것을 가지고 있지 않으며 우주의 물질은 거의 동일한 온도와 압력을 갖는 하나의 성긴 구름의 형태로 재배치되어, 정말로 지루한 장소가 되고 말 것이다. 어떤 과학자들은 이 시점에서 시간 자체도 끝이 날 것이라고 믿는다.[3]

이러한 비관적인 함축에도 불구하고 열역학 제2법칙의 멋진 면은 수학적 형태 안에서 과학자들이 열역학 과정에서 다양한 종류의 측정 가능한 결과를 상당한 정확도를 가지고 예측할 수 있도록 해주며 이같은 예측은 실제로 분자들 자신이 하는 행동을 정확하게 반영한다는 점에 있다. 이는 엄청나게 단축된 경로다. 우리의 측정 장비는 분자들의 평균 행동만을 측정한다. 그런데 왜 평균값만을 계산하면 안 되는가? 사실 이러한 접근은 화학 실험실, 엔진과 열 시스템 설계 등 다양한 산업 과정을 통제하는 데 매우 효율적으로 작동한다. 이 접근이 실패하는 영역은 주로 분자들의 수가 너무 적어서 통계적인 접근이 의미가 없는 상황처럼 우리가 이미 실패하리라는 것을 아는 곳이다. 불행히도 이러한 접근은 허리케인과 지진, 전염병과 같은 대규모 자연

---

3) 커다란 수수께끼 가운데 하나는 엔트로피가 어떻게 수학과 관련이 있는가 하는 것이다. 분자의 수준에서 시간은 가역적이다. 이는 여러분이 분자들의 상호 작용을 기록한 비디오 테이프를 앞으로 트는 것과 뒤로 트는 것을 구별할 수 없다는 의미다. 그러나 거시적 수준에서는 시간의 방향이 명백하다. 만일 면도 크림의 거품 덩어리가 깡통 속으로 들어가는 장면이 나온다면 우리는 그것이 테이프를 거꾸로 돌린 것이라는 것을 알 수 있다. 이는 (과학적 용어로 볼 때) 엔트로피가 자발적으로 낮아지는 일이 없기 때문이다. 비록 더 심도 있는 토론은 이 책의 주제에서 벗어나는 것이겠지만 필자는 관심 있는 독자들에게 스티븐 호킹 Stephen Hawking의 *A Brief History of Time*(New York: Bantam, 1990)을 강력하게 추천하는 바이다.

현상을 정확히 기술하는 데서도 여전히 실패한다. 오랜 기간 가정되어온 것은 우리가 단지 충분한 자료를 모으는 기술과 크고 복잡한 사건들을 정확히 모델링하는 계산 능력이 없을 뿐이라는 것이었다. 그러나 여기에는 훨씬 더 심각한 문제가 있을지도 모른다. 나비 효과를 일으키는 것은 나비가 아니라 분자들의 분포에서의 통계적인 요동이 될 수도 있다.

지난 수십 년 동안 컴퓨터 과학자들은 열역학 제2법칙을 정보과학에 적용하기 시작했다. 낮은 엔트로피의 시스템(즉 일어날 가능성이 적은 상태)은 이를 기술하는 데 상대적으로 적은 양의 정보가 필요하다. 반면에 높은 엔트로피 시스템은 이를 정확하게 기술하는 데 많은 양의 정보가 필요하다. 시스템이 질서에서 무질서로 진화됨에 따라 기술하는 데 필요한 정보의 양은 증가한다.

다음의 간략화한 예가 이것을 설명할 것이다. 우리가 길고 좁은 관 안에 20개의 분자를 가졌다고 가정하자. 초기에는 왼쪽에 10개의 A물질의 분자가 있고 오른쪽에 10개의 C물질의 분자가 있다. 이들은 칸막이로 가려져 있다. 그때 우리는 칸막이를 제거하고 열역학 제2법칙이 작동하도록 한다. 진화되는 시스템의 구조를 기술하기 위해 어떤 정보가 필요한가?

초기 형태 : A A A A A A A A A A C C C C C C C C C C
설명 : 왼쪽에 A가 있고 오른쪽에 C가 있다.

이후 형태 : A A A A A C A C A C A C A C C C C C
설명 : 왼쪽에 6개의 A가 있고 오른쪽에 6개의 C가 있으며 가운데 8개는 C와 A가 교대로 나타난다.

더 이후 형태 : A C A A A C C A C A A C A C C A C A C C

설명 : 실제의 배열을 반복하는 방법밖에 다른 묘사 방법이 없다.

세 번째 경우에서 적당한 설명 방법의 하나는 A와 C들이 무작위적으로 섞여 있다는 것이다. 그러나 이조차도 실제로는 중심에서 왼쪽에 A가 더 많고 오른쪽에 C가 더 많기 때문에 정확히 참인 것은 아니다. 무질서한 시스템은 이를 정확히 기술하기 위해서 많은 양의 정보를 필요로 하며 통계적 기술은 전체적인 이야기를 제대로 하지 못한다. 더구나 우리가 첫 번째를 조작함으로써 두 번째 패턴을 만들어내는 방법을 비교적 쉽게 찾을 수 있다 해도 두 번째로부터 세 번째 패턴을 발전시키는 상황은 가정하기가 점차 힘들어진다. 사실 이렇게 할 수 있는 수천 가지의 방법이 있으며 두 번째를 무시하고 세 번째로 가는 수백만 가지의 방법이 있다. 이것이 암시하는 바는 이렇다. 우리가 복잡한 시스템에 대해 일시에 많은 양의 정보를 모은다 해도 우리는 이 정보를 시간적으로 뒤로 돌려 시스템의 전 단계를 확실하게 결정할 수는 없다. 우리가 40℃의 미지근한 물 한 통을 가지고 있다면 각각의 분자 속력에 대한 가장 상세한 설명에서도 어떻게 물이 그 온도를 얻었는지는 알 수 없다. 우리에게 지금 허리케인이 있다면 이것이 발달된 후에 아무리 측정을 해보아도 이의 전조에 대한 절대적인 진리가 주어지지는 않는다. 뉴턴의 역학은 시간에 대해 가역이지만 열역학 제2법칙의 통계와 확률은 그렇지 않다.

그리고 열역학 제2법칙 안에 숨어 있는 통계적인 요동이 나비 효과에서의 나비 역할을 하는 것은 충분히 있을 수 있는 일이다. 대기가 고립된 시스템이면 이는 아마도 매우 얌전히 굴 것이다. 그러나 대기는 태양과 지구로부터 고립되지 않았다. 그리고 태양에너지의 유입으로부터 계속적으로 저엔트로피의 구역이 발생한다. 대기 분자들의 집단에 집합 엔트로피가 증가될 방법은 매우 많다. 분자 엔트로피가 증가할 때 한 경로보다 다른 경로를 따르는 것은 나비가 나무 오른쪽이 아닌 왼쪽에서 파닥거리는 것과 같다. 자연을 이러한 세밀한 수준에서 관측한다는 것은 우리가 현재 상상할 수 있는 자료 수집 시스템의 능력에서 너무나도 한참 벗어나 있고, 인간이 알 수 있고 컴퓨터가 기록할 수 있는 이론적 한계조차 한참 넘어서 있는 것으로 보인다. 대기, 지각 또는 인간과 세균과의 상호 작용과 같은 복잡한 시스템을 알기 위해서는 새로운 방법이 나와야 할 필요가 있을 것으로 보인다.

카오스

테니스 공을 폭포에 던져넣고 공이 하류의 여러 지점을 통과하면서 나타내는 속도를 예측해보자. 우리는 모두 이러한 물리적 사건을 상상해볼 수 있으며 실제로 우리들 중 많은 사람이 가끔씩 때때로 굽이치는 냇물에다 물체를 던져넣고 무슨 일이 일어나는지 관심 있게 지켜본 적이 있을 것이다. 그러나 전통적인 수학적 접근법으로 이 물체의 움직임을 예측하는 문제는 풀리지 않는 것으로 판명되었다. 폭포 밑에서(또는 급류에서)의 난류는 장소에 따라, 그리고 시간에 따라 거칠게 변화하는 유체의 속도로 특징지어진다. 유체만이 제멋대로 행동하는 것이 아니라 이는 공의 운동과 상호 작용하여 번갈아서 회전하고 (서로 다른 축을 중심으로) 위·아래·옆으로 움직이면서 순간적으로 상류 방향으로 거슬러올라가는 등의 행동을 한다. 문제를 더욱 복잡하게 하는 것은 공에 작용하는 부력과 유체의 당기는 힘이 물 속의 거품의 양과 관계 있으며 특히 때때로 공의 표면을 덮는 각 공기방울의 크기가 어떻게 분포하는지와 관련 있다는 사실이다. 만약 우리가 매우 인내심 있는 응용 수학자라면 적어도 원리상으로는 이 간단한 예에서 테니스 공이 진행하는 방향을 예측할 수 있는 프로그램을 컴퓨터로 만들어내는 데 성공할 것이라고 주장할지 모른다. 그러나 이 상상도 틀렸다. 이 문제는 의미 있는 물리적인 용어로 풀어낸다는 것이 본질적으로 불가능하다.

여기에는 수치 해석적인 이유를 들 수 있지만 필자는 지금 이 문제는 그냥 넘어가겠다. 이 문제를 실제로 풀 수 없기에 우리는 대자연에게 직접 물어볼 수밖에 없다. 즉 몇 가지 실험을 하고 어떤 일이 일어났는지 기록한 후 전통적인 대수학이나 계산 또는 전자 계산기를 이용하여 결과를 예측할 수 있는 방법이 있는지를 조사하는 것이다. 우리가 테니스 공 몇 개를 폭포 위의 강물에 한꺼번에 던진다고 상상해보라. 단순하게 하기 위해 공들이 완전히 가라앉거나 강둑에 걸리지는 않는다고 가정하자. 그림 9-2의 그래프는 여러 개의 동일한 공들이 강물이 하류로 흐르는 위치에 따라 속도값이 어떻게 변화할 수 있는가를 보여준다. 모든 공들은 폭포 위에서 기본적으로 같은 속도로 출발하지만 폭포를 통과하면서 약간씩 다른 속도를 갖게 된다. 그들은 서로 약간씩 다른 장소로 떨어지며 어떤 것들은 즉시 자유롭게 떠다니고 어떤 것들은 난류에 오랫동안 갇히게 된다. 특정한 공이 하는 행동은 예측 불가능한데 그 이유는 이 공들의 앞으로의 움직임에 결정적인 영향을 주는 환경

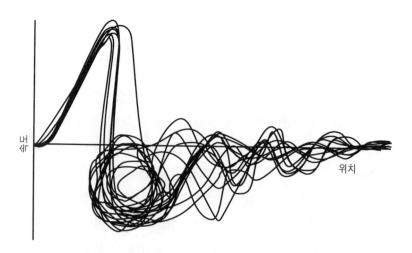

그림 9-2 폭포의 중턱으로부터 떨어지는 각 지점에서의 테니스 공들의 속도. 어느 두 공도 똑같은 움직임을 반복하지는 않는다.

변이들이 너무 작아서 관측할 수 없기 때문이다. 우리가 할 수 있는 측정의 정확도에 관계 없이 이 실험 그래프에서 볼 수 있는 것은 카오스(chaos, 혼돈)뿐이다.

사실 카오스에는 카누나 뗏목에 열광하는 사람들을 끌어들이는 커다란 스릴이 존재한다. 여러분이 거친 물길을 탈 때 한 순간으로부터 다음 순간에 무슨 일이 일어날지 예측하는 것은 불가능하다. 물의 흐름과 여러분 자신의 움직임은 혼돈되며 그 상호 작용은 매우 복잡하다. 관심의 대상이 되는 카누 선수들에게 나비 효과가 작용하기 때문에 결정적인 순간에서의 아주 작은 변이가 재미 있는 파도타기, 지루한 파도타기, 참사를 일으키는 파도타기의 차이를 초래하게 된다.

그러나 그렇다고 해서 우리가 본 그림 9-2의 그래프는 가치가 없을까? 분명 이는 한 가지 흥미 있는 형태를 보여준다. 모든 공들이 통과하지는 않더라도 가까이 지나가는 좌표(x, v)의 두 가지 배합이 있다. 폭포 아래의 난류에 일부 공들이 한동안 붙잡혀 상류로 거슬러오르고 하류로 흘러내리는 운동을 반복하는 한 지점이 존재한다. 두 번째 점은 더 하류로 가서 난류가 가라앉고 모든 공이 다시 같은 속력으로 진행하는 곳에 존재한다. 이들 두 지점은 이상한 끌개(strange attractor)라 부르는 것의 예다. 수학적인 관점에서는 어떤 분석적인 예언도 허용되지 않기 때문에 이상하게 여겨지나 물리적인 관점에서 이상한 끌개는 상당히 의미 있는 설명을 할 수 있다. 혼돈 시스템은 우주 전체를 목적 없이 방황하지는 않는다. 그들은 항상 대부분의 생애를 몇 가지 동적 형태 가운데 하나의 근처에서 배회하며 보낸다.

강물의 흐름은 혼돈 시스템의 한 예다. 구름이 느리게 움직이거나 급속하게 비틀려 격렬한 토네이도로 변할 때도 마찬가지다. 해안선의 변화, 산들바람에 펄럭이는 깃발, 산불, 산사태, 전염병의 창궐 그리고 지각판의 이동 등도 모두 혼돈계다. 시간의 규모는 혼돈계를 기술하는 데 중요해 보이지 않으며 기하학적 크기의 규모도 마찬가지다. 혼돈은 빠르거나 느릴 수 있으며 이 규모는 작을 수도 있고 천문학적일 수도 있다.

역설적으로 카오스는 어떤 종류의 질서를 보여준다. 이는 뉴턴의 결정론적 질서가 아니며 열역학 제2법칙의 통계적 질서도 아니다. 그보다 이는 이상한 끌개와 (어쩌면 좀더 근본적인 수준의) 규모의 변화에 따른 자기 유사성(self-similarity over scale changes)의 특성을 갖는 질서다.

급류로 가서 알아볼 수 있을 만한 인공 물체가 나오지 않도록 해서 그들을 카메라의 파인더에 담아보라. 이제 급류의 서로 다른 부분을 줌 렌즈로 확대시키고 축소시키며 사진을 여러 장 찍어보라. 최종 사진을 보면 여러분은 각각의 그림에서 어떤 것이 크고 작은 급류이며, 어떤 것이 사진사가 서 있던 곳에서 가까이 있고 멀리 있는지 구분할 수 없음을 발견할 것이다. 급류는 규모의 변화에 따른 자기 유사성을 갖는다. 즉 큰 것과 작은 것이 상당히 같아 보인다. 비록 필자는 개인적으로 이 기본적인 개념을 십 년 전에 받아들였다고 생각했지만, 웨스트버지니아에 있는 뉴리버 계곡의 다리 근처에 서서 쌍안경으로 일련의 급류를 보았을 때, 이는 완전히 새롭게 인식되었다. 필자가 선 자리에서 이 급류의 물은 비교적 잔잔하여 움직이는 카누에 그다지 위험하지 않을 것처럼 보였다. 그때 여섯 명이 탑승한 뗏목 하나가 굽이를 지나 필자의 시야로 들어왔다가 눈 깜짝할 사이에 급류 속으로 다시 들어갔다. 놀랍게도 그들은 파도를 타는 동안 몇 번이나 필자의 시야에서 완전히 사라졌다. 필자는 이들 뗏목을 탄 사람과의 비교를 통해서만 이들 급류의 엄청난 크기를 정확하게 판단할 수 있었다. 규모에 따른 자기 유사성에 필자는 완전히 속아넘어간 것이다.

이것은 토네이도나 산사태, 지진, 그리고 다양한 그밖의 자연적인 혼돈계의 경우와 같다. 작은 것이 큰 것과 상당히 비슷한 모양을 갖는 것이다. 해안의 항공사진이나 비행기에서 관찰한 구름의 모양을 보라. 기준이 될 만한 다른 물체가 시야에 들어오지 않으면 그 실제 크기를 절대 가늠할 수 없다. 일반적으로 해안선은 1m 위에서 찍거나 수천 미터 상공에서 찍은 사진이 거의 비슷한 모양으로 나타난다. 작은 구름을 근접 촬영으로 찍은 모습은 커다란 구름을 멀리서 찍은 모습과 기하학적으로 구분하기 어렵다. 이는 계산을 통해 예측하는 뉴턴의 결정론적 접근법의 근본적인 약점을 암시하고 있다. 결국 거대한 혼돈 시스템이 단지 작은 시스템의 규모만 키운 것이라면 어째서 이들 중 한쪽이 수학적으로 더 기술하기 어려워야 하는가?

규모에 따른 자기 유사성은 대자연의 비카오스적 시스템에서도 나타날 수 있다. 일본의 분재 예술의 즐거움은 규모를 잘못된 환각으로 이끌어가는 데 있다. 나무는 다 자란 것과 같은 모양을 하고 있다. 그러나 우리는 그들이 실제로 아주 작으며 그럼에도 살아 있는 것을 본다. 우리는 이 환상에 의해 혼란되지는 않으며 다만 매력을 느낄 뿐이다. 양치식물(고사리류)을 보라. 각각의 작은 잎은 전체 커다란 잎의 모양을 그대로 가지고 있으며 또한 각각의 작은 잎은 이들과 같은 모양을 갖는 더 작은 잎 모양으로 구성되어 있다. 눈송이를 들여다보라. 현미경으로 이를 확대하면 할수록(물론 이들을 녹지 않도록 한다는 전제하에서) 여러분은 계속 반복되는 6축 대칭의 모습을 발견할 수 있을 것이다. 바닷고둥이나 소라의 사진을 보라. 사진사가 크기의 기준이 될 만한 무엇인가를 포함하여 찍지 않는 한 이것이 얼마나 큰지를 알 수 없을 것이다. 이들 예는 난류나 토네이도와 같은 의미에서의 혼돈 시스템은 아니지만, 규모에 따른 자기 유사성을 공유한다.

그러나 양치류와 달팽이류는 비교적 원시적인 생명 형태이며 규모에 따른 자기 유사성은 더 복잡한(즉 엔트로피가 낮은) 생명체에는 일반적으로 적용되지 않는다. 여러분이 암소나 매를 보면 이들이 얼마나 멀리 있는지 꽤 정확하게 파악할 수 있다. 이는 여러분이 이들 동물의 절대적인 크기가 어느 범위에 있다는 것을 알고 있기 때문이다. 규모에 따른 자기 유사성은 카오스의 필요 조건일 수는 있지만 충분 조건이라고 하기는 어렵다. 카오스는 이러한 종류의 자기 유사성과 함께 초기 조건에 극도로 민감한 발달 형태를 갖는 시스템에서 일어나는 것으로 보인다. 이상한 끌개는 이들 전제 조건들의 귀결로 보인다. 이같은 혼돈 시스템이 어느 기간 동안 카오스 행동을 하는 것을 우리가 관측한 후에야 그것들은 드러난다.

그러나 우리가 진정으로 혼돈 시스템에서 확인할 수 있는 것은 이렇다. 통계적 예측이 의미를 잃게 된다는 것이다. 뇌운에서 물방울의 평균 위치와 속력의 통계는 의미가 없다. 이유는 이같은 평균 자체가 시간에 따라 예측 불가능하게 변화하기 때문이다. 그들은 각각의 물방울에 따라 각각 다르게 변화한다. 카오스는 무작위 과정이 아니다. 무작위 과정은 그들 결과의 집합이 고정된 확률을 가지고 나타남을 암시한다. 주사위를 던지는 것은 무작위 과정이다. 각각의 여섯 개 면은 대충 6분의 1의 확률을 가지고 나타나기 때문이다. 여러분이 주사위를 여러 번 굴리고 그 평균값을 계산하면 이는 대체로 3.5의 값을 나타낼 것이다. 주사위를 많이 굴리면 굴릴수록 그 값에 더욱 근접할 것이다. 그러나 카오스에서는 이런 일이 일어나지 않는다. 앞에서 말한 난류 속에 테니스 공을 던져넣고 두 지점 사이를 진행하는 데 필요한 시간을 측정해보라. 이 일을 여러 차례 시행하고 평균값을 계산해보라. 이 과정을 반복하고 다시 한 번 평균값을 계산해보라. 두 번째 평균값은 첫 번째와 크게 달라진 값일 것이다. 이 실험을 계속 반복하는 것은 도움이 되지 않는다. 이 평균값은 절대 안정되지 않는다. 이들 중 몇몇은 다른 값에 근접하기도 하지만 그 다음번에는 뚜렷한 이유 없이 크게 다른 값이 나온다.

그러나 어째서 우리가 카오스 시스템의 동역학적 변수들의 평균을 계산(또는 측정)할 수 없는 것일까? 평균값은 충분히 간단한 개념이며 이들은 우리가 열역학 제2법칙을 제대로 사용할 수 있도록 만들었다. 사실 한 시스템이 하나의 이상한 끌개만을 지녔다면 열역학 제2법칙의 통계는 상당히 잘 작동

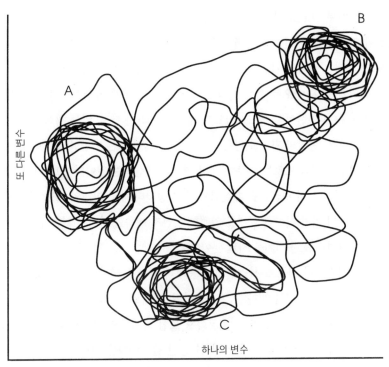

B

A

세로축 레이블: 또 다른 변수

C

하나의 변수

그림 9-3 세 개의 이상한 끌개를 지닌 가상 카오스 시스템

한다. 그러나 이상한 끌개의 숫자가 2개, 3개, 10개, 또는 20개로 늘어감에 따라 평균값은 점차로 의미 없게 되어간다. 왜 이렇게 되는지를 보기 위하여 그림 9-3에 나타난 카오스 시스템을 고려해보자. 이 가상적인 시스템은 3개의 이상한 끌개를 가지고 있다. 다시 말해 시스템의 행동은 하나의 동역학적 좌표의 집단에 머물러 있다가 갑자기 두 가지의 전혀 다른 것 가운데 하나의 상태로 튀어올라가서 그곳의 좌표 집단 근처에 머문다. 이 '튀어오름' 현상은 초기 조건에 극도로 민감하기 때문에 그들은 물리적 측정을 통하여 예측될 수 없다. 시스템이 특정한 하나의 이상한 끌개 주위에 오래 머물수록 우리는 평균을 통하여 이들의 행동을 의미 있게 예측할 수 있다. 불행히도 이 시

스템은 아무 경고도 없이 다른 이상한 끌개 주위로 튀어올라갈 것이다. 이런 일이 일어날 때 미리 계산한 평균 행동은 더이상 설명할 수 없게 된다. 따라서 왜 우리는 각각의 이상한 끌개마다 평균값을 계산하지 않는 것일까? 이유는 우리가 이 튀어오름 현상이 언제, 또는 얼마나 자주 발생하는지 알 길이 없기 때문이다. 현실적으로(적어도 현재까지) 우리가 할 수 있는 최선의 방법은 어느 기간 동안의 자료를 얻은 다음 이 시스템이 다른 이상한 끌개로 튀어갈지 여부는 전혀 모르는 채로 전체의 평균을 계산하는 것이다. 그러나 우리가 세 가지 각각의 평균값을 계산하는 데 성공한다 해도 미래의 어느 시점에서 시스템이 어떤 이상한 끌개를 선택할 것인지 예측할 방법이 없는 한 이 정보는 여전히 모호한 가치를 지닐 뿐이다.

이는 사람들이 카오스 시스템에서 통계적 계산을 하지 않는다는 것을 의미하지는 않는다. 그들은 자주 그렇게 하며, 때때로 심각하게 잘못된 결과로 인도된다. 적절한 예는 고도로 조직화된 보험 회계의 통계학에 의존하는 보험업의 경우다. 예를 들면 지난 백 년 동안 플로리다를 강타한 허리케인의 평균 횟수를 계산하는 것은 쉬운 일이다. 최근 십 년 동안 허리케인에 관련된 보험 청구액의 평균을 계산하여 이를 현재 보험금을 지급할 총 인구수와 관련지을 수도 있다. 이를 기반으로 보험회사는 미래의 허리케인과 관련된 보험금에 노출될 위험을 평가할 수 있으며 이 위험에 대비하여 상당한 여유분을 가지고 충분한 자금을 적립한다. 이는 만일 지구의 대기가 평균 법칙을 존중하면 안전한 분석이 된다. 실제로는 그렇지 않다. 1992년 앤드류 허리케인의 영향으로 적어도 플로리다의 보험회사 여섯 곳이 파산했으며 그밖의 많은 회사들도 그들의 재정 적립금을 초과하는 심한 손실을 입었다. 열대성 폭풍은 시간에 따른 열대성 폭풍의 양식과 마찬가지로 카오스적이다. 통계적 결정론은 이들 사건에 적용되지 않는다.

불행히도 현대 과학은 전통적인 통계 분석의 현실적 대안을 제공할 준비가 되어 있지 않다. 카오스 이론과 비선형 동역학은 오늘날 과학의 전위대이며 현재의 연구는 대답보다는 새로운 질문을 더 많이 만들어내고 있는 것으로 보인다. 아마도 대답되지 않은 질문 가운데 가장 설득력 있는 질문은 이럴 것이다. 우리 인간이 카오스 시스템의 이상한 끌개를 연역적(a priori)으로 발견하는 방법을 고안할 수 있을까? 만일 우리가 언젠가 이를 달성할 수 있다면 날씨 제어, 지진 제어, 그리고 어쩌면 전염병 제어와도 같은 수많은 초현대적인 사회적 이득이 뒤따라올 것이다. 카오스 시스템이 한 이상한 끌개 주위에서 다른 쪽으로 튀어올라가려고 할 때가 작은 교란에 가장 민감하게 한쪽으로 갈 것인지 다른 쪽으로 갈 것인지가 결정되는 시기다. 만일 우리가 실제 이것으로 허리케인으로 발달되기 전에 교란을 없애버리거나 돌려버릴 능력이 있다면 허리케인이 상륙할 정확한 시간과 장소를 예측하지 못한다고 해서 걱정할 필요가 무엇이 있겠는가?

비록 오늘날 재난 제어의 개념이 터무니없고 허황하게 보일지도 모르나 사실 카오스 이론에서 이를 불가능하게 하는 원리가 있는 것은 아니다. 허리케인을 막거나 비껴가게 하는 한 가지 방법은 물 속에서 폭발을 일으켜서 특정 시기에 찬 물을 표면에 끌어올리는 것이 될 수 있다. 지진으로 인한 사망을 막는 한 가지 미래의 방법은 먼저 모든 사람들을 대피시킨 후 일련의 소형 지진들을 일으켜서 구조적 응력을 발산시키는 것이다. 그러나 어떤 현상을 조정하기 이전에 그 현상에 대한 이해가 있어야 한다. 그리고 현재 우리는 아직 복잡한 시스템이 하나의 이상한 끌개로부터 다른 쪽으로 튀어가려고 하는 시점을 감지하는 방법을 알지 못한다. 이같은 튀어오름이 일어나려고 할 때에만 우리 인류는 약간의 에너지로 거대 규모의 혼돈 현상 과정을 의미 있게 변화시킬 수 있다.

카오스로의 전이

인류의 역사 기록을 통하여 자연적인 조수의 오르내림이 자연재해가 되었던 적은 없다. 바닷물이 급하게 밀려와서 해안선을 12m 깊이로 잠기게 했던 펀디 만의 경우에도 예외는 아니다(높이 12m는 약 40ft로, 이는 거대 쓰나미의 높이와 비교할 만하다). 이로 인하여 마을이 떠내려간 적은 한 번도 없었고 인명이 희생되는 경우도 비교적 드물다. 조수는 예측이 가능하며 밀물과 썰물은 천문학적 시계에 의하여 정확하게 작동한다. 그들의 거동은 카오스의 반대개념이다.

반면 자연재해는 원래 예측 불가능하다. 그들은 예상치 않게 사람들을 덮치기 때문에 사망자와 재산피해가 발생하는 것이다. 우리는 대자연이 제공하는 작은 단서라도 잡으려 한다. 해안에 거주하는 사람들은 기압이 낮아지면 대피한다. 선장은 쓰나미가 닥친다는 경보를 받으면 깊은 바다로 발진한다. 캘리포니아 사람들은 가장 파괴적인 지진파가 도착하기 몇 초 전에 도달하는 P-파를 인식하는 법을 배운다. 그러면서 우리는 또한 통계적 예측에 대하여 인식하고 있으며 여기서 다른 단서를 찾는다. 우리는 지진이나 허리케인, 표준 적설량을 지탱하는 가옥을 짓기 위해 추가로 비용을 지불한다. 우리는 가장 흔한 어린이 질병을 막기 위해 아이들에게 백신을 맞힌다. 이 일이 통계적으로 위험을 낮춘다는 것을 믿기 때문에 이런 일들을 한다(대개 실제로 그렇다).

그러나 자연재해가 닥칠 때, 과학적 예측은 — 비록 통계적인 것이라도 — 귀납적(a posteriori)인 실제와 비교할 때 항상 그 신뢰성에 빈틈이 있다. 자연재해는 일관되게 카오스적이며 때때로 인간의 생애에 통계적으로 결정되어 나타나는 것처럼 보이더라도 더 긴 기간을 통해서는 통계상 심하게 불일치한다. '백 년 만의 홍수'[4] 또는 '오십 년 만의 바람'이라는 용어는 이 개념들을 뒷받침하기 위해 제공되는 자료의 양이 아무리 많더라도 단지 환상에 지나지 않는다. 현 세기의 재난 통계는 지난 세기에 이와 대응하는 통계와 매우 다르며 미래의 재난 통계는 우리가 현재 작성하는 통계와 다를 수밖에 없다. 예를 들어 우리는 앞으로 올 10년간의 연평균 허리케인의 수도 실제로 예측할 수는 없다.

그럼에도 우리는 모든 물리적 사건이 수많은 분자들의 행동의 총합에 바탕을 두고 있다는 사실을 알고 있다. 분자들의 운동은 무작위적이지만 절대 카오스적은 아니다. 그렇다면 대자연이 어떻게 분자 수준에서 근본적으로는 정상적으로 운동하는 현상을 증폭시켜 거시적인 카오스의 통계적 무질서를 만들어내는 것일까?

이는 보기보다 매우 심오한 질문이며 이에 대한 과학적 답변은 아직 불완전하다.[5] 그러나 충분히 주의깊게 관찰하면 우리는 카오스가 갑자기 완전한 복잡성으로 나타나지 않는다는 것을 알 수 있다. 사실은 기본적으로 규칙적인 상태로부터 시작하여(때로는 천천히 때로는 급격하게) 카오스로 진화하는 것이다. 간단한 실험 하나가 이 사실을 어느 정도 간파할 수 있게 한다. 싱크대의 수도꼭지를 약간만 틀어놓고 물이 조금씩 떨어지도록 하라. 그 밑에 움푹한 접시를 받쳐놓으면 물방울이 떨어지는 소리를 들을 수 있다. 방울이 떨어지는 주기는 상당히 일정할 것이다. '똑… 똑… 똑…' 이제 수도꼭지를 약

---

4) '백 년 만의 홍수'란 어떤 주어진 장소, 주어진 연도에 발생할 확률이 0.01(%)로 주장되는 홍수를 말한다. 통계학자들 자신은 이러한 홍수가 정기적으로 100년마다 일어난다고 말하지는 않는다. 필자의 요점은 비록 어떤 사람이 1000년 동안 이 자료를 수집하여 이를 평균한다 해도, 이를 의미 있는 숫자로 산정할 방법이 없다는 것이다. 어떤 천 년 동안의 평균 100년의 홍수는 그 이전이나 그 이후 천 년 동안의 평균 100년의 홍수와는 매우 다르기 때문이다.

5) 이러한 철학적 논점들을 토의하기 위해서는 John Horgan, From complexity to perplexity, *Scientific American*, Jun. 1995, 104~109를 참조. 그 이전에 발행되었지만 복잡성과 혼돈의 전체 주제에 대해 더 포괄적인 개론서로서 James Gleick, *Chaos: Making a new science*(New York: Viking, 1987)를 강력하게 추천한다.

간만 더 틀어보라. 처음에는 물방울이 좀더 빠르게 떨어지나 여전히 일정한 비율로 떨어진다. 그러나 수도를 약간 더 틀면 물이 떨어지는 소리는 새로운 방식으로 전개되어 두 가지로 구분되는 주기가 나타난다. '똑 – 똑⋯ 똑 – 똑⋯ 똑 – 똑⋯' 흐름을 좀더 빠르게 해보라. 그러면 또 다른 주파수 배가현상이 나타난다. '똑⋯ 똑 – 똑⋯ 똑⋯ 똑⋯ 똑 – 똑⋯ 똑⋯ 똑⋯ 똑 – 똑⋯ 똑⋯' 이 시점에서 떨어지는 패턴은 초기 흐름의 약간의 증가치에 극도로 민감하다. 그리고 여러분은 빠르게 떨어지는 물방울이 카오스로 변질되는 과정에서 다른 패턴을 식별할 수도 있고 식별하지 못할 수도 있다. 그러나 잘 제어된 실험은 각각의 물방울의 규칙적인 운동이 거친 물 흐름의 카오스에 완전히 휩쓸리기 전에 물방울의 주파수가 연속적인 분지(bifurcation) 또는 분열(split)의 전체 과정을 모두 경험한다는 것을 보여준다.

여러분은 보통의 수도꼭지를 가지고서도 떨어지는 물이 두 가지 상태 — 하나는 이것이 연속된 물줄기로 합쳐지는 것이고 또 하나는 각각의 물방울로 갈라지는 것 — 사이에서 어느 한쪽으로 튀어오를 수 있는 하나의 지점에 이 흐름을 맞추어놓는 것이 가능하다는 사실을 발견했을 것이다. 이 지점에서 수도꼭지 손잡이의 아주 작은 건드림이 전체 시스템을 이들 중 규칙적으로 떨어지는 것과 연속적인 흐름 가운데 한 상태에서 다른 상태로 밀어낼 것이다.

카오스의 징후는 보통 이러한 전조를 갖는 것으로 보인다. 에너지 양의 증가에 따라 연속적인 주파수의 연속된 분지가 시스템으로 유입된다. 낮은(임계 이하의) 에너지에서 대부분의 시스템은 규칙적으로 조용히 운동하며 예측 가능하다. 높은(그러나 아직도 임계 이하) 에너지에서 시스템은 좀더 복잡한 운동양식으로 튀어오르지만 아직도 비교적 조용히 운동한다. 그러나 에너지가 한층 더 증가하면 시스템은 복잡성의 다음 양상으로 튀는 데 점점 더 낮은 추가 에너지가 필요하게 된다. 결국 에너지의 임계 양이 존재하며 이는 시스템을 카오스로 밀어넣는다.

이는 실험실 연구와 컴퓨터 시뮬레이션에서 아주 명백하다. 그러나 자연에서도 이것이 나타날까? 그런 것으로 보인다. 화산, 지진, 그리고 심지어 전염병 모두가 그들의 진화에서 에너지 균형의 아주 약간의 변화가 시스템을 한 운동양식에서 다른 쪽으로 튀게 만드는 임계지점을 갖는 것으로 보인다. 만일 복잡한 현상에서 이러한 임계지점을 이해하고 예상할 수 있다면 우리는 언젠가 자연재해를 예측하고 심지어 예방하는 데 좀더 성공적일 수 있게 된다.

세계 기후

기후(climate)는 기상(weather)과 다르다. 이는 시간에 따라 변동하는 날씨에 대한 표준값이나 평균값의 집합을 말한다. 예를 들어 로드 아일랜드의 기후는 1월 평균 기온이 -2.1℃(28.2°F), 7월 평균 기온은 22.5℃(72.5°F), 연평균 강수일 124일, 강수량 45.32in., 강설량 37.1in. 등으로 부분적으로 설명된다. 물론 실제로는 어느 한 해도 그런 지역적 표준의 집단을 그리 정확하게 따르지는 않으며 우리가 이미 보아왔듯이 그들의 평균값 자체가 10년에서 100년 단위로 표류한다. 세계(global) 기후라는 말은 평균 대기 온도, 극지방 만년설의 연간 팽창과 수축 주기, 강수량의 지역적 분포 등등, 행성 전체의 표준 집단을 의미한다.

카오스 이론은 기후에 대한 이러한 전통적 정의에 타격을 가했다. 기후의 행동이 기본적으로 카오스적이면 평균이나 표준값의 물리적 의미는 없어지는 것이다. 예를 들어 우리는 빙하시대가 외견상 불규칙한 시간 간격으로 오고가는 것을 알고 있으며 오늘날 거대 파충류가 생존할 수 없는 사막에서 공룡의 뼈를 발견한다. 그림 9-4의 그래프는 우리가 현재 알고 있는 지난 10

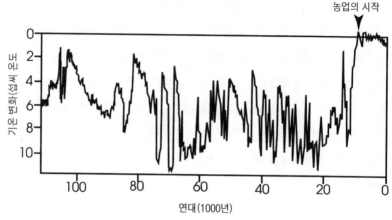

농업의 시작

연대(1000년)

그림 9-4 비교적 최근까지 거칠게 동요하는 세계 기온

만 년 동안의 평균 세계 기후의 변이를 보여준다. 비록 기온은 기후를 정의
하는 몇 가지 변수 가운데 하나일 뿐이지만 이 자료로부터 지구의 기후는
비교적 최근까지 특별히 안정된 시기가 없었던 것이 분명하다.[6] 사실 약 12
만년 전, 지구의 평균 기온이 현재와 매우 비슷했을 때 전 세계의 해수면이
6m나 올라갔다가 15m 이상 급락한, 격렬한 한 세기도 있었다.[7] 만일 오늘
날 비슷한 사건이 일어난다면 이는 수억 명의 사람들에게 엄청난 재난이 될
것이다. 더구나 기후는 규모에 따른 자기 유사성을 나타내는 것으로 보인다.
이는 만일 우리가 1월의 연속된 기온과 강수량 자료를 보면 이 자료만으로
는 특정 도시의 것인지, 아니면 전체 주나 전 국가의 자료인지 거의 알 수가
없다는 뜻이다. 그러나 기후가 정말로 카오스적이면 이는 이상한 끌개를 가
지고 있어야 한다. 그렇다는 증거가 있을까?

6) W. S. Broecker, Chaotic climate, *Scientific American*, Nov. 1995, 62~68.

7) C. Stock, High tidings, *Scientific American*, Aug. 1995, 21~22.

컴퓨터 시뮬레이션은 우리의 세계 기후가 적어도 세 개의 이상한 끌개(그리고 아마도 많은 수의 작은 것들도 추가하여)를 실제로 가지고 있다는 것을 암시한다. 한 개의 이상한 끌개는 우리가 짧은 인간의 역사에서 기대하고 있는 전형적인 기후 조건과 일치한다. 즉 온화한 기온과 적당한 구름 양과 강수량을 말한다. 다른 두 개의 이상한 끌개는 이와 전혀 다르다. 하나는 '백색의 지구(white Earth)' 끌개다. 여기에서 행성 표면의 많은 부위는 눈으로 덮이고 구름은 거의 없으며, 눈이 태양광을 흡수하기보다 우주로 반사하는 경향이 있기 때문에 전체 기온은 매우 낮게 유지된다. 세 번째로 가능한 이상한 끌개는 '온실 끌개(greenhouse attractor)' 다. 이는 높은 고도까지 덮여 있는 두꺼운 구름층과 대양을 증발시킬 정도로 높은 지표면 온도로 특징지어진다(이는 행성 금성에서 일어난 상황으로 보이며 오늘날 이곳의 표면 기온은 500℃, 즉 900°F에서 머문다). 만일 기후가 카오스적이면 이는 이들 이상한 끌개 가운데 하나에서 머물다가 다른 것 중 하나로 튀어가는 능력을 가지고 있다.

물론 인류가 기득권을 지니고 있는 것은 우리 행성의 기후가 현재의 이상한 끌개 근처에서 유지되기 때문이다. 사실 적어도 단기간에는 그렇게 될 가능성이 높다. 그러나 장기적으로 보면 모든 도박은 끝장이 난다. 언젠가 생존 조건이 극도로 열악한 '백색의 지구' 모드나, 그보다 더 나빠서 인류의 생존이 아예 불가능한 '온실 지구' 모드로 튀어가기 위한 상태 전환이 일어나는 것은 충분히 가능한 일이다. 무엇이 이같은 튀어오름 현상을 촉발시킬 것인가? 냉장고에서 대기로 방출되는 염화불화탄소(CFC, 프레온가스)가 한 가지 가능성이 될 수 있다(비록 최근에 이 특정 물질의 방출을 통제하기 위한 국제적인 노력이 있는 것으로 보이지만). 거대한 운석의 충돌이나 거대 화산의 폭발이 또다른 가능성이 될 수 있다. 그러나 세계 기후의 튀어오름은 우리가 인식하지도 못하고 생각하지도 못했던 무엇인가에 의해 유도될 수도 있다. 카오스 시스템은 매우 작은 자극에 의하여 극적인 반응을 보일 수 있으며 그들이 두 개의 이상한 끌개 사이의 낮은 지역 어딘가에 머물러 있을 때는 특히 그렇다. 현재로서는 지구 기후의 변화 형태가 다른 이상한 끌개로 튀어 우리가 살 수 없게 되기 전에 다른 곳으로 달아날 방법에 대하여 전혀 아는 바가 없기 때문에 세계의 기후를 현재의 이상한 끌개로부터 다른 쪽으로 바뀌도록 하는 것은 분명 인류를 위하여 신중한 일이 아니다.

물론 우리 대기의 이상한 끌개의 모든 목록을 갖는 것은 매우 도움이 될 것이다. 그러면 우리는 현재의 세계 기후를 가장 가까운 이상한 끌개로 규정할 수 있기 때문이다. 지금 우리는 컴퓨터 시뮬레이션에 의존할 수밖에 없는데 사실 이는 추론의 형태를 좀더 복잡하게 만든 것에 지나지 않는다. 지구의 온실 모드는 실제로 발생할 이상한 끌개가 될 수도 있고, 계산상의 가정으로 만든 인공물에 불과한 것이 될 수도 있다. 복잡한 숫자와 수학은 실재가 아니다. 대자연만이 실제로 무슨 일이 일어날 수 있는지 정의할 수 있다.

재현 불가능성의 딜레마

이 책 전반을 통하여 필자는 과학사상의 역사에 대하여 꽤 길게 이야기해 왔다. 그리고 필자는 과학이 정체된 곳에서 다시 활동하기 시작하려면 패러다임의 전이가 필요하다는 이야기도 했다. 수학을 자연현상의 관찰과 연계시킨 공로는 피타고라스에게 돌아간다. 우리는 경험적 탐구의 개념을 창안한 갈릴레오의 공로를 기념하고, 뉴턴은 우리에게 우주적 시계태엽의 결정론을 부여했다. 지난 수 세기 동안 비과학으로부터 과학을 구분짓는 것은 재현 가능성이었다. 만일 연구자의 발견이 다른 시간에 다른 관찰자에게 반복되지 않으면 초기의 발견은 당연히 쓰레기더미 속으로 직행했다.

지난 19세기 후반에 과학자들은 원자 시스템에 대한 수많은 실험과 관찰의 결과 경험의 정확한 반복이 일어나지 않는다는 사실을 발견했다(여기서 반복은 측정 불확실성의 한도 내에서다). 이는 과학의 기반을 흔들어놓았으며 수십 년이 흐른 후에 통계학적 결정론이라는 새로운 패러다임이 나타났다. 이제 만일 각각의 사건들이 이전의 관찰과 어긋난다 해도 사람들이 유사한 사건들의 집합을 기술하는 통계적인 측정값을 재현할 수 있다면 그것은 괜찮은 것이다. 통계적 결정론의 패러다임은 더 복잡한 과학(즉 생물학, 심리학, 그리고 사회학)에 의하여 재빨리 받아들여졌으며 과학은 한 발 더 전진했다. 통계적 방법론으로 지구물리학자, 기상학자, 화산학자, 전염병학자 등 새로운 전문가들이 번영을 구가했다. 자연의 가장 작은 형태를 이해하는 문제로부터 발생한 패러다임의 전환이 현재에는 놀랄 만한 복잡성의 대규모 시스템에 일상적으로 적용되었다.

뉴턴의 결정론적 패러다임만을 이용하여 날씨나 화산, 전염병, 인구통계학 등의 과학을 발전시키는 것은 절대 불가능했다. 사람들은 측정 정밀도의 한도로 인하여 이같은 현상의 복제본을 절대 만들 수 없다. 두 개의 화산은 항상 매우 다른 발달 형태를 보이며, 두 개의 허리케인, 두 전염병, 또는 두 집단의 인구 증가 과정도 마찬가지다. 가능한 변수가 너무 많아서 이용할 수 있는 정보는 너무 불충분하다. 통계와 충분히 많은 견본들을 가지고 과학은 아직도 실제적인 가치의 통찰을 제공할 수 있을 것으로 보였다. 그리고 우리는 충분히 침강 화산들이 열곡 화산들과 다른 위험을 산출한다는 것을 배우며 어떤 지리학적 지역이 허리케인에 강타될 가능성이 가장 높은지, 전염병에 대처하는 데 어떤 전략이 가장 효과적인지를 배웠다. 우리는 이들을 분석적인 방법이 아니라 통계적인 방법으로 배웠다. 또한 이렇게 함으로써 적어도 우리 중 일부는 미래의 자연재해의 특정한 시간과 장소, 규모를 예측하는 방법을 모르면서도 살아갈 수 있었다.

그러나 20세기가 전개되면서 많은 복잡한 시스템이 단순히 통계적 결정론의 패러다임으로 해결되지 않음이 점차 명백해졌다. 오늘날 통계적 탐구의 방법론은 복잡한 현상에 대하여 의미 있는 결과를 점점 적게 산출하며 과학은 1890년대와 비슷하게 또 다른 난국의 경계에 있다. 거듭해서 우리는 우리의 통계적 기술이 우리가 바랐던 것만큼 가능하지 않다는 것을 안다. 지진의 새로운 양식은 예전의 양식을 반복하지 않는다. 새로운 질병은 심지어 평균적으로도 이전의 것처럼 번져가지 않는다. 우리는 이에 대해 점차로 과학을 세분화하여 전문인력을 한 곳에 밀집시킴으로써 응답한다. 천체물리이론과 진화생물학을 제외하고는 현대 과학에서 뉴턴의 동일성 개념은 그리 인정받지 못하고 있다.

필자는 우리가 때때로 놀라운 기술적 발전을 가져오는 발견을 하지 않는 다는 이야기를 하는 것은 아니다. 물론 우리는 그런 일을 하고 있다. 그러나 우리는 1890년대에도 그러했다. 이 시기에는 물리학자들이 물질의 근본적인 특성에 대해서는 전적인 혼란 상태에 들어선 반면 공학에서는 천재들이 엄청나게 쏟아져나왔던 시기였다. 어떤 때는 몇 년, 어떤 때는 몇십 년, 기술은 항상 과학의 뒤를 따른다. 오늘날 시장에 계속해서 등장하는 새롭고 놀라운 약품은 수십 년 전까지 거슬러올라가면 과학적 사고의 산물이며, 대부분의 현대 전자제품은 적어도 2,30년 이상의 역사를 갖는 과학에 기반하고 있다. 비록 고도의 특정한 과학 연구는 종종 사회의 이익을 가장 촉진하는 주제에 집중되지만 장기적으로 볼 때 이는 전체적 과정을 추진하는 보편적인 과학적 통찰을 반영한다.

불행하게도 현재 우리는 자연재해를 피하거나 경감시키는 데 새로운 방법의 기반이 될 수도 있는 새로운 과학은 거의 연구하지 않고 있다. 기술적으로 우리는 과거와 동일한 검증 방법을 계속 사용한다. 이는 방파제를 짓고 건축법령을 부과하며 허약한 사람들에게 백신을 주사하고 새로운 기상위성을 발사하는 것 등등이다. 우리의 초점은 새롭고 다른 전략을 개발하는 것이라기보다 과거의 일들을 더 잘하는 데 맞춰져 있다. 여기에서 특별히 우리를 인도하는 새로운 과학이 없는 한 선택의 여지는 거의 없다. 그러나 시간이 가면서 우리에게 가해지는 도전은 점점 증가한다. 매년 인구밀도가 높은 지역이 늘어나며 이들은 더욱더 사회의 기반시설에 의존하고 점점 더 재해의 위험 가능성은 높아진다. 우리가 인구를 보호하기 위하여 과거와 동일한 낡은 방법을 사용함에 따라 우리의 기반을 잃을 수도 있다. 각각 300억 달러씩의 피해액이 붙었던 1992년 허리케인 앤드류나 1994년 노스리지 지진의 파괴는 20년 전에 발생했다면 영향 지역의 인구가 더 적었기 때문에 피해 규모는 훨씬 적었을 것이다.

과학자로서 우리는 복잡한 재현 불가능한 현상을 연구하는 데 만족스런 결과를 내는 방법을 갖지 못하고 있다는 결론을 내릴 수밖에 없다. 우리는 1890년대의 물리학자들이 경험했던 것과 같은 종류의 난국에 부딪쳤다. 이는 우리를 통계적 결정론의 패러다임과 통계적 경험의 방법론으로 인도했다. 현재는 이전의 과학이 작용하는 영역에서 이를 대치하는 것이 아니라 이전의 과학을 초월하는 새로운 종류의 과학이 필요한 때로 보인다. 뉴턴의 결정론이 20세기 초반의 과학혁명에서도 살아남아 오늘날 우주 탐사를 인도하는 데 성공적으로 이용되듯이 현재 통계학적 결정론도 잘 작용하는 현실적 영역이 존재한다. 따라서 우리의 관점은 뉴턴의 시계태엽 결정론이 확률이 100% 근방에 머무르는 사건에 적용할 수 있는 통계적 결정론의 특별한 경우이고, 통계적 결정론은 확률이 100%는 아니지만 적어도 시간에 따라 일정한 값을 갖는 '새로운 과학'의 특정한 경우가 될 것이라는 점이다. '새로운 과학'은 일반적으로 특정 결과의 확률이 100%도 아니고 시간에 따라 일정하지도 않은 사건을 다룰 것이다.

그러면 '새로운 과학'의 주된 주제는 이들 본질적으로 재현 불가능한 자연현상을 기술하는 것이라야 하며 아직 일어나지 않은 사건에 대해서 우리에게 의미 있는 통찰을 주어야 할 것이다. 이 거창한 주문은 과학 전문가들이 만족시키기 힘든 요구다. 새로운 과학은 대부분 현재의(그리고 인공적으로 설계된) 과학 분야와 소분야들을 모두 계승하며 발전시켜야 되기 때문이다. 우리는 모든 복잡한 것의 의미 있는 이론을 찾을 필요가 있다. 이같은 이론이 가능할까? 알 수 없다. 일부 과학자들은 비관적인 전망을 하고 있으나 다른 사람들은 이 목적을 향해 용맹스런 정진을 하고 있다.

이러한 새로운 과학의 수학적 방법은 오늘날 과학자들에게 익숙한 방법과 매우 다른 어떤 것이 될 것이다. 대수와 미분 방정식은 복잡한 계에서는 잘 작용하지 않으며(비록 이들은 뉴턴의 결정론에서는 매우 잘 작용했지만), 전통적인 통계학도 카오스 현상에 적용할 때는 실패했다. 만일 여기 돌파구가 있다면 사고하고 분석하며 심지어 관찰하는 데 혁명적인 새로운 방법이 필요할 것이다. 카오스 이론과 비선형 동역학은 1970년대와 80년대에 처음 출현할 때에는 거창한 약속을 하는 듯했으나 그들이 컴퓨터와 실험실에서 상당한 성과를 이루었음에도 불구하고 (또한 이로 인해 여러 과학 잡지에 수천 편의 학술 논문이 발표되었지만) 아직까지 그들은 외부 물리적 세계의 실제 값을 우리에게 말해주는 데는 참담할 정도로 실패했다. 비록 여러 연구 결과 컴퓨터 시뮬레이션과 복잡 다양한 자연현상 사이의 설득력 있는 유추가 만들어지고 있지만 우리는 더 실제적인 문제에 대해서 아직도 답을 간구하고 있는 실정이다. 이같은 분석이 우리에게 내년에 올 허리케인의 계절이나 국립공원의 화재와 싸울 장비의 최선의 배치, 또는 재난 보험회사들이 운영해나가는 방법 등에 대해서 무엇을 말해줄 수 있을까? 이처럼 실제적인 문제에 대하여 카오스 이론이 우리의 공학자나 공공정책 입안자들에게 무엇을 말해줄 수 있는지 안개 속에 내버려둔 채 대부분의 과학자들은 침묵하고 있다.

어쩌면 이미 자연재해가 될 수 있는 재현 불가능한 사건들에 대하여 예측하고 이에 대비할 수 있는 인간의 능력이 본질적인 한계에 도달했다고 밝혀질 수도 있다. 사실 우리가 미래에 할 수 있는 모든 것은 과거에 해왔던 것들을 좀더 열심히 하는 것에 불과할지도 모른다. 그러나 반드시 그러한지는 알 수 없으며 분명 아직 포기하기에는 이르다. 노력은 계속될 필요가 있다. 현재 우리는 다음번 돌파구가 어디에서 나올지, 어떤 눈에 띄지 않는 연구의 일부가 잃어버린 연결고리를 제공할 수 있을지, 또는 어떤 잃어버린 작은 기회 때문에 환경이 예기치 못한 이상한 끌개를 향해 크게 튀어가는 것을 막는 데 실패할 것인지 아는 바가 없다.

따라서 필자는 다음과 같은 호소를 하고자 한다. 다음번의 국회의원들이 남극 탐사에 들어가는 비용을 비웃거나, 열대 삼림의 연소에 대한 환경적 관심을 기울이는 것을 반대하거나, 유엔이 제3세계의 산아 제한을 주도하는 것을 불평하거나, 다른 행성으로의 '부적절한' 우주 탐사를 비판하는 것을 듣게 되면 여러분도 그들의 과학 때리기 대열에 합류하기 전에 한 번 더 생각을 하라는 것이다. 아무도 어떤 지식이 결국 무의미한 것인지 또는 어떤 외견상 눈에 띄지 않는 발견이 미래 인류와 자연환경과의 관계를 중대하게 바꿀 중요한 패러다임 전환에 공헌할 것인지에 대해 말할 수는 없다.

지구 행성의 인류 문명은 상상할 수 없을 규모의 잠재적인 재난으로부터 절대로 안전하지 않다. 우리는 이제 겨우 이해하기 시작한 거대한 조직 안의 작은 구성원일 뿐이며 우리 인간들은 우주의 미래 과정에 필수적인 요소가 결코 아니다. 우리는 대자연과 상호 존중하는 관계를 유지하여 자녀들에게 물려줘야 할 의무를 지고 있다. 또한 우리가 그렇게 할 수 있는 길은 자연이 울부짖는 소리만이 아니라 아직 완전히 알아들을 수 없는 언어로 아주 조용하게 속삭이는 소리에도 귀를 기울이고, 기울이고, 또 기울이는 수밖에 다른 방법이 없다.

옮기고 나서

　재난과학(disaster science)은 과학과 공학의 경계에 놓여 있다. 사물과 사태의 본질과 그 원인을 추구한다는 점에서 이는 과학에 속하며, 인류에 대한 봉사를 목표로 삼고 구체적인 결과를 요구받는다는 점에서 이는 공학에 속한다. 자연재해에는 태풍이나 해일, 지진 및 화산 등과 같은 범 지구적인 사건만이 아니라 운석 낙하 등의 천문학적 사건, 전염병과 같은 생물학적 사건 등을 포함하며 따라서 물리학 · 천문학 · 지질학 · 해양학 · 생물학 등 모든 분야의 과학이 포함되어 있다. 과거의 사건으로부터 미래의 일을 유추해나간다는 점에서 수학과 통계학도 취급하며, 많은 인명을 대피시키고 혼란을 방지한다는 점에서 심리학과 사회학에 대한 이해도 필수적이다. 따라서 이는 널리 알려진 학제간(學提間) 연구의 대표적인 분야가 된다.

　세계 여러 나라와 마찬가지로 우리나라 역시 자연재해로부터 결코 안전하지 않다. 여름마다 장마와 태풍으로 적지 않은 인명이 희생되고 있으며, 세계 어느 나라에 못지 않은 높은 인구밀도는 큰 재해의 발생시 엄청난 피해를 걱정하지 않을 수 없게 한다. 역사 문헌을 보면 현재 우리들이 신경을 쓰지 않고 있는 한반도에서의 지진이나 화산으로 인한 피해 역시 무시할 수 없을 정도로 존재했다. 그러나 아직 우리나라에서는 각자 자신의 분야에 대한 연구만 있을 뿐 이를 전체적으로 묶어 수행하는 학제간 연구로서의 재난과학에 대한 개념이 발달하지 못한 실정이다.

『잠 못 이루는 행성』의 저자는 여러 재난과학 분야에서의 경력을 바탕으로 다양한 방면의 학문을 폭넓게 보여주며 학제간 연구가 무엇인지를 알게 해준다. 이 책은 전염병을 비롯하여 지진·화산·해일·태풍 등 인간에게 위험을 가할 수 있는 모든 자연재해에 대한 전반적인 이해를 담고 있다. 이는 단순한 사실의 나열이 아니다. 역사적으로 큰 피해를 입힌 자연재해의 양상이 마치 신문기사를 보듯이 생생하게 묘사되며, 이들 재해의 자연과학적 원리 및 이에 대응하는 공학기법들의 서술은 해당 분야의 교과서로 삼아도 좋을 내용들이다. 인류가 장래에 재해를 예보하거나 예방할 수 있을 것인지 전망하는 부분에서는 미래학자의 면모를 보여주며, 과학의 발전과정과 그 한계를 설파할 때는 과학사가 및 과학철학자로서의 높은 식견을 보여준다. 이 모든 것은 저자의 탁월한 문장력으로 통합되어 있어 시작부터 읽는 사람으로 하여금 관심과 흥미를 유발하기에 부족함이 없다. 따라서 재난과학에 대한 개념 정립이 필요한 우리나라에서 이 책은 일반인들로부터 전문인들까지 읽기에 부족함이 없다고 판단한다.

저자는 이 책에서 과학과 인류의 장래에 대하여 몇 가지 가능성을 언급하고 있는데 크게 보아 비관적인 전망과 함께 다소의 희망적인 내용을 제시한다. 이 책에서 인류의 장래에 대한 저자의 비관론적 관점은 명확하고 생생하다. 이스터 섬의 원주민 전체가 스스로의 파멸을 위하여 그토록 필사적인 노력을 기울였다는 사실, 또한 방글라데시의 국부(國富)에 비하여 지나치게 높은 인구밀도(우리나라의 인구밀도 역시 이 나라와 큰 차이가 없는 것을 생각하면 더욱 섬뜩해지지 않을 수 없다)로 인하여 매년 우기마다 발생하는 무시무시한 비극에 전혀 손을 쓰지 못하면서도 인구는 점점 더 늘기만 한다는 사실이 인류의 미래를 상징한다는 점, 또는 도시가 늘어가면서 점점 창궐하게 되는 전염병 등에 대한 묘사 등은 너무나 생생해서 더이상 설명이 필요 없다. 그러나 한편으로 제시되는 낙관론은 분량도 적고 말투도 확신이 없는 듯하여 책의 구색을 갖추기 위해 끼워넣은 게 아닌가 하는 의심마저 지울 수 없다.

어찌 되었건 인류가 지금까지 스스로 살아남기 위해 노력한 일이 설령 실패로 돌아가더라도 그 노력 자체가 가치가 없다고 할 수는 절대로 없다. 그리스의 비극이나 『삼국지연의』에서 인간이 운명과 투쟁하는 내용을 보며 모종의 감동을 느끼는 사람들은 인류의 노력에 대해서도 같은 경의를 표할 수 있을 것이다. 이 책의 저자 역시 그러한 노력의 일환으로 이 책을 저술했다고 믿으며 이 믿음이 다른 사람들에게도 받아들여지기를 바란다.

책의 번역을 허락하고 인내해준 들녘출판사에 감사를 드린다.

이 전 희

◎ 부록 A. 유명한 쓰나미들

날짜	위치	최대 높이(m)	사망자	각주
기원전 1626	에게 해	u	u[a]	티라의 화산 폭발에 뒤이어 발생
기원전 479	그리스	u	수천 명	포티데아를 공격하던 페르시아의 군대가 수장됨
365.7.21	지중해	u	u	지진으로 발생된 쓰나미가 전 지중해 연안을 강타
869.7.13	일본	u	1,000명 이하	국지 해저 지진에 이어 발생
1509.9.14	터키	u	u	해수면이 갈라타와 콘스탄티노플 성벽을 넘어섬
1562.10.28	칠레 남부	u	u	약 1,450km 해안이 영향을 받음
1570.2.8	칠레	u	u	거대한 피해가 기록됨
1611.12.2	일본	25	3,000	국지 지진
1640.7.3	일본	u	700	코마가타케 분화에 뒤이어 발생
1692.7.7	자메이카 포트 로열	u	수천 명	선박들이 도시 위로 운반됨 ; 도시가 파괴됨. 수도 킹스턴으로 이전
1703	일본	u	100,000	원거리 진원. 동태평양 상에서 발생한 것으로 보임
1792	일본	100 이하	15,000	사태; 5억m³의 바위와 흙이 510m 아래의 바다로 떨어짐
1746.10.28	페루	24.4	4,800	국지 지진
1755.11.1	포르투갈 리스본	12.2	10,000	스페인 해안과 북아프리카가 동시에 영향을 받음
1783.2.5	이탈리아 시칠리아	u	2,473	메시나 근처에서 발생한 지진
1811.12.16	미주리 뉴 마드리드	u	5	미시시피 강에 쓰나미를 발생시킨 지진
1820.12.29	인도네시아	21	u	배들이 집들 사이를 지나 운반됨
1837.11.11	칠레	5	u	하와이의 힐로까지 피해가 생김
1856.8.23	일본	u	21	코마가타케의 분화에 이어 발생
1868.3.17	미국 버진아일랜드	9.1	u	지진활동이 4개월 전부터 시작되어 작은 쓰나미를 발생시켰음
1868.4.2	하와이	3.7	46	국지 화산성 지진

날짜	위치	최대 높이(m)	사망자	각주
1868.8.13	페루	21	10,000	지진에 의한 쓰나미. 하와이에서 4.6m의 파도를 발생시킴
1883.8.27	자바와 수마트라	30	33,000	크라카타우 화산의 폭발
1883.10.6	알라스카, 그 레이엄 항구	7.6	u	세인트 오거스틴 화산의 폭발
1896.6.15	일본	24	26,975	국지 지진
1918.10.11	푸에르토리코	6.1	5	국지 지진
1922.11.11	칠레 북부	9.14	200	국지 지진
1927.11.21	칠레	u	u	선원들이 탄 배가 나무 꼭대기로 던져짐
1929.11.18	뉴펀들랜드	15	u	그랜드 제방에서의 지진에 의해 발생 파도가 강 위로 넘침에 따라 큰 피해
1933.3.3	일본	25	2,986	규모 8.9의 지진
1944.12.7	일본	u	998	국지 지진
1946.4.1	하와이	16.5	173	알루샨 열도에서의 지진. 우니막 섬에서 높이 30m
1946.8.4	도미니카 공화국	5	100	국지 지진
1960.5.22	칠레 남부	20	2,000	하와이에서 61명, 일본에서 100명, 필리핀에서 20명 사망. 규모 8.3의 지진
1964.3.27	알래스카	20	119	규모 8.4의 지진. 캘리포니아에서 파도가 6m에 달함
1975.11.29	하와이	4	1	파도에 의한 상당한 피해. 1시간 후에 킬라우에아 화산 분화
1992.9.1	니카라과 서부	10	170	규모 7.0의 지진

주 : 사망자(4번째 열)는 파도에 의한 것만 포함시켰음.
a u = 미상

◎ B. 유명한 지진들

날짜	영향지역	사망자 수	리히터 규모
526.5.20	시리아 안티오크	250,000	uª
856	그리스 코린트	45,000	u
1057	중국 칠리	25,000	u
1290.9.27	중국 칠리	100,000	u
1293.5.20	일본 가마쿠라	30,000	u
1531.1.26	포르투갈 리스본	30,000	u
1556.1.24	중국 산시	830,000	u
1667.11	러시아 남부	80,000	u
1693.1.11	이탈리아 카타니아	60,000	u
1730.12.30	일본 홋카이도	137,000	u
1737.10.11	인도 캘커타	300,000	u
1755.6.7	페르시아 북부	40,000	u
1755.11.1	포르투갈 리스본	30,000	8.75
1783.2.4	이탈리아 칼라브리아	30,000	u
1797.2.4	에콰도르 키토	41,000	u
1828.12.28	일본 에치고	30,000	u
1868.8.13-15	페루와 에콰도르	40,000	u
1875.5.16	베네수엘라와 콜롬비아	16,000	u
1906.4.18	미국 샌프란시스코	700	8.25
1908.12.28	이탈리아 메시나	120,000	7.5
1915.1.13	이탈리아 아베차노	29,980	7.5
1920.12.16	중국 간쑤	100,000	8.6
1923.9.1	일본 요코하마	200,000	8.3
1927.5.22	중국 난산	200,000	8.3
1932.12.26	중국 간쑤	70,000	7.6
1934.1.15	인도 비하르 네팔	10,700	8.4
1935.5.31	인도 퀘타	50,000	7.5
1939.1.24	칠레	28,000	8.3
1939.12.26	터키 에르진잔	30,000	7.9

날짜	영향지역	사망자 수	리히터 규모
1946.12.21	일본 혼슈	2,000	8.4
1950.8.15	인도 아삼	1,530	8.7
1960.2.29	모로코 아가디르	12,000	5.8
1960.5.21-30	칠레 남부	5,000	8.3
1962.9.1	이란 북서부	12,230	7.1
1964.3.27	알래스카	131	9.3
1970.5.31	페루 북부	66,794	7.7
1976.2.4	과테말라	22,778	7.5
1976.7.28	중국 탕산	242,000	8.2
1976.8.17	필리핀 민다나오	8,000	7.8
1978.9.16	이란 북동부	25,000	7.7
1985.9.19	멕시코 멕시코 시	10,000	8.1
1988.12.7	아르메니아 북서부	55,000	6.8
1990.6.21	이란 북서부	40,000	7.7
1995.1.17	일본 고베	5,250	7.2

◎ C. 유명한 미국 동해안 열대성 폭풍과 허리케인

날짜	이름	피해가 가장 큰 지역	미국에서의 사망자	최고 풍속 (mph)	피해액 (백만달러)
1900. 9.8		텍사스 갤버스턴	6,000	~110	30
1909. 9.21		루이지애나 뉴올리언스	350	>68	5
1915. 8월 말		텍사스, 루이지애나	275	120	50
1915. 9월 말		중앙멕시코만 연안	275	140	13
1919. 9월 초		멕시코만 연안	287	84	13
1926. 9월 중순		플로리다와 앨라배마	243	138	112
1928. 9월 중순		플로리다 남부	1,836	160	25
1935. 9월 초		플로리다 남부	408	>150	6
1938. 9.21		뉴잉글랜드	600	183	306
1944. 9월 중순		노스캐롤라이나~뉴잉글랜드	46	150	100
1947. 9월 중순		플로리다와 중앙멕시코만 연안	51	155	110
1954. 8월 말	캐롤(Carol)	노스캐롤라이나~뉴잉글랜드	68	135	461
1954. 9월 초	에드나(Edna)	뉴저지~뉴잉글랜드	21	87	40
1954. 10월 초	해젤(Hazel)	사우스캐롤라이나~뉴욕	95	>130	252
1955. 8월 중순	다이앤(Diane)	노스캐롤라이나~뉴잉글랜드	184	83	832
1957. 6월 말	오드리(Audrey)	텍사스~앨라배마	390	100	150
1960. 9월 초	도나(Donna)	플로리다~뉴잉글랜드	50	140	500
1961. 9월 초	칼라(Carla)	텍사스 연안	46	145	408
1964. 8월 말	클레오(Cleo)	플로리다 남부, 버지니아	3	110	129
1964. 9월 초	도라(Dora)	플로리다 북부~조지아 남부	5	125	250
1965. 9월 초	벳시(Betsy)	플로리다 남부, 루이지애나	75	136	1,400
1967. 9월 중순	뷸라(Beulah)	텍사스 남부	15	100	200
1969. 8월 중순	카미유(Camille)	멕시코만 연안~웨스트버지니아	324	172	1,420
1970. 8월 초	셀리아(Celia)	텍사스 연안	11	130	454
1972. 6월 중순	아그네스(Agnes)	플로리다~뉴욕	118	75	2,100
1975. 9월 중순	엘로이즈(Eloise)	플로리다와 앨라배마	21	104	490
1979. 9월 초	데이비드(David)	플로리다~뉴잉글랜드	5	95	320
1979. 9월 초	프레더릭(Frederick)	앨라배마와 미시시피	5	145	2,300
1980. 8월 초	앨런(Allen)	텍사스 연안	28	120	300

날짜	이름	피해가 가장 큰 지역	미국에서의 사망자	최고 풍속 (mph)	피해액 (백만달러)
1983. 8월 중순	알리샤(Alicia)	텍사스 연안	21	94	2,000
1985. 9월 중순	글로리아(Gloria)	노스캐롤라이나, 뉴욕	8	92	1,000
1989. 9월 중순	후고(Hugo)	사우스캐롤라이나	11	135	7,000
1992. 8월 말	앤드루(Andrew)	플로리다 남부 루이지애나	58	>155	32,000

주 : 피해액은 당시의 자산을 기초로 하여 인플레이션을 감안하지 않고 평가했다. 이 표에서 1954년 이전의 폭풍과 허리케인은 이름이 없다.

◎ D. '살인' 토네이도

다음 표는 1925년 이래 50명 이상의 목숨을 앗아간 미국 내 모든 토네이도들이다.

날짜	위치	사망자 수	주
1884.2.19	인디애나와 남동부	800	약 60개의 토네이도
1917.5.26~7	일리노이, 인디애나, 아칸소, 켄터키, 테네시, 미시시피	249	피해액 560만 달러
1920.4.20	미시시피, 앨라배마, 테네시	220	피해액 350만 달러, 6개 토네이도
1924.4.29~30	오클라호마와 남동부	115	피해액 440만 달러, 22개 토네이도
1924.6.28	오하이오, 펜실베이니아	96	피해액 1300만 달러, 4개 토네이도
1924.3.18	미주리, 일리노이, 인디애나, 켄터키, 테네시, 알래스카	792	피해액 1780만 달러, 8개 토네이도
1927.4.12	락 스프링, 텍사스	74	외견상 단일 토네이도
1927.5.8~9	중서부	227	피해액 790만 달러, 36개 토네이도
1927.9.29	세인트루이스, 미주리	90	외견상 단일 토네이도
1932.3.21	앨라배마, 미시시피, 조지아, 테네시	321	피해액 550만 달러, 27개 토네이도
1936.4.5~6	미시시피, 조지아	658	피해액 2180만 달러, 22개 토네이도
1942.3.16	미시시피	75	
1942.4.27	오클라호마	52	
1944.6.23	오하이오, 펜실베이니아, 웨스트버지니아, 메릴랜드	150	피해액 510만 달러, 4개 토네이도
1945.4.12	오클라호마, 아칸소	102	
1947.4.9	오클라호마, 캔자스, 텍사스	169	피해액 1000만 달러, 8개 토네이도
1949.1.3	루이지애나, 아칸소	58	
1952.3.21~22	아칸소, 미주리, 테네시, 미시시피, 앨라배마, 켄터키	343	피해액 1530만 달러, 31개 토네이도
1953.5.11	웨이코, 텍사스	114	피해액 3950만 달러, 단일 토네이도
1953.6.8~9	미시간, 오하이오, 뉴잉글랜드	234	피해액 9320만 달러, 12개 토네이도
1955.5.25	캔자스, 미주리, 오클라호마, 텍사스	115	피해액 1170만 달러, 13개 토네이도
1965.4.11	인디애나, 일리노이, 오하이오, 미시간, 위스콘신	271	피해액 2억 달러, 47개 토네이도
1966.3.3	앨라배마, 미시시피	118	
1968.5.15	중서부	71	피해액 650만 달러, 7개 토네이도
1971.2.21	루이지애나, 미시시피	110	피해액 170만 달러, 복수 토네이도

날짜	위치	사망자 수	주
1974.4.3~4	앨라배마, 조지아, 테네시, 켄터키, 오하이오	350	피해액 5억 달러 이하, 44개 토네이도
1979.4.10	텍사스, 오클라호마	60	10개 토네이도
1984.3.28	캐롤라이나 주들	67	피해액 1억 300만 달러 이하, 30개 토네이도
1985.5.31	뉴욕, 펜실베이니아, 오하이오, 온타리오	90	43개 토네이도
1987.5.22	텍사스	29	
1989.11.15	앨라배마	18	
1989.11.16	뉴욕	9	단일 F-1급 토네이도
1990.6.2~3	중서부	13	
1990.8.28	북부 일리노이	25	
1991.4.26	캔자스, 오클라호마	23	55개 토네이도
1992.11.21~3	중남부 주들	25	

◎ E. 측량 단위(미국의 전통 단위와 국제 단위와의 환산 공식)

길이 측량

1 피트 = 12 인치 = 0.3048 미터

1 미터= 100 센티미터 = 3.280840 피트

1 킬로미터 = 1,000 m = 3,280,840 피트

1 마일 = 5,280 피트 = 1.609344 킬로미터

1 해리 = 1.15077 마일 = 1,852 미터 = 6076.04 피트

1 큐빗 (고대 로마) = 0.444 미터

면 적

1 평방인치 = 6.4516 평방센티미터

1 평방피트= 144 평방인치 = 929.0304 평방센티미터

1 평방미터 = 10.76391 평방피트= 1×10^4 평방센티미터

1 에이커 = 4,3560 평방피트= 4,046.86 평방미터

1 헥타르 = 1×10^4 평방미터 = 2.471052 에이커

1 평방마일 = 640 에이커

부피(또는 체적)

1 입방인치 = 16.387064 입방센티미터

1 리터 = 1,000 입방센티미터 = 61.02374 입방인치

1 갤런 = 4 쿼트 = 128 액량 온스 = 3.785412 리터

1 입방피트 = 7.480519 갤런 = 28.31685 리터 = 1,728 입방인치

1 입방미터 = 1,000 리터 = 35.31467 입방피트 = 264.1721 갤런

속 력

초속 1 피트 = 시속 1.09728 킬로미터 = 시속 0.681818 마일

초속 1 미터 = 초속 3.280840 피트 = 시속 2.236936 마일

시속 1 마일 = 초속 0.44704 미터

시속 1 마일 = 시속 1.609344 킬로미터

시속 60 마일 = 초속 88 피트

질 량

1 킬로그램 = 1,000 그램 = 2.204623 중량 파운드

1 중량 파운드 = 453.59237 그램

1 슬러그 = 32.17405 중량 파운드 = 14.5939029 킬로그램

1 톤 = 2,000 중량 파운드 = 907.18474 킬로그램

1 톤(미터 톤) = 1,000 킬로그램

힘(중량 포함)

1 뉴턴 = 0.2248089 파운드

1 파운드 = 4.448222 뉴턴 = 0.45359237 킬로그램중

압 력

1 파스칼 = 1 평방미터당 뉴턴

1 평방인치당 파운드 = 6894.7572 파스칼(Pa)

1 기본 기압 = 101.325 킬로파스칼(kPa)

    = 1,013.25 밀리바(mb)

    = 14.69595 평방인치당 파운드(1b/in2)

    = 1.0332275 평방센티미터당 킬로그램중(kgf/cm2)

    = 760 수은주 밀리미터(mm Hg)

    = 29.92126 수은주 인치(in. Hg)

에너지

1 줄 = 1 뉴턴-미터 = 0.737562 피트-파운드

1 피트-파운드 = 1.355818 줄

1 킬로와트-시 = 3.6×10^6 줄

TNT 1톤(핵 폭발과 동일) = 4.2×10^9 줄

찾아 보기

ㅎ